全唐诗

卷一

李楠 编译

图书在版编目（CIP）数据

全唐诗/李楠编译．—北京：北京工艺美术出版社，2019.5
（品读经典：双色线装）
ISBN 978-7-5140-1609-3

Ⅰ．①全… Ⅱ．①李… Ⅲ．①唐诗-诗集 Ⅳ．①I222.742

中国版本图书馆CIP数据核字（2018）第212411号

出 版 人：陈高潮
责任编辑：张怀林
装帧设计：书心瞬意
责任印制：宋朝晖

全唐诗

李楠 编译

出　版	北京工艺美术出版社
发　行	北京美联京工图书有限公司
地　址	北京市朝阳区焦化路甲18号
	中国北京出版创意产业基地先导区
邮　编	100124
电　话	（010）84255105（总编室）
	（010）64283630（编辑室）
	（010）64280045（发　行）
传　真	（010）64280045/84255105
网　址	www.gmcbs.cn
经　销	全国新华书店
印　刷	三河市文通印刷包装有限公司
开　本	889毫米×1194毫米　1/16
印　张	40
版　次	2019年5月第1版
印　次	2019年5月第1次印刷
印　数	1～3000
书　号	ISBN 978-7-5140-1609-3
定　价	380.00（全四卷）

目录

虞世南

虞世南（558–638），字伯施，越州余姚（今浙江慈溪）人。隋大业初授秘书郎。入唐，太宗引为秦府参军，弘文馆学士。贞观七年（633）转秘书监，赐爵水兴县子，授银青光禄大夫，世称「虞秘监」或「虞水兴」。唐太宗尝称其德行、忠直、博学、文辞、书翰为「五绝」。谥文懿。

蝉

垂绥①饮清露②，流响③出疏桐④。居高声自远，非是藉秋风⑤。

【注释】

①垂绥：垂着触须。即冠缨。古代士人颌下垂着冠缨好似蝉的触须，故称。②饮清露：古人认为蝉生性高洁，栖高饮露。③流响：指蝉长鸣不已。④疏桐：枝叶稀疏的梧桐树。⑤居高二句：是说蝉的鸣声之所以能远播四方，是因为它栖止高处，而不是凭借秋风来帮它传送的。藉，凭借、依靠。

【品读】

钟惺、谭元春《唐诗归》：与骆丞「清畏人知」语，各善言蝉之德。

沈德潜《唐诗别裁》：命意自高。咏蝉者每咏其声，此独咏其品格。

施补华《岘佣说诗》：《三百篇》比兴为多，唐人犹得此意。同一咏蝉，虞世南「居高声自远，端不为秋风」，是清华人语；骆宾王「雾多飞难进，风高响易沉」，是患难人语；李商隐「本以高难饱，徒劳恨费声」，是牢骚人语。比兴不同如此。

李锳《诗法易简录》：咏物诗固须确切此物，尤贵遗貌得神，然必有命意寄托之处，方得诗人风旨。此诗三、四品地甚高，隐然自写怀抱。

从军行二首

其一

涂山①烽候②惊，弭节③度龙城④。冀马⑤楼兰⑥将，燕犀⑦上谷⑧兵。剑寒花不落，弓晓月逾明。凛凛严霜节，冰壮黄河绝。蔽日卷征蓬，浮天散飞雪。全兵值月满，精骑乘胶折。《汉书·晁错传》苏林注：秋气至，胶可折，弓弩可用，匈奴常以为候而出军。结发⑨早驱驰，辛苦事旌麾。马冻重关冷，轮摧九折⑩《汉书·王尊传》：先是，琅邪王阳为益州刺史，行部至邛崃九折坂，叹曰：「奉先人遗体，奈何数乘此险！」后以病去。及尊为刺史，至其坂，问吏曰：「此非王阳所畏道邪？」吏对曰：「是。」尊叱其驭曰：「驱之！王阳为孝子，王尊为忠臣。」危。独有西山将，年年属数⑩奇⑪。

【注释】

①涂山：传说禹会诸侯之地，在今安徽寿县。②烽候：烽火台，古代边防用烽燧报警的土堡哨所。③弭节：驾车而行。④龙城：又称龙庭。匈奴祭天、大会诸部处。在今蒙古国鄂尔浑河西侧。⑤冀马：泛指良马。⑥楼兰：汉西域诸国之一。故址在今新疆若羌县境。⑦燕犀：燕地产的犀甲。⑧上谷：郡名，战国燕地。两汉时是边防要塞。⑨结发：古代男子自成童开始束发，因谓童年时为结发。⑩九折：即九折坂，在今四川西邛崃山，此路险阻曲折。⑪数奇：命运不好。

其二

烽火发金微①，连营出武威②。孤城塞云起，绝阵虏尘飞。侠客吸龙剑，恶少缦胡③衣。朝摩④骨都《史记·匈奴传》：置左右贤王、左右谷蠡王、左右大将、左右大都尉、左右大当户、左右骨都侯。集解：骨都，异姓大臣。垒，夜解谷蠡⑤围。萧关⑥远无极，蒲海⑦广难依。沙碛离旌断，晴川候马⑧归。交河⑨梁已毕，燕山旆欲挥。方知万里相⑩《后汉书·班超传》：其后行诣相者，曰：『祭酒，布衣诸生耳，而当封侯万里之外。』超问其状，相者指曰：『生燕颔虎颈，飞而食肉，此万里侯相也。』侯服⑪见光辉。

【注释】

①金微：山名，今阿尔泰山。②武威：郡名，今甘肃武威。③缦胡：武士缨带名。④摩：迫近，接近。⑤谷蠡：匈奴藩王的封号。⑥萧关：关名，在甘肃固原县。⑦蒲海：蒲类海，古湖泊名，即今新疆巴里坤湖。⑧候马：担任侦察的骑兵。⑨交河：古县名，治所在今新疆吐鲁番县西北。⑩万里相：立功万里封侯之相。⑪侯服：古称离王城一千里以外、方五百里的地区。

【品读】

沈德潜《唐诗别裁》：犹存陈、隋体格，而追琢精警，渐开唐风。

结客少年场行

韩魏①多奇节，倜傥遗名利。共矜②然诺心，各负纵横志。结友一言重，相思千里至。绿沉③明月弦④，金络浮云⑤辔。吹箫入吴市，击筑游燕肆。寻源博望侯，结客远相求。少年重一顾，长驱背陇头。焰焰霜戈动，耿耿剑虹浮。天山冬夏雪，交河南北流。云起龙沙⑥暗，木落雁门⑦秋。轻生殉知己，非是为身谋。

【注释】

①韩魏：指战国时期韩国、魏国所在地区，位于今河北、山西、河南一带。②矜：崇尚。③绿沉：浓绿色。④明月弦：指弓。⑤浮云：名马。⑥龙沙：指西北边远

沙漠地区。⑦雁门：关名，唐置，也叫西径关。在今山西雁门关西雁门山上。

【品读】

周珽《唐诗选脉会通评林》：首二语概一篇之旨，中铺叙侠客之态，正『多奇节』处。『一言重』『垂一顾』『千里至』『远相求』，俱映照有情，结应起语，见遗名利以相谋，总是士为知己者用也。

程元初《唐诗绪笺》：一变新声，振复古道，实为唐世五言古诗之始，读此尝其一脔矣。

王绩

王绩（约589-644），字无功，自号东皋子、五斗先生，祖籍祁县，后迁绛州龙门（今山西河津县）。出身官宦世家，是隋末大儒王通之弟。王绩一生郁郁不得志，曾在隋代任秘书省正字，初唐时，以原官待召门下省，后弃官隐居于故乡东皋村。

石竹咏

萋萋结绿枝，晔晔①垂朱英。常恐零露降，不得全其生。叹息聊自思，此生岂我情？昔我未生时，谁者令我萌？弃置勿重陈，委化②何足惊？

【注释】

①晔晔：光亮润泽。②委化：顺应自然之变化。

【品读】

《四库全书总目提要》：其诗唯《野望》一首为世传诵，然如《石竹咏》，意境高古。

野望

东皋①薄暮望，徙倚②欲何依？曹操《短歌行》：月明星稀，乌鹊南飞。绕树三匝，何枝可依？树树皆秋色，山山唯落晖。牧人驱犊③返，猎马带禽归。相顾无相识，长歌怀采薇④。

【注释】

①东皋：今山西河津县东皋村。王绩弃官还家后，尝隐于东皋，自号东皋子。②徙倚：徘徊。③犊：小牛。④长歌句：《史记·伯夷列传》载，伯夷、叔齐「义不食周粟，隐于首阳山，采薇而食之。及饿且死，作歌。其辞曰：「登彼西山兮，采其薇矣。」」薇，薇菜，多年生草本植物，可食。

【品读】

杨慎《升庵诗话》：王无功，隋人入唐，隐节既高，律诗又盛，盖王、杨、卢、骆之滥觞，陈、杜、沈、宋之先鞭也，而人罕知之，乃知各有幸有不幸。古云盖棺事乃定，若此者，千年犹未定也。

钟惺、谭元春《唐诗归》：浅而不薄。

沈德潜《唐诗别裁》：五言律前此失严者多，应以此章为首。

王梵志

王梵志，生卒年不详。卫州黎阳（今河南浚县）人。

我昔未生时

我昔未生时，冥冥无所知。天公①强生我，生我复何为？无衣使我寒，无食使我饥。还你天公我，还我未生时。

【注释】

①天公：谓天。公是敬称，以天拟人，故曰天公。

【品读】

皎然《诗式》：其道如楚有接舆，鲁有原壤。外示惊俗之貌，内藏达人之度。

范摅《云溪友议》：梵志者，生于西域林木之上，因以梵志为名。其言虽鄙，其理归真。所谓归真悟道，徇俗乖真也。诗云：『欺诳得钱君莫羡，得了却是输他便。来往报答甚分明，只是换头不识面。』又曰：『天公未生我，冥冥无所知。天公忽生我，生我复何为？无衣遣我寒，无食令我饥。还尔天公我，还我未生时。』

袁枚《随园诗话补遗》：诗有见道之言，如梁元帝之『不疑行舫往，惟看远树来』，庾肩吾之『只认己身往，翻疑彼岸移』，两意相同，俱是悟境。王梵志云：『昔我未生时，冥冥无所知。天公忽生我，生我复何为。无衣使我寒，无食使我饥。还你天公我，还我未生时。』八句是禅家上乘。

欺诳得钱君莫羡

欺诳得钱君莫羡，得了却是输他便①。来往②报答甚分明，只是换头不识面③。

【注释】

①输他便：让他占了便宜。②来往：指生死循环。

③换头不识面：来生改变形貌，不复相识。

【品读】

范摅《云溪友议》：梵志者，生于西域林木之上，因以梵志为名。其言虽鄙，其理归真。所谓归真悟道，徇俗乖真也。诗云：『欺诳得钱君莫羡，得了却是输他便。来往报答甚分明，只是换头不识面。』

何光远《鉴戒录》：天祐中，秦州刘自然，主押义军。案因连帅李中令继崇，点乡子而西捍蜀师。有成纪县百姓黄知感，诣刘求免。自然许之。自然之妻谓其夫曰：『黄知感之妻美发，傥得为妾之髢，即与免之。』知感得刘指，归与妻平议。黄妻可谓贤也，语其夫曰：『妾今幸以弱质得附于君，发有再生，人死永矣。君若南征不返，妾有美发何为？』言讫，揽发翦之。知感亦怀痛切。既迫于差点，遂献于刘。刘亦贪残，犹为不足。春获其免，秋复差行，军须急难，莫敢申雪，于是没于金沙之阵。刘亦是岁云亡。黄妻但有灵祠，陈状咒诅。后黄家牝卫，忽生一驹，及堪乘骑，方觉左胁下，有刘自然之字，多般辨验，字益分明。邑人传之，遂达廉问。元戎乃召其妻子识认，刘之长子曰：『某父平生唯好酒肉。但能饮酒食肉，是某父也。』驴遂饮酒数升，啖肉数脔，仍以头指泥其子，泪下如绳。刘子请备百金赎之，黄妻竟为不可，出入鞭打，以报夫仇。刘子耻于姻亲，郁咽而卒。后累经丧乱，无复闻焉。故王梵志曰：『欺诳得钱君莫羡，究竟还是输他便。不信但看槽上驴，只是改头不识面。』

费衮《梁溪漫志》：予尝见梵志数颂，词朴而理，到今记于此。其一曰：『欺诳得钱君莫羡，得了却是输他便。来往报答甚分明，只是换头不识面。』

他人骑大马

他人骑大马，我独跨驴子。回顾担柴汉，心下较些子。

【品读】

李季可《松窗百说》：悭酷之客至，而奴婢恶之，恐主人之视效也。宽慈者来则喜，欲其知有此而似之也。非臧获所见浅，大抵人情多无定体，形之则鲜有不动其心者。俗传云：『□□□□人，摧残不如死。却见担柴人，心头较些子。』每爱其达，盖人心起于形比间，冰结而火然者往往如是，故学道之士欲得寂寞之地，而无所激搏其中也。

李世民

李世民（599-649），唐朝第二位皇帝。祖籍陇西成纪（今甘肃静宁成纪乡），伟大的军事家，卓越的政治家，著名的理论家、书法家和诗人，堪称『千古一帝』。在位二十三年，期间国泰民安，社会安定，经济繁荣，军事力量强大，后人称为『贞观之治』。谥曰文皇帝，庙号太宗。

过旧宅

新丰[1]停翠辇，谯邑[2]驻鸣笳。园荒一径断，苔古半阶斜。前池消旧水，昔树发今花。一朝辞此地，四海遂为家。《汉书·高帝纪》：且夫天子以四海为家，非令壮丽，无以重威。

【注释】

①新丰：旧县名，故城在今陕西临潼县东。②谯邑：地名。汉属沛郡，刘邦之故乡。

【品读】

陈岩肖《庚溪诗话》：唐文皇既以武功平隋乱，又以文德致太平，于篇咏尤其所好。如曰：『昔乘匹马去，今驱万乘来。』辞气壮伟，固人所脍炙。又尝观其《过旧宅》诗曰：『新丰停翠辇，谯邑驻鸣笳。』『一朝辞此地，四海遂成家。』盖其诗语与功烈真相副也。

胡震亨《唐音癸签》：太宗文武间出，首辟吟源。宸藻概主丰丽，观集中有诗《学庾信体》，宗向微旨可窥。然如『一朝辞此地，四海遂为家』……与风起云扬之歌，同其雄旸，自是帝者气象不侔。

秋日翠微宫

秋日凝翠岭，凉吹肃离宫①。荷疏一盖缺，树冷半帷空。侧阵移鸿影，圆花钉菊丛。摅怀②俗尘外，高眺白云中。

【注释】

①离宫：行宫，古时皇帝出巡时止憩之所。②摅怀：抒怀。

【品读】

方回《瀛奎律髓》：『侧阵移鸿影』一联自是佳句。『钉』似险，回味之，乃以菊花之圆如钉装然，亦奇也。

卢照邻

卢照邻，生卒年不详。字升之，自号幽忧子，幽州范阳（今河北涿县）人。与王勃、杨炯、骆宾王并称『初唐四杰』。高宗永徽五年（654）为邓王（李元裕）府典签。乾封三年（668）初，出为益州新都（今四川成都附近）尉。后染风疾，居长安附近太白山，因服丹药中毒，手足残废。徙居阳翟具茨山下。后自投颍水而死。

咏史

大汉昔云季①，小人道遂振。玉帛②委奄尹③，斧锧④婴⑤缙绅⑥。邈哉郭先生⑦，卷舒得其真。雍容谢朝廷，谈笑奖人伦。在晦不绝俗，处乱不违亲。诸侯不得友，天子不得臣。冲情⑧甄负甑⑨，《后汉书·郭太传》：孟敏字叔达……客居太原。荷甑地，不顾而去。林宗见而问其意，对曰：『甑以破矣，视之何益？』林宗以此异之，因劝令游学。十年知名，三公俱辟，并不屈云。重价折角巾⑩。悠悠天下士，相送洛桥津。谁知仙舟上，寂寂无四邻？

【注释】

①季：末世。②玉帛：瑞玉和缣帛，古代礼仪用物，此处代指朝政。③奄尹：宦官。④锧：古代行刑的用具，为腰斩时所用的砧板。⑤婴：遭到。⑥缙绅：士大夫。

⑦郭先生：郭泰，字林宗，东汉介休（今属山西）人。东汉末高士，曾为太学生首领，不就官府征召，返归乡里，终身教授生徒，驰誉士林。⑧冲情：淡泊虚静的品性。⑨甄负甑：指赏识孟敏之事。甄，辨别，引为赏识。甑，瓦制煮器。⑩折角巾：折垫头巾的一角。《后汉书·郭太传》载，郭太尝于陈梁闲行遇雨，巾一角垫，时人乃故折一巾，以为『林宗巾』。

【品读】

钟惺、谭元春《唐诗归》谭元春评：亦不离古人咏史体，而开朗之中，眼力特高。

钟惺、谭元春《唐诗归》钟惺评：『雍容谢朝廷』，五字写得林宗有身份。又：『角巾』竞仿，『仙舟』虚慕，本是一种吠声，后世习气可厌，学前辈不得力处，全在于此。着『悠悠』二字，妙甚。末语孤严，写出李、郭精神，使浮人自废。

行路难

君不见长安城北渭桥①边，枯木横槎卧古田？昔日含红复含紫，常时留雾亦留烟。春景春风花似雪，香车玉舆恒阗咽②。若个③游人不竞攀？若个娼家不来折？娼家宝袜④蛟龙帔，公子银鞍千万骑。黄莺一一向花娇，青鸟双双将子戏。千尺长条百尺枝，月桂星榆相蔽亏。珊瑚叶上鸳鸯鸟，凤凰巢里雏鹓儿。巢倾枝折凤归去，条枯叶落任风吹。一朝憔悴无人问，万古摧残君讵⑤知？人生贵贱无终始，倏忽须臾难久恃。谁家能驻西山日？谁家能堰⑥东流水？汉家陵树满秦川，行来行去尽哀怜。自昔公卿二千石⑦，咸拟⑧荣华一万年。不见朱唇将白貌，唯闻青棘与黄泉。金貂⑨有时须换酒，玉麈恒摇莫计钱。寄言坐客神仙署，一生一死交情处。《汉书·汲黯传》：先是，下邽翟公为廷尉，宾客亦阗门。及废，门外可设爵罗。后复为廷尉，客欲往，翟公大署其门曰：『一死一生，乃知交情，一贫一富，乃知交态；一贵一贱，交情乃见。』苍龙阙⑩下君不来，白鹤山头⑪我应去。《列仙传》：王子乔者，周灵王太子晋也。好吹笙，作凤凰鸣。游伊、洛之间，道士浮邱公接以上嵩高山。三十余年后求之于山上，见桓良曰：『告我家，七月七日待我于缑氏山头。』至时，果乘白鹤驻山头，望之不得到，举手谢时人，数日而去。云间海上邈难期，赤心会合在何时？但愿尧年⑫一百万，长作巢由⑬也不辞。

【注释】

①渭桥：在长安城北，秦时所建，又名中渭桥。②阗咽：充塞。③若个：谁，哪个。④宝袜：胸衣。⑤讵：岂。⑥堰：挡水之低坝。⑦二千石：汉代公卿的俸禄等级。⑧咸拟：都以为。⑨金貂：原为武冠的饰物，后泛指王公显官之冠。⑩苍龙阙：即东阙，汉未央宫东

门楼。此处代指朝廷。⑪白鹤山头：即缑氏山头，在今河南偃师县东南。⑫尧年：指太平盛世。⑬巢由：巢父，名许由，相传为尧时的隐者。

【品读】

杨慎《升庵诗话》：袜，女人胁衣也。隋炀帝诗『锦袖淮南舞，宝袜楚宫腰』，卢照邻『娼家宝袜蛟龙帔』是也。或谓起自杨妃，出于小说伪书，不可信也。

长安古意

长安大道连狭斜，青牛白马七香车①，玉辇纵横过主第②，金鞭络绎向侯家。龙衔宝盖承朝日，凤吐流苏③带晚霞。百丈游丝争绕树，一群娇鸟共啼花。啼花戏蝶千门侧，碧树银台万种色。复道④交窗⑤作合欢，双阙连甍垂凤翼。梁家画阁⑥中天起，汉帝金茎⑦云外直。楼前相望不相知，陌上相逢不相识？借问吹箫向紫烟⑧，曾经学舞度芳年。得成比目⑨何辞死，愿作鸳鸯不羡仙。比目鸳鸯真可羡，双去双来君不见？生憎帐额绣孤鸾，好取门帘帖双燕。双燕双飞绕画梁，罗帷翠被郁金香。片片行云着蝉鬓⑩，纤纤初月上鸦黄⑪。鸦黄粉白车中出，含娇含态情非一。妖童宝马铁连钱⑫，娼妇盘龙金屈膝⑬。御史府中乌夜啼，《汉书·朱博传》：列柏树，常有野乌数千栖宿其上，晨去暮来，号曰朝夕乌。乌去不来者数月，长老异之。颜师古注：史言此者，着御史大夫之职当休废也。延尉⑭门前雀欲栖。《史记·汲郑传》：翟公为廷尉，宾客阗门；及废，门外可设雀罗。隐隐朱城临玉道，遥遥翠幰⑮没金堤。挟弹飞鹰杜陵⑯北，探丸⑰借客⑱渭桥西。俱邀侠客芙蓉剑，共宿娼家桃李蹊⑲。娼家日暮紫罗裙，清歌一啭口氛氲。北堂夜夜人如月，南陌朝朝骑似云。南陌北堂连北里⑳，五剧㉑三条控三市。弱柳青槐拂地垂，佳气红尘暗天起。汉代金吾㉒千骑来，翡翠屠苏㉓鹦鹉杯。罗襦㉔宝带为君解，燕歌赵舞为君开。别有豪华称将相，转日回天不相让。意气由来排灌夫㉕，专权判不容萧相㉖。专权意气本豪雄，青虬紫燕㉗坐春风。自言歌舞长千载，自谓骄奢凌五公㉘。节物风光不相待，桑田碧海㉙须臾改。昔时金阶白玉堂，即今惟见青松㉚在。寂寂寥寥扬子居㉛，年年岁岁一床书。独有南山桂花发，飞来飞去袭人裾。

【注释】

①七香车：用多种香木制成带有帷幔的车。②主第：公主的府第。③流苏：用羽毛或丝制成球状，下垂长穗的装饰品。④复道：即阁道，两楼之间的空中通道。⑤交窗：花格交错的窗。⑥梁家画阁：指东汉顺帝时外戚梁翼在洛阳的豪华宅第。⑦汉帝金茎：指汉武帝在建章宫立的铜柱，上有铜仙人托承露盘。⑧吹箫向紫烟：用弄玉、箫史升天成仙的典故。⑨比

目：比目鱼。喻夫妻恩爱，长相厮守。⑩蝉鬓：古代妇女的一种发式，将两鬓梳如蝉翼。⑪鸦黄：嫩黄。六朝和唐代女子以嫩黄色涂在额上，作小小新月形，又叫约黄。⑫铁连钱：马名。⑬金屈膝：饰金铰链。⑭廷尉：掌刑法的官员。⑮翠幰：车前的青色帷幔。⑯杜陵：汉宣帝陵墓，在长安东南。⑰探丸：《汉书·尹赏传》载，当时长安的游侠有一个专门刺杀官吏的组织，每次行动之前，都用红、黑、白三种弹丸来抓阄儿。摸到红丸的去刺杀武吏，摸到黑丸的去刺杀文吏，摸到白丸的就负责为行刺活动中死亡的杀手办理后事。⑱借客：替人报仇。⑲桃李：此指娼家。⑳北里：即平康里，唐代长安妓女聚居处。㉑五剧：五个重要交叉路口。㉒金吾：执金吾，掌京师治安的武官。㉓屠苏：酒名。㉔罗襦：丝绸短袄。㉕灌夫：汉武帝时人，任侠使酒，得罪丞相田蚡被族诛。㉖萧相：指萧望之，汉宣帝时曾任御史大夫、太子太傅，元帝时为前将军，自称『备位将相』，后为中书令石显陷害，自杀。㉗青虬紫燕：皆骏马名。㉘五公：指西汉时的御史大夫张汤，御史大夫杜周，前将军萧望之，右将军冯奉世，大将军史丹。㉙桑田碧海：即桑田沧海，指世事变化之快。㉚青松：指坟墓。古人于墓地种植松树。㉛扬子居：扬雄的住宅。扬雄，西汉末辞赋家、学者。

【品读】

胡应麟《诗薮》：照邻《古意》，宾王《帝京》，词藻富者故当易至，然须寻其本色乃佳。

陆时雍《唐诗镜》：玮丽中不乏风华，当在骆宾王《帝京篇》上。

沈德潜《唐诗别裁》：长安大道，豪贵骄奢，狭邪艳冶，无所不有。自嬖宠而侠客，而金吾，而权臣，皆向娼家游宿，自谓可永保富贵矣，然转瞬沧桑，徒存墟墓，不如读书自守者之为得也。借言子云，聊以自况云尔。

巫山高

巫山①望不极，望望下朝氛。莫辨啼猿《水经注·江水二》：每至晴初霜旦，林寒涧肃，常有高猿长啸，屡引凄异，空谷传响，哀转久绝，故渔者歌曰：『巴东三峡巫峡长，猿鸣三声泪沾裳。』树，徒看神女②云。宋玉《高唐赋》：昔者先王尝游高唐，怠而昼寝，梦见一妇人曰：『妾，巫山之女也。为高唐之客。闻君游高唐，愿荐枕席。』王因幸之。去而辞曰：『妾在巫山之阳，高丘之阻，旦为朝云，暮为行雨，朝朝暮暮，阳台之下。』惊涛乱水脉，骤雨暗峰文。沾裳即此地，况复远思君！

【注释】①巫山：在川、鄂两省边境，北连巴山，有巫山十二峰。②神女：即神女峰，巫山十二峰之一，相传为天帝之女瑶姬所化。

【品读】吴幵《优古堂诗话》：杜诗『影著啼猿树，魂飘结蜃楼』，盖用卢照邻《巫山高》云：『莫辨啼猿树，徒看神女云。』

骆宾王

骆宾王，生卒年不详。字观光，婺州义乌人（今浙江义乌）人。七岁能诗，号称『神童』。龙朔初，道王李元庆辟为府属。后拜奉礼郎，曾从军西域，又入蜀从征云南。返京后，任武功主簿，转明堂主簿，迁侍御史。被诬入狱，遇赦后出为临海丞。为徐敬业草讨武檄文，讨武兵败，逃亡不知所终。与王勃、杨炯、卢照邻合称初唐四杰。

晚憩田家 一作《思家》

转蓬劳远役，披薜下田家。山形类九折，水势急三巴[①]。悬梁接断岸，涩路拥崩查[②]。雾岩沦晓魄[③]，风溆涨寒沙。心迹一朝舛，关山万里赊。龙章[④]徒表越，闽俗本殊华。旅行悲泛梗[⑤]，离赠折疏麻。唯有寒潭菊，独似故园花。

【注释】①三巴：阆白二水东南流，曲折三回，如巴字，故名。②崩查：崩槎，残破的小船。③晓魄：即晓月。④龙章：衮龙之服，章甫之冠。⑤泛梗：随水漂流的木梗。常以喻漂泊不定的人生。

【品读】葛立方《韵语阳秋》：骆宾王《思家诗》云：『旅

行悲泛梗，离恨断疏麻。』钱起《题辋川诗》云：『折麻定延伫，乘月期相寻。』皆用《楚辞》意，用于离居。

帝京篇

山河千里国，城阙九重门。不睹皇居壮，安知天子尊？皇居帝里崤函谷[1]，鹑野[2]龙山[3]侯甸服。《周礼·夏官》：方千里曰王畿，其外方五百里曰侯服，又其外方五百里曰甸服。五纬[4]连影集星躔[5]，八水[6]分流横地轴。秦塞重关一百二[7]，汉家离宫三十六。桂殿[8]嵚岑[9]对玉楼，椒房窈窕连金屋。三条九陌丽城隈，万户千门平旦开。复道斜通鳷鹊观[10]，交衢直指凤凰台。剑履南宫入，簪缨北阙来。声名冠寰宇，文物象昭回。《诗经·大雅》：倬彼云汉，昭回于天。钩陈[11]肃兰戺[12]，璧沼浮槐市。铜羽[13]应风回，金茎承露起。校文天禄阁[14]，习战昆明水。朱邸抗平台，黄扉通戚里[15]。平台戚里带崇墉[16]，炊金馔玉[17]待鸣钟。小堂绮帐三千户，大道青楼十二重。宝盖雕鞍金络马，兰窗绣柱玉盘龙。绣柱璇题粉壁映，锵金鸣玉王侯盛。王侯贵人多近臣，朝游北里[18]暮南邻。陆贾[19]分金将宴喜，陈遵投辖正留宾。《汉书·陈遵传》：陈遵字孟公，杜陵人也……遵嗜酒，每大饮，宾客满堂，辄关门，取客车辖投井中，虽有急，终不得去。赵李经过密，阮籍《咏怀》：西游咸阳中，赵李相经过。萧朱[20]交结亲。丹凤朱城白日暮，青牛绀幰红尘度。侠客珠弹垂杨道，倡妇银钩采桑路。倡家桃李自芳菲，京华游侠盛轻肥。延年女弟[21]双凤入，罗敷使君千骑归。同心结缕带，连理织成衣。春朝桂尊尊百味，秋夜兰灯灯九微。翠幌珠帘不独映，清歌宝瑟自相依。且论三万六千是，宁知四十九年非？《淮南子》：蘧伯玉行年五十，而知四十九年非。古来荣利若浮云，人生倚伏信难分。《老子》：祸兮福之所倚，福兮祸之所伏。始见田窦[22]相移夺，俄闻卫霍[23]有功勋。未厌金陵气，先开石椁文[24]。朱门无复张公子[25]，灞亭谁畏李将军[26]？相顾百龄皆有待，居然万化咸应改。桂枝芳气已销亡，柏梁高宴[27]今何在！春去春来苦自驰，争名争利徒尔为。久留郎署[28]终难遇，空扫相门[29]谁见知？当时一旦擅豪华，自言千载长骄奢。倏忽抟风生羽翼，须臾失浪委泥沙。黄雀徒巢桂，《汉书·五行志》：成帝时歌谣又曰：『邪径败良田，谗口乱善人。桂树花不实，黄雀巢其颠。故为人所羡，今为人所怜。』桂，赤色，汉家象。花不实，无继嗣也。王莽自谓黄象，黄雀巢其颠也。青门遂种瓜。黄金销铄素丝变，一贵一贱交情见。红颜宿昔白头新，脱粟[30]布衣轻故人。故人有湮沦，新知无意气。灰死韩安国[31]，罗伤翟廷尉[32]。已矣哉，归去来，马卿[33]辞蜀多文藻，扬雄仕汉乏良媒。三冬自矜诚足用，十年不调几邅回。汲黯薪逾积，孙弘阁[34]未开。谁惜长沙傅[35]，独负洛阳才？

【注释】

①崤函谷：崤山和函谷，自古为险要的关隘。②鹑野：鹑首星之分野。③龙山：在今河南宝丰县。④五纬：即五星，东方岁星、南方荧惑、西方太白、北方辰星、中央镇星。⑤躔：五星运行的度次，即其行经的轨迹。⑥八水：指关中地区的泾水、渭水、灞水、浐水、涝水、潏水、沣水、滈水。⑦一百二：即百二。谓秦地两万人足当诸侯百万人。⑧桂殿：指后妃所住的深宫。⑨嵚崟：高峻貌。⑩鳷鹊观：汉宫观名，在甘泉宫外。⑪钩陈：星名，六星，在紫微垣内。此指后宫。⑫戺：持门枢的臼。⑬铜羽：汉建章宫铜凤凰。⑭天禄阁：汉宫中藏书处。⑮戚里：帝王外戚聚居之处。⑯崇墉：高墙。墉，墙。⑰炊金馔玉：比喻饮食珍贵。⑱北里：即长安平康里，因位于城北，故也称北里。⑲陆贾：西汉人，曾奉汉高祖命，出使南越，南越王尉佗设宴招待并送给他千金。及老，陆贾分金诸子。⑳萧朱：萧育和朱博的合称。此喻指达官交往。㉑延年女弟：指李夫人。此处喻指美人。㉒田窦：田蚡和窦婴的合称。均为西汉外戚。㉓卫霍：卫青和霍去病的合称。均为汉名将。㉔石椁文：传说卫灵公下葬时，于下葬处得一石椁铭文，预言灵公当葬此。㉕张公子：汉成帝喜便装出游，自称富平侯家张公子。㉖李将军：汉名将李广。㉗柏梁宴：汉武帝于长安建柏梁台，尝置酒其上。㉘郎署：郎官之官署。㉙空扫相门：用魏勃曹参事。㉚脱粟：糙米。㉛韩安国：字长孺，为梁孝王中大夫。㉜罗伤翟廷尉：下邽人翟公为廷尉，宾客盈门。及废，宾客不至，门外可设网罗雀。㉝马卿：指汉司马相如。㉞孙弘阁：《汉书》载，公孙弘至宰相，封侯，于是起客馆，开东阁，以招揽人才。㉟长沙傅、洛阳才：指贾谊。

【品读】

《旧唐书·文苑传》：骆宾王，婺州义乌人，少善属文，尤妙于五言诗，尝作《帝京篇》，当时以为绝唱。

尤袤《全唐诗话》：宾王文好以数对，如『秦地重关一百二，汉家离宫三十六』，号为『算博士』。

吴瑞荣《唐诗笺要后集》：骆丞此篇至为富丽，与《畴昔篇》同工，而才气更润。其好以数对，诚不免算博士之訾。要其精工稳密，人巧天趣，两擅其胜。王元美谓缀锦贯珠，滔滔洪远，是千秋绝艺。

在狱咏蝉 并序

余禁所禁垣西，是法曹①厅事也，有古槐数株焉。虽生意可知，同殷仲文②之枯树；而听讼斯在，即周召伯③之甘棠。每至夕照低阴，秋蝉疏引，发声幽息，有切尝闻。岂人心异于曩时，将虫响悲于前听。嗟呼，声以动容，德以象贤。故洁其身也，禀君子达人之高行；蜕其皮也，有仙都羽化之灵姿。候时而来，顺阴阳之数；应节为变，审藏用之机。有目斯开，不以道昏而昧其视；有翼自薄，不以俗厚而易其真。吟乔树之微风，韵资天纵；饮高秋之坠露，清畏人知。仆失路艰虞，遭时徽纆④，不哀伤而自怨，未摇落而先衰。闻蟪蛄⑤之流声，悟平反之已奏；见螳螂之抱影，怯危机之未安。感而缀诗，贻诸知己。庶情沿物应，哀弱羽之飘零；道寄人知，悯余声之寂寞。非谓文墨，取代幽忧云尔。

西陆《隋书·天文志中》：日循黄道东行，一日一夜行一度。三百六十五日有奇而周天，行东陆谓之春，行南陆谓之夏，行西陆谓之秋，行北陆谓之冬。蝉声唱，南冠⑥客思侵。一作深。那堪玄鬓⑦影，来对白头《杂曲歌辞·古歌》：座中何人，谁不怀忧？令我白头。吟。露重飞难进，风多响易沉。无人信高洁，谁为表予心！

【注释】

①法曹：司法官署，指大理寺。唐大理寺审判罪人。②殷仲文：晋代东阳太守，风流儒雅，海内知名。《晋书·殷仲文传》：『仲文因月朔，与众至大司府。府中有老槐树。顾之良久而叹曰：「此树婆娑，无复生意。」』③周召伯：召同邵。周武王时，召伯为西伯，行政于南土，决讼于甘棠之下，不重烦劳百姓。④徽纆：黑索。⑤蟪蛄：寒蝉。⑥南冠：楚人戴的帽子，借指囚徒。《左传·成公九年》：『晋侯观于军府，见钟仪，问之曰：「南冠而絷者谁也？」有司对曰：「郑人所献楚囚也。」』⑦玄鬓：指蝉。古代有妇女梳鬓发如蝉翼状，称蝉鬓。

【品读】

《唐诗三百首注疏》引屈金粟：结句得以直说自己者，以前半有『南冠』『白头吟』句也。五六有进退维谷之意。

施补华《岘佣说诗》：《三百篇》比兴为多，唐人尤得此意。同一《咏蝉》，虞世南『居高声自远，端不藉秋风』，是清华人语；骆宾王『露重飞难进，风多响易沉』，是患难人语；李商隐『本以高难饱，徒劳恨费声』，是牢骚人语。比兴不同如此。

俞陛云《诗境浅说》：起句言狱中闻蝉，题之本位也。三四句由蝉说到己身，层次井然。而玄鬓白头，于句法流转中兼工琢句。五句言蝉因露重而沾翅难飞，犹己之以谗深而含冤莫白。六句言蝉因风多而响易沉，犹己之以毁积而辞不达。末二句慨然说明借蝉喻己之意。此诗取譬最为明切。大凡咏物诗，或见物兴感，或借物自况，或借物寓意，方有题外之味。

于易水①送人

此地别燕丹②，壮士发冲冠，昔时人已没，今日水犹寒③。

【注释】

①易水：又名故安河，源于河北易县。②燕丹：即燕太子丹，战国末年燕王喜之子。③水犹寒：《史记·刺客列传》：『太子及宾客知其事者，皆白衣冠以送之。至易水之上，既祖，取道，高渐离击筑，荆轲和而歌，为变徵之声，士皆垂泪涕泣。又前而为歌曰：「风萧萧兮易水寒，壮士一去兮不复还！」复为羽声慷慨，士皆瞋目，发尽上指冠。于是荆轲就车而去，终已不顾。』

【品读】

胡应麟《诗薮》：骆宾王：『昔时人已没，今日水犹寒。』初唐绝句精巧，犹是六朝余习。

毛先舒《诗辩坻》：临海《易水送别》，借轲、丹事，用一『别』字映出题面，余作凭吊，而神理已足。二十字游刃如此，何等高笔。

俞陛云《诗境浅说》：寥寥十五字，而千载之下如闻悲壮之声，咏易水者当不能外此意。此诗一气挥洒，而重在『水犹寒』三字，一见人虽没，而英风壮采凛凛如生；一见易水寒声，至今日犹闻呜咽。怀古苍凉，劲气直达，高格也。

杜审言

杜审言（约645-708），字必简，襄州襄阳人，是杜甫的祖父。高宗咸亨进士，中宗时，因与张易之兄弟交往，被流放峰州。曾任隰城尉、洛阳丞等职，累官修文馆直学士，少与李峤、崔融、苏味道齐名，称『文章四友』，是唐代『近体诗』的奠基人之一。

和晋陵陆丞早春游望

独有宦游①人，偏惊物候新。云霞出海曙，梅柳渡江春。淑气②催黄鸟，晴光转绿萍。忽闻歌古调③，归思欲沾巾。

【注释】

①宦游：在外做官。②淑气：温暖的春气。③古调：此指陆丞的诗，即《早春游望》。

【品读】

胡应麟《诗薮》：初唐五律，『独有宦游人』第一。

杨慎《升庵诗话》：杜审言《早春游望》诗，《唐诗三体》选为第一首是也。首句『独有宦游人』，第七句『忽闻歌古调』，妙在『独有』『忽闻』四虚字。《文选》殷仲文诗『独有清秋日』，审言祖之，盖虽二字，亦不苟也。诗家言子美无一字无来处，其祖家法也。

钟惺、谭元春《唐诗归》：烂熟诗，色味不陈。

送和西蕃[1]使

使出凤凰池[2]，京师阳春晚。圣朝尚边策，诏谕兵戈偃。拜手[3]明光殿，摇心上林苑。种落[4]逾青羌[5]，关山度赤坂[6]。疆场及无事，雅歌《后汉书·祭遵传》：『对酒设乐，必雅歌投壶。』李贤注：雅歌，谓歌《雅》诗也。而餐饭。宁独锡和戎？更当封定远[7]。

【注释】

①西蕃：吐蕃的别称。②凤凰池：魏晋南北朝时中书省设于禁苑，遂代指中书省。③拜手：古代男子的跪拜礼。④种落：部落。⑤青羌：泛指我国古代西北地区少数民族。⑥赤坂：赤岭，在今青海省湟源县西。⑦定远：东汉班超出使西域，后封定远侯。

【品读】

杨慎《升庵诗话》：杜审言诗『使出凤凰池，京师阳春晚』，奇句也。盖言繁华之地，流景易迈。

登襄阳[1]城

旅客三秋[2]至，层城四望开。楚山[3]横地出，汉水接天回。冠盖《水经注·沔水》：宜城县有太山，山下有庙。汉末多士，其中刺史、二千石、卿长数十人，朱轩华盖，同会于庙下。荆州刺史行部见之，雅叹其盛，号曰冠盖里。非新里，章华[4]即旧台。习池[5]风景异，归路满尘埃。

【注释】

①襄阳：今湖北省襄樊市。②三秋：指农历九月。③楚山：在襄樊西南，又名马鞍山。④章华：章华台，为春秋时楚灵王所造台名，故址在今湖北省监利县。⑤习池：习家池，在襄阳城南。东汉初，襄阳侯习郁在此引白马泉凿池养鱼、植树、建馆而得名，后西晋征南将军山简守襄阳，常于此饮宴，自号『高阳酒徒』，因改称高阳池馆。

【品读】

方回《瀛奎律髓》：『楚山』『汉水』一联，子美家法。中四句似皆言景，然后联寓感慨，不但张大形势，举里、台二名而错以『新』『旧』二字，无刻削痕，末句又伤时俗不古，无习池、山公之事，尤有味也。

胡应麟《诗薮》：审言『楚山横地出，汉水接天回』『飞霜遥渡海，残月迥临边』等句，闳逸浑雄，少陵家法宛然。宋人掇其『牵风紫蔓』小语，以为杜所自出，陋哉！

渡湘江

迟日园林悲昔游，今春花鸟作边愁。独怜京国人南窜[1]，不似湘江水北流。

【注释】

①南窜：指诗人被流放峰州。

【品读】

胡应麟《诗薮》：唐初五言绝，子安诸作已入妙境。七言初变梁陈，音律未谐，韵度尚乏。唯杜审言《渡湘江》《赠苏绾》二首，结皆作对，而工致天然，风味可掬。

吴瑞荣《唐诗笺要》：即至子安『人情已厌南中苦，鸿雁那从北地来』之意，不对似对，对而不对，于有意无意处味之。

春日江津游望

旅客摇边思，春江弄晚晴。烟销垂柳弱，雾卷落花轻。飞棹乘空下，回流向日平。鸟啼移几处，蝶舞乱相迎。忽叹人皆浊，堤防水至清。谷王①常为让，深可戒中盈。

【注释】

①谷王：百谷之王，海之别称。《老子》：『江海所以能为百谷王者，以其善下之也，故能为百谷王。』

【品读】

吴瑞荣《唐诗笺要》：此读后四句如子家奥别，如释氏机锋，崭然特异。

春日京中有怀

今年游寓①独游秦②，愁思看春不当春。上林苑里花徒发，细柳营③前叶漫新。公子南桥应尽兴，将军西第④几留宾。寄语洛城风日道，明年春色倍还人。

【注释】

①游寓：犹宦游。②秦：陕西古称为秦地，此指长安。③细柳营：为西汉周亚夫将军屯兵处，在今咸阳西南。周治军有方，后用来咏军营或军纪严明的将军。④西第：东汉大将军梁冀在洛阳西建宅第，时人作《大将军西第颂》。此借指贵人府邸。

【品读】

王得臣《麈史·诗话部》：诗有『绾雾清条弱，牵风紫蔓长』，又有『寄语洛阳风月道，明年春色倍还人』之句，若子美『林花带雨胭脂落，水荇牵风翠带长』，又云『传语风光共流转，暂时相赏莫相违』，虽不袭取其意，而语脉盖有家法矣。

钟惺、谭元春《唐诗归》：『寄语洛城风月道，明年春色倍还人。』七言律结如此灵活者，可救滞滥之苦。

沈德潜《唐诗别裁》：造语新异，以后人熟诵不觉耳。

金圣叹《贯华堂选批唐才子诗》：前解，当时初有律诗，人都未知云何。看他为头先出好手，盘空发起异样才思，浩浩落落，平开二解。前解曰：今年不当春，三四承之，便不别换笔，只一直写曰：花亦不当花，柳亦不当柳。盖一句十四字，并更不出『不当春』之三字也，于是遂为一代律诗前解之定式。呜呼！岂不伟哉！后解曰：明年倍还春，五六先之，亦更不远出笔，只就势起曰：

南桥公子今虽尽兴，西第将军已自留宾，然我今不与，便都不算，一齐寄语都要重还。一直读之，分明只如一句说话。于是又遂为律诗后解之定式。斯真卓尔罩代之奇事也。

王勃

王勃（649-676），字子安，绛州龙门（今山西河津）人。王勃与杨炯、卢照邻、骆宾王以诗文齐名，并称『初唐四杰』。王勃是隋末大儒王通的孙子，幼有才华，未成年即被司刑太常伯刘祥道赞为神童，授朝散郎。乾封初（666）为沛王李贤征王府侍读，后因戏为《檄英王鸡》文，被高宗怒逐出府。随即出游巴蜀。咸亨三年（672）补虢州参军，因擅杀官奴当诛，遇赦除名。上元二年（675）南下探亲，渡海溺水，惊悸而死。

咏风

肃肃《诗·召南·小星》：肃肃宵征，夙夜在公。凉景生，加《风赋》：夫风者，天地之气，溥畅而至，不择贵贱高下而加焉。我林壑清。驱烟寻涧户，卷雾出山楹①。去来固无迹，动息如有情。日落山水静，为君起松声。

【注释】

①山楹：山屋。古时屋一列称为一楹。

【品读】

计有功《唐诗纪事》：《咏风》最有余味，真天才也。

钟惺、谭元春《唐诗归》：读至此心眼始开，骨韵声光，居然一李颀、王昌龄矣。此君五言古殊为踧躇，唯《咏风》一首高妙，稍带律意。

滕王阁①

滕王高阁临江渚，珮玉鸣鸾②罢歌舞。画栋朝飞南浦云，珠帘暮卷西山③雨。闲云潭影日悠悠，物换星移④几度秋。阁中帝子⑤今何在？槛外长江空自流。

【注释】

①滕王阁：在今江西南昌赣江之滨，唐高祖子滕王李元婴都督洪州时所建，为江南名胜之一。上元二年（675），重修阁成，王勃曾即席作《滕王阁序》，盛传一时。②珮玉鸣鸾：女子所佩玉饰发出的声响，这里用以代指歌女。鸾，通「銮」。一种铃，常饰于帝王的车子上。③西山：在南昌西北。④物换星移：景物改变，星辰的位置移动，指岁月流逝。⑤帝子：指滕王李元婴。

【品读】

胡应麟《诗薮》：初唐短歌，子安《滕王阁》为冠。八句之中，平仄相半，轨辙一定，毫不可逾，殆近似歌行中律体矣。

胡震亨《唐音癸签》：王勃《滕王阁》，卫万《吴宫怨》，自是初唐短歌，婉丽和平，极可师法。

郎廷槐《师友诗传录》：萧亭答：『若短篇，词短而气欲长，声急而气犹有余，斯为得之。短篇如王子安《滕王阁》，最有法度。』

圣泉①宴

披襟②乘石磴，列籍③俯春泉。兰气熏山酌④，松声韵野弦。影飘垂叶外，香度落花前。兴洽林塘晚，重岩起夕烟。

【注释】

①圣泉：在今四川三台附近玄武山中，为唐时游览胜地。②披襟：解开衣服。③籍：同「藉」。《文选》：「藉萋萋之纤草。」李善注：「以草荐地而坐曰藉。」④酌：原指饮酒，斟酒。后引申为酒的代称。

【品读】

许学夷《诗源辨体》：王如「兰气熏山酌，松声韵野弦」等句，语虽近靡，而风格自胜，断非六朝人语。

送杜少府之任蜀州①

「州」，一作「川」。

城阙②辅三秦③，风烟望五津④。与君离别意，同是宦游人⑤。海内存知己，天涯若比邻⑥。姚鼐：用陈思王《赠白马王彪》诗意，实自浑转。无为⑦在歧路，儿女共沾巾⑧。

【注释】

①蜀州：指西川，即今四川岷江流域一带。②城阙：指京城长安。③三秦：今陕西省关中地区，古为秦国。项羽灭秦，分此地为三个侯国，即雍、塞、翟三国，故称「三秦」。④五津：长江自湔堰至犍为有白华津、万

里津、江首津、涉头津、江南津等五渡口。⑤宦游人：远离家乡出外做官的人。⑥比邻：近邻。比，古时五家为一比。⑦无为：不要，莫如此。⑧沾巾：因流泪而沾湿佩巾。

【品读】

胡应麟《诗薮》：唐初五言律，惟王勃『送送多穷路』『城阙辅三秦』等作，终篇不着景物，而兴象宛然，气骨苍然，实首启盛、中妙境。

钟惺、谭元春《唐诗归》：此等作取其气完而不碎，直律成之始也。其工拙自不必论，然文有创有修，不可靠定此一派，不复求变也。

胡本渊《唐诗近体》：前四句言宦游中作别，后四句翻出达见，语意迥不犹人，洒脱超诣，初唐风格。

俞陛云《诗境浅说》：首句言所居之地，次言送友所往之处。先将本题叙明，以下六句，皆送友之词。一气贯注，如娓娓清谈，极行云流水之妙。

仲春①郊外

东园垂柳径，西堰②落花津。物色连三月，风光绝四邻。鸟飞村觉曙，鱼戏水知春。初晴山院里，何处染嚣尘③？

【注释】

①仲春：春季的第二个月，即阴历二月。②堰：土坝。③嚣尘：指纷扰的尘世。

【品读】

许学夷《诗源辨体》：『鸟飞村觉曙，鱼戏水知春』……语虽近靡，而风格自胜，断非六朝人语。

郊兴

空园歌独酌①，春日赋闲居②。泽兰③侵④小径，河柳覆长渠。雨去花光湿，风归叶影疏。山人不惜醉，唯畏绿尊⑤虚。

【注释】

①歌独酌：吟诵《独酌谣》。《独酌谣》为乐府歌词名，南朝陈沈炯曾据题作歌，表现了自伤孤寂的思绪。②赋闲居：晋潘岳曾任县令，以亲疾免官，作《闲居赋》咏闲居养亲并寄托失意之感。③泽兰：菊科多年生草本植物。④侵：遮盖。⑤绿尊：绿色的酒杯。

【品读】

钟惺、谭元春《唐诗归》：『雨去花光湿，风归叶影疏。』『雨去』，『去』字妙。才于『花光湿』，『光』字有情。若直言雨，则湿在花而不在光矣。

郊园即事

烟霞春旦赏，松竹故年心。断山疑画障①，县溜②泻鸣琴，草遍南亭合，花开北院深。闲居饶酒赋③，随兴欲抽簪④。

【注释】①画障：绘有山水景物的屏风。②县溜：飞泉。县，同「悬」。③酒赋：饮酒、赋诗。④抽簪：古代官员以簪连冠于发，故代指弃官引退。

【品读】许学夷《诗源辨体》：「断山疑画障，县溜泻鸣琴。」……语虽近靡，而风格自胜，断非六朝人语。

易阳①早发

饬装②侵晓月，奔策③候残星。危阁寻④丹嶂⑤，回梁属翠屏。云间迷树影，雾里失峰形。复此凉飙至，空山飞夜萤。

【注释】①易阳：今河北永年县西。②饬装：整理行装。③策：马鞭。此处指扬鞭。④寻：依附。⑤丹嶂：绚丽的山峰。

【品读】许学夷《诗源辨体》：「危阁寻丹嶂，回梁属翠屏。」……语皆雄伟。唐人之气象风格，至此而见矣。

普安①建阴题壁

江汉深无极，梁岷王粲《赠文叔良》：君子于征，爱聘西邻，临此洪渚，伊思梁岷。李周翰注：梁岷，蜀二山名。不可攀。山川云雾里，游子几时还？

【注释】①普安：今四川省剑阁。

【品读】吴瑞荣《唐诗笺要》：未寓怅望意，不必声与泣偕。若过做惨切语，便减神味。

蜀中九日

九月九日①望乡台，他席他乡送客杯。人情已厌南中②苦，鸿雁那从北地来。

【注释】①九月九日：重阳节。②南中：指川南和云贵一带。

【品读】唐汝询《唐诗解》：唐人绝句类于无情处生情，此联是其鼻祖。

沈德潜《唐诗别裁》：似对不对，初唐标格，不得认作律诗之半。

杨炯

杨炯（650－约693），弘农华阴（今属陕西）人。显庆四年（659）举神童。上元三年（676）应制举及第。补校书郎，累迁詹事司直。武后垂拱元年（685）坐从祖弟杨神让参与徐敬业起兵，出为梓州司法参军。天授元年（690），任教于洛阳宫中习艺馆。如意元年（692）秋后迁盈川令，吏治以严酷著称，卒于官。世称杨盈川。与王勃、卢照邻、骆宾王齐名，并称“初唐四杰”，但自称“耻在王后，愧在卢前”。

从军行

烽火①照西京②，心中自不平。牙璋③辞凤阙④，铁骑绕龙城⑤。雪暗凋旗画⑥，风多杂鼓声。宁为百夫长⑦，胜作一书生。

【注释】

①烽火：用来报警的火堆。②西京：唐代都城长安。③牙璋：调兵的符信，凸凹两块，分别掌握在朝廷和主将手中。两块合一，凸凹相嵌，称牙。④凤阙：汉武帝所居建章宫的望楼上立有铜凤，后因以凤阙代指皇宫。⑤龙城：匈奴人祭天和大会诸部的地方，故址在今蒙古国境内。此处代指敌方重镇。⑥旗画：旗帜上的花纹图案。⑦百夫长：卒长，泛指古代军队中的下级军官。

【品读】

陆时雍《唐诗镜》：浑厚。字字铢两悉称，首尾圆满，殆无余憾。

唐汝询《唐诗解》：此盈川抱才不遇而发愤于从军也。不平之感者，正以朝廷尊宠武臣，使穷深入，虽未免风雪之苦，而有茅土之封，是百夫之长胜吾辈矣。

沈德潜《唐诗别裁》：此泛言用武效力，胜于一经自守。唐汝询谓朝廷尊宠武臣，而盈川抱才不遇，故尔心中不平，亦近于凿。

送临津①房少府

岐路三秋别，江津②万里长。烟霞驻③征盖④，弦奏促飞觞⑤。阶树含斜日，池风泛早凉。赠言未终竟，流涕忽沾裳。

【注释】

①临津：旧县名，在今四川剑阁县东南。②江津：指嘉陵江。③驻：缭绕。④征盖：行人乘车的车篷。⑤飞觞：举杯饮酒。觞，又称羽觞，饮酒之器。

【品读】

陆时雍《唐诗镜》：三四气韵。

刘希夷

刘希夷，生卒年不详，字廷之，一作庭芝，汝州（今河南临汝）人。上元进士，善弹琵琶。少有文华，落魄不拘常格，后为人所害。其诗以歌行见长，多写闺情，辞意柔婉华丽，且多感伤情调。

捣衣篇

秋天瑟瑟夜漫漫，夜白风清玉露漙①。燕山游子衣裳薄，秦地②佳人闺阁寒。欲向楼中索楚练③，还来机上裂齐纨④。揽红袖兮愁徙倚，盼青砧兮怅盘桓。盘桓徙倚夜已久，萤火双飞入帘牖⑤。西北风来吹细腰，东南月上浮纤手。此时秋月可怜明，此时秋风别有情。君看月下参差影，为听莎⑥间断续声。绛河转兮青云晓，飞鸟鸣兮行人少。攒眉缉缕⑦思纷纷，对影穿针魂悄悄。闻道还家未有期，谁怜登陇不胜悲？梦见形容亦旧日，为许裁缝改昔时。缄书远寄交河⑧曲，须及明年春草绿。莫言衣上有斑斑，只为思君泪相续。

【注释】

①漙：形容露多。②秦地：泛指陕西、甘肃一带，古为秦国之地。③楚练：楚地产的丝线。④齐纨：齐地产的细绢。⑤牖：窗。⑥莎：莎草，即香附子。⑦缉缕：犹交织。缉，析麻成缕；缕，线。⑧交河：地名，在今新疆吐鲁番以西地方。

【品读】

钟惺、谭元春《唐诗归》：此诗密理深情，远胜《公子行》诸篇。

代悲白头翁 一作《白头吟》

《全唐诗》：希夷善琵琶，尝为《白头吟》云：『今年花落颜色改，明年花开复谁在？』既而悔曰：『我此诗似谶，与石崇「白首同所归」何异？』乃更作云：『年年岁岁花相似，岁岁年年人不同。』既而叹曰：『复似向谶矣。』诗成未周岁，为奸人所杀。宋之问害希夷，而以《白头吟》之篇为己作。至今载有此篇在之问集中者。

洛阳①城东桃李花，飞来飞去落谁家？洛阳女儿好颜色②，坐见落花长叹息。今年花落颜色改，明年花开复谁在？已见松柏摧为薪，更闻桑田变成海③。古人无复洛城东，今人还对落花风。年年岁岁花相似，岁岁年年人不同。寄言④全盛红颜子⑤，应怜半死白头翁。此翁白头真可怜，伊昔红颜美少年。公子王孙芳树下，清歌妙舞落花前。光禄⑥池台开锦绣，将军⑦楼阁画神仙。一朝卧病无相识，三春⑧行乐在谁边？宛转蛾眉能几时？须臾鹤发乱如丝。但看古来歌舞地，惟有黄昏鸟雀悲。

【注释】

①洛阳：今河南洛阳市，唐时为陪都，又叫东都。

②颜色：指容貌。③更闻句：比喻世事变化无常。据《神仙传》载，麻姑谓王方平曰：『接侍以来，已见东海三为桑田。』④寄言：传话，此为奉劝之意。⑤红颜子：指青年男女。⑥光禄：古代官职名，职掌宿卫侍从。⑦将军：指东汉大将军梁冀。《后汉书·梁冀传》载，梁大兴土木，建造府宅，『图以云气仙灵』。⑧三春：指初春、仲春、季春，即春季的三个月。

【品读】

辛文房《唐才子传》：希夷美姿容，好谈笑，尝作《白头吟》一联云：『今年花落颜色改，明年花开复谁在？』既而叹曰：『此语谶也！』乃除之，又吟曰：『年年岁岁花相似，岁岁年年人不同。』复叹曰：『死生有命，岂由此虚言乎？』遂并存之。舅宋之问苦爱后一联，知其未传于人，恳求之，许而竟不与。之问怒其诳己，使奴以土囊压杀于别舍。

沈德潜《唐诗别裁》：少年每轻视老翁，因言老翁当少年时亦尝与公子王孙游冶，一朝奄忽，尽付空虚，今之少年能免衰老乎？末又宕开作结。又：对仗工丽，上下蝉联，此初唐七古体，少陵所谓『劣于汉魏近风骚』也。

葛立方《韵语阳秋》：至刘希夷作《白头吟》乃云：『寄意全盛红颜子，须怜半死白头翁。此翁白头真可怜，伊昔红颜美少年。』则是言男为女所弃而作，与文君《白头吟》之本意异矣。

晚春

佳人眠洞房①，回首见垂杨。寒尽鸳鸯被，春生玳瑁床。庭阴幕青霭②，帘影散红芳。寄语同心伴，迎春且薄妆。

【注释】

①洞房：幽深的房室。②幕青霭：覆盖着青色的云气。

【品读】

钟惺、谭元春《唐诗归》：『回首见垂杨』七句，都从『眠洞房』生来，自见垂杨至散红芳，俱床上望外境事，所以有『且薄妆』之语。盖急欲迎春，眠起不暇浓汝耳。细心阅之自见。

沈德潜《唐诗别裁》：六朝风致，一语百媚。

宋之问

宋之问（约656—约713），字延清，一名少连，汾州（今山西汾阳市）人。一说虢州弘农（今河南灵宝县）人。高宗上元二年（675）进士。后以才名被召分直内文学馆，不久出授洛州参军。后转任尚书监丞、左奉宸内供奉。因超奉张易之，张易之被杀后，宋之问被贬为泷州（今广东罗定南）参军。不久，逃归洛阳，依附武三思，为修文馆学士。又因受贿贬越州长史。睿宗即位后被流放钦州，玄宗先天初赐死于流放地。

初到陆浑[1]山庄

授衣[2]感穷节[3]，策马凌伊关[4]。归齐逸人[5]趣，日觉秋琴闲。寒露衰北阜，夕阳破东山[6]。浩歌步榛樾[7]，栖鸟随我还。

【注释】

①陆浑：古县名。治所在今河南嵩县东北。②授衣：古代九月制备寒衣，叫「授衣」。③穷节：冬季。④伊关：伊阙，又称龙门。山名。在今河南洛阳市南。山上有古关，名伊阙关。⑤逸人：隐士。⑥东山：指河南洛阳南香山。⑦樾：两木交聚而成的树荫。

【品读】

钟惺、谭元春《唐诗归》：深厚。诗若无此等语，便枯滞无情矣。

题张老松树

岁晚东岩下，周顾[1]何凄恻[2]。日落西山阴，众草起寒色。中有乔松树，使我长叹息。百尺无寸枝，一生自孤直。

【注释】

①周顾：四面回看。②凄恻：因情景凄凉而悲伤。

【品读】

钟惺、谭元春《唐诗归》：写得肃洁，不受题咏之苦，一首绝妙感遇诗。

明河[1]篇

八月凉风天气清，万里无云河汉明，昏见南楼清且浅，晓落西山纵复横。洛阳城阙天中起，长河夜夜千门里。复道连甍共蔽亏，画堂琼户特相宜。云母[2]帐前初泛滥，水精[3]帘外转逶迤，倬彼昭回《诗经·大雅·云汉》：倬彼云汉，昭回于天。孔颖达疏：见倬然而明大者，彼天之云汉；其水气精光，转运于天，未有雨征。如练白，复出东城接南陌。南陌征人去不归，谁家今夜捣寒衣？鸳鸯机[4]上流萤度，乌鹊桥边一雁飞。雁飞萤度愁难歇，坐见明河渐微没。已能舒卷任浮云，不惜光辉让流月。明河可望不可亲，愿得乘槎一问津。更将织女支机石，《太平御览》引刘义庆《集林》：

昔有一人寻河源，见妇人浣纱，以问之，曰：『此天河也。』乃与一石而归。问严君平，云：『此支机石也。』

还访成都卖卜人[5]。

【注释】

①明河：银河。②云母：一种具有光泽的晶体矿物，可做装饰之用。③水精：水晶，又称石英，一种透明的晶体矿物。④鸳鸯机：一作鸳机，即织锦之机。上官仪《八咏应制》诗：『方移花影入鸳机。』⑤成都卖卜人：指西汉隐士严君平。君平名遵，蜀（今四川）人，善观星相，曾卖卜于成都。

【品读】

计有功《唐诗纪事》：武后时，之问求为北门学士，不许，乃作此篇以见意。后见之，谓崔融曰：『非不知之问有奇才，但恨有口过耳。』之问终身耻之。

留别之望舍弟

同气[1]有三人，分飞在此晨。西驰巴岭徼[2]，东去洛阳滨。强饮离前酒，终伤别后神。谁怜散花萼？独赴日南[3]春。

【注释】

①同气：气质相同。此指兄弟。任昉《为齐明帝让宣城郡公表》：『世祖武皇帝，情等布衣，寄深同气。』②徼：边界。③日南：秦象郡，汉武帝时更名日南，属交州。

【品读】

钟惺、谭元春《唐诗归》：至悲至深，不须言愁，自然不是别他人之作。

登粤王台

江上粤王台[1]，登高望几回。南溟天外合，北户日边开。地湿烟尝起，山晴雨半来。冬花采卢橘[2]，夏果摘杨梅。迹类虞翻[3]枉，人非贾谊[4]才。归心不可见，白发重相催。

【注释】

①粤王台：一作越台，遗址在今广州越秀山上。②卢橘：金橘。生时青卢色，黄熟时则如金，故有金橘、卢橘之称。③虞翻：三国时期吴国经学家。字仲翔，会稽余姚人。曾任富春长，因触犯孙权被谪戍。④贾谊：西汉政论家、文学家。洛阳人。十八岁时，以能诵读诗书，善文章，为郡人所称誉。后遭排挤，被贬为长沙王太傅。

【品读】

胡应麟《诗薮》：延清排律，如《登粤王台》《虚氏村》《禹穴》《韶州清远峡》《法华寺》等篇，叙状景物，皆极天下之工。且繁而不乱，绮而不冗，可与谢灵运游览诸作并驰，古今排律绝唱也。

吴瑞荣《唐诗笺要》：宋于末弩偏着力，此般结句，寻常语，独隽永有味。

灵隐寺①

鹫岭②郁岧峣③，龙宫④锁寂寥。楼观沧海日，门对浙江潮⑤。桂子月中落，天香云外飘。扪⑥萝登塔远，刳⑦木取泉遥。霜薄花更发，冰轻叶未凋。夙龄⑧尚遐异，搜对涤烦嚣。待入天台路⑨，看余度石桥⑩。

【注释】

①灵隐寺：在浙江杭州西湖西北灵隐山麓。②鹫岭：即飞来峰，又名灵鹫峰。在灵隐寺前。③岧峣：山高峻状。④龙宫：即佛殿。佛经说鱼龙喜听僧人吟唱佛曲的声音，海龙王曾拜请佛祖入龙宫讲经，故称。⑤浙江潮：即钱塘江潮。⑥扪：攀援。⑦刳：剖开挖空。⑧夙龄：早年。⑨天台路：相传东汉永平年间，剡县人刘晨、阮肇入天台山采药，路遇二仙女，邀至家，留半年，还乡时子孙已历七世。天台，山名，在天台县城东北。⑩渡石桥：过天台山的犄溪石桥。桥身极狭，宽不到一尺，长数十丈，下临绝涧。

【品读】

孟棨《本事诗》：宋考功以事累贬黜，后放还，至江南游灵隐寺，夜月极明，长廊吟行，且为诗曰：『鹫岭郁岧峣，龙宫锁寂寥。』第二联搜奇思，终不如意。有老僧点长明灯，坐大禅床，问曰：『少年夜久不寐，而吟讽甚苦何也？』之问答曰：『弟子业诗，适偶欲题此寺，而兴思不属。』僧曰：『试吟上联。』即吟与听之。再三吟讽，因曰：『何不云「楼观沧海日，门对浙江潮」？』之问愕然，讶其遒丽。迟明更访之，则不复见矣。寺僧有知者，曰：『此骆宾王也。』

计有功《唐诗纪事》：之问贬黜放还，至江南，游灵隐寺。夜月极明，长廊行吟曰：『鹫岭郁岧峣，龙宫锁寂寥。』久不能续。有老僧点长明灯，问曰：『少年夜久不寐，何耶？』之问曰：『偶欲题此寺，而兴思不属。』即曰：『何不云「楼观沧海日，门对浙江潮」？』之问愕然，讶其遒丽，迟明更访之，则不复见。寺僧有知者曰：『此骆宾王也。』

渡汉江①

岭外②音书断，经冬复历春。近乡情更怯，不敢问来人③。

【注释】

①汉江：今汉水中游的襄河。②岭外：即南岭之南。即今广东、广西一带。岭，指湖南、广东交界的大庾岭。③来人：指来自家乡，熟悉自家情况的人。

【品读】

钟惺、谭元春《唐诗归》：实历苦境，皆以反说，意又深一层。

沈德潜《唐诗别裁》：即老杜『反畏消息来，寸心亦何有』意。

施补华《岘佣说诗》：五绝中能言情，与嘉州『马上相逢无纸笔』同妙。

沈佺期

沈佺期（约656-715），字云卿，相州内黄（今河南内黄）人。上元二年（675）进士及第。由协律郎累迁考功员外郎。曾因受贿入狱。出狱后复职，迁给事中。中宗即位，因谄附张易之，被流放马州。神龙三年（707），召拜起居郎兼修文馆直学士，常侍宫中。后历中书舍人、太子少詹事。沈佺期与宋之问齐名，并称『沈宋』。

芳树

何地早芳菲，宛在长门殿①。夭桃《诗经·周南》：桃之夭夭，灼灼其华。色若绶②，秾李《诗经·召南》：何彼秾兮，华如桃李。光如练③。啼鸟弄花疏，游蜂饮香遍。叹息春风起，飘零君不见。

【注释】

①长门殿：即长门宫，汉宫名。窦太主献长门园，武帝更名长门宫，陈皇后失宠后幽居于此。②绶：红色丝带。③练：白色熟绢。

【品读】

方南堂《辍锻录》：诗人体物入微，真能笔通造化。乔知之《长信宫树》云：『余花鸟弄尽，败叶虫书遍。』沈佺期《芳树》云：『啼鸟弄花疏，游蜂饮香遍。』偶一歌咏，一则秋气萧条，一则春光明媚，即此可悟用字法。

过蜀龙门①

龙门非禹凿②，诡怪乃天功。西南出巴峡③，不与众山同。长窦④亘五里，宛转复嵌空。伏湍煦《汉书·中山靖王传》：众煦漂山。颜师古注：煦，吹煦也。潜石，瀑水生轮风。流水无昼夜，喷薄龙门中。潭河⑤势不测，藻葩垂彩虹。我行当季月⑥，烟景共春融。江关⑦勤亦甚，巇崿⑧意难穷。势将息机事，《庄子·天地》：有机械者，必有机事；有机事者，必有机心。炼药此山东。

【注释】

①龙门：指四川巴县南涂山前大江水中之龙门。②非禹凿：非大禹所凿龙门。传禹凿龙门，在山西河津县西北和陕西韩城县东北。③巴峡：指巴县（今属四川重庆市）以东江面的石洞峡、铜锣峡、明月峡，水程九十里。④窦：孔穴。⑤潭河：深河。⑥季月：四季的末月。⑦江关：关名，又名瞿塘关。⑧巇崿：峰峦。

【品读】

钟惺、谭元春《唐诗归》：「伏湍煦潜石」一「煦」字写尽山水幽晦入微，「伏湍」写尽峡岩之妙。

入小密溪

云峰苔壁绕溪斜，江路香风夹岸花。树密不言通鸟道，鸡鸣始觉有人家。人家更在深岩口，涧水周流宅前后。游鱼瞥瞥①双钓童，伐木丁丁一樵叟。自言避喧非避秦，《桃花源记》：先世避秦时乱，率妻子邑人，来此绝境，不复出焉，遂与外人间隔。薜衣②耕凿帝尧人。相留且待鸡黍③熟，夕卧深山萝月④春。

【注释】

①瞥瞥：很快地出现一下。②薜衣：指隐士的服装。薜，薜荔，植物名。③鸡黍：谓杀鸡为黍，指热情招待朋友。④萝月：萝藤间的月色。

【品读】

杨逢春《唐诗绎》：层次写出，曲曲如画。

铜雀台①

昔年分鼎地②，今日望陵台。一旦雄图尽，千秋遗令开。绮罗君不见，歌舞妾空来。恩共漳河③水，东流无重回。

【注释】

①铜雀台：汉末曹操建铜雀、金虎、冰井三台，故址在今河北临漳县西南。②分鼎地：鼎有三足，比喻三国魏、蜀、吴三分天下。③漳河：卫河支流，有清漳河、浊漳水两源，均出山西省东南部，在河北省南部边境汇合后称漳河，东南流入卫河。

【品读】

沈德潜《唐诗别裁》：云卿近体，吞吐含芳，安详合度，不必陈之简老，杜之浑厚，而位置其间，自难轩轻。又：嘲笑魏武意于言外见之。

陇头水

陇山①飞落叶，陇雁度寒天。愁见三秋②水，分为两地泉。西流入羌郡，东下向秦川。征客③重回首，肝肠空自怜。

【注释】

①陇山：六盘山南段的别称，又名陇坻、陇坂，在今陕西陇县至甘肃平凉一带，山势险峻，为陕甘要隘。

②三秋：秋季的第三个月。③征客：谓在他乡作客的人。

【品读】

胡本渊《唐诗近体》：篇法一气相生。

红楼院 一作《僧广宣诗》

红楼疑见白毫光，寺逼宸居福盛唐。支遁①爱山情漫切，昙摩②泛海路空长。经声夜息闻天语，炉气晨飘接御香。谁谓此中难可到，自怜深院得回翔。

【注释】

①支遁：晋朝名僧，号道林，俗姓关，陈留人。

②昙摩：又作达摩。是中国禅宗的初祖。他生于南印度，婆罗门族，出家后倾心大乘佛法。梁普通年中，他自印度航海来到广州，再北行至魏，到处以禅法教人。

【品读】

金圣叹《贯华堂选批唐才子诗》：前解，院名奇。一，因院名有红楼字，便随手亦写白光字相映耀。此法不知起于何人，然唐固屡用之成妙矣。二，逼宸居，急接福盛唐妙。拥护伽蓝，三字九鼎，他人乃当不晓。三四，又反言以极叹逼宸居也。言必欲深山遥海，始开道场，则佛云遍覆一切众生，独不欲与国王亲近，岂有是哉？如此奇情奇笔，直是拔地插天，岂常手所得办？后人岂肯将三四写作如此二句？不是无其笔力，亦是无其眼光。后解，闻天语，接御香，写上逼字十成。然先生用意，却正在经声夜息，炉气晨飘。『夜』字、『晨』字，特自表其深院回翔，非他人所得比。看他七又明说此中难到，以播摆得到，可会也。

陈子昂

陈子昂（659–700），字伯玉，梓州射洪（今属四川）人。因曾任右拾遗，后世称为陈拾遗。二十四岁时举进士，官麟台正字，后升右拾遗。垂拱二年（686），曾随左补阙乔知之军队到达西北居延海、张掖河一带。万岁通天元年（696），又随建安王武攸宜征契丹李尽忠、孙万荣。圣历元年（698），因父老解官回乡，后为射洪县令段简诬陷入狱，冤死狱中。

登幽州台歌①

前不见古人②，后不见来者③。念天地之悠悠，独怆然而涕下。

【注释】

①登幽州台歌：幽州台即蓟北楼。神功元年（697），陈子昂随建安王武攸宜讨契丹，前锋覆灭，举军震恐。子昂谏请分万人为前驱，奋命破敌。武攸宜不纳，反给以降职处分。②古人：前代明君贤士。③来者：后世的明君贤士。

【品读】

杨慎《升庵诗话》：其辞简古，有汉魏之风，而文集不载。

钟惺《唐诗归》：两『不见』，好眼；『念天地之悠悠』，好胸中。

黄周星《唐诗快》：胸中自有万古，眼底更无一人，古今诗人多矣，从未有道及此者。此二十二字，真可以泣鬼。

沈德潜《唐诗别裁》：余于登高时，每有今古茫茫之感，古人先已言之。

度荆门①望楚

遥遥去巫峡，望望下章台。巴国②山川尽，荆门烟雾开。城分苍野外，树断白云隈③。今日狂歌客④，谁知入楚来？

【注释】

①荆门：山名，在今湖北宜都县西北。②巴国：即今四川东部。③隈：角。④狂歌客：自称。

【品读】

吴瑞荣《唐诗笺要》：无一懈笔，妙不着色，结绿空青，真至宝邪！虚谷云：『伯玉不但《感遇》为古调之祖，律诗亦近体之祖。』

晚次①乐乡县②

故乡杳无际，日暮且孤征。川原迷旧国③，道路入边城④。野戍⑤荒烟断，深山古木平⑥。如何此时恨，噭噭⑦夜猿鸣。

【注释】

①次：住宿。②乐乡县：故城在今湖北荆门县北。③旧国：指故乡。④边城：边远之城，指乐乡县。⑤野戍：指野外的戍楼。⑥深山句：谓深山上参差不齐的林木，在夜色中看上去模糊一片。⑦嗷嗷：凄厉的猿啼声。

【品读】

胡应麟《诗薮》：子昂『野戍荒烟断，深山古木平』『城分苍野外，树断白云隈』等句，平淡简远，王孟二家之祖。

顾璘《唐音评注》：无句法，无字眼，天然之妙。

纪昀《瀛奎律髓刊误》：此种诗当于神骨气脉之间得其雄厚之味，若逐句拆看，即不得其佳处。如但摹其声调，亦落空腔。

黄生《唐诗矩》：乐乡乃吴蜀分界之地，陆抗曾屯军于此，故曰『旧国』『边城』。五六写景平淡，极天然之趣，后来王孟之祖也。

月夜有怀

美人挟赵瑟①，微月在西轩。寂寞夜何久，殷勤玉指繁。清光委衾枕②，遥思属湘沅③。空帘隔星汉，犹梦感精魂④。

【注释】

①赵瑟：赵地女子善鼓瑟，故云赵瑟。②清光句：清朗的月光洒在被子枕头上。委，堆积。③湘沅：湘江、沅江，均在湖南境内。屈原流放的地方。④精魂：指屈原。

【品读】

钟惺、谭元春《唐诗归》：温秀之甚，子昂诗如此细润者少。

白帝城①怀古

日落沧江晚，停桡问土风。城临巴子国②，台没汉王宫③。荒服④仍周甸⑤，深山尚禹功⑥。岩悬青壁断，地险碧流通。古木生云际，孤帆出雾中。川途去无限，客思坐何穷。

【注释】

①白帝城：在今四川奉节县东白帝山上。②巴子国：周时诸侯国，在今四川东部一带。③汉王宫：指永安宫，故址在今奉节县。④荒服：指巴子国，地处边远地区。周代按道里远近，将各地方分为甸服、要服、荒服，荒服指周边极远之地。⑤周甸：周的郊野。古时国外称郊，郊外称甸。⑥禹功：夏禹治水之功。

【品读】

胡应麟《诗薮》：排律自工部、考功外……伯玉《白帝城怀古》……皆一代大手笔、正法眼，学者朝夕把玩可也。

吴瑞荣《唐诗笺要》：《白帝城怀古》『城临』二联，怀古深情，已自浓郁，余但轻轻染墨耳。伯玉钓游处，所偏简易若此。入钝根人手，定刺刺休。作者古诗，一扫南北绮靡，排律复精莹至此。

送魏大从军

匈奴犹未灭，魏绛[①]复从戎。怅别三河[②]道，言追六郡雄[③]。雁山[④]横代北[⑤]，狐塞[⑥]接云中[⑦]。勿使燕然[⑧]上，惟留汉将功[⑨]。

【注释】

①魏绛：即魏庄子，春秋时晋国大夫，力主与少数民族议和。②三河：河东、河内、河南，即今河南西北部及山西南部一带，此指洛阳。③六郡雄：指西汉时的赵充国。六郡，指金城、陇西、天水、安定、北地、上郡。④雁山：即雁门山，在今山西代县西北。⑤代北：泛指今山西省北部及河北省西北部一带。⑥狐塞：即飞狐口，在今河北涞源县北，古为交通咽喉。⑦云中：郡名，治所在今内蒙古托克托县东北。⑧燕然：山名，即杭爱山，在今蒙古人民共和国境内。⑨汉将功：指东汉窦宪大破匈奴，登燕然山勒石记功事。

【品读】

唐汝询《唐诗解》：此勉魏大树勋也。言因虏未灭而君有此行，今自三河而往，当追古人之以六郡称雄者，盖指充国也。苟既出雁、狐之塞，便宜勒石燕然，毋使汉将独擅千秋之名也。高宗（乾隆）曰『罔俾阿衡专美有商』，此盖用其语意。

沈德潜《唐诗别裁》：绛本和戎，今曰『从戎』，此活用之法。一结雄浑。

张说

张说（667—731），字道济，一字说之。原籍范阳（今河北涿县），世居河东（今山西永济），徙家洛阳。武后策贤良方正，授太子校书。累官至凤阁舍人。因忤旨流配钦州，中宗朝召还。睿宗朝同中书门下平章事。玄宗开元初，因不附太平公主，罢知政事。复拜中书令，封燕国公。出为相州、岳州等地刺史，又召还为兵部尚书、同中书门下三品，迁中书令，俄授右丞相，至尚书左丞相。卒谥号文贞。

五君咏 并序

达志、美类、刺异、感义、哀事，颜氏①之心也，拟焉。

代公举鹏翼，《庄子·逍遥游》：有鸟焉，其名为鹏，背若泰山，翼若垂天之云，抟扶摇而上者九万里。悬飞摩②海雾。志康天地屯，适与云雷《易经·屯卦》：云雷屯，君子以经纶。遇。兴丧一言决，安危万心注。大勋书王府，舛命沦江路。势倾北夏门③，哀靡东平树④。

【注释】

①颜氏：颜延之，南朝宋人，历任中书侍郎、永嘉太守、御史中丞等职，善诗文，与谢灵运并称『颜谢』。②摩：切近。③北夏门：《洛阳伽蓝记序》：『（洛阳）北面有二门，西头曰大夏门，汉曰夏门……洛阳城门楼皆两重，去地百尺，唯大夏门甍栋干云。』④东平树：汉东平思王刘宇封于东平，思归京师，死后葬无盐，传说坟上松柏皆西倾。后以东平树为久客思归思念京师的典故。

【品读】

胡应麟《诗薮》：世多谓唐无五言古。笃而论之，才非魏、晋之下，而调杂梁、陈之际，截长絜短，盖宋、齐之政耳。如文皇帝《帝京》之什，允济《庐岳》之章，子昂《感遇》之篇，道济《五君》之咏……皆六朝之妙诣，两汉之余波也。

邺都①引②

君不见魏武③草创争天禄④，群雄睚眦相驰逐。昼携壮士破坚阵，夜接词人赋华屋。都邑缭绕西山⑤阳，桑榆汗漫漳河曲。城郭为墟人代⑥改，但有西园⑦明月在。邺傍高冢多贵臣，蛾眉曼睩⑧共灰尘。试上铜台⑨歌舞处，惟有秋风愁杀人。

【注释】

①邺都：即邺城，三国时曹操为魏公居邺。②引：乐曲体裁之一。③魏武：即曹操。操受封为魏王，卒谥武，曹丕代汉后追尊为武帝。④天禄：指天子之位。⑤西山：指曹操死后所葬邺城之西岗。⑥人代：人世。

为避唐太宗讳，故写『世』为『代』。⑦西园：铜雀园。曹操所建，位于邺都。⑧䁱睩：眼波流动，顾盼生辉。䁱，一作『曼』。⑨铜台：铜雀台。曹操建安十五年（210）建。位于邺城。

【品读】

管世铭《读雪山房唐诗序例》：张燕公《邺都引》『昼携壮士破坚阵，夜接词人赋华屋。』王、岑而下，均不能为此言。

沈德潜《唐诗别裁》：声调渐响，去王杨卢骆体远矣。『草创』二字居然史笔。『昼携壮士』一句，叙得简老。

杨逢春《唐诗绎》：诗分两截，前六句叙邺之盛，于人特写得雄杰。后六句慨邺之衰，于地尤写得荒凉。以即今凭吊，唯余故迹也。前后交映互发而不复沓，练格极工。

幽州①夜饮

凉风《尔雅·释天》：北风谓之凉风。吹夜雨，萧瑟《九辩》：『悲哉秋之为气也，萧瑟兮草木摇落而变衰。』王逸注：『萧瑟兮，阴冷促急，风疾暴也。』动寒林。正有高堂宴，《蜀都赋》：置酒高堂，以御嘉宾。能忘迟暮心②？军中宜剑舞，塞上重笳③音。不作边城将④，谁知恩遇深？

【注释】

①幽州：州名，今北京、河北一带，治所在蓟县。②迟暮心：因衰老引起的凄凉暗淡的心情。迟暮，以日暮喻人之衰老。③笳：古乐器名，以竹为之，所奏乐曲多与征战、乡思有关。④边城将：时张说任幽州都督。

【品读】

姚鼐《今体诗钞》：托意深婉。

王寿昌《小清华园诗谈》：何谓格调？曰：如张燕公之『凉风吹夜雨，萧瑟动寒林。正有高堂宴，能忘迟暮心。军中宜剑舞，塞上重笳音。不作边城将，谁知恩遇深』。

胡本渊《唐诗近体》：结法，后唯老杜有之，边将宜作是想。

灉湖山寺

空山寂历道心生，虚谷迢遥野鸟声。禅室①从来尘外赏，香台②岂是世中情。云间东岭千寻③出，树里南湖一片明。若使巢由④知此意，不将萝薜⑤换簪缨⑥。

【注释】

①禅室：僧人居住之所。②香台：佛殿的别称。③寻：古长度单位，八尺或七尺为一寻。④巢由：巢父和许由。传说中尧时之隐士，尧欲让位于二人，皆不受。⑤萝薜：女萝与薜荔。屈原《九歌·山鬼》：『若有人

兮山之阿，披薜荔兮带女萝。」后代指隐士的装束。⑥簪缨：古代官吏的冠饰，代指仕宦。

【品读】

金圣叹《贯华堂选批唐才子诗》：前解，不因寂历不生道心，然而寂历非道心也。不因迢遥不传鸟声，然而迢遥无鸟声也。庞居士曰「但愿空诸所有」，是「寂历道心生」义也。「慎勿实诸所无」，是「迢遥野鸟声」义也。三四，「从来」妙，「岂是」妙。僧问玄沙：「清净本然，云何忽生山河大地？」玄沙答僧：「清净本然，云何忽生山河大地。」僧问玄沙：「是从来尘外赏义也？」玄沙答僧：「是岂是世中情义也。」空山寂历，是人今坐处。虚谷迢遥，是鸟声来处。三四承之，犹言鸟声从来尘外赏，鸟声岂是世中情也。然则鸟声寂历道心生，又不待言也。后解，东岭千重，妙在一「出」字。「出」之为言，不劳瞻眺也。南湖一片，妙在一「明」字。「明」之为言，无烦窥觑也。此本写寺中现景，然实试思今日面前，除却千重东岭，一片南湖以外，真又有何物。巢由同此意，「意」字妙。所谓簪缨从来尘外赏，簪缨岂是世中情也。呜呼！微矣。

幽州新岁作

去岁①荆南梅似雪，今年蓟北②雪如梅。共知人事何常定，且喜年华去复来。边镇戍歌连夜动，京城燎火③彻明开。遥遥西向长安日④，愿上南山寿《诗经·小雅》：如南山之寿，不骞不崩。一杯。

【注释】

①去岁：指开元六年新年，时张说在荆州长史任上。②蓟北：指幽州，幽州治所为蓟县(今北京西南大兴县)，故云。③燎火：庭燎之火，庭燎即大烛。④长安日：喻京城长安的皇帝。

【品读】

金圣叹《贯华堂选批唐才子诗》：前解，一、二，梅似雪，是梅；雪如梅，是雪。此写荆南蓟北地气不同也。又去岁荆南，是荆南，不是长安；今年蓟北，是蓟北，又不是长安。此写去岁今年人事不同也。三、四「共嗟」妙，只是一、二之两上半句。「且喜」妙，只是一、二之两下半句也。笔态扶疏磊落，读之，疑其非复韵语。后解，五，写身在幽州，通夕不寐。因为心在京城，通夕不忘也。

苏颋

苏颋（670—727），字廷硕，京兆武功（今属陕西）人。武则天朝进士，擢进士第，授乌程尉，举贤良方正，历监察御史。神龙中迁给事中、修文馆学士、中书舍人。睿宗时迁任工部侍郎，袭封许国公，世称苏许公。后罢为益州长史，复入知吏部选事。卒谥文宪。

汾上惊秋

北风吹白云，万里渡河汾①。心绪逢摇落，秋声不可闻。

【注释】

①河汾：黄河与汾水。

【品读】

黄叔灿《唐诗笺注》：是秋声摇落，偏言心绪摇落，相为感触写照，秋声愈有情矣。

李锳《诗法易简录》：首句写景，便已含起可惊之意，次句加以『万里』，又早为『惊』字通气；『心绪』句正写所以『惊秋』之故。前三句无一说到『惊』，却无一字不为『惊』字追神取魄，所以末句只点出『秋』字，而意已无不曲包。弦外之音，实有音在；味外之味，实有味在。所谓含蓄者，固贵其不露，尤贵其能包括也。

夜宴安乐公主新宅

车如流水马如龙，仙史①高台十二重②。天上初移衡汉③匹，可怜歌舞夜相从。

【注释】

①仙史：指安乐公主。②十二重：极言其高。③衡汉：北斗星与天河。

【品读】

杨慎《升庵诗话》：初唐绝句多为对偶所累，成半律诗，此首独脱洒可诵。

胡应麟《诗薮》：初唐律体之妙者，杜审言《大酺》《应制》，沈云卿《古意》《兴庆池》《南庄》，李峤《太平山亭》，苏颋《安乐新宅》《望春台》《紫薇省》，皆高华秀赡，第起结多不甚合耳。

兴庆池①侍宴

降鹤池前回步辇②，栖鸾树③杪④出行宫。山光积翠遥疑逼，水态含青近若空。直视天河垂象外⑤，俯窥京室画图中。皇情⑥未使恩波极，日暮楼船更起风。

【注释】

①兴庆池：又名龙池，亦名降鹤池，是唐玄宗和诸王后妃游宴的场所。②步辇：一种人抬的代步之具。③栖鸾树：鸾即鸾凤，相传鸾凤非梧桐树不栖，此处泛指兴庆宫中的大树。④杪：树梢。⑤象外：超出物象之

外。⑥皇欢：指皇帝在兴庆宫设宴。

【品读】

金圣叹《贯华堂选批唐才子诗》：前解，兴庆池侍宴，必在楼船之中，此前解则先写未下楼船之前也。言天子身为万乘之主，宗庙社稷所系，故出必称警，入必称跸，跬步之近，必驾和鸾。侍史载笔，动则纪之，无他，亦以千金之子，犹不垂堂，况在至尊，自非率尔也。今也，回步辇，出行宫曰：朕且欲至池上。三四，因双写山光水态，犹言：如此积翠遥临，含青近漾，亦足可以奉怡圣情矣。言外便有不必更下楼船之意也。后解，此直视俯窥，则是已泛楼船之中也。天河垂象外，言池之前浦，苍茫无极也。京室画图中，言池之中流，倒映无底也。既苍茫以无极，复到映而无底，然则鼓旆扬辒，诚然有足乐者，无何乐不可极，自古为戒，于是皇情才动，天风应之。此真为先生保傅之格言，而非徒近体之选声也。

张九龄

张九龄(678–740)，一名博物，字子寿，韶州曲江(今广东韶关市)人，唐中宗景龙初年（708）进士，唐玄宗开元时历官中书侍郎、同中书门下平章事、中书令，为唐代有名的贤相。后被李林甫排挤，于开元二十四年（736）迁为尚书右丞相，罢知政事。后又被贬为荆州长史。开元二十八年（740），在韶州曲江逝世。

杂诗

孤桐[1]亦胡为，百尺傍无枝。疏阴不自覆，修干欲何施？高冈地复迥，弱植[2]风屡吹。凡鸟已相噪，凤凰安得知？

【注释】

①孤桐：特生的梧桐。梧桐，落叶乔木，籽实可食，古人认为凤凰非梧桐不栖。②弱植：懦弱不能树立。

【品读】

沈德潜《唐诗别裁》：喻小人在朝而君子应善藏也。

杨逢春《唐诗绎》：此以孤桐自况也，寓忧谗讥之感，归之凡鸟之相噪，撇却凤凰。立言有体，言之凛然。

感遇

兰叶春葳蕤[1]，桂华秋皎洁。欣欣此生意，自尔为佳节。谁知林栖者[2]，闻风坐[3]相悦。草木有本心[4]，何求美人折？

【注释】①葳蕤：枝叶繁茂。②林栖者：山林隐士。③坐：因。④本心：草木的根本和茎干。

【品读】钟惺、谭元春《唐诗归》：平平至理，非透悟不能写出。

彭蠡湖[1]上

沿涉经大湖，湖流多行泆[2]。决晨趋北渚，逗浦[3]已西日。所适虽淹旷，中流且闲逸。瑰诡[4]良复多，感见乃非一。庐山直阳浒[5]，孤石当阴术。一水云际飞，数峰湖心出。象类何交纠？形言岂深悉？且知皆自然，高下无相恤[6]。

【注释】①彭蠡湖：即今江西鄱阳湖。②行泆：水满泛滥。泆，通「溢」。③逗浦：在水边逗留。④瑰诡：奇异。⑤阳浒：即浒阳，水的北面。⑥恤：惊恐，惊怪。

【品读】钟惺、谭元春《唐诗归》：汉魏深厚处，其力乃能到此。末二语深广有至理，极奇莫如造化，妙在皆出自然，使人相习，不然即日月风霆闻且见者，皆惊怪反走矣。

叙怀

弱岁[1]读群史，抗迹[2]追古人。被褐有怀玉，《老子》：知我者希，则我者贵，是以圣人被褐怀玉。佩印从负薪。志合岂兄弟，道行无贱贫。孤根[3]亦何赖，感激此为邻。

【注释】①弱岁：弱冠之年，即二十岁，此处泛指青少年时代。②抗迹：高尚其心志、品行。③孤根：谓孤独无依。

【品读】沈德潜《唐诗别裁》：言志同不妨道路各异，道行贫贱亦乐也。

照镜见白发

宿昔青云志，蹉跎白发年。谁知明镜里，形影自相怜！

【品读】唐汝询《唐诗解》：此曲江罢相之后，慨功业不遂而作也。

沈德潜《唐诗别裁》：曲江抱伯仲伊、吕之志，而令其蹉跎以老，唐室所以衰也。中藏得任用匪人之意。

贺知章

贺知章（659—约744），字季真，号四明狂客，唐越州会稽永兴（今浙江萧山）人。唐武后证圣元年（695）进士，初授国子四门博士，后迁太常博士。开元十年（722），转官太常少卿。十三年为礼部侍郎、集贤院学士。后调任太子右庶子、侍读、工部侍郎。二十六年改官太子宾客、银青光禄大夫右庶子、秘书监，人称「贺监」。与包融、张旭、张若虚等结为「吴中四士」。天宝三年（744），因病恍惚，上疏请度为道士，归乡镜湖隐居。

咏柳 一作《柳枝词》

碧玉①妆②成一树高，万条垂下绿丝绦③。不知细叶谁裁出，二月春风似剪刀④。

【注释】

①碧玉：青绿色的玉石，此处用来形容春柳的青翠碧绿。②妆：装饰、打扮。③丝绦：丝带，此处形容柳条。④不知二句：一问一答，言春风似剪刀般把细长的柳叶剪裁出来。

【品读】

黄周星《唐诗快》：尖巧语，却非由雕琢而得。

钟惺、谭元春《唐诗归》：奇露语，开却中晚。

回乡偶书二首

其一

少小离乡老大回，乡音无改鬓毛衰。儿童相见不相识，笑问客从何处来。

其二

离别家乡岁月多，近来人事半消磨①。惟有门前镜湖②水，春风不改旧时波。

【注释】

①消磨：消失磨灭，此处指人之死亡。②镜湖：也叫鉴湖，在今浙江绍兴市。

【品读】

范晞文《对床夜语》：杨衡诗曰：『正是忆山时，复送归山客。』张籍云：『长因送人处，忆得别家时。』卢象《还家》诗云：『小弟更孩幼，归来不相识。』贺知章云：『儿童相见不相识，笑问客从何处来。』语益换而益佳，善脱胎者宜参之。

谢榛《四溟诗话》：贺知章《回乡偶书》云：『少小离乡老大回，乡音无改鬓毛衰。』此灰韵『衰』字，以为支韵『衰』字误矣。

张若虚

张若虚（约660–约720），扬州（今江苏扬州）人。曾任兖州兵曹。与贺知章、张旭、包融并称为『吴中四士』。

春江花月夜[1]

春江潮水连海平，海上明月共潮生。《抱朴子》：月之精生水，是以月盛而潮涛大。滟滟[2]随波千万里，何处春江无月明？江流宛转绕芳甸[3]，月照花林皆似霰[4]。空里流霜[5]不觉飞，汀上白沙看不见。江天一色无纤尘，皎皎[6]空中孤月轮。江畔何人初见月？江月何年初照人？人生代代无穷已[7]，江月年年只相似。不知江月待何人，但见长江送流水。白云一片去悠悠，青枫浦[8]上不胜愁。谁家今夜扁舟子？何处相思明月楼？可怜楼上月徘徊，曹植：明月照高楼，流光正徘徊。上有愁思妇，悲叹有余哀。应照离人妆镜台。玉户帘中卷不去，捣衣砧[9]上拂还来。此时相望不相闻，愿逐月华流照君。鸿雁长飞光不度，鱼龙潜跃水成文。昨夜闲潭梦落花，可怜春半不还家。江水流春去欲尽，江潭落月复西斜。斜月沉沉藏海雾，碣石潇湘[10]无限路。不知乘月几人归，落月摇情满江树。

【注释】

①春江花月夜：原是乐府《清商曲辞·吴声歌曲》旧题。相传曲调始创于陈后主。②滟滟：原指水波满溢，此处借指水面上波光闪动。③芳甸：长有花草的原野。④霰：小雪粒。形容月光下的花朵如同雪珠般闪光。⑤流霜：指月光白如霜，流如水。⑥皎皎：洁白状。⑦穷已：穷尽。已，止。⑧青枫浦：又名双枫浦，在今湖南浏阳。⑨捣衣砧：捶打衣服时垫在下面的石板。⑩碣石潇湘：泛指天南地北。碣石，山名，在今河北昌黎。潇湘，指潇水和湘水，在今湖南省境内。

【品读】

胡应麟《诗薮》：流畅婉转，出刘希夷《白头翁》上，而世代不可考。

钟惺、谭元春《唐诗归》：浅浅说去，节节相生，使人伤感，未免有情，自不能读，读不能厌。将『春』『江』『花』『月』『夜』五字，炼成一片奇光，分合不得，真化工手。

李邕

李邕（678–747），字泰和，扬州江都（今江苏扬州市）人。少年即成名，后召为左拾遗，曾任户部员外郎、括州刺史、北海太守等职，人称『李北海』。七十时，为宰相李林甫所忌，含冤杖杀。

奉和初春幸太平公主南庄

传闻银汉支机石[①]，复见金舆[②]出紫微。织女桥边乌鹊起，仙人楼上凤凰飞。流风入座飘歌扇，瀑水当阶溅舞衣。今日还同犯牛斗[③]，乘槎共泛海潮归[④]。

【注释】

①支机石：传说为天上织女用以支撑织布机的石头。②金舆：帝王乘坐的车轿。③牛斗：指牛宿和斗宿。传说吴灭晋兴之际，牛斗间常有紫气。雷焕告诉尚书张华，说是宝剑之气上冲于天，在豫东丰城。张华派雷为丰城令，得两剑，一名龙泉，一名太阿，两人各持其一。④乘槎句：传说天河与海通，有人居海渚者，年年八月见有浮槎去来，不失期，遂立飞阁于查上，乘槎浮海而至天河，遇织女、牵牛。此人问此是何处，答曰：『君还至蜀郡访严君平则知之。』后至蜀，君平曰：『某年月日有客星犯牵牛宿。』正是此人到天河时。

【品读】

金圣叹《贯华堂选批唐才子诗》：前解，此为从幸公主山庄，故以乘槎犯汉为起。然因『传闻』『复见』一落，手法既宽，便不检括，竟于结句，再用其语，此固是其通长。前后二解，欲作大开大阖。然读者则须细玩其前解仍是前解，后解仍是后解，并不因起结只用一语，遂混作中四句诗也。前解只是写旧所不信，今乃惊见。三四，犹言织女桥边，乌鹊真起，仙人楼上，凤凰果飞。讽言车驾之下幸公主，沟为异闻也。后解，歌扇舞衣，更无少讳。甚至直写出风飘水溅，见是日不论何色人等并得纵心寓目，故结句特下一『犯』字，再加一『同』字，讽言此系陛下闺门，未宜举朝尽随也。

李适之

李适之（？－747），始名昌，陇西成纪（今甘肃秦安西北）人。历官通州刺史、刑部尚书，天宝元年，任左相，因与李林甫争权而罢知政事，守太子少保。天宝五载，贬死袁州。

罢相作

孟棨《本事诗》：宰相李适之，疏直坦夷，时誉甚美。李林甫恶之，排诬罢免。朝客来，虽知无罪，谒问甚稀。适之意愤，且为诗曰『避贤初罢相』云云。李林甫愈怒，终遂不免。

避贤初罢相，乐圣①且衔杯。为问门前客，今朝几个来？

【注释】

①乐圣：指嗜酒。《三国志·魏书·徐邈传》：『平日醉客谓酒清者为圣人，浊者为贤人。』杜甫《饮中八仙歌》咏李适之云：『左相日兴费万钱，饮如长鲸吸百川，衔杯乐圣称避贤。』即用适之诗句。

【品读】

敖英《唐诗绝句类选》：钱起《暮春归故山草堂》：『谷口春残黄鸟稀，辛夷花尽杏花飞。始怜幽竹山窗下，不改清阴待我归。』风韵含蓄，不落色相，较之李适之《罢相作》『为问门前客，今朝几个来』，深浅自是不同。

毛先舒《诗辩坻》：李适之《罢相作》，敖子发以为不如钱起《暮春归故山草堂》。不知李诗朴直，钱诗便巧，李出钱上自远，子发未审格耳。

黄叔灿《唐诗笺注》：写世态炎凉，意致深婉。

李隆基

李隆基（685–762），即唐玄宗，谥曰明，故称唐明皇。睿宗第三子。延和元年（712），受禅即位，改年开元。开元年间，社会安定，政治清明，经济空前繁荣，唐朝进入鼎盛时期，后人称这一时期为『开元盛世』。唐玄宗后期，他贪图享乐，宠信并重用李林甫等奸臣，终于导致安史之乱发生，唐朝开始衰落。

送贺知章归四明① 并序

天宝三年，太子宾客②贺知章，鉴止足之分，抗归老之疏，解组③辞荣，志期入道。朕以其年在迟暮，用循挂冠之事，俾遂赤松之游④。正月五日，将归会稽⑤，遂饯东路，乃命六卿庶尹大夫，供帐青门，宠行迈也。岂唯崇德尚齿，抑亦励俗劝人，无令二疏⑥，独光汉册。乃赋诗赠行。

遗荣期入道，辞老竟抽簪⑦。岂不惜贤达？其如高尚心。寰中得秘要，方外散幽襟。独有青门饯，群僚怅别深。

【注释】

①四明：山名，在浙江省。②太子宾客：唐代官名。③解组：辞官。组，系官印的丝绳。④赤松之游：修道学仙。赤松子，传说中的神仙名。⑤会稽：今浙江绍兴市。⑥二疏：指汉代公卿疏广与其侄疏受。广曾为太傅，受曾为少傅，二人同时辞官，公卿大夫在东门欢送，传为美谈。⑦抽簪：辞官。簪，冠笄，用于连冠于发，为仕宦所用。

【品读】

方回《瀛奎律髓》：此诗会稽有石刻，朱文公为仓使时读之，最喜起句雄健，偶忘记后六句，当俟寻索足之。

纪昀《瀛奎律髓刊误》：此恐是文公误记，未可据为定说。按：方回引起句为：『岂不惜贤达，其如高尚何！』实非起句，乃为原诗第二联，且韵字不同，故纪昀有此评。然《瀛奎律髓》又附《知章年八十六，卧病上表，乞为道士还乡，上许之，舍宅为观，赐名千秋，仍赐鉴湖剡水一曲，诏令供帐东门，百僚祖饯，御制赐诗云》一篇，同《全唐诗》所题《送贺知章归四明》诗，或恐另有一篇。《瀛奎律髓汇评》于此亦有争议：方回今以中二句为首，又非元韵，恐误记耶？冯班：予按尤文简《唐诗话》，明皇诗序亦是『簪』字韵，而『何』字韵无考。纪昀：此题乃记事之词，当依前篇之题为是。吴孟举曰：『送别类』明皇《送贺知章归四明》全篇似是后人补入，非虚谷原本。

沈德潜《唐诗别裁》：朱子云：『越州有石刻唐朝臣送贺知章诗，只有明皇一首好。』爱其贤，全其节，两得之矣。

早渡蒲津关①

钟鼓严更曙，山河野望通。鸣銮下蒲坂②，飞旆入秦中。地险关逾壮，天平③镇尚雄。春来津树合，月落戍楼空。马色分朝景，鸡声逐晓风。所希道常泰，非复候繻④同。

沈德潜：写晓景，无刻画痕。

【注释】

①蒲津关：简称蒲关，在蒲津西岸，今陕西大荔东。②蒲坂：即今山西永济县西之蒲州，唐河东府治所，位于蒲津东岸。③天平：山名，在今河南林县西；又，唐代设天平县，在今河南灵宝县西，正与蒲津关为邻。④候繻：一作「弃繻」，又作「俟繻」，汉代出入关隘的帛制凭证。《汉书·终军传》：「步入关，关吏予军繻。军问以此何为，吏曰：「为复传还，当以合符。」军曰：「丈夫西游，终不复传还！」弃繻而去。」

【品读】

方回《瀛奎律髓》：半山《唐选》此第一首。玄宗大有好诗，而半山不及取，殆是未见其集。然则开元、天宝盛时，当陈、宋、杜、沈律诗，王、杨、卢、骆诸文人之后，有王摩诘、孟浩然、李太白、杜子美及岑参、高适之徒，并鸣于时。韦应物、刘长卿、严维、秦系亦并世，而不见与李、杜相唱和。诗人至此，可谓盛矣。为之君如明皇者，高才能诗，亦不下其臣，岂非盛之又盛哉！

纪昀《瀛奎律髓刊误》：字句犹带初体，气格已纯是盛唐，此风气初成之体也。

千秋节①赐群臣镜

铸得千秋镜，光生百炼金。分将赐群后，遇象见清心。台上冰华澈，窗中月影临。更衔长绶带，留意感人深。

【注释】

①千秋节：唐玄宗生日，为农历八月初五。开元十七年（729）定为千秋节，天宝二年（743）改为天长节，元和二年（807）停止举行。

【品读】

计有功《唐诗纪事》：《千秋节赐群臣镜》诗云：「台上冰花澈，窗中月影临。更衔长寿带，留意感人深。」是日《赐宴诗》云：「月衔花绶镜，露垂彩丝囊。」张说应制云：「珠囊含瑞露，金镜抢仙轮。」

王之涣

王之涣(688-742)，字季凌，本家晋阳(今山西太原)，宦徙绛郡（今山西新绛）。曾任冀州衡水主簿。天宝元年(742)卒于文安县尉任上。盛唐著名的边塞诗人。

登鹳雀楼①

白日依山尽，黄河入海流。欲穷千里目，更上一层楼。

【注释】

①鹳雀楼：在唐时蒲州（今山西永济）城西南，因常有鹳雀停留其上而得名，为当时登览胜地。鹳，鹤类水鸟。

【品读】

沈括《梦溪笔谈》：河中府鹳雀楼三层，前瞻中条，下瞰大河，唐人留诗者甚多，唯李益、王之涣、畅当三篇，能状其景。

沈德潜《唐诗别裁》：四语皆对，读去不嫌其排，骨高故也。

俞陛云《诗境浅说》：凡登高能赋者，贵有包举一切之概，前二句写山河胜概，雄伟阔远，兼而有之；后二句复余劲穿札，二十字中有尺幅千里之势。同时畅当亦有《登鹳雀楼》五言诗云：『迥临飞鸟上，高出世尘间。天势围平野，河流入断山。』二诗工力悉敌，但王诗赋实景在前二句，虚写在后二句；畅诗先虚写而后实赋，诗格异而诗意相同。以赋景论，畅之『平野』『断山』二句较王诗为工细；论虚写，则同咏楼之高迥，而王诗『更上一层』尤有余味。

送别

杨柳东风树，青青夹御河①。《隋书·食货志》：自极渚引河达于淮、海之御河。河畔筑御道，树以柳。

近来攀折苦，应为别离多。

【注释】

①御河：此指卫河。隋炀帝时于卫县（今河南汲县）因淇水开运河，东北行，叫御河，也叫永济河、南运河。

【品读】

唐汝询《唐诗解》：离别之多，柳尚不胜攀折，岂人情所能堪。

宋顾乐《唐人万首绝句选》：因自己送别，想到人世多别，托笔深情无限。

凉州①词

黄河远上白云间，一片孤城万仞山。羌笛②何须怨杨柳③？春风不度玉门④关。

【注释】

①凉州：唐陇右道凉州治姑臧县，今甘肃武威县。

②羌笛：乐器名。西汉时自羌族传入内地。③杨柳：即

《杨柳曲》，又称《折杨柳曲》。汉乐府《横吹曲辞·折杨柳歌辞》：『上马不捉鞭，反折杨柳枝；蹀坐吹长笛，愁杀行客儿。』《宋书·五行志》：『晋太康末，京洛为折杨柳之歌，其曲有兵戈苦辛之辞。』

④玉门：在今甘肃敦煌县西，是古代通往西域之要道。

【品读】

薛用弱《集异记》：开元中，诗人王昌龄、高适、王之涣齐名。时风尘未偶而游处略同。一日天寒微雪，三诗人共诣旗亭，贳酒小饮。忽有梨园伶官十数人，登楼会宴。三诗人因避席隈映，拥火炉以观焉。俄有妙妓四辈，寻续而至，奢华艳曳，都冶颇极，旋则奏乐，皆当时之名部也。昌龄等私相约曰：『我辈各擅诗名，每不自定其甲乙，今者可以密观诸伶所讴，若诗入歌词之多者，则为优矣。』俄而一伶拊节而唱，乃曰：『寒雨连江夜入吴，平明送客楚山孤。洛阳亲友如相问，一片冰心在玉壶。』昌龄则引手画壁曰：『一绝句。』寻又一伶讴曰：『开箧泪沾臆，见君前日书。夜台何寂寞，犹是子云居。』适引手画壁曰：『一绝句。』寻又伶讴曰：『奉帚平明金殿开，强将团扇共徘徊。玉颜不及寒鸦色，犹带昭阳日影来。』昌龄则又引手画壁曰：『二绝句。』之涣自以得名已久，因谓诸人曰：『此辈皆潦倒乐官，所唱皆《巴人》《下俚》之词耳，岂《阳春》《白雪》之曲，俗物敢近哉！』因指诸妓中最佳者曰：『待此子所唱，如非我诗，吾即终身不敢与子争衡矣。脱是吾诗，子等当须列拜床下，奉吾为师。』因欢笑而俟之。须臾次至双鬟发声，则曰：『黄河远上白云间，一片孤城万仞山。羌笛何须怨杨柳，春风不度玉门关。』之涣即揶揄二子曰：『田舍奴，我岂妄哉？』因大谐笑。诸伶不喻其故，皆起诣曰：『不知诸郎君何此欢噱？』昌龄等因话其事。诸伶竞拜曰：『俗眼不识神仙，乞降清重，俯就筵席。』三子从之，饮醉竟日。

杨慎《升庵诗话》：此诗言思泽不及于边塞，所谓君门远于万里也。

俞陛云《诗境浅说》：首二句笔势浩瀚，次句尤佳。再接再厉，有隼立华峰之概。且词为凉州而作，其言万仞山者，凉州之贺兰山脉，远接天山，见地之荒远，故春光不度也。其言一片孤云者，以孤云喻孤客，故羌笛吹怨也。后二句言莽莽山河，本皇恩所不被，犹春光不度，玉关杨柳，亦同苦春寒。托羌笛以寄怨者，何必错怨杨枝，不肯依依向客耶？此诗前二句之壮采，后二句之深情，宜其传遍旗亭，推为绝唱也。

王翰

王翰，生卒年不详。字子羽，晋阳（今山西太原）人。登进士第，举直言极谏，调昌乐尉。复举超拔群类，召为秘书正字。擢通事舍人、驾部员外。出为汝州长史，改仙州别驾。后贬道州司马，卒。

凉州词二首

其一

葡萄美酒夜光杯①，欲饮琵琶马上催。醉卧沙场君莫笑，古来征战几人回？

【注释】

①夜光杯：极言其酒杯的名贵。东方朔《海内十洲记》：「周穆王时，西胡献『夜光常满杯』，由白玉制成，光明夜照。」

其二

秦中①花鸟已应阑，塞外风沙犹自寒。夜听胡笳②折杨柳，教人意气忆长安。

【注释】

①秦中：旧指秦国所辖陕西、甘肃一带，此处相对塞外边陲，泛指内地。②胡笳：古代北方民族的一种乐器，类似笛子。

【品读】

王世贞《艺苑卮言》：崔敏童『能向花前几回醉，十千沽酒莫辞贫』，与王翰『醉卧沙场君莫笑，古来征战几人回』，同一可怜意也，翰语爽，敏童语缓。又：『可怜无定河边骨，犹是春闺梦里人』，用意工妙如此，可谓绝唱矣，惜为前二句所累，筋骨毕露，令人厌憎；『葡萄美酒』一绝，便是无瑕之璧，盛唐地位不凡乃尔。

沈德潜《唐诗别裁》：故作豪饮之辞，然悲感已极。

施补华《岘佣说诗》：做悲伤语读便浅，做谐谑语读便妙，在学人领悟。

孟浩然

孟浩然（689—740），本名浩，字浩然。襄州襄阳（今湖北襄樊）人，世称孟襄阳。以写田园山水诗为主。因他未曾入仕，又称之为孟山人。四十岁时，游长安，应进士举不第。后漫游吴越，曾隐居鹿门山。开元二十五年（737），张九龄为荆州长史，招致幕府。不久，仍返故居。开元二十八年（740）因纵情宴饮，食鲜疾发逝世。

晚春卧病寄张八①子容

南陌春将晚，北窗《晋书·陶潜传》：高卧北窗，自谓羲皇上人。犹卧病。林园久不游，草木一何盛！狭径花将尽，闲庭竹扫净。翠羽戏兰若，赪鳞②动荷柄。念我平生好，江乡远从政。云山阻梦思，衾枕劳歌咏。歌咏复何为？同心《易·系辞上》：二人同心，其利断金；同心之言，其臭如兰。恨别离。世途皆自媚③，流俗寡相知。贾谊④才空逸，安仁⑤鬓欲丝。遥情每东注，奔晷复西驰⑥。常恐填沟壑，《左传·昭公十三年》：小人老而无子，知挤于沟壑矣。无由振羽仪⑦。穷通⑧若有命，欲向论⑨中推！

【注释】

①张八：张子容，襄阳人，行八。《唐才子传》：「初与浩然同隐鹿门山，为死生交，诗篇唱答颇多。后值乱离，流寓江表。」②赪鳞：金色鲤鱼。赪，赤色。③世途句：言世上人都各自为爱，不肯替别人说话。世途，犹世道。自媚，各自为爱。④贾谊：《史记》载：贾谊年二十，有才学。汉文帝欲重用他，遭到反对，贾谊被贬。⑤安仁：晋代诗人潘岳，字安仁。作《秋兴赋序》云：『晋十有四年，余春秋三十有二，始见二毛。』二毛，谓鬓发始白。⑥奔晷句：意为时光流逝。晷，日影。⑦振羽仪：指贤者被任用而为世之表率。《易·渐》：『鸿渐于陆，其羽可用为仪，吉。』⑧穷通：贫穷和通达。⑨论：指《穷通论》。

【品读】

刘辰翁批点《孟浩然诗》：其语甚痛，其意甚浅。

秋登万山①寄张五

北山白云里，隐者自怡悦。相望试登高，《续齐谐记》：汝南桓景，随费长房游学，累年。长房谓之曰：『九月九日汝家当有灾，宜急去，令家人各作绛囊，盛茱萸以系臂，登高饮菊花酒，此祸可除。』景如言，举家登山。夕还，见鸡犬牛羊一时暴死。长房闻之，曰：『此可代也。』今世人九日登高饮酒，妇人带茱萸囊，盖始于此。心随雁飞灭。愁因薄暮起，兴是清秋发。时见归村人，平沙渡头歇。天边树若荠，江畔舟如月。何当载酒来，共醉重阳节②。

【注释】

①万山：汉皋山。②重阳节：旧时以阴历九月九日为重九节，古人以九为阳数，九月九日，月日都应阳，故称重阳。

【品读】

刘辰翁批点《孟浩然诗集》：朴而不厌。又：其俚至此。

李梦阳评《孟浩然诗》：秋因薄暮起二句，不可言朴。

杨慎《升庵诗话》：《罗浮山记》云：『望平地树如荠。』自是俊语。梁戴皓诗『长安树如荠』，用其语也。后人翻之益工，薛道衡诗：『遥原树如荠，远水舟如叶。』孟浩然诗：『天边树若荠，江畔洲如月。』

夏日南亭怀辛大①

山光忽西落，池月渐东上。散发乘夕凉，开轩卧闲敞。
荷风送香气，竹露滴清响。欲取鸣琴②弹，恨无知音③赏。
感此怀故人，中宵劳梦想④。

【注释】

①辛大：名谔，诗人的同乡好友，解音律，善琴筝。曾隐居西山（万山一带）。②鸣琴：古琴名。③知音：知心朋友，指辛大。④梦想：语出司马相如《长门赋》：『忽寝寐而梦想兮，魂若君之在旁。』

【品读】

皮日休《皮子文薮》：北齐美萧悫，有『芙蓉露下落，杨柳月中疏』。先生则有『微云淡河汉，疏雨滴梧桐』。乐府美王融，有『日霁沙屿明，风动甘泉浊』。先生则有『气蒸云梦泽，波撼岳阳城』。谢朓之诗句，精者有『露湿寒塘草，月映清淮流』。先生则有『荷风送香气，竹露滴清响』。此与古人争胜于毫厘也。他称是者众，不可悉数。

沈德潜《唐诗别裁》：荷风竹露，佳景亦佳句也。外又有『微云淡河汉，疏雨滴梧桐』句，一时叹为清绝。

秋宵月下有怀

秋空明月悬，光彩露沾湿。惊鹊栖未定，飞萤卷帘入。庭槐寒影疏，邻杵夜声急。佳期旷何许，望望《礼记·问丧》：『其往送也，望望然，汲汲然，如有追而弗及也。』郑玄注：『望望，瞻望之貌也。』空伫立。

【品读】

刘辰翁批点《孟浩然诗》：亦自纤丽，与『疏雨滴梧桐』相似，谓其诗枯淡，非也。

送陈七赴西军

吾观非常者，《史记·司马相如传》：盖世必有非常之人，然后有非常之事；有非常之事，然后有非常之功。碌碌在目前。君负鸿鹄志①，蹉跎书剑年。《史记·项羽本纪》：项籍年少时，学书不成，去；学剑，又不成。

一闻边烽动②，万里忽争先。余亦赴京国，何当献凯还！

【注释】

①鸿鹄志：志向远大。鸿鹄，天鹅。②边烽动：指边境发生战事。边烽，边疆烽火。

【品读】

刘辰翁批点《孟浩然集》：起得别。又：一个一样语，可观。

江上别流人

《庄子·徐无鬼》：子不闻夫越之流人乎？去国数日，见其所知而喜。陆德明注：司马云：流人，有罪见流徙者也。

以我越乡①客，逢君谪居者。分飞黄鹤楼②，流落苍梧野③。驿使乘云去，征帆沿溜④下。不知从此分，还袂何时把？

【注释】

①越乡：犹离乡。②黄鹤楼：原在今湖北省武汉市长江边黄鹄矶上。③苍梧野：《礼记·檀弓上》：『舜葬于苍梧之野。』苍梧，为梧州州治，属岭南道，为唐代边远地区，罪人往往流放于此。④溜：水流。

【品读】

刘辰翁批点《孟浩然集》：他起语亦各一样，如『北阙休上书』『八月湖水平』，又复异矣。

寻香山①湛上人②

朝游访名山，山远在空翠。氛氲《雪赋》：霰淅沥而先集，雪纷糅而遂多。其为状也，散漫交错，氛氲萧索。李善注：氛氲，盛貌。亘百里，日入行始至。杖③策④寻故人，解鞭暂停骑。石门殊豁险，篁径⑤转森邃。法侣《金刚般若忏文》：恒沙众生，皆为法侣。欣相逢，清谈晓不寐。平生慕真隐，累日探奇异。野老朝入田，山僧暮归寺。松泉多逸响，苔壁饶古意。谷口闻钟声，林端识香气。愿言投此山，身世两相弃⑥。

【注释】

①香山：《河南通志》：河南府城西南三十里，两山对峙，东曰香山，西曰龙门。石壁峭立，伊水出其间，故又名伊阙。香山寺在伊门山上，后魏时建。②上人：《十诵律》：古师云：内有智德，外有胜行，在人之上，名上人。③杖：持。④策：马鞭。《礼记·曲礼》：『君车将驾，则仆执策立于马前。』⑤篁径：竹径。⑥身世句：鲍照《咏世诗》：『君平独寂寞，身世两相弃。』李善注：『言身弃世而不仕，世弃身而不任。』

【品读】

刘辰翁批点《孟浩然集》：幽致正在里许。

张谦宜《絸斋诗谈》：真味性灵在字句外，古诗正派。

岘潭作

石潭傍隈隩，《尔雅·释丘》：厓内为隩，外为隈。沙岸晓夤缘①。试垂竹竿钓，果得查头鳊②。美人骋金错，《四愁诗》：美人赠我金错刀，何以报之英琼瑶。李善注：《汉书》曰：『王莽铸大钱，又造错刀，以金错其文。』纤手鲙③红鲜。因谢陆内史④，莼羹⑤何足传！《晋书·陆机传》：尝诣侍中王济。济指羊酪谓机曰：『卿吴中何以敌此？』答云：『千里莼羹，未下盐豉。』

【注释】

①夤缘：攀附。②查头鳊：色青，味道鲜美。葛立方《韵语阳秋》：『缩头鳊出襄阳，以禁捕，遂以槎断水，因谓之槎头缩项鳊。』③鲙：细切鱼肉为鲙。④陆内史：西晋文学家陆机，吴郡人，曾官平原内史。⑤莼羹：莼，莼菜，一名水葵，又名凫葵。多年生水草。茎和叶表面有黏液，可做汤吃。故云莼羹。

【品读】

刘辰翁批点《孟浩然诗集》：其诗风味可爱如此。

登鹿门山①怀古

清晓因兴来，乘流越江岘②。沙禽近方识，浦树遥莫辨。渐到鹿门山，山明翠微浅。岩潭多屈曲，舟楫屡回转。昔闻庞德公，采药遂不返。《后汉书·逸民传》：庞公者，南郡襄阳人也。居岘山之南，未尝入城府。夫妻相敬如宾。荆州刺史刘表数延请，不能屈，乃就候之。后遂携其妻子登鹿门山，因采药不返。金涧③养芝术④，石床卧苔藓。纷吾感耆旧⑤，结缆事攀践。隐迹今尚存，高风邈已远。白云何时去？丹桂⑥空偃蹇。《楚辞·离骚》：望瑶台之偃蹇兮。王逸注：偃蹇，高貌。探讨意未穷，回舻夕阳晚。

【注释】

①鹿门山：《襄阳记》：鹿门山旧名苏岭山。建武中，襄阳侯习郁立神祠于山，刻二石鹿，夹神道口，俗因谓之鹿门庙，遂以庙名山也。②江岘：汉江沿岸岘山。岘，即岘山，一名岘首山，在襄樊市南七里，汉江西岸。③金涧：山中金色的谷涧。④芝术：灵芝草和白术、苍术，泛指野生药草。⑤耆旧：指德高望重的长者，此指庞德公。⑥丹桂：桂有三种，皮赤者为丹桂。

【品读】

李梦阳评《孟浩然集》：此首佳，思致郁密。

游明禅师①西山兰若

西山多奇状，秀出《蜀都赋》：干青霄而秀出，舒丹气以为霞。张铣注：秀，犹拔擢也。倚前楹。《说文》：楹，柱也。停午收彩翠，《水经注》：自三峡七百里中，两岸连山，略无阙处，重岩叠嶂，隐天蔽日，自非停午夜分，不见曦月。夕阳照分明。吾师住其下，禅坐证无生。《庄子》：察其始而本无生，非徒无生也，而本无形。结庐就嵌窟②，剪竹通径行。谈空《大乘义章》：空者，理之别目，绝众相，故名为空。对樵叟，授法与山精③。日暮方辞去，田园归冶城④。

【注释】

①明禅师：禅师，对僧人之尊称；明，为其法名。

②嵌窟：犹深洞。③山精：古代传说中的山间奇怪动物。

④冶城：为浩然故居。王士源《孟浩然集序》：『开元二十八年，王昌龄游襄阳，时浩然疾疹发背。且愈，相得欢甚，浪情宴谑，食鲜疾动，终于冶城南园。年五十有二。』

【品读】

李邺嗣《杲堂文钞》：即如唐人妙诗，若《游明禅师西山兰若》诗，此亦孟襄阳之禅也。而不得嵩谓之诗。

万山潭

垂钓坐磐石①，水清心益闲。鱼行潭树下，猿挂岛藤间。游女昔解佩②，传闻于此山。王士祯：岘山西北十里为万山，万山下有潭，杜元凯沈碑处。孟诗『神女昔解珮，传闻于此山』，盖解珮渚亦在其下矣。求之不可得，沿月棹歌还。

【注释】

①磐石：指扁平厚重的大石。②解佩：指郑交甫遇二仙女解佩相赠事。

【品读】

刘辰翁批点《孟浩然集》：蜕出风露，古始未有。又：古意淡韵，终不可以众作律之，而众作愈不可及。

施闰章《蠖斋诗话》：浩然『沿月棹歌还』『招月伴人还』『沿月下湘流』『江清月近人』，并妙于言月。

田园作

弊庐①隔尘喧，惟先养恬素②。卜邻③近三径④，植果盈千树。粤⑤余任推迁，三十犹未遇。书剑时将晚，丘园日空暮。晨兴自多怀，昼坐常寡悟。冲天羡鸿鹄，争食羞鸡鹜⑥。望断金马门，《史记·东方朔传》：时坐席中，酒酣，据地歌曰：『陆沉于俗，避世金马门。宫殿中可以避世全身，何必深山之中，蒿庐之下！』金马门者，宦署门也，门傍有铜马，故谓之曰『金马门』。劳歌采樵路。乡曲无知己，朝端⑦无亲故。谁能为扬雄⑧，一荐甘泉赋？

【注释】

①弊庐：也作敝庐，自己居室的谦称。弊通『敝』。②素：通『愫』。诚心。③卜邻：选择邻居。④三径：指隐者家园。汉代蒋诩隐居在乡，院中设三径，只与羊仲、求仲二人往来。⑤粤：助词。用于句首或句中，与

「曰」通。⑥鸡鹜：鸡鸭。喻凡庸之徒。⑦朝端：位居首席的朝臣。⑧扬雄：字子云，成都人。西汉大赋家。少好学，长于辞赋。年四十至京城，经大司马王音推荐，见成帝，献《甘泉赋》，拜为郎。

【品读】

吴乔《围炉诗话》：孟浩然宛然高士，然是一家之作。

早梅

园中有早梅，年例①犯寒开。少妇争攀折，将②归插镜台③。犹言看不足，更欲剪刀裁。

【注释】

①年例：谓历年如此的常例。②将：犹「持」。③镜台：装着镜子的梳妆台。

【品读】

刘辰翁批点《孟浩然诗集》：语欲其野，直以意胜，亦有情致。

鹦鹉洲送王九①之江左

昔登江上黄鹤楼，遥爱江中鹦鹉洲。《后汉书》：黄祖为江夏太守，时黄祖长子射，大会宾客，有献鹦鹉于此洲，故为名。洲势逶迤绕碧流，鸳鸯鸂鶒②满滩头。沙头日落沙碛③长，金沙耀耀动飙光。舟人牵锦缆，浣女④结罗裳。月明全见芦花白，风起遥闻杜若⑤香，君行采采⑥莫相忘。

【注释】

①王九：即王迥。②鸂鶒：略大于鸳鸯的一种水鸟，色多紫，雌雄偶游，又名紫鸳鸯。③碛：水中沙堆。④浣女：洗衣女子。⑤杜若：又名杜衡、山姜，香草名。多产于林野阴地，夏日开白色小花。⑥采采：犹言事事。

【品读】

刘辰翁批点《孟浩然集》：好语。又：古调。

贺裳《载酒园诗话》：笔力强弱，实由性生，不复可强，智者善藏其短耳。如孟浩然写景、叙事、述情，无一不妙，令读者躁心欲平。但瑰奇磊落，实所不足，故不甚作七言，专精五字。如《鹦鹉洲送王九之江左》曰：「月明全见芦花白，风起遥闻杜若香，君可采采莫相忘。」全似《浣溪纱》风调也。

秦中感秋寄远上人

一丘《汉书》：渔钓于一壑，则万物不奸其志；栖迟于一丘，则天下不易其乐。常欲卧，三径苦无资。北土非吾愿，东林①怀我师。黄金燃桂尽②，壮志逐年衰。日夕凉风至，《礼记·月令》：孟秋之月，凉风至，白露降，寒蝉鸣。闻蝉但益悲。

【注释】

①东林：东林寺，在德化县南庐山麓，晋慧远创建。②黄金句：《战国策》：「（苏秦）说秦王书十上，而

说不行。黑貂之裘敝，黄金百斤尽，资用乏绝，去秦而归。』《楚策》：（苏秦）对曰：『楚国之食贵于玉，薪贵于桂；谒者难得见如鬼，王难得见如天帝。今臣食玉炊桂，因鬼见帝。不亦难乎！』王曰：『先生就舍，寡人闻命矣。』

【品读】

刘辰翁批点《孟浩然集》：吾评孟浩然诗，非不经思，只是吐出。

李梦阳评《孟浩然集》：『黄金燃桂尽』，终伤气，结句好。

上巳日①洛中寄王九迥

卜洛②成周地，《通志·都邑略》：及三监导纣子武庚叛，成王乃命周公营洛邑，迁商之顽民于此，谓之成周。浮杯③上巳筵。斗鸡寒食下，《荆楚岁时记》：去冬节一百五日，即有疾风甚雨，谓之寒食。禁火三日。造饧大麦粥、斗鸡……之戏。走马射堂前④。垂柳金堤合，平沙翠幕连。不知王逸少，何处会群贤？

【注释】

①上巳日：阴历三月上旬巳日。是日官民皆絜于东流水上，曰洗濯祓除。②卜洛：《尚书·洛诰》：召公既相宅，周公往营成周，使来告卜，作《洛诰》。③浮杯：浮于水上的酒杯。王羲之等于上巳日兰亭宴集，流觞曲水，流觞即浮杯。④走马句：古人于三月三日有马射之俗。射堂，古代专供射箭之建筑物。

【品读】

方回《瀛奎律髓》：浩然作此诗时，其体未甚刻画，但细看亦自用工。第二句下『浮杯』字便着题，『平沙翠幕连』一句，看似未见工，久之乃见，祓禊而游者甚盛也。尾句用逸少事，所寄之人，适又姓王，切矣。

江上寄山阴崔少府国辅

春堤杨柳发，忆与故人期。草木本无意，荣枯自有时。山阴定远近，江上日相思。不及兰亭会，空吟祓禊①诗。

【注释】

①祓禊：古代民俗，三月上巳日到水滨洗濯，洗去宿垢，以除不祥，称祓禊。

【品读】

牟顾相《小澥草堂杂论诗》：孟襄阳诗如过雨石泉，清见鱼影。

南还舟中寄袁太祝①

沿溯《左传·文公十年》：『沿汉溯江。』杜预注：『沿，顺流；溯，逆流。』非便习②，风波厌苦辛。忽闻迁谷鸟，《诗经·小雅》：『出自幽谷，迁于乔木。』郑玄笺：『迁，徙也。谓乡时之鸟，出从深谷，今移处高木。」来报武陵[3]春。岭北回征棹，巴东[4]问故人。桃源何处是？游子正迷津。

【注释】

①太祝：掌祝词祈祷之事。属太常。②便习：熟习。③武陵：今湖南常德县。④巴东：武陵地处湖南省北部，在四川省东，故云。

【品读】

刘辰翁《孟浩然诗集》：孟浩然如访梅问柳，遍入幽寺。

早寒江上有怀

木落雁南度，北风江山寒。我家襄水上[1]，遥隔楚云端[2]。乡泪客中尽，孤帆天际看。迷津欲有问[3]，平海夕漫漫。

【注释】

①襄水上：襄水边。②楚云端：襄阳古属楚国，从长江下游遥望襄阳。地势高峻，故称云端。③迷津句：《论语·微子》：「长沮、桀溺耦而耕，孔子过之，使子路问津焉。」

【品读】

王士祯《带经堂诗话》：唐人佳句，多本六朝，昔人拈出甚多。略摘一二为昔人所未及者，如王右丞「积水不可极，安知沧海东」……孟襄阳「木落雁南度，北风江上寒」，本鲍明远「木落江渡寒，雁还风送秋」。

高步瀛《唐宋诗举要》：纯是思归之神，所谓超以象外也。

闲园怀苏子

林园虽少事，幽独[1]自多违。向夕开帘坐，庭阴落影[2]微。鸟从烟树宿，萤傍水轩飞。感念同怀子[3]，京华去不归。

【注释】

①幽独：屈原《九章》：「哀吾生之无乐兮，幽独处乎山中。」②落影：唐太宗《感旧赋》：「对落影之苍茫，听寒风之萧瑟。」③同怀子：怀有相同意趣者，指苏子。

【品读】

方回《瀛奎律髓》：郊野之作，「钓竿垂北涧，樵唱入南轩」，「先人留素业，老圃作邻家」，「鸟过烟树宿，萤傍水轩飞」，皆佳。

张谦宜《絸斋诗谈》：《闲园怀苏子》，一二是怀字意，三四正是怀人时节，五六又是怀人景物，一气赶下，末乃点出怀字，句法最妙。

送张子容进士赴举

夕曛山照灭，送客出柴门。惆怅野中别，殷勤岐路言。茂林余偃息[1]，乔木尔飞翻[2]。无使谷风诮，《诗经·小雅》毛诗序：『《谷风》，刺幽王也。天下俗薄，朋友道绝焉。』孔颖达疏：『幽王之时，风俗浇薄，穷达相弃，无复恩情，使朋友之道绝焉。』须令友道存。

【注释】

①偃息：安卧。②乔木句：《诗经·小雅》：『伐木丁丁，鸟鸣嘤嘤。出自幽谷，迁于乔木。』郑玄笺：『谓乡时之鸟，出从山谷，今移处高木。』

【品读】

刘辰翁批点《孟浩然集》：写得浓尽。

留别王维

寂寂①竟何待？朝朝空自归。欲寻芳草去，惜与故人违②。当路《孟子·公孙丑》：『夫子当路于齐，管仲、晏子之功，可复许乎？』赵岐注：『如使夫子得当仕路于齐而可以行道，管夷吾、晏婴之功宁可复兴乎？』谁相假③？知音世所稀！只应守索寞，还掩故园扉。

【注释】

①寂寂：《文选》：『寂寂杨子宅，门无卿相舆。』李善注：《说文》曰：『寂寂，无人声也』。②违：分离。③假：借。此处为帮助之意。

【品读】

刘辰翁批点《孟浩然诗集》：个中人，个中语，看着便不同。

广陵①别薛八②

士有不得志，栖栖③吴楚④间。广陵相遇罢，彭蠡⑤泛舟还。樯出江中树，波连海上山。风帆明日远，何处更追攀⑥？

【注释】

①广陵：今江苏扬州市。②薛八：孟浩然在越州时结识的朋友，名字不详。③栖栖：奔走不安状。④吴楚：泛指今江苏、安徽及湖北周围一带地区，古为吴国及楚国之地。⑤彭蠡：今江西鄱阳湖。⑥追攀：追随游乐。

【品读】

刘辰翁批点《孟浩然集》：起得雄浑。起慨然为叹，句句好，句句别。

胡应麟《诗薮》：仄起高古者：『故乡杳无际，日暮且孤征』『士有不得志，栖栖吴楚间』『人事有代谢，往来成古今』『楼头广陵近，九月在南徐』，苦不多得。盖初、盛多用工偶起，中、晚卑弱无足观。

钟惺、谭元春《唐诗归》：篇法之妙，不见句法。

与诸子登岘山①

人事②有代谢，往来成古今。江山留胜迹，我辈复登临。水落鱼梁③浅，天寒梦泽④深。羊公碑字在，读罢泪沾襟。

【注释】

①岘山：在湖北襄阳县南，又名岘首山。《晋书》载，西晋初年，羊祜镇守襄阳。他仁爱百姓，政绩卓著，性爱山水，常登岘山。他曾对从事中郎邹湛慨叹：『自有宇宙，便有此山。由来贤达胜士，登此远望，如我与卿者多矣，皆湮灭无闻，使人悲伤。』羊祜死后，襄阳百姓在岘山建庙立碑纪念他，望其碑者莫不流泪，杜预因名其碑为堕泪碑。②人事：指世间兴衰荣辱之事。③鱼梁：洲名，即鱼梁州。④梦泽：云梦泽。

【品读】

刘辰翁批点《孟浩然集》：不必苦思，自然好，苦思复不能及。又：起得高古，略无粉色而情境俱称。悲慨胜于形容，真岘山诗也。复有能言，亦在下风。

张谦宜《絸斋诗谈》：『人事有代谢，往来成古今。江山留胜迹，我辈复登临』，流水对法，一气滚出，遂为最上乘。意到气足，自然浑成，逐句摹不得。

沈德潜《唐诗别裁》：清远之作，不烦攻苦着力。

俞陛云《诗境浅说》：首四句俯仰今古，寄慨苍凉，凡登临怀古之作，无能出其范围。句法一气挥洒，如鹰隼摩空而下，盘折中有劲疾之势，洵推杰作。

过陈大水亭

水亭凉气多，闲棹晚来过。涧影见松竹①，一作『藤竹』。潭香闻芰荷②。野童扶醉舞，山鸟笑酣歌。幽赏③未云遍，烟光奈夕何！

【注释】

①松竹：一作『藤竹』。②芰荷：宋玉《楚辞·招魂》：『芙蓉始发，杂芰荷些。』王逸注：『芰，菱也。秦人谓之薜若。言池水之中有芙蓉，始发其华，芰菱杂错，罗列而生，俱盛茂也。』③幽赏：赏玩幽胜。

【品读】

刘大勤《师友诗传续录》：王、孟诗假天籁为宫商，寄至味于平淡，格调谐畅，意兴自然，真有无迹可寻之妙。

游凤林寺①西岭

共喜年华②好，来游水石间。烟容③开远树，春色满幽山。壶酒朋情④洽，琴歌野兴闲。莫愁归路暝⑤，招月伴人还。

【注释】

①凤林寺：《名胜志》：『凤凰山旧有梁武帝寺，宋之问使过襄阳，登凤林山寺阁，有诗，即此处也。』②年华：犹言时光。③烟容：春天笼罩于林野间的雾霭。④朋情：朋友的情谊。⑤暝：傍晚时的昏暗天色。

【品读】

施闰章《蠖斋诗话》：浩然『招月伴人还』『沿月

如孟浩然诗：『挂席东南望，青山水国遥。舳舻争利涉，来往任风潮。问我今何适？天台访石桥。坐看霞色晚，疑是赤城标。』

吴汝纶《唐宋诗举要》：一片神行，此王、孟之绝诣也。

途中遇晴

已失巴陵雨，犹逢蜀坂①泥。天开②斜景③遍，山出晚云低。余湿犹沾草，残流尚入溪。今宵有明月，乡思远凄凄。

【注释】

①坂：山坡。②天开：雨后转晴，天空晴朗。③斜景：斜射的阳光。

【品读】

方回《瀛奎律髓》：三四壮浪；五六细润，形容雨晴，妙甚。

刘辰翁批点《孟浩然集》：不似着意语，好。

沈德潜《唐诗别裁》：状晚霁如画。

纪昀《瀛奎律髓刊误》：通体细润，以为壮浪，非是。

夕次蔡阳馆①

日暮马行疾，城荒人住稀。听歌知近楚，投馆忽如归。鲁堰②田畴广，章陵③气色微。明朝拜家庆，葛立方：唐人与亲别而复归，谓之拜家庆。须着老莱衣。《列女传》：老莱子孝养二亲，行年七十，婴儿自娱，着五色彩衣。尝取浆上堂，跌仆，因卧地为小儿啼。或弄乌鸟于亲侧，以悦父母。

【注释】

①蔡阳馆：蔡阳的驿馆。蔡阳故城在今枣阳县西南。②鲁堰：鲁，《广雅·释诂》：『鲁，道也。』堰，《文选》：『东出千金堰。』李善注：『《广雅》曰：「堰，潜堰也。谓潜筑土以壅水也。」』③章陵：故城在枣阳县南。

【品读】

葛立方《韵语阳秋》：余在毗陵，见孙润夫家有王维画孟浩然像，绢素败烂，丹青已渝。维题其上云：『维尝见孟公吟曰：「日暮马行疾，城荒人住稀。」又吟云：「挂席数千里，名山都未逢。泊舟浔阳郭，始见香炉峰。」余因美其风调，至所舍图于素轴。』

夜渡湘水①

客行贪利涉，夜里渡湘川。露气闻香杜，歌声识采莲②。榜人③投岸火④，渔子宿潭烟⑤。行侣时相问，涔阳《九歌》：『望涔阳兮极浦。』洪兴祖补注：『今澧州有涔阳浦。』何处边？

【注释】

①湘水：亦称湘江。源出广西兴安县阳海山，北流

经长沙注入洞庭湖。②采莲：乐府曲调名。乐府《江南弄》有《采莲曲》。③榜人：船夫。④投岸火：向岸边有火光处停靠。⑤潭烟：渔夫在潭边点的野火。

【品读】

刘辰翁批点《孟浩然集》：清润可喜。

沈德潜《唐诗别裁》：行旅自谓问者，问榜人渔子也。

春怨

佳人能画眉[①]，妆罢出帘帷。照水空自爱，折花将遗[②]谁？春情多艳逸，春意倍相思。愁心极杨柳[③]，一种[④]乱如丝。

【注释】

①画眉：用黛色描绘眉毛。是古代妇女梳妆的重要风习。②遗：送给。③愁心句：意谓愁心因为杨柳触动而达到极点。④一种：一样。

【品读】

刘辰翁批点《孟浩然集》：矜丽婉约。

贺裳《载酒园诗话》：孟襄阳素心士也。其《庭桔》诗『并生怜共蒂，相示感同心』，一何婉昵！至若『照水空自爱，折花将遗谁』，真有生香真色之妙，觉老杜『香雾云鬟』『清辉玉臂』，未免太宫样妆矣。

伤岘山云表[①]观主

少小学书剑，秦吴[②]多岁年。归来一登眺，陵谷尚依然。岂意餐霞客[③]，溘[④]随朝露先。因之问闾里[⑤]，把臂《广绝交论》：自昔把臂之英，金兰之友。几人全？

【注释】

①云表：道观名。②秦吴：秦指长安，吴指吴越。③餐霞客：餐食朝霞为道家修炼术之一。相传修道者餐霞辟谷，以求长生。餐霞客，指云表观主。④溘：忽然，常与『死』相连。⑤闾里：指乡里。

【品读】

李梦阳评《孟浩然集》：好，凄中有健。

吴汝纶《唐宋诗举要》：气势浑灏，自然感慨。王孟体此为极则。又：开拓处多则不平，此最紧要。否则几于滑易矣。

登安阳城楼

县城南面汉江流，江嶂开成南雍州。才子乘春来骋望[①]，群公暇日坐销忧。楼台晚映青山郭，罗绮[②]晴娇绿水洲。向夕[③]波摇明月动，更疑神女弄珠游。

【注释】

①骋望：极目远望。②罗绮：有文采的华贵衣着。③向夕：天色将晚。

【品读】

刘辰翁批点《孟浩然集》：老成素净，但江嶂山水，晚夕珠绮，各不免叠意。

金圣叹《贯华堂选批唐才子诗》登城楼，临汉江，望南雍州，看他何等眼界，何等胸襟。因言普天下凡有此等眼界，此等胸襟者，必是才子；其无此等眼界，此等胸襟者，亦是群公。然则乘春骋望，固是其有眼界，有胸襟，而果暇日来坐，即亦不怕其无眼界、无胸襟也。看他『县城』下『南面』字，『汉江』下『流』字，『南雍州』上『江嶂开成』字，分明心手之间，欲代元化布置。

李颀

李颀（?－约753），颍阳（今河南登封县西）人。唐开元十三年进士，曾任新乡县尉。后辞官隐居。

塞下曲

黄云雁门[①]郡，日暮风沙里。千骑黑貂裘，皆称羽林子[②]。金笳吹朔雪，铁马嘶云水。帐下饮葡萄[③]，平生寸心是。

【注释】

①雁门：郡名。战国赵武灵王置，秦汉及三国魏时期治所均有变动，皆在今山西境内。隋大业、唐天宝、至德时又曾改代州为雁门郡。②羽林子：为皇帝宿卫侍从的军士。《汉书·赵充国传》：『始为骑士，以六郡良家子，善骑射，补羽林』，此处指强悍勇武的军人。③葡萄：葡萄酒。

【品读】

胡应麟《诗薮》：世多谓唐无五言古，笃而论之，才非魏、晋之下，而调杂梁、陈之际，截长絜短，盖宋、齐之政耳。如文皇《帝京》之什，允济《庐岳》之章，子昂《感遇》之篇……李颀《塞下曲》……皆六朝之妙诣，两汉之余波也。

渔父歌

白首何老人，蓑笠蔽其身。避世长不仕，钓鱼清江滨。浦沙明濯足，山月静垂纶①。寓宿湍②与濑③，行歌秋复春。持竿湘岸竹，爇④火芦洲薪。绿水饭香稻，青荷包紫鳞⑤。于中还自乐，所欲全吾真。而笑独醒者，临流多苦辛。

【注释】

①纶：钓丝。②湍：急速流淌的水。《水经注·江水》："素湍绿潭，回清倒影。"③濑：从沙石上流过的急水。《论衡·书虚》："溪谷之深，流者安洋，浅多沙石，激扬为濑。"④爇：焚烧。⑤紫鳞：鱼。

【品读】

王文濡《历代诗评注读本》：描写真乐，而渔父之身份自高，不仕二字为题眼。

东京寄万楚

濩落①久无用，隐身甘采薇。仍闻薄宦②者，还事田家衣。颍水③日夜流，故人相见稀。春山不可望，黄鸟④东南飞。濯足岂长往？一樽聊可依。了然潭上月，适我胸中机。在昔同门友，如今出处⑤非。优游白虎殿⑥，偃息青琐⑦闱。且有荐君表，当看携手归。寄书不待面，兰茝⑧空芳菲。

【注释】

①濩落：大而无当的意思。《庄子·逍遥游》："剖之以为瓢，则濩落无所容。"②薄宦：官职卑微，仕途不很得意。③颍水：淮河最大支流。源出河南省登封县嵩山西南。④黄鸟：一说黄鹂，啼叫婉转清脆，常群栖。⑤出处：进退。⑥白虎殿：白虎观，汉宫殿。⑦青琐：为古代宫门上的一种装饰，后借指宫门。⑧兰茝：两种香草名。

【品读】

沈德潜《唐诗别裁》：后半言同门之友仕于朝者，当荐君而出，则不能复依兰茝，空见其芳菲而已。

赠张旭①

张公性嗜酒，豁达无所营。皓首②穷草隶，时称太湖精。露顶据胡床，长叫三五声。兴来洒素壁，挥笔如流星。下舍风萧条，寒草满户庭。问家何所有，生事如浮萍。左手持蟹螯，《世说新语》：毕茂世云："一手持蟹螯，一手持酒杯，拍浮酒池中便足了此一生。"右手执丹经。瞪目视霄汉，不知醉与醒。诸宾且方坐，旭日临东城。荷叶裹江鱼，白瓯贮香秔③。微禄心不屑，放神于八纮。《淮南子》：九州之外有八殡，八殡之外，而有八纮。时人不识者，即是安期生④。

【注释】

①张旭：唐代著名书法家。吴郡（今江苏苏州）人，官金吾长史，人称"张长史"。工书，精通楷法，尤以

草书擅名。②皓首：白头，指老年。③秔：同粳，稻的一个品种。④安期生：相传为先秦方士，家居山东琅琊阜乡，寿长千岁，成为仙人。

【品读】

谢榛《四溟诗话》：李颀贻张旭诗曰：「左手持蟹螯，右手执丹经。」此用毕卓语。既持蟹螯，又执《丹经》，岂命人举杯耶？盖偶然写兴以害意尔。贾岛《望山》诗曰：「长安百万家，家家张屏新。谁家最好山，我愿为其邻」，然好山非近一家，何必择邻哉？此亦写兴害意，与颀同病也。

琴　歌

《琴论》：和乐而作，命之曰畅，言达则兼济天下而美畅其道也。忧愁而作，命之曰操，言穷则独善其身而不失其操也。

主人有酒欢今夕，请奏鸣琴广陵[1]客。月照城头乌半飞，霜凄万树风入衣。铜炉华烛烛增辉，初弹渌水[2]后楚妃[3]。一声已动物皆静，四座无言星欲稀。清淮[4]奉使千余里，敢告云山从此始。

【注释】

①广陵：广陵散，古琴曲名，三国时魏嵇康善弹此曲。②渌水：琴曲名。传为蔡邕作。③楚妃：乐府歌曲名。晋石崇作，咏楚姬规劝楚庄王事。④清淮：指淮河，

李颀任新乡尉，其地近淮水。

【品读】

沈德潜《唐诗别裁集》：比「高山如空山，能使江月白」等语，更微更远。

送刘十

三十不官亦不娶，时人焉识道高下。房中唯有老氏经[1]，枥[2]上空余少游马。往来嵩华[3]与函秦[4]，放歌一曲前山春。西林独鹤引闲步，南涧飞泉清角巾。前年上书不得意，归卧东窗兀然[5]醉。诸兄相继掌青史[6]，第五之名齐骠骑。《汉书》：霍去病征匈奴，有绝漠之勋，始置骠骑将军，位在三司，品秩同大将军。烹葵《诗经·豳风》：七月烹葵及菽。摘果告我行，落日夏云纵复横。闻道谢安掩口笑，知君不免为苍生[7]。

【注释】

①老氏经：即道家经典《老子》。《老子》一书分为《道经》《德经》两部分，故《老子》又称《道德经》。②枥：马槽。③嵩华：指中岳嵩山和西岳华山。④函秦：函谷关和秦岭。⑤兀然：昏沉无知之状。⑥青史：古代在竹简上记事，因称史书为「青史」。⑦谢安二句：《世说新语·排调》：谢安出山做桓温司马，将发新亭，朝臣都来送行，中丞高崧戏曰：「卿屡违朝旨，高卧东山，诸人每相与言，安石不肯出，将苍生何？今亦苍生将如

卿何？」谢笑而不答。

【品读】贺裳《载酒园诗话》：李颀五言，犹以清机寒色，未见出群，至七言实不在高适之下。《放歌行答从弟墨卿》，又《送刘十》曲折磊落，姿态横生。

方南堂《辍锻录》：古人于事之不能已于言者，则托之歌诗，于歌诗不能达吾意者，则喻以古事。于是用事遂有正用、侧用、虚用、实用之妙……李颀《送刘十》云：『闻道谢安掩口笑，知君不免为苍生。』此实用也。李端寻《太白道士》云：『出游居鹤上，避祸入羊中。』此正用也。细心体认，得其一端，已足名家，学之不已，何患不抗行古人耶。

题卢五旧居

物在人亡无见期，闲庭系马不胜悲。窗前绿竹生空地，门外青山如旧时。怅望秋天鸣坠叶，巑岏[1]枯柳宿寒鸱。忆君泪落东流水，岁岁花开知为谁？

【注释】①巑岏：《文选·宋玉〈高唐赋〉》：『盘岸巑岏，裖陈硊硊。』张铣注：『巑岏，山之峻大貌。』

【品读】王世贞《艺苑卮言》：李颀『花宫仙梵』『物在人亡』二章，高适『黄鸟翩翩』『嗟君此别』二咏，张谓『星韶计日』之句，孟浩『悬城南面』之篇，不作奇事丽语，以平调行之，却足一唱三叹。

宿香山寺[1]石楼

夜宿翠微半，高楼闻暗泉。渔舟带远火，山磬[2]发孤烟。衣拂云松外，门清河汉边。峰峦低枕席，世界[3]接人天。霭霭花出雾，辉辉星映川。东林[4]曙莺满，惆怅欲言旋。

【注释】①香山寺：指坐落在洛阳龙门山东面香山上的寺院。②山磬：山寺中僧人敲击的鸣器，由石、铜做成。③世界：指寺院这块地方。④东林：本为东晋高僧慧远居住、讲经的庐山东林寺。此处喻指香山寺院。

【品读】余成教《石园诗话》：『渔舟带远火，山磬发孤烟』，亦东川五言佳句。

送刘昱

八月寒苇花，秋江浪头白。北风吹五两[1]，谁是浔阳[2]客。鸬鹚山头微雨晴，扬州郭里暮潮生。行人夜宿金陵渚，试听沙边有雁声。

【注释】①五两：古时测量风向和风力的仪标，用鸡毛五两（或八两）系在高竿上，以观察动静。②浔阳：今江西九江市。

【品读】

胡应麟《诗薮》：李杜外，短歌可法者，岑参《蜀葵花》《登邺城》，李颀《送刘昱》《古意》……虽笔力非二公比，皆初学易下手者。但盛唐前，语虽平易，而气象雍容；中唐后，语渐精工，而气象促迫，不可不知。

綦毋潜

綦毋潜（约691－约756），字孝通，江西南康人。开元十四年（726）进士，历宜寿县尉、左拾遗、著作郎。后挂冠归隐，游于江淮一带。

题鹤林寺①

道林隐形胜，向背临层霄。松覆山殿冷，花藏溪路遥。珊珊宝幡挂，焰焰明灯烧。迟日半空谷，春风连上潮。少凭水木兴，暂令身心调。愿谢携手客②，兹山禅诵饶。

【注释】

①鹤林寺：在今江苏丹徒县黄鹤山下，晋元帝大兴四年建，刘宋时改名鹤林寺。②携手客：志同道合的友人。

【品读】

殷璠《河岳英灵集》：潜诗『屹崒峭蒨足』佳句，善写方外之情。至如『松覆山殿冷』，不可多得。

题灵隐寺山顶禅院

招提①此山顶，下界不相闻。塔影挂清汉，钟声和白云。观空静未掩，行道众香焚。且驻西来驾②，人天日未曛。

【注释】①招提：禅院，梵语。官赐匾额者为寺，私造者为招提。②西来驾：指达摩祖师自天竺西来之大驾。

【品读】殷璠《河岳英灵集》：『塔影挂清汉，钟声和白云』，历代未有。

王昌龄

王昌龄（?－约756），字少伯，京兆长安（今陕西西安市）人。开元十五年（727）进士，授秘书省校书郎。开元二十二年（734），王昌龄选博学宏词科，超绝群伦，于是改任汜水县尉，再迁为江宁丞。后贬龙标尉，世称王龙标。安史之乱，为濠州刺史闾丘晓所忌而杀。盛唐著名边塞诗人，后人誉为『七绝圣手』。

塞下曲

饮马渡秋水，水寒风似刀。平沙日未没，黯黯见临洮[1]。昔日长城战，咸言意气高。黄尘足今古，白骨乱蓬蒿。

【注释】①临洮：指临洮县或临洮郡，治所在今甘肃岷县。

【品读】唐汝询《唐诗解》：末言意气高者安在。

周珽《唐诗选脉会通》：少伯慧心甚灵，神力亦劲，此篇及少年行与新乡此题诗极简极纵极新，俱在汉魏之间。

塞上曲

秋风夜渡河，吹却雁门桑。遥见胡地猎，鞴马[1]宿严霜。五道[2]分兵去，孤军百战场。功多翻下狱[3]，士卒担心伤。

【注释】

①鞴马：驾马。②五道：五路。汉宣帝本始二年（前72）派遣御史大夫田广明等五位将军分别从西河、张掖、云中、酒泉、五原五处同时用兵讨伐匈奴。③功多句：西汉云中郡太守魏尚多谋善战，功多未受重赏，反因一次上报杀敌人数出错，被关进狱中。

【品读】

李攀龙《唐诗选》：古今同恨。

从军行

向夕临大荒①，朔风轸②归虑。平沙万里余，飞鸟宿何处？虏骑猎长原，翩翩傍河去。边声摇白草，《汉书·西域传》：地沙卤，少田，寄田仰谷旁国。国出玉，多葭苇、柽柳、胡桐、白草。颜师古注：白草似莠而细，无芒，其干熟时正白色，牛马所嗜也。海气生黄雾。百战苦风尘，十年履霜露。虽投定远笔③，未坐将军树④。早知行路难，悔不理章句！

【注释】

①大荒：《山海经》：『大荒之中，有山名曰大荒之山，日月所入，……址谓大荒之野。』②轸：悲痛。③定远笔：《后汉书·班超传》：『（超）家贫，常为官佣书以供养。久劳苦，尝辍业投笔叹曰：「大丈夫无它志略，犹当效傅介子、张骞立功异域，以取封侯，安能久事笔砚间乎？」』④将军树：《后汉书·冯异传》：『（冯异）为人谦迟不伐……每所止舍，诸将并坐论功，异常独屏树下，军中号曰「大树将军」。』

【品读】

范晞文《对床夜语》：王昌龄《从军行》云：『百战苦风尘，十年履霜露。虽投定远笔，未坐将军树。早知行路难，悔不理章句。』怨其有功未报也。岑参云：『早知逢世乱，少小漫读书。悔不学弯弓，向东射狂胡。』悲其所遇非时也。意虽反而实同。

李攀龙《唐诗选》：他人从军多作豪语，此独作苦语。

少年行

西陵①侠少年，送客短长亭②。青槐夹两路，白马如流星。闻有羽书③急，单于寇井陉④。气高轻赴难，谁顾燕山铭！《后汉书·窦融传》：遂登燕然山，去塞三千余里，刻石勒功，纪汉威德，令班固作铭。

【注释】

①西陵：汉代帝王陵墓多在京城长安西北，因称西陵。②短长亭：古时十里一长亭，五里一短亭。③羽书：一种紧急文书，以木简为之，长一尺二寸，上插鸟羽，以示紧急。④井陉：关隘名，在今河北井陉县。

【品读】沈德潜《唐诗别裁》：少伯塞上诗，多能传出义勇。

长歌行

旷野饶悲风，飕飕黄蒿草。系马倚白杨，谁知我怀抱？所是同袍者①，相逢尽衰老。况登汉家陵，南望长安道。下有枯树根，上有鼯鼠②窠。高皇③子孙尽，千载无人过。宝玉频发掘，《文选》：『珠柙离玉体，珍宝见剽虏。』李善注：『魏文帝《典论》曰：「丧乱以来，汉氏诸陵无不发掘，至乃烧取玉柙金镂，体骨并尽。」』精灵其奈何？人生须达命，有酒且长歌。

【注释】

①同袍者：齐心协力的人。《诗经·秦风·无衣》：『岂曰无衣？与子同袍。』②鼯鼠：俗称飞鼠，别名夷由。形似蝙蝠，因其前后肢之间有飞膜，能在树间滑翔，古人误为鸟类。③高皇：汉高祖刘邦称高皇帝。

【品读】

顾璘《批点唐诗正音》：此篇虽句健而少沉实。

唐汝询《唐诗解》：此哀人寿命劝行乐也。蒿草白杨，四顾萧索，谁知我之怀抱乎？观同袍之衰老，则知吾生之有涯；陵墓摧残，则知荣华之无益，人固当达命而寄情于酒耳。

悲哉行

勿听白头吟，《西京杂记》：相如将聘茂陵人女为妾，卓文君作《白头吟》以自绝，相如乃止。人间易忧怨！若非沧浪子，安得从所愿？北上太行山①，临风阅吹万②。长云数千里，倏忽还肤寸③，观其微灭时，精意莫能论。百年不容息，是处生意蔓。始悟海上人④，辞君永飞遁⑤。

【注释】

①太行山：即今山西、河南、河北三省边境之太行山脉。②吹万：风吹到万物之上。《庄子·齐物论》：『夫吹万不同而使其自己也，咸其自取。』③肤寸：长度单位。古以一指宽为一寸，四指宽为一肤。④海上人：指仙人安期生。《列仙传》：『安期生者，琅琊阜乡人也，卖药于东海边，时人皆言千岁翁。秦始皇东游请见，与语三日三夜，赐金璧，度数千万，出于阜乡亭，皆置去。』⑤飞遁：即肥遁，超然退隐。《周易·遁》：『上九，肥遁，无不利。』

【品读】

周敬《唐诗选脉会通》：读此诗觉姜桂之性久而愈辣。

周珽《唐诗选脉会通》：夫人生世间无放浪形骸之识，鲜不为忧愁怨尤所移虑，故能大悟斯能大观。彼禄碌百年精神意志是处滋生，蔓情与风云聚散起灭有已时何异，总不若忘机海翁逍遥永遁为得也。

钟惺、谭元春《唐诗归》：『观其微灭时』二语与『空山多雨雪』同一妙语，勿谓其不敌。

放歌行

南渡洛阳津，西望十二楼。《汉书·郊祀志》：『五城十二楼。』颜师古注：『应劭曰：「昆仑玄圃五城十二楼，仙人之所常居。」』明堂①坐天子，月朔②朝诸侯。清乐③动千门，皇风被九州。庆云从东来，泱漭④抱日流。升平贵论道，《周礼》：坐而论道，谓之王公；作而行之，谓之士大夫。文墨将何求？有诏徵草泽⑤，微诚将献谋。冠冕如星罗，拜揖曹与周⑥。望尘《晋书》：岳性轻躁，趋势利，与石崇等谄事贾谧，每候其出，与崇则望尘而拜。非吾事，入赋且迟留。幸蒙国士识，因脱负薪裘。今者放歌行，以慰梁甫⑦愁。但营数斗禄，奉养每丰羞。若得金膏⑧遂，飞云亦可俦。

【注释】

①明堂：古代帝王宣明政教的地方。此指皇帝办公之处。②月朔：每月朔日，即每月第一天。此指正月第一天。③清乐：即清商乐。指我国古代起源于民间的歌曲。④泱漭：广大状。⑤有诏句：唐玄宗前期励精图治，屡次下诏延揽人才。此指其事。⑥曹与周：西汉丞相曹参与太尉周勃，泛指文武大臣。⑦梁甫：指《梁甫吟》，乐府古题。⑧金膏：《穆天子传》：天子……乃披图视典，用观天子之宝器，曰：『天子之宝，玉果、璿珠、烛银、黄金之膏。』

【品读】

胡应麟《诗薮》：世多谓唐无五言古。笃而论之，才非魏晋之下，而调杂梁陈之际，截长絜短，盖宋齐之政耳。如文皇《帝京》之什，允济《庐岳》之章，子昂《感遇》之篇……王昌龄《放歌行》……皆六朝之妙诣，两汉之余波也。

秋　兴

日暮西北堂，凉风洗修木①。著书在南窗，门馆常肃肃。苔草延②古意，视听转幽独。或问余所营，刘黍就寒谷。

【注释】

①修木：大树。②延：引发。

【品读】

钟惺、谭元春《唐诗归》：『门馆常肃肃』是著书人家光景，非老于此不知。古意何关苔草，便可想其视听幽独处。

黄周星《唐诗快》：著书与刘黍岂一事耶？合说有趣。

斋心①

女萝覆石壁，溪水幽濛胧。紫葛蔓黄花，娟娟寒露中。朝饮花上露，《楚辞·离骚》：朝饮木兰之坠露兮，夕餐秋菊之落英。夜卧松下风。云英化为水，光采与我同。日月荡精魄②，寥寥天宇空。

【注释】①斋心：清心寡欲。《列子·黄帝》：『减厨膳，退而闲居大庭之馆，斋心服形，三月不亲政事。』②精魄：精神。

【品读】钟惺、谭元春《唐诗归》：光怪竦峙，仙语佛语各有神妙不可言说。此道家妙语混袭不得。

唐汝询《唐诗解》：此山居寡欲心无染也。言于石壁溪水之间而为女萝蔓葛所绕，彼居此者固已超凡气，又饮花露而卧松风，岂非心斋乎！若是，则云英日月且与吾身齐一，是方寸中亦有天府也。

乌栖曲

白马逐朱车，黄昏入狭邪①。柳树乌争宿，争枝未得飞上屋。东房少妇婿从军，每听乌啼知夜分②。谭元春：昵昵有情。

【注释】①狭邪：倡妓之家。②夜分：夜半时分。

【品读】钟惺、谭元春《唐诗归》：此句之妙在言外。

唐汝询《唐诗解》：要言不烦，正乐府正色。

胡应麟《诗薮》：少伯《乌栖曲》有韵有神，可追踪太白。

城傍曲

秋风鸣桑条，草白狐兔骄。邯郸饮来酒未消，城北原平掣皂雕。《埤雅》：鹰似雕而大，黑色，俗呼皂雕。射杀空营两腾虎，回身却月①佩弓弰②。

【注释】①却月：半圆之月。②弓弰：装弓的袋子。

【品读】唐汝询《唐诗解》：此见城傍猎客而赋其事，言木落草枯，狐免狡健；猎者乘醉而来，手接皂雕，箭联双虎，向月而归，得意如此。

沈德潜《唐诗别裁》：犹《齐风》『之千还』『卢令令』等篇。

题僧房

棕榈①花满院，苔藓入闲房。彼此名言②绝，空中闻异香。

【注释】①棕榈：常绿乔木。②名言：名目与言句。《华严经》：『于一一法名言悉得无边无尽法藏。』

【品读】

施补华《岘佣说诗》：句中有禅理，句外有神韵，可法也。

从军行七首

其一

烽火①城西百尺楼②，黄昏独坐海③风秋。更吹羌笛关山月，无那④金闺⑤万里愁。

《乐府解题》：《关山月》，伤离别也。

【注释】

①烽火：古时边疆筑高土台，上置薪草，有敌入侵，白天以烟为警，夜间以火为警，谓之烽火。②百尺楼：指备置烽火的戍楼。③海：古称西北地区塞外湖泊为海。④无那：无奈，无法控制。⑤金闺：华丽的闺房，此指征人的眷属。

【品读】

陆时雍《唐诗镜》：昌龄作绝句，往往襞积其意，故觉其情之深长而辞之饱快也。人解后二语，谓从军者闻羌笛而起金闺之思，非也。盖因边城闻笛而代为金闺之愁也。言已之愁已不堪，而闺中之愁更将如何？此昌龄诗法不与众同也。

唐汝询《唐诗解》：此久戍而思家也。言于戍楼独坐而闻秋风，感时之念已切，又况笛奏关山，能不想及闺中乎？是以心驰万里而生愁也。或以金闺指朝廷，而引谢朓诗语为证，则此当是思君之作；然关山等语念切思家，仍以前说为是。

沈德潜《唐诗别裁》：万里之外，念及金闺，能无愁乎？

俞陛云《诗境浅说》：诗之佳处，在末句『无那』二字，用提笔以结全篇。

其二

琵琶起舞换新声，总是关山旧别情。撩乱边愁听不尽，高高秋月照长城。

【品读】

唐汝询《唐诗解》：奏乐所以娱心，今我起舞而琵琶更奏新声本以相乐也，然总之为离别之情。边声已不堪闻，其奈月照长城乎！入耳目者皆边愁也。

黄生《唐诗摘抄》：前首以『海风』为景，以『羌笛』为事，景在事前；此首以『琵琶』为事，以『秋月』为景，景在事后。当观其变调。

黄叔灿《唐诗笺注》：跟上首来，故曰『换』，曰『总是关山离别情』，即指上笛中所吹曲说。『撩乱边愁』而结之以『弹不尽』三字，下无语可续，言情已到尽头处矣。『高高秋月照长城』，妙在即景以托之，思入微茫，魂游惝恍，似脱实粘，诗之最上乘也。

其三

关城榆叶早疏黄，日暮云沙古战场。表请回军掩尘骨，莫教兵士哭龙荒①。

【注释】

①龙荒：指北方边疆极远之处。龙指龙城，匈奴五月祭天，大会诸部处，其地在今蒙古境内。荒指荒服，古代王畿外围以五百里为率，分为五等称五服，荒服最远。

其四

青海①长云②暗③雪山，孤城遥望玉门关④。黄沙百战穿⑤金甲⑥，不破楼兰⑦终不还！

【注释】

①青海：青海湖。在今青海省西宁市西。②长云：喻指战云。③暗：笼罩之意。④玉门关：在今甘肃敦煌西北，是通往西域的要道。⑤穿：破漏。⑥金甲：铠甲。⑦楼兰：汉时西域一小国名，后改名鄯善，故址在今新疆若羌县及罗布泊一带。

【品读】

唐汝询《唐诗解》：哥舒翰尝筑城青海，其地与雪山相接，戍者思归，故登城而望玉关，求生入也。因言冒风沙而苦战久矣，然不破楼兰终无还期，悲何如耶？

沈德潜《唐诗别裁》：作豪语看亦可，然作归期无日看，倍有意味。

黄叔灿《唐诗笺注》：玉关在望，生入无由，青海雪山，黄沙百战，悲从军之多苦，冀克敌以何年。『不破楼兰终不还』，愤激之词也。

俞陛云《诗境浅说续编》：首二句乃逆挽法，从青海回望孤城，见去国之远也。后二句谓确斗无前，黄沙百战，金甲都穿，见胜概英风。

其五

大漠风尘日色昏，红旗半卷出辕门①。前军夜战洮河②北，已报生擒吐谷浑③。

【注释】

①辕门：军营门。古代军队扎营时，以战车相环，首尾连接，围成军营。出口处两个车辕相向竖起，对称如门，故称。②洮河：又称洮水，源出甘肃临潭县西倾山，入黄河。③吐谷浑：古代中国西部少数民族之一，为鲜卑族后裔。

【品读】

宋顾乐《唐人万首绝句选评》：《从军》诸作，皆盛唐高调，极爽朗，却无一直致语。

其六

胡瓶《西域记》：疏勒王致魏文帝金胡瓶二枚，银胡瓶二枚。落膊①紫薄汗②，碎叶城③西秋月团。明敕星驰封宝剑，辞君一夜取楼兰。

【注释】

①落膊：缠绕于肩膊。②薄汗：健马名。③碎叶城：古城名，故址在今吉尔吉斯北托克马克附近。

其七

玉门山嶂①几千重，山北山南总是烽②。人依远戍③须看火，马踏深山不见踪。

【注释】

①嶂：高而险之山。②烽：烽火台。③戍：戍楼。

出塞

秦时明月汉时关，沈德潜：防边筑城起于秦汉。明月属秦关属汉，诗中互文。万里长征人未还。但使龙城飞将①在，不教胡马②度阴山③！

【注释】

①龙城飞将：指扬威敌境之名将，合用卫青、李广事。《汉书·卫青霍去病传》：元光六年（前129），车骑将军卫青击匈奴至龙城，斩首虏数百。《史记·李将军列传》：「广居右北平，匈奴闻之，号曰「汉之飞将军」，避之数岁，不敢入右北平。」②胡马：指匈奴骑兵。③阴山：阴山山脉，西起河套，东抵小兴安岭，横跨今内蒙古自治区，是我国古代北部边防的天然屏障，也是当时和匈奴的分界处。

【品读】

杨慎《升庵诗话》：此诗可入神品。『秦时明月』四字，横空盘硬语也，人所难解。李中溪侍御尝问余，余曰：扬子云赋：欃枪为闉，明月为堠。此诗借用其字，而用意深矣。盖言秦时虽远征而未设关，但在明月之地，犹有行役不逾时之意；汉则设关而戍守之，征人无有还期矣，所赖飞将御边而已。虽然，亦异乎守在四夷之世矣。

王世贞《艺苑卮言》：李于鳞言唐人绝句当以『秦时明月汉时关』压卷，余始不信。以少伯集中有极工妙者。既而思之，若落意解，当别有所取。若以有意无意可解不可解间求之，不免此诗第一耳。

唐汝询《唐诗解》：匈奴之征起自秦汉，至今劳师于外者以将之非人也。假令李广而在，胡人当不敢南牧矣。以月属秦、以关属汉者，非月始于秦，关起于汉也，意谓月之临关秦汉一辙，征人之出俱无还期，故交互其文而为可解不可解之语。读者以意逆志，自当了然，非唐诗终无解也。

黄生《唐诗摘抄》：中晚绝句涉议论便不佳，此诗亦涉议论而未尝不佳。此何以故？风度胜故，情味胜故。

沈德潜《说诗晬语》：『秦时明月』一章，前人推奖之而未言其妙。盖言师劳力竭而功不成，由将非其人之故。得飞将军备边，边烽自熄。即高常侍《燕歌行》归重『至今人说李将军』也。

长信①秋词

其一

金井梧桐秋叶黄，珠帘不卷夜来霜。熏笼②玉枕无颜色，卧听南宫③清漏④长。

【注释】

①长信：汉宫名。班婕妤初受汉成帝宠幸，后来赵飞燕姊妹受到汉成帝宠幸，班婕妤为自全计，求供养太后长信宫，尝作赋自悼。②熏笼：古人取暖、熏衣用具。③南宫：即未央宫。④漏：即漏壶，宫中铜制计时器，分上下数层，上层底有小孔，可漏水，层层下注，以底层蓄水多少计算时间。此处指漏壶滴水声。

【品读】

王尧衢《古唐诗合解笺注读本》：『珠帘不卷夜来霜』，帝不临幸，则宫中珠帘长垂而不卷，夜来霜落，五更时怨寂而已。『熏笼玉枕无颜色』，熏笼玉枕，所设以侍寝者，今已失恩宠，亦无颜色矣。『卧听南宫清漏长』，秋夜既长，又不成寐，侧耳以听，但闻南宫之清漏而已，能勿伤感乎？

其二

奉帚①平明金殿开，且将团扇②暂徘徊。钟惺：团扇用『且将』字、『暂』字，皆从『秋』字生来。玉颜不及寒鸦色③，犹带昭阳④日影⑤来。钟惺：此二句与『帘外春寒』『朦胧树色』同一法，皆不说向自家身上。然『帘外春寒』句气象宽缓，此句与『朦胧树色』情事幽细。『寒鸦』『日影』，尤觉悲怨之甚。

【注释】

①奉帚：捧帚，指洒扫长信宫。②团扇：班婕妤《怨歌行》：『新制齐纨素，鲜洁如霜雪。裁为合欢扇，团团如明月。出入君怀袖，动摇微风发。常恐秋节至，凉飙夺炎热。弃捐箧笥中，恩情中道绝。』③寒鸦色：指乌鸦羽毛的乌黑色。④昭阳：汉宫殿名，即赵飞燕姊妹所居处。⑤日影：日光。古人常以日喻君王，以日影象征君王的恩宠。

【品读】

陆时雍《唐诗镜》：『暂徘徊』三字有意，不云锦帐寒恩而第曰昭阳日影，此长信宫中人语。

黄生《唐诗摘抄》：寒鸦犹带日色，玉颜反不得君恩，所以不及也。却硬说是色不及，更妙。

沈德潜《唐诗别裁》：昭阳宫，赵昭仪所居。宫在东方，寒鸦带日影而来，见己之不如鸦也。优柔婉丽，含蓄无穷，使人一唱三叹。

潘德舆《养一斋诗话》：龙标『玉颜不及寒鸦色，

犹带昭阳日影来』，与晚唐人『自恨身轻不如燕，春来犹绕御帘飞』，似一副言语，而厚薄远近，大有殊观。惟深于诗者，乃然吾言耳。

俞陛云《诗境浅说续篇》：『熏笼玉枕无颜色，卧听南宫清漏长』『火照西宫知夜饮，分明复道奉恩时』，皆意嫌说尽，不若此首之凄婉也。设想愈痴，其心愈悲矣。

其三

真成薄命久寻思，梦见君王觉后疑。火照西宫知夜饮，分明复道①奉恩时。

【注释】

①复道：宫中楼阁相通，上下有道，故称复道。

【品读】

钟惺、谭元春《唐诗归》：宫词细于毫发，不推为第一婉丽手不可。惟『芙蓉不及美人妆』差弱耳。

沈德潜《唐诗别裁》：下『分明』二字，写梦境入微。

青楼曲

白马金鞍从武皇①，旌旗十万宿长杨②。楼头小妇鸣筝坐，遥见飞尘入建章③。

【注释】

①武皇：汉武帝。②长杨：《三辅黄图》：『长杨宫，在今周至县东三十里，本秦旧宫，至汉修饰之以备行幸。宫中有垂杨数亩，因为宫名。』③建章：《汉书·武帝纪》：『太初元年，柏梁台灾，起建章宫……宫在未央宫西长安城外。』

【品读】

杨慎《升庵诗话》：此诗咏游侠恩幸。有如此之夫，有如此之妇，含讽感时，意在言表。

潘德舆《养一斋诗话》：此诗两首，极写富贵景色，绝无贬词，而彼时淫奢之失，武事之轻，田猎之荒，爵赏之滥，无不一一从言外会得，真绝调也。

黄叔灿《唐诗笺注》：白马金鞍，少年得意，鸣筝独坐，闺阁钟情，却联以『遥见』二字，正如迦叶拈花，世尊微笑，说破便不是。

俞陛云《诗境浅说续编》：楼中小妇之感想，马上郎君之贵宠，皆于言外见之。

闺怨

闺中少妇不知愁，春日凝妆①上翠楼。忽见陌头②杨柳色，悔教夫婿觅封侯③。

【注释】

①凝妆：严妆，着意地打扮。②陌头：路边。③觅封侯：指从军。古代一些男儿把从军当作建功立业以至封侯的一种途径。

【品读】唐汝询《唐诗解》：伤离者莫甚于从军，故唐人闺怨，大抵皆征妇之词也。知愁，则不复能「凝妆」矣；「凝妆」上楼，明其「不知愁」也。然一见「柳色」而生悔心，功名之望遥，离索之情亟也。虫鸣思觏，南国之正音；萱草痗心，东迁之变调。闺中之作，近体之《二南》欤？

徐增《而庵说唐诗》：「凝妆」，人都不解。女儿面色略带黄。古妇人妆饰，要做女儿模样，采花须上黄粉，轻拂月弯状于额际，谓之「凝妆」。至「凝妆」时，省着已是丈夫的。

俞陛云《诗境浅说续编》：此诗不作直写，而于第三句的「忽见」二字陡转一笔，全首生动有致。

甘泉[1]歌

乘舆执玉已登坛，细草沾衣春殿寒。昨夜云生初拜月，万年甘露水晶盘[2]。

【注释】①甘泉：汉宫名，在今陕西淳化县西北。②水晶盘：汉武帝曾做铜仙人承露盘，收集甘露，和玉屑饮之，以求成仙。水晶盘，极言承露盘之精美。

【品读】陆时雍《唐诗镜》：深情默祷，喁喁咚咚。

别李浦之京

故园今在灞陵[1]西，江畔逢君醉不迷。小弟邻庄尚渔猎，一封书寄数行啼。

【注释】①灞陵：本作「霸陵」。汉文帝陵。故址在今陕西西安市东。

【品读】钟惺、谭元春《唐诗归》：别李浦之京，只是托他寄书语耳，「不迷」二字可想其倦倦嘱咐之意。

送狄宗亨

秋在水清山暮蝉，洛阳树色鸣皋[1]烟。送君归去愁不尽，又惜空度凉风天。

【注释】①鸣皋：山名。在河南嵩县东北。

【品读】沈德潜《唐诗别裁》：生趣。

送薛大赴安陆[1]

津头云雨暗湘山[2]，迁客[3]离忧楚地颜。遥送扁舟安陆郡，天边何处穆陵关[4]？

【注释】①安陆：安陆郡，在今湖北安陆县。②湘山：也叫君山，在湖南岳阳县西南洞庭湖中。③迁客：被贬谪在外地的人。④穆陵关：关隘名，一作『木陵关』。在今湖北麻城县北，唐时属黄州。

【品读】

唐汝询《唐诗解》：少伯时方谪居，故称迁客。想薛大家于青州，徙于安陆，故因楚中送别不胜忧动于色。且谓故乡遥在天边，徒切怅望而不可见。落句道得悲酸。

芙蓉楼[1]送辛渐

寒雨连江[2]夜入吴[3]，平明[4]送客楚山[5]孤。洛阳亲友如相问，一片冰心在玉壶[6]。

【注释】

①芙蓉楼：原名西北楼，遗址在今江苏镇江西北。

②连江：满江。③吴：春秋时国名。此指江苏镇江一带。

④平明：清晨，天刚亮。⑤楚山：指长江中下游一带的山，此处指镇江对岸的远山。⑥一片句：化用鲍照《代白头吟》『直如朱丝绳，清如玉壶冰』句意，喻指自己的心地明净纯洁，一尘不染。

【品读】

唐汝询《唐诗解》：此亦被谪入吴，逢辛渐赴洛而有是叹也。言我方冒雨夜行，君则依山晓发，不胜跋涉之劳。倘亲友问我之行藏，当言心如冰冷，日就清虚，不复为宦情所牵矣。

黄叔灿《唐诗笺注》：上二句送时情景，下二句托寄之言。自述心地莹洁，无尘可滓。本传言少伯『不护细行』，或有为而云。

俞陛云《诗境浅说》：借送友以自写胸臆，其词自潇洒可爱。但此诗自写高志，与送友无涉。

张旭

张旭，生卒年不详，字伯高，吴郡（今江苏苏州市）人。曾做过常熟县尉和金吾长史等官。是唐代的著名书法家，善草书，人称『草圣』。张旭善饮酒，每大醉，号呼狂走，故又称『张颠』。

桃花溪

隐隐飞桥隔野烟，石矶[1]西畔问渔船。桃花尽日随流水，洞[2]在清溪[3]何处边？

【注释】

①石矶：突出水边的巨石。②洞：指《桃花源记》中所写的桃源洞，此指入桃花源的入口处。③青溪：指桃花溪。

【品读】

陈婉俊《唐诗三百首补注》：四句抵得一篇《桃花源记》。

喻守真《唐诗三百首详析》：此诗泛咏桃花溪，而怀疑桃花源的有无。全诗主意在『何处』，其余不过就《桃花源记》所说的洞口情形拉来布景而已。

山中留客

山光物态弄春晖，莫为轻阴便拟归。纵使晴明无雨色，入云深处亦沾衣。

【品读】

俞陛云《诗境浅说》：此间纵晴雯，亦云气沾衣；长日与烟云为伴，非关山雨欲来，城市中人所稀见也。凡游名山者，每遇云起，咫尺外不辨途径，襟袖尽湿，知此诗写山景之确。

王维

王维（约701－761），字摩诘，原籍祁（今山西祁县），后迁至蒲州（今山西永济）。开元九年（721）进士，为大乐丞。因故谪济州司仓参军。后历右拾遗、监察御史、左补阙、库部郎中、给事中等。天宝十五载（756），安史乱军陷长安，王维为叛军所获，署以伪官。两京收复后，降职为太子中允，后复累迁至给事中，终尚书右丞。

酬诸公见过 时官未出，在辋川庄

嗟余未丧，哀此孤生。屏居蓝田，薄地躬耕。岁晏输税①，以奉粢盛②。晨往东皋，草露未晞。暮看烟火，负担来归。我闻有客，足扫荆扉。箪③食伊何？副瓜抓枣④。仰厕⑤群贤，皤然一老。愧无莞簟⑥，班荆席藁⑦。泛泛登陂，折彼荷花。净观素鲔⑧，俯映白沙。山鸟群飞，日隐轻霞。登车上马，倏忽雨散。雀噪荒村，鸡鸣空馆。还复幽独，重欷⑨累叹。

【注释】

①岁晏输税：年底缴纳租税。②粢盛：盛在器皿中的谷物祭品。③箪：古代装食物的圆形竹篮。④副瓜抓枣：切开的瓜和新打下的枣。副，剖切开。抓，击打、扑打。⑤仰厕：即仰侧，意谓仰慕群贤侧身其间。⑥莞簟：蒲草席与竹席。⑦班荆席藁：铺着荆条，垫着藁草。⑧素鲔：银白色的鲔鱼。⑨重欷：反复叹息。欷，悲叹声。

【品读】

张谦宜《絸斋诗谈》：《酬诸公见过》，只是一篇雅词，尚未到汉、魏境界，雅、颂又无论矣。向后人作四言体，却只宗此派。

扶南曲①歌词

翠羽流苏帐，春眠曙不开。羞从面色起，娇逐语声来。早向昭阳殿，君王中使②催。

【注释】

①扶南曲：据《通典》载，武德初，因隋旧制，奏九部乐，四曰扶南。《新唐书·礼乐志》又云，天宝乐曲，皆以边地命名，自河西至者，有扶南乐舞。②中使：太监。

【品读】

张谦宜《絸斋诗谈》：却是律诗格，但截去二句耳。摩诘晓音乐，此曲必是按谱填成，想亦是柔慢靡丽之声。

陇西行①

十里一走马，五里一扬鞭。都护②军书至，匈奴围酒泉③。关山正飞雪，烽火断无烟。

【注释】

①陇西行：乐府古题之一。《通典》曰：秦置陇西

郡，以居陇坻之西为名。②都护：官名。汉代、唐代都设置此官，以统辖西域诸国。③酒泉：郡名。故城在今甘肃酒泉县东北。

【品读】

张戒《岁寒堂诗话》：世以王摩诘律诗配子美，古诗配太白，盖摩诘古诗能道人心中事而不露筋骨，律诗至佳丽而志成。如《陇西行》《息夫人》《西施篇》《羽林闺人》《别弟妹》等篇，信不减太白。

赠裴十迪

风景日夕[1]佳，与君赋新诗。淡然望远空，如意[2]方支颐。春风动百草，兰蕙生我篱。暧暧日暖闺，田家来致词：欣欣春还皋，淡淡水生陂。桃李虽未开，荑萼[3]满芳枝。请君理还策[4]，敢告将农时。

【注释】

①日夕：黄昏时。②如意：古之爪杖。或骨、角、竹、木，刻作手指爪。柄长三尺许，或脊有痒，手所不到，用以搔爪，如人之意，故曰如意。③荑萼：草木初生的叶芽花蕾。④理还策：准备好回归田园的手杖。

【品读】

张谦宜《絸斋诗谈》：《赠裴十迪》，汁清味厚，此加料鲤血汤也。

奉寄韦太守陟[1]

荒城自萧索，万里山河空。天高秋日迥，嘹唳[2]闻归鸿。寒塘映衰草，高馆落疏桐。临此岁方晏，顾景咏悲翁[3]。故人不可见，寂寞平林东。

【注释】

①韦陟：王维的朋友。《旧唐书·韦陟传》载，他曾做过吏部侍郎，为李林甫所忌，出为襄阳太守，后历任钟离太守、河东太守、吴郡太守、吏部尚书等职。②嘹唳：鸿雁叫声。③悲翁：即思悲翁，乐府古题之一。

【品读】

翁方纲《石洲诗话》：右丞五言，神超象外，不必言矣。至如『故人不可见，寂寞平林东』，未尝不取乐府语以见意也。岂独唐子西《语录》始以乐府取给诗材乎？

送别

下马饮君酒，问君何所之。君言不得意，归卧南山陲[1]。但去莫复问，白云无尽时。

【注释】

①陲：边。

【品读】

刘辰翁《唐诗品汇》：古今断肠，理不在多。

沈德潜《唐诗别裁》：白云无尽，足以自乐，勿言不得意也。

王文濡《历代诗评注读本》：送友归山，而设为问答之词。其用意全在结句。盖白云无尽，山中之乐，亦自无尽。以视世之富贵功名，希宠怙势。何者不有尽期？莫复问，言不须再问也，是承上问答掉转之词。

钟伯敬云：感慨寄托，尽在十字中，蕴藉不觉深味之自见。

齐州[1]送祖三[2] 一作《河上送赵仙舟》，又作《淇上别赵仙舟》

相逢方一笑，相送还成泣。祖帐[3]已伤离，荒城复愁入。天寒远山净，日暮长河急。沈德潜：着此二语，下『望君』愈觉黯然。解缆君已遥，望君犹伫立。

【注释】

①齐州：天宝间称济南（今属山东）为齐州。②祖三：即祖咏。行三，故称。③祖帐：祖席所设之帐。

【品读】

施补华《岘佣说诗》：《齐州送祖三》四韵，短古也。三联『天寒远山净，日暮长河急』，用写景之笔宕开，而情在景中。篇幅遂短而不促，此法宜学。

王文濡《历代诗评注读本》：不设色而意自远，是画中之白描高手。

青溪[1]

言入[2]黄花川[3]，每逐青溪水。随山将万转，趣途[4]无百里。声喧乱石中，色静深松里。漾漾泛菱荇，澄澄映葭苇。我心素已闲，清川淡如此。请留盘石[5]上？垂钓[6]将已矣[7]！

【注释】

①青溪：水名，在陕西沔县东。②言入：进入。③黄花川：水名，在今陕西省凤县东北黄花镇附近。④趣途：走过的路程。趣，趋。⑤盘石：同『磐石』，厚而大的石头。⑥垂钓：用东汉隐士严子陵垂钓富春江之典。⑦将已矣：将如此来了却一生。已，结束。

【品读】

司空图《与王驾评诗书》：趣味澄复，若清流之贯达。

赵执信《声调谱》：《青溪》，近体有用仄韵者。仄韵古诗，却自不同，只在粘联及上句落字中细玩之。

喻守真《唐诗三百首详析》：此诗以青溪的深峭灵洁，替自己写照。着眼在『我心素以闲，清川淡如此』两句，指水盟心，大有终老之意。

过李揖宅

闲门秋草色，终日无车马。客来深巷中，犬吠寒林下。散发时未簪，道书行尚把。与我同心人，乐道安贫者。一罢宜城[1]酌，还归洛阳社[2]。

【注释】

①宜城：唐时属襄州，以酿酒闻名。②洛阳社：即洛阳白社，晋朝董京到洛阳，披发而行，逍遥咏吟，常宿白社。故后人常把隐者所居之处称作白社或洛阳社。

【品读】

陆游《剑南诗稿》：读王摩诘诗，爱其『散发晚未簪，道书行尚把』之句，因用为韵，赋古风十首。

瓜园诗 并序

维瓜园高斋，俯视南山形胜。二三时辈，同赋是诗，兼命词英数公，同用园字为韵。韵任多少。时太子司议郎[1]薛璩发此题。遂同诸公云。

余适欲锄瓜，倚锄听叩门。鸣驺[2]导骢马[3]，常从夹朱轩。张景阳：『朱轩曜金城，供帐临长衢。』刘良注：『朱轩，公卿车也。』穷巷正传呼，故人傥相存[4]。携手追凉风，放心望乾坤。蔼蔼帝王州[5]，宫观一何繁。林端出绮道，殿顶摇华幡[6]。素怀在青山，若值白云屯。回风城西雨，返景原上村。前酌盈尊酒，往往闻清言。黄鹂啭深木，朱槿[7]照中园。犹羡松下客，石上闻清猿。

【注释】

①司议郎：《唐六典》：『司议郎四人，正六品上。』②鸣驺：带有响铃的坐骑。③骢马：青白色相间的马，常指贵人坐骑。《后汉书·桓荣传》：（桓典）拜侍御史。是时宦官秉权，参与执政无所回避。常乘骢马，京师畏惮，为之语曰：『行行且止，避骢马御史。』④相存：相访。⑤帝王州：帝王所在之州，即长安及京畿地区。⑥华幡：华美的旗幡。幡，窄长旗子，垂直悬挂。⑦朱槿：落叶灌木，叶子阔卵形，先端尖，花红色。又名扶桑。

【品读】

何良俊《四友斋丛说》：王右丞五言有绝佳者。如《瓜园》《赠裴十一迪》《纳凉》《济上四贤咏》诸篇，格调既高而寄兴复远，即古人诗中亦不能多见者。今选诗者俱不之取，独以《西施咏》之类入选，此不知何谓。

张谦宜《絸斋诗谈》：《瓜园诗》，铺叙有次第，以章法错行，不觉其板。当学此。

宿郑州[1]

朝与周人[2]辞，暮投郑人[3]宿。他乡绝俦侣，孤客亲僮仆。宛洛[4]望不见，秋霖晦平陆。田父草际归，村童雨中牧。主人东皋上，时稼绕茅屋。虫思机杼鸣，雀喧禾黍熟。明当渡京水[5]，昨晚犹金谷[6]。此去欲何言？穷边徇[7]微禄。

【注释】

①郑州：指郑州地界。此处应指荥泽地区。②周人：洛阳为周洛邑，因称洛阳人为周人。③郑人：郑州古时为郑国属地，因称郑州人为郑人。④宛洛：南阳和洛阳。宛，唐置宛州，故址在今河南南阳县。⑤京水：在郑州城西，荥阳县东二十二里。⑥金谷：即金谷园，在洛阳西北，晋石崇曾在此建造一所豪华的园林。此处代指洛阳。⑦徇：通「殉」。

【品读】

杨慎《升庵诗话》：崔涂《旅中》诗：「渐与骨肉远，转于僮仆亲。」诗话亟称之。然王维《郑州》诗：「他乡绝俦侣，孤客亲僮仆。」已先道之矣。但王语浑含胜崔。

沈德潜《唐诗别裁》：「孤客亲僮仆」「雀喧禾黍熟」，此种句子，后人衍之，可成数言。

施补华《岘佣说诗》：《宿郑州》诗「孤客亲僮仆」，语极沉至。后人「渐与骨肉远，转于僮仆亲」，衍作两句，便觉味浅，归愚尚书尝言之。「雀喧」一句亦简妙，可悟炼句法。

纳凉

乔木万余株，清流贯其中。前临大川口，豁达来长风。涟漪涵白沙，素鲔[1]如游空。偃卧[2]盘石上，翻涛沃微躬。漱流复濯足，前对钓鱼翁。贪饵凡几许？徒思莲叶东[3]。

【注释】

①素鲔：灰白色的鲟鱼。鲔，古书上指鲟鱼。

②偃卧：仰面倒下。《诗经·小雅》：「或息偃在床。」

③莲叶东：《乐府诗集·相和歌辞》载《江南》诗：「江南可采莲，莲叶何田田。鱼戏莲叶间。鱼戏莲叶东，鱼戏莲叶西，鱼戏莲叶南，鱼戏莲叶北。」

【品读】

张谦宜《絸斋诗谈》：《纳凉》，自在却不放。「乔木万余株，清流贯其中」，开口如画，已有凉意。

西施[1]咏

艳色天下重，西施宁[2]久微。朝为越溪女，暮作吴宫妃。贱日岂殊众？贵来方悟稀。刘须溪：语有讽味，似浅似深。邀人傅脂粉[3]，不自着罗衣。君宠益骄态，君怜无是非。当时浣纱伴，莫得同车归[4]。钟惺：说得荣衰变态，咄咄逼人。持谢[5]邻家子[6]，效颦《庄子》：西施病心而矉其里，其里之丑人见而美之。归亦捧心而矉其里，其里之富人见之，坚闭门而不出；贫人见之，挈妻子而去之走。安可希[7]！

【注释】

①西施：古代著名美女，春秋时越国人。初贫，浣纱采薪于苎萝山。后被越王勾践召来献给吴王夫差，成

为夫差的宠妃。勾践破吴后，西施随范蠡泛五湖。②宁：哪能。③邀人傅脂粉：言西施贵重之后，不自施脂粉，吩咐别人为自己来涂脂抹粉。傅，敷，搽。④归：古时女子出嫁叫于归。此指入宫。⑤持谢：持此理以告诫。谢，告诫。⑥邻家子：指西施邻里的丑女。⑦可希：能够希求。

【品读】

吴乔《围炉诗话》：唐人诗意不必在题中。如右丞《息夫人怨》云：『莫以今时宠，能忘旧日恩。看花满眼泪，不共楚王言。』使无稗说载其为宁王夺饼师妻作，后人何从知之。可见《西施篇》之『贱日岂殊众，贵来方悟稀。邀人傅香粉，不自着罗衣。君宠益骄态，君怜无是非』，当是为李林甫、杨国忠、韦坚、王铁辈而作。

黄周星《唐诗快》：既有『君怜无是非』，便有君憎无是非矣，语有意外之痛。

沈德潜《唐诗别裁》：写尽炎凉人眼界，不为题缚，乃臻斯诣。入后人手，征引故实而已。

老将行

少年十五二十时，步行夺得胡马骑。射杀山中白额虎①，肯数②邺下黄须儿③。一身转战三千里，一剑曾当百万师。汉兵奋迅如霹雳，虏骑崩腾畏蒺藜。《埤雅》：蒺藜布地蔓生，子有三角刺人，状如菱而小。今兵家乃铸铁为之，以梗敌路，亦呼蒺藜。**卫青不败由天幸，**《史记·卫将军骠骑传》：诸宿将所将士马兵亦不如骠骑，骠骑所将常选。然亦敢深入，常与壮骑先其大军。军亦有天幸，未尝困绝也。**李广无功缘数奇④。自从弃置便衰朽，世事蹉跎成白首。昔时飞雀无全目，**鲍照：惊雀无全目。李善注：《帝王世纪》：帝羿有穷氏与吴贺北游，贺使羿射雀。羿曰：『生之乎？杀之乎？』贺曰：『射其左目。』羿引弓射之，误中右目。羿抑首而愧，终身不忘。故羿之善射，至今称之。**今日垂杨生左肘⑤。路旁时卖故侯瓜⑥，门前学种先生柳。**《五柳先生传》：先生不知何许人也，亦不详其姓氏。宅边有五柳树，因以为号焉。**苍茫古木连穷巷，寥落寒山对虚牖。誓令疏勒出飞泉，**《后汉书·耿恭传》：恭以疏勒城旁有涧水可固，五月乃引兵据之。七月，匈奴复来攻恭……于城下拥绝涧水。恭于城中穿井，十五丈不得水。吏士渴乏，笮马粪汁而饮之。恭仰叹曰：『闻昔贰师将军拔佩刀刺山，飞泉涌出。今汉德神明岂有穷哉！』乃整衣服向井再拜，为吏士祷。有顷，水泉奔出。**不似颍川空使酒⑦。贺兰山⑧下阵如云，羽檄**颜师古注：檄者，以木简为书，长尺二寸，用征召也。其有急事，则加以鸟羽插之，示速疾也。**交驰日夕闻。节使三河⑨募年少，诏书五道出**

将军。试拂铁衣如雪色，聊持宝剑动星文⑩。愿得燕弓射天将，耻令越甲鸣吾君。莫嫌旧日云中守⑪，犹堪一战取功勋。

「燕弧盈库而委劲。」李周翰注：「燕弧，角弓，出幽燕地，则燕弓之见称于世久矣。」《说苑》：越甲至齐，雍门子狄请死之。齐王曰：「鼓铎之声未闻，矢石未交，长兵未接，子何务死之为？……」对曰：「臣闻之，昔王田于囿，左毂鸣，车右请死之。王曰：『子何为死？』车右曰：『为其鸣吾君也。』……遂刎颈而死。……今越甲至，其鸣吾君也，岂在左毂之下哉？车右可以死左毂，而臣独不可死越甲也？」遂刎颈而死。是日越人引甲而退七十里。

【注释】

①射杀句：用晋代周处射虎之事。《晋书》载：周处「膂力绝人，好驰骋田猎，不修细行，纵情肆欲，州曲患之。」后来周处听说乡里称「南山白额猛兽」「长桥下蛟」和自己为三害，幡然悔悟，射虎杀蛟，悔过自新，干了一番事业。②肯数：敢较量。③邺下黄须儿：指曹操次子曹彰。《魏志》载：建安二十三年（218）曹彰在征伐代郡乌丸之战中立有大功，曹操大喜，持彰须曰：「黄须儿竟大奇也。」邺下，魏都，在今河北临漳县西南邺镇。④李广句：《史记》载，元狩四年（前119），李广从大将军卫青击匈奴。「大将军青亦阴受上诫，以为李广老，数奇，毋令当单于，恐不得所欲。」⑤垂杨生左肘：谓左肘上生瘤，不能射箭。⑥故侯瓜：用秦故东陵侯邵平贫居种瓜事。《史记》：「召千者，故秦东陵侯。秦破，为布衣。贫，种瓜于长安城东。瓜美，故世俗谓之东陵瓜。」⑦颍川空使酒：谓不能像灌夫那样借酒醉发脾气。颍川，即指汉将军灌夫，因其家在颍阴，曾在酒席间辱骂权贵田蚡，后被田蚡诬陷灭族。⑧贺兰山：又名阿拉善山，在宁夏回族自治区与内蒙古自治区接界处。⑨三河：古称河南、河内、河东三郡。所属在今河南、山西等地。⑩宝剑动星文：挥动刻有七星花纹的宝剑。⑪云中守：指魏尚。魏尚在汉文帝时为云中太守，治军有方，深得军心，匈奴不敢犯边。后因上功首虏差六级，被削职为民。冯唐为此奏明文帝，魏尚得以复职。云中，汉郡名，在今山西北部大同市一带。

【品读】

刘辰翁《唐诗品汇》：满篇风致，收拾处常嫩而短。使人情事欲绝。

沈德潜《唐诗别裁》：卖瓜种柳，极形落寞。后半写出据鞍顾盼意，不敢以衰老自废弃也。

吴乔《围炉诗话》：《老将行》起语至「数奇」是兴，「自从」下是赋，「贺兰」下以兴结。

张谦宜《絸斋诗谈》：填健语欲令雄壮，正是不足处，此在骨子内辨。

施补华《岘佣说诗》：摩诘七古，格整而气敛，虽纵横变化不及李杜，然使事典雅，属对工整，极可为后人学步。

燕支①行 时年二十一

汉家天将才且雄，来时谒见明光宫②。万乘亲推③双阙下，千官出饯五陵④东。誓辞甲第《汉书·卫青霍去病传》：上为治第，令视之。对曰：『匈奴不灭，无以家为也。』由此，上益重爱之。金门⑤里，身作长城玉塞中。卫霍⑥才堪一骑将，朝廷不数贰师⑦功。赵魏燕韩多劲卒，关西侠少何咆勃！《西征赋》：『何猛气之咆勃。』李善注：『咆勃，怒貌也。』报仇只是闻尝胆⑧，饮酒不曾妨刮骨⑨。画戟雕戈白日寒，连旗大旆黄尘没。叠鼓遥翻瀚海波，鸣笳乱动天山月。麒麟锦带佩吴钩⑩，飒踏青骊跃紫骝。拔剑已断天骄臂，归鞍共饮月支头⑪。汉兵大呼一当百，虏骑相看哭且愁。教战须令赴汤火，终知上将先伐谋。《孙子》：上兵伐谋，其次伐交，其次伐兵，其下攻城。

【注释】

①燕支：又名焉支山、胭脂山。在今甘肃山丹县东南。②明光宫：宫名，汉武帝时置，一在北宫，一在甘泉宫。③万乘亲推：皇帝亲自送将军出征。万乘，代指天子。④五陵：指汉高祖长陵、惠帝安陵、景帝阳陵、武帝茂陵、昭帝平陵五个陵墓。⑤金门：汉未央宫前金马门。⑥卫霍：指汉代大将军卫青和骠骑将军霍去病。⑦贰师：指贰师将军李广利。⑧尝胆：用勾践卧薪尝胆事。⑨刮骨：用三国时蜀大将关羽刮骨疗毒事。⑩吴钩：古兵器，形状似剑，头稍曲，为吴地名产。⑪月支头：《汉书·张骞传》：『匈奴破月氏王，以其头为饮器。』月支，即月氏，西域古国名。

【品读】

毛先舒《诗辩坻》：七言古至右丞，气骨顿弱，已逗中唐。如『卫霍才堪一骑将，朝廷不数贰师功』，『愿得燕弓射天将，耻令越甲鸣吾君』，极欲作健，而风格已夷，即曲借对仗，无复浑劲之致。须溪评王嫩复胜老，爱忘其丑矣。

吴乔《围炉诗话》：王右丞之《燕支行》，正意只在『终知上将先伐谋』。法与此同。

桃源行 时年十九

渔舟逐水爱山春，两岸桃花夹去津。坐看红树不知远，行尽青溪不见人。山口潜行始隈隩①，山开旷望旋平陆。遥看一处攒云树，近入千家散花竹②。樵客初传汉姓名，居人未改秦衣服。居人共住武陵源③，还从物外起田园。月明松下房栊④静，日出云中鸡犬喧。惊闻俗客⑤争来集，竞引还家问都邑。平明闾巷⑥扫花⑦开，薄暮渔樵乘水入。初因避地⑧去人间，更闻成仙遂不还。峡里谁知有人事，世中遥望空云山。不疑灵境难闻见，尘心未尽思乡县⑨。出洞⑩无论隔山水，辞家终拟长游衍。《诗经·大雅》：『及而游衍。』毛传：『游衍，衍溢也。』孔颖达疏：『亦自恣之意也。』自谓经过旧不迷，安知峰壑今来变。当时只记入山深，青溪几度到云林。春来遍是桃花水⑪，不辨仙源何处寻。

【注释】

①隈隩：指山崖曲折幽深。②散花竹：到处生长着鲜花和翠竹。③武陵源：桃花源。武陵，治所在今湖南常德市西。④房栊：窗户，此处指房屋。栊，窗上雕花的格子。⑤俗客：指《桃花源记》所写的武陵渔人。⑥闾巷：街巷。⑦扫花：古人迎客的一种表示。⑧避地：避秦时之乱而寄居他乡。⑨乡县：指武陵渔人的家乡。⑩出洞：指渔人离开桃花源。⑪桃花水：每年春天桃花开放时，雨水多，河水涨，称『桃花水』。

【品读】

王士祯《带经堂诗话》：唐宋以来，作《桃源行》最传者，王摩诘、韩退之、王介甫三篇。观退之、介甫二诗，笔力意思甚可喜。及读摩诘诗，多少自在。二公便如努力挽强，不免面红耳热，此盛唐所以高不可及。

沈德潜《唐诗别裁》：顺文叙事，不须自出意见，而夷犹容与，令人味之不近。

张谦宜《絸斋诗谈》：《桃源行》，比靖节作，此为设色山水，骨格少降，不得不爱其渲染之工。

王文濡《历代诗评注读本》：《唐文粹》注，摩诘作此诗时年十九。姑无论其全首之格律谨严，风神淡古，意境超脱也。即如『遥看一处攒云树，近入千家散花竹』两句，唯一处故曰『攒』，又的是遥看，唯千家故曰『散』，又的是近入，用字俱经千锤百炼，且确是渔人初入桃源，由远而近，一路所见之景，可以入画。此等处，读者切勿轻轻放过。

洛阳女儿行 时年十六，一作『十八』

洛阳女儿《河中之水歌》：河中之水向东流，洛阳女儿名莫愁。对门居①，才可颜容十五余。良人②玉勒乘骢马，侍女金盘脍鲤鱼③。画阁朱楼尽相望，红桃绿柳垂檐向。罗帏送上七香车，宝扇迎归九华帐④。狂夫富贵在青春，意气骄奢剧季伦⑤。自怜碧玉《异苑》：《碧玉歌》者，汝南王所作也。碧玉，汝南王妾名，以宠爱之甚，所以歌之。亲教舞，不惜珊瑚⑥持与人。春窗曙灭九微火，《博物志》：汉武帝好仙道，七月七日王母乘紫云车而至于殿西，南面东向，时设九微灯，帝东面西向。九微片片飞花琐⑦。戏罢曾无理曲时，妆成只是熏香坐。城中相识尽繁华，日夜经过赵李家⑧。谁怜越女⑨颜如玉？贫贱江头自浣纱。

【注释】

①对门居：对门坐着。居，坐着。②良人：古代女子对丈夫的称呼。③金盘脍鲤鱼：镶金的盘子里盛着细切的鲤鱼。④九华帐：古代一种用九花图案绣成的彩帐。⑤季伦：即石崇，以豪奢著称。《晋书·石崇传》：『崇字季伦，财产丰积，室宇宏丽，后房百树皆曳纨绣，珥金翠，丝竹尽当时之选，庖膳穷水路之珍。与贵戚王恺、羊琇之徒，以奢靡相尚。』⑥珊瑚：石崇家多珊瑚。王恺曾用晋武帝所赐之一尺许珊瑚出示石崇以比富，石崇用铁如意击碎，搬出许多世间罕见之珊瑚令王恺挑选。⑦花琐：九微灯爆落的灯花。⑧赵李家：指豪门贵戚。⑨越女：用越女西施贫贱时浣纱之事，比喻贫女虽美，却无人爱怜。

【品读】

沈德潜《唐诗别裁》：结意况君子不遇也，与《西施咏》同一寄托。

宋征璧《抱真堂诗话》：何大复惜王摩诘七言古未为深造，然《洛阳女儿行》一首，殊是当家。高选失之太详，李选失之太略，未为中道也。

喻守真《唐诗三百首详析》：此诗是咏洛阳女人的豪贵，所以讥刺当时京师中一般的豪贵之家的女儿。看了末二句，就可知其意之所在。

登楼歌

聊上君兮高楼，飞甍鳞次兮在下。俯十二兮通衢，绿槐参差兮车马。却瞻①兮龙首②，前眺兮宜春③。王畿郁兮千里，山河壮兮咸秦④。舍人下兮青宫⑤，据胡床兮书空⑥。执戟疲兮下位，老夫好隐兮墙东⑦。亦幸有张伯英⑧草圣兮龙腾虬跃，摆长云兮捩⑨回风。琥珀酒兮雕胡饭⑩，君不御兮日将晚。秋风兮吹衣，夕鸟兮争返。孤砧发兮东城，林薄暮兮蝉声远。时不可兮再得，君何为兮偃蹇⑪？

【注释】

①却瞻：回头观望。②龙首：龙首原，在长安县北，唐大明宫即建于此。③宜春：宜春苑，在长安城南，是游览区。④咸秦：秦都咸阳的简称，此处指唐代都城长安。⑤青宫：东宫，太子居处。⑥书空：在空中画字。⑦墙东：隐居之所。后汉王君公避乱隐居在墙东，做买卖牛的中人，时人曰『避世墙东王君公』。⑧张伯英：后汉人，名芝，擅长草书，世称『草圣』。⑨捩：拗转。⑩雕胡饭：即菰米饭。⑪偃蹇：屈曲宛转之状，本形容舞姿，此处指在官场中委曲周旋。

【品读】

张谦宜《缊斋诗谈》：《登楼歌》，比骚差多，为其明白光滑也。

送友人归山歌

山中人兮欲归，云冥冥兮雨霏霏。水惊波兮翠菅①靡，白鹭忽兮翻飞。君不可兮褰衣②，山万重兮一云，混天地兮不分。树晻暧③兮氛氲，猿不见兮空闻。忽山西兮夕阳，见东皋兮远村。平芜绿兮千里，眇④惆怅兮思君。

【注释】

①翠菅：绿色的菅草。多年生草本植物，叶子细长而尖，花绿色，果实褐色。②褰衣：提起衣襟，即上路。③晻暧：阴暗不明。④眇：远望而现迷茫莫辨之状。

【品读】

高棅《唐诗品汇》：宋玉之下，渊明之上，甚似晋人。不知者以为气短，知者以为琴操之余音也。

沈德潜《唐诗别裁》：『山万重兮』以下，写去后情事，如披画图。

酬张少府①

晚年惟好静，万事不关心。自顾无长策②，空知返旧林③。松风吹解带④，山月照弹琴。君问穷通⑤《易·系辞》：穷则变，变则通，通则久。理，渔歌入浦深。

【注释】

①张少府：名不详。少府，县尉的别称，职事辅佐明府。②长策：良策。③旧林：故居。④解带：古人上朝或见客时需束带，在家闲居无事则可解带。⑤穷通：穷困与显达。

【品读】

沈德潜《唐诗别裁》：结意以不答答之。

张谦宜《缊斋诗谈》：『晚年惟好静，万事不关心。』含一篇之脉，此方是起法。三四虚承，五六实地，用笔深浅俱到，章法之妙也。『松风吹解带』，是吹解下之带；『山月照弹琴』，是照正弹之琴。句中各分动静，不得做同例看。

俞陛云《诗境浅说》：松风山月，皆清幽之境；解带弹琴，皆适意之事。得松风吹带，山月照琴，随地随事，咸生乐趣，想见其潇洒之致。

送邱为①落第归江东

怜君不得意，况复柳条春。为客②黄金尽，还家白发新。五湖三亩宅，万里一归人。知祢③不能荐，羞为献纳臣④。

【注释】

①邱为：王维朋友，苏州嘉兴（今浙江嘉兴）人，官终太子右庶子。②为客：指邱为为应考客居京师。

③知称：反用孔融荐祢衡事。《后汉书·文苑传》：孔融「深爱其才，衡始弱冠而融年四十，遂与为交友，上书荐之。」此处将邱为比祢衡，诗人自比孔融。④献纳臣：诗人自称。王维曾任殿中侍御史，负有向皇帝举荐进谏之职。

【品读】

范晞文《对床夜语》：《送邱为》云：「知祢不能荐，羞为献纳臣。」则可言而不言。綦毋潜之落第，孟浩然之斥还，岂亦维谋之荐之不力也？

张谦宜《絸斋诗谈》：「五湖三亩宅，万里一归人。」「五湖」宽说具区，「三亩」方切本家，「万里」约举往返，「一归人」紧贴本身，并非堆垛死胚。毛稚黄以为病，何也？

沈德潜《唐诗别裁》：末句自咎，言我知君而不能荐之于朝，羞自比于献纳臣也。玄宗改理匦使为献纳使，故有是称。

送邱为往唐州

宛洛有风尘，君行多苦辛。四愁①连汉水，百口②寄随③人。槐色阴清昼，杨花惹暮春。朝端④肯相送，天子绣衣臣⑤。

【注释】

①四愁：东汉张衡永平初为河间相，有感于天下渐弊、言路不通而作《四愁诗》以抒忧愤。②百口：指邱为家属众多，随其赴任。③随：古国名。唐州时为旧随地，州治在今河南唐河县。④朝端：位居首席的朝臣。指尚书省的长官。⑤绣衣臣：身着绣衣的使臣，为天子直接派出。

【品读】

杨慎《王右丞集笺注》：王右丞「杨花惹暮春」，李长吉「古竹老稍惹碧云」，温庭筠「暖香惹梦鸳鸯锦」，孙光宪「六宫眉黛惹春愁」，用惹字凡四，皆绝妙。

送平淡然判官

不识阳关路，《元和郡县志》：以居玉门关之南，故曰阳关。本汉置也，谓之南道。西趋鄯善、莎车。新从定远侯①。黄云断春色，画角②起边愁。瀚海经年别，交河《汉书·西域传》：车师前国王治交河城。河水分流绕城下，故号交河。出塞流。须令外国使，知饮月支头。

【注释】

①定远侯：东汉名将班超，曾奉命赴西域，前后出入长达二十余年。永元三年（91），任西域都护，后封定远侯。②画角：古乐器。出自西羌。形如竹筒，本细末大，以竹木或皮革制成，因外加彩绘，故名。

【品读】

沈德潜《唐诗别裁》：匈奴破月支王，以其头为饮器，今借来活用。

送杨长史①赴果州

褒斜②不容幰，之子去何之？鸟道《华阳通志》：鸟道四百里，以其险绝，兽犹无蹊，特上有飞鸟之道耳。一千里，猿啼十二时③。官桥④祭酒客，《后汉书》：张鲁奉五斗米教，其来学者初名鬼卒，后号祭酒。山木女郎祠⑤。别后同明月，君应听子规⑥。

【注释】

①杨长史：名杨济。长史，官名。《唐六典》：「上州有长史一人，从五品，中州有长史一人，正六品。」果州，地名，今四川南充。②褒斜：褒斜道，在终南山，是由陕入蜀之交通要道。③十二时：一整天。古人分一日为十二时辰以配十二地支，每个时辰两小时。④官桥：官道上的桥梁。⑤女郎祠：在陕西褒城县女郎山上。⑥子规：即杜鹃。

【品读】

张谦宜《絸斋诗谈》：「鸟道一千里，猿啼十二时。」一直说出，险怪凄凉，味在言外。毛稚黄以为意兴欲尽，非也。

沈德潜《唐诗别裁》：子规叫不如归去，盖望其归也。

纪昀《瀛奎律髓汇评》：一片神骨，不比凡马空多肉。

送邢桂州

铙吹①喧京口②，风波下洞庭。赭圻③将赤岸，击汰复扬舲。《楚辞》：「乘舲船余上沅兮，齐吴榜以击汰。」王逸注：「舲船，船有窗牖；汰，水波。」日落江湖白，潮来天地青。明珠归合浦④，《后汉书·孟尝传》：尝迁合浦太守，郡不产谷实，而海出珠宝，先时宰守多贪秽，诡人采求，不知纪极，珠遂徙于交趾郡界。于是行旅不至，人物无资，贫者饿死于道。尝到官，革易前敝，求民病利。曾未逾岁，去珠复还，百姓皆反其业。应逐使臣星⑤。

【注释】

①铙吹：军乐，即铙歌，为鼓吹乐的一部。所用乐器有笛、箫、笳、铙等。②京口：即今镇江。③赭圻：岭名，在安徽繁昌县北，晋桓温为扬州牧，城赭圻居之，即此。城在岭上，下临长江。④合浦：汉代郡名，郡治在今广东海康县。⑤使臣星：朝廷派出的使者，也称使星。

【品读】

沈德潜《唐诗别裁》：三四当句对，复用活对。「潮来』句奇警，末讽以不贪也，古人运意，曲折微婉。

张谦宜《絸斋诗谈》：『赭圻将赤岸，击汰复扬舲』，此当句对法。

被出①济州

微官易得罪，谪出济州阴②。执政方持法，明君无此心。沈德潜：亦周旋，亦感愤。闾阎③河润④上，井邑海云深。纵有归来日，多愁年鬓侵。

【注释】

①被出：被贬。②济州阴：指济州，唐时故城在今山东长清县西南。因在济水之南（水之南为阴），故称「济州阴」。③闾阎：里巷之门。④河润：黄河水所润湿的地方，指黄河两岸。

【品读】

朱熹《答巩仲至》：律诗则如王维、韦应物辈，亦自有萧散之趣，未至如今日之细碎卑冗，无余味也。

山居秋暝

空山新雨后，天气晚来秋。明月松间照，清泉石上流。竹喧归浣女①，莲动下渔舟②。随意春芳歇，王孙③自可留。

【注释】

①浣女：洗衣女。②莲动句：水面上莲叶摇曳，有渔舟顺流而下。③王孙：本意指豪门贵族子弟，此处指游子。

【品读】

沈德潜《唐诗别裁》：言春芳虽歇，山中自可留也。

吴乔《围炉诗话》：盛唐不巧，大历以后，力量不及前人，欲避陈浊麻木之病，渐入于巧。刘长卿云：『身随敝履经残雪』；皇甫冉云：『菊为重阳冒雨开』，巧矣。柳子厚之『惊风乱占芙蓉水』『桂岭瘴来云似墨』，更着色相。姚合送《使新罗者》云：『玉节在船清海怪』，则更险急，为避陈浊麻木不惜也。如右丞之『明月松间照，清泉石上流』极是天真大雅，后人学之，则为小儿语也。

张谦宜《絸斋诗谈》：『空山新雨后，天气晚来秋』起法高洁，带得通篇俱好。

王文濡《历代诗评注读本》：山居风景，实在可爱，即无芳草留人，而王孙亦不肯去，言外见不屑仕宦之意。

终南别业

中岁①颇好道②，晚家南山陲③。兴来每独往，胜事空自知。行到水穷处，坐看云起时。俞陛云：行到水穷，若已到尽头，而又看云起，见妙境之无穷。可悟处世事变之无穷，求学之义理亦无穷。此二句有一片化机之妙。偶然值林叟，谈笑无还期。

【注释】

①中岁：中年，三四十岁左右。②好道：即好佛理。③南山陲：终南山脚下。陲，边。此指辋川别墅。

【品读】

魏庆之《诗人玉屑》：造意之妙，至与造物相表里，岂直诗中有画哉！观其诗，知其蝉蜕尘埃之中，浮游万物之表者也。

胡仔《苕溪渔隐丛话》：《后湖集》云：「《终南别业》诗造意之妙，至与造物相表里，岂直「诗中有画」哉？观其诗，知其蝉蜕尘埃之中，浮游万物之表也。」

山谷老人云：「余顷年登山临水，未尝不读王摩诘诗，固知此老胸次，定有泉石膏肓之疾。」

沈德潜《唐诗别裁》：行所无事，一片化机。末语「无还期」，谓不定还期也。「无」字或做「滞」字，亦可。

张谦宜《絸斋诗谈》：「行到水穷处，坐看云起时」，或问：「此果是禅否？」答曰：「详文意，只言无心得趣尔，不应开口便是说禅。且善《易》者不言《易》，岂有此拘泥诗人，死板禅客！」

王文濡《历代诗评注读本》：第三句至第八句一气相生，不分转合，而转合自分，自是化工之笔。

归嵩山①作

清川带②长薄③，车马去闲闲④。流水如有意，暮禽相与还。荒城临古渡，落日满秋山。迢递嵩高下，归来且闭关。

【注释】

①嵩山：又名嵩高山，五岳之一，在今河南登封县北。②带：围绕。③薄：草木丛生之地。④闲闲：从容自得状。

【品读】

方回《瀛奎律髓》：闲适之趣，淡薄之味，不求工而自工者，此诗是也。

沈德潜《唐诗别裁》：写人情物性，每在有意无意间。

王文濡《历代诗评注读本》：前六句一路写来，总为迢递二字作势。谓经多少夕阳古渡，衰草长堤，而嵩山尚远也。末句且字，乃深一层说，言时衰世乱，姑且闭门谢客耳。

韦给事山居

幽寻得此地，讵有一人曾？大壑随阶转，群山入户登。庖厨出深竹，印绶①隔垂藤。即事辞轩冕②，谁云病未能？

【注释】

①印绶：官印。绶，用来系官印或勋章的彩色丝带。

②轩冕：古代达官之车舆服饰，此处代指禄位。

【品读】

方回《瀛奎律髓》：此诗善用韵，曾登二韵险而无迹。『群山入户登』一句尤奇。比之王介甫『两山排闼送青来』，尤简而有味。

观猎

风劲角弓[1]鸣，将军猎渭城[2]。草枯鹰眼疾，雪尽马蹄轻[3]。忽过新丰市[4]，还[5]归细柳营[6]。回看射雕[7]处，千里暮云平。

【注释】

①角弓：用角做装饰的硬弓。②渭城：秦时咸阳城，汉改称渭城。在今西安市西北。③草枯二句：写平原草枯，积雪已消，雉兔之类无处藏身，鹰眼更为锐利；马奔驰时也很少沾滞，更觉轻快。鹰，猎鹰。疾，锐利，敏捷。④新丰市：故址在今陕西临潼东北。⑤还：忽然，很快。⑥细柳营：故址在今陕西长安县。汉周亚夫屯兵处。⑦雕：猛禽，也叫鹫，其飞极速。

【品读】

方回《昭昧詹言》：起手贵突兀，王右丞『风劲角弓鸣』、杜工部『莽莽万重山』、岑嘉州『送客飞鸟外』等篇，直如高山坠石，不知其来，令人惊绝。

王士祯《带经堂诗话》：唐人起句尤多警策，如王摩诘『风劲角弓鸣，将军猎渭城』之类，未易枚举，杜子美尤多。

沈德潜《唐诗别裁》：王右丞『风劲角弓鸣』一篇，神气完足，章法、句法、字法具臻绝顶，盛唐诗中亦不多见。起二句若倒转便是凡笔，胜人处全在突兀也。结亦有回身射雕手段。

张谦宜《絸斋诗谈》：『风劲角弓鸣，将军猎渭城。』一句空摹声势，一句实出正面，所谓起也。『草枯鹰眼疾，雪尽马蹄轻』，二句乃猎之排场闹热处，所谓承也。『已过新丰市，还归细柳营』，二句乃猎毕收科，所谓转也。『回看射雕处，千里暮云平』二句是勒回追想，所谓合也。不动声色，表里俱彻，此初唐人气象。

俞陛云《诗境浅说》：草枯则狐兔难藏，故鹰俯瞰，霍如掣电；雪消纵辔，所向无前，与『风入四蹄轻』句，皆用轻字以状马之神骏。『风劲角弓鸣，将军猎渭城』，用反装法，突兀有势；结句『回看射雕处，千里暮云平』，句法亦如猎者之反射，尚有余劲也。

春日上方[1]即事

好读高僧传[2]，时看辟谷方[3]。鸠形[4]将刻杖，龟壳[5]用支床。柳色春山映，梨花夕鸟藏。北窗桃李下，闲坐但焚香。

【注释】

①上方：僧房的尊称。②高僧传：书名，南朝梁和尚惠皎撰。③辟谷方：记载辟谷术的单方。辟谷，不食谷食并求仙。④鸠形：汉制，仲秋八月，县尊要按户

访问老人，凡七十以上者，均赠送玉杖、糜粥，八九十岁的则送更长的一端刻有鸠形的玉杖。鸠，不噎的鸟。⑤龟壳：《史记》载，有个南方老头，用龟支床脚，二十余年后老人死去，移床时发现龟仍然活着。

【品读】

乔亿《剑溪说诗又编》：《春日上方即事》，后半忽做绮语，亦反观法，玩『但焚香』三字可见。

汉江临眺

楚塞[1]三湘[2]接，荆门[3]九派[4]通。江流天地外，山色有无中。郡邑[5]浮前浦，波澜动远空。襄阳好风日，留醉与山翁[6]。

【注释】

①楚塞：楚国的边塞。湖北属古楚国。此指江汉一带。②三湘：湘水总称。湘水和沅水称沅湘，和潇水称潇湘，和蒸水称蒸湘，故谓三湘。③荆门：山名，在今湖北宜都县西北，此处指江汉一带。④九派：指长江的九条支流，相传大禹治水，凿江流，通九派。派，水的分流。⑤郡邑：州郡所在的城市，指襄阳。⑥留醉与山翁：用晋朝山简的典故。山简好饮酒，镇襄阳时，常在习氏园池游赏，每置酒尽醉。

【品读】

陈岩肖《庚溪诗话》：王摩诘《汉江临泛》诗曰：『江流天地外，山色有无中。』六一居士平山堂长短句云：『平山栏槛倚晴空，山色有无中。』岂用摩诘语耶？然诗人意所到，而语偶相同者，亦多矣。

方回《瀛奎律髓》：右丞《汉江临泛》诗中两联皆言景，而前联尤壮，足敌孟、杜岳阳之作。

王世贞《弇州山人稿》：王右丞诗云：『江流天地外，山色有无中。』是诗家极俊语，却入画三昧。

张谦宜《絸斋诗谈》：『江流天地外，山色有无中。』学其气象之大。

泛前陂

秋空自明迥，况复远人间。畅以沙际鹤，兼之云外山。澄波淡将夕，清月皓方闲。此夜任孤棹，夷犹[1]殊未还。

【注释】

①夷犹：从容悠闲。

【品读】

杨慎《升庵诗话》：王右丞诗：『畅以沙际鹤，兼之云外山。』孟浩然云：『重以观鱼乐，因之鼓枻歌。』虽用助语辞，而无巾头气。宋人黄陈辈效之，如：『且然聊尔耳，得也自知之。』又如：『命也岂终否，时乎不暂留。』岂止学步邯郸，效颦西子，乃是丑妇生疮，雪上再霜也。

使至塞上

单车欲问边，属国过居延[①]。征蓬[②]出汉塞，归雁入胡天[③]。大漠孤烟直，长河落日圆。萧关[④]逢候骑[⑤]，都护[⑥]在燕然[⑦]。

《埤雅》：古之烽火用狼粪，取其烟直而聚，虽风吹之不斜。长河：陈铁民：疑指今石羊河。此河流经凉州以北的沙漠。

【注释】

①居延：地名，汉末设置，在今甘肃酒泉县西北。②征蓬：随风远飞的蓬草，此处借以自喻。③胡天：指古匈奴所居的西北地区。④萧关：古关名，在今宁夏回族自治区固原县东南。⑤候骑：骑马的侦察兵。⑥都护：官名。是都护府的最高长官。⑦燕然：古山名。即今蒙古杭爱山。据《后汉书·窦宪传》载，窦宪为车骑将军，大破北单于，登燕然山，刻石纪功而还。

【品读】

王夫之《姜斋诗话》：若即景会心，则或『推』或『敲』，必居其一，因景因情，自然灵妙，何劳拟议哉？『长河落日圆』，初无定景；『隔水问樵夫』，初非想得，则禅家所谓『现量』也。

张谦宜《絸斋诗谈》：『大漠孤烟直，长河落日圆。』边景如画，工力相敌。

高步瀛《唐宋诗举要》：塞外景象，如在目前。

王国维《人间词话》：『大漠孤烟直，长河落日圆』二句，千古壮观。

秋夜独坐

独坐悲双鬓，空堂欲二更。雨中山果落，灯下草虫鸣。白发终难变，黄金不可成[①]。沈德潜：翻方士语。欲知除老病，惟有学无生[②]。

【注释】

①黄金句：语本江淹《从建平王游纪南城》：『丹砂信难学，黄金不可成。』②无生：佛教谓万物实体无生无灭，此处谓佛理。

【品读】

王世懋《艺圃撷余》：摩诘『独坐悲双鬓』，『白发终难变』语异意重。

冒春荣《葚原诗说》：写景之句，以工致为妙品，真境为神品，淡远为逸品。如……『明月松间照，清泉石上流』，『雨中山果落，灯下草虫鸣』……皆逸品也。

相思

红豆[①]生南国[②]，春来发几枝？愿君多采撷，此物最相思。

【注释】

①红豆：《资暇录》：『豆有圆而红，其首乌者，举世呼为相思子，即红豆之异名也。其木斜斫之，则有

文，可为弹博局及琵琶槽。其树也，大株而白，枝叶似槐，其花与皂荚花无殊，其子若豆处于荚中，通身皆红。」

②南国：指岭南一带地区。

【品读】

尤袤《全唐诗话》：禄山之乱，李龟年奔放江潭，曾于湘中采访使筵上唱云：『红豆生南国，春来发几枝？愿君多采撷，此物最相思。』又『秋风明月苦相思，荡子从戎十载余。征人去日殷勤嘱，归雁来时数附书。』此皆王维所制。

王文濡《历代诗评注读本》：睹物思人，恒情所有。况红豆本相思物，愿君多采撷者，即谆嘱无忘故人之意。

俞陛云《诗境浅说》：折芳馨以遗所思，采芍药以赠将离，自昔诗人骚客，每借灵根佳卉以寄芳菲宛转之怀，况红豆号『相思子』，故劝君采撷，以增其别后感情。

书事①

轻阴阁小雨，深院昼慵开。坐看苍苔色，欲上人衣来。

【注释】

①书事：即景生情，直书其事。

【品读】

魏庆之《诗人玉屑》：王维《书事》云：『轻阴阁小雨，深院昼慵开。坐看苍苔色，欲上人衣来。』舒王云：『若耶溪上踏莓苔，兴尽张帆载酒回。汀草岸花浑不见，青山无数逐人来。』两诗皆含不尽之意。子由谓之不带声色。

山中

荆溪①白石出，天寒红叶稀。山路元②无雨，空翠湿人衣。

【注释】

①荆溪：《长安志》：『荆谷水，一名荆溪。来自蓝田县，至康村入万年县界。西流二十里出谷，至平川，合库谷采谷石门水为荆谷水，一名产水。』②元：同『原』，原本。

【品读】

惠洪《冷斋夜话》：吾弟超然，喜论诗。其为人纯至，有风味。尝曰：『陈叔宝绝无肺肠，然诗语有警绝者。如「午醉醒来晚，无人梦自惊」「夕阳如有意，偏傍小窗明」，王摩诘《山中》诗曰：「溪清白石出，天寒红叶稀。山路元无雨，空翠湿人衣。」舒王《百家夜休》曰：「相看不忍发，惨淡暮潮平。欲别更携手，月明洲渚生。」此皆得天趣。』余问之曰：『句法固佳，然何以识其天趣？』超然曰：『能言萧何所以识韩信，则天趣可言。』余竟不能诘，曰：『微超然，谁知之？』

榆林郡[1]歌

山头松柏林，山下泉声伤客心。千里万里春草色，黄河东流流不息。黄龙[2]戍上游侠儿[3]，愁逢汉使不相识。

【注释】

①榆林郡：古郡名，隋唐置，为胜州治，治所在今内蒙古准格尔旗东北。②黄龙：又名和龙城、龙都，故址在今辽宁朝阳。③游侠儿：周游行侠之士。此指戍边将士。

【品读】

王夫之《唐诗评选》：真情老景，雄风怨调，只此不愧汉人乐府。

寒食汜上[1]作

广武[2]城边逢暮春，汶阳[3]归客泪沾巾。落花寂寂啼山鸟[4]，杨柳青青渡水人[5]。

【注释】

①汜上：汜水河边。汜水，在今河南省荥阳县西三十多里，源于河南巩县东南，北流入黄河。②广武：古城名，有东、西二城，在今河南荥阳东北广武山上。楚、汉相争时，项羽、刘邦曾分别屯兵于东、西城，隔涧对峙。③汶阳：汉县名，北朝时废。故址在今山东省宁阳县北。④啼山鸟：鸟啼于山。山指广武山。⑤渡水人：寒食节出游的人。水指汜水。

【品读】

谢榛《诗家直说》：绝句如王摩诘『广武城边逢暮春，汶阳归客泪沾巾。落花寂寂啼山鸟，杨柳青青渡水人。』与『渭城朝雨』一篇，韦应物『雨中禁火空斋冷，江上流莺独坐听。把酒看花想诸弟，杜陵寒食草青青。』皆风人之绝响也。

戏题辋川别业

柳条拂地不须折，松树梢云从更长。藤花欲暗藏猱[1]子，柏叶初齐养麝香。

【注释】

①猱：猿类。

【品读】

杨慎《升庵诗话》：绝句者，一句一绝，起于《四时咏》：『春水满四泽，夏云多奇峰。秋月扬明辉，冬岭秀孤松』是也。或以为陶渊明诗，非。杜诗『两个黄鹂鸣翠柳』实祖之。王维诗：『柳条拂地不忍折，松柏梢云从更长。藤花欲暗藏猱子，柏叶初齐养麝香。』……皆此体也。

戏题盘石

可怜盘石[1]临泉水，复有垂杨拂酒杯。若道春风不解意，何因吹送落花来。

【注释】

①盘石：厚而大的石头。

【品读】

王文濡《历代诗评注读本》：踞石酌酒，垂杨拂杯。如此佳趣，已觉可爱，而春风复解人意，吹送落花。『若道』『何因』四虚字，咀嚼有味。

寄河上段十六

与君相见即相亲，闻到君家在孟津。为见行舟试借问，客中时有洛阳人。

【品读】

高棅《唐诗品汇》：刘辰翁：『容易尽情，旧未有此。』

祖咏

祖咏，生卒年不详。洛阳（今属河南）人。其少有文名，擅长诗歌创作。与王维友善。开元十二年（724）进士。曾因张说推荐，任过短时期的驾部员外郎。后又遭迁谪，仕途落拓，后归隐汝水一带。

夕次[1]圃田店[2]

前路入郑郊，尚经百余里。马烦时欲歇，客归程未已。落日桑柘[3]阴，遥村烟火起。西还不遑宿，中夜渡泾水[4]。

【注释】

①次：停留。②圃田店：地名。故址于今郑州东。③桑柘：树名。桑，桑树，可养蚕；柘，柘木，桑属，亦可养蚕。④泾水：泾水有二：一在陕西，为渭水之支流；一在安徽，注入芜湖。

【品读】

高棅《唐诗品汇》引刘辰翁：景情自然。

终南[1]望余雪

终南阴岭[2]秀，积雪浮云端。林表明霁色，城中增暮寒。

【注释】

①终南：终南山，秦岭山峰之一。②阴岭：山北曰阴。由长安望终南，故曰阴岭。

【品读】

计有功《唐诗纪事》：有司试《终南山望余雪》诗，咏赋云：『终南阴岭秀，积雪浮云端。林表明霁色，城中增暮寒。』四句即纳于有司。或诘之，咏曰：『意尽。』

俞陛云《诗境浅说》：咏高山积雪，若从正面着笔，不过言山之高，雪之色，及空翠与皓素相映发耳。此诗人侧面着想，言遥望雪后南山如开霁色，而长安万户，便觉生寒，则终南之高寒可想。

苏氏别业

别业居幽处，到来生隐心。南山①当户牖，沣水②映园林。屋覆经冬雪，庭昏未夕阴。寥寥人境外，闲坐听春禽。

【注释】

①南山：终南山。②沣水：水名，亦作丰水，关中八水之一。

【品读】

吴汝纶《唐宋诗举要》：中四语极力出奇。

望蓟门①

燕台②一去客心惊，笳③鼓喧喧汉将营。万里寒光生积雪，三边④曙色动危旌⑤。沙场烽火连胡月，海畔云山⑥拥蓟城。少小虽非投笔吏，《后汉书·班超传》：家贫，常为官佣书以自养，久劳苦，尝辍业投笔叹曰：『大丈夫无他志略，犹当效傅介子、张骞立功异域，以取封侯，安能久事笔砚间乎？』论功还欲请长缨⑦。

【注释】

①蓟门：蒋一葵《长安客话》：『今德胜门外有土城关，相传古蓟门遗址，亦曰蓟丘。』②燕台：即黄金台。相传战国时燕昭王所筑，以招天下贤士，故又称招贤台，故址在今河北易县东南。③笳：胡笳，北方少数民族一种乐器，以芦苇或竹制成。④三边：汉时幽、并、凉三州，其地皆在边疆。⑤危旌：高扬的旗帜。⑥海畔云山：蓟城背靠燕山，面临渤海，故称。⑦请长缨：汉武帝时，经营四方，终军请曰：『愿受长缨，必羁南越王而致之阙下。』后因以请缨谓自告奋勇。终军后使南越，南越王举国内属。长缨，捕缚敌人的长绳。

【品读】

金圣叹《选批唐诗》：前解，一二三四句，只写得一『惊』字。三是直下望，四是直上望。须知此直下直上所望，单单望一汉将，犹言大丈夫当如此矣。后解，五六，写慨然欲赴其处，真乃身虽未行，神已先往也。八之『还』字，全为七之『少小』字，更自按捺不得也方东树《昭昧詹言》：六句写蓟州之险，而以首句一『望』字包之。收托意有澄清之志，岂是时范阳已有萌芽耶？

吴汝纶《唐宋诗举要》：前六句皆写边隅景象，盖自恨来此穷裔，故云客心惊也。而末句乃掉转，意思故佳。

高适

高适（约 700—765），字达夫、仲武，沧州（今河北省景县）人。少孤贫，爱交游，有游侠之风，早年曾游历长安，后到过蓟门、卢龙一带。天宝八载（749），经睢阳太守张九皋推荐，应举中第，授封丘尉。后入陇右、河西节度使哥舒翰幕，为掌书记。安史之乱后，曾任淮南节度使、彭州刺史、蜀州刺史、剑南节度使等职，官至左散骑常侍，封渤海县侯。世称『高常侍』。

别韦参军①

二十解书剑，西游长安城。举头望君门②，屈指取公卿。国风冲融迈三五③，朝廷欢乐弥环宇。白璧皆言赐近臣，布衣不得干明主。归来洛阳无负郭④，东过梁宋⑤非吾土。兔苑⑥为农岁不登，雁池垂钓心长苦。世人向我同众人，唯君于我最相亲。且喜百年有交态，未尝一日辞家贫。弹棋⑦击筑⑧白日晚，纵酒高歌杨柳春。欢娱未尽分散去，使我惆怅惊心神。丈夫不作儿女别，临歧涕泪沾衣巾。

【注释】

①参军：官名，唐时州郡佐吏。②君门：谓帝阙。

③三五：指三皇五帝。④负郭：负郭田，即近城田。

⑤梁宋：指今河南开封、商丘一带。⑥兔苑：梁苑，汉

梁孝王建。⑦弹棋：古人玩的一种棋，两人对局。⑧筑：古时一种弦乐器。

【品读】

邢昉《唐风定》：高岑豪壮感慨，人所共知，其清疏瘦劲处，罕有知者，如此种是也。

送李少府①时在客舍

相逢旅馆意多违，暮雪初晴候雁飞。主人酒尽君未醉，薄暮途遥归不归？

【注释】

①少府：《容斋随笔》：『唐人呼县令为明府，丞为赞府，尉为少府。』

【品读】

钟惺、谭元春《唐诗归》：与客调笑得妙，宾主相忘，意在言外矣。较『我醉欲眠卿可去』句，更真更婉。

营州①歌

营州少年厌②原野，皮裘蒙茸③猎城下。虏酒④千锺不醉人，胡儿十岁能骑马。邢昉：古调。

【注释】

①营州：唐代东北重镇，在今辽宁朝阳县。开元后设平卢节度使，统辖河北省长城以北及辽河以西一带。②厌：同『餍』。③蒙茸：即『蒙戎』，纷乱状。④虏酒：营州地区少数民族酿制的酒，酒味较薄。

【品读】

唐汝询《唐诗解》：此排斥少年之词。猎必于野，今彼厌原野而猎城下者何？乘醉以夸善骑耳。我想虏人饮千锺而不醉，胡儿十岁即能骑马，则又胜汝矣。深贱之，故以胡虏取譬。虏酒胡儿，倒装作对，益见奇绝。

信安王①幕府诗并序

开元二十年，国家有事林胡②，诏礼部尚书信安王总戎大举，时考功郎中王公、司勋郎中刘公、主客郎中魏公、侍御史李公、监察御史崔公咸在幕府，诗以颂美数公，见于词凡三十韵。

云纪轩皇代，《左传·昭公十七年》：黄帝以云纪官，故为云师而云名。星高太白③年。庙堂咨上策，幕府制中权。盘石藩维④固，升坛⑤礼乐先。国章⑥荣印绶，公服贵貂蝉⑦。乐善《后汉书·东平王苍传》：日者问东平王，处家何等最乐？王言为善最乐。旌深德，输忠格上玄⑧。剪桐光宠锡，《史记·晋世家》：周公诛灭唐，成王与叔虞戏，削桐叶为珪，以与叔虞曰：以此封若。史佚因请择日立叔虞。题剑美贞坚。圣祚雄图广，师贞武德虔。雷霆七校⑨发，旌旆五营⑩连。华省⑪征群乂，霜台⑫举二贤⑬。岂伊公望远，曾是茂才迁。并秉韬钤术⑭，兼该翰墨筵⑮。帝思麟阁像，臣献柏梁篇⑯。振玉⑰登辽甸，摐金⑱历蓟壖⑲。度河飞羽檄，横海泛楼船。

北伐声逾迈，东征务以专。讲戎喧涿野，《史记·武帝本纪》：黄帝乃征师诸侯，与蚩尤战于涿鹿之野。料敌静居延。军势持三略⑳，兵戎自九天。朝瞻授钺去，时听偃戈旋。大漠风沙里，长城雨雪边。云端临碣石，波际隐朝鲜。《史记·朝鲜列传》：定朝鲜为四郡。夜壁冲高斗，寒空驻彩旃。倚弓玄兔㉑月，饮马白狼川。《水经注》：辽水右会白狼水，水出右北平白狼县东南。关塞鸿勋著，京华甲第全。落梅横吹后，春色凯歌前。庶物随交泰，苍生解倒悬。四郊增气象，万里绝风烟。直道常兼济，微才独弃捐。曳裾㉒诚已矣，投笔尚凄然。作赋同元叔㉓，能诗匪仲宣㉔。云霄不可望，空欲仰神仙。《后汉书·郭泰传》：李膺同舟而济，众宾望之以为神仙焉。

【注释】

①信安王：李祎，太宗子吴王恪的孙子，玄宗的弟弟。开元十二年被封为信安郡王。②林胡：战国时北方国名，此处指奚和契丹。③太白：星名，上公大将军之象。④藩维：藩隅，指诸侯保卫方隅。⑤升坛：指拜将。⑥国章：国家的礼仪。⑦公服句：极言信安王李祎为侍从贵臣。汉侍中、中常侍冠武弁大冠，加黄金珰，附蝉为文，貂尾为饰。⑧上玄：上天。⑨七校：汉代有中垒、屯骑、步兵、越骑、长水、胡骑、射声、虎贲八校尉，胡骑不常置，故曰七校。⑩五营：指长水、步兵、射声、屯骑、越骑五校。⑪华省：贵省。唐官署有尚书、门下、中书、秘书、殿中、内侍六省。⑫霜台：指御史台。⑬二贤：指侍御史李公和监察御史崔公。⑭韬钤术：指古代兵法。古兵书有《六韬》和《玉钤篇》。⑮翰墨筵：指文彩。⑯臣献句：汉武帝作柏梁台，诏群臣二千石能作七言诗的才得上座。⑰振玉：饰马的玉。⑱摐金：古时以金鼓节制行军的步伐。摐，撞击。⑲壖：指城郭旁或河边空地。⑳三略：传说是黄石公授张良的兵书。系后人伪托。㉑玄兔：即玄菟，郡名。㉒曳裾：指寄食于王侯之门。㉓元叔：指东汉赵壹，字元叔，曾作《穷鸟赋》。㉔仲宣：指汉末王粲，字仲宣，善属文。

【品读】

胡应麟《诗薮》：典重整齐，精工赡逸，特为高作……凡排律起句，极宜冠裳雄浑，不得作小家语。唐人可法者：卢照邻『地道巴陵北，天山弱水东』，骆宾王『二庭归望断，万里客心愁』……李白『独坐清天下，专征出海隅』，高适『云纪轩皇代，星高太白年』，此类最为得体。

自蓟北归

驱马蓟门北，北风边马哀。苍茫远山口，豁达胡天开。五将已深入，前军止半回①。谁怜不得意？长剑独归来②。

【注释】

①五将二句：用汉宣帝派遣田广明等五将攻打匈奴事。②长剑句：暗用冯谖事。《战国策·齐策》：『居有顷，倚柱弹其铗，歌曰：「长铗归来乎，食无鱼。」』

【品读】

唐汝询《唐诗解》：按达夫尝居哥舒翰幕下，盖出战不利而有是作。

邯郸少年行

邯郸城南游侠子，自矜生长邯郸里。千场纵博[1]家仍富，几度报仇身不死。宅中歌笑日纷纷，门外车马常如云。未知肝胆向谁是，令人却忆平原君[2]。黄培芳：句有远神，最为宕逸。君不见即今交态薄，黄金用尽还疏索。以兹[3]感叹辞旧游，更于时事无所求。且与少年饮美酒，往来射猎西山[4]头。

【注释】

①纵博：放纵地赌博。博，古代的一种博戏，即博塞之戏。②平原君：战国时赵国公子赵胜，封平原君，喜接遇宾客，门客多至三千人。③以兹：因此。④西山：马服山，在邯郸西北十里处。

【品读】

殷璠《河岳英灵集》：余所最爱者：『未知肝胆向谁是，令人却忆平原君』。

唐汝询《唐诗解》：此叹交道之薄，因少年以发之也。意谓世之交者，孰非势利耶？观此邦游侠之子，贪嗜于财，幸免于法，非能豪举也，然而门庭若市，故我之肝胆未知所向，以世无平原君也。交态既日薄矣，吾岂待金尽而疏索哉？惟辞彼旧游而于时事无求耳。今少年不尚游侠，不趋势利；但与饮酒射猎以相娱乐，则其交也庶几哉！

渔父歌

曲岸深潭一山叟，驻眼看钩不移手。世人欲得知姓名，良久问他不开口。笋皮笠子[1]荷叶衣，心无所营守钓矶[2]。料得孤舟无定止，日暮持竿何处归？

【注释】

①笋皮笠子：用弱竹编织的帽子。②钓矶：钓鱼所坐的石头。

【品读】

钟惺、谭元春《唐诗归》：『钓鱼三十年，心中无所向』，比『心无所营』更微，此处是描他模样，别有一好处耳。

寄孟五少府

秋气落穷巷，离忧兼暮蝉。后时[1]已如此，高兴亦徒然。知君念淹泊，忆我屡周旋。征路见来雁，归人悲远天。平生感千里，相望在贞坚[2]。

【注释】①后时：失时，言不能及早得志。②贞坚：指节操坚定不变。

【品读】黄培芳《唐贤三昧集笺注》：后四句因景生情，情深于文。

苦雪

二月犹北风，天阴雪冥冥。寥落一室中，怅然惭百龄。苦愁正如此，门柳复青青。

【品读】范晞文《对床夜语》：皇甫冉云：『岸有经霜草，林有故年枝。俱应待春色，独使客心悲。』不如适气长而有生意。渊明《归去词》云：『木欣欣以向荣，泉涓涓而始流。善万物之得时，感吾生之行休。』冉述之也。

燕歌行 并序

《乐府诗集》：燕，地名也。言良人从役于燕而为此曲。

开元二十六年，客有从御史大夫张公①出塞而还者，作《燕歌行》以示适，感征戍之事，因而和焉。

汉家烟尘在东北，汉将辞家破残贼②。男儿本自重横行，天子非常赐颜色③。摐金《周礼·地官》：以金镯节鼓。伐鼓下榆关④，旌旆逶迤碣石⑤间。校尉羽书⑥飞瀚海，单于⑦猎火⑧照狼山⑨。山川萧条极边土，胡骑凭陵杂风雨。战士军前半死生，美人帐下犹歌舞！钟惺：豪壮中写出暇整气象。大漠穷秋塞草腓⑩，孤城落日斗兵稀。身当恩遇常轻敌，力尽关山未解围。铁衣远戍辛勤久，玉箸应啼别离后。少妇城南⑪欲断肠，征人蓟北⑫空回首。边庭飘飖那可度，绝域苍茫无所有。杀气三时⑬作阵云，寒声一夜传刁斗。相看白刃血纷纷，死节从来岂顾勋？君不见沙场征战苦，至今犹忆李将军⑭。《史记·李将军列传》：广居右北平，匈奴闻之，号曰汉之飞将军，避之，数岁不敢入右北平。

【注释】①张公：指张守珪，官拜辅国大将军、右羽林大将军兼御史大夫，曾带兵抗击契丹。②残贼：开元二十二年（734）六月，张守珪大破契丹，但余党犹未平，不久又叛唐，残贼即指此。③赐颜色：赏脸，给以宠遇。④榆关：即今山海关。⑤碣石：山名，在今河北省昌黎县北。⑥羽书：调兵遣将的紧急文书。⑦单于：匈奴首领的称号。此处泛指北方少数民族首领。⑧猎火：古游牧民族作战前，往往举行大规模的校猎，实以演习军事。⑨狼山：即狼居胥山，在今内蒙古自治区中部。⑩腓：病，此处指草变黄枯。⑪城南：长安住宅区在城南，故云。⑫蓟北：蓟门以北，泛指当时的东北边地。⑬三时：指早、中、晚三时，即整天。⑭李将军：指李广。

【品读】

唐汝询《唐诗解》：此述征戍之苦也，言烟尘在东北，原非犯我内地，汉将所破特余寇耳。盖此辈本重横行，天子乃厚加礼貌，能不生边衅乎？于是鸣金鼓、建旌旆以临瀚海，适值单于之猎，凭凌我军，我军死者过半，主将方且拥美姬歌舞帐下，其不惜士卒乃尔。是以当防秋之际，斗争日稀，然主将不以为意者，以其恃恩而轻敌也。何为使士卒力尽关山未得罢归乎？戍既久，室家相望之情极矣，则又述士卒之意曰：吾岂欲树勋于白刃间耶？既苦征战，则思古之李牧为将，守备为本，亦庶几哉？

沈德潜《唐诗别裁》：七言古中时带整句，局势方不散涣。若李杜风雨分飞，鱼龙百变，又不可以一格论。

陈沆《诗比兴笺》：张守珪为瓜州刺史，完修故城，版筑方立，虏奄至，众失色，守硅置酒城上，会饮作乐，虏疑有备，引去，守珪因纵兵击败之，故有『战士军前半死生，美人帐下犹歌舞』之句。然其时守珪尚未建节，此诗作于开元二十六年（738）建节之时，或追咏其事，抑或刺其末年富贵骄逸，不恤士卒之词，均未可定。要之观其题序，断非无病之呻也。

送杨山人①归嵩阳②

高适

不到嵩阳动十年，旧时心事已徒然。一二故人不复见，三十六峰③犹眼前。夷门④二月柳条色，流莺数声泪沾臆。凿井耕田《击壤歌》：日出而作，日入而息。凿井而饮，耕田而食，帝力何有于我哉？不我招，知君以此忘帝力⑤。山人好去嵩阳路，惟余眷眷长相忆。

【注释】

①山人：隐士。②嵩阳：唐属河南郡，其地在今河南登封之北。③三十六峰：嵩山有三十六峰。④夷门：战国大梁的城门，在今河南开封县城内。战国时魏国的贤士侯嬴为夷门监者。⑤帝力：帝王的作用。

【品读】

钟惺、谭元春《唐诗归》：森然健笔，写出先民之风。

古大梁①行

古城莽苍饶荆榛②，驱马荒城愁杀人。魏王宫观尽禾黍，《诗经·王风》序：周大夫行役至于宗周，过故宗庙宫室，尽为禾黍。信陵③宾客随灰尘。忆昨雄都旧朝市，《史记·张仪列传》：臣闻争名者于朝，争利者于市，今三川周室，天下之朝市也。轩车照耀歌钟起。军容带甲三十万，国步④连营一千里。全盛须臾那可论，高台曲池无复存。遗墟但见狐狸迹，古地空余草木根。暮天摇落伤怀抱，抚剑悲歌对秋草。侠客犹传朱亥⑤名，行人尚识夷门道。白璧黄金万户侯⑥，宝刀骏马填山丘。
年代凄凉不可问，往来唯见水东流。

【注释】

①大梁：今河南开封市。唐时为汴州陈留郡，战国时曾为魏国的都城。②荆榛：荆棘、榛树。③信陵：信陵君，魏国公子。④国步：《诗经·大雅》："国步斯频。"朱熹集注："步，犹运也。"⑤朱亥：人名，战国时魏国人，曾隐于屠肆，侯嬴荐他与信陵君，信陵君窃符救赵，朱亥随行，椎击晋鄙。⑥白璧句：《史记·虞卿列传》："说赵孝成王，一见赐黄金百镒，白璧一双；再见为赵上卿……封虞卿以一城……虞卿既以魏齐之故，不重万户侯卿相之印，与魏齐间行，卒去赵，困于梁。"

【品读】

邢昉《唐风定》：按节安歌，步武严整，无一往奔轶之习。

黄培芳《唐贤三昧集笺注》：隔联间以对仗，壁垒森然。

方东树《昭昧詹言》：起二句伉爽，"魏王"二句衍，"忆昨"四句推开，"全盛"句折入，"暮天"句入己，以下重复感叹，自有浅深，而气益厚，韵益长，反复吟咏，久之自见。

别王彻

归客自南楚，怅然思北林。萧条秋风暮，回首江淮深。
留连愁作欢，或为梁甫吟①。时辈想鹏举，他人嗟陆沉②。
载酒登平台，赠君千里心。浮云暗长路，落日有归禽。
离别未足悲，辛勤当自任。吾知十年后，季子多黄金。
《史记·苏秦列传》：嫂委蛇蒲服，以面掩地而谢，曰："见季子位高金多也。"

【注释】

①梁甫吟：又作《梁父吟》。②陆沉：喻埋没。

【品读】

严羽《沧浪诗话》：高达夫赠王彻云："吾知十年后，季子多黄金。"金多何足道，又甚于以名位期人者，此达夫偶然漏逗处也。

途中寄徐录事①比以王书②见赠

落日风雨至，秋天鸿雁初。离忧不堪比，旅馆复何如？君又几时去，我知音信疏。空多箧③中赠，长见右军书④。

【注释】

①录事：官名，唐时州郡有录事参军。②王书：指徐学王羲之书法。③箧：小箱子。④右军书：指晋朝人王羲之的书法。晋王羲之为右军将军、会稽内史，为大书法家。

【品读】钟惺、谭元春《唐诗归》：起二句清光纷披，『君又』句若有承接，实无着落，妙妙。『我知』句，妙在预知。妙在不添一词藻然后逼真。『长见』句亦自写得亲厚。

秋胡行①

妾本邯郸②未嫁时，容华倚翠人未知。一朝结发事君子，将妾迢迢东路陲。时逢大道无难阻，君方游宦从陈汝③。蕙楼④独卧频度春，彩阁辞君几徂暑⑤。三月垂杨蚕未眠，携笼结侣南陌边。道逢行子不相识，赠妾黄金买少年。妾家夫婿经离久，寸心誓与长相守。愿言行路莫多情，道妾贞心在人口。日暮蚕饥相命归，携笼端饰来庭闱。劳心苦力终无恨，所冀君恩那可依？闻说行人已归止，乃是向来赠金子。相看颜色不复言，相顾怀惭有何已！从来自隐无疑背，直为君情也相会。如何咫尺仍有情，况复迢迢千里外？誓将顾恩不顾身，念君此日赴河津。莫道向来不得意，故欲留规诫后人。

【注释】①秋胡行：秋胡是春秋时鲁国人，婚后五日到陈国去做官。五年后方归。在快到家的地方，见一妇人采桑，秋胡因其貌美，便赠金相挑，妇人拒受。秋胡到家后见到妻子，原来就是那采桑妇。她一见秋胡，恨其无耻，出而东走，投河而死。②邯郸：今河北邯郸市，战国时曾为赵国的都城，其地多美女。③陈汝：唐时陈州淮阳郡，地近蔡州汝南郡，故称。④蕙楼：指秋胡妻住处。⑤几徂暑：几经年。

【品读】洪亮吉《北江诗话》：女子不幸而为秋胡之妻，乐羊之妇，然身可死，名不可没也。

酬卫八雪中见寄

季冬①忆淇上，落日归山樊②。旧宅带流水，平田临古村。雪中望来信，醉里开衡门。果得希代宝③，缄之那可论？

【注释】①季冬：阴历十二月。②山樊：山边。③希代宝：稀世的珍宝。

【品读】钟惺、谭元春《唐诗归》：『醉里开衡门』是雪中，又是望信，衬得妙绝……『果得』二字，仍是一气。

夜别韦司士

高馆张灯酒复清，夜钟残月雁归声。只言啼鸟堪求侣①，无那春风欲送行。黄河曲里②沙为岸，白马津③边柳向城。莫怨他乡暂离别，知君到处有逢迎。

王尧衢：以君才名，人所共慕，故到处有逢迎之者，可慰寂寞，所以莫须怨也。『莫愁前路无知己，天下谁人不识君』，与此意同。

【注释】

①求侣：《诗经·小雅》：『伐木丁丁，鸟鸣嘤嘤……嘤其鸣矣，求其友声。』②曲里：《尔雅·释水》：『河百里一小曲，千里一曲一直。』③白马津：又名鹿鸣津、黎阳津，在今河南滑县北。

【品读】

方东树《昭昧詹言》：起二句叙『夜』，为『别』字传神，亦用攒字设色。三句垫，四句点『别』。五六别后情事，收世情而已。

金圣叹《贯华堂选批唐才子书》：前解，看先生用意，乃在『啼乌堪求侣』五字。想此韦司士，必是一绝妙可爱之人，时与先生方订初欢，我于『到处有逢迎』句识之。后解，五六，极写离别，然而韦莫怨也。此行虽不免别，然而只是暂时。我则正忧如君其人，到处有合，后欢既极，前期顿忘，将使暂别且成久别耳。然则我于异日，或当怨君，君于今日，又何必怨？真为超距之笔也。

自淇涉黄河途中作

野人①头尽白，与我忽相访。手持青竹竿，日暮淇水上。虽老美容色，虽贫亦闲放。钓鱼三十年，中心无所向。钟惺：二语写出高士。

【注释】

①野人：田野中人。

【品读】

邢昉《唐风定》：高浑，绝去垆锤。胜嘉州《渔父》之作。

蓟中①作

策马自沙漠，长驱登塞垣。边城何萧条，白日黄云昏。一到征战处，每愁胡虏翻②。岂无安边书？诸将已承恩。惆怅孙吴事③，归来独闭门。

【注释】

①蓟中：地名，在今北京市大兴县一带。②胡虏翻：胡虏，古代北方少数民族的泛称。翻，反复无常。③惆怅句：自己虽有孙、吴之志，但不能施展，故而悲伤。孙吴，指孙武、吴起，春秋、战国时军事家。

【品读】

钟惺、谭元春《唐诗归》：『欲言塞下事，天子不召见』，归咎于君；『岂无安边书？诸将已承恩』，归咎于臣。『已承恩』三字偷惰欺蔽二意俱在其中，可为边事之戒。

唐汝询《唐诗解》：此志在安边伤不遇也，言我览观边塞胡虏之未宁，岂无安边之书可献乎？特以诸将巧诈以图爵赏，使贤者不能自达于上耳，是以徒抱孙吴之略而不得一试也。

沈德潜《唐诗别裁》：言诸将不知防边，虽有策无可陈也。乃不云天子僭赏，而云主将承恩，令人言外思之。

除夜①作

旅馆寒灯独不眠，客心何事转凄然？故乡今夜思千里，霜鬓明朝又一年。

【注释】

①除夜：除夕。

【品读】

钟惺、谭元春《唐诗归》：故乡亲友思千里外人霜鬓，其味无穷。

唐汝询《唐诗解》：怀乡心切，衰老继之，客心所以悲。

辟阳城

荒城在高岸，凌眺①俯清淇。传道汉天子，而封审食其②。奸淫且不戮，茅土孰云宜？何得英雄主，返令儿女欺！母仪③良已失，臣节岂如斯？太息一朝事，《后汉书·荀悦传》：得失一朝，而荣辱千载。乃令人所嗤④。

【注释】

①凌眺：登城眺望。②审食其：食其，沛人，汉王刘邦败于彭城西，楚取太公、吕后为质，食其为舍人侍吕后，后破项羽，封辟阳侯。后为相，吕氏败始免。③母仪：为天下人母的规范。④乃令句：指吕后、辟阳侯之事使人耻笑，暗指杨贵妃、安禄山之说。

【品读】

刘师培《读全唐诗发微》：讥杨妃之宠兼刺玄宗之色荒。

封丘①县

我本渔樵孟诸②野，一生自是悠悠者。乍可狂歌草泽中，宁堪作吏风尘下？只言小邑无所为，公门百事皆有期。拜迎官长心欲碎，鞭挞黎庶令人悲！归来向家问妻子，举家尽笑今如此。生事应须南亩田，世情付与东流水。梦想旧山③安在哉，为衔君命日迟回。乃知梅福④徒为尔，转忆陶潜归去来⑤。

【注释】

①封丘：县名，在今河南省。②孟诸：古代水泽名，俗号盟诸泽。在今河南商丘东北。③旧山：旧日隐居的山林。④梅福：原西汉九江寿春人，曾为南昌县尉，后去官，归寿春。王莽专政，梅福弃妻子到会稽，为吴市门卒。人传以为仙。⑤转忆句：晋陶潜，字渊明，为彭泽令，因不甘向权贵折腰，不愿受官场束缚，辞官归隐，曾赋《归去来兮辞》以表示归隐决心。

【品读】

葛立方《韵语阳秋》：《封丘》诗云：『我本渔樵孟诸野，一生自是悠悠者。乍可狂歌草泽中，宁堪作吏风尘下。』其末句云：『乃知梅福徒为尔，转忆陶潜归去来。』则不堪作吏之卑辱，而复思孟诸之渔樵也。韩退之云：『居闲食不足，从仕力难任。』其此之谓乎！

秦中送李九赴越

携手望千里，于今将十年。如何每离别，心事复迍邅[1]。适越虽有以，出关终耿然。愁霖不可向，长路或难前。吴会[2]独行客，山阴[3]秋夜船。谢家征故事，禹穴[4]访遗编。镜水[5]君所忆，莼羹予旧便。归来莫忘此，兼示济江篇[6]。

【注释】

①迍邅：谓心潮起伏不定。《易·屯》：屯如邅如。②吴会：西汉时会稽郡治在吴县，时俗以郡县连称，故曰吴会。③山阴：今浙江绍兴市。④禹穴：《吴越春秋》谓禹穴乃黄帝藏书之所，禹得其书。⑤镜水：指镜湖，在今绍兴市南。⑥济江篇：指跋山涉水时所写的诗章。

【品读】

葛立方《韵语阳秋》：晋张翰忆吴中莼菜鲈脍而归，而高适屡作越上用。如《送崔功曹赴越》云：『今朝欲乘兴，随尔食鲈鱼。』《送李九赴越》云：『镜水君所忆，莼羹予旧便。』人以为疑，余考《地理志》，吴县隶今会稽郡，则以鲈鱼作越上，亦无伤也。

登垄

垄头远行客，垄上分流水。流水无尽期，行人未云已。浅才登一命，孤剑通万里[1]。岂不思故乡，从来感知己。

【注释】

①孤剑句：自己孤身一人，腰带佩剑，远行万里。《水经注》：陇水东北出陇山。《礼记·王制》：小国之卿，与下大夫一命。

【品读】

唐汝询《唐诗解》：首叙陇头之事，而即以流水兴行人之不休，盖赋而兴也。

沈德潜《唐诗别裁》：观『浅才登一命』句，应是哥舒翰表为参军掌书记时作。感知忘家，语简意足。

登百丈峰

朝登百丈峰，遥望燕支[1]道。汉垒青冥间，胡天白如扫[2]。忆昔霍将军[3]，连年此征讨。匈奴终不灭，寒山徒草草。唯见鸿雁飞，令人伤怀抱。

【注释】

①燕支：即焉支，山名，在今甘肃山丹东。②胡天

句：西北的天空一片白色，如同扫过一般。③霍将军：汉骠骑将军霍去病。

【品读】

唐汝询《唐诗解》：此叹苦战之无益也。言登高而望边境，见汉垒而想去病之北征，其时以为必灭匈奴而后已，然终果灭乎？狼居胥之封徒草草耳。既无足称，然睹鸿雁之飞而独伤怀抱者，窃有感于传书之事也。夫去病伪功而取封，子卿守节而薄赏，适盖有慨于当时矣。

送浑将军①出塞

将军族贵兵且强，汉家已是浑耶王。《新唐书·宰相世系表》：浑氏出自匈奴浑邪王，随拓跋氏渡河南，因以为氏。子孙相承在朝野，至今部曲燕支下。控弦尽用阴山儿，登阵常骑大宛马。银鞍玉勒绣蝥弧②，每逐骠姚破骨都。《史记·匈奴传》：置左右贤王、左右谷蠡王、左右大将、左右大都尉，左右大当户、左右骨都侯。李广从来先将士，卫青未肯学孙吴③。传有沙场千万骑，昨日边庭羽书至。城头画角三四声，匣里宝刀昼夜鸣。意气能甘万里去，辛勤动作一年行。黄云白草无前后，朝建旌旗夕刁斗④。塞上应多侠少年，关西不见春杨柳。从军借问所从谁，击剑酣歌当此时。远别无轻绕朝策，《左传·文公十三年》：乃行，绕朝赠之以策，曰：『子无谓秦无人，吾谋适不用也。』平戎早寄仲宣诗⑤。

【注释】

①浑将军：即浑释之。《旧唐书·浑瑊传》：『祖大寿，父释之，皆代为皋兰都督……释之少有武艺，从朔方军，积战功于边上，累迁至开府仪同三司，试太常卿，宁朔郡王。广德中，与吐蕃战，没于灵武，年四十九。』②蝥弧：诸侯之旗。③孙吴：孙武和吴起。此指孙吴之兵法。④朝建句：意谓早晨竖立了军旗，晚上勤于巡守。⑤平戎句：意谓平定外族入侵后，胜利早就写在诗篇中了。仲宣，王粲字。

【品读】

王尧衢《古唐诗合解》：今春风不过玉门关，则玉门关外安得有任怨之柳？玉门关外之苦寒如此。

李云南征蛮诗 并序

天宝十一载，有诏伐西南夷，右相杨公兼节制之寄，乃奏前云南太守李宓涉海自交趾击之。道路险艰，往复数万里，盖百王所未通也，十二载四月至于长安。君子是以知庙堂使能，而李公效节。适忝斯人之旧，因赋是诗。

圣人赫斯怒，诏伐西南戎。肃穆庙堂上，深沉节制雄。遂令感激士，得建非常功。料死不料敌，顾恩宁顾终？鼓行天海外，转战蛮夷中。梯巘①近高鸟，穿林经毒虫。鬼门②无归客，北户③多南风。蜂虿隔万里，云雷随九攻。

长驱大浪破，急击群山空。饷道忽已远，悬军垂欲穷。精诚动白日，《史记·邹阳传》：昔者荆轲慕燕丹之义，白虹贯日，太子畏之。愤薄《寡妇赋》：气愤薄而乘胸兮，涕交横而流枕。连苍穹。野食掘田鼠，哺餐兼僰僮。收兵列亭堠，拓地弥西东。临事耻苟免，履危能饬躬④。将星《隋书·天文志》：天将军十二星，在娄北，主武兵。中央大星，天之大将也。大将星摇，兵起，大将出。独照耀，边色保溟濛。泸水⑤夜可涉，交州今始通。归来长安道，召见甘泉宫。廉蔺若未死，孙吴知暗同。相逢论意气，慷慨谢深衷。

【注释】

①巘：山顶。②鬼门：地名，在今广西北流县南。③北户：地名，今越南北部地。④饬躬：整饬其身。⑤泸水：《十道记》：「泸水，出蕃中……四时多瘴气，三四月间发，人冲之立死。」

【品读】

洪迈《容斋随笔》：按高适集中有《李云南征蛮诗》一篇……宓盖归至长安，未尝败死，其年又非十三载也，味诗中掘鼠餐僮之语，则知粮尽危急，师非胜归，明甚。

部落曲

蕃军傍塞游，代马喷风秋。老将垂金甲，阏氏①着锦裘。雕戈蒙豹尾，《晋阳秋》：沈充谓其妻曰：「男儿不建豹尾，不复矣。」红旆插狼头②。日暮天山下，鸣笳汉使愁。

【注释】

①阏氏：单于嫡妻号。②狼头：指突厥所建狼头旗。

【品读】

纪昀《瀛奎律髓刊误》：此殊钝置，非常侍之佳作。

广陵①别郑处士②

落日知分手，春风莫断肠。兴来无不惬③，才在亦何伤？溪水堪垂钓，江田耐插秧。人生只为此，犹足傲羲皇。陶潜：五六月中，北窗下卧，遇凉风暂至，自谓是羲皇上人。

【注释】

①广陵：地名，今江苏扬州。②郑处士：《全唐诗》作郑威士。《史记·殷本纪》：或曰伊尹处士，汤使人聘迎之，五反，然后肯往。③无不惬：没有不高兴的事。

【品读】

葛立方《韵语阳秋》：高适《别郑处士》云：「兴来无不惬，才在亦何伤。」《寄孟五》诗云：「秋气落穷巷，离忧兼暮蝉。」《送萧十八》云：「常苦古人远，今见斯人古。」《题陆少府书斋》云：「散帙至栖鸟，明灯留故人。」皆佳句也。

寄宿田家

田家老翁住东陂①，说道平生隐在兹。鬓白未曾记日月，山青每到识春时。门前种柳深成巷，野谷流泉添入池。牛壮日耕十亩地，人闲常扫一茆茨②。客来满酌清樽酒，感兴平吟才子诗。岩际窟中藏鼹鼠，潭边竹里隐鸬鹚。村墟③日落行人少，醉后无心怯路歧。今夜只应还寄宿，明朝拂晓与君辞。

【注释】

①陂：山坡。②茆茨：茆同「茅」。茨，用茅或苇盖的屋。③村墟：乡村，集市。

【品读】

范晞文《对床夜语》：高适诗云：「林稀落日行人少，醉后无心怯路歧。」老杜有：「前村山路险，归醉每无愁。」词简意工，孰臻其妙，学造语者宜知之。

送韩九

惆怅别离日，徘徊歧路前。归人望独树，匹马随秋蝉①。钟惺：亦只说所送之人，不着自己身上。常与天下士，《晋书·刘实传》：天下所共推则天下士也。许君兄弟贤②。钟惺：眉睫唇齿间有一副肝肠。良时正可用，行矣莫徒然。

【注释】

①匹马句：言韩九骑马随蝉声而远去。②许君句：高适有《同韩四、薛三东亭玩月》诗，韩四与韩九似为兄弟，其名不详，「四」与「九」应是他们兄弟排行的顺序。

【品读】

钟惺、谭元春《唐诗归》：无论其情事之绝，只此二语何其清竦而香洁。

送别

昨夜离心正郁陶①，三更白露西风高。萤②飞木落何淅沥，此时梦见西归客。曙钟③寥亮三四声，东邻嘶马使人惊。揽衣④出户一相送，唯见归云纵复横。

【注释】

①郁陶：愁思凝结。②萤：萤火虫。③曙钟：天明时的钟声。④揽衣：拿起衣服。

【品读】

唐汝询《唐诗解》：此叙不忍别之情，夫念离而忧，思深如梦，候钟而起，闻马而惊，当未别之时已不胜情矣，况既别之后所见为归云，能不惆怅乎？

重阳

节物①惊心两鬓华，东篱空绕未开花。百年将半仕三已，五亩就荒天一涯。岂有白衣②来剥啄③，一从乌帽④自欹斜。真成独坐空搔首，门柳萧萧噪暮鸦。

【注释】

①节物：作为，行事。②白衣：古代平民服。特指送酒的吏人。③喙：器物的尖端。④乌帽：黑帽。古代贵者常服。

【品读】

金圣叹《贯华堂选批唐才子书》：前解，一之东篱花绕，此即一之惊心节物也。何故节物惊心？可惜青青好鬓，比来遽成二毛，今日又见此花，便是岁行复尽故也。三四承之。看他只是年老、宦拙、家贫、路远四语，却巧用『百』字、『三』字、『五』字、『一』字四数目字练成峭语，读之使人通身森森然。写花用『未开』二字妙，言我已垂垂欲老，彼方得初开，两边对映，便成异彩。后解，写尽人情世态。言我既年老、宦拙、家贫、路远，则自然更无一人问及也。『岂有』者，我心自揣为何而有。『一从』者，人心都道与我无干也。因结之云：往常顺口，便说独坐，必如今日，方是真成独坐矣。『门柳』『暮鸦』，极写虽尽此一日，终无一人来也。

崔颢

崔颢（约704–754），汴州（今河南开封）人。唐玄宗开元十一年（723）进士。才思敏捷，长于写诗。曾任太仆寺丞，终官司勋员外郎。

古游侠呈军中诸将

少年负胆气，好勇复知机。仗剑出门去，孤城逢合围。杀人辽水[1]上，走马渔阳[2]归。错落金锁甲[3]，蒙茸[4]貂鼠衣。还家行且猎，弓矢速如飞。地迥鹰犬疾，草深狐兔肥。腰间带两绶，转眄[5]生光辉。顾谓今日战，何如随建威[6]？

【注释】

①辽水：即辽河。有东西二源，入渤海。②渔阳：古郡名。隋唐时渔阳郡辖地包括今天津、北京和河北北部。③金锁甲：用金属小薄片连锁而成的战甲，以防刀箭。④蒙茸：犹蓬松。此处形容貂鼠衣裘已穿破旧，可见战斗艰苦持久。⑤转眄：左右斜视。⑥建威：将军称号。此指辽水作战的主将。

【品读】

殷璠《河岳英灵集》：颢年少为诗，名陷轻薄。晚节忽变常体，风骨凛然，一窥塞垣，说尽戎旅。至如『杀人辽水上，走马渔阳归。错落金锁甲，蒙茸貂鼠衣』，又『春风吹浅草，猎骑何翩翩。插羽两相顾，鸣弓上新弦』，可与鲍照并驱也。

长安道

长安甲第①高入云，谁家居住霍将军②？日晚朝回拥宾从，路旁揖拜何纷纷。莫言炙手手可热，须臾火尽灰亦灭。莫言贫贱即可欺，人生富贵自有时。一朝天子赐颜色③，世事悠悠应始知。

【注释】

①甲第：旧时豪门贵族的宅第。②霍将军：指西汉霍光。霍去病的异母弟。武帝时为奉车都尉。昭帝八岁即位，霍光受武帝遗诏辅政，为大司马大将军。昭帝死，迎立昌邑王刘贺。不久，因淫乱废之。立宣帝。执政二十年，族党满朝，权倾内外，卒谥宣成。宣帝亲政后，灭族。③颜色：脸色。此处指皇帝喜怒的脸色。

【品读】

胡应麟《诗薮》：李、杜外，短歌可法者：岑参《蜀葵花》《登邺城》……崔颢《长安道》……虽笔力非二公比，皆初学易下手者，但盛唐前，语虽平易，而气象雍容；中唐后，语渐精工，而气象促迫，不可不知。

邯郸宫人怨

邯郸陌①上三月春，暮行逢见一妇人。自言乡里本燕赵②，少小随家西入秦。母兄怜爱无俦侣③，五岁名为阿娇④女。七岁丰茸好颜色，八岁黠慧能言语。十三兄弟教诗书，十五青楼学歌舞。我家青楼临道旁，纱窗绮幔暗闻香。日暮笙歌君驻马，春日妆梳妾断肠。不用城南使君⑤婿，本求三十侍中⑥郎。何知汉帝好容色，玉辇携归登建章。建章宫殿不知数，万户千门深且长。百堵涂椒⑦接青琐⑧，九华阁道连洞房。水晶帘箔云母扇，琉璃窗牖玳瑁床。岁岁年年奉欢宴，娇贵荣华谁不羡？恩情莫比陈皇后⑨，宠爱全胜赵飞燕⑩。瑶房侍寝世莫知，金屋《汉武故事》：武帝为太子时，长公主欲以女配帝，问：『阿娇好否？』帝曰：『好！若得阿娇作妇，当作金屋贮之。』更衣⑪人不见。谁言一朝复一日，君王弃世市朝变。宫车出葬茂陵⑫田，贱妾独留长信殿⑬。一朝太子升至尊，宫中人事如掌翻。同时侍女见谗毁，后来新人莫敢言。兄弟印绶皆被夺，昔年赏赐不复存。一旦放归旧乡里，乘车垂泪还入门。父母愍⑭我曾富贵，嫁与西舍金王孙⑮。念此翻覆复何道，百年盛衰谁能保？忆昨尚如春日花，悲今已作秋时草。少年去去莫停鞭，人生万事由上天。非我今日独如此，古今歇薄皆共然。

【注释】

①邯郸：战国时期赵国国都，今河北邯郸市。②燕赵：战国时期燕国、赵国的旧地，今河北山西一带。③无俦侣：指无可比拟。俦侣，同辈、伴侣。④阿娇：

汉武帝刘彻的姑母长公主刘嫖之女，姓陈，小名阿娇。⑤使君：汉时刺史称谓。⑥侍中：官名，侍从皇帝左右。⑦涂椒：汉代后妃所居宫殿都用花椒和灰泥涂壁，故称。⑧青琐：宫门上镂刻的青色图纹。借指宫门。⑨陈皇后：汉武帝皇后阿娇。⑩赵飞燕：汉成帝宠妃。⑪更衣：换衣休息之处。⑫茂陵：汉武帝陵墓名号。⑬长信殿：宫殿名，汉太后常居之。⑭愍：哀怜。⑮金王孙：汉武帝母王皇后微贱时曾嫁给金王孙，后改嫁汉文帝太子刘启，生刘彻，即后来的汉武帝。

【品读】

胡应麟《诗薮》：崔颢《邯郸宫人怨》，叙事几四百言，李、杜外，盛唐歌行无赡于此。而情致委婉，真切如见，后来《连昌》《长恨》，皆此兆端。

雁门①胡人歌

高山代郡②接东燕③，雁门胡人家近边。解放胡鹰逐塞鸟，能将代马④猎秋田。山头野火闲多烧，雨里孤峰湿作烟。闻道辽西⑤无斗战，时时醉向酒家眠。

【注释】

①雁门：古郡名，战国赵地，秦置郡。在今山西北部。②代郡：治所在代县，今山西蔚县西南。③东燕：战国时燕国，地处东方。④代马：古代漠北产的骏马。⑤辽西：古郡名，战国燕地。秦置，汉因之。辖境约今河北乐亭县以东，大凌河下游以西地区。

【品读】

贺裳《载酒园诗话》：唐人最喜写勇悍之致，有竭力形容而妙者，王龙标之『邯郸饮来酒未消，城北原平掣皂雕。射杀空营两腾虎，回身却月佩弓肖』是也。有专叙萧条沦落而沉毅之概令人回翔不尽者，崔司勋之『闻道辽西无斗战，时时醉向酒家眠』是也。

周振甫《诗词例话》：后四句平仄和律诗一样，前三句平仄有些拗，中间四句对偶，所以较近于律诗，却称作『歌行』；《黄鹤楼》一三四句皆不合律，而且『黄鹤』一词前后承接，类民歌手法，却称为『律诗』。其实这两首诗后四句皆合律，前四句皆有些不合律，性质是一样的。

黄鹤楼①

昔人《太平寰宇记》：昔费文伟登仙，每乘黄鹤于此楼憩驾，故名。已乘黄鹤去，高步瀛：吴正传《礼部诗话》曰：『崔颢《黄鹤楼诗》题下自注云：黄鹤乃人名也。其诗云：昔人已乘白云去，此地空余黄鹤楼。云乘白云，则非乘鹤矣。』步瀛案：吴说非是。起句云乘鹤，故下云空余，若作白云，则突如其来，不见文字安顿之妙矣。后世浅人见此诗起四句三黄鹤一白云，疑其不均，妄改第一黄鹤为白云，使白云黄鹤两两相俪，殊不知诗之格局绝不如此。又恐人不以为然，并妄造为崔氏自注之语。然古书所载，无以黄鹤楼为人名者。山名之说最为确正。此地空余黄鹤楼。黄鹤一去不复返，白云千载空悠悠。晴川历历汉阳②树，芳草萋萋鹦鹉洲③。日暮乡关何处是？烟波江上使人愁。

【注释】

①黄鹤楼：旧址在今湖北武昌黄鹤矶，背靠蛇山，下临长江，即今武汉长江大桥武昌桥头。②汉阳：汉水南岸。即今武汉市汉阳区，位于长江、汉水夹角地带。③鹦鹉洲：原为汉阳西南二里长江中一个沙洲。后因江水冲刷，沙洲堆积，遂与汉阳陆地相连。高步瀛《唐宋诗举要》：『黄祖为江夏太守，黄祖太子射宾客大会，有献鹦鹉于此洲，故以为名。』

【品读】

金圣叹《贯华堂选批唐才子书》：太白公评此诗，亦只说是『眼前有景道不得，崔颢题诗在上头』。夫以黄鹤楼前，江矶峻险，夏口高危，瞰临沔、汉，应接要冲，其为景状，何止尽于崔诗所云晴川芳草、日暮烟波而已。然而太白公乃更不肯又道，竟遂捋首相让而去，此非为景已道尽，更无可道；原来景正不可得尽，却是已更道不得也。盖太白公实为崔所题者乃是律诗一篇，今日如欲更题，我务必要亦作律诗。然而公又自思律之为律，从来必是未题诗，先命意；已命意，忙审格；已审格，忙又争发笔。至于景之为景，不过命意、审格、发笔以后，备员在旁，静听使用而已。今我如欲命意，则崔命意既已毕矣；如欲审格，则崔审格既已定矣；再如欲争发笔，则崔发笔既已空前空后，不顾他人矣。我纵满眼好景，可撰数十百联，徒自呕尽心血，端向何处入手？所以不觉倒身着地，从实吐露曰：『有景道不得。』有景道不得者，犹言眼前可惜无数好景，已是一字更入不得律诗来也。嗟乎！太白公如此虚心服善，只为自己深晓律诗甘苦。若后世群公，即那管何人题过，不怕不立地又题八句矣。

俞陛云《诗境浅说》：黄鹤楼与岳阳楼并踞江湖之胜，杜少陵、孟襄阳《登岳阳楼》诗，皆就江湖壮阔发挥。黄鹤楼当江汉之交，水天浩荡，登临者每易从此着想。设崔专咏江景，未必能出杜孟范围。而崔独从『黄鹤楼』三字着想。若谓仙人乘鹤，事属虚无，楼以仙得名，仙去楼空，余者唯天际白云，悠悠千载耳。谓其望云思仙固可，谓其因仙不可知，而对此苍茫，百感交集，尤觉有无穷之感。

行经华阴

岧峣①太华②俯咸京③，天外三峰④削不成。武帝祠⑤前云欲散，仙人掌⑥上雨初晴。河山北枕秦关⑦险，驿路西连汉畤⑧平。借问路旁名利客，无如此处学长生。

【注释】

①岧峣：山势高峻。②太华：华山。③咸京：秦都咸阳，在长安北。④天外三峰：指华山著名的莲花、明星、玉女三峰。另一说天外三峰是：南峰（落雁峰）、东峰（朝阳峰）、西峰（莲花峰）。⑤武帝祠：指巨灵祠，为汉武帝所建的水神巨灵的神祠。《华山志》：『巨灵，九元祖也。汉武帝观仙掌于县内，特立巨灵祠。』⑥仙人掌：山景，在华山东峰石壁之上。《水经注》：『巨石垂直，黄白相间，旭日照射，赤光灿烂，远而望之，五指分明。』⑦秦关：指秦函谷关、潼关。⑧汉畤：古代帝王诸侯祭天地、五帝的基地。祭坛遗址有五处，在陕西境内长安附近，华山之西。按五畤为：秦鄜畤、密畤、上畤、下畤、汉高祖作北畤。

【品读】

金圣叹《贯华堂选批唐才子书》：前解，写『岧峣太华』，看他忽横如杠大笔，架出『俯咸京』之三字。咸京者，即下解路旁千千万万名利之客，所谓钻头不入，拔足不出，半生奔波、一世沉没之处。其处本不易俯，而今判之曰俯，则其为太华之岧峣，亦略可得而仿佛也。天外三峰句，正画『俯』字也。言三峰到天，天已被到，而峰犹不极，故曰天外。『削不成』之为言，此非人工所及。盖欲言其削成，则必何等大人，手持何器，身立何处，而后乃今始当措手。此三字与上『俯咸京』三字，皆是先生脱尽金粉章句，别舒元化手眼，真为盖代大文，绝非经生恒睹也。至于三四，只是承上三峰，自言是日正值云散而晴，故得了了见之。如此三四一联，乃只为了了得见三峰之故。唐人何有中四句诗哉。后解，此五六运笔，真如象王转身，威德殊好。盖欲切诫路旁之不须复至咸京，而因指点太华之北枕西连，则有秦关汉畤。当时两朝何等富贵，而今眼见尽归乌有，则固不如天外三峰之永永常存也。如此五六一联，又只为指点路旁之故。唐人律体，真是大开大阖。

方东树《昭昧詹言》：起二句破点，次句句法带写，加琢，三四句写景，有兴象，故妙。五六亦是写，但有叙说而无象，故不妙也。收托意亦浮浅。

长干曲①

其一

君家何处住？妾住在横塘。停船暂借问，或恐是同乡。

【注释】

①长干曲：南朝乐府中『杂曲歌辞』的旧题。长干，里弄名。《舆地纪胜》：『江南东路建康府：长干是秣

陵县东里巷名，江东谓山陇之间曰干，金陵五里有山冈，其间平地民庶杂居，有大长干、小长干、东长干，并是地名。」

【品读】

沈德潜《唐诗别裁》：不必作桑濮看。

俞陛云《诗境浅说》：第一首，既问君家，更言妾处，何情文周至乃尔。是否同乡，干卿底事。乃停舟相问，情网遂凭虚而下矣。

其二

家临九江①水，来去九江侧。同是长干人，生小②不相识。

【注释】

①九江：这里泛指江水，「九」言其多。②生小：从小。

【品读】

俞陛云《诗境浅说》：第二首，承上首同乡之意，言生小同住长干，惜竹马青梅，相逢恨晚。

其三

下渚①多风浪，莲舟渐觉稀。那能不相待，独自逆潮归？

【注释】

①下渚：下游水中的小块陆地。

【品读】

俞陛云《诗境浅说》：第三首，写临别余情，日暮风多，深恐其迎潮独返，相送殷勤，柔情绮思，有《竹枝》《水调》遗意，视崔国辅《采莲曲》，但言并着莲舟，更饶情致。

其四

三江潮水急，五湖风浪涌①。由来花性轻，莫畏莲舟重②。

【注释】

①三江二句：借江湖的风浪比喻世事的艰辛复杂。

②由来二句：花性轻，以莲花喻女人，谓其性格轻柔；莲舟，谐音双关，关合怜周，意谓不要怕爱怜过于周至深重。

【品读】

胡应麟《诗薮》：唐五言绝，初、盛前多作乐府，然初唐只是陈、隋遗响。开元以后，句格方超。如崔国辅《流水曲》《采莲曲》，储光羲《江南曲》，王维《班婕妤》，崔颢《长干行》……皆酷得六朝意象。高者可攀晋宋，平者不失齐梁。唐人五言绝佳者，大半此矣。

全唐诗

卷二

李楠 编译

储光羲

储光羲（约706—763），润州延陵（今江苏金坛）人。祖籍兖州（今属山东）。开元十四年（726）进士，与崔国辅、綦毋潜同榜。授冯翊县尉，转汜水、安宜等县尉。仕宦不得意，隐居终南山的别业。后出山任太祝，世称储太祝。迁监察御史。安史乱起，叛军攻陷长安，他被俘，迫受伪职，后脱身归朝，贬死岭南。

野田黄雀行

啧啧[1]野田雀，不知躯体微。闲穿深丛里，争食复争飞。穷老一颓舍，枣多桑树稀。无枣犹可食，无桑何以衣？萧条空仓[2]暮，相引时来归。斜路岂不捷，渚田[3]岂不肥？水长路且坏，恻恻与心违。

【注释】

①啧啧：指鸟鸣声。②仓：通「苍」，青黑色。③渚田：小岛上的田地。

【品读】

高棅《唐诗品汇》：刘辰翁：「兴寄杂出，无不有味。愈古愈淡，愈淡愈浓。」

陆时雍《唐诗镜》：诗人必有安身立命之处，然后假物布衷，摅其所抱。如《野田黄雀行》只一穷困无聊语耳！「斜路岂不捷，渚田岂不肥？水长路且坏，恻恻与心违」，若水路便于适从，岂能审正而自止耶？

樵父[1]词

山北饶朽木，山南多枯枝。枯枝作采薪，爨室[2]私自知。诘朝[3]砺[4]斧寻，视暮行歌归。先雪隐薜荔[5]，迎暄卧茅茨[6]。清涧日濯足，乔木时曝衣。终年登险阻，不复忧安危。荡漾与神游，莫知是与非。

【注释】

①樵父：打柴的人。父，对从事某种行业人的通称。②爨室：厨房。③诘朝：明晨。④砺：磨石。⑤薜荔：木本植物。茎蔓生，花小，隐于花托中，实形似莲房，故又名木莲。⑥茅茨：茅草屋顶。此处指茅屋。

【品读】

高棅《唐诗品汇》：刘辰翁：「不忧己好，神游更高。是在《庄子》言外，实证实悟。」

沈德潜《唐诗别裁》：山中之险阻，异世途之险阻也。故登而不危。

田家即事

蒲叶日已长，杏花日已滋。老农要看此，贵不违天时。迎晨起饭牛，双驾耕东菑[1]。蚯蚓[2]土中出，田乌随我飞。群合乱啄噪，嗷嗷[3]如道饥。我心多恻隐，顾此两伤悲[4]。拨食与田乌，日暮空筐归。亲戚更相诮[5]，我心终不移。

【注释】

①东菑：泛指田园。②蚯蚓：虫名。《礼·月令》：『蝼蝈鸣，蚯蚓出。』古人认为，蚯蚓出，天必降雨。③嗷嗷：众声嘈杂。④两伤悲：谓伤蚯蚓为乌所食与乌之饥。⑤诮：责备。

【品读】

陆时雍《唐诗镜》：此事亦何足道！亲戚何至相诮，而心且坚秉不移？老杜云『分减及溪鱼』。此在无心偶及之可耳！

沈德潜《唐诗别裁》：爱物之心胜于爱己，田父中不易有此人。

蔷薇

袅袅长数寻[①]，青青不作林。一茎独秀当庭心，数枝分作满庭阴。春日迟迟欲将半，庭影离离[②]正堪玩。枝上莺娇不畏人，叶底蛾飞自相乱。秦家女儿爱芳菲，画眉相伴采葳蕤[③]。高处红须欲就手，低边绿刺已牵衣。蒲萄[④]架上朝光满，杨柳园中暝鸟飞。连袂踏歌从此去，风吹香气逐人归。

【注释】

①寻：古代长度单位，八尺为寻。②离离：罗列状。③葳蕤：鲜艳美丽。④蒲萄：此处形容花影重叠之状。同『葡萄』。

【品读】

高棅《唐诗品汇》：刘辰翁：『转换流丽，可歌可舞，皆切题语。』

王夫之《唐诗评选》：以莺不畏人写蔷薇，可谓色外取色。

汉阳即事

楚国千里远，孰知方寸违。春游欢有客，夕寝赋无衣[①]。江水带冰绿，桃花随雨飞。九歌有深意，捐佩[②]乃言归。

【注释】

①无衣：指《诗经·唐风·无衣》。一说指《诗经·秦风·无衣》篇。②捐佩：抛弃玉珮。

【品读】

高棅《唐诗品汇》：刘辰翁：『《诗》云：「岂曰无衣？与子同仇。」储时以禄山伪官而贬，故末句复有「捐佩」之语。』

王夫之《唐诗评选》：明媚深妍，不入于淫。有客无衣，借古传情，非强人事。『里』字『深』字拗，『有』字重用。且如此诗，讵可以拗与重用讥其不炼！

寒夜江口泊舟

寒潮信未起，出浦缆孤舟。一夜苦风浪，自然增旅愁。吴山[①]迟海月，楚火照江流。欲有知音者，异乡谁可求？

【注释】①吴山：山名。指浙江杭州西湖东南一山。

【品读】王夫之《唐诗评选》：如此颔联做流水句，即不厌结语用意矣。以清平出之，自有风局。储诗入处曲折，出路佳爽，亦始开深炼一格。于近体而甫已渊微尔。振脱消息于康乐、玄晖之间，唐以下人更无伦比。

田家即事

桑柘悠悠水蘸①堤，晚风晴景不妨犁。高机犹织卧蚕子②，下坂饥逢饷馌③妻。杏色满林羊酪熟，麦凉浮垄雉媒④低。生时乐死皆由命，事在皇天志不迷。

【注释】①蘸：浸入。②卧蚕子：指眉毛弯曲的女子。卧蚕，如卧蚕形的眉毛。③饷馌：给耕作者送饭。④雉媒：猎者驯养雉雉，及长驯熟使之招引野雉，因而猎取之，故称雉媒。

【品读】杨慎《升庵诗话》：储光羲诗五卷，五言古诗过半，七言律止《田家即事》一首而已。

王夫之《唐诗评选》：朴而不塞，疏而不寒。宋人敩此速入，恶道非此有咎也！

李白

李白（701–762），字太白，号青莲居士，又号『谪仙人』。生于安西都护府碎叶城（一说生于四川江油青莲乡）。二十岁时只身开始了广泛漫游，南到洞庭湘江，东至吴、越。天宝初年，由道士吴筠推荐，唐玄宗召他进京，命他供奉翰林。不久，因权贵的谗言，被排挤出京。安禄山反，永王璘辟为府僚佐。璘败，判长流夜郎。途中遇赦。晚年漂泊东南一带，依当涂县令李阳冰，不久即病卒。

远别离

远别离，古有皇英《列女传》：有虞二妃者，帝尧之二女也。长娥皇，次女英。之二女，乃在洞庭之南，潇湘之浦。海水直下万里深，谁人不言此离苦？王琦：『海水直下』二句，是倒装句法，谓生死之别，永无见期，其苦若海水之深，无有底止也。日惨惨兮云冥冥，猩猩啼烟兮鬼啸雨。我纵言之将何补？皇穹①窃恐不照余之忠诚，雷凭凭兮欲吼怒。尧舜当之亦禅禹。君失臣兮龙为鱼，权归臣兮鼠变虎。或云：尧幽囚，《史记正义》：昔尧德衰，为舜所囚。舜野死。韦昭：舜征南方有苗国，死于苍梧之野。九疑②联绵皆相似，重瞳③孤坟竟何是？帝子④泣兮绿云间，随风波兮去无还。恸哭兮远望，见苍梧之深山。苍梧山崩湘水绝，竹上之泪乃可灭⑤。

【注释】

①皇穹：本谓天，此处喻指皇帝。②九疑：山名，即苍梧山，在今湖南宁远南。③重瞳：眼中有两个瞳子。此指舜。《史记·项羽本纪》：『吾闻之周生曰，舜目盖重瞳子。』④帝子：《楚辞·九歌》：『帝子降兮北渚。』王逸注：『帝子，谓尧女也。』⑤竹上句：谓苍梧山崩裂，湘水断流，竹上的泪痕才会消失。《述异记》载：『舜南巡，葬于苍梧之野。尧之二女娥皇、女英，追之不及。相与恸哭，泪下沾竹，竹上纹为之斑斑然。』

【品读】

萧士赟《分类补注李太白诗》：此篇前辈咸以为上元间李辅国矫制迁上皇于西内时太白有感而作。余曰非也，为是说者盖未尝以全篇诗意观之。此诗大意为无借人国柄，借人国权则失其权，失其权则虽圣哲不能保其社稷妻子焉，其祸有必至之势也。然则此诗之作，其在天宝之末乎？

高棅《唐诗品汇》：此太白伤时君子失位，小人用事，以致丧乱。身在江湖之上，欲往救而不可，哀忠谏之无从，舒愤疾而作也。

陈沆《诗比兴笺》：此篇或以为肃宗时李辅国矫制迁上皇于西内而作，或以为明皇内任林甫外宠禄山而作，皆未详绎篇首英皇二女之兴、篇末帝子湘竹之泪，托兴何指也。本此以绎全诗，其西京初陷、马嵬赐死时作乎？

公无渡河①

黄河西来决昆仑，咆哮万里触龙门②。波滔天，尧咨嗟。大禹理百川，儿啼不窥家。杀湍③堙④洪水，九州始蚕麻。其害乃去，茫然风沙。披发之叟狂而痴，清晨临流欲奚为？旁人不惜妻止之，公无渡河苦渡之。虎可搏，河难凭，《诗经·小雅》：不敢暴虎，不敢冯河。《毛诗正义》：徒涉曰冯河，徒搏曰暴虎。公果溺死流海湄⑤。有长鲸白齿若雪山，公乎公乎挂罥⑥于其间，箜篌所悲竟不还。

【注释】

①公无渡河：乐府《相和歌辞》旧题，又名《箜篌引》。②龙门：即禹门口，在今山西河津西北。③杀湍：减弱急流的流势。④堙：堵塞。⑤海湄：海滨。⑥挂罥：悬挂。

【品读】

萧士赟《分类补注李太白诗》：此篇大意谓洪水滔天，下民昏垫，天之作孽，不可违也。地平天成，上下相安之时，乃无故冯河而死，是则非所谓自作孽者欤？亦可哀而不足恤也矣。故诗曰『旁人不惜妻止之』也，是亦讽当时不靖之人，自投宪网者，借此以为喻云耳。

胡应麟《诗薮》：『波滔天，尧咨嗟。大禹理百川，儿啼不窥家。其害乃去，茫然风沙。』太白之极力于汉者也。然词气太逸，自是太白语。

陈沆《诗比兴笺》：是诗自昔不言所指。盖悲永王璘起兵不成诛死。而《新唐书》言永王璘辟白为府僚佐，及璘起兵，白逃还彭泽。盖永王初起事时，太白实望其勤王，不图其猖獗江淮，是以见机逃遁。及璘兵败身戮，太白被诬，坐流夜郎，至后遇赦得还，乃追悲之。

蜀道难

噫吁嚱！《宋景文公笔记》：蜀人见物惊异，辄曰噫嘻嚱。李白作《蜀道难》，因用之。危乎高哉！蜀道之难，难于上青天。蚕丛及鱼凫①，开国何茫然。尔来四万八千岁，不与秦塞②通人烟。西当太白③有鸟道④，可以横绝峨眉巅。地崩山摧壮士死⑤，然后天梯石栈相钩连。上有六龙回日⑥之高标，王琦：指蜀山之最高而为一方之标识者言也。下有冲波逆折之回川。黄鹤之飞尚不得过，猿猱⑦欲度愁攀援。青泥⑧何盘盘，百步九折萦岩峦。扪参历井王琦：扪参历井者，谓仰视天星，去人不远，若可以手扪及之，极言其岭之高也。仰胁息⑨，以手抚膺坐长叹。问君西游何时还？畏途巉岩不可攀。但见悲鸟号古木，雄飞雌从绕林间。又闻子规啼夜月，愁空山。蜀道之难，难于上青天，使人听此凋朱颜。连峰去天不盈尺，枯松倒挂倚绝壁。飞湍瀑流争喧豗⑩，砯⑪崖转石万壑雷。其险也如此，嗟尔远道之人胡为乎来哉！剑阁⑫峥嵘而崔嵬⑬，一夫当关，万夫莫开。张载：一个荷戟，万夫趑趄。形胜之地，匪亲勿居。所守或匪亲，化为狼与豺。朝避猛虎，夕避长蛇。磨牙吮血，杀人如麻。锦城⑭虽云乐，不如早还家。蜀道之难，难于上青天，侧身西望长咨嗟。

【注释】

①蚕丛句：扬雄《蜀王本纪》：『蜀王之先，名蚕丛、柏灌、鱼凫、蒲泽、开明……从开明上至蚕丛，积三万四千岁。』②秦塞：指秦地，今陕西关中一带。秦中古称四塞之国，故称。③太白：又名太乙山，在今陕西太白、眉县一带。④鸟道：太白山峰高峻，其稍低缺处，只有鸟能飞过，故称。⑤地崩句：相传秦惠王许嫁五个美女给蜀王，蜀王派五个力士去迎接。回到梓潼时，见一大蛇钻入穴中。五力士抓住蛇尾向外拉，结果山崩，压死了五个力士和五个美女，山即分为五岭。⑥六龙回日：传说羲和驾着六条龙所拉的车子载着太阳在空中运行。此处用以形容蜀道山势高耸，连羲和至此也只得回转车子。⑦猱：又名金线狨，一种善于攀缘的猿类动物。⑧青泥：《元和郡县图志》：『青泥岭，在兴州长举县西北五十三里，接溪山东，悬崖万仞，上多云雨，行者

屡逢泥淖，故号青泥岭。』⑨胁息：屏住呼吸。⑩喧豗：轰响声。⑪砯：水撞击岩石声。⑫剑阁：今四川剑阁北大小剑山之间的一条栈道。⑬崔嵬：高而不平。⑭锦城：锦官城，在今成都南，此处指代成都。

【品读】

殷璠《河岳英灵集》：至如《蜀道难》等篇，可谓奇之又奇。然自骚人以还，鲜有此体调也。

孟棨《本事诗》：李太白初自蜀至京师，舍于逆旅，贺知章闻其名，首访之。既奇其姿，复请所为文。出《蜀道难》以示之，读未竟，称叹者数四，号为谪仙。

沈括《梦溪笔谈》：前史称严武为剑南节度使，放肆不法，李白为之作《蜀道难》。按孟棨所记，白初至京师，贺知章闻其名，首诣之，白出《蜀道难》，读未毕，称叹数四。时乃天宝初也，此时白已作《蜀道难》，严武为剑南乃在至德以后肃宗时，年代远甚。盖小说所记，各得于一时见闻，本末不相知，率多舛误，皆此文之类。李白集中称刺章仇兼琼，与《唐书》所载不同，此《唐书》误也。

萧士赟《分类补注李太白诗》：《蜀道难》，是初闻上皇仓卒幸蜀之时，见得事理不便者如此，情发于中，不得已而言也。

胡震亨《李诗通》：白蜀人，自为咏蜀耳。言其险更著其戒，如云『所守或匪亲，化为狼与豺』，风人之义远矣。必求一时一人之事以实之，不几失之凿乎！

沈德潜《唐诗别裁》：笔阵纵横，如虬飞蠖动，起雷霆于指顾之间。任华、卢仝辈仿之，适得其怪耳，太白所以为仙才也。

梁甫吟

长啸梁甫吟，何时见阳春？君不见朝歌屠叟《韩诗外传》：太公望少为人婿，老而见去。屠牛朝歌，赁于棘津，钓于磻溪，文王举而用之。辞棘津，八十西来钓渭滨。宁羞白发照清水，逢时壮气思经纶。广张三千六百钓，萧士赟：十年三千六百日，每日而钓，故曰三千六百钓。风期①暗与文王亲。大贤虎变愚不测②，当年颇似寻常人。君不见高阳酒徒③起草中，长揖④山东隆准公⑤。入门不拜骋雄辩，两女辍洗来趋风⑥。东下齐城七十二，指挥楚汉如旋蓬。狂客落魄尚如此，何况壮士当群雄！我欲攀龙见明主，雷公⑦砰訇⑧震天鼓。帝旁投壶多玉女，三时大笑开电光⑨。倏烁晦冥起风雨。阊阖⑩九门不可通，以额扣关阍⑪者怒。白日不照吾精诚，杞国无事忧天倾。猰貐⑫磨牙竞人肉，驺虞⑬不折生草茎。手接飞猱搏雕虎⑭，侧足焦原未言苦⑮。智者可卷愚者豪，世人见我轻鸿毛。力排南山三壮士，齐相杀之费二桃⑯。吴楚弄兵⑰无剧孟⑱，亚夫⑲咍⑳尔为徒劳。梁甫吟，

梁甫吟，声正悲。张公两龙剑㉑，神物合有时。风云感会起屠钓，大人岘屼㉒当安之。

【注释】

①风期：风云际会之期。指吕尚垂钓十年，终获文王重用。②大贤虎变句：指大贤出处变化犹如虎纹之更新，斑斓夺目，非愚人可测。③高阳酒徒：指郦食其。④长揖：古时不分尊卑的相见礼，自上而下，拱手行礼。⑤隆准公：指刘邦。隆，高。准，鼻子。⑥入门二句：用郦食其见刘邦事。郦食其长揖不拜，责备刘邦不该对长辈无礼。刘邦即辍洗相迎，待以上宾礼。⑦雷公：传说中的雷神。⑧砰訇：形容声音宏大。⑨三时句：喻指朝廷政令无常，恩威莫测。⑩阊阖：神话中的天门。⑪阍：看门人。⑫猰貐：神话中的一种怪兽。⑬驺虞：神话中一种黑纹白虎。⑭手接句：《尸子》载，勇士中黄伯能左手抓住猱，右手与雕虎相搏。⑮侧足句：《尸子》载，周代莒国有一处叫作『焦原』的地方，宽仅八尺，长五十步，下临深渊。有人敢在上面行走，莒国人都很敬佩他。⑯二桃：用二桃杀三士典故。⑰吴楚弄兵：指西汉景帝三年（154），吴楚等地七王作乱。⑱剧孟：西汉大侠。⑲亚夫：周亚夫，西汉名将。⑳咍：嗤笑。㉑张公句：西晋时丰城县令雷焕在城中掘得宝剑干将与莫邪。雷焕将干将送给张华。后张华获罪被杀，雷焕子雷华佩带莫邪经过延平津时，宝剑忽从腰间跃入水中。雷华派人捞取，只见水中有两条龙，各长数丈，而不见宝剑。㉒岘屼：不安状。

【品读】

葛立方《韵语阳秋》：尝观其所作《梁甫吟》，首言钓叟遇文王，又言酒徒遇高祖，卒自叹己之不遇。有云：『我欲攀龙见明主，雷公砰訇震天鼓。帝旁投壶多玉女，三时大笑开电光，倏烁晦冥起风雨。阊阖九门不可通，以额扣关阍者怒。』人间门户尚不可入，则太清倒景，岂易凌蹑乎！太白忤杨妃而去国，所谓玉女起风雨者，乃怨怼妃子之词也。

萧士赟《分类补注李太白诗》：此乃申言有志之士终当如太公、食其之感会风云，如神剑之会合有时也，则夫大君子遭时屯否，岘屼不安者，且当安时以俟命可也。

唐汝询《唐诗解》：此伤不遇时，赋以见志也。

沈德潜《唐诗别裁》：后半拉杂使事而不见其迹，以气胜也。若无太白本领，不易追逐。

乌栖曲

姑苏台①上乌栖时，吴王宫里醉西施②。吴歌楚舞欢未毕，青山欲衔半边日。银箭金壶③漏水多，起看秋月坠江波，东方渐高奈乐何！

【注释】①姑苏台：《述异记》："吴王夫差筑姑苏台，三年乃成。周旋诘曲，横亘五里，崇饰土木，殚耗人力。宫妓数千人。上别立春宵宫，为长夜之饮。"②西施：春秋时越国人，吴王夫差的宠妃。③银箭金壶：又称铜壶滴漏，古代的一种计时器。以铜壶盛水，底有小孔，水不断下滴。壶内装有带刻度数的箭一枝，视水平面的变化以确定时间。

【品读】萧士赟《分类补注李太白诗》：此诗虽只乐府，然深得《国风》刺诗之体，盛言其美而不美者自见。

王夫之《姜斋诗话》：艳诗有述欢好者，有述怨情者，三百篇亦所不废；顾皆流览而达其定情，非沉迷不反，以身为妖冶之媒也。嗣是作者，如「荷叶罗裙一色裁」，「昨夜风开露井桃」，皆艳极而有所止。至如太白《乌栖曲》诸篇，则又寓意高远，尤为雅奏。

沈德潜《唐诗别裁》：末句为乐难久也。缀一单句，格奇。

乌夜啼

黄云城边乌欲栖，归飞哑哑枝上啼。机中织锦秦川女①，碧纱如烟隔窗语。停梭怅然忆远人，独宿孤房泪如雨。

【注释】①秦川女：《晋书·列女传》载，十六国时苻秦之秦州刺史窦滔因罪流放至流沙（西北荒漠地带），其妻苏蕙织锦为回文诗相赠，词甚凄婉。此处代指代征人之妇。

【品读】沈德潜《唐诗别裁》：蕴含深远，不须语言之烦。

贺知章读《乌夜啼》诸乐府，因重太白，荐于明皇。

战城南

去年战，桑干①源；今年战，葱河②道。洗兵③条支④海上波，放马天山雪中草。万里长征战，三军尽衰老。匈奴以杀戮为耕作，王褒：匈奴者，百蛮之最强者也，其未耜则弓矢鞍马，播种则捍弦掌拊，收秋则奔狐驰兔，获刈则颠倒殪仆。古来惟见白骨黄沙田。秦家筑城避胡处，汉家还有烽火燃。烽火燃不息，征战无已时。野战格斗死，败马号鸣向天悲。乌鸢啄人肠，衔飞上挂枯树枝。士卒涂草莽⑤，将军空尔为⑥。乃知兵者是凶器，圣人不得已而用之。《老子》：兵者，不祥之器，非君子之器，不得已而用之。

【注释】①桑干：河名，发源于今山西朔县南，流经今山西、河北北部。②葱河：葱岭河，在今新疆喀什市西南。③洗兵：指行军遇雨，此处指行军。④条支：西域国名，在今伊朗境内。其地古有大湖，通波斯湾。⑤涂野草：指鲜血肝脑洒染在野草上。⑥空尔为：意谓你们又能够怎么样呢？

【品读】

萧士赟《分类补注李太白诗》：开元天宝中，上好边功，征伐无时，此诗盖以讽也。

王琦注《李太白全集》：王褒《四子讲德论》：『匈奴者，百蛮之最强者也，其耒耜则弓矢鞍马，播种则捍弦掌拊，收秋则奔狐驰兔，获刈则颠倒殪仆。』太白『匈奴以杀戮为耕作』二语，盖本于此，而锻炼之妙，更觉精彩不侔。

沈德潜《唐诗别裁》：端庄语以摇曳出之。末句用《老子》。

方东树《昭昧詹言》：结二语，虚议作收。陈琳、鲍照不逮其恣。

将进酒

君不见黄河之水天上来，奔流到海不复回？君不见高堂明镜悲白发，朝如青丝暮成雪？人生得意须尽欢，莫使金樽空对月。天生我材必有用，千金散尽还复来。烹羊宰牛且为乐，会须一饮三百杯①。岑夫子②，丹丘生③，将进酒，杯莫停。与君歌一曲，请君为我侧耳听。钟鼓馔玉④《李白集校注》：按钟鼓馔玉不成对文，古无此文法。观各本做钟鼎玉帛者多，知唐人写本不误。若下文为馔玉，则上文当为鼓钟，非钟鼓……疑当做鼓钟馔玉，即钟鸣鼎食之意。不足贵，但愿长醉不愿醒。古来圣贤皆寂寞，惟有饮者留其名。陈王⑤昔时宴平乐⑥，斗酒十千恣欢谑⑦。主人何为言少钱？径须沽酒对君酌。五花马，王琦：五花马，谓之毛色做五花文者，读杜甫《高都护骢马行》云：『五花散作云满身。』厥状可睹矣。杜阳杂篇谓代宗御马九花虬，以身被九花故名，亦是此义。或谓据《图画见闻志》云：唐开元、天宝之间，承平日久，世尚轻肥，三花饰马。旧有家藏韩幹画《贵戚阅马图》，中有三花马。兼曾见苏大参家有韩幹画三花御马，晏元献家张萱画《虢国夫人出行图》，中有三花马。三花者，剪鬣为三瓣。白乐天诗云：『凤笺裁五色，马鬣翦三花。』乃知所谓五花者亦是剪马鬣为五瓣耳。其说亦通。千金裘，呼儿将出换美酒，与尔同销万古愁。

【注释】

①一饮三百杯：东汉郑玄善饮酒，尝连饮三百余杯而不改常态。②岑夫子：李白之友岑勋。③丹丘生：李白之友元丹丘。④馔玉：精美珍贵的食品。⑤陈王：三国时曹操的第三子曹植曾于太和六年(232)被封为陈王。⑥平乐：即平乐观，汉代宫阙名，故址在今洛阳附近。⑦斗酒句：意谓当年陈王曹植在平乐观欢宴，饮最名贵

的酒，与友人尽情地欢娱。语出曹植《名都篇》：『归来宴平乐，美酒斗十千。』

【品读】

萧士赟《分类补注李太白诗》：此篇虽似任达放浪，然太白素抱用世之才而不遇合，亦自慰解之词耳。

陆时雍《诗镜总论》：宋人抑太白而尊少陵，谓是道学作用。如此将置风人于何地？放浪诗酒，乃太白本行。忠君忧国之心，子美乃感辄发。其性既殊，所遭复异，奈何以此定诗优劣也？太白游梁宋间，所得数万金，一挥辄尽，故其诗曰：『天生我材必有用，黄金散尽还复来。』意气凌云，何容易得？

天马[1]歌

天马来出月支[2]窟，背为虎文龙翼骨。嘶青云，振绿发，兰筋[3]权奇[4]走灭没。腾昆仑，历西极，四足无一蹶。鸡鸣刷燕晡秣越[5]，神行电迈蹑恍惚。天马呼，飞龙[6]趋，目明长庚臆双凫。《齐民要术》：马胸欲直而出，凫间欲开，望视之如双凫。尾如流星首渴乌[7]，口喷红光《齐民要术》：相马之法，口中欲得红而有光。汗沟朱。曾陪时龙跃天衢，羁金络月照皇都。逸气棱棱凌九区，白璧如山谁敢沽？回头笑紫燕[8]，但觉尔辈愚。天马奔，恋君轩，駷跃[9]惊矫浮云翻。万里足踯躅，遥瞻阊阖门。不逢寒风子，《吕氏春秋》：古之善相马者，寒风氏相口齿，天下之良工也。谁采逸景[10]孙？白云在青天，丘陵远崔嵬。盐车上峻坂[11]，倒行逆施畏日晚。伯乐剪拂中道遗，少尽其力老弃之。愿逢田子方[12]，恻然为我悲。虽有玉山禾，不能疗苦饥。严霜五月凋桂枝，伏枥衔冤摧两眉。请君赎献穆天子[13]，犹堪弄影舞瑶池。

【注释】

①天马：《史记·大宛传》：（汉武帝）得乌孙马，好，名曰天马。及得大宛汗血马，益壮，更名乌孙马曰西极，名大宛马曰天马云。②月支：西域国名。③兰筋：马额上之筋。④权奇：非同一般。⑤鸡鸣句：谓天马行走神速，早上在燕地洗刷，晚间已至越地进食。⑥飞龙：马八尺以上称龙。⑦尾如句：谓马尾流转，有似奔星；马首昂矫，状类渴乌。渴乌，古刻漏中之部件。⑧紫燕：良马名。⑨駷跃：掣动马衔令其行走。⑩逸景：良马名。⑪盐车句：伯乐见一匹老马拉着盐车上太行，举步维艰，白汗交流，于是攀车而哭，解衣盖在马背上。老马为之长鸣，感其知己。⑫田子方：战国魏人。《韩诗外传》：『田子方出，见老马于道……曰：「少尽其力，而老去其身，仁者不为也。」束帛而赎之。』⑬穆天子：周穆王。

【品读】

胡仔《苕溪渔隐丛话》：《麈史》云：古之善作诗者工用人语，浑然若出于己，予于李杜见之。颜延年《赭白马赋》『旦刷幽燕，昼秣荆越』，子美《骢马行》云『昼洗须腾泾渭深，夕趋可刷幽并夜』，太白《天马歌》云『鸡鸣刷燕晡秣越』，皆出于颜赋也。

萧士赟《分类补注李太白诗》：此篇盖为逸群绝伦之士不遇知己者叹，亦白自伤其不用于世而求知于人也欤？

胡震亨《李诗通》：汉《郊祀》《天马》二歌，皆以歌瑞应。太白所拟，则以马之老而见弃自况，思蒙收赎，似去翰林后所作也。

行路难

其一

金樽清酒斗十千①，玉盘珍羞直万钱。停杯投箸不能食，拔剑四顾心茫然。欲渡黄河冰塞川，将登太行雪满山。闲来垂钓碧溪②上，忽复乘舟梦日边③。行路难，行路难，多歧路，今安在？长风破浪④会有时，直挂云帆济沧海！

【注释】

①斗十千：一斗酒值十千钱，喻美酒的昂贵。②垂钓碧溪：相传吕尚未遇周文王时，曾在磻溪垂钓，后遇周文王得以重用。③梦日边：相传伊尹在受商汤聘请前，曾梦见自己乘船在日月旁边经过。④长风破浪：宗悫年少时，叔父宗炳问其志向，宗悫答：『愿乘长风，破万里浪。』

【品读】

胡震亨《李诗通》：《行路难》，叹世路艰难及贫贱离索之感。古辞亡，后鲍照拟作为多，白诗似全学照。

乾隆《唐宋诗醇》：冰塞雪满，道路之难甚矣。而日边有梦，破浪济海，尚未决志于去也。后有二篇，则畏其难而决去矣。此篇被放之初，述怀如此。

其二

大道如青天，我独不得出。羞逐长安社中儿①，赤鸡白狗②赌梨栗③。弹剑作歌奏苦声，曳裾王门不称情。淮阴市井笑韩信④，汉朝公卿忌贾生⑤。君不见昔时燕家重郭隗⑥，拥篲折节⑦无嫌猜。剧辛⑧乐毅⑨感恩分，输肝剖胆效英才。昭王白骨萦蔓草，谁人更扫黄金台？行路难，归去来。

【注释】

①社中儿：市井少年。②赤鸡白狗：斗鸡走狗一类的赌博游戏。③梨栗：赌胜负物品，即赌注。④淮阴句：用韩信胯受辱事。⑤贾生：即贾谊。二十多岁时受到汉文帝信任，欲擢公卿之位。遭致大臣忌恨排挤。⑥郭隗：战国时燕人，曾向燕昭王献策广招贤才，受到重用。⑦拥篲折节：邹衍到燕国时，燕昭王亲自执帚为他清扫道路。⑧剧辛：原为赵人，后入燕受到重用。⑨乐毅：中山国人，入燕后受到昭王重用。

【品读】

胡震亨《李诗通》：《行路难》，叹世路艰难及贫贱离索之感。古辞亡，后鲍照拟作为多，白诗似全学照。

长相思

长相思，在长安。络纬①秋啼金井阑，王琦：金井阑，井上阑干也。古乐府多有玉床金井之辞，盖言其木石美丽，价值金玉云耳。微霜凄凄簟色寒。孤灯不明思欲绝，卷帷望月空长叹，美人②如花隔云端。上有青冥之长天，下有渌水之波澜。天长路远魂飞苦，梦魂不到关山难。长相思，摧心肝。

【注释】

①络纬：又名莎鸡，俗称纺织娘。②美人：疑指李白在长安时的友人。

【品读】

王琦注《李太白全集》：『长相思』，本汉人诗中语。《古诗》：『客从远方来，遗我一书札。上言长相思，下言久离别。』苏武诗：『生当复来归，死当长相思。』李陵诗：『行人难久留，各言长相思。』六朝始以名篇，如陈后主『长相思，久相忆』，徐陵『长相思，望归难』，江总『长相思，久别离』诸作，并以『长相思』发端。太白此篇，正拟其格。

上留田行

行至上留田，孤坟何峥嵘。积此万古恨，春草不复生。悲风四边来，肠断白杨声①。借问谁家地，埋没蒿里茔。古老向余言，言是上留田。蓬科马鬣今已平②，昔之弟死兄不葬，他人于此举铭旌③。一鸟死，百鸟鸣；一兽走，百兽惊。桓山之禽别离苦，《孔子家语》：回闻桓山之鸟，生四子焉，羽翼既成，将分于四海，其母鸣而送之。哀声有似于此，谓其往而不返也。欲去回翔不能征。田氏仓卒骨肉分，青天白日摧紫荆。《续齐谐记》：京兆田真兄弟三人，共议分财。生赀皆平均，唯堂前一株紫荆树，其议欲破三片。明日，就截之，其树即枯死，状如火燃。真往见之大惊，谓诸弟曰：『树木同株，闻将分斫，所以憔悴，是人不如木也。』因悲不自胜，不复解树，树应声荣茂。交让之木④本同形，东枝憔悴西枝荣。无心之物尚如此，参商⑤胡乃寻天兵？孤竹⑥延陵⑦，让国扬名。高风缅邈，颓波激清。尺布之谣⑧，塞耳不能听。

【注释】

①白杨声：语出《古诗十九首》：『出郭门直视，但见丘与坟。白杨多悲风，萧萧愁杀人。』②蓬科句：谓坟头已夷为平地。马鬣，本为马颈上所生之长毛，此处指马鬣封，即坟头封土很薄。③铭旌：即明旌，竖在

枢前表识死者姓名之旗幡。④交让之木：即楠木。据称此木两树对生，一树枯，则一树生，如是岁更，终不俱生俱枯。⑤参商：二星名。参西商东，此出彼没，永不同时出现。⑥孤竹：商代诸侯国名。孤竹君欲立叔齐，叔齐欲让位于其兄伯夷，二人相继出走。⑦延陵：即吴公子季札，他不肯受兄长之位逃走，称延陵季子。⑧尺布之谣：汉文帝时民谣：『一尺布，尚可缝；一斗粟，尚可舂，兄弟二人不相容。』

【品读】

萧士赟《分类补注李太白诗》：此篇主意全在『孤竹延陵，让国扬名』『尺布之谣，塞耳不能听』数句，非泛然之作，盖当时有所讽刺。以唐史至德间事考之，其为啖廷瑶、李成式、皇甫侁辈受肃宗风旨以谋激永王璘反而执杀之，太白目击其时事，故作是诗欤？

沈德潜《唐诗别裁》：末以孤竹、延陵、汉文、淮南为言，知此非同泛然而作也。太白每借古题以讽时事，岂有感于永王璘之死而为是言与？

夜坐吟

冬夜夜寒觉夜长，沉吟久坐坐北堂①。冰合井泉月入闺，金釭②青凝照悲啼。金釭灭，啼转多。掩妾泪，听君歌。歌有声，妾有情。情声合，两无违。一语不入意，从君万曲梁尘③飞。

【注释】

①北堂：古代居室东房的后部，为妇女所居之处。《仪礼·士昏礼》：『妇洗在北堂。』②金釭：有金属装饰的灯。③梁尘：刘向《别录》：『汉兴以来善歌者，鲁人虞公，发声清哀，盖动梁尘。』

【品读】

王琦注《李太白全集》：《夜坐吟》始自鲍照，其辞曰：『冬夜沉沉夜坐吟，含声未发已知心。霜入幕，风度林。朱灯灭，朱颜寻。体君歌，逐君音，不贵声，贵意深。』盖言听歌逐音，因音托意也。

陈沆《诗比兴笺》：人之相知，贵相知心，而知心之言不在多。苟于此心曲之一言既不合，则万语款洽，皆虚文矣。喻君臣之际，惟志同而后道合。

箜篌谣

攀天莫登龙，走山莫骑虎。贵贱结交心不移，唯有严陵及光武。周公称大圣，管蔡宁相容？《史记·周本纪》：成王少，周初定天下，周公恐诸侯畔周，公乃摄行政当国。管叔、蔡叔群弟疑周公。汉谣一斗粟，不与淮南舂。兄弟尚路人，吾心安所从？他人方寸间，山海几千重。轻言托朋友，对面九疑峰①。多花必早落，桃李不如松。管鲍②久已死，何人继其踪？

【注释】

①对面句：谓貌合神离，虽然面对面，但彼此心事犹如九疑山一样，难以捉摸。②管鲍：指管仲、鲍叔牙，战国齐人。两人相知而无嫌猜。

【品读】

乾隆《唐宋诗醇》：白之受知明皇，礼遇殊绝。当时王公贵人，交游亦众。浔阳既败，莫为省记，故以严陵光武及管鲍为比。言管鲍者，事之缘起如此也。

日出入行

日出东方隈①，似从地底来。历天又入海，六龙所舍安在哉？其始与终古不息，人非元气，安得与之久徘徊？草不谢荣于春风，木不怨落于秋天。谁挥鞭策②驱四运，万物兴歇皆自然。羲和③，羲和，汝奚汩没于荒淫之波④？鲁阳⑤何德？驻景挥戈⑥。逆道违天，矫诬实多。吾将囊括大块，浩然与溟涬同科。

【注释】

①隈：通「隅」，边远之地。②鞭策：鞭子。③羲和：传说中驾六龙为太阳赶座车的神。④荒淫之波：谓广阔的大海。⑤鲁阳：即鲁阳公，传说中的英雄。⑥驻景挥戈：《淮南子·览冥训》载，相传鲁阳公与韩国军队交战正酣，太阳即将落山，鲁阳公急援戈而挥之，太阳又回升起来。驻景，即驻影，使光阴停止流逝。

《庄子·齐物论》：「大块噫气，其名为风。」成玄英疏：「大块者，造物之名，亦自然之称也。」浩然与溟涬《庄子·在宥》：「大同于涬溟。」司马彪注：「涬溟，自然气也。」同科。

【品读】

萧士赟《分类补注李太白诗》：此篇大意全是祖《庄子》内云将鸿蒙问答之意，语多不能尽录，试索观之则见矣。谓日月之运行，万物之生息，皆元气之自然，人力不能与乎其间也。

沈德潜《唐诗别裁》：言鲁阳挥戈之矫诬，不如委顺造化之自然也，总见学仙之谬。

陈沆《诗比兴笺》：此篇萧氏谓全祖《庄子》云将鸿蒙之意。胡震亨谓人安能如日月不息，当放心自然云云，皆见其表，未见其里。夫叹羲和之荒淫，悲鲁阳之回戈，此岂无端之泛语耶？盖叹治乱之无常，兴衰之有数，姑为达观以遣愤激也。

北风行

烛龙①栖寒门，《淮南子》：北方曰北极之山，曰寒门。光耀犹旦开②。日月照之何不及此，唯有北风怒号天上来。燕山雪花大如席，片片吹落轩辕台③。幽州思妇十二月，停歌罢笑双蛾摧。倚门望行人，念君长城苦寒良可哀。别时提剑救边去，遗此虎纹金鞞靫。《韵会》：鞞靫，盛箭室。中有一双白羽箭，蜘蛛结网生尘埃。箭空在，人今战死不复回。不忍见此物，焚之已成灰。黄河捧土尚可塞，北风雨雪恨难裁。

【注释】

①烛龙：《淮南子·地形训》：烛龙在雁门北，蔽于委羽之山，不见日，其神人面龙身而无足。②光耀句：谓烛龙栖身不见日光的寒门，尚能放出光芒犹如白昼。③轩辕台：故址在今河北怀来乔山之上。

【品读】

谢榛《四溟诗话》：太白曰：『燕山雪花大如席，片片吹落轩辕台。』景虚而有味。

王琦注《李太白全集》：鲍照有《北风行》，伤北风雨雪，行人不归。太白拟之而作。

侠客行

赵客①缦胡缨，《庄子·说剑》：『赵太子曰：「然吾所见剑士，皆蓬头突鬓垂冠，缦胡之缨。」』司马彪注：『曼胡之缨，谓粗缨无文理也。』吴钩②霜雪明。银鞍照白马，飒沓如流星。十步杀一人，千里不留行。《庄子·说剑》：臣之剑，十步一人，千里不留行。事了拂衣去，深藏身与名。闲过信陵③饮，脱剑膝前横。将炙啖朱亥④，持觞劝侯嬴⑤。三杯吐然诺，五岳倒为轻。眼花耳热后，意气素霓⑥生。救赵挥金槌⑦，邯郸先震惊。千秋二壮士⑧，烜赫大梁城。纵死侠骨香，不惭世上英。谁能书阁下，白首太玄经⑨？

【注释】

①赵客：指代侠客。②吴钩：古代吴地所造兵器。③信陵：战国魏信陵君无忌。④朱亥：信陵君门下的侠士。⑤侯嬴：信陵君的门客。⑥素霓：白虹。古人认为人间有不平凡的举动，就会引起白虹贯日的天象。⑦救赵句：秦昭王九年（前298），秦军围困了赵都邯郸。赵向魏求援，魏王派晋鄙率军救赵。秦王派人恐吓魏王，魏王害怕而命晋鄙按兵不动。侯嬴为信陵君设计窃得魏王兵符，假称奉命接管晋鄙兵权。晋鄙生疑，朱亥便用袖中所藏的铁槌击死晋鄙，接掌了兵权，率军解救了邯郸。槌，一种兵器。⑧二壮士：指侯嬴与朱亥。⑨太玄经：西汉扬雄著书名。

【品读】

胡仔《苕溪渔隐丛话》：《复斋漫录》云：『太白《侠客行》云：「事了拂衣去，深藏身与名。」元微之《侠客行》云：「侠客不怕死，怕死事不成，事成不肯藏姓名。」二公寓意不同。』

关山月

明月出天山①，苍茫云海间。长风几万里，吹度玉门关。汉下白登②道，胡窥青海湾③。由来征战地，不见有人还。戍客望边邑，思归多苦颜。高楼④当此夜，叹息未应闲。

【注释】①天山：古指祁连山，在今甘肃西北部。②白登：山名，在今山西大同市东北，山上有白登台。《汉书·匈奴传》载，匈奴冒顿单于曾困汉高祖于白登，七月乃解。③青海湾：今青海湖一带，是唐军与吐蕃连年征战之地。④高楼：即闺楼，指征人的妻子。

【品读】吕本中《童蒙训》：李太白诗如『明月出天山，苍茫云海间。长风几万里，吹度玉门关』，及『沙墩至梁苑，二十五长亭。大舶夹双橹，中流鹅鹳鸣』之类，皆气盖一世。学者能熟味之，自然不褊浅矣。

胡应麟《诗薮》：青莲『明月出天山，苍茫云海间。长风几万里，吹度玉门关。』浑雄之中，多少闲雅。

秦女休行

西门秦氏女，秀色如琼花。手挥白杨刀，清昼杀仇家。罗袖洒赤血，英声凌紫霞。直上西山去，关吏相邀遮[1]。婿为燕国王，身被诏狱加。犯刑若履虎，不畏落爪牙。素颈未及断，摧眉伏泥沙。金鸡[2]忽放赦，大辟[3]得宽赊。何惭聂政姊[4]，万古共惊嗟！

【注释】①邀遮：阻截。②金鸡：古代颁布赦令的日子，在杆上设金鸡，以示吉辰。鸡用黄金装饰，故称。③大辟：死刑。④聂政姊：战国时刺客聂政的姐姐聂嫈，为了使弟弟的英名传扬，不顾安危跑到集市上抚弟尸痛哭，要人们记住其弟的事迹和名字，然后自杀。人们称她为烈女。

【品读】萧士赟《分类补注李太白诗》：此言勇于报仇，冒犯刑宪，如履虎尾而不畏落虎之爪牙也。

胡震亨《李诗通》：女休事奇烈，第重述一过便堪节，太白拟乐府有不与本辞为异，正复难及者，此类是也。

东武吟

好古笑流俗，素闻贤达风。方希佐明主，长揖辞成功。白日在高天，回光烛微躬。恭承凤凰诏，欻[1]起云萝中。清切紫霄迥，优游丹禁[2]通。君王赐颜色，声价凌烟虹。乘舆拥翠盖，扈从金城东。宝马丽绝景，锦衣入新丰[3]。依岩望松雪，对酒鸣丝桐。因学扬子云[4]，献赋甘泉宫。天书美片善，清芬播无穷。归来入咸阳，谈笑皆王公。一朝去金马[5]，飘落成飞蓬。宾客日疏散，玉樽亦已空。才力犹可倚，不惭世上雄。闲作东武吟，曲尽情未终。书此谢知己，吾寻黄绮[6]翁。

【注释】①欻：忽然。②丹禁：帝王所居的禁城。③新丰：汉古县，治所在陕西临潼东北。④扬子云：指扬雄，曾经去过汉武帝用来避暑、接见客人的甘泉宫，并作《甘泉赋》。⑤金马：金马门，汉宫门名。汉代征召来的人，都待诏公车（官署名），其中才能优异的令待诏金马门。⑥黄绮：汉初商山四皓中夏黄公、绮里季的合称。

【品读】

萧士赟《分类补注李太白诗》：此诗乃太白放黜之后，作此以别知己者。抱材于世，始遇而卒不合，见知而不见用……眷恋不忘之意悠然见于辞外，亦可慨叹也已。

北上行

北上何所苦，北上缘太行。磴道[1]盘且峻，巉岩[2]凌穹苍。马足蹶[3]侧石，车轮摧高岗[4]。沙尘接幽州，烽火连朔方[5]。杀气毒剑戟，严风《初学记》：冬风曰严风。裂衣裳。奔鲸夹黄河，凿齿[6]屯洛阳。前行无归日，返顾思旧乡。惨戚冰雪里，悲号绝中肠。尺布不掩体，皮肤剧枯桑[7]。汲水涧谷阻，采薪陇坂[8]长。猛虎又掉尾，磨牙皓秋霜。草木不可餐，饥饮零露浆。叹此北上苦，停骖[9]为之伤。何日王道平，开颜睹天光？

【注释】

①磴道：上山的石径。②巉岩：高峻的山岩。③蹶：颠蹶。④车轮句：意谓山路高峻，崎岖难行，车辆多为之损坏。摧，损坏。⑤朔方：郡名，辖今宁夏北部、内蒙西南一带。⑥凿齿：古代传说中的恶兽。⑦皮肤句：谓皮肤比干枯的桑树皮还粗糙。剧，甚。⑧陇坂：高坡。⑨停骖：停车。骖，驾车时位于两侧之马。

【品读】

萧士赟《分类补注李太白诗》：按《北上行》者，征行之曲，言行役者之苦也。太白此诗，其作于至德之后乎？隐然有《国风》爱君忧国、劳而不怨、厌乱思治之意。

王琦注《李太白全集》：按天宝十四载，安禄山反于范阳，引兵南向，河北州县望风瓦解，遂克太原，连破灵昌、陈留、荥阳诸郡，遂陷东京。范阳，本唐幽州之地，诗所谓『沙尘接幽州』者，盖指此事而言。其曰『烽火连朔方』者，禄山遣其党高秀岩寇振武军，朔方节度使郭子仪击败之。其曰『奔鲸夹黄河』者，指从逆诸将，如崔乾祐之徒，纵横于汲、邺诸郡也。其曰『凿齿屯洛阳』者，谓禄山据东京僭号也。

发白马[1]

将军发白马，旌节渡黄河。箫鼓聒川岳，沧溟涌涛波。武安有震瓦，《史记·廉颇传》：秦军鼓噪勒兵，武安屋瓦尽震。易水无寒歌。铁骑若雪山，饮流涸滹沱[2]。扬兵猎月窟[3]，转战略朝那[4]。倚剑登燕然，边烽列嵯峨。萧条万里外，耕作五原[5]多。一扫清大漠，包虎戢金戈。《礼记·乐记》：武王克殷反商，倒载干戈，包之以虎皮。郑玄注：包干戈以虎皮，明能以武服兵也。

【注释】

①白马：即白马津，在今河南滑县东北。②滹沱：河名，源出山西五台山西北，流经河北，汇入子牙河。③月窟：谓极西之地。④朝那：地名，故址在今宁夏固原县。⑤五原：地名，在今陕西定边县。

【品读】

王琦注《李太白全集》：题始于梁费昶，其辞曰『白马今虽发，黄河未结澌』云云，太白盖拟之。

陌上桑

美女渭桥东，春还事蚕作。五马①如飞龙，青丝结金络。不知谁家子，调笑来相谑。妾本秦罗敷，玉颜艳名都。绿条映素手，采桑向城隅。使君②且不顾，况复论秋胡？《西京杂记》：昔鲁人秋胡，娶妻三月而游宦。三年休，还家。其妇采桑于郊，胡至郊而不识其妻也，见而悦之，乃遗黄金数镒。妻曰：『妾有夫，游宦不返，幽闺独处，三年于兹，未有被辱于今日也。』采不顾，胡惭而退。至家，问家人：『妻何在？』曰：『行采桑于郊，未返。』既还，乃向所挑之妇也。夫妻并惭，妻赴沂水而死。『寒螀③爱碧草，鸣凤栖青梧。托心自有处，但怪旁人愚。徒令白日暮，高驾空踟蹰。

【注释】

①五马：汉代太守车驾以五马驾辕，因借指太守车驾。②使君：州郡长官之尊称。③寒螀：蝉的一种。

【品读】

王琦注《李太白全集》：『使君且不顾，况复论秋胡』二句，或有非之者，谓不应以秋胡与使君较量，盖误解此诗专咏罗敷事耳。殊不知『妾本秦罗敷』一句，是自矜身份如罗敷之贞洁耳。观首句云『美女渭桥东』，并不实指罗敷。又云『不知谁家子』，亦未切指使君。通首词句不可因此而悟乎？

枯鱼过河泣

白龙改常服，《说苑》：吴王欲从民饮酒，为伍子胥谏止。伍曰：『昔白龙下清泠之渊，化为鱼，渔者豫且射中其目。白龙上诉天帝，天帝曰：「当是之时，若安置而形？」白龙对曰：「我下清泠之渊，化为鱼。」天帝曰：「鱼固人之所射也。」……今弃万乘之位而从布衣之士饮酒，臣恐其有豫且之患矣。』偶被豫且制。谁使尔为鱼？徒劳诉天帝。作书报鲸鲵，勿恃风涛势。涛落归泥沙，翻遭蝼蚁噬。万乘慎出入，柏人①以为诫。

【注释】

①柏人：地名，在今河北隆尧县。《史记·张耳传》载汉高祖刘邦尝过此地，慢待了当时的赵王。后高祖又过此地，赵相贯高伏甲士欲杀之，然高祖以『柏人者，迫人也』为由未在此留宿。

【品读】

王琦注《李太白全集》：按《乐府诗集》：『《枯鱼过河泣》，乃杂曲歌辞。』古词曰：『枯鱼过河泣，何时悔复及。作书与鲂鲤，相教慎出入。』太白拟作与古意同，而以万乘微行为戒，更为深切。

丁都护歌

云阳[1]上征去，两岸饶商贾。吴牛喘月时[2]，拖船一何苦。水浊不可饮，壶浆半成土。一唱都护歌[3]，心摧泪如雨。万人凿盘石，无由达江浒。君看石芒砀[4]，掩泪悲千古。

【注释】

①云阳：地名，今江苏丹阳。②吴牛句：谓吴地气候炎热，致使牛见月而疑为日，吓得发喘。③都护歌：《古今乐录》载，南朝宋高祖刘裕的女婿徐逵被鲁轨所杀，高祖派府内直督护丁旿去办理丧事。徐妻询问敛送之事，每问必叹一声『丁都护』，其声哀切。后人因其声而制曲，题为《丁都护歌》。④石芒砀：石头又大又多。

【品读】

萧士赟《分类补注李太白诗》：太白乐府，每篇必隐括一事而作，非泛然而言者。此篇之意是咏秦皇凿北坑以厌天子气之事，徒劳民凿石，而不知真主已在芒砀山泽间矣，非人力之所能胜也。

王琦注《李太白全集》：此篇萧注谓是咏秦皇凿北坑以压天子气一事。或曰，为韦坚开广运潭而作，借秦为喻。又引吴孙权尝遣校尉陈勋将屯田及作士三万人，凿句容中道，自小坻至云阳西城通会市，作邸阁。以首句观之，似咏其事。琦尝以全篇诗意参绎三事皆不类，知其皆非也。考芒砀诸山实产文石，意者是时官司取石于此山，僦舟搬运，适当天旱水涸，牵挽而行，期令峻急，役者劳苦。太白悯之而作此诗。

相逢行

朝骑五花马，谒帝出银台[1]。秀色谁家子，云车珠箔开？金鞭遥指点，玉勒近迟回。夹毂[2]相借问，疑从天上来。蹙入青绮门[3]，当歌共衔杯。衔杯映歌扇，似月云中见。相见不得亲，不如不相见。相见情已深，未语可知心。胡为守空闺，孤眠愁锦衾。锦衾与罗帏，缠绵会有时。春风正澹荡，暮雨来何迟？愿因三青鸟[4]，更报长相思。光景不待人，须臾发成丝。当年失行乐，老去徒伤悲。持此道密意，毋令旷佳期。

【注释】

①银台：宫门名。唐时翰林院、学士院都在银台门内。出银台，谓下直。《翰林志》：『每下直出门，相谑谓之小三昧；出银台乘马，谓之大三昧。如释氏之去缠缚而自在也。』②夹毂：靠近对方车轮。夹，靠近。毂，

本为车轮中心之圆木，此处代指车轮。③青绮门：长安东出第三门，本名霸城门。民见门色青，又称青城门、青绮门。④三青鸟：《楚辞·九叹》：『三鸟飞以自南兮，览其志而欲北。愿寄言于三鸟兮，去飘疾而不可得。』洪兴祖补注：『《博物志》：「王母来见武帝，有三青鸟如乌大，夹王母。」三鸟，王母使也，出《山海经》。』

【品读】

杨慎《杨升庵外集》：此诗予家藏《乐史》本最善。今本无『怜肠愁欲断，斜日复相催。下车何轻盈，飘然似落梅。』四句。他句亦不同数字，故备录之。太白号斗酒百篇，而其诗精炼若此，所以不可及也。

胡震亨《李诗通》：按古辞言相逢年少，问知其家之豪盛。此则言相逢其人，仍不得相亲，恐失佳期，回环致望不已，较古辞用意尤深。《离骚》咏不得于君，必托男女致词……太白此篇，诗题虽取之乐府，而诗意实本自《离骚》，盖有已近君而终不得近之意焉。臣子暌隔之痛，思慕之诚，具见于是。观篇首以谒帝发端，大旨自明，不当仅作艳词读也。

君马黄

君马黄，我马白。马色虽不同，人心本无隔。共作游冶盘①，双行洛阳陌。长剑既照曜，高冠何艳赫②。各有千金裘，俱为五侯③客。猛虎落陷阱，壮夫时屈厄。相知在急难，独好亦何益？

【注释】

①盘：游乐。②艳赫：红色之状。③五侯：公、侯、伯、子、男五等侯爵。

【品读】

萧士赟《分类补注李太白诗》：此言士而遭厄，犹猛虎之落阱。虽有牙爪，无所复施，而同时侪辈不能垂一指之援，独善其身，何取其为益者三友哉！此诗其伤朋友之道缺乎，抑白遭诬被谤之时所作也耶？可谓得国风之体矣。

折杨柳

垂杨拂绿水，摇艳东风年①。花明玉关雪②，叶暖金窗烟③。美人结长想，对此心凄然。攀条折春色，远寄龙庭前。

【注释】

①年：此处指时节。②花明句：谓花光明如玉关之雪。③叶暖句：谓叶色暖如寒窗之烟。

【品读】

胡震亨《李诗通》：本古横吹曲，辞亡。梁、陈后拟者，皆作闺人思远戍之辞，太白诗亦同此意。

清溪行

清溪清我心，水色异诸水。借问新安江，见底何如此？人行明镜中，鸟度屏风里。向晚猩猩啼，空悲远游子。

【品读】

胡仔《苕溪渔隐丛话》：《复斋漫录》云：山谷言：「船如天上坐，人似镜中行。」又云：「船如天上坐，鱼似镜中悬。」沈云卿诗也。予以云卿之诗，原于王逸少《镜湖》诗所谓「山阴路上行，如坐镜中游」之句。然李太白《入青溪山》亦云：「人行明镜中，鸟度屏风里。」虽有所袭，然语益工也。

临路歌

王琦：按李华《墓志》谓太白赋《临终歌》而卒，恐此诗即是。「路」字盖「终」字之讹。

大鹏飞兮振八裔①，中天摧兮力不济。余风激兮万世，游扶桑《山海经》：「汤谷上有扶桑，十日所浴。」郭璞注：「扶桑，木也。」兮挂石袂②。后人得之传此，仲尼③亡兮谁为出涕？

【注释】

①大鹏句：李白青年时代曾作《大鹏遇希有鸟赋》，中年时代《上李邕》诗有「大鹏一日同风起」之句，与此诗同以大鹏自喻。②石袂：一作「左袂」。袂，衣袖。③仲尼：孔子字。

【品读】

王琦注《李太白全集》：按诗意，谓西狩获麟，孔子见之而出涕。今大鹏摧于中天，时无孔子，遂无有人为出涕者。喻己不遇于时，而无人为之隐惜。太白尝作《大鹏赋》，实以自喻，故此歌复借大鹏以寓言也。

山鹧鸪词

苦竹岭①头秋月辉，苦竹南枝鹧鸪飞。嫁得燕山胡雁婿，欲衔我向雁门归。山鸡翟雉来相劝，南禽多被北禽欺。紫塞②严霜如剑戟，苍梧欲巢难背违。我今誓死不能去，哀鸣惊叫泪沾衣。

【注释】

①苦竹岭：地名，今安徽贵池。②紫塞：崔豹《古今注·都邑》：秦筑长城，土色皆紫，汉塞亦然，故称「紫塞」焉。

【品读】

胡震亨《李诗通》：意当时有劝白北依谁氏者，而白安于南不欲去，托为鹧鸪之言以谢之。其作于客云梦及岳阳之日乎？

王琦注《李太白全集》：当是南姬有嫁为北人妇者，悲啼誓死而不肯去，太白见而悲之，故作此诗。

赠孟浩然

吾爱孟夫子，风流天下闻。红颜弃轩冕①，白首卧松云。醉月频中圣②，迷花不事君。高山安可仰，徒此揖清芬③。

【注释】

①红颜句：意谓从青年时代起就对轩冕荣华（仕宦）不感兴趣。②中圣：『中圣人』的简称，即醉酒。古人称酒清者为圣人，酒浊者为贤人。③徒此揖清芬：只有在此向您清高的人品致敬了。

【品读】

谢榛《四溟诗话》：凡作诗文，或有两句一意，此文势相贯，宜乎双用。如李斯上秦始皇书：『不问可否，不论曲直，非秦者去，为客者逐。』王褒《圣主得贤臣颂》：『生于穷巷之中，长于蓬茨之下，无有游观广览之知，顾有至愚极陋之累。』秦汉以来，文法类此者多矣，自不为病。王勃《寻道观》诗：『玉笈《三山记》，金箱《五岳图》。』骆宾王《题玄上人林泉》诗：『芳杜湘君曲，幽兰楚客词。』皆句意虽重，于理无害。若别更一句，便非一联造物矣。至于太白《赠浩然》诗，前云『红颜弃轩冕』，后云『迷花不事君』，两联意颇相似。刘文房《灵祐上人故居》计，既云『几日浮生哭故人』，又云『雨花垂泪共沾巾』，此与太白同病。兴到而成，失于检点。意重一联，其势使然；两联意重，法不可从。

赠参寥子①

白鹤②飞天书，南荆③访高士。五云在岘山，果得参寥子。肮脏辞故园，昂藏入君门。天子分玉帛，百官接话言。

《毛传》：话言，古之善言也。

毫墨时洒落，探玄有奇作。著论穷天人，千春秘麟阁。长揖不受官，拂衣归林峦。余亦去金马，藤萝同所欢。相思在何处，桂树青云端。

【注释】

①参寥子：李白时期的一位隐士。②白鹤：古时称招贤纳士的诏书为『鹤书』。③南荆：今湖北襄阳一带。

【品读】

严羽《评点李集》：格如销骨，音断义连，惟五言短韵，故不多得。

萧士赟《分类补注李太白诗》：按李白本传曰：白恳求还山，帝赐金放还。作是诗必此时也。

赠新平少年

韩信在淮阴，少年相欺凌。屈体若无骨，壮心有所凭①。

钟惺：『屈体』二句，可与老杜《严仆射》诗『开口取将相，小心事友生』并看，写出英侠本色，屈伸之妙。

一遭龙颜君②，啸咤从此兴。千金答漂母，万古共嗟称。而我竟何为？寒苦坐相仍。长风入短袂，两手如怀冰。故友不相恤，新交宁见矜。摧残槛中虎，羁绁韝③上鹰。何时腾风云，搏击申所能？

【注释】

①韩信四句：《汉书·韩信传》载，淮城屠户中有个年轻人想侮辱韩信，说：『虽长大，好带刀剑，怯耳！』

并当众侮辱他说：『能死，刺我；不能，出胯下！』韩信注视了对方良久，慢慢低下身来，从他的胯裆下爬出去。街上人都耻笑韩信怯懦。②龙颜君：指汉高祖刘邦。③鞲：臂套。

【品读】

严羽《评点李集》：李白诗多匠心，冲口似不由推敲，能使推敲者见之而丑，此何以故？

口号赠征君鸿 此公时被征

陶令[1]辞彭泽，梁鸿[2]入会稽。我寻高士传，君与古人齐。云卧留丹壑，天书降紫泥。不知杨伯起[3]，早晚向关西。

【注释】

①陶令：东晋大诗人陶潜。②梁鸿：东汉人，字伯鸾，博学有气节，隐居不仕。③杨伯起：《后汉书·杨震传》：杨震，字伯起，弘农华阴人也。震少好学，受欧阳《尚书》于太常桓郁，明经博览，无不穷究。诸儒为之语曰：『关西孔子杨伯起。』

【品读】

严羽《评点李集》：将头作尾，亦复无首无尾，此格甚异，若以为犯，必非知诗者。

乾隆《唐宋诗醇》：格调高朗，卢鸿屡征不起，故白诗云尔。末句言其当应召也，以伯起期之，位置殊高。

上李邕[1]

大鹏一日同风起，扶摇直上九万里。假令风歇时下来，犹能簸却沧溟[2]水。时人见我恒殊调[3]，闻余大言皆冷笑。宣父[4]犹能畏后生，丈夫[5]未可轻年少。

【注释】

①李邕：字泰和，江都（今江苏江都县）人。唐玄宗时任北海（今山东益都县）太守，书法、文章都有名，世称李北海。后被李林甫杀害，年七十余。②沧溟：大海。③殊调：发表不同于常人的论调。④宣父：唐贞观十一年（637），诏尊孔子为宣父。⑤丈夫：对成年男子的尊称，此处代称李邕。

【品读】

萧士赟《分类补注李太白诗》：此篇似非太白之作，今厘在卷末。

钱谦益《少陵先生年谱》：李邕为北海太守，陪宴历下亭，李白、高适俱有赠李邕诗，当是同时。

赠汪伦[1]

李白乘舟将欲行，忽闻岸上踏歌[2]声。桃花潭[3]水深千尺，不及汪伦送我情。

【注释】

①汪伦：村民。一说隐逸之士。②踏歌：民间的一种唱歌艺术，手拉着手，两脚踏着拍子唱歌。③桃花潭：

在今安徽省泾县西南。

【品读】

谢榛《四溟诗话》：诗有四格，曰兴，曰趣，曰意，曰理。太白《赠汪伦》曰：『桃花潭水深千尺，不及汪伦送我情。』比兴也。

沈德潜《唐诗别裁》：若说汪伦之情比于潭水千尺，便是凡语，妙境只在一转换间。

望终南山，寄紫阁①隐者

出门见南山，引领意无限。秀色难为名，苍翠日在眼。有时白云起，天际自舒卷。心中与之然，托兴每不浅。何当造幽人②，灭迹栖绝巘③。

【注释】

①紫阁：为终南山之一峰，日光照射，呈紫色，而形似楼阁。②幽人：隐者。③绝巘：高峰。

【品读】

沈德潜《唐诗别裁》：因白云舒卷，念彼幽人，偕隐之思，与之俱远。

答王十二寒夜独酌有怀

昨夜吴中雪，子猷①佳兴发。万里浮云卷碧山，青天中道流孤月。孤月沧浪河汉清，北斗错落长庚②明。怀余对酒夜霜白，玉床金井冰峥嵘。人生飘忽百年内，且须酣畅万古情。君不能狸膏③金距学斗鸡，坐令鼻息吹虹霓④。君不能学哥舒⑤，横行青海夜带刀，西屠石堡取紫袍⑥。吟诗作赋北窗里，万言不值一杯水。世人闻此皆掉头，有如东风射马耳。鱼目亦笑我，请与明月同。骅骝拳跼不能食，蹇驴得志鸣春风。折杨皇华⑦合流俗，晋君听琴枉清角⑧。巴人⑨谁肯和阳春⑩？楚地由来贱奇璞⑪。黄金散尽交不成，白首为儒身被轻。一谈一笑失颜色，苍蝇贝锦喧谤声。曾参岂是杀人者⑫？谗言三及慈母惊。与君论心握君手，荣辱于余亦何有？孔圣犹闻伤凤麟⑬，董龙⑭更是何鸡狗？一生傲岸苦不谐，恩疏媒劳志多乖。严陵⑮高揖汉天子，何必长剑拄颐事玉阶？达亦不足贵，穷亦不足悲。韩信羞将绛灌比⑯，祢衡耻逐屠沽儿。君不见李北海⑰，英风豪气今何在？君不见裴尚书⑱，土坟三尺蒿棘居？少年早欲五湖去，见此弥将钟鼎疏。

【注释】

①子猷：东晋王徽之，字子猷。曾雪夜访戴逵。此用其事。②长庚：即太白星。③狸膏：狸油。斗鸡时以其涂于鸡首之上，对方不堪其气味，即恐惧而走。④坐令句：谓斗鸡徒恃宠而趾高气扬。⑤哥舒：即哥舒翰。其以十万人马，攻下吐蕃占据的石堡城。⑥紫袍：唐制三品以上官服紫。⑦折杨、皇华：古俗曲名。⑧清角：曲名，传为黄帝所制。⑨巴人：下里巴人，曲名。⑩阳春：《阳春》《白雪》，古曲名。⑪奇璞：指和氏

壁。用下和向楚王献璞被砍足事。⑫曾参句：《战国策》载，有个与曾参同名者杀了人，别人去告诉曾母，曾母不信。待到第三次，她也相信了。⑬孔圣句：《史记》载，孔子闻鲁人获麒麟而感伤。⑭董龙：即董荣，前秦佞臣，为宰相王堕所憎，曾曰：『董龙是何鸡狗。』⑮严陵：东汉严光，字子陵。⑯韩信句：谓淮阴侯韩信羞与颍阴侯灌婴、绛侯周勃同列。⑰李北海：北海太守李邕。被李林甫害死。⑱裴尚书：刑部尚书裴敦复。被李林甫害死。

【品读】

乐史《李翰林别集序》：白有歌云：『吟诗作赋北窗里，万言不及一杯水。』盖叹乎有其时而无其位。呜呼！以翰林之才名，遇玄宗之知见，而乃飘零如是。

萧士赟《分类补注李太白诗》：此篇造语叙事错乱颠倒，绝无伦次。董龙一事，尤为可笑，决非太白之作。乃先儒所谓五季间学太白者所为耳。

方东树《昭昧詹言》：『鱼目』句入己，『楚地』句以上学，『逸言』句以上世情，『与君』句合。

王琦《李太白年谱·天宝八载》：是年六月，陇右节度使哥舒翰攻吐蕃石堡城，拔之。白有《答王十二寒夜独酌有怀》诗云：『君不能学哥舒，横行青海夜带刀，西屠石堡取紫袍。』……知为是时以后之作。

东鲁门泛舟二首

其一

日落沙明天倒开，波摇石动水萦回。轻舟泛月寻溪转，疑是山阴雪后来①。

【注释】

①疑是句：用山阴王子猷雪夜乘船访友之典。

其二

水作青龙盘石堤，桃花夹岸鲁门①西。若教月下乘舟去，何啻风流到郯溪②？

【注释】

①鲁门：即东鲁门，在兖州（今山东曲阜）府城东。
②郯溪：水名，在今浙江嵊州市。

【品读】

王世贞《艺苑卮言》：五七言绝。太白神矣。

同友人舟行游台越作

楚臣①伤江枫，《楚辞·招魂》：『湛湛江水兮上有枫，目极千里兮伤春心。』王逸注：『言湛湛江水，浸润枫木，使之茂盛，伤己不蒙君惠而身放弃，曾不若树木得其所也。』谢客②拾海月③。怀沙④去潇湘，挂席泛溟渤⑤。蹇予访前迹，独往造穷发⑥。古人不可攀，去若浮云没。愿言弄倒景，从此炼真骨⑦。华顶⑧窥绝溟⑨，蓬壶望超忽。不知青春度，但怪绿芳歇。空持钓鳌心，《列子·汤问》：渤海之东，不知几亿万里，有大壑焉……其中有五山焉：一曰岱宗，二曰员峤，三曰方壶，四曰瀛洲，五曰蓬莱……而五山之根无所连著，常随潮波上下往还，不得暂峙焉。仙圣毒之，诉之于帝，帝恐流于四极，失群仙圣之居，乃命禺疆使巨鳌十五，举首而戴之，迭为三番，六万岁一交焉。五山始峙而不动。而龙伯之国有大人，举足不盈数步而暨五山之所，一钓而连六鳌。合负而趣归其国，灼其骨以数焉。于是岱宗、员峤二山流于北极，沉于大海。从此谢魏阙⑩。

【注释】

①楚臣：指屈原。②谢客：指南朝宋诗人谢灵运。小字客儿，故称。③海月：半圆形的海贝。④怀沙：本指屈原所作的《怀沙》赋，此指屈原怀石自沉于汨罗江。⑤溟渤：本指渤海。此处泛指大海。⑥穷发：不毛之地。⑦真骨：指诗画不同凡俗的风骨。亦指骏骨，即非凡的才能。⑧华顶：指华顶峰，天台山的主峰。⑨绝溟：远海。绝，极远。⑩魏阙：指代朝廷。古代宫门之上有巍然高出的楼观称为魏阙，其下两旁为悬布法令的地方。

【品读】

李阳冰《草堂集序》：太白不读非圣人之书，耻为郑卫之作，故其言似多天仙之辞。凡所著述，言多讽兴。

早发白帝城①

朝辞白帝彩云间，千里江陵一日还。两岸猿声啼不尽②，轻舟已过万重山。

【注释】

①白帝城：在今四川奉节白帝山上，为东汉公孙述所建。述自号白帝，因以为名。②啼不尽：一作『啼不住』。

【品读】

杨慎《升庵诗话》：盛弘之《荆州记》巫峡江水之迅云：『朝发白帝，暮到江陵，其间千二百里，虽乘奔御风，不以疾也。』杜子美诗：『朝发白帝暮江陵，顷来目击信有征。』李太白『朝辞白帝彩云间，千里江陵一日还。两岸猿声啼不尽，轻舟已过万重山。』虽同用盛弘之语，而优劣自别。今人谓李杜不可以优劣论，此语亦太愦愦。白帝至江陵，春水盛时行舟，朝发夕至，云飞鸟逝不是过也。太白述之为韵语，惊风雨而泣鬼神矣。

沈德潜《唐诗别裁》：写出瞬息千里，若有神助。入猿声一句，文势不伤于直。画家布景设色，专于此处用意。

施补华《岘佣说诗》：太白七绝，天才超逸而神韵随之。如『朝辞白帝彩云间，千里江陵一日还』，如此迅捷，则轻舟之过万山不待言矣。中间用『两岸猿声啼不住』一句垫之，无此句则直而无味，有此句走处仍留，急语仍缓，可悟用笔之妙。

杨外庵《绝句衍义》：盛弘之《荆州记》云：『白帝至江陵一千二百里，春水盛时，行舟朝发夕至，云飞鸟逝，不是过也。』太白述之为韵语，惊风雨而泣鬼神矣。

宿五松山①下荀媪②家

我宿五松下，寂寥无所欢。田家秋作苦，邻女夜舂寒。跪进雕胡③饭，月光明素盘。令人惭漂母④，三谢不能餐。

【注释】

①五松山：在今安徽铜陵南。②荀媪：姓荀的老妇。媪，古时老妇之通称。③雕胡：菰米。可作饭，故名雕胡饭。④漂母：洗衣的老妇人。

【品读】

朱谏《李诗选注》：言老妪进雕菰之饭，素盘有洁白之色，情如漂母之待韩信也。我非韩信之比，未免有愧于心，乃三谢其意，而不敢享其所进之食也。

宿巫山下

昨夜巫山下，猿声梦里长。桃花飞绿水，三月下瞿塘①。雨色风吹去，南行拂楚王②。高丘《楚辞·离骚》：『哀高丘之无女。』王逸注：『楚有高丘之山。』怀宋玉，访古一沾裳。

【注释】

①瞿塘：瞿塘峡，西起四川奉节，东至巫山大宁河口。②楚王：楚怀王。

【品读】

高棅《唐诗品汇》引严羽：律诗有彻首尾不对者，皆文从字顺，音韵铿锵。盛唐诸公有此体，今观此下三诗（本诗及《长信宫》《夜泊牛渚怀古》）是。

夜泊牛渚①怀古

牛渚西江夜，青天无片云。登舟望秋月，空忆谢将军②。余亦能高咏，斯人不可闻。明朝挂帆席，枫叶落纷纷。

【注释】

①牛渚：又名牛渚矶、采石矶，在今安徽马鞍山附近。②谢将军：指东晋安西将军谢尚。

【品读】

王士祯《带经堂诗话》：或问不着一字尽得风流之说，答曰：太白诗：『牛渚西江夜，青天无片云。登舟望秋月，空忆谢将军。余亦能高咏，斯人不可闻。明朝挂帆席，枫叶落纷纷。』诗至此，色相俱空。正如羚羊挂角，无迹可求，画家所谓逸品是也。

月下独酌

其一

花间一壶酒，独酌无相亲。举杯邀明月，对影成三人①。月既不解饮，影徒随我身。暂伴月将影，行乐须及春。我歌月徘徊，我舞影零乱。醒时同交欢，醉后各分散。

永结无情游，相期邈云汉②。

【注释】①对影句：对着自己的影子，加上明月和诗人自身，合为『三人』。②邈云汉：遥远的天空。邈，远；云汉，本指银河，此指天上。

【品读】李家瑞《停云阁诗话》：李诗『举杯邀明月，对影成三人』，东坡喜其造句之工，屡用之。予读《南史沈庆之传》，庆之谓人曰：『我每履田园，有人时，与马成三，无人则与马成二。』李诗殆本此，然庆之语不及李诗之妙耳。

孙洙《唐诗三百首》：陶潜云『挥杯劝孤影』，白意本此。先出月后出影，以月、影二字交互迭见，此连珠体。天上之月，杯中之影，独酌之人，映成三人也。从寂静中做得如许闹热。真仙笔也。

其二

三月咸阳城，千花昼如锦。谁能春独愁？对此径须饮。穷通①与修短，造化夙所禀②。一樽齐死生，万事固难审。醉后失天地，兀然③就孤枕。不知有吾身，此乐最为甚。

【注释】①穷通：困穷与显达。②造化句：谓人的命运早已天生注定。夙，早；禀，禀命。③兀然：昏沉之状。

【品读】余石园《石园诗话》：太白诗『人心若波澜，世路有屈曲』，『斗酒强然诺，寸心终自疑』，『长绳难击日，自古共悲辛』，『今日风日好，明日恐不如』，『世路如秋风，相逢尽萧索』，『猎客张兔罝，不能挂龙虎』，『归时莫洗耳，为我洗其心。洗心得真情，洗耳徒买名』，『空手无壮士，穷居使人低』，『天若不爱酒，酒星不在天。地若不爱酒，地应无酒泉』，『一樽齐死生，万事固难审』，『处世若大梦，胡为劳其生』，『天生我材必有用，千金散尽还复来』，『罗帏舒卷，似有人开。明月直入，无心可猜』，『弃我去者昨日之日不可留，乱我心者今日之日多烦忧』，『今日非昨日，明日还复来。白发对绿酒，强歌心已摧』。此种吐属，所谓『诗有别趣』。

寻山僧不遇

石径入丹壑，松门闭青苔。闲阶有鸟迹，禅室无人开。窥窗见白拂①，挂壁生尘埃。使我空叹息，欲去仍徘徊。香云遍山起，花雨从天来。已有空乐好，况闻清猿②哀。了然绝世事，此地方悠哉。

【注释】①白拂：白色马尾制成的拂尘。②清猿：即猿，以其啸声凄清，故名。

【品读】

余成教《石园诗话》：太白诗『秋水出芙蓉，天然去雕饰』，『海风吹不断，江月照远空』，『五岳起方寸，隐然讵可平』，『香云遍山起，花雨从天来』，『清风明月不用一钱买，玉山自倒非人推』，『尧舜之事不足惊，自余嚣嚣直可轻』，『我且为君搥碎黄鹤楼，君亦为吾倒却鹦鹉洲』，『洞天石扉，訇然中开。青冥浩荡不见底，日月照耀金银台。霓为衣兮风为马，云之君兮纷纷而来下』，『虎鼓瑟兮鸾回车，仙之人兮列如麻』，『庙中往往来击鼓，尧本无心尔何苦』，『青天有月来几时，我今停杯一问之』。此种句法，所谓『诗杂仙心』。

春日独酌

东风扇①淑气，水木荣春晖②。白日照绿草，落花散且飞。孤云还空山，众鸟各已归。彼物皆有托，吾生独无依，对此石上月，长醉歌芳菲。

【注释】

①扇：通『煽』，吹动。②水木句：水清木茂使春日景色更加明丽。荣，繁茂。

【品读】

王夫之《唐诗评选》：以庾鲍写陶，弥有神理。『吾生独无依』，偶然入感，前后不刻画求此句为因缘，是又神化冥合，非以象取。

清溪①半夜闻笛

羌笛②梅花引③，吴溪陇水情。寒山秋浦月，肠断玉关声④。

【注释】

①清溪：水名，在安徽池州。②羌笛：我国古代西部少数民族（羌族）的一种乐器。③梅花引：古曲《梅花三弄》的别称。④玉关声：犹玉关情，指远戍征人思乡之情。

【品读】

沈光《李白酒楼记》：以聪明移于闺情边思，使之壮气激人，离情溢目。

乾隆《唐宋诗醇》：凄切之情，见于言外，有含蓄不尽之致。

春日醉起言志

处世若大梦①，胡为劳其生？所以终日醉，颓然卧前楹②。觉来盼庭前，一鸟花间鸣。借问此何时？春风语流莺。感之欲叹息，对酒还自倾。浩歌待明月，曲尽已忘情。

【注释】

①大梦：《庄子·齐物论》：『方其梦也，不知其梦也……觉而后知其梦也；且有大觉而后知其大梦也。』道家认为生为大梦，死为大觉。②楹：厅堂前部的柱子。

【品读】高棅《唐诗品汇》：刘辰翁：『流丽酣畅欲胜渊明者，以其尤易也。诗皆如此，何以沉着为哉！』

杨齐贤《分类补注李太白集》：太白此诗，拟陶之作也。

独坐敬亭山①

众鸟高飞尽，孤云独去闲。相看两不厌，只有敬亭山。

【注释】①敬亭山：原名昭亭山，在今安徽宣城北。

【品读】胡应麟《诗薮》：绝句最贵含蓄。青莲『相看两不厌，只有敬亭山』亦太分晓。

访戴天山①道士不遇

犬吠水声中，桃花带雨浓。树深时见鹿，溪午不闻钟。野竹分青霭，飞泉挂碧峰。无人知所去，愁倚两三松。

【注释】①戴天山：又名大康山、大匡山，在今四川江油。

【品读】王夫之《唐诗评选》：全不添入情事，只拈死『不遇』二字作，愈死愈活。

贺贻孙《诗筏》：无一字说道士，无一字说不遇，却句句是不遇，句句是访道士不遇。何物戴天山道士，自太白写来，便觉无烟火气。此皆以不必切题为妙者。

忆东山

不向东山久，蔷薇几度花。白云还自散，明月落谁家？

【品读】李阳冰《草堂集序》：公乃浪迹纵酒以自昏秽。咏歌之际，屡称东山。此诗盖遭谤以后将还山时作也。

对酒忆贺监 并序

太子宾客贺公①，于长安紫极宫一见余，呼余为『谪仙人』，因解金龟换酒为乐。殁后对酒，怅然有怀，而作是诗。

四明②有狂客③，风流贺季真。长安一相见，呼我谪仙人。昔好杯中物，今为松下尘。金龟换酒处，却忆泪沾巾。

【注释】①贺公：贺知章，字季真，官至太子宾客、秘书监。②四明：山名，在浙江宁波西南。③狂客：指贺知章，贺自号为『四明狂客』。

【品读】陆时雍《唐诗镜》：清音秀骨，夫岂不佳？第非律体所宜耳。

常建

常建，生卒字号不详。《唐才子传》说为长安（今陕西西安）人。开元十五年（727）进士。天宝中年为盱眙尉。后隐居鄂渚的西山。一生沉沦失意，耿介自守。

江上琴兴

江上调玉琴，一弦清一心。泠泠[1]七弦遍，万木澄幽阴。能使江月白，又令江水深。始知梧桐[2]枝，可以徽黄金[3]。

【注释】

①泠泠：形容琴声清扬。②梧桐：木名，可做琴。梧桐枝，代指琴。③徽黄金：用黄金做琴徽。徽，指琴徽，系弦的绳。后称七弦琴琴面上十三个指示音节的标志为徽。

【品读】

陆时雍《唐诗镜》：「一弦清一心」，此语殊谬可笑。「能使江月白，又令江水深」，亦无谓。

沈德潜《唐诗别裁》：言能使无情者俱有情也。只写琴理，不形容琴声，龙标《江上闻笛》诗亦然。

宿王昌龄隐居

清溪深不测，隐处唯孤云。松际露微月，清光犹为君。茅亭宿花影，药院滋苔纹。余亦谢时去[1]，西山[2]鸾鹤群。

【注释】

①谢时去：辞去时俗的牵累，指辞官。②西山：今湖北武昌西山。

【品读】

陆时雍《唐诗镜》：三四句意趣佳。

沈德潜《唐诗别裁》：言欲与偕隐，清澈之笔，中有灵悟。

西山

一身为轻舟，落日西山际。常随去帆影，远接长天势。物象归余清，林峦分夕丽。亭亭[1]碧云暗，日入孤霞继。洲渚远阴映，湖云尚明霁。林昏楚色来，岸远荆门[2]闭。至夜转清迥，萧萧北风厉。沙边雁鹭泊，宿处蒹葭[3]蔽。圆月逗前浦，孤琴又摇曳。泠然夜虽深，白露沾人袂。

【注释】

①亭亭：日影长直状。②荆门：山名，在湖北宜都西北。③蒹葭：芦苇。

【品读】

王尧衢《唐诗合解笺注》：是诗平铺直叙，自见清澈。

吊王将军[1]墓

嫖姚[2]北伐时，深入强千里。战余落日黄，军败鼓声死。尝闻汉飞将[3]，可夺单于垒。今与山鬼邻，残兵哭辽水。

【注释】

①王将军：即王孝杰。《旧唐书》：『王孝杰，京兆（长安）新丰人……万岁通天元年（69），契丹李尽忠、孙万荣反叛，复诏孝杰白衣起为清边道总管，统兵十八万以讨之……既无后继，为贼所乘，营中溃乱，孝杰堕谷而死。』②嫖姚：汉代大将霍去病曾为嫖姚校尉，平定北方边界，称霍嫖姚。③汉飞将：指汉武帝时右北平太守李广。广英勇善战，匈奴称他为『汉之飞将军』。

【品读】

殷璠《河岳英灵集》：然一篇尽善者，『战余落日黄，军败鼓声死。尝闻汉飞将，可夺单于垒。今与山鬼邻，残兵哭辽水』，属思既苦，词亦警绝，潘岳虽云能叙悲怨，未见如此章。

沈德潜《唐诗别裁集》：『哭枯骨』『哭明月』『哭辽水』，长于写哭。

陆时雍《唐诗镜》：三四句古色黯淡。

塞下曲

玉帛①朝回望帝乡，乌孙②归去不称王。天涯静处无征战，兵气销为日月光。

【注释】

①玉帛：玉石和丝织品。古代国与国之间朝聘会盟时，常以玉帛作为赠送的礼品。后来玉帛成为和平使者的象征。②乌孙：西域国名。汉武帝派张骞通西域后，以江都王女细君出嫁乌孙，后来双方通好不断。诗中借指吐蕃。

【品读】

沈德潜《唐诗别裁》：句亦吐光。

周本淳《唐人绝句类选》：此用化干戈为玉帛意，末句如画，表现渴望和平之愿望，千载传诵以此。

戏题湖上

湖上老人坐矶头，湖里桃花水却流。竹竿袅袅波无际，不知何者吞吾钩。

【品读】

殷璠《河岳英灵集》：高才无贵士。诚哉是言。曩刘桢死于文学。左思终于记室。鲍照卒于参军。今常建亦沦为一尉，悲夫。建诗似初发通庄，却寻野径百里之外，方归大道。所以其旨远，其兴僻，佳句辄来，唯论意表。

张巡

张巡（708–757），河南南阳邓州（今河南泌阳）人。开元末中进士第三名，初仕为太子通事舍人。天宝年间调授清河（今河北清河）县令，任期满后回京。后调授真源（今河南鹿邑）县令。安史之乱时，张巡誓死守卫睢阳（今河南商丘），屡次击败叛军，最终粮断城陷，战死于睢阳。

闻笛

岧峣[1]试一临，虏骑[2]附城阴[3]。不辨风尘色，安知天地心？营开边月近，战苦阵云深。旦夕[4]更楼上，遥闻横笛[5]声。

【注释】

①岧峣：形容山岭高峻，此指城楼。②虏骑：指叛军安庆绪部队。③城阴：城北。④旦夕：早晚。⑤横笛：军中乐器，用以报更。

【品读】

沈德潜《唐诗别裁》：一片忠义之气滚出，『闻笛』意一点自足。

守睢阳作

接战春来苦，孤城日渐危。合围侔[1]月晕[2]，分守若鱼丽[3]。屡厌黄尘起，时将白羽[4]挥。裹疮犹出阵，饮血更登陴[5]。忠信应难敌，坚贞谅不移。无人报天子，心计欲何施？

【注释】

①侔：相等，相同。②月晕：月亮外面的晕圈，喻敌人的包围严密。③鱼丽：古代阵法名。④白羽：用白羽毛装饰的旗子，用以指挥作战。⑤陴：矮墙。

【品读】

阮阅《诗话总龟》：忠勇如此，激励壮士。

徐安贞

徐安贞（671–743），初名楚璧，字子珍，龙丘（今浙江龙游）人。唐神龙二年（706）进士，初为武陟尉。帝好文学，因命安贞供奉内廷为起居舍人，掌管制作诏书，有能名。后授工部侍郎兼集贤院院士。官至中书侍郎。卒赠尚书。

闻邻家理筝[1]

北斗横[2]天夜欲阑，愁人倚月思无端。忽闻画阁秦筝[3]逸，知是邻家赵女弹。曲成虚忆青蛾[4]敛，调急遥怜玉指寒。银锁重关[5]听未辟，不如眠去梦中看。

【注释】

①理筝：弹筝。②北斗横天：北斗横在天空。如果斗柄东指，正是天欲破晓之时。③秦筝：筝，一种弦乐器，十三弦。相传为蒙恬所造，故名秦筝。④青蛾：指妇女眼眉。古代青年妇女多用青黛画眉，故云。⑤重关：重门。关，门。

【品读】

金圣叹《贯华堂选批唐才子书》：前解，写闻筝，看他一二只是闲闲出手，不唯恰似不咏闻筝，乃至恰似不欲作诗者。已而三，忽闲闲写出闻筝。已而四，又闲闲添出赵女。试想唐初人有如此轻秀之章，并非唐末人之所得而方轨也。后解，此五六，曲成调急，是写所闻之筝；青蛾玉指，是写理筝之人。试思前解不添赵女，即此时何处得有此解？然而某又特欲细看其中间之『虚忆』字，『遥怜』字，便是七八『不如眠去』之文情生起。欲学唐人律诗后解，即如此等妙篇，其可不刳心也哉！

吴乔《围炉诗话》：话乃心声，心由境起，境不一则心亦不一。言心之词，岂能尽出于高华典重哉！是以宋之问《遇佳人》，则有『妒女犹怜镜中发，侍儿堪感路旁人』，徐安贞《闻邻家理筝》则有『曲成虚忆青娥敛，调急遥怜玉指寒。银锁重关听未辟，不如眠去梦中看』。

陶岘

陶岘，生卒年不详，苏州昆山（今属江苏）人。晋陶渊明后裔。江南丝竹首创者。常慕谢灵运之为人，言终当乐死山水。富有田业，学娴经济，疏脱不谋宦达。遍游江湖，自制三舟，备极坚巧。一以自载，一置宾客，一贮饮馔，与客孟彦深、孟云卿、焦遂各置仆妾共载，逢佳山水必穷其胜。吴越之士号为『水仙』。浪迹三十余年，后游襄阳西寨，归老于吴。

西塞山①下回舟作

匡庐旧业②是谁主？吴越③新居安此生。白发数茎归未得，青山一望计还成。鸦翻枫叶夕阳动，鹭立芦花秋水明。从此舍舟何所诣？酒旗歌扇正相迎。

【注释】

①西塞山：山名，在今湖北省大冶县东。②匡庐旧业：指遁迹隐居，修仙求道之事。匡庐，指江西的庐山。相传殷周之际有匡裕兄弟七人结庐于此，故称。③吴越：春秋吴国与越国的并称。

【品读】

金圣叹《贯华堂选批唐才子书》：前解，此时，妙写随遇而安，略无宿见。人诚如此，便是世间大丈夫也。匡庐虽有旧业，吴越亦是新居，若必恋恋旧业，在客时挂心头，安知区区新居，临归又不累坠？因用四句双承法，言白发数茎，想已无有归理，然则匡庐数椽，已听他人自主。而青山一望，近来稍成片段，即吾生有涯，竟欲投老其间也。后解，上写终身之计，此又写一日之计也。『夕阳动』，言晚也。『秋水明』，言滩也。晚言已宜舍舟，滩言便宜于此处舍舟也。或问既舍舟后又何所诣者，则或诣酒旗，或诣歌扇，维我亦未卜我之双足也。

岑参

岑参（约715–770），荆州江陵（现湖北江陵）人。曾祖父、伯祖父、伯父都官至宰相，父为刺史。天宝三年（744）中进士，授兵曹参军。天宝八年（749），充安西四镇节度使高仙芝幕府书记。十三年（754）又作安西北庭节度使封常清的判官。安史之乱后，至德二年（757）归至凤翔，由杜甫等推荐任右补阙，以后转起居舍人等官职。大历元年（765）官至嘉州刺史，世称岑嘉州。以后罢官，客死成都旅舍。

登古邺城①

下马登邺城，城空复何见？东风吹野火②，暮入飞云殿③。城隅南对望陵台④，漳水东流不复回。武帝宫中人去尽，年年春色为谁来？

【注释】

①邺城：战国魏国都城，故址在今河北省临漳县西南。②野火：即磷火，俗称鬼火。③飞云殿：古邺城宫殿名。④望陵台：即铜雀台。

【品读】

胡应麟《诗薮》：李、杜外，短歌可法者，岑参《蜀葵花》《登邺城》。

暮秋山行

疲马卧长坂，夕阳下通津①。山风吹空林，飒飒如有人。苍旻②霁凉雨，石路无飞尘。千念集暮节，万籁悲萧晨③。鶗鴂④昨夜鸣，蕙草色已陈。况在远行客，自然多苦辛。

【注释】

①通津：四通八达的渡口。②苍旻：苍天。③萧晨：秋晨。④鶗鴂：亦作『鹈鴂』，杜鹃鸟。

【品读】

殷璠《河岳英灵集》：又『山风吹空林，飒飒如有人』，亦称幽致也。

范晞文《对床夜语》：岑参诗云：『疲马卧长坂，夕阳下通津，山风吹空林，飒飒如有人。』贾岛诗云：『数里闻寒水，山家少四邻，怪禽啼旷野，落日恐行人。』远途凄惨之意毕见于此。

王士祯《分甘余话》：写一时之见。本古诗『罗帷卷舒，似有人开』，意非创也。

还高冠潭口留别舍弟

昨日山有信，祇今耕种时。遥传杜陵叟①，怪我还山迟。独向潭上钓，无人林下期。东溪②忆汝处，闲卧对鸬鹚。

【注释】

①杜陵叟：指杜陵的隐者。②东溪：指高冠谷东的溪水。

【品读】

黄培芳《批唐贤三昧集笺注》：味在酸咸之外。

沣头①送蒋侯

君住沣水北，我家沣水西。两村辨乔木，五里闻鸣鸡。饮酒溪雨过，弹棋《艺经》：弹棋，两人对局，黑白棋各六枚，先列棋相当，更先弹也。其局以石为之。山月低。徒开蒋生径，《三辅决录》：蒋诩，字元卿，隐于杜陵，舍中三径，唯羊仲、求仲从之游，二仲皆挫廉逃名之士。尔去谁相携？

【注释】

①沣头：沣水头。沣亦作丰，沣水为关中八水之一。

【品读】

钟惺、谭元春《唐诗归》：送别用一首幽居闲适诗，妙妙。觉世上别离，世情之甚。

因假归白阁①西草堂

雷声傍太白②，雨在八九峰。东望白阁云，半入紫阁松。胜概③纷满目，衡门趣弥浓。幸有数亩田，得延二仲④踪。早闻达士⑤语，偶与心相通。误徇⑥一微官，还山愧尘容⑦。钓竿不复把，野碓⑧无人舂。惆怅飞鸟尽，南溪⑨闻夜钟。

【注释】

①白阁：白阁峰，为终南山诸峰之一，在陕西鄠县东南。《大清一统志》：『峰在（鄠）县东南三十里，迤东有白阁、黄阁峰，三峰相距不甚远。』②太白：太白山，在陕西眉县南。③胜概：佳妙的景象。④二仲：指求仲、羊仲。⑤达士：达观有识，不同流俗者。⑥徇：从，曲从。⑦尘容：俗态。⑧碓：舂米工具。⑨南溪：泛指白阁西草堂旁边的溪涧。

【品读】

高步瀛《唐宋诗举要》：魄力沉厚，意境幽渺。

逢入京使

故园东望路漫漫①，双袖龙钟②泪不干。马上相逢无纸笔，凭君传语报平安。

【注释】

①路漫漫：《楚辞·离骚》：『路漫漫其修远兮。』漫漫，长远。②龙钟：眼泪横溢状。

【品读】

钟惺、谭元春《唐诗归》：人人有此事，从来不曾写出，后人蹈袭不得，所以可久。

唐汝询《唐诗解》：叙事真切，自是客中绝唱。

徐增《而庵说唐诗》：玉关外，人不离马，故在马上相逢，军中纸笔不便，故曰无。此句人人道好，惟在玉关，故妙；若在近处，则不为妙矣。家信，谓之『平安』。岂参往玉关，而寄家于长安耶？嘱其口传，更妙。见使者不能少停，参又一时来不及也。真是在玉关外光景。

沈德潜《唐诗别裁》：人人胸臆中语，即成绝唱。

碛①中作

走马②西来欲到天，辞家见月两回圆③。今夜不知何处宿，平沙万里绝人烟。

【注释】

①碛：沙漠。②走马：骑马赶路。③辞家句：指已经走了两个月。

【品读】

俞陛云《诗境浅说》：此诗但言沙碛苍茫，而回首中原，自有孤客投荒之感。

奉送杜相公发益州

相国临戎别帝京，拥旄①持节②远横行。朝登剑阁云随马，夜渡巴江雨洗兵。山花万朵迎征盖，川柳千条拂去旌。暂别蜀城应计日，须知明主待持衡③。

【注释】

①拥旄：持旄。借指统率军队。②持节：古代使臣奉命出行，必执符节以为凭证。③持衡：比喻公允地品评人才。

【品读】

金圣叹《贯华堂选批唐才子诗》：前解，为相国纪程，则由别帝京，而登剑阁，而渡巴江也。为相国志遇，则帝既命之拥旄持节，天必又遣云为随马，雨为洗兵也。为相国写目无全敌，则下『远』字也。为相国写不遑启处，则下『朝』『夜』字也。然我又细分题中『送』字与『发』字，『送』字实，『发』字虚。盖送当正送，发尚未发。然则『别帝京』，实写也；『登剑阁』『渡巴江』，虚写也。『拥旄持节』，实写也；『云随马』『雨洗兵』，虚写也。『远』字，实写也；『朝』『夜』字，虚写也。为全唐送别诸诗之定式已。后解，前解为相国纪程，此解为相国纪时。虽暗用出将入相为结，使相公平添身份，然用意却只在一『暂』字，正反《诗》云『昔我往矣，杨柳依依。今我来思，雨雪霏霏』句，成佳作矣。

春梦

洞房①昨夜春风起，故人尚隔湘江水。枕上片时春梦中，行尽江南数千里。

【注释】

①洞房：《楚辞·招魂》：『姱容修态，絚洞房些。』注：『洞，深也。』

【品读】

唐汝询《唐诗解》：感春而忆，因忆而梦。行数千里至所思者之居也。此美人必有所指，意亦桑中卫女之俦耳。若为思友之作，便觉无味。

赴北庭度陇思家

西向轮台[1]万里余，也知乡信日[2]应疏。陇山鹦鹉能言语，为报家人数[3]寄书。

【注释】

①轮台：唐庭州有轮台，在今新疆米泉县境内。②日：日益。③数：常，频。

【品读】

沈德潜《唐诗别裁》：欲鹦鹉报家人寄书，思曲而苦。

俞陛云《诗境浅说》：西去轮台，距家万里，明知音书不达，欲催促而无从，设想能言之鸟传语家人，极写无聊之思也。

轮台歌奉送封大夫出师西征

轮台城头夜吹角，轮台城北旄头《史记》：昴曰旄头，胡星也。落。羽书[1]昨夜过渠黎[2]，单于[3]已在金山西。《读史方舆纪要》：金山在庭州东南，此西域之金山也。

戍楼西望烟尘黑，汉兵屯在轮台北。上将[4]拥旄[5]西出征，平明吹笛大军行。四边伐鼓雪海[6]涌，三军[7]大呼阴山动。虏塞兵气连云屯[8]，战场白骨缠草根。剑河[9]风急雪片阔，沙口石冻马蹄脱。亚相[10]勤王甘苦辛，誓将报主静边尘。古来青史[11]谁不见？今见功名胜古人。

【注释】

①羽书：军用紧急文书。②渠黎：即渠犁，汉时西域三十六国之一。③单于：匈奴首领。④上将：指封常清。⑤旄：旄节，形如旗，上以旄为饰。古代使臣所持信物。⑥雪海：其地在天山主峰西。⑦三军：古兵制中军、左军、右军为三军。或称前、中、后军，或称上、中、下军。此指全军。⑧连云屯：极言军队集结之多。屯，聚集。⑨剑河：在北庭之北，今俄罗斯叶尼塞河上游。⑩亚相：御史大夫的别称，此指封常清。⑪青史：史册。古代在竹简上记事，故称史册为青史。

【品读】

施补华《岘佣说诗》：《轮台歌》『四边伐鼓雪海涌，三军大呼阴山动』，《走马川行》『轮台九月夜风吼，一川碎石大如斗，随风满地石乱走』，『半夜行军戈相拨，风头如刀面如割』等句，兵法所谓其节短其势险也。

走马川[1]行奉送出师西征

君不见走马川，行雪海边，平沙莽莽黄入天。轮台[2]九月风夜吼，一川碎石大如斗，随风满地石乱走。匈奴草黄马正肥，金山[3]西见烟尘飞，汉家大将[4]西出师。将军金甲夜不脱，半夜行军戈相拨，风头如刀面如割。马毛带雪汗气蒸，五花[5]连钱旋作冰，幕中草檄砚水凝。虏骑闻之应胆慑，料知短兵不敢接，车师[6]西门伫献捷。

【注释】①走马川：又名左末河，今车尔臣河，在新疆境内。②轮台：今乌鲁木齐市东北之米泉县。③金山：或称阿尔泰山，或称天山，泛指塞外山脉。④汉家大将：指封常清。⑤五花：五花马，即剪马颈上毛成五瓣。⑥车师：汉西域国名。唐时为安西都护府所在地。

【品读】沈德潜《唐诗别裁》：句句用韵，三句一转，此《峄山碑》文法，《唐中兴颂》亦然。

方东树《昭昧詹言》：《走马川行奉送封大夫出师西征》，奇才奇气，风发泉涌，「平沙」句奇句。

北庭作

雁塞通盐泽①，龙堆接醋沟②。孤城③天北畔，绝域海西头④。秋雪春仍下，朝风夜不休。可知年四十，犹自未封侯。

【注释】①盐泽：即蒲昌海，今称罗布泊。②醋沟：未详。一说名酸水，在白龙堆沙漠北缘。③孤城：指北庭治所庭州城。④海西头：指西方极远之地。

【品读】方回《瀛奎律髓》：「盐泽」，人所共知；「醋沟」，则未之知也。甚新。中四句皆如铸成。

纪昀《瀛奎律髓刊误》：此等但以宏壮取之。

轮台即事

轮台风物异，地是古单于。三月无青草，千家尽白榆。蕃书文字别，胡俗语音殊。愁见流沙北，天西海一隅。

【品读】方回《瀛奎律髓》：唐人虽奄有轮台，然诗人终只以为蕃书胡语也，其可久有之哉！

纪昀《瀛奎律髓刊误》：结句弱。

北庭贻宗学士道别

万事不可料，叹君在军中。读书破万卷，何事来从戎？曾逐李轻车①，西征出太蒙。《尔雅·释地》：西至日所入为太蒙。荷戈月窟外，擐甲昆仑东。两度皆破胡，朝廷轻战功。十年只一命②，万里如飘蓬。容鬓老胡尘，衣裘脆边风。忽来轮台下，相见披心胸③。饮酒对春草，弹棋闻夜钟。今天还龟兹④，臂上悬角弓。平沙向旅馆，匹马随飞鸿。孤城依大碛⑤，海气⑥迎边空。四月犹自寒，天山雪濛濛。君有贤主将，何谓泣途穷？时来整六翮⑦，一举凌苍穹。

【注释】①李轻车：李广从弟李蔡，汉武帝时为轻车将军，曾随大将军卫青击匈奴有功，封乐安侯。②一命：指初次任命之低级官职。③披心胸：敞开心扉，以诚相见。

④龟兹：唐时安西四镇之一，在今新疆库车。⑤大碛：大沙漠。⑥海气：指海市蜃楼。⑦六翮：古人以六翮指善飞之鸟劲羽。翮，鸟翼。

【品读】

陆时雍《唐诗镜》：起语咄咄。

白雪歌送武判官归京

北风卷地白草[1]折，胡天八月即飞雪。忽如一夜春风来，千树万树梨花开。散入珠帘湿罗幕，狐裘不暖锦衾薄。将军角弓不得控[2]，都护[3]铁衣冷难着。瀚海[4]阑干百丈冰，愁云惨淡万里凝。中军[5]置酒饮归客，胡琴琵琶与羌笛[6]。纷纷暮雪下辕门，风掣红旗冻不翻[7]。轮台东门送君去，去时雪满天山路。山回路转不见君，雪上空留马行处。

【注释】

①白草：又称芨芨草，西北地区生长的一种牧草，生命力强，茎极坚韧。②不得控：拉不开。控，拉。③都护：唐时置六都护府，各设大都护一员，此处代指地位较高的边地军官。④瀚海：大沙漠。⑤中军：主帅的营帐。⑥胡琴琵琶与羌笛：皆为西域少数民族乐器。胡琴泛指西域之琴。琵琶，马上所鼓之乐器，推手前曰琵，引手却曰琶。羌笛，传说笛创自西凉羌族，长于古笛。⑦冻不翻：指红旗冻得僵硬，风吹飘不起来。翻，舒展飘拂。

【品读】

方东树《昭昧詹言》：「忽如」六句，奇才奇气，奇情逸发，令人心神一快。

章燮《唐诗三百首笺注》：此诗连用四「雪」字，第一「雪」字见送别之前，第二「雪」字见饯别之时，第三「雪」字见临别之际，第四「雪」字见送归之后，字同而用意不同耳。

喻守真《唐诗三百首详析》：此诗是咏北地飞雪的情景，并写雪中送武判官的情绪。全诗句句咏雪，别意自见。上段是泛咏胡天的雪景，觉得冷气逼人；下段是正写送别武判官归京，仍从「雪」字生发出来，全诗关键在四个「雪」字。

裴迪

裴迪（716-?），关中（今属陕西关中）人，官蜀州刺史及尚书省郎，是盛唐著名的山水田园诗人之一。与大诗人王维、杜甫关系密切。

夏日过青龙寺①谒操禅师②

安禅③一室内，左右竹亭幽。有法④知不染，无言谁敢酬？鸟飞争向夕，蝉噪已先秋。烦暑自兹退，清凉何所求？

【注释】①青龙寺：一名灵感寺，在今陕西西安市城东南铁炉庙北。②禅师：指修禅定之师。禅师称号有的是皇帝封赐的，有的是僧人对前辈的称呼。③安禅：指僧人打坐修心静虑而入定的境界。④法：指佛法。

【品读】蔡居厚《蔡宽夫诗话》：王摩诘、韦苏州集裴迪、邱丹唱和诗，其语皆清丽高胜，常恨不多见。如迪『安禅一室内，左右竹亭幽。有法知不染，无言谁敢酬？鸟飞争向夕，蝉噪意先秋。烦暑自兹退，清凉何处求』。如丹『卖药有时至，自知往来疏。遽辞池上酌，新得山中书。步出芙蓉府，归乘觳觫车。猥蒙招隐作，岂愧班生庐』。其气格殆不减二人，非唐中叶以来嘐嘐以诗鸣者可比。乃知古今文士，湮灭不得传于子孙者，不可胜数。然士各言其志，其隐显亦何足多较。观两诗趣尚，其胸中殆非汲汲于世者，正尔无闻，亦何所恨，其姓名偶见二人集，亦未必不为幸也。

辋川集（选五）

孟城坳①

结庐古城下，时登古城上。古城非畴昔②，今人自来往。

【注释】①孟城坳：即孟城口，在辋川风景区内。②畴昔：从前。

【品读】贺裳《载酒园诗话》：辋川倡和，裴迪尤多，其诗体反不甚与王近，较诸公骨稍重。

华子冈

落日松风起，还家草露晞。云光侵履迹，山翠拂人衣。

【品读】王士禛《带经堂诗话》：唐人五言绝句往往入禅，有得意忘言之妙，与净名默然，达磨得髓，同一关捩。观王裴辋川集及祖咏《终南残雪》诗，虽钝根初机，亦能顿悟。

孙涛《全唐诗话》：迪，关中人，与王维、崔兴宗居终南。游辋川别业十首最佳。《华子冈》：『落日松风起，还家草露晞。云光侵履迹，山翠拂人衣。』

宫槐陌①

门前宫槐陌，是向②欹湖道。秋来山雨多，落叶无人扫。

【注释】

①宫槐陌：辋川地名。宫槐，树名。陌，小路。

②是向：指向。

【品读】

王尧衢《唐诗合解》：宫中多植槐，故曰宫槐。古者树青槐以表道，东西曰陌，言此陌是欹湖之道也。径无人行，落叶满地，今特缓其词曰：非行欹湖道者无人，特以风雨多，而落叶亦多，无人扫除耳。托风雨以比荒凉也。

临湖亭

当轩弥混漾①，孤月正裴回②。谷口猿声发，风传入户来。

【注释】

①混漾：指水深波浪荡漾。②裴回：即徘徊。

【品读】

王尧衢《唐诗合解》：混漾言湖水之弥漫也，亭既临湖，故水势当轩。水光映月，月明之下，清猿啼于谷中，时从风前传响入户，闻之，更为凄切矣。

栾家濑①

濑声喧极浦，沿涉向南津。泛泛鸥凫渡，时时欲近人。

【注释】

①栾家濑：地名，又为水名。濑，指浅水从石上湍急地流淌。

【品读】

王尧衢《唐诗合解》：濑，急流也，水流故声喧。极浦，浦之远也。与沿同，顺流而下也。津，渡口也。凫鸥，皆水鸟，泛泛然言渡水而过。人无机心，则鸟凫来狎矣。时时，不一时也，濑上景色宛然。

丘为

丘为（约694—约789），嘉兴人（今浙江嘉兴）。屡试不第，天宝初年进士。累官至太子右庶子，与王维、刘长卿等相友善，互有唱和。

寻西山隐者不遇

绝顶一茅茨①，直上三十里。扣关②无僮仆，窥室唯案几。若非巾柴车，应是钓秋水。差池不相见，黾勉③空仰止。草色新雨中，松声晚窗里。及兹契幽绝，自足荡心耳。虽无宾主意，颇得清净理。兴尽④方下山，何必待之子⑤？

【注释】

①茅茨：茅屋。茨，茅草屋顶。②扣关：敲门。关，闭门之横木，即门闩。③黾勉：努力。④兴尽：用王子猷雪夜访戴安道之典。⑤之子：指隐者。

【品读】

喻守真《唐诗三百首详析》：此诗写隐者的清高，西山的幽静，作者有心去寻，无意相见，大有乘兴而来，兴尽而返的风趣。

左掖①梨花同王维、皇甫冉赋

冷艳全欺②雪，余香乍入衣。春风且莫定，吹向玉阶飞。

【注释】

①左掖：唐代门下省在宫廷东边，称左省，或称左掖。②欺：压过。

【品读】

俞陛云《诗境浅说》：此殆取喻之词。左掖地当禁近，梨花托地既高，偶因风送，便飞向瑶殿玉阶，有希荣之意也。或言梨花虽在清华之地，忽被风吹，遂飘茵堕素，有上清沦落之盛，其意果何指耶？王维亦有左掖梨花诗，借以寓意，并可见梨花之盛，故诗人以之入咏也。

张谓

张谓（?—777），字正言，河内（今河南沁阳县）人。天宝二年（743）登进士第，乾元中为尚书郎，大历年间潭州刺史，后官至礼部侍郎，三典贡举。

赠乔琳[1]

去年上策[2]不见收，今年寄食仍淹留。羡君有酒能便醉，羡君无钱能不忧。如今五侯[3]不爱客，羡君不问五侯宅。如今七贵《西征赋》：「窥七贵于汉庭，俦一姓之或在。」李善注：「七姓谓吕、霍、上官、赵、丁、傅、王也。」方自尊，羡君不过七贵门。丈夫会应有知己，世上悠悠何足论！

【注释】

①乔琳：并州太原（今山西太原）人。②上策：参加科举考试。策，策试，科举考试的一种方式。③五侯：史书记载，汉成帝一日封外戚五人为侯，汉桓帝先后封外戚五人为侯，汉桓帝又以平梁冀功，一日封宦者五人为侯，世谓「五侯」。后世以「五侯」泛指权贵。

【品读】

沈德潜《唐诗别裁》：兀傲之气如见。

别韦郎中

星轺[1]计日赴岷峨，云树连天阻笑歌。南入洞庭随雁去，西过巫峡听猿多。峥嵘洲[2]上飞黄蝶，滟滪堆[3]边起白波。不醉郎中桑落酒，《水经注》：民有姓刘名堕者。宿擅工酿，采挹河流，酝成芳酎。悬食同枯枝之年，排于桑落之辰，故酒得其名矣。教人无奈别离何。

【注释】

①星轺：古人认为使臣上应星辰，轺车为使臣所乘，因称使臣出行为星轺。此指韦郎中。②峥嵘洲：在湖北黄冈县西长江中，接武昌县界处。晋安帝元兴三年冠军将军刘毅破桓玄之地。③滟滪堆：长江三峡瞿塘峡口之险滩。

【品读】

金圣叹《贯华堂选批唐才子诗》：前解，言使车速发，特因钦限逼迫也。三、四之「南入洞庭」「西过巫峡」，即二之「云树连天」。「随雁去」「听猿多」，即「阻笑歌」也。后解，言正值深秋，况经奇险，多谢故人，劳劳相送，自当饮尽其卮中也。

沈德潜《唐诗别裁》：应是己适楚、韦适蜀，故中二联分写。三、四写情，五、六写景，不嫌其复。

春园家宴

南园春色正相宜，大妇[1]同行小妇随。竹里登楼人不见，花间觅路鸟先知。樱桃解结垂檐子，杨柳能低入户枝。山简醉[2]来歌一曲，参差笑杀郢中[3]儿。

【注释】

①大妇：旧称正妻为大妇，妾为小妇。②山简醉：南朝宋刘义庆《世说新语》：『山季伦为荆州，时出酣畅，人为之歌曰：「山公时一醉，径造高阳池，日莫倒载归，茗艼无所知。复能乘骏马，倒着白接篱。举手问葛强，何如并州儿？」高阳池在襄阳。强是其爱将，并州人也。』后以为醉酒之典。③郢中：郢都。借指古楚地。

【品读】

金圣叹《贯华堂选批唐才子诗》：前解，唐人诗，直是羽翼圣经，助流风化，不止作韵语而已。如此诗，一，表天时和应；二，表闺门肃雍；三四，又言此为人家内行，不必外人之所与闻，便将天地一段太和元气，欲发而为礼乐文章者，已无不酝酿于此。呜呼！此岂后代小生之所得而措手乎！往读《三妇艳》大妇小妇一向风流扫地，何意遽成大雅。后解，解结子妙，能低枝又妙。自来妻妾，愁其不解结子，乃才解结子，又可恨是不能低枝。今既解结子，又能低枝，此真佛经所称『女宝』，而《易》曰：『无攸遂，在中馈。』《诗》曰：『黾勉同心，莫不静好。』《礼》曰：『婉勉听从。』皆是此物此志也。诚有妻妾如此，而丈夫扰不饮酒歌曲，夫岂人情？

西亭子言怀

张谓

数丛芳草在堂阴，几处闲花映竹林。攀树玄猿呼郡吏①，傍溪白鸟应家禽。青山看景知高下，流水闻声识浅深。官属②不令拘礼数，时时缓步一相寻③。

【注释】

①郡吏：郡守的属官。②官属：主要官员的属吏。

③相寻：相继，接连不断。

【品读】

金圣叹《贯华堂选批唐才子诗》：前解写境，后解写人。笔疏墨明，谁当不晓？乃我独有神解于此诗者。看他前解，为堂阴，为芳草，为数丛，为竹林，为闲花，为几处；为树，为猿，为溪，为鸟，全是一人指指点点，申申夭夭于其间。但细读『在』字、『映』字、『攀』字、『呼』字、『傍』字、『应』字便自见。所谓尽是此人闲心妙手，并非西亭有此印板景致也。然则前解正是写人。后解，看他写到看景知山，闻声识水。一二三属吏，尽捐町畦，则不知山水之为我，我之为山水，自之为他，他之为自；一之为多，多之为一。所谓休乎天钧，嗒焉尽丧，是先生之杜德机也。然则后解乃写人无其人。

杜甫

杜甫（712–770），字子美，祖籍襄阳（今湖北襄樊市），后迁居巩县（今河南巩县），自号少陵野老，是我国唐代伟大的现实主义诗人，诗圣。天宝初应进士不第。天宝末，献三大礼赋，玄宗奇之，召试文章，授京兆府兵曹参军。唐肃宗时，官左拾遗。后入蜀，友人严武推荐他做剑南节度府参谋，加检校工部员外郎。故后世又称他杜拾遗、杜工部。

游龙门奉先寺

朱鹤龄：龙门，即伊阙。《元和郡县志》：伊阙山，在河南府伊阙县北四十五里。

已从招提游，《僧辉记》：招提者，梵言拓斗提奢，唐言四方僧物，但传笔者讹拓为招，去斗奢留提字，即今十方住持寺院耳。**更宿招提境。阴壑生虚籁①，月林散清影②。天阙③象纬逼，云卧衣裳冷。欲觉闻晨钟，令人发深省④。**公游奉先寺，夜宿而作也。

【注释】

①虚籁：谢庄《月赋》：『声林虚籁。』师古曰：『风声为天籁，水声为地籁，笙竽为人籁。』②月林句：用梁昭明太子诗『月落林余影』。③天阙：韦述《东都记》：『龙门号双阙，与大内对峙，若天阙然。』《丹阳记》载王茂弘指牛头山两峰为天阙，禹疏伊水北流，两山相对，望之若阙。④令人句：梅子真书：『愿深省臣言。』蜀人师古曰：释氏有声闻、缘觉。如香岩和尚一日扫庵，瓦砾击竹作声，忽然大悟。又如道吾闻巫吹角，瞥地大省。此得乎声闻而有所觉者也。诗言发深省，其亦得于声闻缘觉者耶！

【品读】

王嗣奭《杜臆》：人在尘溷中，真性沦隐，若身离尘表，其情趣自别。而又宿于其境，对风月则耳目清旷，近星云则心神悚惕。已上六句，步紧一步，逼到梦将觉而触于钟声，道心之微忽然呈露，犹之剥复交而天心见，勿浅视此深省语也。

金圣叹《杜诗解》：题是《游龙门奉先寺》，及读其诗起二句，却云『已从招提游，更宿招提境』。『已』字『更』字，是结过上文再起下文之法。今用笔如此，岂此诗乃是补写游以后事耶？然则当时此题，岂本有二诗，而忘其第一首耶？我反复思之，不得其故。一日无事闲坐，而忽然知之。盖此篇乃先生教人作诗不得轻易下笔也。即如是日于正游时，若欲信手便作，岂便无诗一首，然而『阴壑』『月林』之境必不及矣。夫此境若不及，便是没交涉；夫作诗没交涉，便如不曾作。先生是以徘徊不去，务尽其理。题中自标『游』字，诗必成于宿后。如是，便将浅人游山一切皮语、熟语、村语，掀剥略尽，然后另出手眼，成此新裁。

登兖州城楼

顾宸：兖州，隋改为鲁郡，唐武德间复曰兖州，天宝元年又改鲁郡。此云兖州，当是开元二十五年，公下第后游齐赵时所作。

东郡①趋庭②日，南楼纵目初。浮云连海岱③，平野入青徐④。孤嶂⑤秦碑在，《秦本纪》：始皇二十八年，东行郡县，上邹峄山，刻石颂秦德。荒城鲁殿⑥余。从来多古意，临眺独踌躇。薛君：踌躇，踯躅也。

【注释】

①东郡：秦置，属兖州。②趋庭：承受父亲的教诲。《论语·季氏》：「（孔子）尝独立，鲤（孔子之子）趋而过庭。」孔子教以学诗、学礼。③海岱：东海、泰山。④青徐：青州、徐州，俱属河南道。⑤孤嶂：指邹峄山。又名邹山、峄山，在山东邹县东南。⑥鲁殿：即鲁灵光殿，为汉景帝子鲁共王所立，殿在兖州曲阜县城中。

【品读】

黄生《杜诗说》：前半登楼之景，后半怀古之情，其驱使名胜古迹，能作第一种语。此与《岳阳楼》诗，并足凌轹千古。

仇兆鳌《杜诗详注》：公至兖州省侍而咏南楼也。通首皆登楼所见，「海岱」「青徐」属远景，故以「纵目」二字起之。「秦碑」「鲁殿」属近景，故以「临眺」二字结之。仍在上下四句分截。赵汸云：三四宏阔，俯仰千里。五六微婉，上下千年。曰「从来」则平昔怀抱可知。曰「独」则登楼者未必皆知。

望岳

岱宗①夫如何？赵秉文：夫如何，三字几不成语，然非三字无以成下句有数百里之气象。齐鲁②青未了。造化钟③神秀，阴阳④割昏晓。朱鹤龄：泰山东隅有日观峰，鸡鸣时见日出，长三丈。即割昏晓之义。荡胸生层云，决眦⑤入归鸟。会当⑥凌绝顶，一览众山小。

【注释】

①岱宗：即泰山。《汉书·郊祀志》：「岱宗，泰山也。」郑昂曰：「王者升中告代必于此山，又是山为五岳之长，故曰岱宗。」②齐鲁：今山东一带。《史记·货殖列传》：「泰山之阳则鲁，其阴则齐。」③钟：聚集。④阴阳：指山的向背。⑤决眦：张目极视之状。眦，眼角。⑥会当：古人口语，定要。

【品读】

王嗣奭《杜臆》：「齐鲁青未了」「荡胸生云」「决眦入鸟」皆望见岱岳之高大，揣摩想象而得之。故首用「夫如何」，正想象光景，三字直管到「入归鸟」，此诗中大开合也。『齐鲁青未了』语未必实，而用此状岳之高，真雄盖一世。『阴阳割昏晓』造语亦奇，此实语矣。『荡胸生层云』，状襟怀之浩荡也；『决眦入归鸟』状眼界之宽阔也。想象登岳如此，非实语，不可以句字解也。公盖身在岳麓，神游岳顶，所云『一览众山小』者，已冥搜而得之矣。

仇兆鳌《杜诗详注》：首联远望之色，次联近望之势，三联细望之景，末联极望之情。上六实叙，下二虚摹。岱宗如何，意中遥想之词。自齐至鲁，其青未了，言岳之高远。拔地而起，神秀之所特钟。矗天而峙，昏晓于此判割。二语奇峭。

已上人茅斋

胡应麟：已上人欧公作齐己，非也。已与贯休同出晚唐，乃郑谷辈同时，何缘与杜相值？已公茅屋下，可以赋新诗。枕簟入林僻，茶瓜①留客迟。江莲摇白羽②，天棘③蔓青丝。空忝许询④辈，难酬支遁⑤词。

【注释】

①茶瓜：《晋书》：陆纳为吴兴太守，谢安诣纳，所设唯茶果而已。《神仙传》：葛玄为客设生瓜。②白羽：如『值其鹭羽』之羽，状莲之迎风而舞。旧解作扇，非。③天棘：天门冬。一说为杨柳。④许询：东晋文学家。字玄度。高阳（今河北蠡县）人。有才藻，善属文。⑤支遁：晋朝名僧，号道林，俗姓关，陈留人。亦说河东林虑人。

【品读】

仇兆鳌《杜诗详注》：首联，领起中四。枕簟茶瓜，茅斋之事，江莲天棘，茅斋之景，此足以发诗兴者。末以许询自比，以支遁比已公，盖赋诗而做谦词也。摇白羽，状江莲之飘动。蔓青丝，状天棘之蒙茸。

金圣叹《杜诗解》：如云『宿已上人茅斋』，则是赋宿者。今无『宿』字，则是特赋已上人也。何处无上人？何上人无茅斋？今都不见及，而独赋已公。已公未必荣，余公实愧死矣。

房兵曹①胡马

胡马大宛②名，锋棱瘦骨成。竹批③双耳峻，风入四蹄轻。所向无空阔④，真堪托死生。《晋书》：刘牢之马跃五丈涧。脱慕容垂之逼。此皆能越空阔而托死生者。骁腾有如此，万里可横行。

【注释】

①兵曹：州府掌管军防、驿传的小官。②大宛：汉西域国名，以出产号称『天马』的『汗血马』著称。《史记》：『初，天子得乌孙马，号曰天马。及得大宛汗血马，益壮，更名乌孙马曰西极马，宛马曰天马。』③竹批：《齐民要术》：『马耳欲小而锐，状如斩竹筒。』

批，削也。④无空阔：在这样神骏的马面前什么空阔辽远的距离都不在话下。无，视之若无。

【品读】

黄生《杜诗说》：上半写马之状，下半赞马之才，结归房君，此作者诗法。

张綖《杜工部诗通》：此四十字中，其种其相，其才其德，无所不备，而形容痛快，凡笔望一字不可得。

赵汸《杜律赵注》：前辈言咏物诗戒粘皮着骨。公此诗，前言胡马骨相之异，后言其骁腾无比，而词语矫健豪纵，飞行万里之势，如在目中，所谓索之于骊黄北牡之外者。区区摹写体贴以为咏物者，何足语此。

浦起龙《读杜心解》：此与《画鹰》诗，自是年少气盛时作，都为自己写照。又：前半先写其格力不凡，后半并显出一副血性，字字凌厉。其炼局之奇峭，一气飞舞而下，所谓啮蚀不断者也。

画　鹰

素练风霜起①，苍鹰画作②殊。攫身③思狡兔，侧目似愁胡④。绦镟⑤光堪摘，轩楹势可呼。何当击凡鸟⑥，毛血洒平芜？

【注释】

①风霜起：极言画面上的苍鹰形象的生动，似乎立刻就要夹带着一股风霜凌空而起。②画作：谓画中作势。③攫身：挺身。攫，挺起。④愁胡：愁眉凝视的猴子。胡指猢狲，孙楚《鹰赋》：『深目蛾眉，状如愁胡。』⑤绦镟：系住鹰腿的丝绦和丝绦所系的金属圆棍。⑥凡鸟：以喻奸佞坏人。

【品读】

金圣叹《杜诗解》：句句是鹰，句句是画，犹是家常所讲；至于起句之未是画，已先是鹰，此真庄生所云鬼工矣。末句不知其指谁，然亦何必问其指谁。自当日以至于今，但是凡鸟坏人者，谁不为其所指！

仇兆鳌《杜诗详注》：次句点题，起下四句。曰『攫』、曰『侧』，摹鹰之状；曰『摘』、曰『呼』，绘鹰之神。末又从画鹰想出真鹰，几于写生欲活。每咏一物，必以全副精神入之，故老笔苍劲中，时见灵气飞舞。

夜宴左氏庄

林风纤月①落，衣露静琴张②。暗水流花径，春星带草堂。检书烧烛短，看剑引杯长。诗罢闻吴咏③，扁舟意不忘。

【注释】

①纤月：初升之月。②张：弹琴。③吴咏：指吴中民歌一类作品。

【品读】

黄生《杜诗说》：夜景有月易佳，无月难佳。三四就无月时写景，语更精切。上句妙在一暗字，觉水声之入耳。下句妙在一带字，见星光之遥映。

仇兆鳌《杜诗详注》：月落露浓，静琴始张，入夜方饮也。水暗星低，夜宴之景。检书看剑，夜宴之事。公弱冠曾游吴、越，故闻吴咏而追思其处。吴江周篆云：检书以考证，看剑而吟哦，此时正赋诗也。末句诗罢，乃倒插法。

假山

天宝初，南曹①小司寇舅于我太夫人堂下垒土为山，

朱鹤龄：唐制未闻以司寇判南曹。权德舆《吏部南曹厅壁记》：『高宗上元初，请外郎一人颛南曹之任，其后或诏他曹郎权居之。』此云南曹小司寇，当是以秋官权职者。太夫人卢氏，公祖审言继室，天宝三载五月卒于陈留群之私第，公作墓志。

一匮盈尺，以代彼朽木，承诸焚香瓷瓯，瓯甚安矣。旁植慈竹，盖兹数峰，嵚岑②婵娟，宛有尘外致。乃不知兴之所至，而作是诗。

申涵光：序不易解。杜文长至数语，便期期不能达意。如『夔人屋壁』『平章郑氏女子』『公孙大娘』等篇，世人附会以为古，其实不明。诗小序，莫妙于元次山，杜短语多有佳者。

一匮③功盈尺，三峰意出群。望中疑在野，幽处欲生云。慈竹④春阴覆，香炉晓势分。惟南将献寿，佳气日氤氲。

【注释】

①南曹：吏部员外郎二员，一人主判南曹。②嵚岑：谓山高峻貌。③一匮：一筐。匮，泛指盛土器。④慈竹：《竹纪》云：『慈竹，吴蜀皆有之，其竹丛生，每年笋出不离丛内。』

【品读】

仇兆鳌《杜诗详注》：诗序错综，须看此诗布置次第。先提土山，次出数峰。在野、生云，申明尘外之致。慈竹、香炉，傍景点缀。南山献寿，又就舅氏为山，归到太夫人堂下。

龙门

山有佛寺，金碧辉煌，最为胜概

黄鹤：龙门一山，连跨数郡，此诗盖指东京而言。天宝元年，公在东京，为姑万年县君制服，又为墓志。四载，又为皇甫妃范阳太君卢氏作墓志。当是其时作。

龙门横野断，《水经注》：禹疏伊水北流，两山相对，望之若阙，即所谓横野断也。驿树出城来。气色皇居①近，金银②佛寺开。往来时屡改，川陆日悠哉。相阅征途上，生涯尽几回。

【注释】

①皇居：《唐书》：东都皇城，名曰太微城。宫城，在皇城北，名曰紫微城。都城前值伊阙，后据关邙。颜延之诗：『皇居体环极。』②金银：佛地有金色世界、

银色世界，故称。

【品读】

仇兆鳌《杜诗详注》：此诗再游龙而作也。上四写景，下四感怀。断山之上，佛寺弘开，洛城之中，皇居壮丽，此登高所见者。时屡改而川陆长存，见前游已过。阅征途而生涯无几，叹后游难必也。

金圣叹《杜诗解》：此题乃截诗之首二字以名篇，非味龙门也。唐人每有此法，而先生集中尤多。前半何其热艳，后半何其悲凉。劈案书此诗，勒石龙门山下，必有读而哭，哭而回辕者矣。

冬日有怀李白

寂寞书斋里，终朝独尔思。更寻嘉树传，不忘角弓诗。《左传》：晋韩宣子来聘，公享之，韩子赋《角弓》。既享燕于季氏，有嘉树焉，宣子誉之，武曰：『宿敢不封殖此树以无忘《角弓》。』遂赋《甘棠》。短褐①风霜入，还丹②日月迟。未因乘兴去③，空有鹿门期④。

【注释】

①短褐：平民所穿的粗布衣服。②还丹：道家炼丹，使丹砂烧成水银，积久又还成丹砂，谓之还丹。③未因句：《世说》：戴安道居剡溪，王子猷雪夜命棹，未至遽反，曰：『乘兴而来，兴尽而返，何必见戴。』④鹿门期：《后汉书》：庞德公携妻子登鹿门山，采药不返。

【品读】

仇兆鳌《杜诗详注》：李集有《尧祠赠杜补阙》诗：『我觉秋风逸，谁言秋气悲。山将落日去，水与晴相宜。烟归碧海少，雁度青天迟。相失各万里，茫然空尔思。』段成式《酉阳杂俎》谓杜补阙即杜子美，公此诗用李诗迟字以和之。其说非也。公遇李时尚为布衣，其投拾遗，在至德乾元间。且补阙、拾遗，官衔不同，岂可强作傅会耶。

洪迈《容斋随笔》：李太白、杜子美，在布衣时同游梁、宋，为诗酒会心之友。以杜集考之，其称太白及怀赠之作，凡十四五篇。至于太白与子美诗，略不可见。盖杜自谏省出为华州司功，迤逦入蜀，未尝复至东州也。所谓饭颗山带头之嘲，亦好事者所撰耳。

春日忆李白

白也诗无敌，飘然思不群。清新庾开府①，俊逸鲍参军②。渭北春天树，江东日暮云③。何时一樽酒，重与细论文？

【注释】

①庾开府：庾信。信在北周为骠骑大将军，开府仪同三司，是六朝末期一位大诗人。②鲍参军：鲍照，刘宋时曾为前军参军。③渭北二句：渭北，杜甫所在地。江东，李白所在地。

【品读】

王嗣奭《杜臆》：公怀太白，欲与论文也。公与白同行同卧，论文旧矣。然于别后另有悟人。因忆向所与言，犹粗而未精，思重与论之。此公之笃于交谊也。

朱鹤龄《辑注杜工部集》：公与太白之诗，皆学六朝，前诗以李侯佳句比之阴铿，此又比之庾鲍，盖举生平所最慕者以相方也。王荆公谓少陵于太白，仅比以鲍、庾，阴铿则又下矣。或遂以『细论文』讥其才疏也，此真瞽说。公诗云『颇学阴何苦用心』，又云『庾信文章老更成』，又云『流传江鲍体，相顾免无儿』。公之推服诸家甚至，则其推服太白为何如哉！荆公所云，必是俗子伪托耳。

饮中八仙歌

知章①骑马似乘船，眼花落井水底眠。汝阳②三斗始朝天③，道逢曲车④口流涎，恨不移封向酒泉⑤。左相⑥日兴费万钱，饮如长鲸吸百川，衔杯乐圣称避贤。宗之⑦潇洒美少年，举觞白眼⑧望青天，皎如玉树临风前。苏晋⑨长斋绣佛前，醉中往往爱逃禅⑩。李白一斗诗百篇，长安市上酒家眠，天子呼来不上船，自称臣是酒中仙。张旭三杯草圣传，脱帽露顶王公前，挥毫落纸如云烟。焦遂五斗方卓然，高谈雄辩惊四筵。

【注释】

①知章：贺知章，字季真，自号『四明狂客』。②汝阳：指汝阳王李琎的醉态，李琎是唐玄宗哥哥李宪的长子。③朝天：上朝见君。④曲车：装有酒曲的车。⑤酒泉：今甘肃酒泉县。《三秦记》：酒泉郡城下有金泉，泉味如酒，故名酒泉。⑥左相：指曾任左丞相的李适之。⑦宗之：指曾任侍御史的崔宗之醉态。⑧白眼：晋阮籍狂放不羁，见庸俗之士，以白眼对之。⑨苏晋：苏晋，曾任中书舍人等职，好佛，常斋戒吃素，又贪杯纵酒。⑩逃禅：这里指违背佛规。

【品读】

王嗣奭《杜臆》：此创格，前无所因，后人不能学。描写八公都有仙气，而或两句三句四句，如云在晴空，卷舒自如，亦诗中之仙也。

蔡绦《西清诗话》：此歌眠字、天字再押，前字三押，古未见其体。叔父叔度云：歌分八篇，人人各异，虽重押韵无害，亦周诗分章之意也。唐汝询曰：柏梁诗，人各说一句，八仙歌，人各记一章，特变其体耳，重韵何害。

洪迈《容斋随笔》：此诗乐圣避贤，乃引李适之诗语。别本误以『避贤』为『世贤』，绝无意义。『世』字又犯太宗御讳。《秦州雨晴》诗云：『天永秋云薄，从西万里风。』谓秋天辽永，风从万里而来，可谓广大。而集中作『天水』，此乃秦州郡名。若用入此篇，其思致浅矣。《和李表丈早春作》云：『力疾坐清晓，来诗悲早春。』正答其意，而集中作来时，殊失所谓和篇本旨。

今夕行

今夕何夕岁云徂①，更长烛明不可孤。咸阳客舍一事无，相与博塞②为欢娱。凭陵大叫呼五白③，袒跣④不肯成枭卢⑤。英雄有时亦如此，邂逅岂即非良图？君莫笑，刘毅⑥从来布衣愿，家无儋石⑦输百万。

【注释】

①徂：往。今夕为岁徂，当即除夕。②博塞：古六博和格五等博戏。③五白：古时博具名，即五木之戏，俗称骰子。④袒跣：袒臂跣足。⑤枭卢：古时博戏樗蒲之二胜采名，幺为枭，最胜；六为卢，次之。⑥刘毅：《晋书·刘毅传》：毅于东堂聚樗蒲大掷，一判应至数百万，余人并黑犊以还，唯刘裕及毅在后。毅次掷得雉，大喜，绕床叫谓同坐曰：『非不能卢，不事此耳。』裕恶之，因挼五木久之，曰：『老兄试为卿答。』既而四子俱黑，一子转跃未定，裕厉声喝之，即成卢。⑦儋石：儋，古时坛子一类瓦器。儋容一石，故称。

【品读】

陈岩肖《庚溪诗话》：澄江朱正民曰：今夕岁徂；值除夜也。更长烛明，夜守岁也。客舍无事而博塞，旅中借以遣兴也，在他时则不暇为此矣。不可孤，言不负此夕。冯陵，意气发扬貌。袒跣，袒臂跣足也。

王嗣奭《杜臆》：邂逅良图，谓失意中偶然遭遇，便成良缘，此贫人意想之词。

仇兆鳌《杜诗详注》：此诗见少年豪放之意。除夕博戏，呼白而不成枭，因作自解之词。末引刘毅输钱，以见英雄得失，不系乎此也。

高都护①骢马行

安西都护胡青骢，声价欻然来向东。此马临阵久无敌，与人一心成大功。功成惠养随所致，飘飘远自流沙至。雄姿未受伏枥恩，猛气犹思战场利。腕促蹄高如踣铁②，交河几蹴③曾冰裂。五花散作云满身④，万里方看汗流血。长安壮儿不敢骑，走过掣电倾城知。青丝络头为君老，何由却出横门道⑤？

【注释】

①高都护：即高仙芝。仙芝天宝八载入朝。②踣铁：言马蹄之坚，踏地如铁。踣，踏也。③几蹴：不止一次。④云满身：身如云锦。唐代宗赏赐郭子仪九花虬马，额高九寸，毛拳如鳞，身被九花，故以为名。⑤横音光：汉时长安城西北头第一门叫『横门』，是通向西域的大道。

【品读】

张綖《杜工部诗通》：凡诗人题咏，必胸次高超，下笔方能卓绝。此诗『雄姿未受伏枥恩，猛气犹思战场利』，『青丝络头为君老，何由却出横门道』，如此状物，不唯格韵特高，亦见少陵人品。若曹唐《病马》诗：『一朝千里心犹在，曾敢潜忘秣饲恩。』乃乞儿语也。

王嗣奭《杜臆》：『与人一心成大功』，此盛赞马德，即所谓『其堪托死生』也。下文猛气思战场，万里看流血，壮儿不敢骑，却出横门道，节节俱蒙此意，写得雄骏绝伦。『语不惊人死不休』，洵足空前绝后矣。

醉歌行 别从侄勤落第归

陆机二十作文赋，《晋书》：陆机少袭父兵为牙门将军，年二十而吴灭。退临旧里，与弟云勤学。机妙解情理，心识文体，故作《文赋》。汝更少年能缀文。总角①草书又神速，世上儿子徒纷纷。骅骝②作驹已汗血，鸷鸟③举翮连青云。词源倒流三峡④水，笔阵⑤独扫千人军。只今年才十六七，射策君门期第一。姜宸英：西汉岁课士，有对策、射策。颜师古注：射策者，为难问疑义，书之于策，量其大小，署为甲乙之科，列而置之，不使彰显，有欲射者，取而择之，以知优劣。对策者，显问以经义，令各对之，而观其文词定高下也。旧穿杨⑥叶真自知，暂蹶霜蹄未为失。偶然擢秀⑦非难取，会是排风有毛质。汝身已见唾成珠，汝伯何由发如漆？春光淡沲⑧秦东亭⑨，渚蒲牙白水荇青。风吹客衣日杲杲⑩，树搅离思花冥冥。酒尽沙头双玉瓶，众宾皆醉我独醒。乃知贫贱别更苦，吞声踯躅⑪涕泪零。

【注释】

①总角：古代儿童将头发分作左右两半，在头顶各扎成一个结，形如两个羊角，故称。借指童年时期，幼年。②骅骝：周穆王八骏之一。驹，小马。③鸷鸟：猛禽。④三峡：指明月峡、巫山峡、广济峡。⑤笔阵：王羲之《题卫夫人笔阵图》：『纸者阵也，笔者刀稍也，墨者鍪甲也，砚者城池也，本领者将军也，心意者副将也。』⑥穿杨：谓射技精湛。《战国策》：楚有养由基者，去柳叶百步而射之，百发百中。⑦擢秀：指登第。⑧淡沲：即淡荡。⑨秦东亭：在京城门外，送别多于此处。⑩杲杲：明亮状。⑪踯躅：行不进貌。

【品读】

仇兆鳌《杜诗详注》：先赞勤才美。上二称文章，次二称书法。骅驹鸷翮，言少负奇气。倒三峡，谓文势浩瀚。扫千军，谓草字纵横。次慰勤下第。上是叙平日，此乃叙其临试。穿杨，言命中之技。蹶蹄，应骅骝，惜其不遇也。擢秀，言识拔有时。排风，应鸷鸟，望其终达也。唾成珠，矢口成章。发如漆，青年莫返矣。末叙别时景事，情溢言表。东亭饯别，蒲荇方新，客衣离思，勤将去矣。皆醉独醒，公不忍别也。此章三段，各八句。

浦起龙《读杜心解》：凡三转韵，层次分明。首赞其才，中慰其意，后惜其别。以半老人送少年，以落魄人送下第，情绪自尔缠绵。

陪李金吾花下饮

胜地初相引，徐行得自娱。见轻吹鸟毳①，随意数花须②。细草偏称③坐，香醪④懒再沽。醉归应犯夜，可怕执金吾⑤。

【注释】

①毳：鸟细毛。《韩诗外传》：『背上之毛，腹下之毳。』②须：花心须。潘岳《安石榴赋》：『细的点乎细须。』③偏称：言偏宜。④香醪：美酒。⑤执金吾：官名。秦汉时率禁兵保卫京城和宫城的官员。

【品读】

仇兆鳌《杜诗详注》：五夜，敕许金吾驰禁，前后各一日。《前汉·百官志》：汉武帝更中卫尉名为执金吾。颜师古注：『金吾，鸟名也。主辟不祥。天子出行，职主先导，以备非常，故执此鸟之象，因以名官。』《后汉·志》应劭注：执金吾以御非常，吾，犹御也。徐陵诗云『非但执金吾』，孔奥诗云『无胜执金吾』，皆用在结句，此诗句法似之，若作『李金吾』，反直致矣。

官定后戏赠 时免河西尉，为右卫率府兵曹

不作河西尉，凄凉为折腰①。老夫怕趋走②，率府③且逍遥。耽④酒须微禄，狂歌托圣朝。故山归兴尽，回首向风飙。

【注释】

①折腰：《晋书》：陶潜为彭泽令，郡遣督邮至。吏白：『应束带见之。』潜叹曰：『吾不能为五斗米折腰，拳拳事乡里小儿！』即解印，赋《归去来词》。②趋走：犹奔走，指侍候上司。③率府：即右卫率府胄曹参军。正八品下，掌器械、公廨营缮。④耽：嗜好。

【品读】

赵汸《杜律赵注》：方官未定时，公《赠崔学士》诗云『故山多药物』，『欲整还乡旆』。今官已定，无复归山之兴，唯有临风回首耳。

仇兆鳌《杜诗详注》：公辞尉而就率府，盖取逍遥自在，得以饮酒狂歌耳，然亦不得已而为此，故有回首故山之慨。

去矣行

君不见鞲①上鹰，一饱即飞掣。焉能作堂上燕②，衔泥附炎热？野人旷荡无靦颜③，岂可久在王侯间？未试囊中餐玉④法，明朝且入蓝田山。

【注释】

①鞲：放鹰人所着的臂衣。②燕：喻小人。③靦颜：犹厚颜。④餐玉：《魏书》：『李预居长安，每羡古人餐玉之法，乃采访蓝田，躬往攻掘，得大小百余，预乃椎七十枚为屑，日服食之。』

【品读】

王嗣奭《杜臆》：旷荡无覥颜，具见浩然之气。

仇兆鳌《杜诗详注》：此诗欲去官而作也。上四属比，下四属赋。宁为鹰之飏，不为燕之附，以野性旷荡，下屑覥颜侯门也。餐王蓝田，盖将托之以遁世矣。

遣兴 此亦陷贼时所作

骥子①好男儿，前年学语时。问知人客姓，诵得老夫诗。世乱怜渠②小，家贫仰母慈。鹿门③携不遂，雁足④系难期。天地军麾满，山河战角⑤悲。倘归免相失，见日敢辞迟。

【注释】

①骥子：杜甫幼子宗武，小名骥子。②渠：他，指骥子。③鹿门：鹿门山，传说东汉时庞德公携妻子登山隐居。④雁足：《苏武传》载，汉使者言天子射上林中，得雁，足有系帛书，知苏武所在。后以雁足指称书信。⑤战角：《晋书》：『蚩尤氏帅师魑魅，与黄帝战于涿鹿，帝乃命吹角为龙吟以御之。』

【品读】

王嗣奭《杜臆》：世乱二句，爱隔情深。傥归一结，语宽心急。

钟惺《唐诗归》：极婉极细，只是一真。

仇兆鳌《杜诗详注》：此诗遥忆幼子也。上四忆从前，中四叹现在，末四思将来。知客、诵诗，承学语业。鹿门句，伤妻子相隔。雁足句，慨音信不通。

述怀

去年潼关破，妻子隔绝久。今夏草木长，脱身得西走。麻鞋见天子，衣袖露两肘。朝廷愍生还，亲故伤老丑。涕泪受拾遗①，流离主恩厚。柴门虽得去，未忍即开口。寄书问三川②，不知家在否。比闻③同罹祸，杀戮到鸡狗。山中漏茅屋，谁复依户牖？摧颓苍松根，地冷骨未朽。几人全性命？尽室岂相偶？嵚岑④猛虎⑤场，郁结回我首⑥。自寄一封书，今已十月后。反畏消息来，寸心亦何有？汉运初中兴，生平老耽酒⑦。沉思欢会处，恐作穷独叟。

【注释】

①拾遗：从八品，为谏官，常在皇帝左右。杜甫于至德二载（757）五月十六日任左拾遗。②三川：县名，在鄜州（今延安）南。③比闻：近来听说。④嵚岑：山高峻貌。⑤猛虎：喻贼寇的残暴。⑥回我首：摇头叹气。⑦耽酒：即嗜酒。

【品读】

王嗣奭《杜臆》：他人言苦情，一言两言便了，此老自『寄书问三川』至末，宛转发挥，蝉联不断，字字俱堪坠泪！

春望

国破山河在，城春草木深。吴见思：『在』字则兴废可悲，『深』字则荟蔚满目。起联极沉痛，笔力千钧。感时花溅泪，恨别鸟惊心。烽火连三月①，家书抵万金。白头搔更短，浑欲②不胜簪。

【注释】

①三月：指季春三月。连三月，连逢两个三月。

②浑欲：几乎要。

【品读】

司马光《温公续诗话》：古人为诗，贵于意在言外，使人思而得之，故言之者无罪，闻之者足以戒。近世唯杜子美，最得诗人之体，如『国破山河在，城春草木深。感时花溅泪，恨别鸟惊心』。山河在，明无余物矣；草木深，明无人迹矣。花鸟，平时可娱之物，见之而泣，闻之而悲，则时可知矣。他皆类此。

吴见思《杜诗论文》：杜诗有一句而神理俱出者，如『国破山河在』，『在』字则兴废可悲；『城春草木深』，『深』字则葱蔚满目矣。起联极沉痛，笔力千钧。

对雪

战哭多新鬼，愁吟独老翁。乱云低薄暮，急雪舞回风。瓢弃樽无绿①，炉存火似红②。数州③消息断，愁坐正书空。

【注释】

①无绿：即无酒。酒色绿，故以绿代酒。②火似红：谓没有火。生不起火，往往不自觉地伸手向空炉取暖，苦况如画。③数州：指近贼之境。

【品读】

黄生《杜诗说》：他诗前景后情，此独外虚中实，变格也。琊琅陶之败，殷浩山桑之败，皆以宿望偾军，故用书空事。

仇兆鳌《杜诗详注》：此诗中间咏雪，而前后俱叹时事，正是有感而赋雪耳。乱云急雪，对雪之景。樽空火冷，对雪之况。前曰愁吟，伤官军之新败。末云愁坐，伤贼势之方张。

忆幼子①

骥子春犹隔，莺歌黄生：莺歌，暗比学语之儿。暖正繁。别离惊节换②，聪慧与谁论？涧水空山道，柴门老树③村。忆渠④愁只睡，炙背⑤俯晴轩。黄生：俯字善画炙背之态。

【注释】

①幼子：即宗武，小名骥子。②节换：季节更替。③老树：《抱朴子》：『午日称仙人者，老树也。』④渠：方言，他。⑤炙背：晒背。

【品读】

仇兆鳌《杜诗详注》：此章，情景间叙。莺歌节换，言景。子隔谁论，言情。涧水柴门，家在鄜州之景。愁睡晴轩，长安思子之情。春犹隔，自去夏离家，至春犹隔也。

得家书

去凭游客寄，来为附家书。今日知消息，他乡且定居。王嗣奭：家在他乡之旧居，幸无转徙也。他乡，指鄜州。熊儿幸无恙，骥子最怜渠。胡夏客：骥，当是宗文。熊，当是宗武。临老羁孤极，伤时会合疏。二毛[1]趋帐殿，一命[2]侍鸾舆。北阙妖氛满，西郊[3]白露初。凉风新过雁，秋雨欲生鱼。农事空山里，眷言终荷锄。

【注释】

①二毛：头发斑白。《左传》：『不禽二毛。』注：『鬓毛斑白二色也。』②一命：小国之卿与下大夫。泛指官职微末者。③西郊：指凤翔。

【品读】

仇兆鳌《杜诗详注》：喜得家书，犹伤父子相隔也。感时抚事，意在聚首山中也。趋帐殿，时为拾遗矣。此章二段，各八句。

月

天上秋期近，人间月影清。入河蟾不没，捣药[1]兔长生。只益丹心苦，能添白发明。干戈知满地，休照国西营[2]。

【注释】

①捣药：傅玄《拟天问》：『月中何有？白兔捣药。』②国西营：指扶风军士。扶风，在长安西北。

【品读】

王嗣奭《杜臆》：杜诗凡单咏一物，必有所比，此诗为肃宗而作。天运初回，新君登极，将有太平之望，秋期近而月影清也。然嬖幸已为荧惑，贵妃方败，复有良娣，入河而蟾不没也。国忠既亡，又有辅国，捣药之兔长生也。所以心愈苦，而发增白耳。张綖《杜工部诗通》：蟾兔以比近习小人。入河不没，不离君侧也。捣药长生，潜窃国柄也。丹心益苦，无路以告也。白发添明，忧思致老也。故结言休照军营，恐愈触其忧耳。当时寇势侵逼如此，而近习犹然用事，何时得见清平耶？

仇兆鳌《杜诗详注》：此当是至德二载七月作，故云『秋期近』。是时官军尚在扶风，至闰八月二十三日，始命郭子仪收长安。国西营，指扶风军士。扶风，在长安西北也。

晚行口号

三川[1]不可到，赵汸：不可到，徒步行缓也。归路晚山稠。落雁浮寒水，饥乌集戍楼。市朝今日异，丧乱几时休。远愧梁江总，还家尚黑头。顾炎武：考《江总传》，梁太清三年，台城陷，总年三十一。自此流离于外十四五年，至陈天嘉四年还朝，总年四十五。所谓『还家尚黑头』也。子美遭乱崎岖，略与总同，自伤其年已老，故发此叹耳。传又云：开皇十四年，卒于江都，时年七十六。既无还家之文，而祯明三年为陈亡之岁，总年已七十一，头安得黑乎？且子美诗云：『莫看江总老，犹被赏时鱼。』又云：『管宁纱帽净，江令锦袍鲜。』亦已亟称之矣。刘须溪谓着一梁字，不胜其愧，此谬说也。

【注释】

①三川：在鄜州南六里。

【品读】

仇兆鳌《杜诗详注》：上四晚行之景，下四晚行有感。落雁饥乌，写中路凄凉之状，亦见丧败之余，行人少而成卒稀。

独酌成诗

灯花何太喜，酒绿正相亲。醉里从为客，诗成觉有神。兵戈犹在眼，儒术岂谋身？苦被微官缚，低头愧野人。

【品读】

王嗣奭《杜臆》：遇酒而灯花为兆，酒之难得可知。任从为客，酒解客愁。诗觉有神，喜动诗兴也。二句暗承。陶叹折腰，杜愧低头，皆不肯屈节于仕途者。

仇兆鳌《杜诗详注》：上四叙旅夜情事，题意已完。下则有感身世，而叹一官之拘束。

玉华宫①

溪回松风长，苍鼠窜古瓦。不知何王殿，朱鹤龄：玉华宫作于贞观年间，去公时仅百载，而云『不知何王殿』者，何也？按《高僧传》载，玄奘尝于此译经，意久废为寺，与九成之置官居守者不同，故人皆不知为何王之殿耳，非公真昧其迹也。遗构②绝壁下。阴房鬼火青，坏道③哀湍泻。万籁真笙竽，秋色正萧洒。美人为黄土，况乃粉黛假④？当时侍金舆，故物独石马⑤。忧来藉草坐，浩歌泪盈把。冉冉征途间，谁是长年者？

【注释】

①玉华宫：《地理志》：『贞观二十年置玉华宫，在坊州宜君县北七里凤凰谷。永徽二年，废为玉华寺。』②遗构：荒废的建筑。③坏道：《尚书传》：『傅氏之岩，在虞虢界，有涧水坏道。』④粉黛假：谓殉葬木偶人也。⑤石马：陵墓间雕刻物。

【品读】

洪迈《容斋随笔》：张文潜暮年在宛丘，何大圭方弱冠，往谒之。凡三日，见其吟哦老杜《玉华宫》诗不绝口。大圭请其故。曰：『此间乃风雅鼓吹，未易为子言。』大圭曰：『先生所赋，何必减此。』曰：『平生极力摹写，仅有一篇稍似之，然未可同日语也。』遂诵其《离黄州》诗曰：『扁舟发孤城，挥手谢送者。山回地势卷，天豁江面写。中流望赤壁，石脚插水下。昏昏烟雾岭，历历渔樵舍。居夷实三载，邻里通假借。别之岂无情，老泪为一洒。篙工起鸣舷，轻橹健于马。聊为过江宿，寂寂樊山夜。』此其音响节奏，因似之矣。

送灵州①李判官

羯胡②腥四海，回首一茫茫。血战乾坤③赤，氛迷日月黄。将军专策略，幕府④盛才良。近贺中兴主，神兵动朔方⑤。

【注释】

①灵州：灵武郡，北魏置，唐为朔方节度使治所。
②羯胡：《魏书·石勒传》：『其先匈奴别部，分散居于上党武乡羯室，因号羯胡。』泛称来自北方的外族。
③乾坤：指国家。④幕府：旧时将帅办公的地方，后也泛指衙署。⑤朔方：郡名。西汉置，治所在朔方，今内蒙古自治区杭锦旗北。

【品读】

仇兆鳌《杜诗详注》：上四记当时之乱，下望其乘时建功也。血战氛迷，正言四海腥膻。策略称其主将，才良美李判官。兵动朔方，盖将大举兴复也。按《唐书》：禄山反，以郭子仪为灵武太守，充朔方军节度使。陈涛斜之败，帝惟倚朔方军为根本。此章言『专策略』，又言『动朔方』，当指郭子仪。黄鹤谓王思礼，恐误。

腊日①

腊日常年暖尚遥，今年腊日冻全消。侵陵雪色还萱草，漏泄春光有柳条。纵酒欲谋良夜醉，归家初散紫宸②朝。口脂面药③朱瀚：口脂面药，以御寒冻。随恩泽，翠管银罂④下九霄。

【注释】

①腊日：古时岁终祭祀百神的日子，一般指腊八。
②紫宸：《长安志》：『宣政殿北曰紫宸门，内有紫宸殿，即内衙之正殿。』③口脂句：《景龙文馆记》：『帝于苑中，召近臣赐腊，晚自北门入于内殿，赐食，加口脂腊脂。』④翠管银罂：指所盛之器。《酉阳杂俎》：『腊日赐口脂腊脂，盛以碧镂牙筒。』

【品读】

张綖《杜工部诗通》：大寒之后，必有阳春；大乱之后，必有至治。腊日而暖，此寒极而春，乱极将治之象，公故喜而赋焉。

顾宸《杜律注解》：腊祭自应会饮，况当恩泽下颁之日，下四用倒插，乃归重感恩意。若先将口脂、翠管作联，散朝、纵酒作结，便觉板实少致。

仇兆鳌《杜诗详注》：此诗腊日喜沾恩赐而作也。上四言景，下四记事。

彭衙①行

忆昔避贼初，北走经险艰。夜深彭衙道，月照白水山②。尽室③久徒步，逢人多厚颜。参差谷鸟鸣，不见游子还。痴女饥咬我，啼畏虎狼闻。怀中掩其口，反侧声愈嗔。小儿强解事，故索苦李餐。《晋书》：王戎与群儿戏于道侧，见李树多实，等辈竞趋之，戎独不往。或问其故，戎曰：『树在道边而多子，必苦李也。』取之信然。一旬半雷雨，泥泞相牵攀。既无御雨备④，径滑衣又寒。有时经契阔⑤，竟日数里间。野果充糇粮⑥，卑枝成屋椽⑦。早行石上水，暮宿天边烟。王嗣奭：『暮宿天边烟』。逃难之人，望烟而宿，莫定其居也。少留同家洼⑧，欲出芦子关。故人有孙宰⑨，张远：黄希以孙宰为三宰。或曰人名也。玩诗意，人名为近。高义薄层云。延客已曛黑，张灯启重门。暖汤濯我足，剪纸招我魂。蔡梦弼：剪纸作旐，以招其魂，不必果有此事，只是多方安慰耳。从此出妻孥，相视涕阑干。众雏烂熳睡，唤起沾盘飧⑩。誓将与夫子⑪，永结为弟昆。王嗣奭：『誓将与夫子，永结为弟昆』，乃代述孙宰语，所谓露心肝于艰难之际者。必如此说，下面文气方顺。旧解俱云夫子指孙宰，误矣。遂空所坐堂，安居奉我欢。谁肯艰难际，豁达露心肝？别来岁月周⑫，胡羯仍构患。黄希：仍构患，谓史思明等，引兵共十万，寇太原，安庆绪使尹子奇及同罗夷兵十万，趋睢阳。何当有翅翎，飞去堕尔前？

【注释】

①彭衙：在陕西白水县东北六十里。②白水山：白水县的山。杜甫于至德元载六月自白水逃难鄜州。③尽室：犹全家。④备：工具。⑤经契阔：谓连朝勤苦。⑥糇粮：干粮。⑦椽：屋顶上的圆木条。⑧同家洼：即孙宰的家。⑨宰：是唐人对县令的尊称。⑩飧：晚餐。⑪夫子：孙宰谓杜甫。⑫岁月周：满一年。

【品读】

李长祥《杜诗编年》：少陵长诗佳意佳事，十分无余，掩卷思索，山穷水尽，忽转一意一事接一意一事，只如现成，皆意中笔下所有，意中笔下人却不能到。

张溍《读书堂杜诗注解》：为人所不能写处，真极朴极，亦趣极，唯杜公善用此法。此诗无一字袭汉魏，却逼真汉魏，且有汉魏人不能到处。或疑其太真，试观《焦仲卿妻》长篇，有一语不真否？

春宿左省①

花隐掖垣②暮，啾啾栖鸟过。星临万户动，月傍九霄多。不寝听金钥，因风想玉珂③。明朝有封事④，数问夜如何。

【注释】

①左省：此诗为乾元元年（758）春所作。杜甫时

为左拾遗，属门下省。门下省在东，故曰左省。宿，值宿。②掖垣：禁墙。③玉珂：马饰。珂，贝类。④封事：即密奏。《唐书》：『补阙、拾遗，掌供奉讽谏，大事廷诤，小则上封事。』

【品读】

赵汸《杜律赵注》：唐人五言，工在一字，谓之句眼。如此二诗，三四动字、多字，五六湿字、低字之类，乃眼之在句底者。《何将军山林》诗：『卑枝低结子，接叶暗巢莺。』低与暗乃眼之在第三字者。『雨抛金锁甲，苔卧绿沉枪』，抛与卧乃眼之在第二字者。『剩水沧江破，残山碣石开』，『绿垂风折笋，红绽雨肥梅』，皆一句中具二字眼，剩、破、残、开、垂、折、绽、肥是也。

仇兆鳌《杜诗详注》：上四宿省之景，下四宿省之情。花隐、鸟栖，日已暮矣。星临、月近，夜而宿矣。听钥、想珂，宿而起矣。问夜未央，起而待旦矣。自暮至夜，自夜至朝，叙述详明，而忠勤为国之意，即在其中。

晚出左掖

昼刻传呼浅，赵汸：传呼浅，谓传呼在昼不若夜之远也。春旗簇仗齐。退朝花底散，归院柳边迷。楼雪融城湿，宫云去殿低。避人焚谏草①，刘须溪：焚谏草，不欲人知也。避人而焚，并掩其迹矣。骑马欲鸡栖②。

【注释】

①焚谏草：喻为官谨慎。谏草，向皇帝上谏表的草稿。②鸡栖：《诗经》：『鸡栖于埘，日之夕矣。』用鸡栖以点晚出。

【品读】

王嗣奭《杜臆》：杜诗妙在气象，此于退食时，能写出委蛇气象。

仇兆鳌《杜诗详注》：首二朝班之景，三四退朝归院，五六院中之景，七八出院归舍。昼刻记日，春旗记时，中四皆言春景。唐时殿廷，多植花柳，故初退朝班，从花底而分散，各归院舍，至柳边而遮迷。楼在城上，故雪融而湿。殿高逼云，故去殿若低。及焚草而出，时值鸡栖，见日已晚矣。

题省中壁

掖垣竹埤蔡梦弼：掖乃省中左右掖。垣、埤皆墙也，高曰垣，低曰埤。梧十寻，洞门①对霤②常阴阴。落花游丝白日静，鸣鸠乳燕青春深。腐儒衰晚谬通籍③，退食迟回违寸心。衮职④曾无一字补，许身愧比双南金⑤。唐汝询：君不能纳谏臣，无以效忠，虽抱南金亦无所用。

【注释】

①洞门：谓门门相对。②霤：屋水流。③通籍：谓禁门之中，皆有名籍，不禁出入。籍，为二尺竹牒，记

其年纪名字物色，悬之宫门，案省相应，然后乃得入。④衮职：指帝王的职事。⑤南金：指品级高、价值贵一倍的优质铜。后亦指黄金。

【品读】

张綖《杜工部诗通》：白日静，慨素餐也。青春深，惜时迈也。二句景中有情，故下接云『谬通籍』『违寸心』。公年四十六始拜拾遗，时已晚矣，乃迟回一官，未尽言责，徒违素心耳。职无补而身有愧，乃题于院壁以自警。

叶梦得《石林诗话》：禅宗论云间有三种语：其一为随波逐浪句，谓随物应机，不主故常。其二为截断众流句，谓超出言外，非情识所到。其三为函盖乾坤句，谓泯然皆契，无间可伺。其浅深以是为序。予尝戏为学子言，老杜诗亦有此三种语，但先后不同。如『波漂菰米沉云黑，露冷莲房坠粉红』，当为函盖乾坤句。『落花游丝白日静，鸣鸠乳燕青春深』，当为随波逐浪句。『百年地僻柴远，五月江深草阁寒』，当为截断众流句。若有解此，当与同参。

望岳

西岳崚嶒①竦处尊，诸峰罗立似儿孙。黄周星：同一望岳也，『齐鲁青未了』，何其雄浑；『诸峰罗列似儿孙』，何其奇峭！安得仙人九节杖②，拄到玉女洗头盆③？车箱④入谷无归路，箭栝⑤通天有一门。黄白山：此二句乃形容语，路径险仄，车不能迴，狭而且长，有似箭栝，不必泥于地名也。稍待西风凉冷后，高寻白帝⑥问真源⑦。徐增：薄宦不得遂意，托于遐举，其殆有去志乎？明年，去官入蜀。

【注释】

①崚嶒：高峻貌。②九节杖：《列仙传》：『王烈授赤城老人九节苍藤竹杖，行地马不能追。』③玉女洗头盆：《集仙录》：明星玉女，居华山，服玉浆，白日升天，祠前有五石臼，号玉女洗头盆。其水碧绿澄澈，雨不加溢，旱不减耗。祠有玉女马一匹。④车箱：华山下有车箱谷，深不可测。⑤箭栝：箭栝岭。或云箭栝岭在岐山。⑥白帝：传说少昊为白帝，治华山。⑦真源：群仙所居之地，此有访道之意。

【品读】

张谦宜《絸斋诗谈》：『西岳崚嶒竦处尊，诸峰罗立如儿孙』，笔势自上压下；『安得仙人九节杖，拄到玉女洗头盆』，则自下腾上，才敌得住。

金圣叹《杜诗解》：同一望岳也，而此不独写岳势之高，与夫望而欲登之切，结语特出，『西风凉』三字者，盖万物莫不发生于东而成熟于西。西之为方，大休大歇之方也。先生于乾元戊戌，为房琯事出为华州司功，作是诗，盖言所遭如此，巴不得于热闹中觅凉冷。古所谓问道崆峒，其在是乎！明年弃官入蜀，固知意盖有所托云。

九日蓝田崔氏庄

老去悲秋强自宽，兴来今日尽君欢。羞将白发还吹帽①，笑倩傍人②为正冠。蓝水③远从千涧落，玉山④高并两峰⑤寒。明年此会知谁健？醉把茱萸仔细看。

【注释】

①吹帽：用东晋名士孟嘉之事。王隐《晋书》：孟嘉为桓温参军，九日游龙山，参僚毕集，时风至，吹嘉帽堕落，温命孙盛为文嘲之。②傍人：挨自己坐的人。③蓝水：水名，发源于蓝田山，汇入灞水。④玉山：即蓝田山。⑤两峰：指华山东北的云台山。《华山志》：岳东北有云台山，两峰峥嵘，四面悬绝，上冠景云，下通地脉。

【品读】

仇兆鳌《杜诗详注》引赵大纲：『羞将白发』，未免老去伤情；『笑倩旁人』，仍见兴来雅致。二句分承，却取孟嘉事而翻用之。『千涧汇流』，『两峰遥峙』，此壮观之足以发兴者。但思山水无恙，而人事难知，故及『细看茱萸』，仍与『老去悲秋』相应。

金圣叹《杜诗解》：语语是不服老。前解要看『今日』字，后解要看『明年』字。在今日必尽君欢，不敢以一人之不欢，败诸少年之欢；在明年未知谁健，不得以诸少年之健，笑此老之必不健。语意崛强，自是先生本色。

瘦马行

东郊瘦马使我，骨骼硉兀①如堵墙。绊之欲动转欹侧②，此岂有意仍腾骧？细看六印③带官字，众道三军遗路傍。皮干剥落杂泥滓，毛暗李实：凡马病，毛头生尘，故曰毛暗。萧条连雪霜。去岁奔波逐馀寇，骅骝④不惯不得将。士卒多骑内厩马，惆怅恐是病乘黄。王洙：乘黄，古之神马，亦名飞黄。背有角，日行万里。当时历块⑤误一蹶⑥，委弃非汝能周防。见人惨澹若哀诉，失主错莫⑦无晶光。天寒远放雁为伴，日暮不收乌啄疮。谁家且养愿终惠，更试明年春草长！

【注释】

①硉兀：崖石突兀之状。②攲侧：歪歪倒倒。③六印：《唐六典》：诸牧监，凡在牧之马，皆印。印右髆以小官字，右髀以年辰，尾侧以监名，皆依左右厢。若形容端正，拟送尚乘，不用监名。二岁始春，则量其力，又以飞字印印其左髀髆，细马次马以龙形印印其项左。送尚乘者，尾侧依左右闲印以三花。其余杂马送尚乘者，以风字印印左髆。官马赐人者，以赐字印。配诸军及充传送驿者，以出字印。并印左右颊也。④骅骝：古良马名。⑤历块：王褒《圣主得贤臣颂》：『过都越国，蹶如历块。』形容马行之速。⑥误一蹶：暗示诗人当时疏救房琯，触怒肃宗，一跌不起，有似此马。⑦错莫：犹落寞、惆怅。

【品读】

刘辰翁《集千家注批点杜工部诗集》：辗转沉着，忠厚恻怛，感动千古。

仇兆鳌《杜诗详注》：公疏救房琯，至于一蹶不起，故曰『历块误一蹶，非汝能周防』。落职之后，从此不复见君，故曰『见人若哀诉，失主无晶光』。身经废弃，欲展后效而不可得，故曰『谁家愿终惠，更试春草长』，寓意显然。

义鹘①行

阴崖二苍鹰，养子黑柏颠。白蛇登其巢，吞噬恣朝餐。雄飞远求食，雌者鸣辛酸。力强不可制，黄口②无半存。其父从西归，翻身入长烟。斯须领健鹘，痛愤寄所宣。斗上捩③孤影，噭④哮来九天。杨伦：写出猛势，刻画处，十分痛快淋漓，如有杀气英风，闪动纸上。修鳞⑤脱远枝，巨颡⑥拆老拳⑦。周篆：鹘拳坚处，大如弹丸，鸠鸽中其拳，随空中堕，即侧身自下承之，捷于鹰隼。高空得蹭蹬⑧，短草辞蜿蜒。折尾能一掉，饱肠皆已穿。生虽灭众雏，死亦垂千年。物情有报复，快意贵目前。兹实鸷鸟最，急难心炯然。功成失所往，用舍何其贤！近经潏水⑨湄，此事樵夫传。飘萧觉素发，凛欲冲儒冠。人生许与分，只在顾盼间。聊为义鹘行，用激壮士肝。

【注释】

①鹘：隼，猛禽。②黄口：雏鸟。③捩：扭转。④噭：号呼声。⑤修鳞：指长蛇。⑥巨颡：指蛇首，脑门子。⑦老拳：《晋书》：石勒引李阳臂笑曰：『孤往日厌卿老拳，卿亦饱孤毒手。』拳，喻鹘之爪，这里只是用典。⑧蹭蹬：挫折，此借写由上坠下貌。⑨汉潏水：在长安杜陵。

【品读】

王嗣奭《杜臆》：此明是太史公一篇义侠传，笔力相敌，而叙鸟尤难。斗上一段，摹神写照，千载犹生。『功成失所往，用舍何其贤』，分明是仲连逃赏。『人生许与分，只在顾盼间』，又分明是季札挂剑。借端发议，时露作者品格性情。

紫宸殿退朝口号

杨慎：唐之朝制，宣政，前殿也，谓之衙，衙有仗，杜诗所谓『春旗簇仗齐』是也。紫宸，便殿也，谓之阁，朔望不御前殿而御紫宸；谓之入阁，杜诗所谓『还家初散紫宸朝』是也。欧阳公去唐不远，入阁之制已未明，问于刘贡父而后知之。然其大略，不过如此。

户外昭容①紫袖垂，双瞻御座引朝仪②。香飘合殿春风转，花覆千官淑景移。昼漏③稀闻高阁报，黄生：高阁在禁中，宫女司漏，递相传报。天颜有喜近臣④知。

宫中每出归东省⑤，会送夔龙⑥集凤池。

【注释】

①昭容：唐制：昭容正二品，系九嫔。②朝仪：朝见时臣僚按仪礼所站的行列。③昼漏：古刻漏，昼有朝、禺、中、晡、夕，夜有甲、乙、丙、丁、戊。④近臣：唐制：谏官随宰相而入，得近御前，杜甫为拾遗，故称近臣。⑤东省：唐代指门下省，与中书省同掌机要，共议国政。⑥夔龙：相传为舜的二臣名。夔为乐官，龙为谏官。后用以喻指辅弼良臣。

【品读】

黄生《杜诗说》：此诗首尾并具典故，疑惜此二事托讽也。宫人引驾，虽属旧制，然大廷临御，万国观瞻，岂容此辈接迹。而时主因循不改，于朝仪为已亵矣。至如宰相虽尊，实与群臣比肩而事主，退朝会送，此何礼手。此诗所以志讽，人但取其浓丽工整，不知具文见意，《春秋》之法在焉。徒云诗史，浅之乎窥公矣。

吴见思《杜诗论文》：香随风转，言殿字之宽。花下影移，言奏对之久。禁庭深邃，故昼漏罕闻，待高阁之报。单复谓昼漏在退朝后者，非是。谏官侍班，故天颜有喜，而近臣先知。张性谓拾遗不见天颜者，非是。

酬孟云卿①

乐极伤头白，更长爱烛红。相逢难衮衮②，告别莫匆匆。但恐天河落，宁辞酒盏空。明朝牵世务，挥泪各西东。

【注释】

①孟云卿：河南人，与杜工部、元次山善。②衮衮：继续貌。

【品读】

仇兆鳌《杜诗详注》：此诗乃席上惜别语。五六应首联，是夜饮之情。七八应次联，是别离之感。上下自相照应。公诗常有此格。

秋笛

清商①欲尽奏，奏苦血②沾衣。他日伤心极，征人白骨归。相逢恐恨过，故作发声微。不见秋云动，悲风稍稍飞③。

【注释】

①清商：清越的商声。商为五音之一，其音清劲而凄厉。②血：极度伤心时所流的泪。③云动、风飞：《韩非子·十过》：『师旷不得已而鼓之。一奏之，有玄云从西北方起；再奏之，大风至。』

【品读】

王嗣奭《杜臆》：起似尾后余意，而用作起句，语突而意倍惨。商音属秋，主于肃杀。秋云悲风，对秋景而形容之也。

仇兆鳌《杜诗详注》：此塞上闻笛，有感征人而发也。奏苦、声微四字，乃上下眼目。奏苦，谓商音凄惨，动人哀思，故想到征人白骨，不禁伤心而泣血也。声微，谓笛韵悠扬，不起愁怨。秋云动而风稍飞，摹写微声所感之象如此。

日暮

日暮风亦起，城头乌尾讹①。黄云高未动，白水已兴波。羌妇语还笑，胡儿行且歌。将军别换马②，夜出拥雕戈。

【注释】

①讹：动。②别换马：换乘另一匹马。

【品读】

王嗣奭《杜臆》：日落风起，云屯波撼，此虏将入寇之象，故羌妇笑而胡儿歌。羌胡，盖降夷也。边将拥戈夜出，其惶急可知矣。

仇兆鳌《杜诗详注》：此咏边城日暮也。上四日暮之景，下四日暮之事。

野望

清秋望不极，迢递①起层阴②。远水兼天净，孤城隐雾深。叶稀风更落，山迥日初沉。独鹤归何晚，昏鸦③已满林。

【注释】

①迢递：遥远貌。②层阴：指密布的浓云。③昏鸦：旧以鹤喻君子，鸦喻小人。

【品读】

仇兆鳌《杜诗详注》：此边秋野望而作也。通首俱望中所见者。水空天净，一望清旷；城隐雾中，再望迷离；枝枯叶脱，三望萧疏；山高日落，四望沉冥。又见此时日暮鸟还，昏鸦满树，而鹤归何晚耶？孤飞寡侣，良可叹矣。望不极，不能极远也，紧照下句说，非一望无极之谓。诗以迢递层阴做眼，中四皆层阴中所望者。顾注做一明一晦说，甚确。但末二不当仍分明晦，盖日落鸟归而致慨乃羁栖自况之意。

空囊①

翠柏苦犹食，明霞高可餐。世人共卤莽②，吾道属艰难③。不爨④井晨冻⑤，无衣床夜寒。囊空恐羞涩⑥，留得一钱看。

杨慎：不治其刚卤，不芟其草莽，是谓卤莽之耕。

仇兆鳌：井晨冻，隔宿之冰在井栏也。

仇兆鳌：夜卧无衣，则无衾可知矣。若井泉在地，虽严冬不冻。

【注释】

①囊：指钱袋。②卤莽：犹粗疏。谓不明事理、唯利是图。③属艰难：艰难穷困相属。属，接连。④爨：烧火煮饭。⑤井晨冻：不煮饭便不用汲水，故云。⑥羞

涩：用晋人阮孚事。《韵府群玉》载：阮孚持一皂色之囊游会稽，人问：『囊中何物？』答曰：『但有一钱看囊，恐其羞涩。』

【品读】

王嗣奭《杜臆》：『卤莽』二字，说尽世态；而『共』字更悲。乃知乱世情事，古今一律。吾道非卤莽，安得不以艰难属之也？敢谁怨耶？不爨，无衣，穷亦至矣。落句虽用成语，却有萧然自得之意，故不可及。

仇兆鳌《杜诗详注》：空囊，见安贫之意。首二，做感慨无聊语。三四，空囊之故。五六，空囊之状。末做谐戏语以自解。柏苦，犹堪食乎？霞高，尚可餐乎？即《诗》『维南有箕，不可以簸扬。维北有斗，不可以挹酒浆』意。

病马

乘尔亦已久，天寒关塞深。尘中老尽力，岁晚病伤心。毛骨岂殊众？驯良犹至今。物微意不浅，感动一沉吟。

【品读】

钟惺、谭元春《唐诗归》：同一爱马，买死马者，英雄牢络之微权；赎老马、怜病马者，圣贤悲悯之深心。

仇兆鳌《杜诗详注》：病马，见爱物之心。上四致病之由，下四病后伤感。尘中句，承乘久。岁晚句，承天寒。毛骨不殊，物亦微矣。驯良犹在，意不浅也。感动沉吟，结下截而并结通章。或以伤心属马，非也。尽其力者由人，则见病伤心者亦当属人。或以意不浅指人，亦非也。惟马有恋人之意，故人对之而不胜感动。

送远

带甲①满天地，胡为②君远行？亲朋尽一哭，鞍马去孤城③。草木岁月晚，关河霜雪清。别离已昨日④，因见古人情。

【注释】

①带甲：指士兵。②胡为：何为。③孤城：指秦州城。④昨日：犹昔日。

【品读】

黄生《杜诗说》：别离在平时犹可，最是乱世会面难期，感伤自增一倍。起十字已写得万难分手，接联更作一幅关河送别图，觉班马悲鸣，风云变色，使人设身其地，亦自黯然销魂。非以全副性情入诗，安能感人若是哉！

发秦州① 乾元二年自秦州赴同谷县纪行

我衰更懒拙，生事不自谋。无食问乐土，师古：同谷不经残破，故云乐土。无衣思南州②。汉源③十月交，天气凉如秋。草木未黄落，况闻山水幽。栗亭④名更嘉，下有良田畴。充肠多薯蓣⑤，崖蜜⑥亦易求。密竹复冬笋，清池可方舟⑦。虽伤旅寓远，庶遂平生游。此邦俯要冲，实恐人事稠。应接非本性，登临未销忧。谿谷无异石，塞田⑧始微收。岂复慰老夫？惘然难久留。日色隐孤树，乌啼满城头。中宵驱车去，饮马寒塘流。磊落星月高，苍茫云雾浮。大哉乾坤内，吾道长悠悠。

【注释】

①秦州：治所在今甘肃省天水市。②南州：同谷，蜀北秦南，故曰南州。③汉源：指同谷，是西汉水的发源地。④栗亭：属同谷。⑤薯蓣：山药，有野生、家生两种，此指野山药。⑥崖蜜：又名石蜜。一种野蜂酿于山崖间的蜜。⑦方舟：并舟，指两船并行。⑧塞田：犹薄田。

【品读】

钱谦益《杜工部集笺注》：《寰宇记》：同谷县有栗亭镇，咸通中，刺史赵鸿刻石同谷曰：『工部题栗亭十韵，不复见。』鸿诗曰：『杜甫栗亭诗，诗人多在口。悠悠二甲子，题记今何有？』

王嗣奭《杜臆》：无食二句，此公卜居本意，然时无地主，衣食从何得之？所以东柯、同谷，终非驻足之所也。

铁堂峡①

山风吹游子，缥缈乘险绝。峡形藏堂隍②，壁色立积铁③。径摩穹苍蟠，石与厚地裂。修纤无垠竹，嵌空④太始⑤雪。威迟⑥哀壑底，徒旅惨不悦。水寒长冰横，我马骨正折。生涯抵弧矢⑦，盗贼殊未灭。飘蓬逾三年⑧，回首肝肺热。

【注释】

①铁堂峡：地名，在天水县东五里。峡，山峭夹水曰峡。②堂隍：犹今之过厅。室无四壁曰隍。③积铁：言石色暗黑。④嵌空：玲珑貌。⑤太始：形之初始，犹远古。⑥威迟：即逶迤，迂回曲折貌。⑦弧矢：弓矢。⑧三年：指至德元载至乾元二年。

【品读】

黄生《杜诗说》：诸诗大抵写蜀道之艰难，及行役之辛苦。看每章结语，各有出场，无一相重处。

吴瞻泰《杜诗提要》：『生涯』以下，游子之情也。一路平序，得此一提，云生泉涌。

仇兆鳌《杜诗详注》：入蜀诸章，用仄韵居多，盖逢险峭之境，写愁苦之词，自不为平缓之调也。

盐井①

卤②中草木白，青者官盐烟。官作既有程③，煮盐烟在川。汲井岁搰搰④，出车日连连。自公斗三百，转致斛⑤六千。君子慎止足⑥，小人⑦苦喧阗⑧。我何良叹嗟，物理固自然。

【注释】

①盐井：在成州长道县东三十里。②卤：盐地。③程：指规定的时间和产量。④搰搰：形容用力甚多而功效甚微状。⑤斛：十斗为斛。⑥慎止足：犹知足。谓

不当与民争利。⑦小人：指盐商。⑧喧阗：大声嘈杂。

【品读】

吴瞻泰《杜诗提要》：盖从来富商大贾，渔利取赢，多在兴利之时，苟知止足，又何至于喧阗哉？未勉君子小人以止足之义，使兴利之臣，闻者足以戒。此种识力，非诗史而何？

杨伦《杜诗镜铨》：此叹公私趋利者众也。讽语含蓄。

仇兆鳌《杜诗详注》：蜀有盐井，其水咸下上淡。土人取巨竹，尽通中节，惟下梢留节，傍凿小孔，用牛皮掩孔口，皮连绳索。下竹之后，牵索转皮，则咸水入筒，仍掩其孔，汲起倾泻，不杂淡水。又有火井，空穴深邃，投草引火，则烟气腾郁，埋锅其上，借以熬盐。此事甚奇，因附记焉。

寒峡①

行迈日悄悄，山谷势多端。云门②转绝岸，积阻霾天寒。寒峡不可度，我实衣裳单。况当仲冬交③，溯沿④增波澜。仇兆鳌：逆流而上曰泝，从流而下曰沿。野人寻烟语，行子傍水餐。此生免荷殳⑤，未敢辞路难。

【注释】

①寒峡：秦州至同谷间峡谷之一。②云门：指峡口。③仲冬交：指旧历十一月初。④溯沿：指逆流而上。⑤免荷殳：免于兵役。荷殳，犹扛着武器。

【品读】

王嗣奭《杜臆》：『积阻天寒』加一『霾』字，似不可解，而凄惨宛然在目，公诗往往有之，此如画家颊上加毛，增其神采也。

黄生《杜诗说》：积阻之气，至于霾天，着此一句，寒峡方显。末二，即『生常免租税，名不隶征伐』意，亦无聊中故作此语耳。

仇兆鳌《杜诗详注》：首记峡中势险而气寒。云门乍转，却逢绝岸，积阻之处，又霾天寒，此所谓势多端也。单衣仲冬，冲寒而度峡，旅人之困如此。曰仲冬交，盖在十一月初矣。末叹峡行之艰苦。寻烟傍水，皆荒山阒寂之象。路难犹胜荷殳，此自解语，实自伤语。

龙门镇①

细泉兼轻冰，沮洳②栈道③湿。不辞辛苦行，迫此短景急。吴见思：旧引《舞鹤赋》『急景凋年』，似将景急二字相连。按庾信诗『短景负余晖』，则短景微读。公诗『岁暮阴阳催短景』，又其较著矣。石门④云雪隘，古镇峰峦集。旌竿暮惨澹，风水白刃涩。胡马⑤屯成皋⑥，防虞此何及！嗟尔远戍人⑦，山寒夜中泣。

【注释】

①龙门镇：在巩昌府成县东。今甘肃两当县和成县

之间。②沮洳：水浸处下湿之地。③栈道：陡壁立崖之侧架木通人之小道。④石门：指龙门。⑤胡马：指史思明叛军。⑥成皋：地名，在洛阳附近。⑦远戍戎人：指龙门镇戍卒。

【品读】

黄淳耀《山左笔谈》：时东京为史思明所据。秦成间密迩关辅，故龙门镇兵有石门之守。然旌竿惨淡，白刃钝涩，既无以壮我军容，况此地又与成皋远不相及，而防戍于此，则亦徒劳吾民而已。使之山寒夜泣，亦何为哉。

石龛①

熊罴咆我东，虎豹号我西。我后鬼长啸，我前狨②又啼。天寒昏无日，山远道路迷。驱车石龛下，仲冬见虹蜺③。伐竹者谁子？悲歌上云梯。为官采美箭④，五岁供梁齐⑤。苦云直簳⑥尽，无以充提携⑦。奈何渔阳骑⑧，飒飒惊蒸黎⑨！

【注释】

①石龛：石室，凿山壁而成。②狨：猿类，尾赤黄色，俗称金丝猴。③虹蜺：《尔雅注》：『双出色鲜盛者为雄，曰虹；暗者为雌，曰蜺。』④美箭：指做箭杆的竹子。⑤梁齐：指河南山东一带。⑥直簳：指适于做箭杆的竹料。⑦提携：犹征纳。⑧渔阳骑：指安史叛军。⑨蒸黎：黎民百姓。

【品读】

王嗣奭《杜臆》：起来数语，全是写其道途危苦颠沛之怀，非赋石龛也。即伐竹者亦以悲歌当泣。

吴瞻泰《杜诗提要》：前段兴，后段赋，两两相映，而劳民伤财之意，见于言外。结五字如闻其声，冉冉征途间，不忘蒸黎如此。此作诗之本怀也。

凤凰台①

山峻，人不至高顶。

亭亭凤凰台，北对西康州②。西伯③今寂寞④，凤声亦悠悠。山峻路绝踪，石林气高浮。安得万丈梯，为君上上头？卢元昌：当时李泌久归衡山，春宫左右无人调护，公欲效绮里之功而不可得，故曰：『安得万丈梯，为君上上头？』恐有无母雏，饥寒日啾啾。我能剖心血，饮啄慰孤愁。心以当竹实⑤，炯然无外求。血以当醴泉⑥，岂徒比清流？卢元昌：肃宗听张良娣之谮，既去建宁王倓，又欲动摇广平王俶。俶母吴氏，生子而亡，故云无母雏。披心沥血，欲献忠肝以保护之耳。所重王者瑞⑦，敢辞微命休？坐看彩翮⑧长，纵意八极周。自天衔瑞图⑨，飞下十二楼⑩。图以奉至尊，凤以垂鸿猷⑪。再光中兴业，一洗苍生忧。深衷正为此，群盗⑫何淹留？

【注释】

①凤凰台：台在同谷县凤凰山。②西康州：即同谷

县。③西伯：周文王，曾被商纣王封为西伯。④寂寞：犹逝去。⑤竹实：即竹米。传说凤凰非竹实不食。⑥醴泉：甘泉。传说凤凰非醴泉不饮。⑦王者瑞：古人以凤凰现为王者的祥瑞。⑧彩翮：五彩绚丽的羽翼。⑨瑞图：传说中的祥瑞图篆，即神仙的策命。⑩十二楼：传说昆仑山有玉楼十二，为仙人所居。⑪垂鸿猷：垂功德盛业于后世。⑫群盗：指安史余孽。

【品读】

王嗣奭《杜臆》：公因凤凰之名，无中生有，虽凤雏无之，而所抒写者实心血也。『心以当竹实，炯然忘外求』，炯然者心也。『所重王者瑞，敢辞微命休』，二语真堪化碧。

吴瞻泰《杜诗提要》：此公想望中兴，托兴西伯，不惜自剖心血，效死以图王业，特借凤凰铺张以扬圣瑞，乃极无聊赖之时，悬空揣度，思见中兴盛事耳。其蕴蓄深厚，最得比兴之妙。此等胸襟，此等笔力，足使神惊鬼泣。

仇兆鳌《杜诗详注》：解杜者，诗中本无寓言，而必欲傅会时事，失于穿凿；诗中本有寓意，而必欲抹杀微词，谓之矫枉。泽州陈家宰谓皆好胜之过，良是。此章托讽显然，盖借景以寓意，于卢注独有取焉。

浦起龙《读杜心解》：是诗想入非非。要只是凤台本地风光，亦只是杜老平生血性，不惜此身颠沛，但期国运中兴。刳心沥血，兴会淋漓。为十二诗意外之结局也。

水会渡①

山行有常程②，中夜尚未安。微月③没已久，崖倾路何难。大江④动我前，汹若溟渤⑤宽。篙师⑥暗理楫⑦，歌笑轻波澜。霜浓木石滑，风急手足寒。入舟已千忧，陟巘⑧仍万盘。回眺积水⑨外，始知众星干⑩。远游令人瘦，衰疾惭加餐。

【注释】

①水会渡：嘉陵江上游的一个渡口。②常程：一定的里程。③微月：指上弦月。④大江：指嘉陵江。⑤溟渤：泛指大海。⑥篙师：船夫。⑦理楫：犹划桨。⑧巘：山峰。⑨积水：指江水。⑩干：升起。

【品读】

王嗣奭《杜臆》：『大江动我前，汹若溟渤宽』，妙在『动』字，夜景实历始知。插入『篙师』，便觉斐然，而夜渡之人，得此稍自宽怀，及陟而回眺积水极于有星之处，始知其干，若无众星，竟不知水之所际矣。中言溟渤宽者如是，追思令人股栗。

仇兆鳌《杜诗详注》：霜浓风急，冬夜所经。水外星干，岸上回视也。曹孟德《碣石观海》诗：『星汉粲烂，若出其里。』此俯视水中之星。杜诗：『回眺积水外，始知众星干。」此仰观水外之星。又陆放翁诗：「水浸一天星」，与「水外众星干」参看更明。

剑门①

惟天有设险，剑门天下壮。连山抱西南，石角皆北向。两崖崇墉②倚，刻画城郭状。一夫怒临关，百万未可傍。珠玉③走中原，仇兆鳌：往见旧人手卷，此句之上，有『川岳储精英，天府兴宝藏』二句，方接以珠玉云云。岷峨④气凄怆。三皇五帝⑤前，鸡犬莫相放。后王⑥尚柔远，职贡⑦道已丧。至今英雄人⑧，高视见霸王⑨。并吞与割据，极力不相让。吾将罪真宰⑩，意欲铲叠嶂，恐此复偶然⑪，临风默惆怅。

【注释】

①剑门：即剑阁，在大小剑山之间。在今四川省剑阁县。②崇墉：高墙。③珠玉：指蜀中财货。④岷峨：岷山和峨眉山，均在四川。⑤三皇五帝：三皇，一般指燧人、伏羲、神农。五帝，一般指黄帝、颛顼、帝喾、尧、舜。⑥后王：指夏商周三代君王。⑦职贡：赋税和贡品。⑧英雄人：指地方割据势力。⑨霸王：称王称霸。霸，割据称雄。王，兼并天下。⑩真宰：上天。古人以天主宰万物，故称天为真宰。⑪复偶然：重复发生。

【品读】

张溍《读书堂杜诗注解》：此睹剑阁之险，而惧叛贼割据之害也。忽从剑门发出大道理，又一变格。

仇兆鳌《杜诗详注》：公《登慈恩寺塔》诗：『秦山忽破碎，泾渭不可求。』知天宝之将乱也。《悲青坂》诗：『安得附书与我军，忍待明年莫仓卒。』知收京在次年也。《收京》诗：『杂虏横戈数，功臣甲第高。』知回纥生衅，藩镇跋扈也。《秦州》诗：『西征问烽火，心折此淹留。』知吐蕃寇边，不能安枕也。此诗云：『恐此复偶然，临风默惆怅。』知蜀必有事，而深忧远虑也。未几，段子璋、徐知道、崔旰、杨子琳辈果据险为乱。公之料事多中如此，可见其经世之才矣。

成都府①

翳翳②桑榆日③，照我征衣裳。我行山川异，忽在天一方。但逢新人民，未卜见故乡。大江东流去，游子日月长。曾城④填华屋，季冬树木苍。喧然⑤名都会，吹箫间笙簧⑥。信美⑦无与适，侧身望川梁。鸟雀夜各归，中原杳茫茫。初月出不高，众星尚争光。自古有羁旅⑧，我何苦哀伤。

【注释】

①成都府：今四川省成都市。②翳翳：朦胧。③桑榆日：即将落的太阳。桑榆，日西垂，景在树端，谓之桑榆。④曾城：重城，指成都有大城、少城。⑤喧然：声音杂乱貌。⑥笙簧：两种吹奏乐器。⑦信美：诚然美

好。⑧羁旅：旅居他乡。

【品读】

周珽《唐诗选脉会通评林》：少陵入蜀诸篇，绝脂粉以坚其骨，贱丰神以实其髓，破绳格以活其肢，首首摘幽撷奥，出鬼入神，诗运之变，至此极盛矣。

朱鹤龄《辑注杜工部集》：此诗语意，多本阮公《咏怀》。『翳翳桑榆日，照我征衣裳』，即阮之『灼灼西颓日，余光照我衣』也；『侧身望川梁』，即阮之『登高望九州』也；『鸟雀夜各归，中原杳茫茫』，即阮之『飞鸟相随翔，旷野莽茫茫』也；『自古有羁旅，我何苦哀伤』，又翻阮之『羁旅无俦匹，俯仰怀哀伤』以自广也。『初月出不高，众星尚争光』，则本子建《赠徐干》诗『圆景光未满，众星粲以繁』，公云：『熟精《文选》理。』于此益信。

为农

锦里①烟尘②外，江村八九家。圆荷浮小叶，细麦落轻花。卜宅③从兹老，为农去国赊。远惭勾漏令④，不得问丹砂⑤。

【注释】

①锦里：成都号锦官城，故曰锦里。②烟尘：烽火之警。指战火。③卜宅：选择住宅。④勾漏令：指晋代葛洪。葛洪年老欲炼丹以求长生，闻交趾出丹砂，因求为勾漏县令。⑤丹砂：道家炼丹以求长生之药物。

【品读】

王嗣奭《杜臆》：『烟尘外』三字为一诗之骨。自羯虏倡乱，遍地烟尘，而锦里江村，独在烟尘之外，举目所见，圆荷、细麦，皆风尘外物也，故将卜宅而终老于兹，为农以食力而已。烟尘不到，便同仙隐，而以不得丹砂为惭，戏词也，喜在言外。

仇兆鳌《杜诗详注》：潘邠老云：『五言诗，第三字要响，如「圆荷浮小叶，细麦落轻花。」「浮」字、「落」字，是响字也。所谓响者，致力处也。』窃以为字字当活，活则字字自响。

宾至

幽栖地僻经过少，老病人扶再拜①难。岂有文章惊海内？漫劳车马驻江干②。竟日淹留佳客坐，百年③粗粝腐儒餐。不嫌野外无供给，乘兴还来看药栏。

【注释】

①再拜：古来讲究礼节，拜两次，表示敬重。②江干：江边。③百年：犹言终身。

【品读】

罗大经《鹤林玉露》：近时赵紫芝诗云：『一瓶茶外无祇待，同上西楼看晚山。』世以为佳，然杜少陵云：『莫嫌野外无供给，乘兴还来看药栏。』即此意也。杜子野诗云：『寻常一样窗前月，才有梅花便不同。』世亦以为佳，然唐人诗云：『世间何处无风月，才到僧房分外清。』亦此意也。欲道古人所未道，信矣其难矣。

仇兆鳌《杜诗详注》：此章见相款之情。上四宾至，下四留宾。直叙情事而不及于景，此七律独创之体，不拘唐人成格矣。僻居老病，不意人来。客以文章之契，跋涉江干，意亦诚矣。公先为谦己之语，而复尽款洽之情。读此诗，见豪放中有殷勤气象。

有客

患气经时久，师古：公尝有肺疾。临江卜宅新。喧卑①方避俗，疏快颇宜人。有客过茅宇，呼儿正葛巾。自锄稀菜甲②，小摘为情亲。

【注释】

①喧卑：借指人世间。②菜甲：菜初生的叶芽。《说文》：『草木初生曰甲。』

【品读】

赵汸《杜律赵注》：此诗自一句顺说至八句，不事对偶，而未尝无对偶；不用故实，而自可为故实。散淡率真之态，偶尔成章，而厌世避喧，少求易足之意，自在言外，所以为不可及也。

王嗣奭《杜臆》：公于情亲之人，当病气已久，犹必正巾以接之，安有不冠而见严武者？此可做辩证之一证也。

狂夫

万里桥①西一草堂，百花潭②水即沧浪。风含翠篠③娟娟净，雨裛④红蕖冉冉香。厚禄故人⑤书断绝，恒饥⑥稚子色凄凉。欲填沟壑⑦惟疏放，自笑狂夫⑧老更狂。

【注释】

①万里桥：在成都南门外。②百花潭：即浣花溪。③翠篠：绿竹。篠，竹子。④雨裛：受雨湿润。⑤厚禄故人：指做大官的故交。⑥恒饥：常常挨饿。⑦欲填沟壑：谓行将就木的人。⑧狂夫：疏狂之人，杜甫自谓。

【品读】

罗大经《鹤林玉露》：风含雨裛一联，上句风中有雨，下句雨中有风，谓之互体。杨诚斋诗：『绿光风动麦，白碎日翻池。』风日互映，亦本于此。但杜本无心，杨则有意矣。

石间居士《藏云山房杜律详解》：此诗次联写景，三联书事；有三联之事，则次联之景竟是写情。故相背之中，寓相关之妙，文章变化，实超乎常格之外。

仇兆鳌《杜诗详注》：上四，言草堂之景，聊堪自适。下因客况艰难，而托为笑傲之词。竹篠在堂，迎风则愈呈其疏秀。荷蕖在潭，沾雨则更吐其芬芳。娟娟，美好貌。冉冉，渐至貌。

田舍

田舍清江曲，柴门古道旁。草深迷市井①，地僻懒衣裳。榉柳②枝枝弱，枇杷树树香。鸬鹚③西日照，晒翅满渔梁④。

【注释】

①市井：《风俗通》：『古音二十五亩为一井，因为市交易，故称市井。』②榉柳：杞柳。③鸬鹚：水鸟，蜀人以之捕鱼。④渔梁：用以捕鱼的堤堰。

【品读】

浦起龙《读杜心解》：叙意在前，缀景在后，倒格见致。

江村

清江一曲抱村流，长夏江村事事幽。自去自来梁上燕，相亲相近水中鸥。老妻画纸为棋局，稚子敲针作钓钩。仇兆鳌：惟直针不可以钓，故敲针钩也。但有故人供禄米，仇兆鳌：分禄米，亦指裴冕。此暗用公孙弘给俸禄于故人事。张华赋：『行药物以为娱』局字、物字、叠用人声，当从《英华》为是。且禄米分给，包得妻子在内。微躯此外更何求？

【品读】

黄生《杜诗说》：公律不难于老健，而难于轻松。此诗可取处在此。

仇兆鳌《杜诗详注》：江村幽事，起中四句。梁燕属村，水鸥属江，棋局属村，钓钩属江，所谓事事幽也。末则江村自适，有与世无求之意。燕鸥二句，见物我忘机。妻子二句，见老少各得。盖多年匍匐，至此始得少休也。

野老

野老篱边江岸回，柴门不正逐江开。渔人网集澄潭①下②，贾客③船随返照来。顾宸：日暮急于泊船，故随返照而来。长路关心悲剑阁④，片云何意傍琴台⑤？黄生：剑阁乃由蜀入京之道，因盗贼未宁，归途有梗，故作歇后云：长路关心，悲剑阁之难越；片云何意，傍琴台而不归。王师未报收东郡⑥，城阙⑦秋生画角⑧哀。

【注释】

①澄潭：即百花潭。②下：谓下网。③贾客：商客。④剑阁：即剑门，在四川省剑阁县北。⑤琴台：在成都浣花溪北。⑥东郡：谓京东诸郡。⑦城阙：指成都。至德二载升成都府为南京，故得称城阙。⑧画角：军中乐器，形似竹筒，饰以彩绘，故称画角。

【品读】

王嗣奭《杜臆》：柴门面江而开，故渔网商船，时常在目。『长路关心』，言其思乡；『片云何意』，言非恋蜀。东郡未收，归乡无日。

黄生《杜诗说》：前幅摹晚景，真是诗中有画。后幅说旅情，几于泪痕湿纸矣。渔人网、估客船，三字略读，宋人诗多用此法。长路关心，既伤入蜀，片云何事，又嫌留蜀。

仇兆鳌《杜诗详注》：此在草堂而感时也。上四写景，下四言情。江岸回曲，其柴门不正设者，为逐江面而开也。渔网客舟，即临江所见者。剑阁琴台皆无佳趣，正为东郡未平，而角吹声哀也。

所思

苦忆荆州①醉司马，崔吏部漪。谪官樽酒定常开。九扛②日落醒何处？一柱观③头眠几回。可怜怀抱向人尽，欲问平安无使来。故凭锦水④将双泪，好过瞿唐滟滪堆⑤。

【注释】

①荆州：今湖北江陵。②九江：《尚书·禹贡》：『过九江至于东陵。』注云：『江分为九道，在荆州。』③一柱观：宋临川王刘义庆镇江陵所建，观甚大而唯一柱，故名。④锦水：锦江。⑤瞿唐滟滪堆：指瞿唐峡口滟滪堆，在夔州，峡窄水急，最为险要。在今四川省奉节县。

【品读】

王嗣奭《杜臆》：官虽谪，酒常开，便见司马胸次。或醒或眠，颠狂落拓，真得酒中趣者，此为醉司马传神，而相忆已在其中。五六，彼此互言，更见两情遥企。在己则有怀欲罄，在彼则信使莫通，此所以苦忆泪零，而欲凭江水以达之也。此诗备写苦衷，语语足泣鬼神。

遣兴

干戈犹未定，弟妹各何之①！拭泪沾襟血，梳头满面丝。地卑②荒野大，天远暮江迟。衰疾那能久？应无见汝期。

【注释】

①何之：何往。②地卑：成都地处川西盆地，故云。

【品读】

仇兆鳌《杜诗详注》：此章，忆弟妹而作也。上四伤手足暌离，下四叹行踪流落。地平，故见野宽；天旷，故觉暮迟，此写蜀中春景。

杜鹃行

君不见昔日蜀天子①，化为杜鹃似老乌。寄巢生子不自啄，群鸟至今与哺雏。虽同君臣有旧礼，骨肉满眼身羁孤②。黄鹤：上元元年七月，李辅国迁上皇，高力士及旧宫人皆不得留，寻置如仙媛于归州，出玉真公主居玉真观。上皇不怿，成疾。诗曰：『虽同君臣有旧礼，骨肉满眼身羁孤。』盖谓此也。业工窜伏深树里，四月五月偏号呼。其声哀痛口流血，所诉何事常区区③。尔岂摧残始发愤？羞带羽翮④伤形愚⑤。苍天变化谁料得，万事反覆何所无。万事反覆何所无，岂忆当殿群臣趋？

【注释】

①蜀天子：传说周代末年，蜀王杜宇称帝，号曰望帝。望帝死，其魂化为鸟，名曰杜鹃，亦曰子规。②身羁孤：指玄宗被劫迁于西内。③区区：辛苦貌。④羞带羽翮：谓望帝化为杜鹃。⑤伤形愚：伤其有情而不能表达。

【品读】

王嗣奭《杜臆》：『虽同君臣有旧礼，骨肉满眼身羁孤』，骨肉满眼，身实羁孤，其意可思。余谓味此二句，则此诗真为玄宗而作。杨妃死，高力士逐，虽千人侍侧，犹孤居也。此情虽千言说不出，而七字说透，何等笔力！然通篇实赋杜鹃。

卢元昌《杜诗阐》：蜀天子，虽指望帝，实言明皇幸蜀也。禅位以后，身等寄巢矣。劫迁之时，辅国执鞚，将士拜呼，虽存君臣旧礼，而如仙、玉真一时并斥，满眼骨肉俱散矣。移居西内，父子睽离，羁孤深树也。罢元礼，流力士，彻卫兵，此摧残羽翮也。上皇不茹荤，致辟谷成疾，即哀痛发愤也。当殿群趋，至此不复可见矣。此诗托讽显然。鹤注援事证诗，确乎有据。张綖疑『羞带羽翮伤形愚』句，谓非所以喻君父，亦太泥矣。盖托物寓言，正在隐跃离合间，所谓言之者无罪也。

石笋①行

君不见益州②城西门，陌上石笋双高蹲。古来相传是海眼③，苔藓蚀尽波涛痕。雨多往往得瑟瑟，此事恍惚难明论。恐是昔时卿相墓，立石为表今仍存。惜哉俗态好蒙蔽，亦如小臣④媚至尊。政化错迕⑤失大体，坐看倾危受厚恩。嗟尔石笋擅虚名，后来未识犹骏奔。安得壮士掷天外，使人不疑见本根。

【注释】

①石笋：《华阳国志》：『蜀有五丁力士，能移山，举万钧，每王薨，辄立大石长三丈重千钧为墓志，今石笋是也。号曰石笋。』②益州：即成都。③海眼：《华阳风俗记》：『蜀人曰：我州之西有石笋焉，天地之堆，以镇海眼，动则洪涛大滥。』瑟瑟：碧珠。《成都记》载：『石笋之地，雨过必有小珠，或青黄如粟。亦有细孔，可以贯丝。』④小臣：指宦官。⑤错迕：乖离。

【品读】

吴瞻泰《杜诗提要》：绝大议论，忽发在石笋极细事中，使人动心骇目，正不必泥其所指也。横插一段正论，无从捉摸，忽又挽到石笋上去，煞出『不疑』二字，不唯三疑案收挽明晰，并使小臣一段，莹彻如镜，线索极隐极细，其来无端，其去无迹，下笔真有神也。

卢元昌《杜诗阐》：辅国本飞龙厩小儿，官判元帅，朝廷呼尚父，如石笋擅虚名，忘本根也。决事银台，关白承旨，可谓乖进失政体矣。宰相率子弟礼，节度皆门下士，可谓后生皆骏奔矣。与张良娣表里禁中，共媚至尊，直侍帷幄，专事蒙蔽也。自灵武给事银膺，叠膺宠秩，其受厚恩，适足摇动东宫，倾危社稷耳。

石犀[1]行

君不见秦时蜀太守[2]，刻石立作五犀牛。自古虽有厌胜[3]法，天生江水向东流。蜀人矜夸一千载，泛溢不近张仪楼[4]。今日灌口[5]损户口，此事或恐为神羞。修筑堤防出众力，高拥木石当清秋。先王作法皆正道，诡怪何得参人谋。嗟尔三犀不经济，缺讹[6]只与长川逝。但见元气常调和，自免洪涛恣凋瘵[7]。安得壮士提天网[8]，再平水土犀奔茫？

【注释】

①石犀：《华阳国志》：『李冰作石犀五头，以厌水精，穿石犀溪于江南，命曰犀牛里。』②蜀太守：指李冰，秦孝文王时为蜀郡郡守。③厌胜：用咒语或其他迷信方法镇伏鬼怪。④张仪楼：《华阳国志》：『张仪筑成都城，屡颓不立。忽有大龟周行旋走，巫言依龟行处筑之得坚。城西南楼，百有余尺，名张仪楼，临水瞰江。』⑤灌口：在今四川省灌县。⑥缺讹：缺，石犀原来有五，唐时只剩其三，故云缺。⑦恣凋瘵：肆意为害。⑧提天网：整治秩序。

【品读】

吴瞻泰《杜诗提要》：抑扬反复，一唱三叹，悠然有余，而不见议论之迹。邪归正，可以羽翼六经。

仇兆鳌《杜诗详注》：乾元元年九月，置道场于三殿，以宫人为佛菩萨，北门武士为金刚神王，召大臣膜拜围绕。当时黩礼不经甚矣，故有厌胜诡怪等语。且自李岘贬斥，朝无正人，故有调和元气之说。此诗寓言，亦确有所指矣。

北邻

明府[1]岂辞满？藏身方告劳。王嗣奭：藏身而方告劳，亦见在官不惮劳矣。青钱买野竹，白帻岸江皋。爱酒晋山简[2]，能诗何水曹[3]。时来访老疾，步屧到蓬蒿。

【注释】

①明府：汉人以称太守，唐人以称县令。②山简：字季伦。永喜三年，假节镇襄阳，惟酒是耽。③何水曹：何逊，字仲言，八岁能赋诗，为名流所称。天监中，起家奉朝请，迁建安王水曹，行参军，兼记室，又为安西安成王参军事，兼尚书水部郎。

【品读】

仇兆鳌《杜诗详注》：上四美明府高致，下则喜其兴豪而多情也。不为辞满而为藏身，见其志在隐遁。野竹江皋，写其闲适，亦见邻居相近。山简、水曹，人名官职，借对自巧。

春夜喜雨

好雨知时节，当春乃发生。随风潜入夜，润物细无声。

野径云俱黑，江船火独明。晓看红湿①处，花重②锦官城。

仇兆鳌：言经雨红湿，花枝若重也。

【注释】

①红湿：红花着雨而湿。②花重：花着雨而沉重。

【品读】

顾宸《杜诗注解》：雨随风，固是恒事，好在『潜入夜』三字；雨润物，固是常理，好在『细无声』三字，不觉其入夜，而已潜随风入夜，不闻其有声，而已细润物于无声。盖当此春时，固喜雨之发生，而发生太骤，致风狂物损，安在其为好雨也，公可谓绘水绘声矣。

仇兆鳌《杜诗详注》：潜入、细润，正状好雨发生。云黑、火明，雨中夜景。红湿、花重，雨后晓景。应时而雨，如知时节者。雨骤风狂，亦足损物。曰潜、曰细，写得脉脉绵绵，于造化发生之机，最为密切。三四属闻，五六属见。

观打鱼歌

绵州①江水之东津，鲂鱼②鲅鲅③色胜银。渔人漾舟沉大网，截江一拥数百鳞。众鱼常才尽却弃，赤鲤腾出如有神。潜龙④无声老蛟怒，回风飒飒吹沙尘。饔子⑤左右挥霜刀，鲙⑥飞金盘白雪高。徐州秃尾⑦不足忆，汉阴槎头⑧远遁逃。鲂鱼肥美知第一，既饱欢娱亦萧瑟⑨。君不见朝来割素鬐，咫尺波涛永相失。

【注释】

①绵州：今四川绵阳市。②鲂鱼：亦名三角鲂、鳊鱼，银灰色，为淡水鱼中之佳美者。③鲅鲅：鱼掉尾貌。④潜龙：指潜伏隐匿之龙。⑤饔子：又称饔人。即厨师。⑥鲙：同脍，细切的鱼肉。⑦徐州秃尾：即鱼之不美者。徐川谓之鲢，或谓之鳙。⑧槎头：鱼名，即槎头鳊，汉水中所产，尤著名。⑨萧瑟：言乐极哀生。

【品读】

钟惺《唐诗归》：说得口腹人败兴，抵得一篇戒杀文。

方东树《昭昧詹言》：前段打鱼，后段食鱼。每段有汁棱，托想雄阔远大。

越王楼①歌

绵州州府②何磊落③，显庆④年中越王作。孤城西北起高楼，碧瓦朱甍⑤照城郭。楼下长江百丈清，楼头落日半轮明。仇兆鳌：日落日明，知楼是面西。君王⑥旧迹今人赏，转见千秋万古情。

【注释】

①越王楼：在绵州城外西北高台上。唐显庆年间，

太宗子越王贞为绵州刺史时所建。②州府：州刺史衙署。③磊落：高大壮观貌。④显庆：唐高宗年号。⑤朱甍：红色屋脊。甍，屋檐。⑥君王：指越王。

【品读】

王嗣奭《杜臆》：照映城郭，此楼助州府之气象。长江落日，山水又增高楼之景色。真属奇观胜览。然前王不能长享此楼，而留为今人玩赏，则知千秋万古，其情尽然。即所云『万岁更相送』者。

光禄坂[1]行

山行落日下绝壁，南望千山万山赤。树枝有鸟乱鸣时，暝色无人独归客[2]。马惊不忧深谷坠，草动只怕长弓射[3]。安得更似开元[4]中，道路即今多拥隔。

【注释】

①光禄坂：地名，在梓州铜山县。坂，山坡。②独归客：杜甫自谓。③长弓射：盗贼之伏矢。④开元：唐玄宗年号。

【品读】

王嗣奭《杜臆》：笔力所至，只忧贼，不暇忧坠，巧于形容。

仇兆鳌《杜诗详注》：光禄坂，伤乱离奔走也。前四，坂上暮景。后四，度坂情事。马惊草动，中途恐惧之状。因拥隔而念开元，乃伤今思昔也。

宗武[1]生日

小子何时见？高秋此日生。自从都邑语，已伴老夫名。诗是吾家事[2]，人传世上情。熟精文选[3]理，休觅彩衣[4]轻。凋瘵[5]筵初秩，欹斜坐不成。流霞分片片，涓滴就徐倾。

【注释】

①宗武：小名骥子，杜甫之子。②诗是句：杜甫祖父审言，以诗知名于初唐。杜甫之诗承于家学，故云。③文选：南朝梁昭明太子萧统所编，又名《昭明文选》。④彩衣：《列女传》：『老莱子孝养二亲。行年七十，婴儿自娱，着五色彩衣，尝取浆上堂，跌仆，因卧地为小儿啼，或弄乌鸟于亲侧。』⑤凋瘵：衰弱而病。

【品读】

仇兆鳌《杜诗详注》：此以家学勖宗武。小子何时见其生乎？此日正其堕地时也，起作问答之词。都邑语，成都之人夸语也。公祖审言善诗，世情因而传述，故当精《文选》以绍家学，何必为采衣娱亲乎？此乃面命之语，非遥寄宗武也。

悲秋

凉风动万里，群盗尚纵横。仇兆鳌：是时史朝义与吐蕃未平，而蜀又有徐知道之乱，故云：『群盗尚纵横。』家远传书[1]日，秋来为客情。愁窥高鸟过，老逐众人行。

始欲投三峡，何由见两京②？

【注释】

①传书：杜甫寄家书。②两京：指西京长安，东京洛阳。

【品读】

黄生《杜诗说》：三四，与『老妻书数纸，应悉未归情』同意。此则其初寄者。后半亦属书中语，时蜀有徐知道之乱，思下峡而不果，后乃携家赴梓州耳。

送路六侍御①入朝

童稚情亲四十年，中间消息两茫然。更为后会知何地，忽漫相逢是别筵。不分②桃花红似锦，生憎③柳絮白于绵。剑南春色还无赖④，触忤⑤愁人到酒边。

【注释】

①侍御：皇帝侍从之官。②不分：即不忿。③生憎：极憎恨。生，极。④无赖：强横，狡狯。为爱极的憎骂语。⑤触忤：触动。

【品读】

王嗣奭《杜臆》：四十年相知，后会不可期，而相逢即别，真不可堪。写得曲折条达。

朱瀚《杜诗七言律解意》：始而相亲，继而相隔，忽而相逢，俄而相别，此一定步骤也。能翻覆照应，便觉神采飞动。及细按之，后会无期，应消息茫然。忽漫相逢，应童稚情亲。无赖，即花锦、絮绵。触忤，即不分、生憎。脉理之精密如此。

涪城县①香积寺②官阁

寺下春江深不流，山腰官阁迥添愁。含风翠壁孤云细，背日丹枫万木稠。小院回廊春寂寂，浴凫飞鹭晚悠悠。诸天③合在藤萝外，昏黑应须到上头。

【注释】

①涪城县：属梓州。故址在今四川三台县西北。②香积寺：涪城县东南三里有香积山，寺在山上。③诸天：佛教言三界共有三十二天，自四天王天至非有想、非无想天，总谓之诸天。此指山顶殿像言。

【品读】

仇兆鳌《杜诗详注》：迥阁临江，故易生愁。中四，皆登阁所见之景，云细、木稠在山前，小院回廊在阁内，浴凫飞鹭在江中，日晚到寺，得以尽览其胜矣。作三层看，便明。山下有江，山腰有阁，山上则有寺也。轻风散云则渐细，落日映枫则更稠，此从一淡一浓对说。寂寂，境地之幽。悠悠，物性之闲。

泛江送客

二月频送客，东津①江欲平。烟花山际重，黄生：重即平声深字，言望去非一重也。舟楫浪前轻。泪逐劝杯下，愁连吹笛生。王洙：马融去京逾年，有洛客逆旅吹苗，暂闻之甚悲感。离筵②不隔日，那得易为情。

【注释】

①东津：在绵州。《舆地纪胜》：东津在郪县东四里，渡涪江水。②离筵：祖席。指饯别的宴席。

【品读】

仇兆鳌《杜诗详注》：上四泛江送客，下四临别伤情，春水生，故江平。烟花承二月，舟楫承东津。重轻二字，眼在句底。把杯闻笛，适足增悲，离筵故也。不隔日，应上频送。

上牛头寺①

青山意不尽，衮衮②上牛头。无复能拘碍③，真成浪出游④。花浓春寺静，竹细野池幽。何处啼莺切，移时⑤独未休？

【注释】

①牛头寺：《寰宇记》：『牛头山，在梓州郪县西南二里，高一里，形似牛头，四面孤绝，俯临州郭，下有长乐寺。楼阁烟花，为一方胜概。』②衮衮：连步攀登。③拘碍：遮挡。④浪出游：恣情游览。⑤移时：好久。

【品读】

仇兆鳌《杜诗详注》：首章，初上寺而赋也。上四登山，喜心目之旷。下四入寺，咏景物之佳。山意不尽，谓峦嶂层叠。衮衮，连步登陟貌。无拘碍，触景萧洒。浪出游，恣情览胜。花竹之下，寺静池幽，反觉莺啼太切，真是巧于形容。

望牛头寺

牛头见鹤林①，梯径绕幽深。春色浮山外，天河宿殿阴。传灯无白日，王洙：释家以灯喻法，谓能破暗也。六祖相传一法，故云传灯。布地有黄金②。休作狂歌老，回看不住心。

【注释】

①鹤林：经云树色如鹤之白，故名鹤林。②布地句：《弥陀经》：极乐国土有七宝莲池，池底以金沙布地。江总赋：『成黄金之胜地。』应邵注：『给孤长者以黄金侧布易国王太子只园。』

【品读】

王嗣奭《杜臆》：牛头山高，故望见鹤林。下三句，乃鹤林寺景，其寺必有名僧传佛心印，而长者于此布金。故公欲从之求第一义也。幽深，谓路径曲折。春色，日所见。天河，夜所见。无白日，灯常在。有黄金，殿至华。回看不住，欲此心空虚无着。

舟前小鹅儿 汉州城西北角官池作

鹅儿黄似酒，仇兆鳌：《方舆胜览》：『鹅黄乃汉州酒名，蜀中无能及者。』卢照邻诗：『鹅黄粉白车中出。』裴庆余诗：『满额鹅黄金缕衣。』皆言淡黄色也。

杜诗则言酒色。东坡诗：『小舟浮鸭绿，大杓泻鹅黄。』陆放翁诗：『两川名酝避鹅黄。』此皆用公语耳。对酒爱新鹅。引颈嗔船逼，无行乱眼①多。翅开遭宿雨，力小困沧波。客散层城暮，狐狸奈若何②？

【注释】

①乱眼：乱人眼目。②奈若何：即奈何若。奈何，对付。若，你，指鹅。

【品读】

仇兆鳌《杜诗详注》：杜诗有用俗字而反趣者，如『鹅儿』『雁儿』，本谚语也，一经韵手点染，便成佳句。如『鹅儿黄似酒，对酒爱新鹅』，『雁儿争水马，燕子逐樯乌』是也。

寄题江外草堂① 梓州作，寄成都故居

我生性放诞，雅②欲逃自然。嗜酒爱风竹，卜居必林泉。遭乱到蜀江③，卧疴遗所便。诛茅初一亩，广地方连延。经营上元④始，断手⑤宝应⑥年。敢谋土木丽，自觉面势⑦坚。台亭随高下，敞豁当清川。惟有会心侣，数能同钓船。干戈⑧未偃息，安得酣歌眠？蛟龙⑨无定窟，黄鹄摩苍天。古来贤达士，宁受外物牵。顾惟⑩鲁钝姿，岂识悔吝⑪先。偶携老妻去，惨澹凌风烟。事迹无固必⑫，幽贞⑬愧双全。尚念四小松，蔓草易拘缠。霜骨不堪长，王嗣奭：松曰霜骨，松苗曰霜根，立言清峭。永为邻里怜。

【注释】

①草堂：杜甫故居，位于成都西郊锦江浣花溪畔。②雅：常。③蜀江：指锦江。④上元：唐肃宗年号（760—761）。⑤断手：完工。⑥宝应：唐代宗年号（762—763）。⑦面势：方向形势。⑧干戈：指徐知道之乱。⑨蛟龙、黄鹄：比喻贤达之士。⑩顾惟：回头一想。顾，念。惟，思。⑪悔吝：追悔、恨惜。⑫固必：必然。⑬幽贞：隐居守正。

【品读】

仇兆鳌《杜诗详注》：士大夫能视物我一体，则无自私自利之怀。少陵伤茅屋之破，则思广厦万间，以庇寒士；念草堂则曰『干戈未偃息，安得酣歌眠』；咏四松则曰『敢为故林主，黎庶犹未康』。触处皆仁心发露，稷契之徒也。

杨伦《杜诗镜铨》：『蛟龙』八句，一扬一抑，可见公胸襟旷达处。束两句总上，又转得地步高。于鳞谓少陵见道过昌黎，于此益信。

喜雨

春旱天地昏，日色赤如血。赵次公：晋光熙元年五月壬辰，日光四散，赤如血流，照地皆赤。农事都已休，兵戈况骚屑①。巴人②困军须，恸哭厚土热。沧江夜来雨，

真宰③罪一雪。谷根小苏息，沴气④终不灭。何由见宁岁⑤，解我忧思结？峥嵘⑥群山云，交会未断绝。安得鞭雷公⑦，滂沱洗吴越⑧。时闻浙右多盗贼⑨。

【注释】

①骚屑：不安貌。②巴人：指阆州人。阆州阆中郡，春秋时为巴国，秦汉以后曾名巴西郡。③真宰：指天。古人以为天是万物的主宰，故称。④沴气：灾害不祥之气。⑤宁岁：犹太平岁月。⑥峥嵘：山高貌。⑦雷公：传说中司雷之神。⑧洗吴越：指平息吴越之乱。⑨盗贼：指袁晁。《旧唐书》：『宝应元年八月，台州贼袁晁陷台州，连陷浙东州县。』

【品读】

仇兆鳌《杜诗详注》：据原注有『浙右多盗贼』句，朱注谓《旧唐书》宝应元年（762）八月，台州人袁晁反，陷浙东州郡。广德元年（763）四月，李光弼讨之。此诗末自注语，正指袁晁也。是时公在梓阆间，故有『巴人困军须』之句。

对雨

莽莽①天涯雨，江边独立时。不愁巴道路②，恐湿汉旌旗。王嗣奭：雨湿则行迟，故以为恐，须溪改为失，非是，未有大军过而防旗旗之迷失者。雪岭③防秋急，师古：边人秋高马肥常入寇，故云防秋。绳桥④战胜迟。黄鹤：《唐志注》：『唐兴有羊灌田、朋笮、绳桥三守捉城。』绳桥盖三城之一，非指岷江竹桥也。西戎⑤甥舅礼，赵汸：中宗景龙二年（708），以金城公主妻赞普，故望其笃甥舅之礼。未敢背恩私。

【注释】

①莽莽：大雨貌。②巴道路：梓州、阆州间的道路。③雪岭：又名西山、雪山，即岷山，在今四川松潘县东。④绳桥：在今四川灌县西四十里处。⑤西戎：指吐蕃。

【品读】

仇兆鳌《杜诗详注》：上四雨景，下四感时。雨时独立，忧思并起，故不愁身经梓阆，巴路崎岖，但恐征人逢雨，旗湿难行耳。因思雪岭绳桥，乃御寇之地，今防秋方急，而战胜无期，事势大可虑矣。或者吐蕃念甥舅之礼，不忍背我国恩乎，然虏情终未可测也。

放船

送客苍溪县①，山寒雨不开②。直愁骑马滑，故作放船回。青惜峰峦过，黄知橘柚来。楼钥：尝与蜀黄文叔裳食花椑，因问蜀中有此乎？曰：『此物甚多，正出阆州。杜诗所云「黄知橘柚来」，误矣。曾亲到苍溪县，顺流而下，两岸黄色照耀，直似橘柚，其实乃此椑也。』问之土人云：『工部既误，有好事者欲为解嘲，于其处大种橘柚，终非土宜，无一活者。』江流大自在，坐稳兴悠哉。

【注释】

①苍溪县：在今四川省广元市，位于嘉陵江上游。②不开：不晴天。

【品读】

黄生《杜诗说》：『稍知花改岸，始验鸟随舟。』此中流容与之景也。『青惜峰峦过，黄知橘柚来。』此轻舟径渡之景也。虽说句法为人所窥，然非此勾勒不出。又：薛涛云『月寒山色共苍苍』，是善写夜山者。此云『山寒雨不开』，是善写雨山者。皆可画，皆不易画。

薄游

淅淅①风生砌，团团②日隐墙。遥空秋雁灭，杨慎：衢州烂柯桥断碑诗，有句云『薄烟幂远郊，遥峰没归翼』，盖六朝人语。杜诗『遥空秋雁灭』本此；唐诗『帆带夕阳千里没』亦本此。半岭暮云长。病叶多先坠，寒花只暂香。巴城③添泪眼，今夕复清光。

【注释】

①淅淅：风声细。②团团：簇聚的样子。③巴城：指阆州。阆州属巴郡地，故曰巴城。

【品读】

仇兆鳌《杜诗详注》：上四叙景，薄游所见。下四言情，薄游所感。风声日影，属近景。空雁岭云，属远景。病叶，寓言憔悴。寒花，自况凄凉。触景增悲，故泪添此夕耳。五六，赋中带比，故属下截。七八用倒装句，本是对清光而堕泪。

严氏①溪放歌行

天下兵马未尽销，岂免沟壑常漂漂？剑南岁月不可度，边头公卿②仍独骄。费心姑息是一役③，杨慎：《记》：『君子之爱人也以德，细人之爱人也以姑息。』肥肉大酒徒相要④。呜呼古人已粪土，独觉志士甘渔樵⑤。况我飘蓬无定所，终日戚戚⑥忍羁旅。秋宿霜溪素月高，喜得与子长夜语。东游西还力实倦，从此将身更何许？仇兆鳌：更何许，言此身更往何所乎。时解谓将身更许何人者，未然。知子松根长茯苓⑦，迟暮有意来同煮。

【注释】

①严氏：严氏，阆州大姓。②公卿：指梓州刺史东川节度留后章彝。③是一役：《杜臆》：『是一役，言徒以此一役了事耳。旧注误谓以一役夫待人。』④要：同『邀』。⑤甘渔樵：谓隐迹于江湖山林。⑥戚戚：忧愁不安貌。⑦茯苓：菌类植物，可入药。

【品读】

仇兆鳌《杜诗详注》：此自伤旅况，叹时无知己也。边镇骄蹇凌物，即有时小惠姑息，其所费心，不过相要一役而已。酒肉之外，岂有爱敬真情乎？因叹古之好士者不可复作，志士独向渔樵而遁迹耳。此句起下。边头公卿，恐指章彝。鲍氏指郭英乂。赵注谓郭在成都，非边头也。

王命

汉北①豺狼②满，巴西③道路难。血埋诸将甲，黄鹤：渭北兵马使吕月将，将精卒二千，与吐蕃战于盩厔，兵为贼所擒，所谓『血埋诸将甲』也。骨断④使臣鞍。赵汸：广德元年，使李之芳、崔伦往聘吐蕃，留而不遣，所谓『骨断使臣鞍』也。牢落新烧栈，苍茫旧筑坛⑤。朱鹤龄：上元二年二月，奴刺、党项寇宝鸡，烧大散关，所谓『牢落新烧栈』也。广德元年十月，吐蕃帅吐谷浑、党项、氐、羌两千余万众度渭，命郭子仪御之，子仪得两千骑而行，所谓『苍茫旧筑坛』也。深怀喻蜀⑥意，恸哭望王官⑦。朱鹤龄：王官当指严武，吐蕃围松州，高适不能制，故蜀人思得武以代之。

【注释】

①汉北：汉水源头之北。在今甘肃东南部、陕西省西南与四川交界处。②豺狼：指吐蕃。③巴西：指蜀之西北。④骨断：使臣鞍马往来，骨为之折。⑤坛：将坛。汉高祖曾筑坛拜韩信为大将。⑥喻蜀：汉武帝时，唐蒙奉命通夜郎，征发巴蜀士民，惊扰蜀民。于是汉武帝遣司马相如去蜀抚慰百姓。相如作《喻巴蜀檄》，说明唐蒙所为，非朝廷本意。⑦王官：朝廷官员。

【品读】

仇兆鳌《杜诗详注》：题曰王命，望王朝之命将也。上六叙时事，下二想安边。西戎入寇，和战无功，故诸将之血埋入于甲中，使臣之骨几断于鞍上，今栈阁已烧，而始用旧人，亦已晚矣。此时安得诏书谕蜀以退寇兵乎？敌人皆恸哭而望王官之至也。

陆时雍《唐诗镜》：是老诚忧国语。肉食悠悠，萍踪悒悒，自是千古长慨。

征夫①

十室几人在？千山空自多②。路衢惟见哭，城市不闻歌。漂梗③无安地，衔枚④有荷戈⑤。官军未通蜀，吾道竟如何？

【注释】

①征夫：应征服役之人。②空自多：言人已极少，山多何益。③漂梗：漂荡之树枝，喻征夫东奔西走身无定所。④衔枚：枚，状如筷子，兵士横衔口中，行军时以禁喧哗。⑤荷戈：指携带兵器之征夫。

【品读】

仇兆鳌《杜诗详注》：题曰征夫，伤征人之丧败也。上四哀阵亡者多，下四叹援师不至。千山空多，言有险莫守，衔枚荷戈，望官军来救。吾道如何，自慨进退失据矣。

贾至

贾至（?-772），字幼邻，一作幼几。洛阳（今属河南）人。天宝初以校书郎为单父尉，天宝末任中书舍人。安史乱起，随玄宗奔四川。乾元元年（758）春，出为汝州刺史，后贬岳州司马。代宗宝应元年（762），复为中书舍人，历任尚书左丞、礼部侍郎、集贤院待制、兵部侍郎，大历初迁京兆尹，官终右散骑常侍。

寓言

春草纷碧色，佳人旷无期①。悠哉千里心，欲采商山芝②。叹息良会晚，如何桃李时。怀君晴川上，伫立夏云滋。

【注释】

①旷无期：荒废了时日而遥遥无期。

②商山芝：用商山四皓采芝事。商山在今陕西商州境内。《高士传》：『（四皓）见秦虐政，乃退入蓝田而作歌曰：「莫莫高山，深谷逶迤。晔晔紫芝，可以疗饥。唐虞世远，吾将何归。驷马高盖，其忧甚大。富贵之畏人，不如贫贱之肆志。」乃共入商洛，隐地肺山，以待天下定。』后遂以商山采芝喻隐居。

【品读】

唐汝询《唐诗解》：按本传，至为起居舍人，坐小事贬岳州司马。此放逐而思君也。方睹春草之含碧，而想见君之无期，遂欲远遁以采芝者，非遽然忘君也，盖事君期于盛年而良会已晚，今果何如哉？岂更桃李之时邪。伫立晴川，而忽见夏云之起矣，夫既感春草，复悲夏云，以见光景日往而思君愈切耳。

西亭春望

日长风暖柳青青，北雁归飞入窅冥。岳阳城上闻吹笛，能使春心满洞庭。

【品读】

叶羲昂《唐诗直解》：这一首言春景深矣，雁当北归，庶几一寄乡书，今不见返，故云入窅冥也。想望既切，复闻笛声，能不动吾归心乎。

皇甫曾

皇甫曾（约723—约785），字孝常。天宝十二载（753）登进士第。历侍御史，坐事徙舒州司马、阳翟令，晚年居家丹阳。

送李中丞①归本道②

上将还专席，双旌《唐书·职官三》：至德之后，中原用兵，大将为刺史者，兼治军旅，遂依天宝边将故事，加节度使之号，连刺数郡。奉刺之日，赐双旌双节。复出秦。关河三晋③路，宾从五原④人。孤戍云连海，平沙雪度春。酬恩看玉剑，何处有烟尘？

【注释】

①中丞：也称御史中丞。官名，始于西汉，为御史大夫佐官。隋代改称治书侍御史，为御史台副长官，掌监察司法。唐代沿设，置二人，正五品上（后改正四品下）。贞观中仍改名中丞。御史中丞代大夫掌理台事。开元以后，常兼任中央派遣的各种重要使职，也被作为观察节度等使的兼官。②本道：即所辖的道。道是以采访使为首的监察区域。唐开元时期，全国分为十五个道。③三晋：春秋时赵、魏、韩三氏分晋，各立为国，是为三晋。④五原：此指五原郡，在今内蒙古自治区五原县。

【品读】

唐汝询《唐诗解》：将以阃外为职，留京非宜，是以建旌而出巡，历三晋以还镇，宾从皆边人也。然屯戍之地近海多雪，乃中丞不以为苦，思酬主恩而日视其剑，少有风尘，即思有以靖其难也。

送陆鸿渐①山人采茶回

千峰待逋客②，香茗③复丛生。采摘知深处，烟霞羡独行。幽期山寺远，野饭④石泉清。寂寂燃灯夜，相思一磬⑤声。

【注释】

①陆鸿渐：唐代陆羽，字鸿渐，一名疾，字季疵。上元初隐居苕溪，自称桑苎翁，又号竟陵子。嗜茶，著《茶经》三卷。人们祀为茶神。②逋客：避世之人。③茗：陆羽《茶经·一之源》指晚收的茶。此处泛指茶。④野饭：野餐。⑤磬：寺院用的打击乐器。

【品读】

方回《瀛奎律髓》：茶之盛行自陆羽始，止是碾硙茶耳，其妙处在于别水味。羽死号为茶神，此取一首，为茶诗之冠。

纪昀《瀛奎律髓刊误》：虽非高格，不失雅音。

李嘉祐

李嘉祐（约748-？），字从一，赵州（今河北省赵县）人。天宝七年（748）进士，授秘书正字。以罪谪鄱阳，量移江阴令。上元中，出为台州刺史。大历中，又为袁州刺史。大历后期罢职闲居于吴越一带。

至七里滩①作

迁客投于越②，临江③泪满衣。独随流水远，转觉故人稀。万木迎秋序④，千峰驻晚晖。行舟犹未已，惆怅暮潮归。

【注释】

①七里滩：《太平寰宇记》：七里濑，即富春渚也。两山耸起壁立，连亘七里，土人谓之泷，水驶如箭。谚云：有风七里，无风七十里。言舟行难于牵挽，唯视风为迟速也。②于越：据傅璇琮《唐代诗人丛考》，『于越』应为『干越』。《太平寰宇记》：江南西道饶州余干县有干越亭，云：在县东南三十步，屹然孤屿，古今游者多留章句焉。③江：指富春江。④秋序：秋天的节气。

【品读】

唐汝询《唐诗解》：按从一曾为台州守，疑道经严滩。然公迁职投岳，则无考，岂尝居台而外调，与夫既伤迁职，复恋故人，日将夕矣，舟不能止者，以欲乘潮而逝耳，能不重为惆怅乎？

题游仙阁息公庙

仙冠轻举竟何之？薜荔缘阶竹映祠。甲子①不知风御日，朝昏唯见雨来时。霓旌②翠盖终难遇，流水青山空所思。逐客自怜双鬓改，焚香多负白云期。

【注释】

①甲子：用干支纪年或计算岁数时，六十组干支字轮一周叫一个甲子。②霓旌：相传仙人以云霞为旗帜。

【品读】

金圣叹《贯华堂选批唐才子诗》：前解，有时写仙是慕仙，有时写仙是不信有仙。此诗后解却似慕仙，前解又似不信有仙。然而皆非也。《老子》云：『我有大患，为我有身。及我无身，我有何患？』人生在此世间，实是身为大累。譬如飞蛾入网，并非网有相加，但使无身飞来，十面是网何害？今此诗正是被逐无计，大恶此身，是日偶登仙阁，一时恰触愁心，于是不觉低头至地，极致叹慕也。『轻举』字妙，逐客累坠，此不如也。『竟』字妙，逐客牵制，此又不如也。『何之』字妙，逐客讥防，此又不如也。下二句与三四句，一总皆写欲寻其身，杳无有身，为逐客浩叹。后解，前解既写无身之乐，后解再写逐客之苦也。五、『终难遇』妙，身为逐客，则与之升沉永判也。六、『空所思』妙，身为逐客，则真是题目先差也。七八，双鬓已改，而白云未期，我实为之，于人何尤？横插『焚香』字妙，只是珠玉在前，惶恐无地，并非与仙有期。

送朱中舍游江东

孤城郭外送王孙，越水吴山共尔论。野寺山边斜有径，渔家竹里半开门。青枫独映摇前浦，白鹭闲飞过远村。便是西陵①征战处，不看秋草自伤魂！

【注释】

①西陵：陵墓名。三国魏武帝陵寝。在河南省临漳县西。

【品读】

金圣叹《贯华堂选批唐才子诗》：前解，送人，更不叙是人情亲，一口只说江东兵火之后，破坏已极者，此是身先从江东归，亲眼实睹其事，时时欲向朝堂申诉，而不觉借题发之也。前解言江东非有所谓黄壤千里，沃野弥望，四塞之国，用武之场者也；不过南人好佛，则多野寺，鱼鳖杂处，则有渔家，越水吴山，如是而已矣。后解，言何意亦遭征战，至于渺无烟火。极望前浦，可指者仅一青枫耳。寂寂远村，任飞者无数白鹭耳。此即前日羽书所传被兵之西陵，而今遂至于伤心惨目，不可复道者也。

寄王舍人①竹楼

傲吏②身闲笑五侯③，西江取竹起高楼。南风不用蒲葵扇，纱帽闲眠对水鸥。

【注释】

①舍人：《汉书·高帝纪》颜师古注：『舍人，亲近左右之通称也。』②傲吏：高傲的吏人。古称庄子为傲吏。此指王舍人。③五侯：公侯伯子男五等诸侯称五侯。此处泛指高官大僚。

【品读】

俞陛云《诗境浅说》：自宋王禹偁作《黄冈竹楼记》，曲尽其致，竹楼之名始著。而在唐代，王舍人已有西江取竹之举。钱起亦有赠诗，仅言其逸趣，而未详其制。凡山居者，多叠石为屋，泽居者，多架竹为楼。楚江畔，竹制钓楼有高数丈者，但无采入诗文耳。诗言舍人高卧竹楼，堪称吏隐。江上凭阑，闲挥葵扇，已闲适可羡，况南风送爽，并蒲葵而不用，纱帽隐囊，对忘机鸥鸟，更无尘起污人，劳元规之障面，宜舍人笑傲五侯矣。

题道虔上人①竹房

诗思禅心共竹闲，任他流水向人间。手持如意②高窗里，斜日沿江千万山。

【注释】

①上人：对僧人的尊称。②如意：佛用具之一，柄

端作手指形，以示手所不至，搔之可以如意。以骨角竹木玉石铜铁等制之，长三尺许，讲僧持之，记文于上，以备遗忘，也称如意杖。

【品读】

俞陛云《诗境浅说》：赠方外之诗，不难于作出世语，而难于在空际落笔，自有尘视大千之概。首句言此心与竹同闲，已见赠诗本意。次句申言之，一任门前流水，日夜奔驰，向人间而去，而禅心如如不动。三句专咏上人，手持如意，状意态超逸也。身倚高窗，言俯视一切也。四句承三句而言，高窗所见，唯有沿江千万峰峦，与天末白云，参差竞出，所谓人间多少兴亡事，不值青山一笑看。上人高倚江楼，任万劫华鬘，飞腾过眼耳。

刘长卿

刘长卿（709–约780），字文房。宣城（今安徽宣州）人，一作河间（今属河北）人。玄宗天宝进士。肃宗至德间任监察御史、长洲县尉，贬岭南南巴尉，后返，旅居江浙。代宗时历任转运使判官，知淮西、鄂岳转运留后，被诬再贬睦州司马。德宗建中二年（781），任随州（今属湖北）刺史，世称刘随州。

逢雪宿芙蓉山主人

日暮苍山远①，天寒白屋②贫。柴门闻犬吠，风雪夜归人。

【注释】①苍山远：山路崎岖，旅途漫长。②白屋：古代平民住屋不施华彩，故称白屋。

【品读】

唐汝询《唐诗解》：直赋实事，然令落魄者读之，真足凄绝千古。

王文濡《历代诗评注读本》：日暮途穷，天寒而继以风雪，写尽旅行之苦。幸有白屋可以寄宿，苦中得乐，聊以自慰。

春草宫①怀古

君王②不可见，芳草旧宫春。犹带罗裙色③，青青向楚人[4]。

【注释】

①春草宫：隋炀帝于扬州所建十宫之一。②君王：指隋炀帝。③罗裙色：见芳草而忆罗裙，以其同色也。④楚人：江都旧为楚地，故称当地人为楚人。

【品读】

俞陛云《诗境浅说》：隋宫台榭，久付消沉，废殿遗墟，剩有年年芳草。犹学当日宫妃罗裙颜色，似依恋楚人。时异代移，谁复踏青荒圃，凭吊故宫耶？此作可称郁伊善感。

送方外上人[1]

孤云将野鹤，岂向人间住？莫买沃洲山[2]，时人已知处[3]。

【注释】

①方外上人：对僧人之敬称，此指诗僧灵澈。方外，世外。上人，上德之人。②沃洲山：在今浙江新昌东。晋高僧支遁遣使见竺道潜，求买沃洲山为幽栖之处。潜答云：欲来辄给，岂闻巢父、许由买山而隐乎？③时人句：沃洲为名山，登临者多，不适合隐居。

【品读】

黄周星《唐诗快》：未闻巢父买山而隐，况为时人所知耶？

沈德潜《唐诗别裁》：有三宿桑下，已嫌甚迟意，盖讽之也。

宋宗元《网师园唐诗笺》：峭刻复浑成。

送灵澈[1]上人

苍苍竹林寺[2]，杳杳钟声晚。荷笠带斜阳，青山独归远。

【注释】

①灵澈：一作灵彻，俗姓汤，字澄源，会稽人。自幼为僧，受诗法于严维。②竹林寺：在江苏镇江城南，始建于晋朝。

【品读】

俞陛云《诗境浅说》：四句纯是写景，饶有潇洒出尘之致。

题元录事[1]开元[2]所居

幽居萝薜情，高卧纪纲行。鸟散秋鹰下，人间春草生。冒岚归野寺，收印[3]出山城。今日新安郡[4]，因君水更清。

【注释】

①录事：唐于各州设录事参军一人。上州从七品上，下州从八品上。地位高于诸判司。职责为纠举六曹。②开元：僧寺名，在睦州城外。③收印：收藏印信，言很少纠举。④新安郡：睦州于天宝间曾改称新安。

【品读】

方回《瀛奎律髓》：长卿之称新安，皆唐睦州。开元必城外之古寺。第二句好，高卧而法自行，『行』字乃是有力字。

岳阳[1]馆中望洞庭

万古巴丘[2]戍，平湖此望长。问人何淼淼[3]，愁暮更苍苍。叠浪浮元气[4]，中流没太阳。孤舟有归客，早晚达潇湘。

【注释】

①岳阳：唐属岳州。今湖南岳阳县。②巴丘：山名。又名巴陵、天岳，在今湖南岳阳县湘水右岸。③淼淼：水波浩荡状。④元气：天地之间混一之气。

【品读】

方回《瀛奎律髓》：五六尽洼。非中流果没日也。水远而日短，故所见者日落于中耳。水之外又水，地之外又地，而水与地目不可及者，日月常可得而见，非日月之光有余为之乎。

沈德潜《唐诗别裁》：五六犹有气焰，然视襄阳、少陵二篇，为江、黄之敌荆楚矣。

穆陵关[1]北逢人归渔阳[2]

逢君穆陵路，匹马向桑乾[3]。楚国苍山古，幽州[4]白日寒。城池百战后，耆旧几家残？处处蓬蒿遍，归人掩泪看。

【注释】

①穆陵关：一名木陵戍，在湖北麻城北。为南北朝时军事要地。②渔阳：唐郡名，治所在今天津蓟县。③桑乾：河名。即桑乾河，今永定河，源出山西。④幽州：郡名，唐属河北道。治所在今北京大兴境内。

【品读】

宋宗元《网师园唐诗笺》：刻挚。

北归次秋浦[1]界清溪馆[2]

万里猿啼断，孤村客暂依。雁过彭蠡[3]暮，人向宛陵[4]稀。旧路青山在，余生白首归。渐知行近北，不见鹧鸪飞。

【注释】

①秋浦：唐县名，属宣州。在今安徽贵池境内。②清溪馆：建于清溪口之客舍。清溪，水名，在安徽含山县西南。③彭蠡：湖名，今鄱阳湖。④宛陵：即宣城，今属安徽。

【品读】

沈德潜《唐诗别裁集》：中唐诗近收敛，选言取胜，元气不完。体格卑而声调亦降矣。刘文房工于铸意，巧不伤雅，犹有前辈体段。

秋杪①江亭有作

寂寞江亭下，江枫秋气斑。世情何处澹？湘水向人闲。寒渚一孤雁，夕阳千万山。扁舟如落叶，此去未知还。

【注释】

①秋杪：晚秋。

【品读】

黄周星《唐诗快》：每读此公诗，不独无脂粉气，亦几无烟火气。

酬李穆①见寄

孤舟相访至天涯，万转云山路更赊。欲扫柴门迎远客，青苔黄叶②满贫家。

【注释】

①李穆：刘长卿女婿。刘时居新安郡（治所在今安徽歙县），李穆往访，先有诗《寄妻父刘长卿》致意：『处处云山无尽时，桐庐南望更参差。舟人莫道新安近，欲上潺湲行自迟。』刘即作此诗酬答。②青苔黄叶：示生活凄清，殊少与人来往。

【品读】

刘克庄《后村诗话》：刘长卿七言云：『欲扫柴门迎远客，青苔黄叶满贫家。』魏野、林逋不能及也。

赠秦系

向风长啸戴纱巾，野鹤①由来不可亲。明日东归变名姓②，五湖烟水觅何人？

【注释】

①野鹤：代指隐士生活。②变名姓：东汉严光，字子陵。会稽余姚人，少有高名，尝与光武同游学。光武及位，乃变姓名，隐身不见。

【品读】

黄周星《唐诗快》：足为诗人大长声价。

过郑山人所居

寂寂孤莺啼杏园，寥寥一犬吠桃源。落花芳草①无寻处，万壑千峰独闭门②。

【注释】

①落花芳草：晋陶渊明《桃花源记》：『芳草鲜美，落英缤纷。』②独闭门：门虽设而合关，隐居不出，殊少客过。

【品读】

黄周星《唐诗快》：此岂人间境界哉！

送李判官之润州①行营②

万里辞家事鼓鼙③，金陵④驿路楚云西。江春不肯留行客，草色青青送马蹄。

【注释】

①润州：唐州名，以州东有润浦得名。治所在丹徒（今江苏镇江）。②行营：古代军旅出征后主将驻扎之

地。③事鼓鼙：从事军务。鼓鼙，军用乐器。④金陵：指润州。

【品读】

唐汝询《唐诗解》：不言行客不留，而言江春不留，正绝句中翻弄法。

俞陛云《诗境浅说续编》：起二句叙别意，题之本意也。后言『草色青青』，就诗句论之，有『春草碧色，送君南浦』之思。但观其首句云『万里辞家』，则客游殊有苦衷，故三句言江春不留行客，盖有所指也。

昭阳①曲

昨夜承恩宿未央②，罗衣犹带御炉香。芙蓉帐小云屏暗，杨柳风多水殿凉。

【注释】

①昭阳：汉宫名。成帝时赵飞燕居之。②未央：汉宫名。

【品读】

黄叔灿《唐诗笺注》：此因昨夜而感今夕，见欢会不长，景色顿异，而君恩难恃，怙宠莫骄，言外有婉讽之意。

送陆沣①仓曹②西上

长安此去欲何依？先达③谁当荐陆机④？日下⑤凤翔双阙迥，雪中人去二陵⑥稀。舟从故里难移棹，家在寒塘独掩扉⑦。临水自伤流落久，赠君空有泪沾衣⑧。

【注释】

①陆沣：作者好友。②仓曹：司仓参军事之省称。掌一州之仓贮、租赋、财货、市肆之事。③先达：前辈。④陆机：西晋吴郡人，字士衡。以文才名重一时，诗文辞藻宏丽，有《陆机集》。⑤日下：国都，即长安。⑥二陵：即杜陵与少陵，均在唐都城长安东南。杜陵为汉宣帝陵。去杜陵东南十余里有少陵，为许后陵。⑦掩扉：关闭柴门，示少交游。⑧赠君句：言临别之际，欲留不得，只能下泪相送而已。

【品读】

金圣叹《贯华堂选批唐才子诗》：前解，言长安诚多先达，此亦何待君说，但我第一要问者『何依』，第二要问者『谁当』。何依者，言君欲何人荐；谁当者，言谁人必荐君也。只须两问，早令西上之人，心口一时诎然更复不知所措，妙妙。三四，反复再晓譬之，言日下凤翔，设使得荐，诚然快事，但雪中人去，万一不荐，为之奈何。『双阙迥』，又带言其地甚远。『二陵稀』，又微言去者甚少也。后解，上解讽陆不必西上，此解述己不复西上也。言己昔在长安，流落乃不可说，然则，今之得归故里，寄在寒塘，其为幸甚，岂可胜道？而肯于他人之去，乃独欣欣相送耶？『难移棹』，言有棹亦不移也。『独掩扉』，言无扉亦必掩也。五六二句，只是极写『流落久』之一『久』之也。

送柳使君赴袁州①

宜阳②出守新恩至，京口③因家始愿违。五柳④闭门高士去，三苗⑤按节远人归。月明江路闻猿断，《水经注·江水》：常有高猿长啸，属引凄异，空谷传响，哀转久绝。花暗山城见吏稀。惟有郡斋窗里岫，朝朝空对谢玄晖⑥。

【注释】

①袁州：唐州名，因境内有袁山得名。治所在宜春（今属江西）。②宜阳：即宜春，晋改称宜阳，隋开皇十一年（591）复改称宜春。③京口：古城名，故址在今江苏镇江。④五柳：本为晋陶渊明自称，此指柳使君。⑤三苗：指袁州境内的苗族。⑥谢玄晖：即谢朓，南齐陈郡阳夏人，字玄晖，曾任宣城太守。长五言诗，人称小谢。此代称柳使君。

【品读】

金圣叹《贯华堂选批唐才子诗》：前解，只是三承二，四承一法也。言宜阳出守之新恩一至，京口因家之始愿遂违；乃五柳闭门而高士甫去，即三苗按部而远人早归。甚言朝廷之用得其人，而使君之出处，为不忝生平也。三四为朝廷用得其人，一二为出处无忝生平。后解，分外加写使君不是寻常俗吏。五，写赴袁一路。六，写已到袁州。七八，写其清净淡泊，与民休息也。

戏题赠二小男

异乡流落频生子，几许悲欢并在身。欲识老容羞白发，每看儿戏忆青春。未知门户堪谁主①，见免琴书与别人②。何幸暮年方有后，举家相对却沾巾。

【注释】

①未知句：不知二小男当中谁能主持门户。②见免句：现在即免除家业落入异姓之手，终于继承有人。

【品读】

黄周星《唐诗快》：寻常事，寻常语耳。元、白二公，欲求此，何可得？

纪昀《瀛奎律髓刊误》卷：第三句不明晰。五六极曲折顿挫之致，不似乐天顺笔直走。结亦满足。

送耿拾遗①归上都②

若为天畔独归秦，对水看山欲暮春。穷海③别离无限路，隔河征战④几归人？长安万里传双泪，建德⑤千峰寄一身。想到邮亭⑥愁驻马，不堪西望见风尘。

【注释】

①耿拾遗：即耿湋，宝应二年进士。大历初由周至尉入为左拾遗。曾充括图书使来江淮。②上都：唐都长安。③穷海：海的尽头，即滨海之地。此指睦州治所的

建德。④隔河征战：时黄河南北割据势力之间战争频仍。⑤建德：作者时任睦州司马，建德为州之治所。⑥邮亭：即驿馆。

【品读】

金圣叹《贯华堂选批唐才子诗》：前解，「若为」之为言如何也，犹言反复辗转思之，而终恐无有其事也。何也？秦在天畔，一未易事也；以天畔之秦，而欲一人独归，又一未易事也。反复辗转思之，除非以春又欲暮，以是为汲汲乎。正甚言此归之决定无有其事也。三，「穷海」「无限路」，再写一之「天畔」字。四，「隔河」「几归人」，再写一之「独归」字。皆以反复辗转「若为」之二字也。「欲暮春」，上加「对水看山」，又妙。言但据山红水绿，则似欲暮春耳，其余人事，固皆不然。后解，上解既极陈独归之难，此解又自明不归之故，所以多方沮劝之也。言我日夕眼泪满面，何曾一刻忘归？然欲性命苟且得全，则现见不归在此，犹俗言「尔若得归，则我已先归」也。结言「想到」者，言我今反复沮君，而君决意不听，则意必有中途驻马之一日，始信今日之言之不谬耳。看他八句诗中，凡用无限意思，却又笔笔能到。

沈德潜《唐诗别裁集》：时应值吐蕃之乱，故有「隔河征战」，「西望风尘」之语。

题灵祐①和尚故居

叹逝翻②悲有此身，禅房寂寞见流尘。六时③行径空秋草，几日浮生哭故人。风竹自吟遥入磬④，雨花随泪共沾巾。残经窗下依然在，忆得山中问许询⑤。

【注释】

①灵祐：禅宗大师，曾居湖南宁乡大沩山密印寺七年，世称沩山禅师。为沩仰宗开山祖。②翻：反而。③六时：佛教分一昼夜为六时：晨朝、日中、日没、初夜、中夜、后夜。④风竹句：风吹竹声与磬声遥相应和。⑤许询：晋人，字玄度，高阳人。有才藻，善为文。好泉石，屡征不起，隐于永兴西山。曾舍永兴、山阴二宅为僧寺，常与沙门支遁往来。此处作者以许询自喻。

【品读】

金圣叹《贯华堂选批唐才子诗》：前解，哭和尚，看他不悲和尚无身，反自己有身，妙绝妙绝。便知和尚自住寂寞真境，而人自随流尘起见，于是既已偃然寝于巨室而不通命者，犹欲嗷嗷然哭之也。三四，承之，言随尘起见，诚有满庭秋草，但观化及我，竟存几日余年。必如此，方是哭伪山大师诗，不然，岂不被某甲水牯牛痛棒打杀哉。后解，然而师恩深重，终又不得不哭也。所谓是其始死，我独胡能无慨然也！

黄周星《唐诗快》：语俱极悲，而不觉其悲者，以淡掩其悲也。友夏评随州云：『艳之害诗易觉，澹之害诗谁知？吾宁受澹之害耳！』

使次①安陆②寄友人

新年草色远凄凄，久客将归问路溪。暮雨不知郧口③处，春风只到穆陵西。姚鼐：肃、代之际，江淮间有刘展、袁晁之乱。木陵以东，光、黄、舒、庐，盖苦兵扰，不识春和矣。其西则差安靖，故有第四句。孤城④尽日空花落，三户⑤《史记·项羽本纪》：楚虽三户，亡秦必楚。无人自鸟啼。君在江南相忆否？门前五柳⑥几枝低？

【注释】

①使次：因公出差，停留于旅途。②安陆：唐郡名，本古郧子国，隋改郧州为安陆，治所在今湖北安陆。③郧口：郧水渡口。④孤城：指安陆城。⑤三户：《史记·项羽本纪》：『楚虽三户，亡秦必楚。』⑥五柳：陶渊明自称五柳先生。双关语，即指柳，亦代指友人之高洁。

【品读】

金圣叹《贯华堂选批唐才子诗》：前解，『草色凄凄』，自是新年景物，今随手却先下一『远』字，便知此是归客问路之眼色也。三四，言适遭泥雨未抵郧口；即日风光，滞在穆陵。此正详写一之『远』字，言去家尚隔如许道里，而二之『问路溪』字，亦已尽于是也。后解，前解写次安陆，此解写寄友人。五六，孤城花落，三户鸟啼，非再写安陆荒凉也。先生正言：我当此况，那不忆君？特不审君亦忆我否耳。盖言君虽忆我，然乌乎知我之花落鸟啼，亦犹我今忆君，而不知君之门前五柳也。

酬屈突陕

落叶纷纷满四邻，萧条环堵①绝风尘。乡看秋草归无路，家对寒江病且贫。藜杖②懒迎征骑客③，菊花能醉去官人④。怜君计画谁知者？但见蓬蒿空没身⑤。

【注释】

①环堵：四围土墙。②藜杖：用藜茎制成的手杖。③征骑客：指游宦者。④去官人：辞官归隐之人。⑤蓬蒿空没身：东汉隐士张仲蔚所居处蓬蒿没人。

【品读】

黄周星《唐诗快》：寒江自寒江，贫病自贫病，七字相连，始见其妙。此五柳先生所以忙忙归去也。

将赴岭外①，留题萧寺②远公③院

竹房遥闭上方幽，苔径苍苍访昔游。内史梁朝萧内史创建。旧山空日暮，南朝④古木向人秋。天香⑤月色同僧室，叶落猿啼傍客舟。此去播迁⑥明主意，白云何事欲相留？

【注释】

①岭外：五岭以南，今广东地区。②萧寺：佛寺。南朝梁武帝佞佛，大建佛寺，命萧子云飞白大书『萧寺』二字。后因称佛寺为萧寺。③远公：东晋名僧慧远，居庐山东林寺，世人称为远公。④南朝：指建国于长江以南之宋、齐、梁、陈等国。⑤天香：敬佛之香。⑥播迁：流离迁徙。此指远贬南巴。

【品读】

金圣叹《贯华堂选批唐才子诗》：前解相其二句方云『苔径苍苍』，则一句之『竹房高闭』乃是意中追画旧游，故下一『遥』字也。细思满胸先晓竹房高闭，而一路扰寻苔径苍苍，此真访旧妙绝神理。然非有此曲折之笔，固决写不出来也。三四，内史旧山、南朝古木，皆是旧游之所已见。『空日暮』『向人秋』，则尚极写『访』字，殊未到上方叩竹房也。后解，上解写特访，下解写谢留也。五，天香月色。六，叶落猿啼。双举二境，不判苦乐，以听客之自择。此院僧留之之辞也。七八，先生更引莫逃大义，毅然谢之。呜呼！后之为迁客者，胡可不敬读此诗乎哉！

钱起

钱起（722－约780），字仲文，吴兴（今浙江湖州）人，天宝十年（751）赐进士第一人，曾任考功郎中，故世称钱考功。又任翰林学士等职，是『大历十才子』之首。

题温处士山居

谁知白云外，别有绿萝春？苔绕溪边径，花深洞里人。逸妻①看种药，稚子伴垂纶。颍上逃尧者，何如此养真。

【注释】

①逸妻：隐士之妻。逃尧者：指许由。《高士传·许由》载：『尧让天下于许由，由不欲闻之，洗其耳于颍水滨。』

【品读】

沈德潜《唐诗别裁》：许由之逃，虚言其高，不如日用常行中自存逸趣也。

裴迪①南门秋夜对月

夜来诗酒兴，月满谢公楼②。影闭重门静，寒生独树秋。鹊惊随叶散，萤远入烟流。今夕遥天末，清光几处愁？

【注释】

①裴迪：唐朝诗人。②谢公楼：指南齐谢朓之楼，

即宣州谢朓楼。

【品读】

沈德潜《唐诗别裁》：月夜萤火自失，然远入烟丛，则仍见流矣。此最工于体物。

谷口[1]书斋寄杨补阙[2]

泉壑带茅茨，云霞生薜帷[3]。竹怜新雨后，山爱夕阳时。闲鹭栖常早，秋花落更迟。家童扫萝径，昨与故人期。

【注释】

①谷口：今陕西省泾县西北。②补阙：唐谏官之一，分左右补阙。③薜帷：薜荔生长之状如帷幕。薜，薜荔。

【品读】

葛立方《韵语阳秋》：钱起与郎士元齐名，时人语曰：『前有沈宋，后有钱郎。』然郎岂敢望钱哉？

山中酬杨补阙见过

日暖风恬种药时，红泉翠壁薜萝[1]垂。幽溪鹿过苔还静，深树云来鸟不知。青琐[2]同心多逸兴，春山载酒远相随。却惭身外牵缨冕[3]，未胜尊前倒接䍦。

【注释】

①薜萝：薜荔和女萝。两者皆野生植物，常攀缘于山野林木或屋壁之上。②青琐：装饰皇宫门窗的青色连环花纹。后华贵的宅第、寺院等门窗亦用此种装饰。③缨冕：仕宦的代称。缨，用线或绳等做的装饰品。

【品读】

金圣叹《贯华堂选批唐才子诗》：前解，一解四句只写『种药时』三字，言暖日恬风，通身和畅，弗与世及，世亦弗及，真为无量快乐也。『红泉』七字画出种药之处。三四承之，叹其处幽深，非人迹所到，以反衬杨补阙之见过。言除非鹿过，除非云来，此外何人曾到。后解，初睹此题，意谓钱在山中，杨则枉过，因更不解七八如何成语。及细读『同心』字，始知时方同官，『相随』字，始知并在休沐，而后『却惭』一结，始释然。

夜宿灵台寺寄郎士元

西日横山含碧空，东方吐月满禅宫[1]。朝瞻双顶青冥[2]上，夜宿诸天[3]色界[4]中。石潭倒映莲花水，塔院空闻松柏风。万里故人能尚尔，知君亲听我心同。

【注释】

①禅宫：僧人所住的房屋，寺院。②青冥：形容青苍幽远。指青天。③诸天：佛教语。指护法众天神。佛经言欲界有六天，色界之四禅有十八天，无色界之四处有四天，其他尚有日天、月天、韦驮天等诸天神，总称之曰诸天。④色界：佛教语。三界之一。在欲界之上，无色界之下。有精美的物质而无男女贪欲。

【品读】

金圣叹《贯华堂选批唐才子诗》：前解，一，写不得不上灵台也，二，忽写上到灵台，亲见灵台之为灵台，乃有如许，于是遍身欢喜。且不写今夜来宿，且抽笔先写今朝望见。四句诗，便是四样身份，譬如云英卷舒，光彩不定，真妙笔也。后解，五，自写亭亭之姿，彻底清寒。六，自写娇娇之节，至死不变。七，『尚尔』，『尔』字，正指此两句『万里故人』，钱自称。能之为言，不敢不勉，非自矜也，《古诗》：『相去万余里』，故人能尚尔。八，即以自勉者勉君胄。唐人交道，其厚如此。石潭，故解曰彻底。塔院，故解曰至死。

元结

元结（719–772），字次山，号漫叟。河南鲁山人。天宝六载（747）应举落第后，归隐商余山。天宝十二载（753）进士及第。安禄山反，曾率族人避难猗玕洞（今湖北大冶境内），因号猗玕子。乾元二年（759），任山南东道节度使史翙幕参谋。代宗时，任道州刺史，调容州，加封容州都督充本管经略守捉使，政绩颇丰。大历七年（772）入朝。

贫妇词

谁知苦贫夫，家有愁怨妻？请君听其词，能不为酸凄？所怜抱中儿，不如山下麑[1]。空念庭前地，化为人吏蹊。出门望山泽，回头心复迷。何时见府主[2]，长跪向之啼？

【注释】

①麑：鹿之子。②府主：指太守。

【品读】

沈德潜《唐诗别裁》：只恐府主不应啼，亦何益。

去乡悲

踟蹰古塞关，悲歌为谁长？日行见孤老[1]，羸弱相提将[2]。闻其呼怨声，闻声问其方。乃言无患苦，岂弃父母乡？非不见其心，仁惠[3]诚所望。念之何可说？独立为凄伤。

【注释】①孤老：孤苦伶仃的老人。②提将：相互扶持。③仁惠：指当政者体恤百姓。

【品读】湛若水《元次山集序》：余自北游观艺于燕冀之都，得元子而异焉。欲质不欲野，欲朴不欲陋，欲拙不欲固，卓然自成其家者也。唐之大家，风斯下矣。其骎骎乎中古而不已矣乎！其泯而不传，将文末之世尔矣乎！

寿翁兴

借问多寿翁，何方自修育①。惟云顺所然，忘情学草木。始知世上术，劳苦化金玉。不见充所求，空闻肆②耽③欲。清和存王母④，潜濩⑤无乱黩⑥。谁正好长生，此言堪佩服。

【注释】①修育：修养长育。②肆：没有节制。③耽：过分的欢乐。④王母：古代传说中长寿的神。⑤潜濩：潜心修养。⑥无乱黩：不可胡行滥为。

【品读】沈德潜《唐诗别裁》：顺天地之自然，自能多寿，忘情五字洵为养生主也。隐侯公诗『宁为心好道，直由意无穷』与『不见充所求』语，可以互证。

农臣①怨

农臣何所怨，乃欲干②人主③。不识天地心，徒然怨风雨。将论草木患，欲说昆虫苦。巡回宫阙傍，其意无由吐。一朝哭都市，泪尽归田亩。谣颂若采之，此言当可取。

【注释】①农臣：管理农务的官吏。②干：请求。③人主：皇帝。

【品读】欧阳修《集古录》：唐自太宗致治之盛，几乎三代之隆。而唯文章独不能革五国之弊。既久而后，韩、柳之徒出。盖习俗难变，而文章变体又难也。次山当开元、天宝时，独作古文，其笔力雄健，意气超拔，不减韩之徒也，可谓特立之士哉！

引东泉作

东泉人未知，在我左山东。引之傍山来，垂流落庭中。宿雾含朝光，掩映如残虹。有时散成雨，飘洒随清风。众源发渊窦①，殊怪皆不同。此流又高悬，瀌瀌②在长空。山林何处无，兹地不可逢。吾欲解缨佩③，便为泉上翁。

【注释】①渊窦：同一泉洞。②瀌瀌：水流汹涌之状。③解缨佩：指辞官。缨佩，印绶。

【品读】毛晋《汲古阁本〈箧中集〉跋》：漫士逢天宝之后，

置身仕隐间，自谓与世聱牙，不肯作绮靡章句，先辈譬之古钟磬，不谐于俚耳，而可寻玩。

登白云亭

出门上南山，喜逐松径行。穷高欲极远，始到白云亭。长山绕井邑，登望宜新晴。州渚曲湘水，萦回随郡城。九疑千万峰，嵺嵺[1]天外青。烟云无远近，皆傍林岭生。俯视松竹间，石水何幽清。涵映[2]满轩户，娟娟如镜明。何人病惛[3]浓，积醉且未醒？与我一登临，为君安性情。

【注释】

①嵺嵺：山峰直立之状。②涵映：水光摇荡地照着。③惛：糊涂。

【品读】

王闿运《王志》：元结排宕，斯五言之善者乎？陈兆奎附案：次山在道州诸作，笔力遒劲，充以时事，可诵可谣。其体极雅。少陵气势较博，而深永匀饬不若也。

橘井

灵橘无根井有泉，世间如梦又千年。乡园不见重归鹤，姓氏今为第几仙？风冷露坛人悄悄，地闲荒径草绵绵。如何蹑得苏君迹，白日霓旌拥上天？

【品读】

金圣叹《贯华堂选批唐才子诗》：前解，写苏仙。后解，写自己。

李端

李端，生卒年不详，字正己。赵州（今河北省赵县）人。大历中进士。任秘书省校书郎，官至杭州司马。李端才思敏捷，工于诗作，又长于弈棋，为「大历十才子」之一。晚年辞官归隐衡山，自号衡岳幽人。

古别离二首

其一

水国叶黄时，洞庭霜落夜。行舟闻商估[1]，宿在枫林下。此地送君还，茫茫似梦间。后期知几日，前路转多山。巫峡通湘浦，迢迢隔云雨。天晴见海樯[2]，月落闻津鼓[3]。人老自多愁，水深难急流。清宵歌一曲，白首对汀洲。

【注释】

①商估：商贾。②海樯：海船的桅杆。③津鼓：古代渡口设置的信号鼓。

其二

与君桂阳[1]别，令君岳阳[2]待。后事忽差池，前期日空在[3]。木落雁嗷嗷，洞庭波浪高。远山云似盖，极浦树如毫。朝发能几里？暮来风又起。如何两处愁，皆在孤舟里？昨夜天月明，长川寒且清。菊花开欲尽，荠菜[4]泊来生。下江帆势速，五两[5]遥相逐。欲问去时人，知投何处宿？空令猿啸时，泣对湘篁⑥竹。

【注释】①桂阳：今湖南郴县。②岳阳：今湖南岳阳市。③空在：空存。④荠菜：水面浮生植物。⑤五两：古代测风器，以鸡羽五两系于高杆顶上，故称『五两』。⑥湘篁：湘竹所编的席子。

【品读】杨慎《升庵诗话》：此诗端集不载。古乐府有之。然题曰二首，非也，本一首耳。其诗真景实情。婉转怊惘，求之徐庾之间且罕，况晚唐乎？大历后，五言古诗可选者，惟端此篇与刘禹锡《捣衣曲》、陆龟蒙《茱萸匣中镜》、温飞卿《悠悠复悠悠》四首耳。

赠康洽①

黄须康兄酒泉客，平生出入王侯宅。今朝醉卧又明朝，忽忆故乡头已白。流年恍惚瞻西日，陈事苍茫指南陌。声名恒压鲍参军②，班位不过扬执戟③。迩来七十遂无机，空是咸阳一布衣④。后辈轻肥⑤贱衰朽⑥，五侯⑦门馆许因依。自言万物有移改，始信桑田变成海。同时献赋人皆尽，共壁题诗君独在。步出东城风景和，青山满眼少年多。汉家尚壮今则老，《汉武故事》：颜驷不知何许人也，汉文帝时为郎，至武帝，尝辇过郎署，见驷龙眉皓发，上问曰：『叟何时为郎？何其老也。』答曰：『臣文帝时为郎，文帝好文而臣好武；至景帝时，好美而臣貌丑；陛下即，好少而臣已老，是以三世不遇，故老于郎署。』上感其言，擢拜会稽都尉。发短心长知奈何。华堂举杯白日晚，龙钟相见谁能免？君今已反我正来，朱颜宜笑能几回？借问朦胧花树下，谁家畚插⑧筑高台？

【注释】①康洽：酒泉人。盛唐时携琴剑赴长安，拜谒当道，气度豪爽。工乐府诗，玄宗知其名而叹美之。后遭天宝乱离，飘蓬江南，至大历间，年已七十余，龙钟衰老，谈及开元繁盛，为之感慨流涕。往来两京，咸阳一布衣而已。后卒于杜陵山中。②鲍参军：南朝宋鲍照。③扬执戟：汉代扬雄。④布衣：古代对文士无功名者之称。⑤轻肥：衣轻裘，乘肥马。⑥衰朽：指康洽。⑦五侯：泛指权贵豪门。⑧畚插：挖运泥土的工具。插，即锸。

【品读】乔亿《大历诗略》：唐人多有赠康洽诗。李东川作属康壮盛时也。此则深悲其迟暮，气韵高极，不见为中藏警句，结尤冷隽不可言。

巫山高 赴东川途中作

巫山十二峰，皆在碧虚①中。回合②云藏月，霏微③雨带风。猿风寒过涧，树色暮连空。愁向高唐④望，清秋见楚宫。

【注释】

①碧虚：指天空。②回合：指云雾回环缭绕。③霏微：细雨微濛之状。④高唐：战国时楚国台馆名，在云梦泽上。

【品读】

乔亿《大历诗略》：沈云卿尚矣，如茂政亦已得颔下之珠。此不能过也，而品味弥清。

屈复《唐诗成法》：一二破题，中四景，结出望字，应起有气势。『碧虚』承上启下，云、雨题中本事，以『回合』『霏微』斡旋出之，又以风月隐衬，则不呆板。『猿声』『树色』起下『愁』字，『楚宫』结前四，『清秋』补时。

过宋州[1] 早年隐于嵩山时作

睢阳陷虏[2]日，外绝救兵来。世乱忠臣死[3]，时清明主[4]哀。荒郊春草遍，故垒野花开。欲为将军[5]哭，东流水不回。

【注释】

①宋州：唐时治所在睢阳（今河南商丘县南）。②陷虏：唐玄宗天宝十四年（755）冬，安禄山叛乱，真源令张巡起兵反抗，后与睢阳太守许远联合，死守睢阳。安史叛虏包围睢阳达一年之久，终因矢尽粮绝，外断救兵，城池陷落。③忠臣死：张巡、许远及部将三十六人壮烈牺牲。④明主：唐肃宗李亨。⑤将军：指张巡、许远等。

【品读】

乔亿《大历诗略》：此吊张中丞巡也。不必感愤如韦公，而意自凄清。

茂陵山行陪韦金部 大历五年后作

宿雨朝来歇，空山秋气清。盘云双鹤下，隔水一蝉鸣。古道黄花落，平芜[1]赤烧[2]生。茂陵[3]虽有病，犹得伴君行。

【注释】

①平芜：草木丛生的平旷原野。②赤烧：用火焚烧草木，以备耕种作物。古代一种原始的耕作方法。③茂陵：此指汉武帝文学侍臣、辞赋家司马相如。因司马相如病免，家居茂陵，故名。作者以司马相如自喻。

【品读】

周敬《唐诗选脉会通评林》：鹤下云中，蝉鸣水外，喻君子高格凌俗，孤洁自鸣。花飞古道，烧起平芜，喻世运芳德凋谢，乱机方炽。四语寓语深微。

逢王泌自东京[1]至 大历五年后作

逢君自乡至，雪涕[2]问田园。几处生乔木，谁家在旧村？山峰横二室[3]，水色映千门。愁见游从处，如今花正繁。

【注释】①东京：指河南洛阳。②雪涕：拭泪。③二室：指嵩山，其东有太室山，西有少室山。

【品读】乔亿《大历诗略》：生，犹生存之『生』，是乱后问故家乔木，何处得免斧斤而生也。千门，指东京宫殿言。

拜新月①

开帘见新月，便即下阶拜。细语人不闻，北风吹裙带。

【注释】①拜月：民间流传的一种月神崇拜。一般于中秋节时设案拜月，或崇拜嫦娥，祈求青春美丽，或崇拜月老，祈求婚恋美满。

【品读】周敬《唐诗选脉会通评林》：有古意，幽情中幽细者。见新月即下拜，心有所怀也。拜月必有一种幽情欲诉，不可使人知者，人焉得而闻其细语耶？风吹裙带，正形容此时脉脉自知之景也。郭彦深曰，语语幽深，末句无紧要自好。

听筝

鸣筝金粟柱①，素手玉房②前。欲得周郎③顾，时时误拂弦。

【注释】①金粟柱：镶饰有点缀金粟花斑的筝柱。②玉房：美玉镶饰的房屋。③周郎：三国吴大将周瑜。《三国志·吴志》：『瑜少精意于音乐，虽三爵之后，曲有阙误，瑜必知之。故时人谣曰：「曲有误，周郎顾。」』

【品读】黄周星《重订唐诗快》：用事轻妙不觉。吴瑞荣《唐诗笺要后集》：新意妙不尖细，后人不及者，以其尖细则不得称也。

送刘侍郎 大历五年后作

几人同去谢宣城①，未及酬恩隔死生。唯有夜猿知客恨，峄阳②溪路第三声。

【注释】①谢宣城：南朝齐诗人谢朓。②峄阳：峄阳山，在江苏邳县西南，产梧桐树。

【品读】周敬《唐诗选脉会通评林》：谢宣城当自有其人，谓侍郎曾在其门下，受其深恩，奈未及报答，而彼忽云逝，故曰『隔死生』。『客恨』，指刘言，痛不及酬恩，悲与猿同，若猿知彼之恨，相为断肠之声者，道刘心事，因以送之也。唐解谓，侍御居宣城，宾客多从游者，未及酬恩，辄皆散去，我虽抱恨，终难语人，独夜独知耳。

乃曰前两句他客之薄，后二句己情之厚，恐非。

长门怨 大历五年后作

金壶[1]漏尽禁门开，飞燕[2]昭阳[3]侍寝回。随分独眠秋殿里，遥闻语笑自天来。

【注释】

①金壶：古代滴水以计时的铜制漏壶。②飞燕：汉成帝皇后赵飞燕。③昭阳：汉宫名，即昭阳殿，赵飞燕所居宫寝。

【品读】

周敬《唐诗选脉会通评林》：不说怨而怨自见，有藏剑于匣之妙。

皇甫冉

皇甫冉（717-770），字茂政，润州（今江苏镇江）丹阳人。天宝十五年（756）进士。曾官无锡尉，大历初入河南节度使王缙幕，终左拾遗、右补阙。

巫山[1]峡

巫峡见巴东[2]，迢迢出半空。云藏神女馆，雨到楚王宫[3]。朝暮泉声落，寒暄树色同。清猿不可听，偏在九秋中。

【注释】

①巫峡：长江三峡之一，因巫山而得名。②巴东：县名。在湖北省西部，邻接四川省。③神女馆、楚王宫：用战国楚宋玉《高唐赋》中怀王游高唐梦与神女遇之典。此指神女、楚王之居所。

【品读】

沈德潜《唐诗别裁》：终篇稳称，可继沈云卿作。乔亿《大历诗略》：平正浑逸，无锻琢痕。此种题六朝人最擅长。大历以前犹仿佛近之，后人难再措手矣。

秋 怨

长信[1]多秋草，一作秋气。昭阳[2]借一作惜。月华。那堪闭永巷[3]，闻道选良家[4]！

【注释】

①长信：长信宫，为失宠者所居。②昭阳：昭阳殿，为得宠者所居。③永巷：汉代幽禁妃嫔或宫女之所。④选良家：谓朝廷选民家美女入宫。

【品读】

宋顾乐《唐人万首绝句选》：长信凄凉，只有昭阳恩宠，而使更选良家，亦永闭永巷而已。寓意深远，绝作也。

俞陛云《诗境浅说》：长信则秋草丛生，昭阳惟月华遥望。永巷沉沦，方嗟命薄，忽听又选良家。沉沉宫禁，误尽婵娟，他时类我者，不知几辈。推己及人，相怜相恤，能无长太息耶！

赠郑山人

白首沧洲客，陶然得此生。庞公[①]采药去，莱氏与妻行[②]。乍见还州里，全非隐姓名。枉帆临海峤[③]，贳[④]酒秣陵城。伐木吴山[⑤]晓，持竿越水[⑥]清。家人忘贫贱，物外任衰荣，忽尔辞林壑，高歌至上京。避喧心已惯，念远梦频成。石路寒花发，江田猎雪明。玄纁[⑦]倘有令，何以遂躬耕？

【注释】

①庞公：汉末襄阳人，隐居不仕，即庞德公。②莱氏句：莱氏即老莱子，春秋时楚国的隐士。楚王闻其贤，欲用之。老莱子遂与其妻至江南，隐居不出。③海峤：海边的高山。峤，高而尖的山。④贳：赊欠。⑤吴山：山名，在浙江杭州西湖东南。⑥越水：泛指南方的河流。⑦玄纁：黑色的币帛。帝王常用为聘请贤士的贽礼。

【品读】

乔亿《大历诗略》：曲折三致，美中有刺，一结尤语妙异常。

秋夜寄所思

寂寞坐遥夜，清风何处来？天高散骑省[①]，月冷建章台[②]。邻笛哀声急，城砧[③]朔气催。芙蓉[④]已委绝[⑤]，谁复可为媒？

【注释】

①散骑省：古代官衙，唐代置左右散骑常侍，分属门下、中书二省。②建章台：汉宫名。代指宫阙。③砧：捣衣石。④芙蓉：荷花。⑤委绝：枯萎调零。

【品读】

乔亿《大历诗略》：此悼亡友因寄所思之作，前半风格不减襄阳供奉，五六自是大历诸家本色。

曾东游以诗寄之

出郭离言多，回车始知远。寂然层城暮，更念前山转。总辔越成皋[①]，浮舟背梁苑[②]。朝朝劳延首，往往若在眼。落日孤云远，边愁迷楚关。如何溆花发，复对游子颜？古寺杉栝[3]里，连樯洲渚间。烟生海西岸，云见吴南山。惊风扫芦荻，翻浪连天白。正是扬帆时，偏逢江上客。由来许佳句，况乃惬所适。嵯峨天姥[4]峰，翠色春更碧。气凄湖上雨，月净剡中[5]夕。钓艇或相逢，江蓠[6]又堪摘。迢迢始宁墅，芜没谢公宅[7]。朱槿[8]列摧墉[9]，苍苔遍幽石。顾予任疏懒，期尔振羽翮。沧洲未可行，须售金门策[10]。

【注释】

①成皋：地名，在今河南省。②梁苑：园囿名，在河南开封东南。③杉栝：树木名。④天姥：山名，在今浙江嵊州市。⑤剡中：剡县，在浙江省。⑥江蓠：香草名。⑦谢公宅：南朝诗人谢灵运的住所。⑧朱槿：花草名。⑨墉：城墙。⑩金门策：即为官之策。金门，即金马门，代指官署。

【品读】

乔亿《大历诗略》：离情笃挚。起结固非友朋可概用中所述东南数千里江山名胜，并见游子所经，无非我心相逐也。蝉联而下，不涉铺叙，良难至于音韵犹在齐梁间也。

送王司直

西塞[1]云山远，东风道路长。人心胜潮水，相送过浔阳。

【注释】

①西塞：山名，在今湖北大冶县东。

【品读】

俞陛云《诗境浅说》：江潮西上，至浔阳而止，而离心一片，飞逐征帆，比江潮更远。顾况《题叶道士山房》诗云：『近得麻姑书信否，浔阳江上不通潮。』皆以潮喻情怀，各有思致。

婕妤春怨

花枝出建章[1]，凤管[2]发昭阳[3]。借问承恩者，双蛾几许长？

【注释】

①建章：汉宫名，在今陕西长安县西。②凤管：乐器名，即笙。③昭阳：宫殿名。汉成帝时赵飞燕居之。

【品读】

俞陛云《诗境浅说》：建章昭阳之间，粉白黛绿，夹辇而趋，承恩者不知凡几。自问蛾眉淡扫，颜色亦不后于人。而顿殊枯菀，彼荷宠邀荣者，等于恒人，未必长蛾，胜人几许。承恩不在貌，信乎命之不齐也。

同温丹徒登万岁楼

高楼独立思依依，极浦遥山合翠微。江客不堪频北顾，塞鸿[1]何事复南飞。丹阳[2]古渡寒烟积，瓜步[3]空洲远树稀。闻道王师犹转战，谁能谈笑解重围？

【注释】①塞鸿：边塞的大雁。②丹阳：秦时属会稽郡，唐天宝间以京口为丹阳郡。③瓜步：古镇名。水边谓之步，相传吴人在江畔卖瓜，故称。

【品读】金圣叹《贯华堂选批唐才子诗》：前解，「遥山」是一带「翠微」，极目遥山，则不止一带翠微。盖其依依之思，更在翠微之北，故曰「合」也。不堪北望，是伤其事；何事南飞，是伤其时。扰言正逢多难，早又深秋。后解，七「犹」字，八「谁」字，连用甚妙。盖初转战，或问谁解围；「犹转战」，则眼见无能解围者。而又故问，殆于自欲慨然请缨也。故又特写「寒烟」「远树」，言奈何羁身此间耶？

宿淮阴①南楼酬常伯能

淮阴日落上南楼，乔木荒城古渡头。浦外野风初入户，窗中海月早知秋。沧波一望通千里，画角三声起百忧。伫立分宵绝来客，烦君步屧②忽相求。

【注释】①淮阴：今江苏北部淮阴县。②步屧：泛指穿鞋。

【品读】金圣叹《贯华堂选批唐才子诗》：前解，日落上楼，自是寻常求宿，看他急接「乔木」七字，一时写淮阴故迹，淮阴近事，与经过淮阴无限伤心男子，不觉遂尽。后解，五，「沧波一望」，犹未入夜；六，「画角三声」，倏报初更，便渐写到「分宵」二字也。「通千里」是眼看何处，「起百忧」是心念何事，而能不伫立耶！看写酬常处甚少。

问李二司直①所居云山

门外水流何处？天边树绕谁家？山色东西多少？朝朝几度云遮。

【注释】①司直：官名。唐属詹事府，为太子官属，主管检举东宫官僚和东宫卫队。

【品读】高棅《唐诗品汇》：冉之意以六言难工，故衍为七言答之。然自又有《小江怀灵一上人》等三篇皆清绝可画，非拙而不能也。

酬李补阙

十年归客但心伤，三迳①无人已自荒。夕宿灵台②伴烟月，晨趋建礼③逐衣裳。偶因麋鹿随丰草，谬荷鹓鸾④借末行。纵有谏书犹未献，春风拂地日空长。

【注释】①三迳：陶渊明《归去来兮辞》：「三迳就荒，松菊犹存。』②灵台：指心，心灵。③建礼：汉宫门名，为尚书郎值勤之处。④鹓鸾：比喻朝官。

【品读】

金圣叹《贯华堂选批唐才子诗》：前解，比客全未得归，而自称早日归客，又云怀抱其心，已至十年之久，人生不得自由，真有如此苦事也。『但心伤』『但』字好笑，『已自荒』『已自』好笑。只谓蒙被眷注，万不许放归耳，何意只是夕伴烟月，晨逐衣裳？四句一气读之，便是十年伴烟月，十年逐衣裳也，而三径则已十年荒也，而客心则但十年伤也。后解，后又申明三四，言我自有书未献，非关献而不收也。自记昔日来京，本意原只干禄，谬叨诸公泛爱，便得分润升斗。只是十年腹负，十年面渐，如此长日，云何可度？此自是真心人，发实意语，在他人乃决不肯道也。

酬权器①

南望江南满山雪，此情惆怅将谁说？徒随群吏不曾闲，顾与诸生为久别。闻君静坐转耽书，种树葺茅②还旧居。终日白云应自足，明年芳草又何如？人生有怀若不展，出入公门犹未免。回舟朝夕待春风，先报华阳③洞深浅。

【注释】

①权器：人名。代宗大历初任校书郎，后客居苏州。累官至户部员外郎，善诗。②葺茅：用茅草覆盖、修补房屋。③华阳：地名，在四川省。

【品读】

乔亿《大历诗略》：闲淡有情，他如江草、流泉等，歌中有极佳处，但嫌体杂故始录而终复置之。

馆陶①李丞旧居

盛名天下挹②余芳，弃置终身不拜郎。词藻世传平子赋③，园林人比郑公乡④。门前坠叶浮秋水，篱外寒皋带夕阳。日日青松成古木，只应来者为心伤。

【注释】

①馆陶：县名，在今河北省。②挹：舀取。③平子赋：东汉张衡，字平子，著有《西京赋》。④郑公乡：东汉孔融深敬郑玄，告高密县为玄特立一乡，名郑公乡。

【品读】

乔亿《大历诗略》：国吏补称开元后位卑而名著十一人，内有李馆陶，此岂其人耶？

司空曙

司空曙，生卒年不详，字文初，广平（今河北永年）人，大历十才子之一。登进士第，不详何年。曾官主簿。大历五年任左拾遗，贬长林（今湖北荆门西北）丞。贞元间，在剑南西川节度使韦皋幕任职，官检校水部郎中，终虞部郎中。

贼平后送人北归

世乱①同南去，时清独北还。他乡生白发，旧国见青山。晓月过残垒②，繁星宿故关。寒禽与衰草，处处伴愁颜。

【注释】

①世乱：指安史之乱。②残垒：废弃的军事堡垒。

【品读】

沈德潜《唐诗别裁》：四语与『残阳见旧山』同妙。

关山月

苍茫明月上①，夜久光如积。野幕冷胡霜，关楼宿边客。陇头秋露暗，碛外寒沙白②。唯有故乡人，沾裳此闻笛。

【注释】

①明月上：明月升上天空。②陇头二句：塞外的沙石闪射着白光，相比之下，本来晶莹的露水反而显得黯淡。碛外，塞外。碛，沙石地。

【品读】

乔亿《大历诗略》：五言小古锻琢太工，便非高品。乃竟入选者，就诗论诗，固自好耳。

云阳馆与韩绅①宿别②

故人江海别，几度隔山川。乍见翻疑梦，相悲各问年③。孤灯寒照雨④，湿竹暗浮烟。更有明朝恨，离杯惜共传⑤。

【注释】

①韩绅：韩愈有个叔父叫韩绅卿，与司空曙同时，曾做过泾阳县令，此诗标题『韩绅』一作『韩升卿』，二者应是同一人。②宿别：一宿相见即别。③乍见二句：言乍见时未信其真，以为梦中相逢，既而回首年华皆逝，各询年纪，不免执手凄然。④孤灯句：孤灯一盏，相悲二人，帘外冷雨，夜景凄凉。⑤离杯句：相聚共饮，本当欢乐，惜所传之杯为离别之杯，所饮之酒为送别之酒。

【品读】

范晞文《对床夜语》：『马上相逢久，人中欲认难』『问姓惊初见，称名忆旧容』『乍见翻疑梦，相悲各问年』皆唐人会故人之诗也，久别倏逢之意，宛然在目，想而味之，情融神会，殆如直述。前辈谓唐人行旅聚散之作最能感动人意，信非虚语。

陆时雍《唐诗镜》：司空曙『相悲各问年』更自应手犀快。风尘阅历，有此苦语。

胡应麟《诗薮》：司空曙『乍见翻疑梦，相悲各问年』，戴叔伦『一年将近夜，万里未归人』，一则久别乍逢，一则客中除夜之绝唱也。

经废庆宝寺 一作《过庆宝寺》

黄叶前朝寺，无僧寒殿开。池晴龟出曝，松暮鹤飞回。
古井碑横草，阴廊画杂苔①。禅宫亦销歇②，尘世转堪哀。

乔亿：气尽。

【注释】

①阴廊句：阴廊潮湿，壁生苔藓，杂然为画。②销歇：衰落。

【品读】

陆时雍《唐诗镜》：结弱。

黄周星《唐诗快》：荒凉如画。

送王闾

相送临寒水，苍然望故关。江芜连梦泽①，楚雪入商山②。话我他年旧，看君此日还。因将自悲泪，一洒别离间。

【注释】

①梦泽：即云梦泽，古泽名。②商山：在今陕西商县东。

【品读】

陆时雍《唐诗镜》：后四语，写意流动。

送史泽之长沙

谢脁怀西府①，单车触火云②。野蕉依戍客③，庙竹④映湘君。梦渚⑤巴山断，长沙楚路分。一杯从别后，风月不相闻。

【注释】

①谢脁句：谢脁，南朝齐诗人。②单车句：谓轻车简从冒暑而行。③戍客：别家守边之人。此指史泽。④庙竹：二妃（娥皇、女英）庙之竹，又名湘妃竹。⑤梦渚：梦泽。

【品读】

方回《瀛奎律髓》：两司空（另一为司空图，诗为《寄永嘉崔道融》）所言永嘉、长沙风土极新丽，所取二联又皆下句胜。凡诗以下句胜上句为作家，先一句好而后一句弱，或不称，则败兴矣。

纪昀《瀛奎律髓刊误》：自以相称为工，不得已而思其次，则毋宁下句胜耳。

南原望汉宫

荒原空有汉宫名，衰草茫茫雉堞①平。连雁②下时秋水在，行人过尽暮烟生。西陵③歌吹何年绝？南陌登临此日情。故事悠悠不可问，寒禽野水自纵横。

【注释】①雉堞：城墙。城墙长三丈高一丈为雉；堞，女墙，城上间有缺口的矮墙。②连雁：群雁。③西陵：三国魏武帝陵墓，在河南临漳县西。《彰德府志·地理志》：『操且死，令施穗帐于上，朝晡，上酒及糗粮，使宫人歌吹帐中，望吾西陵。』

【品读】金圣叹《贯华堂选批唐才子诗》：前解：『荒原』也，原上『茫茫』，则『衰草』也。问『雉堞』，无有雉堞也。杳无所有，而名汉宫，意必当时曾有汉宫，而今已不在也。云何不在？汉已过尽也。汉已不在，则今谁在？我徒见『秋水在』也。云何汉已过尽？只今行人又过尽也。后解：『何年』妙，『此日』妙。彼别不知何年，我来则是此日。盖前之人当时定如我之此日；后之人更至，复不审我何年。此处更无可以着语，亦更无可以堕泪，只好闲闲然说个『悠悠不可问』五字而已。再写水禽纵横，不是冷眼相笑，亦不是慈眼等观。《庄子》云：知其不可奈何而安之为命。如是云尔。

酬李端校书见赠

绿槐垂穗乳乌飞，忽忆山中独未归①。青镜流年看发变②，白云芳草与心违。乍逢酒客朝游惯，久别林僧夜坐稀③。昨日闻君到城阙，莫将簪弁胜荷衣④。

【注释】①绿槐二句：绿槐垂穗、乌生子俱是初夏时节，鸟兽草木随时发生，而校书在野，令人触景而忆也；心虽有忆，而身独未归，乃蒙见赠，能不动情？②青镜句：视镜而见发变，发变而知岁月流逝。③久别句：先前在山中常与林僧夜坐参禅，今别僧已久，则夜坐亦稀。④莫将句：结谓李去山中而到城阙，得无复恋簪弁而弃荷衣，盖勉李以栖隐也。簪弁，缙绅用。弁，冠冕；簪，笄，所以持冠也。荷衣，隐者之服。

【品读】金圣叹《贯华堂选批唐才子诗》：前解，相其七八，乃是李端校书，新来都城，有所投赠，而司空赋此酬之。乃人且新来，而我反欲去，且言无不尽去，深嫌只有我未曾去，真令新来人兜头一勺冷水也。后解，五六，极写都城，日只是酒，夜只是卧，特地到来，更无所事。然则君之昨日亦来，真乃大误矣！

秋日趋府上张大夫①

重城洞启肃秋烟，共说羊公在镇②年。鼙鼓暗惊林叶落，旌旗遥拂雁行偏。石过桥下书曾受③，星降人间梦已传④。谪吏何能沐风化？空将歌颂拜车前。

【注释】①张大夫：张伯仪，建中三年以山南节度使检校兵部尚书兼江陵尹。②羊公在镇：用西晋羊祜都督荆州诸军事典。③石过句：张良游下邳桥上，黄石公堕其履圯下，呼良下拾。良因得授兵书。④星降句：殷高宗武丁梦天授良弼，使人营求，得傅说于版筑之间，举以为相，殷乃中兴。

【品读】

陆时雍《唐诗镜》：五六出语款致。

胡以梅《唐诗贯珠笺》：烟，风烟，烟尘也，但嫌烟字单用无力，句减精神。三四承『肃』字，且得夹写之妙，便觉灵动，而『遥拂』与『偏』字甚精，可振起半首。

送程秀才

悠悠多路岐，相见又别离。东风催节换，焰焰①春阳散。楚草渐烟绵，江云亦芜漫。送子恨何穷，故关如梦中。游人尽还北，旅雁辞南国。枫树几回青，逐臣②归不得。

【注释】

①焰焰：火苗初起状。②逐臣：贬谪之吏。此自指。

【品读】

乔亿《大历诗略》：因送客北还，自伤留滞南中也。情思绵绵，当于韵调转换处求之。

留卢秦卿

知有前期在，难分此夜中。无将故人酒，不及石尤风。

《江湖纪闻》：石尤风者，传闻为石氏女嫁为尤郎妇，情好甚笃，为商远行，妻阻之不从，尤出不归，妻忆之病亡。临亡长叹曰：『吾恨不能阻其行以至于此，今凡商旅远行，吾当作大风，为天下妇人阻之。』自后商旅发船，值打头逆风，则曰此石尤风也。遂止不行。妇人以夫姓为名，故曰石尤。

【品读】

钟惺《唐诗归》：情语带嗔，妙之。

黄生《唐诗摘抄》：五言绝不着景物，单写情事，贵在绵密真至，一气呵成，廿字中增减移动一字不得，始为绝唱。如此诗，虽不及『白日依山尽』之雄浑，而精切灵动，乃为过之，自是中唐第一。

寒塘

晓发梳临水①，寒塘坐见秋。乡心正无限，一雁度南楼。

【注释】

①晓发句：清晨临水照影梳发。

【品读】

唐汝询《唐诗解》：临水理发思照鬓也。既觉寒塘之秋已不胜乡思，况堪见雁乎？

峡口①送友人

峡口花飞欲尽春，天涯去住②泪沾巾。来时万里同为客，今日翻成送故人。

【注释】①峡口：长江出蜀的峡口。②去住：去者、留者。

【品读】唐汝询《唐诗解》：昔以同游为悦，今以送友为悲。

沈德潜《唐诗别裁》：客中送客，自难为情，况又『万里』之远耶，况又『同为客』耶！

病中遣女妓

万事伤心在目前，一身垂泪对花筵①。黄金用尽教歌舞，留与他人乐少年。

【注释】①对花筵：对妓宴饮。旧时称妓为花，有妓侑酒曰『花酒』。『花筵』犹『花酒』。

【品读】陆时雍《唐诗解》：直而挚，故咏之自觉可伤。

释皎然

释皎然（720-800？），俗姓谢，字清昼，湖州长兴（今浙江长兴）人。天宝中在杭州灵隐寺出家，其后游历各地，与士大夫交接。天宝末返居湖州，与文人多有酬唱往还。

寻陆鸿渐①不遇

移家虽带郭②，野径入桑麻。近种篱边菊，秋来未著花③。扣门无犬吠，欲去问西家。报道山中去，归时每日斜。

【注释】①陆鸿渐：名羽，隐居苕溪，闭门读书，自称桑苎翁，又号东岗子，终生不仕。著有《茶经》，被后人奉为『茶圣』。②带郭：离城不远。郭，城外围城之墙。③著花：开花。

【品读】沈德潜《说诗晬语》：有通体俱散者，李太白《夜泊牛渚》，孟浩然《晚泊浔阳》，释皎然《寻陆鸿渐》等章，兴到成诗，人力无与，匪垂典则，偶存标格而已。

俞陛云《诗境浅说》：此诗之潇洒出尘，有在章句外者，非务为高调也。

晚春寻桃源观

武陵①何处访仙乡，古观云根②路已荒。细草拥坛行不得，落花沉涧水流香。山深宿雨寒仍在，松直微风韵亦长。只此引人离俗境，玄机③果亦照迷方④。

【注释】

①武陵：即武陵源，晋陶潜《桃花源记》所描述避世隐居的地方。②云根：深山云起之处。③玄机：佛家、道家指奥妙的道理。④迷方：佛教语。指令人迷惑的境界，迷津。

【品读】

金圣叹《贯华堂选批唐才子诗》：前解，一二写真灵境界，欲寻即无路可寻。三四再写之，言若问别处，则实更无别处，除非此处，则任汝谛认此处，所谓特与痛锣一上者也。后解，五六写太上消息，不寻即又满街抛撒。『只此』，妙！妙！

刘方平

刘方平，生卒年不详，河阳（今河南孟县）人。匈奴族。天宝前期曾应进士试，又欲从军，均未如意，从此隐居颍水、汝河之滨，终生未仕。工诗，善画山水。

梅花落

新岁芳梅树，繁花四面同。春风吹渐落，一夜几枝空？少妇今如此，长城恨不穷①。莫将辽海雪，来比后庭中。

【注释】

①长城句：以修长城无穷，言征戍不止，因而思妇盼夫归的愿望落空，怨恨不已。

【品读】

乔亿《大历诗略》：兴调绝佳，杨升庵曰此诗不拘对偶而工致天然。

新春

南陌春风早，东邻曙色斜。一花开楚国，双燕入卢家①。眠罢梳云髻，妆成上锦车。谁知如昔日，更浣越溪纱②？

【注释】

①卢家：指卢家少妇，名莫愁，是梁武帝萧衍诗中

的人物。此处泛指少妇。②更浣句：指春秋时越国美女西施，贫贱时曾在江头浣纱，后被越王勾践献给吴王夫差。浣，洗。

【品读】

方回《瀛奎律髓》：此盖赋所谓莫愁者，用骊姬、西施事遗意。末言寓富贵之余不复追忆贫贱事。

乔亿《大历诗略》：颔联发新字极鲜艳，移咏早春不得也。或疑后半稍泛，不知正从新字想入，但用意远，须细忝。

春雪

飞雪带春风，徘徊乱绕空。君看似花处，偏在洛阳东。

【品读】

乔亿《大历诗略》：白太傅云：洛阳风土水木之盛，在东南偏顷。岁余过洛阳，见北邙山绵亘东南数百里，汉唐陵墓，翁仲碑碣，无复存在。今诵刘此诗，仿佛得其用意也。

夜月

更深月色半人家①，北斗阑干②南斗斜。今夜偏知春气暖，虫声新透③绿窗纱。

【注释】

①半人家：月光照亮庭院的一半。②阑干：横斜样子，形容北斗星即将隐没。③新透：初次穿过。

【品读】

黄叔灿《唐诗笺注》：写意深微，味之觉含毫邈然。

喻守真《唐诗三百首详析》：读此诗，即觉有一种静穆幽丽的环境，横在眼前。写静境的诗，这样最能动人。

春怨

纱窗日落渐黄昏，金屋《汉武故事》：武帝为太子时，长公主欲以女配帝，问曰：『得阿娇好否？』帝曰：『若得阿娇，当以金屋贮之。』无人见泪痕。寂寞空庭春欲晚，梨花满地不开门。钟惺：此七字，读者稍不检，失足诗余不难矣。格不可太拘，界亦不可不明。

【品读】

唐汝询《唐诗解》：一日之愁，黄昏为切。一岁之怨，春暮居多。此时此景，宫人之最感慨者也。不忍见梨花之落，所以掩门耳。

俞陛云《诗境浅说》：首二句言黄昏窗下，虽贵居金屋，时有泪痕。李白诗『但见泪痕湿，不知心恨谁』，愁深泪湿，尚有人窥。此则于寂寞无人处泪尽罗巾，愈可悲矣。后二句言本甘寂寞，一任春晚花飞，朱门深掩，自嗟薄命安有余绪恋花？结句不事藻饰，不诉幽怀，淡淡写来，而春怨自见。

郎士元

郎士元，生卒年不详。字君胄，中山（今河北定县）人。天宝十五载（756）登进士第。安史之乱中，避难江南。宝应元年（762）补渭南尉，历任右拾遗、员外郎等职，官至郢州刺史。

题刘相公三湘图

昔别醉衡霍①，迩②来忆南州。今朝平津邸③，兼得潇湘游。稍辨郢门④树，依然芳杜洲。微明三巴峡⑤，咫尺⑥万里流。飞鸟不知倦，远帆生暮愁。涔阳⑦指天末，北渚空悠悠。枕上见渔父，坐中常狎驱⑧。谁言魏阙⑨下，自有东山⑩幽。

【注释】

①衡霍：一说衡山又名霍山，故称衡霍。一说衡霍为二山，即衡山和天柱山。②迩：近。③平津邸：汉公孙弘为丞相，封平津侯，起客馆，开东阁，以招待士人。④郢门：楚之国门。郢，春秋时楚国的国都。⑤巴峡：长江三峡之一。⑥咫尺：周尺之八寸，指距离很近。⑦涔阳：洲渚名，在洞庭湖与长江之间。⑧狎驱：供帝王戏弄、驱使的狎人、弄臣。⑨魏阙：宫门之外的阙门。⑩东山：山名，在浙江上虞县。晋谢安曾隐居于此。

【品读】

高棅《唐诗品汇》：高仲武云：『士元河岳英奇，人伦秀异，自家刑国遂拥大名，右丞以往与钱更长。郎公稍更闲雅，近于康乐。』

乔亿《大历诗略》：古韵铿然，五言佳境。

长安逢故人

数年音信断，不意在长安。马上相逢久，人中欲认难。一官今懒道，双鬓竟羞看。莫问生涯事，只应持钓竿。

【品读】

方回《瀛奎律髓》：三四绝妙。清人纪昀批：意格稍薄而不失雅则。

乔亿《大历诗略》：玩诗旨是解后泛交故人耳，颔联寓得若近若远，可谓传神又妙切，长安不用长安事实。

送韦湛判官①

高阁晴江上，重阳②古戍③闲。聊因送归客，更此望乡山。惜别心能醉，经秋鬓自斑。临流兴不尽，惆怅水云间。

【注释】

①判官：官名。为地方长官的僚属，佐理政事。②重阳：农历九月初九日。③古戍：古代战区，边防地域。

【品读】

乔亿《大历诗略》：又脱去送别蹊径。

送洪州①李别驾②之任

南去秋江远，孤舟兴自多。能将流水引，更入洞庭波。夏口③帆初上，浔阳④雁正过。知音在霄汉，佐郡岂蹉跎？

【注释】

①洪州：州名。州治即今江西南昌。②别驾：官名。汉制，是州刺史的佐吏。③夏口：镇名。地当汉水入江之口，因汉水自沔阳以下兼称夏水，故称。④浔阳：江名。长江在江西九江市北的一段。

【品读】

乔亿《大历诗略》：钱仲文有一弹琴李长史往洪州诗，观此三四疑即此人。

送杨中丞①和蕃②

锦车登陇日，边草正萋萋。旧好寻君长，新愁听鼓鼙。河源飞鸟外，雪岭③大荒④西。汉垒今犹在，遥知路不迷。

【注释】

①中丞：官名。汉御史大夫下设两丞，一称御史丞，一称中丞。中丞居殿中，故以为名。唐时中丞是御史大夫之副贰。②和蕃：古代称汉族与少数民族结盟友好。③雪岭：雪山，即今四川岷山。④大荒：《山海经》：「大荒之中，有山名曰大荒之山，日月所入……是谓大荒之野。」

【品读】

乔亿《大历诗略》：五六浑阔，不减右丞边塞诸诗，钱刘勿论也。

纪昀《瀛奎律髓刊误》：汉有征蕃之垒，今乃有和蕃之使，讽刺入骨。此等处虚谷皆不讲。

送李将军赴定州

双旌汉飞将①，万里授横戈。春色临边尽，黄云出塞多。鼓鼙悲绝漠，烽戍隔长河。莫断阴山②路，天骄已请和。

【注释】

①汉飞将：汉代飞将军李广。②阴山：山名。今河套以北、大漠以南诸山的统称。

【品读】

乔亿《大历诗略》：颔联诚不若右丞，以五字尽之，而通首雅健，自是杰作。

沈德潜《唐诗别裁》：极警拔语，右丞则以「黄云断春色」五字尽之。

塞下曲

宝刀塞下儿，身经百战曾百胜。壮心竟未嫖姚①知，白草山头日初没。黄沙戍②下悲歌发，萧条夜静边风吹，独倚营门望秋月。

【注释】①嫖姚：汉代霍去病，曾为嫖姚校尉。②戍：边防区域的营垒。

【品读】沈德潜《唐诗别裁》：起用单句，而以儿、知为韵。

柏林寺南望

溪上遥闻精舍①钟，泊舟微径度深松。青山霁后云犹在，画出东南四五峰。

【注释】①精舍：僧人清修之处所，此指柏林寺。

【品读】俞陛云《诗境浅说》：诗仅平写寺中所见，而吐属蕴藉，写景能得其全神。首二句言闻钟声而寻精舍，泊舟山下，循小径前行，松林度尽，方到寺中。在寺中登眺，雾色初开，湿云未敛，西南数峰，已从云隙参差而出，苍润欲滴。读此诗如展秋山晚霁图，所谓『欲雾山如新染画』也。

宿杜判官①江楼

适楚②岂吾愿，思归秋向深。故人江楼月，永夜千里心。叶落觉乡梦，乌啼惊越吟。寥寥更何有，断续空城砧。

【注释】①判官：官名。地方长官的僚属，佐理政事。②楚：周代国名，后泛指湖南、湖北或江南。

【品读】乔亿《大历诗略》：格调绝类孟襄阳。

送韦逸人归钟山

逸人归路远，弟子出山迎。服药颜犹驻，耽①书癖已成。柴扉多岁月，藜杖②见公卿③。更作儒林④传，应须载姓名。

【注释】①耽：沉溺。②藜杖：藜茎做的手杖。③公卿：古代高官。④儒林：读书人群体。

【品读】方回《瀛奎律髓》：五六高妙清古。

闻蝉寄友人

昨日始闻莺，今朝蝉又鸣。朱颜①向华发②，定是几年程。故国白云远，闲居青草生。因垂数行泪，书寄十年兄。

【注释】①朱颜：红润的面容。②华发：白发。

【品读】乔亿《大历诗略》：闻蝉起兴，不沾沾咏蝉，此最得风人之旨。

张继

张继，生卒年不详，字懿孙，襄州（今湖北省襄阳县）人。天宝十二年（753）登进士。然铨选落地，归乡。唐代宗李豫宝应元年（762），被录用为员外郎征西府中供差遣，后入内为检校员外郎又提升检校郎中，终为盐铁判官。分掌财赋于洪州。

送邹判官①往陈留②

齐鲁伤心地，频年此用兵。女停襄邑③杼，农废汶阳④耕。国使乘轺⑤去，诸侯拥节迎。深仁荷君子，薄赋恤黎氓⑥。火燎原犹热，波摇海未平。应将否泰⑦理，一问鲁诸生。

【注释】

①邹判官：即邹绍先，曾赴河南任租庸判官。②陈留：在今河南开封东南。③襄邑：春秋时宋襄牛地，故城在今河南睢县西。④汶阳：春秋时鲁国地，故城在今山东宁阳北。⑤轺：使者之车。⑥黎氓：黎民。⑦否泰：本为《易》两卦名。旧时指命运的好坏、事情的顺逆。

【品读】

高仲武《中兴间气集》：员外累代词伯，积习弓裘。其于为文，不自雕饰。及尔登第，秀发当时。诗体清迥，有道者风。如『女停襄邑杼，农废汶阳耕』，可谓事理双切。又『火燎原犹热，风摇海未平』，比兴深矣。

枫桥①夜泊

月落乌啼霜满天，江枫②渔火对愁眠。姑苏③城外寒山寺④，夜半钟声到客船。

【注释】

①枫桥：在今江苏苏州西郊。②江枫：水边的枫树。③姑苏：苏州的别称，因苏州西南有姑苏山而得名。④寒山寺：在枫桥西一里。寺建于南朝梁代，原名妙利普明塔院。相传唐初诗僧寒山曾住此寺，因而得名。

【品读】

欧阳修《六一诗话》：诗人贪求好句而理有不通，亦语病也。唐人有云『姑苏城外寒山寺，夜半钟声到客船』，说者亦云：句则佳矣，其如三更不是打钟时。

胡应麟《诗薮》：『夜半钟声到客船』，谈者纷纷，皆为昔人愚弄。诗家借景立言，唯在声律之调，兴会之和，区区事实，彼岂暇计？无论夜半是非，即钟声闻否，未可知也。

叶梦得《石林诗话》：『姑苏城外寒山寺，夜半钟声到客船。』此唐张继题城西枫桥寺诗也。欧阳文忠公尝病其夜半非打钟时，盖公未尝至吴中。今吴山寺，实以夜半打钟。继诗三十余篇，余家有之，往往多佳句。

韩翃

韩翃，生卒年不详，字君平。南阳（今属河南）人。大历十才子之一。天宝十三年（754）登进士第。肃宗宝应元年（762），侯希逸为淄青节度使，聘为其幕中从事。大历后期入汴宋节度使田神功、田神玉幕，后又佐李希烈、李勉等节度使幕。建中初年（780），德宗亲自点名用他为中书舍人。约在贞元初去世。

寒食

春城无处不飞花，寒食东风御柳[1]斜。日暮一作『一夜』。汉宫[2]传蜡烛[3]，轻烟散入五侯[4]家。

【注释】

①御柳：指御苑中或御河岸上的柳树。当时风俗，寒食节每家折柳枝插门，以示纪念。②汉宫：实指唐宫。③传蜡烛：寒食禁火后，宫中以点燃的烛做火种，传赐近臣。④五侯：指汉桓帝时的宦官单超、徐璜、具瑗、左悺、唐衡，此五人在同一天里都被封为列侯。此处隐指唐代的宦官近臣。

【品读】

孟棨《本事诗》：制诰缺人，中书两进名，御笔不点出。又请之，且求圣旨所与。德宗批曰：『与韩翃。』时有与翃同姓名者为江淮刺史，又具二人同进。御笔复批曰：『春城无处不飞花，寒食东风御柳斜。日暮汉宫传蜡烛，轻烟散入五侯家。』又批曰：『与此韩翃。』

吴乔《围炉诗话》：唐之亡国，由于宦官握兵，实代宗授之以柄。此诗在德宗建中初，只『五侯』二字见意，唐诗之通于《春秋》者也。

俞陛云《诗境浅说》：二十八字中，想见五剧春浓，八荒无事，宫廷之闲暇，贵族之沾恩，皆在诗境之内。以轻丽之笔，写出承平景象，宜其一时传诵也。

宿石邑[1]山中

浮云不共此山齐，山霭苍苍望转迷。晓月暂飞高树里，秋河隔在数峰西。

【注释】

①石邑：唐县名。在今河北石家庄市西南。

【品读】

何焯《三体唐诗》：月为高树所蔽，河为远峰所隔，两句借明处衬出暗处，非身在万山之中不见其妙。

题仙游观

仙台[1]初见五城楼，风物凄清宿雨收。山色远连秦树晚，砧声近报汉宫秋。疏松影落空坛静，细草春香小洞幽。何用别寻方外[2]去，人间亦自有丹丘[3]。

【注释】

①仙台：指仙游观。②方外：世俗之外，旧时指神

仙居住的地方。③丹丘：传说中神仙所居之地。

【品读】

金圣叹《贯华堂选批唐才子诗》：前解，五城十二楼，昔所传闻，殊未目睹，今日乃幸陡然亲见。『初』字妙，言实是生平之所未经。况又加以夜来雨过，巧值新晴，再写七字，便使上七字又分外清绝也。山色远连，砧声近报，且不入观门，且先将观前观后观左观右无限凄清，一例平收。『秦』字妙，『晚』字妙，『汉』字妙，『秋』字妙。不知是寓目，不知是送怀，我读之亦如列子御风，泠然其善，更不谓阅此诗时，正在三伏盛暑中坐矣。后解，此方写入观来也。『疏松』扰《庄子》云『大年』，『细草』扰《庄子》云『小年』，『影落空坛』扰《庄子》云『断之则悲』，『春香小洞』犹《庄子》云『续之亦忧』，何用别寻丹丘？夫丹丘又岂出此疏松细草之外耶？读此五六两句，便胜读全部《道经》，不谓先生眼光至此。

送王少府归杭州

归舟一路转青蘋①，更欲随潮向富春②。吴郡陆机③称地主，钱塘苏小④是乡亲。葛花满把能消酒，栀子同心好赠人。早晚重过渔浦宿，遥怜佳句箧⑤中新。

【注释】

①青蘋：一种生于浅水中的草本植物。②富春：古县名。秦置，汉因之，治所在今浙江富阳。③陆机：西晋文学家。字士衡，吴郡华亭（今上海松江）人。④苏小：即苏小小。南朝齐时钱塘名妓。⑤箧：箱子一类的东西。

【品读】

金圣叹《贯华堂选批唐才子诗》：前解，送人归杭州，却要其不住杭州。后解送杭州人归杭州，自己是赵州人，却要也来住杭州。总之，只是要王少府到底住定杭州，切忌不可又不住杭州，于是遂写出如许奇文来。前解『归舟』者，归杭州之舟也。『一路』者，归杭州之路也。乃『转青蘋』，则是已到杭州，而舟还不停也。何故舟还不停？则为更欲随潮向富春也。何故欲向富春？则以欲从严先生者游也。何故欲从严先生游？则以人生无常，贵在见机也。何故便知人生无常？则以眼见吴郡已无陆机，钱塘又失苏小也。才子佳人，一齐下泪。后解，又与要盟，言君亦更有何事，尚须不住杭州，再到北来者耶？除非箧中佳句，欲举似我，果尔，则请但储葛花栀子，我且早晚便过矣。扰言宁可我来，汝不可来也。末句『遥怜佳句』，是我写早晚过宿之缘故，非过宿后方始『怜佳句』也。细细看其『遥』字。不得先生释，『遥』字乃不通。

送李少府入蜀

行行独出故关①迟，南望千山无尽期。见舞巴童②应暂笑，闻歌蜀道③又堪悲。孤城晚闭清江④上，疋马⑤

寒嘶白露时。别后此心君自见，山中何事不相思？

【注释】

①故关：古代的关隘。②巴童：巴地的儿童。③蜀道：蜀中的道路。亦泛指蜀地。④清江：古夷水。北魏郦道元《水经注·夷水》：『夷水即佷山清江也。水色清照十丈，分沙石。蜀人见其澄清，因名清江也。』⑤疋马：一匹马。亦指单身独骑。

【品读】

金圣叹《贯华堂选批唐才子诗》：前解，前解写入蜀，后解独写送。『故关』曰『关』妙，『出故关』曰『独出故关』妙。独出故关，又加一『迟』字妙。独出故关迟，又加『行行』字妙。行行者，言其行步可数，此是『迟』字之具正神理也。二再加七字写转入转深。三笑，四悲。悲固泪落不止，笑亦泪落不止者也。后解，『孤城』，是其别后山中所经之城。『疋马』，是其别后山中所骑之马。言今日送君，向君挥泪，何足又道？念君别后，道路正长，或是城闭，或是马嘶，我当何一不动于心。『君自见』者，犹言今日说过，明日君到此境，便知是我相思之时也。五六句十四字，却是送者心中所拟，妙妙。

顾况

顾况（727–815），字逋翁，自号华阳真逸。苏州（今江苏苏州市）人，一说苏州海盐（今属浙江）人。至德二年（757）登进士第。韩滉为润州刺史、镇海军节度使时，曾召为幕府判官。贞元三年（787）为李泌荐引，入朝任著作佐郎。后被贬饶州司户参军。贞元十年（794）离饶州，晚年定居茅山。

悲歌 有序

情思发动，圣贤所不免也。故师乙①陈其宜，延陵审其音。理乱之所经，王化之所兴。信无逃于声教，岂徒文采之丽耶。遂作歌以悲之。

边城路，今人犁田昔人墓。岸上沙，昔日江水今人家。今人昔人共长叹，四气相催节回换。明月皎皎入华池，白云离离渡霄汉。

我欲升天天隔霄，我欲渡水水无桥。我欲上山山路险，我欲汲井井泉遥。越人翠被今何夕，独立沙边江草碧。紫燕西飞欲寄书，白云何处逢来客。

新系青丝百尺绳，心在君家辘轳上。我心皎洁君不知，辘轳一转一惆怅。

何处春风吹晓幕，江南渌水通朱阁。美人二八面如花，泣向春风畏花落。

临春风，听春鸟。别时多，见时少。愁人夜永不得眠，瑶井玉绳相对晓。

轩辕②黄帝初得仙，鼎湖③一去三千年。周流三十六洞天，洞中日月星辰联。骑龙驾景游八极，轩辕弓剑无人识。东海青童寄消息。

【注释】

①师乙：古乐师。②轩辕：传说中中原各族的共同祖先。姬姓，称黄帝。③鼎湖：古代传说黄帝乘龙升天之处。《史记·封禅书》：『黄帝采首山铜，铸鼎于荆水下。鼎既成，有龙垂胡髯下迎黄帝。黄帝上骑，群臣后宫从上者七十余人，龙乃上去……故后世因名其处曰鼎湖。』旧时因以指帝王之死。

【品读】

沈德潜《唐诗别裁》：言悃忱之无由上达也，总以微婉出之。

送从兄使新罗①

六气《左传·昭元年》：六气，曰阴、阳、风、雨、晦、明也。铜浑转，三光《白虎通·封公侯》：天有三光，日、月、星。玉律调。河宫清奉贶②，海岳晏来朝。地绝提封③入，天平④锡贡饶。扬威轻破虏，柔服耻征辽。曙色黄金阙，寒声白鹭潮。楼船非习战，骢马是嘉招。帝女飞衔石，鲛⑤人卖泪绡⑥。管宁⑦虽不偶，徐市⑧倘相邀。独岛悬空翠，孤霞上泬寥。《楚辞·九辩》：泬寥兮天高而气清。王逸注：泬寥，旷荡空虚也。或曰，泬寥犹萧条。萧条，无云貌。蟾蜍同汉月，螮蝀⑨异秦桥。水豹横吹浪，花鹰迥拂霄。晨装凌莽渺，夜泊记招摇。几路通圆峤⑩？何山是沃焦⑪？飓风晴汩⑫起，阴火暝潜烧。鬓发成新髻，人参长旧苗。扶桑⑬衔日近，析木⑭带津遥。梦向愁中积，魂当别处销。临川思结网，见弹欲求鸮⑮。共散羲和⑯历，谁差甲子朝？沧波仗忠信，译语辨讴谣⑰。叠鼓鲸鳞隐，阴帆鹢⑱首飘。南溟随大翼，西海饮文鳐⑲。指景寻灵草，排云听洞箫。封侯万里外，未肯后班超⑳。

【注释】

①新罗：今朝鲜。②贶：引为进贡的财物。③提封：指管辖的封疆。④天平：天边。⑤鲛：鲛人，传说中的人鱼。⑥绡：传说中鲛人所织的绡。⑦管宁：三国北海朱虚（今山东临朐东南）人，字幼安。东汉末，避居辽东三十多年。魏文帝、明帝征他入仕，均固辞不就。⑧徐市：即徐福。⑨螮蝀：彩虹。⑩圆峤：汉代人。⑪沃焦：传说中东海的大山，一名尾闾。⑫汩：迅疾状。⑬扶桑：神话中树木名。⑭析木：十二星次之一。⑮鸮：鸟名。亦称猫头鹰。⑯羲和：羲氏、和氏，是我国传说中世袭执掌天文的官吏。⑰讴谣：歌谣。⑱鹢：头上画着鹢鸟的船。⑲文鳐：飞鱼的一种。⑳班超：东

汉名将。字仲升。永平十六年（73）奉旨出使西域，在西域达三十一年。

【品读】

沈德潜《唐诗别裁》风骨未高，才情焕发。

听角①思归

故园黄叶满青苔，梦后城头晓角哀。此夜断肠人不见，起行残月影徘徊。

【注释】

①角：古代军中一种乐器。

【品读】

宋顾乐《唐人万首绝句选》：有伤心不语之致。

戴叔伦

戴叔伦（732-789），字幼公，一字次公，金坛城（今江苏金坛）西南窑村人。大历元年（766），在户部尚书充诸道盐铁使刘晏幕下任职。大历三年（768），任湖南转运留后。历任涪州督赋、抚州刺史、容州刺史，加御史中丞，官至容管经略使。

女耕田行

乳燕入巢笋成竹，谁家二女种新谷？无人无牛不及犁①，持刀斫地翻作泥。自言家贫母年老，长兄从军未娶嫂。去年灾疫牛囤空，截绢②买刀都市中。头巾掩面畏人识，以刀代牛谁与同？姊妹相携心正苦，不见路人唯见土。疏通畦陇防乱苗③，整顿沟塍待时雨。日正南冈下饷归，可怜朝雉④扰惊飞。东邻西舍花发尽，共惜余芳泪满衣。

【注释】

①不及犁：不能犁田。②截绢：裁下一段绢去换刀来翻地。③防乱苗：不让杂草生长于禾苗中间。④朝雉：求偶的山鸡，隐喻耕田女失去了正常的爱情。

【品读】

贺裳《载酒园诗话》：语直而气婉。又：张司业得其致，王司马肖其语，白少傅时或得其意。此殆兼三子之长先鸣者也。

沈德潜《唐诗别裁》：末二句一衬，愈见二女之苦，二女之正。

除夜宿石头驿①

旅馆谁相问，寒灯独可亲。一年将尽夜，万里未归人。寥落悲前事，支离笑此身。王文濡：《玉篇》：『支离自异，言不合时宜也。』此笑字，盖破啼为笑耳。愁颜与衰鬓，明日又逢春。王文濡：愁颜二句。言哪堪以此愁颜衰鬓又逢新年。

【注释】

①石头驿：在今江西新建县赣江西岸。

【品读】

吴闿生《唐宋诗举要》：此诗真所谓情景交融者，其意态兀傲处不减杜公，首尾浩然，一气舒卷，亦大家魄力；谢茂榛乃妄删改，真可笑也。

送友人东归

万里杨柳色，出关送故人。轻烟拂绿水，落日照行尘。积梦江湖阔，忆家兄弟贫。裴回灞亭上，不语自伤春。

【品读】

王文濡《历代诗评注读本》：因送友人东归而忆及兄弟，故徘徊灞亭之上，而不忍别去，读之想见作者当日扪心自伤，意实难遣也。

别友人

一作《汝南逢董校书》，又作《别董校书》

扰扰倦行役，相逢陈、蔡①间。如何百年内，不见一人闲。对酒惜余景，问程愁乱山。秋风万里道，又出穆陵关②。

【注释】

①陈、蔡：古国名，皆位于今河南境内。②穆陵关：故址在今山东临朐大岘山上。

【品读】

沈德潜《唐诗别裁》：前人有谁人肯向死前闲语？读三、四句，为之慨然。

过贾谊旧居

楚乡卑湿①叹殊方②，鹏赋③人非宅已荒。谩有长书④忧汉室，空将哀些吊沅湘⑤。雨余古井生秋草，叶尽疏林见夕阳。过客不须频太息，咸阳宫殿⑥亦凄凉！

【注释】

①卑湿：地势低而潮湿。②殊方：异乡。③鹏赋：指贾谊所作的《鹏鸟赋》。④长书：指贾谊作的《陈政事疏》《过秦论》等文章。⑤吊沅湘：指贾谊所作《吊屈原赋》。⑥咸阳宫殿：代指帝王宫殿。

【品读】

金圣叹《贯华堂选批唐才子诗》：前解，此解未写旧居，先哭贾傅。一哭其身前；二哭其身后；三承一，再哭其身前；四承二，再哭其身后。言如此卑湿，岂是人居？先生有《治安》三书，而顾令之住此，可哭也。如此荒芜，谁求遗迹？先生无吊湘一辞，几至名字不传，可哭也。后解，此解始写旧居，然贾傅遗居亦止有井可认，其余草非贾谊草，林非贾谊林，雨非贾谊雨，夕阳非贾谊夕阳。不宁惟是，乃至今日并非戴生夕阳，抑瞥地后日，且并非读戴生诗者之夕阳也。末句忽又捎带『咸阳宫殿』者，言彼热闹处亦已同尽，无为独悲此悒郁人也。赖此一结，稍复抒气，不尔，几欲损年矣。『亦』字妙绝。

酬耿少府见寄

方丈[1]萧萧落叶中，暮天深巷起悲风。流年[2]不尽人自老，外事无端心已空。家近小山当海畔，身留环卫[3]隐墙东。遥闻相访频逢雪，一辞寒宵谁与同？

【注释】

①方丈：佛寺中住持住的房间，因住持的居室四方各为一丈，故名。此处指僧舍。②流年：指光阴。③环卫：本指护卫宫廷的军队，此处指宫闱近处。

【品读】

金圣叹《贯华堂选批唐才子诗》：前解，前解自写『方丈』者，寄居僧舍，其大小不过十笏也。『萧萧』者，叶既辞树，又不到地，方落未落，其景萧萧也。『中』者，天既欲暮，巷又独深，忽然风起，四面叶落。暮天则时时有风，深巷则寂寂无事，于是十笏之屋，更无所睹，但见其在落叶之中也。然则何不掩方丈，踏落叶，暂出深巷，略遣暮天？而无如年自流，人自老，事自多，心自空，既是了不相关，无妨死心独坐也。一解只写无人见寄，以与后解顿挫耳。后解，写少府家近小山，言少府亦将归隐。身留环卫，言少府特偶未去。称环卫者，少府职近宫闱故也。然则少府与我心同、地同、寂寞同、牢落同。既是无所不同，便应无日不同。乃闻频频访我逢雪，何不特特招我同醉耶？少府见寄，只道相访，如此奉酬，便要相招矣。此非无俚穷相，实是同调共怜也。故云唐人五六措语，一意全为七八。试看如此七八，若无五六，即岂复成诗。然如此五六，若无七八，则又何为而云乎？

湘南即事

卢橘花开枫叶衰，出门何处望京师？沅湘日夜东流去，不为愁人住少时。

【品读】

沈德潜《唐诗别裁》：此留滞楚南，见君无期，而咎沅湘东流，不为少住，亦无聊之思也。

俞陛云《诗境浅说》：首言湖南秋老，遥望京华，欲归不得，写出本意。后二句有两层意，或谓沅湘东去，不得与之同行；或谓如此秋江碧水，不肯尺波小住，伴我愁人，乃日夜飞流而去，只以相伴盼无情之水，则一身之寂寞，谁复顾之耶？

韦应物

韦应物（737—792），长安（今陕西西安）人。15岁起以三卫郎为玄宗近侍，出入宫闱，扈从游幸。安史之乱起，玄宗奔蜀，流落失职，始立志读书。代宗广德至德宗贞元间，先后为洛阳丞、京兆府功曹参军、滁州刺史、江州刺史、左司郎中、苏州刺史。贞元七年（791）退职。世称韦江州、韦左司或韦苏州。

拟古诗

春至林木变，洞房夕含清①。单居谁能裁？好鸟对我鸣。良人②久燕赵，新爱移平生。别时双鸳绮③，留此千恨情。碧草生旧迹，绿琴④歇芳声。思将魂梦欢，反侧寐不成。揽衣迷所次，起望空前庭。孤影中自恻，不知双涕零。

【注释】

①含清：充满清冷孤寂之感。②良人：夫妻互称。《诗经·唐风·绸缪》：『今夕何夕，见此良人。』此夫称其妻。《孟子·离娄》：『良人者，所仰望而终身也，今若此！』此妻称其夫。后多用于妻称夫。③鸳绮：绣着鸳鸯纹的锦缎。④绿琴：绿绮琴省称，古琴名。

【品读】

高棅《唐诗品汇》：单居两语，流动自然，复非苦吟所及。末意耿耿，情性适然，不假外物而见。

沈德潜《唐诗别裁》：疑其得新忘故，欲梦魂以相就，而梦既不成，则又披衣顾影，不觉泪之沾衣也。应亦寄托之词。

寺居独夜，寄崔主簿①

幽人②寂不寐，木叶纷纷落。寒雨暗深更，流萤度高阁。坐使青灯晓，还伤③夏衣薄。宁知岁方晏，离居更萧索。

【注释】

①主簿：中央机构、地方郡、县官府都设有主簿，负责文书簿籍，掌管印鉴，为掾史之首。②幽人：隐士。③伤：愍也，担忧意。

【品读】

朱熹《朱子全书》：杜子美『暗飞萤自照』，语只是巧。韦苏州云：『寒雨暗深更，流萤度高阁。』此景色可想，但则是自在说了……其诗无一字做作，直是自在。其气象近道，常意爱之。

寄全椒①山中道士

今朝郡斋②冷，忽念山中客。涧底束荆薪，归来煮白石。《神仙传》：白石先生者，常煮白石为粮。欲持一瓢③酒，远慰风雨夕。落叶满空山，何处寻行迹？

【注释】

①全椒：县名，今属安徽，唐属滁州。②郡斋：郡中官署。③瓢：盛酒器。剖瓠的一半，用来盛酒。

【品读】

许顗《彦周诗话》：韦苏州诗云：『落叶满空山，何处寻行迹？』东坡用其韵曰：『寄语庵中人，飞空本无迹。』此非才不逮，盖绝唱不当和也。如东坡《罗汉赞》云：『空山无人，水流花开』八字，还许人再道否？

沈德潜《唐诗别裁》：化工笔，与渊明『采菊东篱下，悠然见南山』，妙处不关语言意思。

有所思

借问堤上柳，青青为谁春？空游昨日地，不见昨日人。缭绕万家井①，往来车马尘。莫道无相识，要非心所亲②。

【注释】

①万家井：指人口聚居之处。相传古制八家一井。②莫道二句：此言虽有相识，却非知己。要，却，可是。

【品读】

沈德潜《唐诗别裁》：『空游昨日地，不见昨日人。』黯然销魂。

夕次①盱眙②县

落帆逗淮镇③，停舫临孤驿。浩浩风起波，冥冥④日沉夕。人归山郭暗，雁下芦洲白⑤。独夜忆秦关，听钟未眠客。

【注释】

①次：止宿。②盱眙：县名，今属江苏省。③淮镇：淮水边的市镇。④冥冥：昏暗状。⑤人归二句：谓人归时日落西山，山郭昏暗；雁下时月光照水，芦洲银白。

【品读】

钟惺、谭元春《唐诗归》：韦苏州等诗，胸中腕中，皆先有一段真至深婉之趣，落笔自然清妙。

观田家

微雨众卉新，一雷惊蛰①始。田家几日闲，耕地从此起。丁壮俱在野，场圃亦就理。归来景②常晏，饮犊③西涧水。饥劬④不自苦，膏泽⑤且为喜。仓廪无宿储⑥，徭役犹未已。方惭不耕者，禄食出闾里⑦。

【注释】

①惊蛰：农历二月的节气。据说这天雷鸣，蛰虫惊动，正是耕种时节。②景：日光。③犊：原指小牛，此处泛指牛。④劬：劳苦。⑤膏泽：谓贵如油的春雨。⑥宿储：旧存。⑦闾里：民间。

【品读】

沈德潜《唐诗别裁》：韦诗至处，每在淡然无意，所谓天籁也。

王文濡《唐诗评注读本》：末二句语含讽讥，结束入神。又引明何元朗语：左司性情闲远，最近风雅，其恬淡之趣，不减陶靖节，唐人中五言古诗，有陶谢余韵者，唯左司一人。

游溪

野水烟鹤唳①，楚天云雨空。玩舟清景晚，垂钓绿蒲中②。落花飘旅衣，归来澹清风③。缘源不可极，远树但青葱。

【注释】

①鹤唳：鹤鸣。②玩舟二句：谓泛舟于清静安宁的黄昏，垂钓在绿波蒲柳之间。蒲，蒲柳，即水杨。③澹清风：恬静清凉的风。

【品读】

葛立方《韵语阳秋》：韦应物诗平平处甚多，至于五字句，则超然出于畦径之外。如《游溪诗》：『野水烟鹤唳，楚天云雨空。』《南斋诗》：『春水不生烟，荒岗筠翳石。』《咏声诗》：『万物自生听，太空常寂寥。』如此等句，岂下于『兵卫森画戟，燕寝凝清香』哉。

幽居

贵贱虽异等，出门皆有营①。独无外物牵，遂此幽居②情。微雨夜来过，不知春草生。青山忽已曙，鸟雀绕舍鸣。时与道人偶，或随樵者行。自当安蹇劣③，谁谓薄世荣④？

【注释】

①营：谋。②幽居：隐居。③蹇劣：笨拙愚陋。④薄世荣：鄙视世人对富贵荣华的追求。

【品读】

高棅《唐诗品汇》：古调本色，微雨一联，似亦以痴得之也。

王文濡《唐诗评注读本》：『微雨夜来过』六句，看似绝不经意，恰是一片化机，又见得微雨春草青山鸟雀道人樵者等，都系外物，尚无牵挂，况富贵乎，是为深一层说。

秋夜

暗窗凉叶动，秋天寝席单。忧人半夜起，明月在林端。一与清景遇，每忆平生欢。如何方恻怆，披衣露更寒？

【品读】

高棅《唐诗品汇》：『忧人半夜起，明月在林端』，何必思索，洞见本怀。

沈德潜《唐诗别裁》：『一与清景遇，每忆平生欢』，情深人知之。

送杨氏女

永日方戚戚①，出门复悠悠。女子今有行②，大江溯轻舟。尔辈况无恃③，抚念益慈柔。幼为长所育，两别泣不休。幼女为杨氏所抚育。对此结中肠，义往难复留④。自小阙内训⑤，言早无恃。事姑贻我忧。赖兹托令门⑥，仁恤庶无尤。贫俭诚所尚，资从⑦岂待周。孝恭遵妇道，容止顺其猷⑧。别离在今晨，见尔当何秋？

居闲始自遣，临感忽难收。归来视幼女，零泪缘缨流⑨。

【注释】

①戚戚：悲愁之状。②有行：出嫁。《诗经·邶风》：『女子有行，远父母兄弟。』③无恃：幼而无母。④义往句：意谓遵《礼》女子二十而嫁，应该出门，不能再留。⑤内训：古时教导女子的书。⑥令门：犹好人家。令，好。⑦资从：谓从嫁的妆奁。⑧猷：法则。⑨零泪句：谓泪水顺帽带流下。缨，帽带。

【品读】

白居易《与元九书》：如近岁韦苏州歌行，才丽之外，颇近兴讽。其五言诗又高雅闲淡，自成一家之体，今之秉笔者谁能及之？

逢杨开府①

少事武皇帝②，无赖恃恩私③。身作里中④横，家藏亡命儿。朝持樗蒲⑤局，暮窃东邻姬。司隶⑥不敢捕，立在白玉墀⑦。骊山风雪夜，长杨⑧羽猎⑨时。一字都不识，饮酒肆顽痴。武皇升仙去，憔悴被人欺。读书事已晚，把笔学题诗。两府⑩始收迹，南宫⑪谬见推。非才果不容，出守抚惸嫠⑫。忽逢杨开府，论旧涕俱垂。坐客何由识？惟有故人知。

【注释】

①杨开府：韦应物之友。开府，官名。②武皇帝：本指汉武帝，借指唐玄宗。③无赖句：言自己倚仗皇帝私恩，成为一个无赖子弟。④里中：乡里。⑤樗蒲：古代一种博戏。⑥司隶：即司隶校尉，掌管纠察京师百官及所辖附近各郡，汉时为二千石。⑦白玉墀：白玉台阶。借指自己为皇帝身边卫士。⑧长杨：长杨宫，汉代行宫。⑨羽猎：帝王狩猎，士卒负箭随从，故名。⑩两府：吏部和兵部。一说古代称丞相、御府为两府。⑪南宫：古称尚书省为南宫。⑫惸嫠：孤苦无依的人。惸，同茕。嫠，寡妇。

【品读】

吴师道《吴礼部诗话》：此盖韦公因见当时三卫恣横，身在其列，故托以自言，亦古人之意。论者遂谓韦少豪纵不羁，晚始折节，所谓对痴人谈梦也。使真为自言，则窃姬之丑，不识字之愚，何至如此历举乎？

高棅《唐诗品汇》：『少事武皇帝，无赖恃恩私。身作里中横，家藏亡命儿。』缕缕如不自惜，写得侠气动荡，见者偏怜。太白亦云：『托身白刃里，杀人红尘中。』……收拾惨怆自不在多。写得奇怪，队仗逼真。旧见诗话至以为不类苏州平生，不知其沉着转换，正在武皇升仙起兴能令读者堕泪。

长安遇冯著

客从东方来，衣上灞陵①雨。问客何为来？采山②因买斧。冥冥③花正开，飏飏④燕新乳。昨别今已春，鬓丝生几缕？

【注释】

①灞陵：即灞上，汉文帝葬于此，改名灞陵，位于长安东。②采山：开辟山地。③冥冥：静止之状。④飏飏：形容乳燕飞行的姿态。飏，鸟飞去。

【品读】

高棅《唐诗品汇》：不能诗者，亦知是好。

效陶彭泽①

霜露悴百草②，时菊独妍华③。物性有如此，寒暑其奈何？掇④英泛浊醪，日久会田家。尽醉茅檐下，一生岂在多？

【注释】

①陶彭泽：即陶渊明。因其曾为彭泽令，故称之。②悴百草：使百草枯悴。③妍华：美丽的姿态。④掇：拾取。

【品读】

周紫芝《竹坡诗话》：古今诗人，多喜效渊明体者，如和陶诗非不多，但使渊明愧其雄丽耳。

高棅《唐诗品汇》：苏州诗，去陶自近，至效陶则复取王夷甫语用之，故知晋人无不有风致可爱也。『物性有如此，寒暑其奈何』两语似达、似怨，甚好。

燕居①即事

萧条竹林院，风雨丛兰②折。幽鸟③林上啼，青苔人迹绝。燕居日已永，夏木纷成结。几阁积群书，时来北窗阅。

【注释】

①燕居：闲居。②丛兰：丛生的兰花。喻指美好的人与物。③幽鸟：隐蔽于林中的鸟。

【品读】

高棅《唐诗品汇》：句句实状。

听莺曲

东方欲曙花冥冥①，啼莺相唤亦可听。乍去乍来时近远，才闻南陌又东城。忽似上林翻下苑②，绵绵蛮蛮③如有情。欲啭不啭意自娇，羌儿弄笛曲未调。前声后声不相及，秦女学筝指犹涩。须臾风暖朝日暾④，流音变作百鸟喧。谁家懒妇惊残梦？何处愁人忆故园？伯劳⑤飞过声跼促，戴胜⑥下时桑田绿。不及流莺日日啼花间，能使万家春意闲。有时断续听不了，飞去花枝犹袅袅。还栖碧树锁千门，春漏方残一声晓。

【注释】

①花冥冥：谓花容暗淡。言晨光熹微。②上林、下苑：皆汉代苑名。苑，古代养禽兽的园林。③绵绵蛮蛮：鸟鸣声。《诗经·小雅·绵蛮》：『绵蛮黄鸟，止于丘阿。』④暾：日初出。⑤伯劳：鸟名，名博劳，仲夏始鸣。⑥戴胜：鸟名，夏北来，冬南去，体长尺许，头有

冠，五色，如方胜，故名。

【品读】

吴幵《优古堂诗话》：钱内翰希白《昼景》诗云：『双蜻上帘额，独鹊袅庭柯。』『袅』字最其所用意处也。然韦苏州《听莺曲》云：『有时断续听不了，飞去花枝犹袅袅。』赵嘏诗云：『语风双燕立，袅树百劳飞。』钱意韦、赵已先用。

温泉[1]行

出身[2]天宝今年几，顽钝如锤命如纸。作官不了[3]却来归，还是杜陵一男子。北风惨惨投温泉，忽忆先皇游幸年。身骑厩马引天仗，直入华清列御前。玉林瑶雪满寒山，上升玄阁游绛烟。平明羽卫朝万国，车马合沓[4]溢四鄽[5]。蒙恩每浴华池水，扈猎[6]不蹂渭北田。朝廷无事共欢燕，美人丝管从九天。一朝铸鼎降龙驭，小臣髯绝不得去[7]。今来萧瑟万井空，唯见苍山起烟雾。可怜蹭蹬[8]失风波，仰天大叫无奈何。弊裘羸马[9]冻欲死，赖遇主人杯酒多。

【注释】

①温泉：即陕西骊山温泉。②出身：指一个人进入仕宦的最初资格。韦应物最早的公职是卫士，其出身为三卫郎。③不了：不好。了，为唐宋人俗语。④合沓：重叠。此指车马喧阗。⑤四鄽：指四面街市。⑥扈猎：随从皇帝出去狩猎。⑦一朝二句：用黄帝乘龙升天的典故。传说黄帝在荆山下铸鼎，鼎成，其地陷为湖。湖中出龙，黄帝乘龙仙去。群臣争攀龙髯，髯断，群臣堕地，不得随帝升天。⑧蹭蹬：遭遇挫折。⑨弊裘羸马：破旧的皮袍、瘦弱的马。弊，同敝。

【品读】

蔡启《蔡宽夫诗话》：苏州诗律深妙，白乐天辈固皆尊称之，而行事略不见《唐史》为可恨。以其诗语观之，其物亦当高胜不凡。《刘禹锡集》中有大和六年（832）举自代一状，然应物《温泉行》云：『北风惨惨投温泉，忽忆先皇巡幸年。身骑厩马引天仗，直至华清列御前。』则尝逮事天宝间也，不应犹及大和，恐别是一人，或集之误。

葛立方《韵语阳秋》：韦应物《燕李录事诗》云：『与君十五侍皇闱，晓拂炉烟上赤墀。花开汉苑经过处，雪下骊山沐浴时。』《骊山感怀诗》云：『我念绮岁，扈从当太平。小臣职前驱，驰道出灞亭。』《温泉行》云：『北风惨惨投温泉，忽忆先皇游幸年。身骑厩马引天仗，直入华清列御前。』则天宝巡幸之时，应物已在扈从之数，年始十五尔。王钦臣疑为三卫官，然史无有。及观应物《白沙亭逢吴叟歌》云：『问之执戟亦先朝，零落艰难却负樵。亲观文物蒙雨露，见我昔年侍丹霄。』谓之执戟，则亦三卫之类，钦臣岂据是邪？

耿沛

耿沛，生卒年不详，字洪源，河东（今山西永济西）人。代宗宝应二年（763）进士，官左拾遗。「大历十才子」之一。

赠海明上人 一作《赠朗公》

来自西天竺[1]，持经奉紫微。《晋书·天文志》：北极五星，钩陈六星，皆在紫宫中。紫宫垣十五星，其西蕃七，东蕃八，在北斗北。一曰紫微，大帝之座也，天子之常居也，主命主度也。一曰长垣，一曰天营，一曰旗星，为蕃卫备蕃臣也。年深梵语[2]变，行苦俗流归。月上安禅[3]久，苔生出院稀。梁上有驯鸽，不去复何依？

【注释】

①西天竺：古印度。②梵语：古印度的一种语言。

③安禅：佛教静坐默念以达到身心俱寂的一种修炼方法。

【品读】

方回《瀛奎律髓》：中两联皆下句胜上句。

纪昀《瀛奎律髓刊误》：三四究竟上句胜下句。

东郊别业

东皋[1]占薄田，耕种过余年。护药栽山刺，浇蔬引竹泉。晚雷期稔岁[2]，重雾报晴天。若问幽人意，思齐[3]沮溺[4]贤。

【注释】

①皋：高地。②稔岁：丰收年。稔，庄稼成熟。

③思齐：考虑向某人看齐。《论语·里仁》：「见贤思齐焉，见不贤而内自省也。」④沮溺：长沮、桀溺，隐士。

【品读】

方回《瀛奎律髓》：中四句皆工，后联尤新。

早朝

钟鼓余声里，千官向紫微。冒寒人语少，乘月烛来稀。清漏[1]闻驰道[2]，轻霞映琐闱[3]。犹看嘶马处，未启掖垣[4]扉。

【注释】

①清漏：清晰的滴漏声。漏，古代计时器。以铜壶盛水，底穿一小孔，壶中立箭，箭上刻度数。壶中水渐滴渐减，刻度则以次显露，观刻度可以知时间。②驰道：帝辇专行之道。③琐闱：宫中。古时宫门上刻连琐文，故名。④掖垣：宫墙。

【品读】

方回《瀛奎律髓》：沛，大历中左拾遗，诗正平。微，讹「薇」。

纪昀《瀛奎律髓刊误》：后四句颇有晏朝之讽，非写景也。

巴陵逢洛阳邻舍 一作《书情逢故人》

因君知北事，流浪已忘机。客久多人识，年高众病归。连云湖色远，度雪雁声稀。又说家林尽，凄伤泪满衣。

【品读】

乔亿《大历诗略》：『年高众病归』，老人自谙语。

春日即事

数亩东皋宅，青春独屏居。家穷童仆慢，官罢友朋疏。强饮沽来酒，羞看读了书。闲花开满地，惆怅复何如？

【品读】

乔亿《大历诗略》：第三即杜子美『饥寒奴仆贱也』，第四较孟襄阳『多病故人疏』又一种况味。

沈德潜《唐诗别裁》：三四语当时传诵。少陵云：『读书破万卷，下笔如有神。』此云『羞看』，言读破之少也。

上将行 一作《上裴行军中丞》

胡尘已灭天山外，闭阁阴阴日复曛[1]。枥上骅骝思鼓角，门前老将识风云。旌旗四面高秋见，丝竹[2]千家静夜闻。谁道古来多计策，功臣惟有李将军[3]。

【注释】

①曛：日落时的余光。②简册：古时编串好的竹简集体，用以记事。此指历史书。③李将军：李广，西汉大将。陇西成纪（今甘肃静宁西南）人。武艺高超，善骑射，长期镇守北方边防，先后与匈奴作战七十余次，用兵神速，作战勇敢，匈奴人称他为『飞将军』。

【品读】

金圣叹《贯华堂选批唐才子诗》：前解，灭胡后却已是『闭阁』，写上相威德千言不尽者，此便只以二字了之，真是奇情大笔也。又加写『阴阴日曛』四字，见阁门深沉，乃如九渊。又加写一『复』字，见自闭之后，永无消息。盖上相不如此，便无处功名之法，且先是亦已无制必胜之法也。三四写战马，写老将，又妙。若只用来写灭胡，便神采亦有限，今却用来写『闭阁』，其神采真乃无限。须知十四字，都在『阴阴日复曛』五字之中，故妙不可说也。后解，五写四郊多备，六写内地燕乐，便翻古文『出则方叔召虎，入则周公召公』二语来作好诗，妙妙。『莫道』下十二字为一句，言古人未可独步于前也。

乔亿《大历诗略》：此不胜功成身退之感，五六正对针次句。

秋日

反照入闾巷[1]，忧来与谁语？古道无人行，秋风动禾黍[2]。

【注释】

①闾巷：胡同。②禾黍：指庄稼。禾，稻。黍，黍子，黄米。

【品读】

黄周星《唐诗快》：情景逼真。

戎昱

戎昱（744－800），荆南（今湖北江陵县）人。少年举进士落第，游名都山川。后中进士。大历二年（767）在荆南节度使卫伯玉幕府中任从事。建中三年（782）居长安，任侍御史。翌年贬为辰州刺史。后又任虔州刺史。晚年在湖南零陵任职。

移家别湖上亭

好是春风湖上亭，柳条藤蔓系离情。黄莺久住浑相识，欲别频啼四五声。

【品读】

俞陛云《诗境浅说》：水亭风物，晨夕相依，一旦挥手而行，虽藤蔓柳条，亦低回不舍。所谓一花一草寻常见，待到离时却耐看也。后一句写足前意，言枝上黄莺，因久住亦知依恋，数声啼彻，如唱骊歌。此诗流传北里，有数赏者曰，戎君于花鸟，尚不忍舍去，其人之多情可知矣。

古意

女伴朝来说，知君欲弃捐，懒梳明镜下，羞到画堂前。有泪沾脂粉，无情理管弦。不知将巧笑，更遣向谁怜。

【品读】

贺裳《载酒园诗话》：宛然如见伍举辞荆、廉颇去赵，真使逋臣羁客闻之泣下。

咏史

一作《和蕃》

汉家青史①上，计拙是和亲②。社稷③依明主，安危托妇人！岂能将玉貌，便拟静胡尘④？地下千年骨，谁为辅佐臣？

【注释】

①青史：史册。②和亲：指汉族皇帝用与其他民族统治者结亲的办法来谋求和好，避免侵扰的政策。③社稷：本指古代天子、诸侯祭祀土神、谷神的庙宇，后用以象征国家政权。④静胡尘：指制止少数民族统治者的侵扰。尘，烟尘，指战争。

【品读】

陆时雍《诗镜总论》：叙事议论，绝非诗家所需，以叙事则伤体，议论则费词也。然总贵不烦而主，如《棠棣》不废议论，《公刘》不无叙事。如后人以文体行之，则非也。戎昱『社稷依明主，安危托妇人』，『过因谗后重，恩合死前酬』，此亦议论之佳者矣。

乔亿《大历诗略》：颔联史论宜宪宗诵之而廷臣和戎之议息。

沈德潜《唐诗别裁》：议论正大。

入剑门①

剑门兵革后，万事尽堪悲。鸟鼠无巢穴，儿童话别离。山川同昔日，荆棘是今时。征战何年定？家家有画旗。

【注释】

①剑门：唐代县名，故城在今四川省剑阁县东。

【品读】

乔亿《大历诗略》：颔联写乱离景象，竟出浣花翁之外。下句更可悲，当是目击如此，一一悬揣不出也。五六稍薄。

别离作

手把杏花枝，未曾经别离。黄昏掩门后，寂寞自心知。

【品读】

黄生《唐诗摘钞》：初别不觉，故犹把花自玩，此句突起得妙。

过商山[1]

雨暗商山过客稀，路傍孤店闭柴扉。卸鞍良久茅檐下，待得巴人樵[2]采归。

【注释】

①商山：又名商岭、楚山。在陕西省商县东南，秦末四皓避乱隐此。②樵：柴。

【品读】

贺裳《载酒园诗话》：深肖山僻之景。

于鹄

于鹄（约745-？），生卒年不详，大历、贞元间诗人。早岁隐居汉阳，尝为诸府从事。

江南曲

偶向江边采白蘋[1]，还随女伴赛江神[2]。众中不敢分明语，暗掷金钱[3]卜远人。

【注释】

①白蘋：水生植物，夏秋间开小白花，多生长于河湖边浅水中。②赛江神：祭祀江神。祭祀时，仪仗、鼓乐、百戏前导，迎神出会，周游里巷。引来商贩云集，村民游观，为一时盛事。③掷金钱：旧时民间迷信习俗之一，以铜钱为占卜工具，于祝祷所疑之后，投掷金钱，视其字背排列顺序而推断吉凶。

【品读】

唐汝询《唐诗解》：凡唐人《江南》《长干》《采莲》等曲，皆为男女相悦之词。

黄叔灿《唐诗笺注》：一片心情只自知。曰『偶然』、曰『还随』，分明是勉强从事，却就赛神，微露于金钱一卜，妙极形容。

送客游边

若到并州[1]北，谁人不忆家。塞深无伴侣，路尽有平沙。碛冷唯逢雁，天寒不见花。莫随边将意，垂老事轻车②。

【注释】

①并州：汉武帝所置『十三刺史部』之一，约当今山西大部，内蒙古和河北一部，其后扩大到陕西西北和河套地区。治所在晋阳（今山西太原市西南）。②事轻车：谓从军。事，从事。轻车，指兵车。

【品读】

纪昀《瀛奎律髓刊误》：此诗全在起手得势，中间皆常语耳。虚谷唯于对句着意，故所评如是。结，缴明本意。

送宫人入道

十五吹箫入汉宫，看修水殿种芙蓉。自伤白发辞金屋①，许著黄衣②向玉峰③。解语老猿开晓户，学飞雏鹤落高松。定知别后宫中伴，应听缑山④半夜钟。

【注释】

①金屋：汉武帝幼时曾许以娶阿娇为后，藏之金屋。以后即以金屋代称宫室。②黄衣：道士服装。③玉峰：道家七十二福地中第五十六福地，在西都京兆县。④缑山：即缑氏山，在河南偃师县。道家传说仙人王子乔与桓良七月七日相见处。

【品读】

黄生《唐诗摘钞》：五、六言其与猿鹤为群，正与下『宫中伴』字反映。

金圣叹《贯华堂选批唐才子诗》：五、六写世外另一天地，若不出得宫来，几乎全然不知。七、八反写未出宫者，以极形其自在解脱。盖言相慕，非言相思也。

巴①女谣

巴女骑牛唱竹枝②，藕丝菱叶傍江时。不愁日暮还家错，记得芭蕉出槿篱③。

【注释】

①巴：今四川东部，春秋时有巴国，秦置巴郡。②竹枝：即竹枝词，本为巴、渝一带民歌。③槿篱：木槿，落叶灌木，开红、白、紫等色花。多种之为藩篱，称槿篱。

【品读】

袁枚《随园诗话》：宋人《渔父词》云：『归来月下渔舟暗，认得山妻结网灯。』又云：『不愁日暮还家错，认得芭蕉出槿篱。』二语相似。余寓西湖放生庵，夜深断桥独步，常恐迷路，望僧庵灯影而归，方觉二诗之妙。

题美人

秦女①窥人不解羞，攀花趁蝶②出墙头。胸前空带宜男草③，嫁得萧郎④爱远游。

【注释】

①秦女：秦地（今陕西省）女子。②攀花趁蝶：攀

枝折花，追逐蝴蝶。③宜男草：萱草别名，古人认为妇女佩萱草花可生男婴。④萧郎：原指梁武帝萧衍。后泛指被女子所亲爱之男子。

【品读】

黄周星《唐诗快》：封侯尚不愿觅，况浪游乎？『宜男草』那得如『连理枝』？

管世铭《读雪山房唐诗》：于鹄名不甚著，而绝句颇多雅音。

送迁客①

流人②何处去，万里向江州。孤驿瘴烟③重，行人巴草秋。上帆南去远，送雁北看愁。遍问炎方客，无人得白头。

【注释】

①迁客：贬谪者。②流人：流放之人。③瘴烟：南方炎热地区因湿热蒸腾而产生的致命烟雾。

【品读】

黄周星《唐诗快》：此迁客必远赴边徼者。读之有如猿啼鬼啸。

李益

李益（748–829），字君虞，陕西姑臧（今甘肃武威）人，后迁河南郑州。大历四年（769）进士，初任郑县尉，建中四年（783）登书判拔萃科。后弃官在燕赵一带漫游。贞元十三年（797）任幽州节度使刘济从事。元和后入朝，历秘书少监、集贤殿学士、左散骑常侍等职。后降居散秩。宪宗时俄复用为秘书监，迁太子宾客、集贤学士，判院事，转右散骑常侍、礼部尚书。

杂曲

妾本蚕家女，不识贵门仪①。藁砧②持玉斧③，交结五陵儿④。十日或一见，九日在路歧。人生此夫婿，富贵欲何为？杨柳徒可折，南山不可移。妇人贵结发⑤，宁有再嫁资？嫁女莫望高，女心愿所宜。宁从贱相守，不愿贵相离。蓝叶郁重重，蓝花⑥若榴色。少女归⑦少年，华光自相得。谁言配君子，以奉百年身？有义即夫婿，无义还他人。爱如寒炉火，弃若秋风扇。山岳起面前，相看不相见。丈夫非小儿，何用强相知。不见朝生菌⑧，易成还易衰。征客欲临路，居人还出门。北风河梁上，四野愁云繁。岂不恋我家？夫婿多感恩。前程有日月，勋绩⑨在河源。少妇马前立，请君听一言。春至草亦生，谁能无别情？殷勤展心素⑩，见新莫忘故。遥望孟门山⑪，殷勤报君子。既为随阳雁⑫，勿学西流水。尝闻生别离，《楚辞·九歌》：悲莫悲兮生别离。悲莫悲于此。同器⑬不同荣，堂下⑭即千里。与君贫贱交，何异萍上水。托身天使然，同生复同死。

【注释】

①贵门仪：富贵人家的礼仪。②藁砧：隐指丈夫。③持玉斧：指任宫廷侍卫。④五陵儿：长安五陵一带的豪侠少年。五陵，指长陵、安陵、阳陵、茂陵、平陵。⑤结发：指原配婚姻。⑥蓝花：指蓼蓝。叶如蓼，开花成穗，细小，浅红色。⑦归：嫁给。⑧朝生菌：一种生命极短的生物。借喻夫婿无义爱情短暂。⑨勋绩：用西汉张骞事。汉武帝时，博望侯张骞通西域有功，并曾通好大夏，足迹至于河源。⑩心素：心里话。素，通愫。⑪孟门山：在今河南辉县西，太行山之东。⑫随阳雁：指雁。雁为候鸟，追逐温暖的气候，秋季南征，春季北返，故称随阳雁。⑬同器：使用共同的器具，指一起生活。⑭堂下：同下堂，指夫妻离异。

【品读】

杨慎《升庵诗话》：此诗比兴，有古乐府之风，唐人鲜及。

江南曲

嫁得瞿塘①贾，朝朝误妾期。早知潮有信②，嫁与弄潮儿。《梦粱录》：弄潮之戏，或有手脚执五小旗，浮潮头而戏弄。

【注释】

①瞿塘：长江三峡之一，在今四川巫山、奉节两县之间。②潮有信：潮水定期涨落，很有规律，称为潮信。

【品读】

黄叔灿《唐诗笺注》：不知如何落想，得此急切情自语。乃知《郑风》『子不我思，岂无他人』，是怨恨之极词也。

俞陛云《诗境浅说》：潮来有信而郎去不归，喻巧而怨深。古乐府之借物见意者甚多，皆喻曲而有致，此诗其嗣响也。

同崔邠①登鹳雀楼②

鹳雀楼西百尺樯，汀洲云树共茫茫。汉家箫鼓③空流水，魏国山河④半夕阳。事去千年犹恨速，愁来一日即为长。风烟并是思归望，远目非春亦自伤。

【注释】

①崔邠：字处仁，贝州武城（今山东武城）人。第进士，官补阙。疏论裴延龄奸，由中书舍人迁吏部侍郎。久乃为太常卿，知吏部尚书铨。②鹳雀楼：位于山西省永济市蒲州古城西面的黄河东岸，共六层，是唐代河中府著名的风景胜地。③汉家箫鼓：《汉武故事》载，汉武帝『行

幸河东，祀后土』，曾作《秋风辞》，中有『泛楼船兮济汾河，横中流兮扬素波。箫鼓鸣兮发棹歌，欢乐极兮哀情多』之句。所祭后土祠在汾阴县，唐代属河中府。

④魏国山河：鹳雀楼所在的河中府战国时属魏国地界。

【品读】

金圣叹《贯华堂选批唐才子诗》：前解，登楼对景，更不别睹，斗地出手，便先写一樯，下即急写汀洲，又急写云树，并不问此樯属何人，到何处，早已一片心魂，弥梨麻啰，一递一递，竟自归去也。因言当时何等汉魏，已剩流水夕阳，人生世间，大抵如斯。迟迟不归，我为何事耶？后解，此即趁势转笔，写是日归心刻不能待也。人见是春色，我见是风烟，即俗言『不知天好天暗』也。唐人思归诗甚多，乃更无急于此者。

征人歌 一作《暖川》

胡风冻合鸊鹈泉①，牧马千群逐暖川。塞外征行无尽日，年年移帐雪中天。

【注释】

①鸊鹈泉：在丰州以北。

【品读】

李肇《唐国史补》：李益诗名早著，有《征人歌且行》一篇，好事者画为图障。又有云：『回乐峰前沙似雪，受降城外月如霜。不知何处吹芦管，一夜征人尽望乡。』天下亦唱为乐曲。

边思

腰悬锦带佩吴钩①，走马曾防玉塞秋。《旧唐书·陆贽传》：河陇陷蕃以来，西北边常以重兵守备，谓之防秋。莫笑关西将②家子，只将诗思入凉州③。

【注释】

①吴钩：古代吴地产的一种弯刀。②关西将：《汉书·赵充国传赞》：『秦汉以来，山东出相，山西出将。』山西指华山以西，又称关西，即函谷关以西。李广是关西名将之一。李益自谓李广之后，故自称关西将家子。③凉州：借指防秋前线。

【品读】

宋顾乐《唐人万首绝句选》：写出豪概。

从军北征

天山雪后海风①寒，横笛偏吹行路难。《乐府解题》：《行路难》备言世路艰险及离别悲伤之意。碛里征人三十万，一时回首月中看。

【注释】

①海风：指从蒲昌海（今罗布泊）吹来的风。

【品读】

毛先舒《诗辩坻》：七绝，李益、韩翃足称劲敌。李华逸稍逊君平，气骨过之。至《从军北征》，便不减盛唐高手。

黄生《唐诗摘钞》：闻笛思乡，诗中常事，硬说三十万人一时回首，便使常意变新。

黄叔灿《唐诗笺注》：『碛里征人』，妙在不说着自己，而已在其中。

听晓角

边霜昨夜堕[1]关榆，吹角当城汉月孤。无数塞鸿飞不度，秋风卷入小单于[2]。

【注释】

①堕：降落。②小单于：乐曲名。

【品读】

俞陛云《诗境浅说》：首句言严霜一夕，榆林万叶，飞堕关前，时在破晓之前。次句言霜天拂晓有独立城头寒吹画角者，用『当』字固妙，接以『片月孤』三字，尤善写苍莽之神，宜其佳句流传，播为图画也。后二句谓无限塞鸿，闻角声悲奏，回翅不度，则征人闻角生悲，不言而喻矣。

宫怨

露湿晴花春殿香，月明歌吹在昭阳[1]。似将海水添宫漏[2]，共滴长门[3]一夜长。

【注释】

①昭阳：汉宫殿名。②宫漏：宫中的刻漏。漏，古代计时器。③长门：汉冷宫名，陈皇后失宠居此。

【品读】

唐汝询《唐诗解》：以昭阳之歌吹，比长门之漏声，是以弥觉其长耳。

行舟

柳花飞入正行舟，卧引菱花信碧流[1]。闻道风光满扬子，天晴共上望乡楼。

【注释】

①信碧流：听任船只在碧流中行驶。信，任凭。

【品读】

宋顾乐《唐人万首绝句选》：情味悠然，妙在不煞风景。

隋宫燕

燕语如伤旧国[1]春，宫花旋落已成尘。自从一闭风光后，几度飞来不见人。

【注释】

①旧国：指前代隋朝。

【品读】

宋顾乐《唐人万首绝句选》：末句中正含情无限，通首不嫌直致。

卢纶

卢纶，生卒年不详，字允言，大历十才子之一，河中蒲州（今山西省永济县）人。大历中由王缙荐为集贤学士，后任河中浑瑊元帅府判官，官至检校户部郎中。

曲江春望

菖蒲翻叶柳交枝，暗上莲舟鸟不知。更到无花最深处，玉楼金殿影参差。

【品读】

俞陛云《诗境浅说》：首句言曲江春望：低处所见者菖蒲翻叶；高处所见者杨柳交枝。次句言禁地清肃，游人不到，兰桡轻放而水鸟不知。后二句言深处为紫宸所在，严净无尘，唯见波涵明镜，玉楼金殿皆倒影水中，参差荡漾，此诗虽无深意，而当日曲江风景，可想其大概。

长安春望

东风吹雨过青山，却望千门[1]草色闲。家在梦中何日到？春生江上几人还？川原缭绕浮云外，宫阙参差落照间。谁念为儒逢世难？独将衰鬓客秦关。

【注释】

①千门：千门万户，指长安宫殿。

【品读】

金圣叹《贯华堂选批唐才子诗》：前解，『东风』七字，人谓只是写『春』，不知便是写『望』，如云：此雨自我家中来也。『闲』字骂草妙，如云：无谓也，扯淡也。三恨自不得归，四又妒他人得归。活写尽不归人心口咄咄也。后解，『川原』七字中有无数亲故，『宫阙』七字中止夕阳一人。『谁』字，便是无数亲故也。『独』字，便是夕阳一人也。不知唐诗人，谓五六只是写景。

晚次鄂州至德中作

云开远见汉阳城，犹是孤帆一日程。估客[1]昼眠知浪静，舟人夜语觉潮生。三湘[2]衰鬓逢秋色，万里归心对月明。旧业已随征战尽，更堪江上鼙鼓[3]声？

【注释】

①估客：商人。②三湘：泛指汉阳、鄂州地带。③鼙鼓：战鼓，代指战争，此处指永王璘引兵夺取金陵之战。

【品读】

金圣叹《贯华堂选批唐才子诗》：前解，一解，写尽急归神理。言望见汉阳，便欲如隼疾飞，立抵汉阳，而无奈计其远近，尚必再须一日也。三四承之，言虽明知再须一日，而又心头眼底不觉忽忽欲去，于是厌他估客胡故昼眠，喜他舟人斗地夜语。盖『昼眠』便是不思速归之人，『夜语』便有可以速去之理也。若只作写景读之，则既云浪静，又云潮生，此成何等文法哉？后解，言吾今欲归，所以如此其急者，实为鬓对三湘，心驰万里，传闻旧业，已无可归。而连日江行，鼓鼙不歇，谁复能遣，尚堪一朝乎哉！

方东树《昭昧詹言》：起句点题，次句缩转。用笔转折有势。三、四兴在象外，卓然名句。五、六亦兼情景，而平平无奇，收切鄂州，有远思。

李端公

故关衰草遍，离别自堪悲。路出寒云外，人归暮雪时。少孤为客早，多难识君迟。掩泪空相向，风尘何所期。

【品读】王文濡《历代诗评注读本》：先叙送别之地与时，转到自己身世，正为难以作别耳，但终须一别，而后期茫茫，又不可知，文情相生，亹亹动人。

窦巩

窦巩（772-831），字友封，京兆金城（今陕西兴平）人。宪宗元和二年（807）进士。袁滋镇滑州，辟为从事。元稹观察浙东，奏为副使。又从镇武昌，归京师卒。

宫人斜[1]

离宫路远北原斜，生死恩深不到家。云雨今归何处去[2]？黄鹂飞上野棠花。

【注释】①宫人斜：埋葬宫人处，在长安未央宫西。②云雨句：用楚王梦游高唐之典。楚王游于高唐，梦与巫山神女欢会。神女临行致辞：『妾在巫山之阳，高丘之阴。旦为行云，暮为行雨，朝朝暮暮，阳台之下。』言楚王与神女欢会，实属虚渺。

【品读】黄周星《唐诗快》：生死恩深，不知为君恩乎？亲恩乎？忽接『不到家』三字，便觉有啾啾鬼哭。

俞陛云《诗境浅说》：此诗吊宫人埋玉之地，深为致慨。窦有《南游感兴》诗云：『日暮东风春草绿，鹧鸪飞上越王台。』一咏黄鹂，一咏鹧鸪，皆言鸟啼花落，惆怅遗墟，所谓『飞鸟不知陵谷变』也。后人习用之，遂成套语，而在中唐时作者，自有一种苍茫之感。

南游感兴

伤心欲问前朝事，惟见江流去不回。日暮东风春草绿，鹧鸪[①]飞上越王台[②]。

【注释】

①鹧鸪：鸟名，俗谓其啼声似『行不得也哥哥』。

②越王台：南越王赵陀所筑，在今广州市北的越秀山上。

【品读】

吴曾《能改斋漫录》：唐窦巩《南游感兴》诗：『伤心欲问前朝事，惟见江流去不回。日暮东风春草绿，鹧鸪飞上越王台』盖用太白《览古》诗意也。李云：『越王勾践破吴归，义士还家尽锦衣。宫女如花满春殿，只今惟有鹧鸪飞。』

畅当

畅当，生卒年不详，河东（今山西永济西）人。少习武事，时山东有寇，以子弟被召。后折节读书，大历七年（772）登进士第。贞元初（785）为太常博士。仕终果州刺史。

天柱隐所，重答韦江州[①]

寂寞一怅望，秋风山景清。此中惟草色，翻意见人行。荒径饶松子，深萝绝鸟声。阳崖[②]全带日，宽嶂偶通耕。拙昧难容世，贫闲别有情。烦君琼玖[③]赠，幽懒百无成。

【注释】

①韦江州：即韦应物。建中间任江州刺史。②阳崖：指南面的山崖。阳，南面。③琼玖：美玉名。此处喻指韦应物的赠诗。

【品读】

潘德舆《养一斋诗话》：当诗则如：『夜殿若山横，深松如涧凉。』『阳崖全带日，宽嶂偶通耕。』『酒渴爱江清，余酣漱晚汀。』又如蒲州绝句：『苍苍中条山，厥形极奇魄。我欲涉其崖，濯足黄河水。』皆极超拔。

山居酬韦苏州[①]见寄

孤茅泄烟处，此中山叟居。观云宁有事，耽酒讵[②]知余？水定鹤翻去，松敧峰伊如。犹烦使君问，更欲接环庐③。

【注释】①韦苏州：即韦应物。贞元中出任苏州刺史。②讵：岂。③环庐：围以矮墙的居室，即普通民舍。

【品读】计有功《唐诗纪事》：当诗平淡多佳句。如《钓渚亭》云：『花发多远意，凫雁有闲情。迟晖耿不暮，平江寂无声。』《天柱隐所》云：『荒径饶松子，深萝绝鸟声。阳崖全带日，宽嶂偶通耕。』《山居》云：『水定鹤翻去，松欹峰俨如。』又，『寒林苞晚橘，风絮露垂杨。湖畔闻渔唱，天边数雁行。』皆有远意。

军中醉饮，寄沈八刘叟

酒渴爱江清，余酣漱①晚汀。软莎欹坐稳，冷石醉眠醒。野膳随行帐，华音发从伶②。数杯君不见，都已遣沉冥。《法言·问明》：『蜀庄沉冥。』李轨注：『沉冥，犹玄寂，泯然无迹之貌。』

【注释】①漱：本意洗涤。此言饮酒。②从伶：军中的歌人。

【品读】吴聿《观林诗话》：畅当诗有云：『酒渴爱江清，余酣漱晚汀。软莎欹坐稳，冷石醉眠醒。』四句皆说醉，不觉烦也。

崔峒

崔峒，生平年不详，博陵安平（今属河北）人，『大历十才子』之一。初辟潞府功曹，后历左拾遗，终右补阙。

登蒋山开善寺

山殿秋云里，香烟出翠微。客寻朝磬①至，僧背夕阳归。下界②千门见，前朝万事非。看心③兼送目，葭菼④暮依依。

【注释】①磬：佛寺中敲击以集僧的鸣器，状如云板。②下界：道教、佛教称人间为『下界』，与『上界』（天上）相对。③看心：佛教用语，参悟、感悟。④葭菼：苇荻。

【品读】方回《瀛奎律髓》：三四已佳，五六尤佳，以第六句出于不测也。

黄周星《唐诗快》：荒寒黯淡，如在目中。

题崇福寺禅院

僧家竟何事？扫地与焚香。清磬度山翠①，闲云来竹房。身心尘外远，岁月坐②中长。向晚③禅堂掩，无人空夕阳。

【注释】①清磬句：清幽的磬声传送到深山翠微处。②坐：

打坐，闭目盘腿而坐，是僧人修行的一种方式。③向晚：傍晚。向，接近。

【品读】

高仲武《中兴间气集》：崔拾遗文采炳然，意思方雅，如『清磬度山翠，闲云来竹房』。

黄周星《唐诗快》：置之王孟集中，谁复能辨？

江上书怀

骨肉天涯别，江山日落时。泪流襟上血，发白镜中丝。
胡越①书难到，存亡梦岂知？登高回首罢，形影自相随。

【注释】

①胡越：胡在北，越在南，谓相隔遥远。

【品读】

胡应麟《诗薮》：杜：『拭泪沾襟血，梳头满面丝。』崔峒『泪流襟上血，发白镜中丝』，全首拟杜，亦婉切可观，而力量顿自悬绝。

张南史

张南史，生卒年不详，字季直，幽州（今北京）人。好弈棋。其后折节读书，遂入诗境，以试参军。避乱，居扬州。再召，未赴而卒。

富阳①南楼望浙江风起

南楼渚风起，树杪见沧波。稍觉征帆上，萧萧暮雨多。
沙洲殊未极，云水更相和。欲问任公子②，垂纶意如何？

【注释】

①富阳：县名，在浙江省杭州市西南郊。②任公子：任父，古代传说中善于钓鱼的人。

【品读】

闻一多《闻一多选唐诗》：张南史，代表大历诗风中另一种写个人闲适生活的格调，它不似盛唐的华贵，也不似晚唐的靡丽，而是追求生活中短暂的自我满足，以求在时代风雨中取得顷刻休息的心情。

陆胜宅秋暮雨中探韵同作

同人①永日自相将，深竹闲园偶辟疆②。已被秋风教忆鲙③，更闻寒雨劝飞觞④。归心莫问三江水，旅服徒沾九月霜。醉里欲寻骑马路，萧条几处有垂杨。

【注释】

①同人：又作『同仁』，指志同道合的友人。②辟

疆：本为开拓疆土意。诗中谓闲园偶入。③忆鲙：用晋张翰事。吴郡（今江苏苏州）人张翰，字季鹰，因秋风起，思念故乡菰菜、莼羹、鲈鱼鲙，便辞官归去。④飞觞：饮酒。觞，古代盛酒器。

【品读】

毛先舒《诗辩坻》：张季直中岁感激，苦节学文。而『深竹闲园偶辟疆』，谓与顾辟疆为偶，既是凑韵；若解开辟疆畔，更自生硬。渤海五十，张有愧焉。然题云『探韵』，岂是为韵所拘故耶？

金圣叹《贯华堂选批唐才子诗》：前解此写君子在野，无处告诉，遂托杯斝，纵心行乐也。看其『同人』字，『永日』字，『自相将』字，字字欢笑，字字眼泪。『同人』言济济诸贤，不须惜才也。『永日』，言迟迟良日，大堪戮力也。『自相将』，言并无一人，蒙被收目也。『深竹闲园』，即其自相将之地。已被风教妙，更闻雨劝妙，写得风雨一片情理，一段兴致，正复诸公一段牢骚，一片败坏也。后解，他诗不得意，则亟思归。今此诗并不思归，真不辨其此日竹园，是欢笑，是眼泪也。『莫问』妙，『从沾』妙，『是处有』妙。不知者，便谓如此真是快活。呜呼！受父母身，读圣贤书，上承圣君，下寄苍生，我将自处何等，而取如此快活哉！

刘商

刘商，生卒年不详，字子夏，彭城（今江苏徐州）人。少好学，工文，善画。登大历进士第，官至检校礼部郎中，汴州观察判官。晚年隐居宜兴胡父渚。

春日卧病书情

楚客①经年病，孤舟人事稀。晚晴江柳变②，春暮塞鸿③归。今日方知命，前年自觉非。不能忧岁计④，无限故山薇。

【注释】

①楚客：作者自称。②晚晴句：谓久病卧床，乍见杨柳于夕照中美于平时也。③塞鸿：即鸿雁，候鸟。暮春北飞塞外，故称。④岁计：古代地方官于年终将辖区内之人口、钱谷、盗贼、狱讼等事件申报朝廷，以为考察官吏成绩之依据，称为岁计。

《论语·为政》：五十而知天命。《淮南子·原道》：蘧伯玉年五十而知四十九年非。

【品读】

范晞文《对床夜话》：前实后虚者，第反景物于上联，置情思于下联耳。若刘商『晚晴江柳变，春暮塞鸿归。今日方知命，前年自觉非。』则下句几为上句压倒。

方回《瀛奎律髓》：『知命』『觉非』四字细润。尾句脱洒。

题悟空寺

扁舟水淼淼[1]，曲岸复长塘[2]。古寺春山上，登楼忆故乡。云烟横极浦，花木抱回廊。更有思归意，晴明陟[3]上方[4]。

【注释】

①淼淼：水面宽阔无边状。②长塘：长堤。筑土防水名塘。③陟：升，登。④上方：此指悟空寺。

【品读】

乔亿《大历诗略》：徘徊举趾，是大家数。落句『晴明』，言后期也，从上『云烟』生出。

刘复

刘复，生卒年不详，登大历进士第，官水部员外郎。

出东城[1]

步出东城门，独行已彷徨。伊洛[2]泛清流，密林含朝阳。芳景虽可瞩，忧怀在衷肠。人生几何时？苒苒随流光。愿得心所亲，尊酒坐高堂。一为浮沉隔，会合殊未央。双戏水中凫，和鸣[3]自翱翔。我无此羽翼，安可以比方？

【注释】

①东城：即洛阳。洛阳为唐东都，故称。②伊洛：伊水和洛水，均流经洛阳。③和鸣：一唱一和。

【品读】

乔亿《大历诗略》：气韵在典午之世。唐五言及此者亦不多见。

长相思

长相思，在桂林[1]，苍梧山[2]远潇湘深。秋堂零泪[3]倚金瑟，朱颜摇落随光阴。长宵嘹唳[4]鸿命侣[5]，河汉苍苍隔牛女。宁知一水不可渡，况复万山修且阻[6]。采丝织绮文双鸳，昔时赠君君可怜。何言一去瓶落井[7]，流尘歇灭[8]金炉前。

【注释】

①桂林：郡名，治所在今广西柳州东南。②苍梧山：在湖南省南部，又名九嶷山。③零泪：落泪。零，落。④嘹唳：雁啼声，嘹亮而凄清。⑤命侣：命俦啸侣之省称，即呼引同伴。⑥修且阻：道路漫长而险阻。⑦瓶落井：喻有去无还。⑧歇灭：衰败灭绝。

【品读】

乔亿《大历诗略》：古藻似晋乐府，可匹左司歌行。

春雨

细雨度深闺，莺愁欲懒啼。如烟飞漠漠，似露湿萋萋。
草色行看靡，花枝暮欲低①。晓听钟鼓动，早送锦障泥②。

【注释】

①草色两句：花草着细雨后低垂状。②障泥：垂于马腹两侧，用来遮挡尘土、泥水之乘马用具。

【品读】

方回《瀛奎律髓》：令狐楚为翰林学士时，选进《御览诗》，凡三十家，刘复四首。所选大抵工丽。

纪昀《瀛奎律髓刊误》：婉秀，是中唐本色。结言趋朝之劳，不及闲居之适也。

王建

王建（约767－约830），字仲初，颍川（今河南许昌）人。大历十年（775）进士。贞元十三年（797），辞家从戎。元和年间，任昭应县丞。长庆元年（821），迁太府寺丞，转秘书郎。大和初，再迁太常寺丞。约在大和三年（829），出为陕州司马，世称王司马。大和五年，为光州刺史。

望夫石①

望夫处，江悠悠。化为石，不回头。山头日日风复雨，行人归来石应语。

【注释】

①望夫石：据传古时候有一个女子送丈夫去从军，到了江边，丈夫登船离去。她连忙奔上江边的山头，望着滔滔江水，船影渐渐消失，女子含泪不语，始终不肯离去，以至化作一块石头。人们称它为『望夫石』。石在今湖北鄂城（旧武昌县）北山上。

【品读】

魏庆之《诗人玉屑》：《复斋漫录》：唐诗人刘禹锡《望夫石》『语虽拙而意工』，但不及王建此篇语意皆工。

簇①蚕辞

蚕欲老，箔②头作茧丝皓皓③。场宽地高风日多，不向中庭晒蒿草。神蚕④急作莫悠扬，年来为尔祭神桑。但得青天不下雨，上无苍蝇下无鼠。新妇拜簇愿茧稠，女洒桃浆男打鼓⑤。三日开箔雪团团，先将新茧送县官。已闻乡里催织作，去与谁人身上著？

【注释】

①簇：供蚕作茧的物件。②箔：一作『簿』。用作养蚕的芦簿。③皓皓：洁白状。④神蚕：即蚕神。传说黄帝的妃子嫘祖是第一个发明养蚕取丝的人，民间奉之为蚕神。⑤女洒桃浆句：女儿洒桃浆，男孩敲起锣鼓。洒浆击鼓指民间祭祀蚕神的一种仪式。

【品读】

沈德潜《唐诗别裁》：意亦他人同有，然此觉入情。

镜听词

重重摩挲嫁时镜，夫婿远行凭镜听。回身不遣别人知，人意丁宁镜神圣①。怀中收拾双锦带，恐畏街头见惊怪。嗟嗟嚓嚓②下堂阶，独自灶前来跪拜。出门愿不闻悲哀？郎在任郎回不回？月明地上人过尽，好语多同皆道来③。卷帷上床喜不定，与郎裁衣失翻正④。可中⑤三日得相见，重绣锦囊磨镜面。

【注释】

①镜神圣：听镜者以为镜有神灵。②嗟嗟嚓嚓：走动时衣服发出的摩擦声。③皆道来：妇人听见门外来往的人都说『来』，认为是她丈夫要回来的吉兆。④翻正：反正。⑤可中：唐时习用语，犹言假若。

【品读】

沈德潜《唐诗别裁》：摹写儿女之声口，可云惟肖。

新嫁娘词

三日入厨下，洗手作羹汤。未谙①姑②食性，先遣小姑尝。

【注释】

①谙：熟悉。②姑：婆婆。

【品读】

敖英《唐诗绝句类选》：前辈教人作绝句，令诵『三日入厨下』『打起黄莺儿』『画松一似真松树』，皆自肺腑中流出，无牵强斧凿痕。

十五夜望月寄杜郎中

中庭①地白②树栖鸦，冷露无声湿桂花。今夜月明人尽望，不知秋思落谁家？

【注释】

①中庭：庭院当中。②地白：月光洒满地上。

【品读】

俞陛云《诗镜浅谈》：诗意涵盖一切，且以『不知』二字作问语，笔致尤见空灵。

上阳宫①

上阳花木不曾秋，洛水穿宫处处流。画阁红楼宫女笑，玉箫金管路人愁。幔城②入涧橙花发，玉辇登山桂叶稠。曾读列仙③王母④传，九天⑤未胜此中游。

【注释】

①上阳宫：唐宫名，高宗时建于洛阳。②幔城：张帷幔围绕如城，故称。③列仙：西汉末刘向的《列仙传》。④王母：传说中一个地位崇高的女神。⑤九天：谓天之中央与八方。

【品读】

金圣叹《贯华堂选批唐才子诗》：前解，一，将为宫中行乐，先写宫中景物也。言外边的一片秋风秋日矣，今宫中之乐如此，定是未解秋来也。二，忽然又思宫中行乐，其事甚秘，外人在外，安得与闻？于是特地抽笔闲插七字，言人自在宫墙之外，看他洛水漫流。三四，实之；然所以又知此中情事者，只为楼阁出云，笑声时度，萧管亮发，行路共闻，其实此外固曾不得而又知之。次句之忽地抽笔，闲插七字，最是唐人通身本事，如元微之《连昌宫辞》亦忽地抽笔，插『宫边老人为予泣，少年选进因曾入』十四字，又忽地再抽笔，插『去年敕使因砍竹，偶值门开暂相逐』十四字，皆其法也。后解，上言『不曾秋』，此又换笔，言是时其实已是一片秋风秋日也。『幔城入涧』『玉辇登山』，虚写行乐；『橙花发』『桂叶稠』，实写秋光。言入涧登山，虽不可知，橙花桂叶固莫不睹也。因叹九天仙界，未胜于此，而笔墨之外轻轻已安『王母』二字。呜呼！其辞婉，其法严，真称诗史无愧矣。

华清①感旧

尘到朝元②边使急，千宫夜发六龙③回。辇前月照衮衣④泪，马上风吹蜡烛灰。公主妆楼金锁涩，贵妃汤殿玉莲开。有时云外闻天乐，疑是先皇沐浴来。

【注释】

①华清：即华清池，亦名华清宫，位于西安城东骊山北麓。自周、秦、汉、唐以来，历代帝王均在此修建汤池沐浴，到唐代更是大兴土木，使其逐渐成为皇家御用温泉。②朝元：即朝元阁，唐代阁名，在陕西省临潼县骊山上。③六龙：古代天子的车驾为六马，马八尺称龙，因以为天子车驾的代称。④衮衣：古代帝王穿的绘有卷龙的礼服。

【品读】

金圣叹《贯华堂选批唐才子诗》：前解，一解写旧。起句只是『边使急』之三字，二三四三句只是『千宫夜发六龙回』之七字耳。必又故加『尘到朝元』，写边使之急，至于如此；必又故加『月照衮衣』『风吹蜡烛』，写夜发之窘，至于如此者，此非闲笔闲描，正复备列其状，以为后世炯鉴也。后解，一解写感。触目荒凉，何事不痛，而必独写公主贵妃者，在当时亦止目侧于公主贵妃，则今日亦止心悼于公主贵妃也。末又故写『天乐』来，『疑是沐浴来』，以归重先皇。言事之至此，虽曰公主贵妃之故，而岂公主贵妃之故哉！

同于汝锡游降圣观

秦时桃树满山陂，骑鹿先生①降大罗。路尽溪头逢地少，门连内里见天多。荒泉坏简朱砂暗，古塔残经篆字②讹。闻说开元③斋醮④日，晓移行漏帝亲过。

【注释】

①骑鹿先生：古代传说中的仙人，常骑鹿或乘鹿所驾之车。此指老子。②篆字：篆体字。《晋书·卫恒传》：『秦既用篆，奏事繁多，篆字难成，即令隶人佐书曰隶字。』③开元：唐玄宗李隆基年号（713—741）。④斋醮：请僧道设斋坛，祈祷神佛。

【品读】

金圣叹《贯华堂选批唐才子诗》：前解，降圣观为老子现神而建。夫老子出关西去，既已不知所终，然则今日必谓其坐大罗天上，已自出言不雅，况又谓其从大罗天下，此岂荐绅所宜道哉。首句先衬『秦时桃树』，妙，妙。桃称短命之花，寿乃不及诸树，今云秦时所种，即无辨其谬者。然则鹿又可骑，老子又骑鹿，天上不唯有老子，兼又有鹿，一时喧喧，一传十，十传百，百传千万，遂至上闻，遂至立庙，固其所也。三四，『地少』『天多』，又妙。虽写此观胜境，然而满陂既皆秦树，树里又逢上真，则虽谓此观此陂，非复地上，直是天上，亦无不可。盖甚之也。后解，后言：然而自开元至今日，曾几何时，而泉则已荒，简则已坏，砂则已暗，塔则已古，经则已残，字则已讹，竟如斯矣。此亦非必自开元直至今日，而后荒者始荒，乃至讹者始讹也，正就开元方当斋醮之日，而荒者暗已自荒，乃至讹者暗已自讹。何则？万物无常，刻刻改换，我身不觉，彼自久然不信。则试思皇帝初临，行漏唱晓，皇帝还跸，行漏仍唱晓，固必无之事也。然则必谓山陂骑鹿，真是昔人，岂不过与！岂不过与！

寄旧山僧

因依老宿发心初，半学观心①半读书。雪夜每常同席卧，花时不省两山居。猎人箭底求伤雁，钓户竿头乞活鱼。自向风尘②取烦恼，一身衰病日难除。

【注释】

①观心：观察心性。佛教以心为万法的主体，无一事在心外，故观心即能究明一切事理。②风尘：比喻纷乱的社会或漂泊江湖的境况。

【品读】

金圣叹《贯华堂选批唐才子诗》：前解，此因深入风尘，遍身衰病，途穷事蹙，忽地回心。自悟八百军州镔铁，只铸就得一错，于是悔之无及，吐此四七二十八字，所谓一片快活中，只夹带得些些一点，便至弄出后一解来。若使当初十成全学观心，即又胡为而至此也。读书之与观心，为复是一是二？如何遽将后解，无端归咎读书？只因其亲口分作两半，便早供出当初读书，全是烦恼根本故也。后解，猎人伤雁，钓户活鱼，犹尚不忍，而今自身反无救护，真乃羡杀当年，怨杀当年也。

题金家竹溪

少年因病离天仗①，乞得归家养病身。买断竹溪②无别主，散分泉水与西邻。山头鹿下长惊犬，池面鱼行不怕人。京使到门常款语③，还闻世上有功臣。

【注释】

①天仗：天子的仪卫。借指天子。②竹溪：竹林与溪水。指清幽的境地。③款语：亲切交谈，恳谈。

【品读】

金圣叹《贯华堂选批唐才子诗》：前解，此非写病，乃是因病得归，因归得脱，于是极写快活，以反形天仗。『买断无别主』妙。『天仗』下，张王李赵，弓刀剑戟，彼争我夺，朝得暮失，无此自在安稳也。『散分』与『西邻』妙。『天仗』下一顾不轻，片言莫借，目视枯鱼，曾不沾酒，无此通融无碍也。言向使不因病告，即不得归家；不得归家，即不离天仗。况在少年血气方刚，安知今日不成祸事？盖深感一病之相救也。后解，此又写归家既久，机事尽忘，鹿下鱼行，了无惊怖。闻彼世上功臣，朝受王命，夕发内热，幸而有成，万已余丧者，真有如春风之过聋耳也。

全唐诗

卷三

李楠 编译

赠崔杞[1]驸马

凤凰楼阁连宫树，天子崔郎[2]自爱贫。金埒[3]减添栽药地，玉鞭平与卖书人。家中弦管听常少，分外诗篇看却新。一月一回陪内宴，马蹄犹厌踏香尘[4]。

【注释】

①崔杞：穆宗朝官大理少卿。东阳公主，始封信安郡主，下嫁崔杞。②崔郎：指崔杞。③金埒：用钱币筑成的界垣。埒，矮墙，场地四周的土围墙。④香尘：芳香之尘。多指女子之步履而起者。

【品读】

金圣叹《贯华堂选批唐才子诗》：前解，写游侠驸马易，写寒士清贫亦易，今却欲写驸马清贫，此当如何着笔耶？忽然隽管撩天，先与扳亲叙眷，言此楼阁连宫，乃是天子崔郎也者。然而金将改为药栏，玉鞭贱酬书价，此则自是其天性使然，非他人所得而强也。如此，便自上半脱出香粉气，下半又不入酸馅气矣。『天子』二字，只作刷色用，妙妙。此便从寡人女婿句法化来。后解，『弦管』加『家中』，『诗篇』加『分外』，字字写绝驸马。若在他人，即弦管安得家中，诗篇如何分外耶？末又言一月三十日，假使二十九日读书，只有一日不得读书，彼当犹以为恨，然又必写此一日作陪内宴者，极表正是当今爱婿，非其他驸马之比，以见清贫之非落魄也。

微雪早朝

蓬莱[1]春雪晓犹残，点地成花绕百官。已傍祥鸾迷殿角，还穿瑞草入袍襕。无多白玉阶前湿，积渐青松叶上干。粉画南山[2]棱郭[3]出，初晴一半隔云看。

【注释】

①蓬莱：即蓬莱宫，唐宫名，在陕西省长安县东。原名大明宫，高宗时改为蓬莱宫。②南山：即终南山。③棱郭：同『棱廓』，犹轮廓。

【品读】

金圣叹《贯华堂选批唐才子诗》：前解，『晓犹残』之为言从夜到晓，而终不得积也。『绕百官』之为言才得成花，而绕墀正拜也。『已傍』『还穿』之为言虽无所积，而飞飞未止也。写微雪至此，可称天女散花手矣。后解，前解殿角袍襕，从上写至下。此解阶前松上，从下写至上。从上写至下者，飞雪也。从下写至上者，消雪也。以无多故，阶前已先消也。以积渐故，松上犹未消也。末又写朝廷正面结之。『粉画』者，未消也。『棱郭』者，已消也。总是前解写飞，后解写消；前解写百官，后解写至尊。

送宫人入道

休梳丛鬓洗红妆，头戴芙蓉出未央[1]。弟子抄将歌遍叠，宫人分散舞衣裳。问师始得经中字，入静犹烧内里香。发愿蓬莱[2]见王母[3]，却归人世施仙方。

【注释】

①未央：宫殿名。故址在今陕西西安市西北。②蓬莱：古代传说中海上的仙山之一，也泛指仙境。③王母：神话中的女神。

【品读】

金圣叹《贯华堂选批唐才子诗》：前解，前解写舍俗之诚，后解写初心之猛。菩萨六波罗蜜，必以布施而为第一。故大雄丈夫教人学道，先学舍施。能舍施者，是名健儿；不舍施者，虽学千劫，终非道也。舍施之法，从难舍起，必当检其心所最爱，不可舍者，而先舍之。如此三四，则真所谓能舍难舍者也。盖美人心性，最惜歌舞。歌有叠有遍，父子一拍不传；舞有衣有裳，姊妹暂时不借。而今任意抄传，尽情分依，则是一去永去，更不还来。观一二之尽废梳掠，头戴花冠，便是通身放倒，更无寸丝未断者也。后解，『始得经』字，犹烧内香，教中谓之『轻毛菩萨』，正即『为山九初，方覆一篑』意也。而能发大愿力，誓必成就，见王母归人世者，犹言不见王母，决不归来。呜呼！其猛勇也如此。然则后日从王母边来，我真欲且暮俟之也。作宫词人，不谓其胸中又有如此事。

送司空神童

杏花坛①上授书时，不废中庭②趁蝶飞。暗写五经③收部帙④，初年七岁着衫衣。秋堂白发先生别，古巷乌衣⑤学伴归。独向凤城⑥持荐表，万人丛里有光辉。

【注释】

①杏花坛：指授徒讲学之所。②中庭：厅堂之中。③五经：五部儒家经典，即《易》《书》《诗》《礼》《春秋》。④部帙：书籍的部次卷帙。指书籍。⑤乌衣：色衣。古代贫贱者之服。⑥凤城：京都的美称。

【品读】

金圣叹《贯华堂选批唐才子诗》：前解，背写五经，尽成部帙，而年方毁齿，才着衫衣，此自是写神童必到之文。妙莫妙于偏写其不废趁蝶，宛然群儿，便使人分明看见神童更小，而神童更神。至于将欲写其趁蝶，而预取杏坛折开，插放『花』字，使读者瞥然眼迷，此又其百首宫词之秘法也。后解，正写不过被荐赴京耳，看他『凤城』上，陪出『秋堂』，陪出『古巷』；『独』上陪出『先生』，陪出『学伴』；『荐表』上陪出『别』，陪出『归』；『有光辉』上陪出『白发』，陪出『乌衣』，真乃出像反衬法也。神童诗中间偏下得『白发』字，有此妙笔，虽再作宫词百首，安得才尽？

岁晚自感

人皆欲得长年少，无那排门①白发催。一向破除愁不尽，百方②回避老须来。草堂未办终须置，松树难成亦且栽。沥酒③愿从今日后，更逢二十度花开。

【注释】

①排门：推门。②百方：各地。③沥酒：洒酒于地，表祝愿或起誓。

【品读】

金圣叹《贯华堂选批唐才子诗》：前解，自感也，而统举世人发论者，昔尝妄谓人人自老，而我独不老，抑我尚不知有老，抑我尚不闻有人向我说老者也。无何瞥眼之间，老顾奄然忽至，于是陡地惊心，疾往排门遍问，则见人人果已皆老，因而大悟人欲不老，谁不如我，今既一例都然，然则我无独免也。故此一二，正是真正自感，正是大聪明人，从大鹘突处看得出来，不是街头乞儿劝世声口也。三四又推出一「愁」字者，言老为死因，而愁实为老因也。后解，夫老为死因，非细事也。而愁实为老因，此不可以不加意也。于是愿从今日，特谋所以无愁之法焉。久思置一草堂，今虽未办，其必力疾置之也。久思栽几松树，今虽难成，其必力疾栽之也。何也？人本有心，心本求称，心称则不愁，不愁则不老。然则从今以后，但得一年，即皆于我草堂之中，松树之下，恣心恣意，只学无愁。嗟乎！如是而不老，则真胜算也！万一终亦不免，而得如是而老，亦真胜算也。至矣哉此诗乎！「愿从今日后」「愿」字，非愿再活二十年，乃愿二十年年年置草堂，栽松树也。莫误读之。

张志和

张志和（约730—约810），字子同，初名龟龄，兰溪（今属浙江）人。十六岁游太学，以明经擢第，献策肃宗，深蒙赏重，任翰林待诏授左金吾卫录事参军，并赐名「志和」。后因事贬为南浦尉，未到任，还本籍，亲丧不复仕。扁舟垂纶，祭三江，泛五湖，自称「烟波钓徒」。

渔父

八月九月芦花飞，南溪①老人垂钓归。秋山入帘翠滴滴，野艇倚槛云依依。却把渔竿寻小径，闲梳鹤发对斜晖。翻嫌四皓②曾多事，出为储王③定是非。

【注释】

①南溪：即在吴兴城南之苕溪、霅溪。②四皓：西汉初年隐居商山之四隐士。高祖曾召之，不应。后高祖欲废太子，吕后用张良计，迎四皓以辅太子。高祖见之，曰：『羽翼成矣。』遂辍废太子之议。③储王：即太子。

【品读】

金圣叹《贯华堂选批唐才子诗》：前解，两岸先衬芦花，中分溪水一道；秋水远远送翠，老人闲闲看云。四句诗，便是一幅秋溪罢钓图，先写之为前解也。看他闲，看他高，看他忘机械，看他识时务。后解，上解渔父在船，此解渔父上崖也。『把渔竿』，言所持甚狭。『寻小径』，言所安甚陋。『梳鹤发』，言所存甚短。『对斜晖』，言所与甚暂。既有如此五六二句，便自然必笑四皓无疑耳。

朱放

朱放，字长通，襄州南阳人。生卒年均不详。初居汉水滨，后迁隐剡溪、镜湖间。大历中，辟为江西节度参谋。贞元二年（786）诏拜左拾遗，辞不就。

乱后经淮阴岸①

荒村古岸谁家在？野水浮云处处愁。唯有河边衰柳树，蝉声相送到扬州。

【注释】

①乱后经淮阴岸：唐肃宗上元元年（760），宋州刺史刘展起兵反于江淮间。攻陷润州（今江苏镇江）、昇州（今江苏江宁）。平卢兵马使田神功奉命讨之，入楚州（今江苏淮安）、广陵（今江苏扬州），大掠，屠杀商胡。江淮路上，荒村野水，寂无人烟，衰飒凄凉，触目惊心。

【品读】

曾季貍《艇斋诗话》：唐人诗云：『惟有河边衰柳树，蝉声相送到扬州。』东坡诗云：『夜半潮来风又热，卧吹箫管到扬州。』参寥诗云：『波底鲤鱼来去否？尺书寄汝到扬州。』皆用『到扬州』三字，各有思致。

赠魏校书①

长恨江南足别离，几回相送复相随。杨花撩乱扑流水，愁煞行人知不知？

【注释】

①校书：即校书郎，为弘文馆从九品上职事官，司校理群书，刊正文字。

【品读】

吴开《优古堂诗话》：唐朱放《赠魏校书》诗云云。李益《隋堤》诗云：『汴水东流无限春，隋家宫阙已成尘。行人莫上长堤望，风起杨花愁煞人。』李盖学朱也。然二诗皆佳。

孟郊

孟郊（751-814），字东野，唐朝湖州武康（今浙江德清）人。早年生活贫困，46岁始登进士第，任溧阳尉、协律郎等职。郑余庆镇守兴元，奏其为参谋、试大理评事。孟郊应邀前往，在阌乡（今河南灵宝）暴病去世。

长安羁旅行

十日一理发，每梳飞旅尘。三旬九过饮，每食唯旧贫。万物皆及时，独余不觉春。失名谁肯访？得意争相亲。直木有恬翼①，静流无躁鳞②。始知喧竞场，莫处君子身。野策藤竹轻，山疏薇蕨③新。潜歌归去来④，事外风景真。

【注释】

①恬翼：恬静自得的鸟。②躁鳞：躁动不安的鱼。

③薇蕨：化用伯夷、叔齐耻食周粟而在首阳山采薇之典。

④潜歌句：陶潜归隐时作《归去来辞》以明志。

【品读】

范晞文《对床夜语》：东野诗云：『静木有恬翼，浅波无躁鳞。始知喧竞场，莫处君子身。』盖谓君子立身，不容不择其所。

沈德潜《唐诗别裁》：直木一联，传出君子之品。

游子吟

慈母手中线，游子身上衣。临行密密缝，意恐迟迟归。谁言寸草[1]心，报得三春晖[2]？

【注释】

①寸草：象征子女。②三春晖：春天的阳光，喻指母亲对子女的关爱。

【品读】

曾季狸《艇斋诗话》：孟郊、张籍，一等诗也。唐人诗有古乐府气象者，唯此二人。但张籍诗简古易读，孟郊诗精深难窥耳。孟郊如《游子吟》《列女操》《薄命妾》《古意》等篇，精确婉转，人不可及也。

钟惺、谭元春《唐诗归》：仁孝不言，自然风雅。

谭元春《唐诗选评》：写母子恋恋之情，极真、极隐、极痛、极尽，一字一呜咽。

苦寒吟

天色寒青苍[1]，北风叫枯桑。厚冰无裂文，短日有冷光。敲石不得火，壮阴正夺阳[2]。调苦竟何言，冻吟成此章。

【注释】

①天色句：语出《庄子·逍遥游》：『天之苍苍，其正色邪？』②壮阴句：冬日极盛的阴气正在侵夺阳气。

【品读】

魏泰《临汉隐居诗话》：孟郊诗蹇涩穷僻，琢削不假，真苦吟而成，观其句法，格力可见矣。

古别离

欲别牵郎衣，郎今到何处？不恨归来迟，莫向临邛[1]去！

【注释】

①临邛：地名，今四川省邛崃县。此处借指男子觅得新欢之处。

【品读】

钟惺、谭元春《唐诗归》：痴甚，却可怜。

俞陛云《诗境浅说》：良人远役，不在归计之稽迟，而在同心之固结。含情无际，皆在牵衣数语中也。

独愁

前日远别离，昨日生白发。欲知万里情，晓卧半床月。常恐百虫[1]鸣，使我芳草歇[2]。

【注释】

①虫：毒害人之虫物。②芳草歇：芳草因虫害而消失。歇，尽，消失。

【品读】

钟惺、谭元春《唐诗归》：苦调厚中出，去风雅不远。又看『昨日』二字，便觉『生白发』为创出之意。

谭元春《唐诗选评》：六句诗当看其圆捷处。又『芳草』之上，着一『我』字，无理而又至情。

游终南山①

南山塞天地，日月石上生。钟惺：凿空奇语，却不入魔。高峰夜留景②，深谷昼未明③。山中人自正，路险心亦平④。长风驱松柏，声拂万壑清。即此悔读书，朝朝近浮名。钟惺：无端兴想，却自真。

【注释】

①南山：终南山，在陕西西安市南。②夜留景：谓其他地方都被夜幕笼罩而独终南山高峰还留有落日的余晖，极言其高。③昼未明：谓其他地方已洒满阳光而独终南山的深谷依然一片幽暗，极言其深。④心亦平：谓人心地坦然。

【品读】

沈德潜《唐诗别裁》：盘空出险语。《山峡》诗有『上天下天水，出地入地舟』句，同一奇险。

洛桥①晚望

天津桥下冰初结，洛阳陌上行人绝。榆柳萧疏楼阁闲，月明直见嵩山雪。

【注释】

①洛桥：即天津桥，在洛阳西南洛水上。

【品读】

潘德舆《养一斋诗话》：《洛桥晚望》：『天津桥下冰初结，洛阳陌上行人绝。榆柳萧疏楼阁闲，月明直见嵩山雪。』笔力高简如此，同时除退之之奥，子厚之淡，文昌之雅，可与匹者谁乎？

答友人赠炭

青山白屋有仁人，赠炭价重双乌银。驱却坐上千重寒，烧出炉中一片春。吹霞弄日光不定①，暖得曲身成直身。

【注释】

①吹霞句：形容炉火通明红亮。

【品读】

欧阳修《六一诗话》：『暖得曲身成直身』，人谓非其身备尝之不能道此句也。

借车

借车载家具，家具少于车。借者莫弹指①，贫穷何足嗟。百年徒役走②，万事尽随花。

【注释】

①莫弹指：即不要笑话。②徒役走：白白地像役夫那样奔走。

【品读】

欧阳修《六一诗话》：孟郊、贾岛皆以诗穷至死，而平生尤自喜为穷苦之词。孟有《移居》诗云：『借车载家具，家具少于车。』乃是都无一物耳。

葛立方《韵语阳秋》：人言尽富贵之中者，则能道富贵语，亦犹居贫贱者工于说饥寒也。若孟郊『借车载家具，家具少于车』，巧于说贫者也。

陈羽

陈羽，生卒年不详，江东（今江苏吴县）人。贞元八年（792）进士及第，仕历东宫卫佐。

送灵一[①]上人[②]

十年劳远别，一笑喜相逢。又上青山去，青山千万重。

【注释】

①灵一：唐代诗僧，曾居会稽云门寺。②上人：对僧人的尊称。

【品读】

黄生《唐诗摘抄》：二十字中叙久别今逢，才逢又别。情事已曲尽矣。尤妙在『青山千万重』五字，于景中寓意，有多少后会难期之感。若再说后会难期，便不成话。此唐人境界别于后人处也。

吴城[①]览古

吴王旧国水烟空，香径[②]无人兰叶红。春色似怜歌舞地，年年先发馆娃宫[③]。

【注释】

①吴城：今江苏苏州市。②香径：即采香径。故址在苏州西南香山旁。③馆娃宫：《吴郡志》载，吴王夫差筑宫以馆西施。吴人称美女为娃，故名。

【品读】

黄生《唐诗摘抄》：此首犹是盛唐余韵。觉比太白『旧苑荒台』作较浑。

杨巨源

杨巨源（755-？），字景山，河中（今山西永济）人。贞元五年（789）擢进士第，历任太常博士、礼部员外郎、凤翔少尹、国子司业，年七十致仕归。

杨花落

北斗[1]南回春物老，红英落尽绿尚早。韶风[2]澹荡[3]无所依，偏惜垂杨作春好。此时可怜杨柳花，萦盈艳曳满人家。人家女儿出罗幕，静扫玉阶待花落。宝环[4]纤手捧更飞，翠羽轻裾承不著。历历瑶琴舞金陈，菲红拂黛[5]怜玉人。东园桃李芳已歇，独有杨花娇暮春。

【注释】

①北斗：星座名。《诗经·小雅·大东》疏：『箕斗并在南方之时，箕在南而斗在北，故言南箕北斗也。』

②韶风：春风。③澹荡：飘动不定。④宝环：用金玉珠宝制作的装饰品。⑤菲红拂黛：薄施脂粉和黛色。

【品读】

沈德潜《唐诗别裁》：儿童捉柳花，无甚情味。美人游戏杨花，风神无限矣。宝环纤手一联，形容尽善。

送人过卫州

忆昔征南府内游，君家东阁最淹留。纵横联句长侵晓[1]，次第看花直到秋。论旧举杯先下泪，伤离临水更登楼。相思前路几回首，满眼青山过卫州。

【注释】

①侵晓：破晓，天刚亮。

【品读】

金圣叹《贯华选批唐才子诗》：前解，此诗又奇。此何尝欲送此人，只是昔日曾与此人同客征南，而征南故里却在卫州。今日恰值此人以事必过卫州，于是满肚痛思征南，满眼遥望卫州，一时便要此人为我寄眼泪滴卫州，于是乃特作此诗送之也。前解奋快笔，又追写昔日两人同客征南，称心称意如此者，正是要明此皆受何人之荫覆，皆仗何人之推扶也。后解，举杯是为此人，下泪是为卫州；临水是为此人，登楼足为卫州。相思者，此人亦思联句看花之日也。夫诚亦思联句看花之日，则满眼青山，此是卫州，便应注目独看，不应又回首看我也。

薛司空[1]自青州归朝

天眷[2]君陈[3]久在东，归朝人看大司空。黄河岸畔长无事，沧海东边独有功。已变畏途成雅俗[4]，仍过旧里揖秋风[5]。一门累叶[6]凌烟阁[7]，次第仪形汉上公。

【注释】

①司空：官名，汉成帝时改御史大夫为大司空，后用以做工部尚书的别称。②天眷句：天子关心。③君陈：周公旦之子。旦死，继之执政，称周平公。④雅俗：好

风气。⑤秋风：同『抽丰』。⑥累叶：累世。⑦凌烟阁：唐太宗贞观十七年（643）绘画开国功臣长孙无忌等24人像于凌烟阁，借以比喻薛司空一家世代均为国家有功之臣。

【品读】

金圣叹《贯华堂选批唐才子诗》：前解，言昔者君陈，尹兹东郊，宽而有制，从容以和。今薛司空正同其德，故天子眷之，令之久镇青州也。『归期』写作『人看』妙妙，便令全诗都只是看司空人一路传说，言青州以西频年无事者，尽是青州以东一人有功也。盖不功之功，是真大功。凡为天子作镇一方，尚其敬念之哉。后解，五六，人又传说其此行归朝述职既毕，必将还第也。七八，又因其还第，遂更为之陈说家世。言薛氏代有功臣，次第图像烟阁，已不自司空今日为始。然而今日司空，则固次第又当图像也。二解诗，都从『人看』二字中写出来。

酬卢员外

谢傅①旌旗控上游，卢郎樽俎借前筹②。舜城风土临清庙，魏国山川在白楼。灵寺当时接高步，水亭今日又同游。满筵旧府笙歌在，独有羊昙③最泪流。

【注释】

①谢傅：东晋名将谢玄。②借前筹：谓卢的筹谋为其主将所借重。③羊昙：谢安、谢玄的外甥，多才艺，被谢安器重。谢死后，昙整年禁娱乐，行走不经过安所居的西州路。一日醉中误过，从者相告，昙悲吟曹植诗：『生存华屋处，零落归山丘』，痛哭而去。

【品读】

金圣叹《贯华堂选批唐才子诗》：前解，此因员外感念旧恩，当筵泣下，而先生特作诗以酬之也。前解追写当时知遇。言主将昔在上游，前筹尽出员外，一时蹑足附耳，诚为言听计从。即如欲访舜城之风土，则并马蒲州庙中；欲审魏国之山河，则携手朔州楼上，诚为外托主宾之大义，内结骨肉之至恩者也。后解，方写今日奉酬。言至于我之与员外者，则只因旧时曾接高步，今故特屈淹留，而又岂意满筵借得笙歌，恰出当时旧府，反累马策叩扉，哭吟子建诗句哉。

古意赠王常侍

绣户纱窗北里深，香风暗动凤凰簪①。组紃②常在佳人手，刀尺③空摇寒女心。欲学齐讴④逐云管，还思楚练佛霜砧。东家少妇⑤当机织，应念无衣⑥雪满林。

【注释】

①香风句：谓住在北里绣户纱窗里的人，头上簪子暗里吹动阵阵香风，喻主人之富贵。②组紃：组，薄而宽的带子。紃，细带。③刀尺：谓寒女技艺空怀，无从施展。④齐讴：齐地之歌。《汉书·高帝纪》：『汉王

既至南郑，诸将及士卒皆歌讴思东归。』颜师古注：『讴，齐歌也，谓齐声而歌，或曰齐地之歌。』⑤少妇：指王常侍。⑥无衣：诗人自谓。

【品读】

金圣叹《贯华堂选批唐才子诗》：前解，昔人有志未伸，每托闺人自见。故先生欲干常侍援手，而有难于显言，因亦用此体，而以古意名篇也。『绣户纱窗』，言我实想见其地也。『北里深』，言虽可得而想见，而身固未得而到也。『香风』七字，言北里深处，则有一人，其富贵方如此也。『在手』之为言世间所有一切黼黻文章，悉听其裁割也。『空劳』之为言既是裁割悉听其命，则夫一时寒女，皆操刀尺以待下风，而彼方不顾也。后解，『欲学』『还思』妙妙，言寒女既不蒙顾，于是不免变计，将自衒以求售，而又自思必宜终保其洁白也。『东家少女』，直指常侍。『当机杼』，言正值得言所欲言之时也。『应念』之为言固不可又辞为异人任也。『当机抒』『无衣』字，只欲与上成文。诗人用字，不可典要，从来如此。

赠浑钜中允

公子髫年四海闻，城南侍猎雪纷纷。马盘旷野弦开月，雁落寒原箭在云。曾向天西穿虏阵，惯游花下领儒群。一枝琼萼朝光好，彩服飘飘从冠军。

【品读】

金圣叹《贯华堂选批唐才子诗》：前解，写妙年词臣，看他前解如此着笔，正是暗翻王汝南降服兄子济一段佳话，成此妙诗也。谓之暗翻者，王先说《周易》，次骑炮马；此先猎城西，次领群儒也。三四妙妙，只谓马盘旷野，早已雁落寒原。眼迟者，尚看弦开如月，虽眼快者，扰指箭初入云，而不谓其马自盘，雁已下也。写弓马至此，真是沙场飞将，不悟其后解又如彼也。后解，看他穿虏阵特用『天西』字，领群儒特用『花下』字，两相激射，尽成奇彩。『一枝琼萼』之为言宁馨少年，又加映之以『朝光』，又重衬之以『彩服』，于是任凭何人，更看不出此是冠军也。

寄江州司马①

江州司马平安否？惠远②东林住得无？湓口③曾闻似衣带，庐峰见说胜香炉。题诗岁晏④离鸿断，望阙⑤天遥病鹤孤。莫谩拘牵雨花社⑥，青云依旧是前途。

【注释】

①司马：官名。唐制，节度使属僚有行军司马。又于每州置司马，以安排贬谪或闲散的人。后世称府同知曰司马。②惠远：晋僧人。雁门楼烦（今山西苛风一带）人，姓贾，幼年好学，博通六经，工诗词，尤善老庄。③湓口：古城名。故址在今江西九江市。④岁晏：一年

将尽的时候。⑤望阙：仰望宫阙。喻怀念天子。⑥雨花社：指佛寺。

【品读】

金圣叹《贯华堂选批唐才子诗》：前解，看他轻轻动笔，只作通候语耳，却乃凭空取一惠远东林，与之如对不对，于是更不重起笔，便竟随手一顺写去。言江州与庐山，只隔湓口一衣带水，传闻香炉峰为天下绝胜，定知司马日住其下也。本是极萧散之笔，偏自写来字字成双捉对。佛言『不经烧打磨，决不成精金。』试想其烧打磨之多，岂特一遍而已哉。后解，此欲招之归朝也。五将招之以友生之至情，六将招之以君父之至恩。然此二者自是人所同有，何得我独毅然语之哉。夫亦从本人自己心窝中设身处地，代抒其诚然者，而本人乃自不觉幡然其遂起。末句又带『雨花』字者，销缴上文『惠远』字也。

寄中书同年舍人

晴明紫阁①最高峰，仙掖②开帘范彦龙③。五色天书④词焕烂，九华春殿⑤语从容。彩毫曾染炉烟细，清佩仍含玉漏重。二十年前同日喜，碧霄可得更相逢。

【注释】

①紫阁：金碧辉煌的殿阁。唐代曾改中书省为紫微省，中书令为紫微令，因称宰相府第为紫阁。②仙掖：唐时门下、中书两省在宫中左右掖，因以『仙掖』借称门下、中书两省。③范彦龙：名云，字彦龙，南乡舞阴（今河南淅川南）人。仕齐官至广州刺史，为梁武帝知遇，晋升尚书右仆射，领吏部。曾为齐竟陵王萧子良『竟陵八友』之一。④天书：帝王的诏书。⑤九华春殿：即九华殿，汉掖庭中的殿名。

【品读】

金圣叹《贯华堂选批唐才子诗》：前解，斗地出手，先写一终南紫阁峰。又于其上再加『晴明』者，天晴则日明，便令阁峰烂然而紫也。此时范彦龙正在仙掖，开帘仰头，快见此峰。则不知因晴明故，令彦龙得见阁峰耶？抑因开帘故，令仙掖露出彦龙耶？本意只欲写此同年，身在中书，却乃奇奇妙妙，颠颠倒倒，撰成如此章法。传称先生功夫颇深，由此观之，功夫真是不浅也。三四极写中书之清华，可知。后解，此五六则须看其『曾』字『仍』字，乃写自家二十年前与之为同年也。唐人何曾作中四句一样好语诗。先生贞元间人，律体务实，不为新语，我敢欲起九原诉之。

题贾巡官林亭

白鸟闲栖庭树枝，绿樽仍对菊花篱。许询①本爱交禅侣，陈寔②人传有好儿。明月出云秋馆思，远泉经雨夜窗知。门前长者无虚辙，一片寒光动水池。

【注释】①许询：字玄度，号征君，东晋高阳（今属河北）人。约晋穆帝永和元年（345）前后在世。人称神童。长而风情简素，有才藻，善属文，好游山水。②陈寔：字仲弓，颍川许（今河南许昌古桥乡陈故村）人。少为县吏都亭刺佐，后为督邮，复为郡西门亭长，四为郡功曹，五辟豫州，六辟三府，再辟大将军。后因党锢之祸自请入囚，遇赦后，年已七十。三公每缺必召之，陈寔不受而退隐故里。寔在乡间，平心率物，其有争讼，辄求判正，晓譬曲直，退无怨者。

【品读】

金圣叹《贯华堂选批唐才子诗》：前解，此纪贾巡官日暮客散，再留先生，翻席更酌也。鸟栖庭树，加一『闲』字，言人散庭空，鸟归不惊也。樽对菊花，加一『仍』字，言洗盏分客，期在必醉也。『禅侣』，言座中又参不饮之人。『好儿』，言入夜又出二子见客也。细细吟之，真是世间不可多得之妙主，人生不可多得之佳集也。后解，此虽闲写林亭夜景，然而赏叹巡官，亦不啻口也。五言其清光照人，迥出流辈也。六言其谈言涌泉，滔滔无穷也。七八言其车马喧阗，无日无之，然而门自热而人固自冷也。我亦相其前解而信巡官之果有如此也。

早朝

钟声清禁[1]才应彻，漏报仙闱[2]俨[3]已开。双阙[4]薄烟笼菡萏[5]，九成[6]初日上蓬莱。朝时但向丹墀[7]拜，仗下方从碧殿回。圣道逍遥更何事，愿将巴曲奏康哉[8]。

【注释】①清禁：指皇宫。皇宫中清静严肃，故称。②仙闱：指皇宫。③俨：恭敬，庄重。④双阙：古代宫殿、祠庙、陵墓前两边高台上的楼观。借指宫门。⑤菡萏：荷花的别称。⑥九成：唐代宫名。⑦丹墀：指宫殿的赤色台阶或赤色地面。⑧康哉：《尚书·益稷》：『（皋陶）乃赓载歌曰：「元首明哉，股肱良哉，庶事康哉。」』后遂以为歌颂太平之词。

【品读】

金圣叹《贯华堂选批唐才子诗》：前解，此诗特为宪宗中兴纪实也。前解写至尊勤政，后解写百僚拱手。言钟声才彻，夜漏未停，此时虽在至勤，其亦未明求衣可也。何意赫赫天颜，早已俨然临座，于是举朝之臣，回看双阙，则烟光正笼，仰瞻九重，则日华始上。甚言其早之一至于是也。后解，丹墀但拜，言一无所事也。放仗即回，言一无所事也。此非诸臣真无所事，实为仰承圣道逍遥，虽欲有事而绝无也。然则唯有竭其鄙诚，协赞康哉，更于何处得效尺寸乎哉。

武元衡

武元衡（758-815），字伯苍，缑氏（今河南偃师东南）人。武则天曾侄孙。德宗建中四年（783）登进士第。历官监察御史、华原县令、比部员外郎、右司郎中、御史中丞。元和二年（807），拜门下侍郎、平章事。十月封临淮郡公，充剑南西川节度使。元和八（813）年召还，复为相。因力主削藩，遭藩镇忌恨。元和十年（815）六月早朝时，为淄青藩帅李师道遣刺客暗杀。

春　兴

杨柳阴阴细雨晴，残花落尽见流莺。春风一夜吹香梦，梦逐春风到洛城。

【品读】

黄叔灿《唐诗笺注》：旅情黯黯，春梦栩栩，笔致入妙。

俞陛云《诗境浅说》：诗言春尽花飞，风吹乡梦，虽寻常意境，情韵自佳。三四句『乡梦』『春风』循环互用，句法颇新，与金昌绪《打起黄莺儿》诗，同是莺啭梦回，语皆婉妙。明末柳线女史诗：『今夜春江又花月，东风吹梦小长干』，用意与武诗同，其神韵皆悠然不尽也。

题嘉陵驿

悠悠风旆绕山川，山驿空蒙雨似烟。路半嘉陵头已

折杨柳

一作《和练秀才杨柳》

水边杨柳曲尘丝①，立马烦君折一枝。唯有春风最相惜，殷勤更向手中吹。

【注释】

①曲尘丝：指色如酒曲和尘土的嫩柳叶。

【品读】

谢枋得《唐诗绝句注释》：杨柳已折，生意何在，春风吹拂如有殷勤爱惜之心焉。此无情似有情也。

赠崔驸马

百尺梧桐画阁齐，箫声落处翠云低。平阳不惜黄金埒，细雨花骢踏作泥。

【品读】

俞陛云《诗境浅说》：沁园甲第，本类天家。唐人咏公主府者，皆状其富丽，少陵之秦楼郑谷，杂佩珊珊，亦即此意。此诗首句言楼阁之高，次言歌管之盛，后二句言平阳公主，以黄金饰埒，任花骢细雨踏作春泥，亦所不惜，固言其豪侈，亦微讽之也。

白，蜀门①西上更青天。

【注释】

①蜀门：剑阁。

【品读】

宋顾乐《唐人万首绝句选》：上二句景气俨然；下二句悲苦无极，意工、调高，格峻，不厌百回读矣！

汴河①闻笳 一作《闻角》

何处金笳②月里悲，悠悠边客梦先知。单于城下关山③曲，今日中原总解④吹。

【注释】

①汴河：亦称汲水、汴水、汴渠，流经河南、安徽入淮河。②金笳：金制的笳。③关山：关山月，汉乐府横吹曲名。④解：能、会。

【品读】

宋顾乐《唐人万首绝句选》：只将闻笳之愁轻轻点出，下截命意更深更远。

黄叔灿《唐诗笺注》：唐时边患之久，戍边之多，俱在言外。

春题龙门香山寺

众香天上梵仙宫，钟磬①寥寥②半碧空。清景乍开松岭月，乱流长响石楼风。山河杳映春云外，城阙参差晓树中。欲尽出寻那可得，三千世界③本无穷。

【注释】

①钟磬：钟和磬，古代礼乐器。②寥寥：空虚貌。③三千世界：佛教指宇宙，大千世界。

【品读】

金圣叹《贯华堂选批唐才子诗》：前解，前解写香山寺景。言清景乍开，乃是松岭之月；乱流长响，乃是石楼之风。后解，写香山寺外景。读此一解，心服先生始是大休歇人。某颇怪人见人耳语，必欲与闻。夫人既耳语，则自不应闻，此且不论。我直笑三千世界，除我面前外，何处无人耳语，我又安得一一与闻。此特心不休歇，便有如此闲管，安得以先生诗遍示之也。

权德舆

权德舆（759-818），字载之，天水略阳（今甘肃秦安）人，家于润州丹阳（今江苏丹阳）。一说为陕西略阳。少有文名，曾官礼部侍郎同平章事，因与李林甫不合，贬为山南西道节度使。

田家即事

闲卧藜床①对落晖，倏然②便觉世情非。漠漠③稻花资旅食，青青荷叶制儒衣。山僧相访期中饭，渔父同游或夜归。待学尚平④婚嫁毕，渚烟溪月共忘机。

【注释】

①藜床：藜草制作的床。②倏然：自由自在之状。③漠漠：密密麻麻。④尚平：东汉隐士，光武帝建武年中，子女婚嫁事了，遂不问家事，游历名川大山，不知所终。

【品读】

金圣叹《贯华堂选批唐才子诗》：前解，此日先生不知何故，偶过田家，适睹其粗衣粝食，淡然充足，于是忽发大悟，自悔鹿鹿世上，生计艰难，不觉又悯又笑，因而吐此苦吟也。一、二『闲』字、『便』字，妙！言此理本在眼前，何故人都不省！三、四承写『非』字，言稻花漠漠，便拟救饥，荷叶青青，妄思制服，真画尽儒衣旅食人无量饥寒苦恼也。后解，前解写『非』字，此解写『倏然』字也。言假如山僧期饭，渔父约游，但离世情，何快不有。然则自今以后，我于一切世情，独有男婚女嫁，其事不得尽废，其余我当一笔都勾也。

严陵钓台①下作

绝顶耸苍翠，清湍石磷磷②。先生晦其中，天子不得臣。心灵栖颢气③，缨冕④犹缁尘⑤。不乐禁中卧，却归江上春。潜驱东汉风，日使薄者醇。焉用佐天子，特此报故人。人知大贤心，不独私其身。弛张有深致，耕钓陶天真。奈何清风后，扰扰论屈伸。交情同市道，利欲相纷纶。我行访遗台，仰古怀逸民。矰缴⑥鸿鹄远，雪霜松桂新。江流去不穷，山色凌秋旻⑦。人世自今古，清辉照无垠。

【注释】

①严陵钓台：后汉严光隐于浙江富春江，后人称其垂钓处为严陵钓台。②磷磷：水石明净之状。③颢气：正气。④缨冕：冠冕，代指官宦。⑤缁尘：黑色的微尘，谓极其微贱。⑥矰缴：系有丝绳用以射鸟的短箭。⑦旻：天空。

【品读】

沈德潜《唐诗别裁》：东汉节义，严陵潜驱之，不止高其隐逸而已，议论正大，独著此篇。

玉台体

昨夜裙带[1]解，今朝蟢子飞[2]，铅华[3]不可弃，莫是藁砧[4]归？

【注释】

①裙带：裙带自松解，俗谓夫归之兆。②蟢子飞：刘勰《新论》：『野人见蟢子飞，以为有喜乐之瑞。』③铅华：脂粉。④藁砧：古代以铁为砧，『铁』谐『夫』。

【品读】

俞陛云《诗境浅说》：此诗写闺中望乡之思，观第三句，当其未占吉兆，当有『岂无膏沐，谁适为容』之感；忽喜罗裙夜解蟢子朝飞，倘谚之有征，必佳期之可待。遂而亲研螺黛，预贮兰膏，一时愁喜并上眉尖。有盘龙玉镜，留待郎归之望。作者曲体闺情，金荃之隽咏也。

杂兴

巫山云雨[1]洛川神[2]，珠襻[3]香腰稳称身。惆怅妆成君不见，含情起立问旁人。

【注释】

①巫山云雨：战国楚宋玉《高唐赋》记楚襄王游云梦台馆，梦与神女巫山相会，女辞行时说：『妾在巫山之阳，高丘之阻。旦为朝云，暮为行雨。朝朝暮暮，阳台之下。』②洛川神：宓妃，洛水女神。③襻：系衣裙的带子。

【品读】

俞陛云《诗境浅说》：首句以神女、洛妃为喻，见仙貌之出众。次句言其衣裳之丽、姿态之佳。后二句言妆成如此妍华而君不见，丽质未甘自弃，含情惆怅，却问旁人。诗意借怀才不遇者降志求荣，亦等于美人之所欢不见，无聊问及旁人也。

羊士谔

羊士谔（约 762–819），泰山（今山东泰安）人。贞元元年（785）进士。顺宗时，累至宣歙巡官，为王叔文所恶，贬汀州宁化尉。元和初，擢为监察御史，掌制诰。后以与窦群、吕温等诬论宰执，出为资州刺史。

登楼

槐柳萧疏绕郡城①，夜添山雨作江声。秋风南陌无车马，独上高楼故国情。

【注释】

①郡城：指诗人贬所巴州郡城。

【品读】

宋顾乐《唐人万首绝句选》：见闻如此，摇落萧飒甚矣。此际登楼，那能无故国之思。

林馆避暑

池岛清阴里，无人泛酒船。山蜩①金奏②响，花露水晶圆。静胜朝还暮，幽观白已玄③。家林正如此，何不赋归田④？

【注释】

①蜩：蝉。②金奏：此指蝉鸣叫声。③白已玄：从白天到天黑。④赋归田：东汉张衡，出仕不得志，欲辞官归田，乃作《归田赋》明志。

【品读】

方回《瀛奎律髓》：三、四佳。下句尤佳，胜上句。

西郊兰若①

云天宜北户，塔庙②似西方。林下僧无事，江清日正长。石泉盈掬冷，山实满枝香。寂寞传心印③，无言亦已忘。

【注释】

①兰若：阿兰若之省称。为佛教徒修行之所。亦为寺庙之总称。②塔庙：佛教寺院。③心印：佛教禅宗主张不用语言文字而直接以心相印证，顿悟成佛，称为心印。

【品读】

方回《瀛奎律髓》：五、六有夏间山居之景。眼前事，只他人自难道也。

泛舟人后溪

雨余芳草净沙尘①，水绿滩平一带春。唯有啼鹃②似留客，桃花深处更无人。

【注释】

①净沙尘：洗去沙尘使之洁净。②啼鹃：啼叫的杜鹃。杜鹃，又名子规，传为蜀帝杜宇所化，啼声悲切不止。

【品读】

俞陛云《诗境浅说》：凡山水佳处，每在幽深之境。

此诗先言遇雨之景，后言行至桃花深处，寂无人迹。啼鸟忘机，似解声声留客。同时刘商有《题黄陂夫人祠》云：『东风三月黄陂水，只见桃花不见人。』与此第四句相似，但一记清游，一怀灵迹，句同而意殊也。

寻山家

独访山家歇还涉，茅屋斜连隔松叶。主人闻语未开门，绕篱野菜飞黄蝶。

【品读】

胡仔《苕溪渔隐丛话》：羊士谔《寻山家》诗：『主人闻语未开门，绕篱野菜飞黄蝶。』余尝居村落间，食饱，楮筇纵步，款邻家之扉，小立待之，眼前景物，悉如诗中之语，然后知其工也。

王涯

王涯（约764–835），字广津，太原（今山西太原）人。贞元八年（792），擢进士。又举宏辞，调蓝田尉，以左拾遗为翰林学士，进起居舍人。宪宗元和初，贬虢州司马，徙袁州刺史。以兵部员外郎召知制诰，再为翰林学士，累迁工部侍郎。

闺人赠远

莺啼绿树深，燕语雕梁晚。不省出门行，沙场知近远。

【品读】

沈德潜《唐诗别裁》：闺人不省出门，而梦中时到沙场，若知其远近者然。如云不省出门，焉知沙场之远近，意味便薄。

秋夜曲

桂魄①初生秋露微，轻罗已薄未更衣。银筝夜久殷勤弄，心怯空房不忍归。

【注释】

①桂魄：即月亮。传说月中有桂树，故称。

【品读】

俞陛云《诗境浅说》：秋夜深闺，银筝闲抚，以婉约之笔写之。首言弓月初悬，露珠欲结，如此嫩凉庭院，而罗衫单薄，懒未更衣，已逗出女郎愁思。后二句言夜深人静，尚拂筝弦，非殷勤喜弄也。以空房心怯，不忍独归，做无聊之排闷。所谓『小胆空房怯，长眉满镜愁』，即此曲之意也。

裴度

裴度（765-839），字中立，河东闻喜（今山西闻喜）人。贞元初，擢进士第，以宏辞补校书郎。举贤良方正异等，调河阴尉。累迁监察御史、起居舍人、中书舍人、御史中丞、刑部侍郎、门下侍郎、同中书门下平章事。

夏日对雨

登楼逃盛暑，万象正埃尘。对面雷嗔树[1]，当阶雨趁人[2]。檐疏蛛网重，地湿燕泥新[3]。吟罢清风起，荷香满四邻。

【注释】

①雷嗔树：霹雳震于树颠，声似怒吼。②雨趁人：夏日暴雨，不时而至，行人奔避，如被迫逐。③燕泥新：燕子乘落雨泥泞，衔泥补巢，故巢泥新。

【品读】

方回《瀛奎律髓》：此篇见《文苑英华》，句句清切。『嗔』字、『趁』字，尤见夏雨之状。

纪昀《瀛奎律髓刊误》：三句粗犷。

中书[1]即事

有意效承平，无功答圣明[2]。灰心缘底事？霜鬓为论兵[3]。道直[4]身还在，恩深命转轻。盐梅[5]非拟议，葵藿[6]是平生。白日[7]长悬照，苍蝇[8]谩发声[9]。高阳旧田里，终使谢归耕⑩。

【注释】

①中书：中书省，宰相治事之所。②有意二句：裴度于宪宗元和间为相，时藩镇跋扈，淮蔡作乱，虽愿做太平宰相，但无以报答君上恩泽。③论兵：裴度于元和十年（815）为相，坚持讨伐淮西，十二年自请督师，擒吴元济，淮西平定。④道直：处世正直。⑤盐梅：盐味咸，梅味酸，均为调味之品。喻指宰相治国。⑥葵藿：葵性向日，喻指对君主以赤心相向。⑦白日：喻指明君。⑧苍蝇：喻颠倒黑白之辈。⑨谩发声：散布谎言。⑩谢归耕：辞官回乡务农。

【品读】

叶梦得《石林避暑录》：李文定公坐与丁晋公不相能，中尝郁郁不乐。旧中书省壁有手题诗一联，云：『灰心缘底事，霜鬓为论兵。』凡数十处。此裴晋公诗也。初不见全篇，在许昌偶得其集云云，晋公之言犹及此，岂坐李逢吉、元稹故耶？

方回《瀛奎律髓》：裴晋公度，累朝元老，于功名之际盛矣。而诗人出其门尤盛。自为之诗，尤不可及。

沈德潜《唐诗别裁》：『道直身还在，恩深命转轻』，大臣语。『白日长悬照，苍蝇谩发声』，言君鉴其诚，谗人亦不得逞其技也。

太原厅题壁

危事①经非一，浮荣得是空。白头官舍里，今日又春风②。

【注释】

①危事：出仕后经历的种种艰难。②又春风：又经过一年。

【品读】

叶梦得《石林避暑录》：裴公集中又有《太原厅题壁》一绝云云，则此公胸中亦未得全为无事人。绿野之游，岂易得哉！裴公固不特以文字名世，然诗词皆整齐闲雅，忠义之气凛然。

令狐楚

令狐楚（766或768-837），字殼士，别号白云孺子，宜州华原（今陕西耀县）人，先世居敦煌（今属甘肃）。贞元七年（791）登进士第。宪宗时，擢职方员外郎，知制诰。出为华州刺史，拜河阳怀节度使。入为中书侍郎，同平章事。宪宗去世，为山陵使，因亲吏赃污事贬衡州刺史。谥曰文。

宫中乐

九重①青琐闼②，百尺碧云楼③。明月秋风起，珠帘上玉钩。

【注释】

①九重：宫禁。②青琐闼：青琐门，宫门。《汉书·元后传》颜师古注：『青琐者，刻为连环文，而青涂之也。』③碧云楼：楼高耸状。

【品读】

黄生《唐诗摘抄》：只写宫中夜景之佳，情事俱在言外。

远别离

杨柳黄金穗①，梧桐碧玉枝②。春来消息断，早晚是归期。

【注释】

①黄金穗：形容嫩柳的颜色。②碧玉枝：形容梧桐的新枝。

【品读】

黄生《唐诗摘抄》：对景怀人，本是常意，妙在首二句将春色装点得极浓至，便觉盼归者情事难堪。此唐人神境所在，非肤冒唐人者所知。『春来』二字紧接上句，针线极密。

张籍

张籍（约767－约830），字文昌。原籍苏州（今江苏苏州），迁居和州乌江（今安徽和县乌江镇）。贞元十五年（799）进士及第。元和元年（806）调补太常寺太祝。元和十一年（816），转国子监助教。十五年（820）迁秘书郎。长庆元年（821），受韩愈荐为国子博士，迁水部员外郎，又迁主客郎中。大和二年（828），迁国子司业。世称「张水部」「张司业」。

行路难

湘东①行人长叹息，十年离家归未得。弊裘羸马②苦难行，僮仆饥寒少筋力。君不见床头黄金尽，壮士无颜色？龙蟠泥中未有云③，不能生彼④升天翼。

【注释】

①湘东：古郡名。今湖南衡阳市地区。②弊裘羸马：破旧的皮衣，瘦弱的马。③云：谚语：「云从龙，风从虎。」④彼：指龙。

【品读】

余成教《石园诗话》：文昌之《行路难》云：「君不见床头黄金尽，壮士无颜色。」清丽深婉，称情而出。

征妇怨

九月匈奴杀边将，汉军全没辽水上。万里无人收白骨，家家城下招魂葬。妇人依倚子与夫，同居贫贱心亦舒。夫死战场子在腹，妾身虽存如昼烛①。

【注释】

①如昼烛：像白日点蜡烛一样，是多余的。

【品读】

沈德潜《唐诗别裁》：李华《吊古战场文》篇中可云缩本。

白纻①歌

皎皎②白纻白且鲜，将作春衣称少年③。裁缝长短不能定，自持刀尺向姑④前。复恐兰膏⑤污纤指，常遣傍人收堕珥⑥。衣裳著时寒食下，还把玉鞭鞭白马。

【注释】

①白纻：苎麻织成的白布。②皎皎：洁白状。③称少年：使丈夫称心如意。称，称心。少年，对年轻丈夫的爱称。④姑：婆母。⑤兰膏：泛指发油、香膏。⑥常遗句：意谓低头缝衣，耳饰下垂，常要侍女将耳饰收拾上去。珥，耳饰。

【品读】

贺裳《载酒园诗话》：谢惠连《捣衣》诗曰：「腰带准畴昔，不知今是非。」至张籍《白纻歌》则曰：「裁缝长短不能定，自持刀尺向姑前。」裴说《寄边衣》则曰：「愁捻银针信手缝，惆怅无人试宽窄。」虽语益加妍，意实原本于谢。正子瞻所云：『鹿入公庖，馔之百方，究其所以美处，总无加于煮食时』也。然庖馔变换得宜，实亦可口。

野老歌 一作《山农词》

老农家贫在山住，耕种山田三四亩。苗疏税多不得食，输入官仓化为土。岁暮锄犁傍空室，呼儿登山收橡实[1]。西江[2]贾客珠百斛[3]，船中养犬长食肉。

【注释】

①橡实：栎树的果实，俗称橡子，荒岁时穷人用以代粮。②西江：珠江干流。源出南盘江，出云南省沾益县马雄山，流到梧州纳桂江，入广东省境称西江。贾客：商人。③斛：量器名，古时以十斗为斛，后又以五斗为斛。

【品读】

范梈《木天禁语》：乐府篇法。张籍为第一，王建近体次之，长吉虚妄不必效，岑参有气，惜语硬，又次之。张、王最古，上格如《焦仲卿》《木兰词》《羽林郎》《霍家奴》《三妇词》《大垂手》《小垂手》等篇，皆为绝唱。李太白乐府，语气皆自此中来，不可不知也。要诀在于反本题结，如《山农词》，结却用『西江贾客珠百斛，船中养犬多食肉』是也。

送远曲

戏马台[1]南山簇簇，山边饮酒歌别曲。行人醉后起登车，席上回尊劝僮仆。青天漫漫覆长路，远游无家安得住？愿君到处自题名，他日知君从此去。

【注释】

①戏马台：古迹名。遗址有三处：一是江苏铜山县南，即项羽掠马台。一在河北临漳县西，叫阅马台，东晋列国后赵石虎所筑。一在江苏江都县。台下有路，叫玉钩斜，是隋代埋葬宫女之地。此处指江苏铜山县南之戏马台。

【品读】

王尧衢《唐诗合解笺注》：此篇上下截只一转韵。此送别之作。戏马台在彭城之西南，项王曾戏马于此。别酒既醉，行人登车，乃以敬主之杯回劝其仆，何其情之殷勤也。从别时望其去路漫漫，只有青天覆着，是与长空共远矣。长途无家安得暂住？愿君到处题名，使知从此而去，不但日后易寻，亦各无忘此别也。

猛虎行

南山北山树冥冥[1]，猛虎白日绕林行。向晚一身当道食，山中麋鹿尽无声。年年养子在深谷，雌雄上山不相逐。谷中近窟有山村，长向村中取黄犊。五陵年少[2]不敢射，空来林下看行迹。

【注释】

①冥冥：深暗貌。②五陵年少：指长安城里少年。

五陵，在长安西北，为汉朝五个皇帝陵墓的所在地。

【品读】

贺裳《载酒园诗话》：王之《当窗织》《簇蚕词》《去妇》《老妇叹镜》《促刺词》，若令出司业手，必当倍为可观。惟形容狞恶之态，则王胜于张。王《射虎行》曰：『自去射虎得虎归，官差射虎得虎迟。独行以死当虎命，两人相疑终不定。朝朝暮暮空手回，山下绿苗成道径。远立不敢污箭镞，闻死还来分虎肉。惜留猛虎着深山，射杀恐畏终身闲。』张《猛虎行》曰：『南山北山树冥冥，猛虎白日绕林行。向晚一身当道食，山中麋鹿尽无声。年年养子在深谷，雌雄上山不相逐。谷中近窟有山村，长向村中取黄犊。五陵年少不敢射，空来林下看行迹。』张咏猛虎，故摹写怯弱以见负嵎之威，王咏射虎，故曲尽狡狯之态，用意不同，俱为酷肖。

北邙①行

洛阳北门北邙道，丧车辚辚②入秋草。车前齐唱薤露歌③，高坟新起白峨峨④。朝朝暮暮人送葬，洛阳城中人更多。千金立碑高百尺，终作谁家柱下石。山头松柏半无主，地下白骨多于土。寒食家家送纸钱，乌鸢⑤作窠衔上树。人居朝市未解愁，请君暂向北邙游。

【注释】

①北邙：山名，在今河南洛阳市东北。②辚辚：车声。③薤露歌：乐府相和曲名，古挽歌。④峨峨：高峻状。⑤乌鸢：乌，乌鸦。鸢，鸷鸟，俗称老鹰。

【品读】

沈德潜《唐诗别裁》：沉溺于葬者，读此可以恍然。

关山月

秋月朗朗关山上，山中行人马蹄响。关山秋来雨雪多，行人见月唱边歌。海边①茫茫天气白②，胡儿夜度黄龙③碛④。军中探骑暮出城，伏兵暗处低旌戟。溪水连天霜草平，野驼寻水碛中鸣。陇头⑤风急雁不下，沙场苦战多流星。可怜万国关山道⑥，年年战骨多秋草。

【注释】

①海边：此指沙漠边。②天气白：月色明如白昼。③黄龙：国名。五胡十六国中北燕都龙城，南朝宋称黄龙国。此处泛指塞外。④碛：沙漠。⑤陇头：指沙漠里的丘垄。⑥万国关山道：指古丝绸之路经由长安、西域，通往中亚、欧洲。万国，一作『万里』。

【品读】

贺裳《载酒园诗话》：《关山月》曰：『军中探骑暮出城，伏兵暗处低旌戟。』传写入微。

楚妃叹

湘云初起江沉沉，君王①遥在云梦林②。江南雨多旌旗暗，台[3]下朝朝[4]春水深。章华殿前朝万国，君心独自无终极。楚兵满地能逐禽，谁用一身骋筋力，西江[5]若翻云梦中，麋鹿死尽应还宫。

【注释】

①君王：指楚庄王。②云梦林：云梦，即古之云梦泽。林，森林。③台：章华台，在今湖北省监利县西北。④朝朝：天天。⑤西江：指西江口，又称夏浦，在湖北监利县东南。

【品读】

毛先舒《诗辩坻》：籍建并称，然建远不如籍，籍《楚妃》《离宫》有盛唐之调，俱得乐府遗风。建《宫词》直落晚叶，去孟蜀花蕊夫人一间耳。

白头吟

请君膝上琴，弹我白头吟。忆昔君前娇笑语，两情宛转如萦素[1]。宫中为我起高楼，更开花池种芳树。春天百草秋始衰，弃我不待白头时。罗襦玉珥[2]色未暗，今朝已道不相宜。扬州青铜作明镜，暗中持照不见影。人心回互[3]自无穷，眼前好恶那能定？君恩已去若再返，菖蒲[4]花开月长满。

【注释】

①萦素：指两情缱绻。萦，旋绕。素，白色生绢。②玉珥：女子的珠玉耳饰。③回互：曲折交错。④菖蒲：草名，又称白菖蒲。我国民俗，端午节在门户上插艾与菖蒲，以去不祥。菖蒲多作为草用，常被认为不开花，诗中以『菖蒲开花』喻指不可能出现的事情。

【品读】

葛立方《韵语阳秋》：《西京杂记》载司马相如将聘茂陵女为妾，卓文君作《白头吟》以自绝，相如乃止。《乐府诗集》谓《白头吟》者，疾人以新间旧，不能至白首，故以为名。余观张籍《白头吟》云：『请君膝上琴，弹我白头吟。忆昔君前娇笑语，两情宛转如萦素。宫中为我起高楼，更开花池种芳树。春天百草秋始衰，弃我不待白头时。罗襦玉珥色未暗，今朝已道不相宜。扬州青铜作明镜，暗中持照不见影。人心回互自无穷，眼前好恶那能定？君恩已去若再返，菖蒲花开月长满。』李白《白头吟》云：『妾有秦楼镜，照心胜照井。愿持照新人，双对可怜影。』其语感人深矣！

将军行

弹筝峡[1]东有胡尘[2]，天子择日拜将军。蓬莱[3]殿前赐六纛[4]，还领禁兵为部曲[5]。当朝受诏不辞家，夜向咸阳原上宿。战车彭彭[6]旌旗动，三十六军[7]齐上陇。陇头战胜夜亦行，分兵处处收旧城。胡儿杀尽阴碛[8]暮，扰扰唯有牛羊声。边人亲戚曾战没[9]，今逐官军收旧骨。碛西行见万里空，幕府[10]独奏将军功。

【注释】

①弹筝峡：地名，在甘肃平凉县一百里。唐建中三年（782）凤翔陇右节度使与吐蕃盟，以泾州西与弹筝峡为界。②胡尘：指吐蕃入侵。③蓬莱：蓬莱殿，唐时宫殿名，本名大明宫。④六纛：六面大旗。⑤部曲：原指古时军队的编制单位，即行伍。亦指豪门大族私人的军队、家仆。⑥彭彭：众多车声。⑦三十六军：指军队之多。⑧阴碛：塞北的沙石。⑨没：同「殁」。⑩幕府：将帅在外的营帐。亦指府署、衙署。

【品读】

贺裳《载酒园诗话》：《将军行》叙战胜后曰：「扰扰惟有牛羊声。」传写入微。

羁旅①行

远客出门行路难，停车敛策②在门端。荒城无人霜满路，野火烧桥不得度。寒虫入窟鸟归巢，僮仆问我谁家去。行寻田头暝未息，双毂③长辕碍荆棘。缘风入涧投田家，主人舂米为夜食。晨鸡喔喔茅屋傍，行人起扫车上霜。旧山已别行已远，身计④未成难复返。长安陌上相识稀，遥望天山白日晚。谁能听我辛苦行？为向君前歌一声。

【注释】

①羁旅：作客他乡。②敛策：把马鞭挂在车旁。③毂：车轮中间车轴贯入处的圆木。此代指车轮。④身计：谋生。

【品读】

贺裳《载酒园诗话》：张《羁旅行》曰：「荒城无人霜满路，野火烧桥不得度。寒虫入窟鸟归巢，僮仆问我谁家去。行寻田头暝未息，双毂长辕碍荆棘。缘风入涧投田家，主人舂米为夜食。晨鸡喔喔茅屋傍，行人起扫车上霜。」数语深肖旅途之景。

朱鹭①

翩翩兮朱鹭，来泛春塘栖绿树。羽毛如翦②色如染，远飞欲下双翅敛。避人引子入深堑，动处水纹开滟滟。谁知豪家网尔躯？不如饮啄江海隅。

【注释】

①朱鹭：一名鹮，又名红鹤，羽色白，微带桃红色。又，古曲名，乐府汉饶歌十八曲之一。②翦：采羽。

【品读】

曹锡彤《唐诗析类集训》：《尔雅》疏曰：楚威王时有朱鹭合沓飞翔而来舞，则鸟名白鹭，赤者少耳。堑，即塘之僻远处。江海隅，则不似塘堑可网矣。

惜花

濛濛庭树花，坠地无颜色。日暮东风起，飘扬玉阶侧。残蕊在犹稀，青条耸复直。为君结芳实，令君勿叹息。

【品读】

沈德潜《唐诗别裁》：翻出一意，浅人不能道。

离　妇[1]

十载来夫家，闺门无瑕疵。薄命不生子，古制[2]有分离。托身言同穴，今日事乖违。念君终弃捐，谁能强在兹？堂上谢姑嫜[3]，长跪请离辞。姑嫜见我往，将决复沉疑[4]。与我古时钏，留我嫁时衣。高堂[5]拊我身，哭我于路陲[6]。昔日初为妇，当君贫贱时。昼夜常纺绩[7]，不得事蛾眉[8]。辛勤积黄金，济君寒与饥。洛阳买大宅，邯郸买侍儿[9]。夫婿乘龙马，出入有光仪[10]。将为富家妇，永为子孙资。谁谓出君门，一身上车归。有子未必荣，无子坐生悲。为人莫作女，作女实难为。

【注释】

①离妇：被迫离异的妇女。②古制：古代制度。《大戴礼·本命》：『妇有七出：不顺父母去，无子去，淫去，妒去，有恶疾去，多言去，窃盗去。』③姑嫜：公公婆婆。④沉疑：不忍别的样子。⑤高堂：老人住的地方，代指父母。⑥路陲：路旁。⑦纺绩：纺，纺丝；绩，绩麻。⑧事蛾眉：画眉毛，泛指梳妆打扮。⑨侍儿：此指侍妾。⑩光仪：光辉。

【品读】

余成教《石园诗话》：文昌《离妇》云：『有子未必荣，无子坐生悲。』《赠孟郊》云：『苦节居贫贱，所知赖友生。』《行路难》云：『君不见床头黄金尽，壮士无颜色。』《寄李司空》云：『还君明珠双泪垂，何不相逢未嫁时？』皆清丽深婉，称情而出。

祭退之[1]

呜呼吏部公[2]，其道诚巍昂。生为大贤姿，天使光我唐。德义动鬼神，鉴用不可详。独得雄直气，发为古文章。学无不该贯[3]，吏治得其方。三次论诤退[4]，其志亦刚强。再使平山东[5]，不言所谋臧[6]。荐待皆寒羸，但取其才良。亲朋有孤稚，婚姻有办营。如彼天有斗，人可为信常。如彼岁有春，物宜得华昌。哀哉未申施，中年遽殂丧。朝野良共哀，矧[7]于知旧肠。籍在江湖间，独以道自将。学诗为众体，久乃溢笈囊。略无相知人，黯如雾中行。北游偶逢公，盛语相称明。名因天下闻，传者入歌声。公领试士司[8]，首荐到上京。一来遂登科，不见苦贡场。观我性朴直，乃言及平生。由兹类朋党，骨肉无以当。坐令其子拜，常呼幼时名。追招不隔日，继践公之堂。出则连辔驰，寝则对榻床。搜穷古今书，事事相酌量。有花必同寻，有月必同望。为文先见草，酿熟偕共觞。新果及异鲑[9]，无不相待尝。到今三十年，曾不少异更。公文为时师，我亦有微声。而后之学者，或号为韩张。我官麟台[10]中，公为大司成[11]。念此委末秩⑫，不能力自扬。特状为博士⑬，始获升朝行。未几享其资，遂忝南宫⑭郎。是事赖拯扶，如屋有栋梁。去夏公请告，养疾城南庄。籍时官休罢，两月同游翔。黄子陂岸曲，地旷气色清。新池四平涨，中有蒲荇香。北台临稻畴，茂柳多阴凉。板亭坐垂钓，烦苦稍已平。共爱池上佳，联句舒遐情。偶有贾秀才⑮，来兹亦同并。移船入南溪，东西纵篙撑。划波激船舷，前后飞鸥鸧⑯。回入潭濑⑰下，网截鲤与鲂。踏沙掇水蔬，树下烝⑱新秔⑲。日来相与嬉，不知暑日长。柴翁携童儿，聚观于岸傍。月中登高滩，星汉交垂芒。钓车掷长线，有获齐欢惊。夜阑乘马归，衣上草露光。公为游溪诗，唱咏多慨慷。自期此可老，结社于其乡。籍受新官诏，拜恩当入城。公因同归还，居处隔一坊。中秋十六夜，魄圆⑳天差晴。公既相邀留，坐语于阶楹。乃出二侍女，合弹琵琶筝。临风听繁丝，忽遽闻再更。顾我数来过，是夜凉难忘。公疾浸日加，孺人视药汤。来候不得宿，出门每回遑㉑。自是将垂危，车马候纵横。门仆皆逆遣㉒，独我到寝房。公有旷达识，生死为一纲。及当临终晨，意色亦不荒。赠我珍重言，傲然委衾裳㉓。公比欲为书，遗约有修章。令我署其末，以为后事程。家人号于前，其书不果成。子符奉其言，甚于亲使令。鲁论㉔未讫注，手迹今微茫。新亭成未登，闭在庄西厢。书札与诗文，重叠我笥盈。顷息万事尽，肠情多摧伤。旧茔盟津㉕北，野窆动鼓钲㉖。柳车㉗一出门，终天无回箱。籍㉘贫无赠赀，曷用申哀诚。衣器㉙陈下帐，醪饵㉚奠堂皇㉛。明灵庶鉴知，仿佛斯来飨。

【注释】

①退之：韩愈，字退之。②吏部公：韩愈。③该贯：完备、贯通。④三次论诤退：指贞元时韩愈多次上疏论述宫市之害，而被贬。⑤再使平山东：唐宪宗元和十年（815），裴度受命讨伐淮西节度使吴元济的叛乱，韩愈任行军司马。⑥谋臧：善于谋划。⑦矧：何况。⑧试士司：主管考试的官署。⑨鲑：河豚的别名。⑩麟台：唐秘书省。武后垂拱元年（685）改为麟台。⑪大司成：即唐代国子监祭酒，高宗龙朔二年（662）改国子监为司成馆，祭酒为大司成。⑫秩：官职或品级。⑬博士：唐代教授官名。⑭南宫：古称尚书省。⑮贾秀才：指贾岛。⑯鸥鸧：鸥，水鸟。鸧，鸧鸹，水鸟。⑰潭濑：水深湍急之处。⑱烝：通『蒸』。⑲秔：不黏的稻谷。即粳稻。⑳魄圆：月圆。魄，月初出或将没时的微光。㉑回遑：犹彷徨。㉒逆遣：挡驾。㉓委衾裳：受托料理后事。㉔鲁论：汉时《论语》有《齐论》《鲁论》《古论》三种。前两种为今文，《古论》为古文。㉕盟津：即孟津，古黄河津渡名。在今河南孟津县东北。㉖野窆

句：指棺木下葬时鼓钲齐鸣。窆，葬时穿土下棺；钲，古乐器，又是锣的代称。㉗柳车：丧车。㉘籍：指车箱。代指车。㉙衣器：用纸做的衣物。㉚醪饵：浊酒糕饼。㉛堂皇：官吏办事的大厅。此指韩愈的祭堂。

【品读】

葛立方《韵语阳秋》：张籍居韩门弟子之列，又以愈荐为国子博士。东坡所谓『汗流籍走且僵，灭没倒景不得望』者。而籍作祭愈诗乃云：『公文为时师，我亦有微声。』而后之学者，或号为『韩张』，何邪？

严羽《沧浪诗话》：大历后，刘梦得之绝句，张籍王建之乐府，我所深取耳。

张戒《岁寒堂诗话》：张司业诗与元白一律，专以道得人心中事为工，但白才多而意切，张思深而语精，元体轻而词躁尔。籍律诗虽有味而少文，远不逮李义山刘梦得杜牧主，然籍之乐府，诸人未必能也。

余成教《石园诗话》：张文昌《祭退之》诗，情稍逊于辞。愚但爱其『独得雄直气，发为古文章』，『荐待皆寒羸，但取其才良』，『公有旷达识，生死为一纲。及当临终晨，意色为不荒』数语，能描写文公。

蓟北①旅思

日日望乡国，空歌白纻词②。长因送人处，忆得别家时。失意还独语，多愁只自知。客亭门外柳，折尽向南枝。

【注释】

①蓟北：蓟州之北。今天津蓟县北。②白纻词：即白纻歌，乐府名，吴地之舞曲。

【品读】

吴乔《围炉诗话》：张籍之『长因送人处，忆得别家时』深入人情。

余成教《石园诗话》：刘攽《诗话》云：『张文昌籍乐府清丽深婉，五言律诗亦平淡可爱，七言律诗则质多文少。』然文昌五言不乏清丽深婉之句，如『长因送人处，忆得别家时』，不独平淡可爱也。

西楼望月

城西楼上月，复是雪晴时。寒夜共来望，思乡独下迟。幽光落水堑，净色在霜枝。明日千里去，此中还别离。

【品读】

吴乔《围炉诗话》：张籍之『寒夜共来望，思乡独下迟』深入人情。

夜到渔家

渔家在江口，潮水入柴扉。行客欲投宿，主人犹未归。竹深村路远，月出钓船稀。遥见寻沙岸，春风动草衣①。

【注释】

①草衣：铺地的小草；或谓结草为衣，指未出仕在野的人。

【品读】

沈德潜《唐诗别裁》：三四直白话，以自然得之。

潘德舆《养一斋诗话》：《岁寒堂诗话》论张文昌律诗不如刘梦得、杜牧之、李义山。文昌七律或嫌平易，五律清妙处不亚王、孟，乃愧梦得、牧之、义山哉！其《夜到渔家》《宿临江驿》二律，与刘文房《余干旅舍》一作，用韵同，风韵亦同，皆绝唱也。

韩愈

韩愈（768–824），字退之，河阳（今河南焦作孟州市）人。祖籍河北昌黎，世称韩昌黎。晚年任吏部侍郎，又称韩吏部。谥号『文』，又称韩文公。贞元八年（792）进士。唐宪宗时，曾随同裴度平定淮西藩镇之乱。在刑部侍郎任上，被贬为潮州刺史。后于穆宗时，召为国子监祭酒，历任京兆尹及兵部侍郎、吏部侍郎。

归彭城①

天下兵又动②，太平竟何时？讦谟③者谁子？无乃失所宜？前年关中旱④，闾井多死饥。去岁东郡水⑤，生民为流尸。上天不虚应，祸福各有随。我欲进短策，无由至彤墀。刳⑥肝以为纸，沥血以书辞。上言陈尧舜，下言引龙夔⑦。言词多感激，文字少葳蕤⑧。一读已自怪，再寻良自疑。食芹虽云美，献御固已痴。缄封⑨在骨髓，耿耿空自奇。昨者到京师，屡陪高车⑩驰。周行⑪多俊异，议论无瑕疵。见待颇异礼，未能去毛皮。到口不敢吐，徐徐俟其巇。归来戎马间，惊顾似羁雌⑫。连日或不语，终朝见相欺。乘闲辄骑马，茫茫诣空陂。遇酒即酩酊，君知我为谁？

【注释】

①彭城：即徐州。②兵又动：指贞元十五年

（799）二月彰义军节度使吴少诚反叛，唐王朝发兵讨伐之事。③讦谟：执政者。讦谟，大的谋划。④关中旱：指贞元十四年（798）冬，关中无雪，长安百姓饥荒。⑤东郡水：指贞元十五（799）年秋，郑州、滑州一带黄河决堤，大水成灾。⑥刳：剖开。⑦龙夔：指古帝虞舜时的两位贤臣龙与夔。⑧葳蕤：形容枝叶繁茂，此处喻指文采。⑨缄封：紧闭深藏。⑩高车：代指朝中显贵。⑪周行：谓朝廷臣僚。⑫羁雌：孤鸟，比喻无志同道合者。

【品读】

查慎行《十二种诗评》：一肚皮不合时宜，无所发泄，于此章吐之。究竟不能尽吐，一起一结，感叹何穷！

乾隆《唐宋诗醇》：忧时伤乱，感愤无聊。骑马空陂，不减穷途之哭。周行俊异数语，讽刺微婉。

蒋抱玄《评注韩昌黎诗集》：人人惊公多险句，余谓险字工夫，实从夷字经验而来。读此首，可以悟关巧。

幽怀

幽怀不能写①，行此春江浔。适与佳节会，士女竞光阴。凝妆耀洲渚，繁吹②荡人心。间关③林中鸟，知时为和音。岂无一樽酒？自酌还自吟。但悲时易失，四序④迭相侵。我歌君子行⑤，视古犹视今。《列子·杨朱》：五情好恶，古犹今也。四体安危，古犹今也。世情苦乐，古犹今也。变易治乱，古犹今也。

【注释】

①写：即泻，除去。②繁吹：指多种音乐歌唱。③间关：形容鸟鸣悦耳之声。④四序：指春夏秋冬四季的顺序。⑤君子行：古乐府名。

【品读】

朱彝尊《批韩诗》：此自是诗正派。

海水

海水非不广，邓林①岂无枝？风波一荡薄②，鱼鸟不可依。海水饶大波，邓林多惊风。岂无鱼与鸟？巨细各不同。海有吞舟鲸，邓有垂天鹏③。苟非鳞羽大，荡薄不可能。我鳞不盈寸，我羽不盈尺。一木有余阴，一泉有余泽。我将辞海水，濯鳞④清泠池。我将辞邓林，刷羽蒙笼枝⑤。海水非爱广，邓林非爱枝。风波亦常事，鳞鱼自不宜。我鳞日已大，我羽日已修。风波无所苦，还作鲸鹏游。

【注释】

①邓林：古地名。②荡薄：同『磅礴』，激荡。③垂天鹏：传说中的大鸟。《庄子·逍遥游》：『化而为鸟，其名为鹏，鹏之脊，不知其几千里也。怒而飞，其翼若垂天之云。』④濯鳞：指鱼儿冲洗鳞甲。⑤蒙笼枝：指树木枝叶繁茂。

【品读】

何焯《义门读书记》：诗意谓其才未足以胜大任，则当退而求志，以待其成也。

陈沆《诗比兴笺》：此感用世之难，而思反身修德也。『海水饶大波，邓林多惊风』，喻世道之屯艰，人事之不测。盖鱼鸟依风波以为生，亦因风波而失所者，巨细之异耳。如鲸鹏则风波愈大，而所冯愈厚，所游愈远，如君子之可大受，周于德者之不忧邪世也。细如寸鳞尺羽，则泉木之外，便虞飘荡，然则岂海、邓风波之罪哉，亦我之鳞羽自不修大耳。与其贪海、邓之广大，怨风浪之荡薄，何如反己进德，潜修俟时，使鳞羽养成，如孟贲之勇，孟轲之气，而后当大任而不动心乎？

曾国藩《求阙斋读书录》：层折不穷。

山石

山石荦确[①]行径微，黄昏到寺蝙蝠飞。升堂坐阶新雨足，芭蕉叶大支子[②]肥。僧言古壁佛画好，以火来照所见稀。铺床拂席置羹饭，疏粝[③]亦足饱我饥。夜深静卧百虫绝，清月出岭光入扉。天明独去无道路，出入高下穷烟霏[④]。山红涧碧纷烂熳，时见松枥皆十围。当流赤足踏涧石，水声激激风吹衣。人生如此自可乐，岂必局束[⑤]为人鞿[⑥]？嗟哉吾党[⑦]二三子，安得至老不更归？

【注释】

①荦确：形容山石繁多险峻不平。②支子：即栀子，植物名，花白色，香味浓郁。③疏粝：疏，同『蔬』；粝，糙米。④穷烟霏：形容山中晨雾弥漫。⑤局束：束缚，不自在，拘谨。⑥鞿：牵制。⑦吾党：志同道合的朋友。

【品读】

何焯《义门读书记》：直书即目，无意求工，而文自至。

方东树《昭昧詹言》：不事雕琢，自见精彩，真大家手笔。许多层事，只起四语了之。虽是顺叙，却一句一样境界，如展画图，触目通层在眼，何等笔力！五句六句又一画，十句又一画，『天明』六句共一幅早行图画，收入议。从昨日追叙，夹叙夹写，情景如见，句法高古。只是一篇游记，而叙写简妙，犹是古文手笔。他人数语方能明者，此须一句，即全现出，而句法复如有余地，此为笔力。

刘熙载《艺概》：昌黎诗陈言务去，故有倚天拔地之意。《山石》一作，辞奇意幽，可为《楚辞·招隐士》对，如柳州《天对》例也。

落齿

去年落一牙，今年落一齿。俄然落六七，落势殊未已。余存皆动摇，尽落应始止。忆初落一时，但念豁[①]可耻。

及至落二三，始忧衰即死。每一将落时，懔懔②恒在已。叉牙③妨食物，颠倒怯漱水。终焉舍我落，意与崩山比。今来落既熟，见落空相似。余存二十余，次第知落矣。倘常岁落一，自足支两纪④。如其落并空，与渐亦同指。人言齿之落，寿命理难恃。我言生有涯⑤，长短俱死尔。人言齿之豁，左右惊谛视。我言庄周云，木雁各有喜⑥。语讹⑦默固好，嚼废⑧软⑨还美。因歌遂成诗，持用诧⑩妻子。

【注释】

①豁：空，这里指缺牙处。②懔懔：恐惧貌。③叉牙：参差，歧出不齐。④两纪：二十四年，古代纪年以十二年为一纪。⑤生有涯：《庄子·养生主》：『吾生也有涯，而知也无涯。』⑥木雁句：《庄子·山木》：『弟子问于庄子曰：「昨日山中之木，以不材得终其天年，今主人之雁，以不材死，先生将何处？」庄子笑曰：「周将处乎材与不材之间。」』喻指福祸无端。⑦语讹：语音不准。⑧嚼废：能嚼食物的牙没有了。⑨软：指舌头。⑩持用诧：持之以告诉。

【品读】

朱彝尊《批韩诗》：真率意，道得痛快，正是昌黎本色。

查慎行《十二种诗评》：曲折写来，只如白话。

蒋抱玄《评注韩昌黎诗集》：唯真最难写得痛，唯率最难写得快。是诗颇打出此关，然硬处正复不少耳。

利剑

利剑光耿耿，佩之使我无邪心①。故人念我寡徒侣②，持用赠我比知音。我心如冰剑如雪，不能刺谗夫③，使我心腐④剑锋折。决云中断开青天，噫，剑与我俱变化⑤归黄泉。

【注释】

①无邪心：兼有心不生邪和心不惧邪之意。②寡徒侣：缺少朋友伴侣。③谗夫：奸谗生事之小人。④心腐：痛心愤慨。⑤剑与我俱变化：《晋书·张华传》：『雷焕得丰城宝剑，一与张华，一自佩。华诛，剑失所在。焕死，其子持过延平津，忽于腰间跃出堕水，化为两龙而去。』

【品读】

朱彝尊《批韩诗》：语调俱奇险，亦近风谣。

李宪乔《韩诗臆说》：古情古味古调，上凌楚骚，直接三百篇也。

湘中

猿愁鱼踊水翻波，自古流传是汨罗①。苹藻②满盘无处奠，空闻渔父叩舷歌。

【注释】

①汨罗：汨罗江。②苹藻：两种水草名，古代用以

祭祀。

【品读】

朱彝尊《批韩诗》：气劲有势。

蒋抱玄《评注韩昌黎诗集》：一往情深。

岣嵝山①

岣嵝山尖神禹碑②，字青石赤形模奇。科斗③拳身④薤倒披⑤，鸾漂凤泊拏⑥龙螭。事严迹秘鬼莫窥，道人独上偶见之。我来咨嗟涕涟洏⑦，千搜万索何处有？森森绿树猿猱悲。

【注释】

①岣嵝山：即南岳衡山。②神禹碑：即禹碑，又称岣嵝碑，相传为大禹治水时刻立。③科斗：指蝌蚪文。④拳身：指字体笔画弯曲。⑤薤倒披：形容字体如倒垂的韭薤。薤，植物名。⑥拏：牵引之意。⑦涕涟洏：涕泪交流貌。

【品读】

方东树《昭昧詹言》：先点次写，似实却虚。『事严』以下入议，似虚却实。衡山实无禹碑，此诗所记，盖当时之传闻误也。故篇末自为疑词，以见微意。

别盈上人①

山僧爱山出无期，俗士牵俗来何时？祝融峰②下一回首，即是此生长别离。

【注释】

①盈上人：即衡山中院的和尚盈诚。②祝融峰：衡山七十二峰中之最高峰。

【品读】

朱彝尊《批韩诗》：古质可喜。

程学恂《韩诗臆说》：竟不似辟佛人语，此公之广大也。

杏花

居邻北郭古寺①空，杏花两株能白红②。曲江满园③不可到，看此宁避雨与风。二年流窜出岭外④，所见草木多异同。冬寒不严地恒泄⑤，阳气发乱无全功⑥。浮花浪蕊镇⑦长有，才开还落瘴雾中。山榴踯躅⑧少意思，照耀黄紫徒为丛。鹧鸪钩辀⑨猿叫歇，杳杳深谷攒青枫。岂如此树一来玩？若在京国情何穷？今旦胡为忽惆怅，万片飘泊随西东。明年更发应更好，道人⑩莫忘邻家翁⑪。

【注释】

①古寺：指江陵金銮寺。②能白红：谓红白相间、热闹非常。③曲江满园：指长安曲江西杏园。④二年句：指贬为潮州阳山令一事。⑤地恒泄：地气常泄出。⑥无全功：《列子·天瑞》：『天地无全功。』谓天地没有

全能。⑦镇：常、尽。⑧踯躅：花名，《本草》注：『其木高三四尺，花似山石榴。』⑨钩辀：鹧鸪叫声。⑩道人：有道之人，指寺中和尚。⑪邻家翁：韩愈自称。

【品读】

何焯《义门读书记》：此篇真怨而不怒矣。『若在京国情何穷』，应『曲江满园不可到』『明年更发应更好』，安知明年不仍在江陵，京国真不可到矣。落句正悲之至也。即从『飘泊』二字生下凄绝，语出以平淡。

方东树《昭昧詹言》：起有笔势，第三句折入，中间忽开，『岂如』句收转，乃见笔力挽回，收本意。

汪佑南《山泾草堂诗话》：公窜身岭外，思归京国，触目浮花浪蕊，无非蛮乡风景。至是始为掾江陵，忽见杏花，借以寄慨。一缕清思，盘旋空际，不掇故实，而自然是杏花，意胜故也。收笔落到明年，正是归期之难必，思而不怨，自归学养。

李花赠张十一署

江陵城西二月尾，花不见桃惟见李①。风揉②雨练雪羞比，波涛翻空杳无涘③。君知此处花何似？白花倒烛天夜明，群鸡惊鸣官吏起④。金乌⑤海底初飞来，未辉散射青霞开。迷魂乱眼看不得，照耀万树繁如堆。念昔少年著游燕⑥，对花岂省⑦曾辞杯？自从流落⑧忧感集，欲去未到先思回。只今四十已如此，后日更老谁论哉？力携一樽独就醉，不忍虚掷委黄埃。

【注释】

①花不句：形容夜色中李花素白，反光强烈，桃花胭红，反光微弱。②揉：吹揉。《易说卦释文》：『使曲者直，直者曲为揉。』③杳无涘：意谓没有边际。④群鸡句：谓群鸡误以为天明，因而惊觉啼鸣，官员们因此也起床了。⑤金乌：相传太阳中有三足乌，后以金乌比喻太阳。⑥著游燕：即爱游赏宴乐。⑦省：即曾，与下一曾二字联用。⑧流落：指被贬阳山及以后调至江陵仕途中的坎坷。

【品读】

李黼平《读杜韩笔记》：情动于中而形于言，古人即物流连，借以发其情之不容已，未尝拘拘于是物也。退之『江陵城西二月尾』一篇，起数韵状李花之白，可谓工为形似之言，而诗之佳处不在此。后段云：『念昔少年著游燕，对花岂省曾辞杯？自从流落忧感集，欲去未到先思回。只今四十已如此，后日更老谁论哉？力携一樽独就醉，不忍虚掷委黄埃。』百折千回，传出不忍虚掷之意，而前之『迷魂乱眼看不得』者，亦不能不携尊而就矣。此刘彦和所谓以情造文，非以文造情者也。

汪佑南《山泾草堂诗话》：见李花繁盛，弥感身世之易衰。公与署同谪江陵，同悲流落，李花如此盛开，而不赏花饮酒，辜负春光，岂不可惜。惜李花，实自惜也。

题张十一①旅舍三咏

榴花

五月榴花照眼明，枝间时见子初成。可怜此地无车马，颠倒春苔落绛英。

【注释】

①张十一：即张署。

井

贾谊宅①中今始见，葛洪山②下昔曾窥。寒泉百尺空看影，正是行人渴死时。

【注释】

①贾谊宅：指汉贾谊为长沙王太傅时的宅第，中有深井。②葛洪山：即罗浮山，西晋葛洪曾在此炼丹，有炼丹用井。

蒲萄

新茎未偏半犹枯，高架支离倒复扶。若欲满盘堆马乳①，莫辞添竹引龙须②。

【注释】

①马乳：葡萄的著名品种，俗称马奶子。②龙须：喻葡萄藤蔓细枝如龙之须。

【品读】

方世举《昌黎诗集编年笺注》：三咏虽写物，颇有寄托。首章即潘岳赋河阳庭前安石榴之意，所谓『岂伊仄陋，用渝厥贞』者也。次章即《史记·屈原传》『井渫不食』之意，言可汲而不汲，未足以济人也。末章以新茎半枯、高架复扶喻谪而复起，若须大食其极，尚须加意栽培也。

郑群①赠簟

蕲州②簟竹天下知，郑君所宝尤瑰奇。携来当昼不得卧，一府传看黄琉璃。体坚色净又藏节，尽眼凝滑无瑕疵。法曹③贫贱众所易，腰腹空大何能为？自从五月困暑湿，如坐深甑遭烝炊。手磨袖拂心语口，慢肤多汗真相宜。日暮归来独惆怅，有卖直欲倾家资。谁谓故人知我意？卷送八尺含风漪④。呼奴扫地铺未了，光彩照耀惊童儿。青蝇侧翅蚤虱避，肃肃疑有青飙吹。倒身甘寝百疾愈，却愿天日恒炎曦⑤。明珠青玉不足报⑥，赠子相好无时衰。

【注释】

①郑群：韩愈友人，时以殿中侍御史任驻江陵的鄂岳使裴均属下兵曹参军之职。②蕲州：地名，州治在今湖北蕲春县南。③法曹：韩愈曾为江陵法曹参军。④含风漪：阴铿《经丰城剑池诗势》：『夹筱澄深绿，含风作细漪。』⑤恒炎曦：谓炎热天常在。⑥明珠句：张衡《四愁诗》：『美人赠我貂襜褕，何以报之明月珠？美

人赠我锦绣段，何以报之青玉案？』

【品读】

朱彝尊《批韩诗》：描写物象工，写意趣亦入妙。

方东树《昭昧詹言》：无甚意，只叙事耳，而句法意老重。三句叙，四句写，『法曹』以下议。『谁谓』三句叙。『光彩』句夹写，『青蝇』句棱。

程学恂《韩诗臆说》：韩派屏弃常熟，翻新见奇，往往有似过情语，然过情乃发，得其情者也。如此诗之『却愿天日恒炎曦』是已。后来欧、苏以下多主此。东坡蒲传正簟诗，全从此出，然较宽而腴矣。

丰陵①行

羽卫煌煌一百里，晓出都门葬天子②。群臣杂沓驰后先，宫官穰穰③来不已。是时新秋七月初，金神④按节炎气除。清风飘飘轻雨洒，偃蹇旗旆⑤卷以舒。逾梁下坂笳鼓咽，嵽嵲⑥遂走玄宫⑦闾。朱彝尊：淡淡语，却有风致。哭声訇天百鸟噪，幽坎⑧昼闭空灵舆。皇帝⑨孝心深且远，深送礼备无赢余。设官置卫锁嫔妓⑩，供养朝夕象平居。臣闻神道尚清洁，三代旧制存诸书。《礼记》：葬也者，藏也者，欲人之弗得见也。墓葬庙祭不可乱，欲言非职⑪知何如！

【注释】

①丰陵：唐顺宗李诵之墓。②天子：指唐顺宗。③穰穰：人多状。④金神：指司秋之神。⑤偃蹇旗旆：谓高举着旗子。⑥嵽嵲：原指高峻之山，此处代指唐顺宗。⑦玄宫：古代天子后妃所葬墓。⑧幽坎：指墓室。⑨皇帝：指宪宗李纯。⑩设官句：唐制，皇帝诸陵皆置宫殿，列官曹，设嫔妓侍卫如平生。⑪非职：即不在其职，韩愈时任国子博士，无权上书言事进谏。

【品读】

严虞惇《批顾嗣立韩诗注》：语殊不庄，何也？

程学恂《韩诗臆说》：此诗甚佳，予乃嫌其质直言之，是议体，非诗体也。

短灯檠①歌

长檠八尺空自长，短檠二尺便且光。黄帘绿幕朱户闭，风露气入秋堂凉。裁衣寄远泪眼暗，搔头频挑移近床。太学儒生东鲁客，二十辞家来射策②。夜书细字缀语言，两目眵昏③头雪白。此时提携当案前，看书到晓那能眠？一朝富贵还自恣，长檠高张④照珠翠⑤。吁嗟世事无不然，墙角君看短檠弃。

【注释】

①檠：灯柱、灯台。②来射策：来应试。③两目眵昏：指两眼昏花。眵，眼屎。④高张：高高放光。⑤珠翠：珍珠翡翠饰品。代指姬妾美女。

【品读】

朱彝尊《批韩诗》：立意好，兴趣亦不乏。

汪佑南《山泾草堂诗话》：首二句借宾定主，含下二段。『黄帘』四句写短檠之便于裁衣。『太学』六句写短檠之便于看书。『一朝』二句词意紧炼，回映上二段。『吁嗟』句推广言之，即小见大，包扫一切。末句收到本题，悬崖勒马，不再添一句。笔力高绝。读此诗，觉世态炎凉，活现纸上。

三星①行

我生之辰，月宿南斗。牛奋其角②，箕张其口③。牛不见服箱④，斗不挹酒浆。箕独有神灵，无时停簸扬⑤。无善名已闻，无恶声已讙⑥。名声相乘除，得少失有余。三星各在天，什伍⑦东西陈。嗟汝⑧牛与斗，汝独不能神⑨。

【注释】

①三星：指南斗星、牵牛星、簸箕星。②牛奋其角：牛星像摆动双角的牛。③箕张其口：箕星像大敞其口的簸箕。④服箱：指驾车、拉车。⑤箕独二句：《诗经·小雅》：『维南有箕，不可以簸扬。』此处反用其意。⑥讙：喧哗闹嚷。⑦什伍：纵横。⑧汝：指牛、斗二星。⑨不能神：没有灵异。《星经》谓：『南斗六星，宰相爵禄之位。』

【品读】

苏轼《东坡志林》：退之诗云『我生之辰，月宿直斗。』乃知退之得磨蝎为身宫，而仆乃以磨蝎为命。平生多得谤誉，殆是同病也。又：吾平生遭口语无数，盖生时与韩退之相似，吾命在斗间而身宫在焉。故其诗曰：『我生之辰，月宿斗直。』且曰：『无善声以闻，无恶声以扬。』今谤我者，或云死，或云仙，退之之言良非虚尔。

程学恂《韩诗臆说》：此诗比兴之妙，不可言喻，伤绝谐绝，真风真雅。末段责牛斗处无聊，妙甚。若认作望其服箱挹酒浆，真痴人说梦矣。

赠唐衢①

虎有爪兮牛有角，虎可搏兮牛可触。奈何君独抱奇材，手把锄犁饿空谷。当今天子急贤良，匦函②朝出开明光。何不上书自荐达，坐令四海如虞唐？

【注释】

①唐衢：《旧唐书·唐衢传》：『唐衢者，应进士，久而不第。能为歌诗，意多感发。见人文章有所伤叹者，读讫必哭，涕泗不能已……故世称唐衢善哭。』②匦函：唐时设立的官方意见箱。

【品读】

程学恂《韩诗臆说》：乐天赋遗唐衢诗，全赋其哭。

此独不及其哭，但称其才之奇而已，须知哭处正是奇才无所发泄处也。

祖席①

前字②

祖席洛桥③边，亲交共黯然④。野晴山簇簇，霜晓菊鲜鲜。书寄相思处，杯衔欲别前。淮阳知不薄⑤，终愿早回船。

【注释】

①祖席：送别的宴席。②前字：指韩愈在为老友王涯送行宴席上作诗时分得“前”字韵。下一首指分得“秋”字韵。③洛桥：指洛阳天津桥。④黯然：江淹《别赋》：“黯然销魂者，唯别而已矣。”⑤淮阳句：《史记·汲黯传》：“召拜黯为淮阳太守，黯伏谢不受印。上曰：‘君薄淮阳耶？吾今召君矣！’”因王涯此时被贬徙为袁州刺史，故韩愈借此相劝慰。

秋字

淮南悲木落，而我亦伤秋。况与故人①别，那堪羁宦②愁？荣华今异路，风雨昔同忧。莫以宜春远，江山多胜游。

【注释】

①故人：即王涯。②羁宦：在他乡做官。

【品读】

朱彝尊《批韩诗》：唐人别诗甚多，此诗（前字）叙景述情，犹觉稍出新意。其架构之妙，亦只在几希间。

李光地《榕村诗选》：二诗为公得意之作，声韵在词句之外。

沈德潜《唐诗别裁集》：大历以下无人解此用笔矣。昌黎高超迈俗，五言近体中运以古风，笔力英气逼人。

池上絮

池上无风有落晖，杨花晴后自飞飞。为将纤质凌清镜，湿却无穷不得归。

【品读】

蒋抱玄《评注韩昌黎诗集》：写目前景物自切。

峡石①西泉

居然鳞介②不能容，石眼环环③水一钟。闻说旱时求得雨，《明一统志》：虾蟆泉在陕州城西门外，水自石眼流出，内生科斗，祷雨即应。只疑科斗是蛟龙。

【注释】

①峡石：今河南陕县。②鳞介：指龙。③石眼环环：圆圆的泉眼。

【品读】

方成珪《昌黎先生诗文年谱》：此诗语意，当有讽刺。

桃林①夜贺晋公②

西来骑火照山红，夜宿桃林腊月中。手把命珪《周礼·春官》：以玉作六瑞，以等邦国：王执镇圭，公执桓圭，侯执信圭，伯执躬圭，子执谷璧，男执蒲璧。兼相印，一时重叠赏元功③。

【注释】

①桃林：今河南灵宝县。②晋公：指裴度。③重叠赏元功：由于裴度破蔡平淮西有功，元和十二年（817）十二月，朝廷以彰义军节度、淮西宣慰处置使、门下侍郎、平章事裴度守本官，赠上柱国、晋国公，食邑三千户。元功，即首功。

【品读】

俞陛云《诗境浅说》：昌黎此诗，与和晋公之『将军旧压三司贵，相国新兼五等崇』用意同而用笔不同，皆纪殊荣，初无溢美。

左迁①至蓝关②示侄孙湘③

一封④朝奏九重天，夕贬潮州路八千。欲为圣明⑤除弊事⑥，肯将衰朽惜残年？云横秦岭⑦家何在？雪拥蓝关马不前。知汝远来应有意，好收吾骨瘴江⑧边。

【注释】

①左迁：降职。指韩愈因上书谏迎佛骨，触怒宪宗，由刑部侍郎贬为潮州刺史一事。②蓝关：即蓝田关，在长安附近蓝田县境。③侄孙湘：指韩愈之侄韩老成的长子韩湘。④一封：指韩愈上的奏章《论佛骨表》。⑤圣明：指唐宪宗。⑥弊事：指迎佛骨之事。⑦秦岭：在蓝田县东南。⑧瘴江：指潮州附近的韩江，当时为著名的瘴疠之地。

【品读】

金圣叹《贯华堂选批唐才子诗》：前解，一二不对也，然为『朝』字与『夕』字相对，『奏』字与『贬』字对。『一封』『九重』字与『八千』字对，『天』字与『潮州路』字对，于是诵之，遂觉极其激昂。谁谓先生起衰之功，止在散行文字。才奏便贬，才贬便行，急承三四一联。老臣之诚悃，大臣之丰裁，千载如今日。后解，五六非写秦岭云，蓝兰雪也。一句回顾，一句前瞻，恰好逼出『瘴江边』三字。盖君子诚幸而死得其所，即刻刻是死所。『收骨江边』正复快语，安有谏迎佛骨韩文公肯作『家何在』妇人之声哉？唐人加意作五六，总为眼光在七八耳。千遍吟此，便知《列仙传》胡说可恨。

题楚昭王庙

韩愈《记宜城驿》：此驿设在古宜城内，驿东北有井，传是昭王井，有灵异。井东北数十步，有楚昭王庙，有旧时高木万株，历代莫敢翦伐。尤多古松大竹。于太傅帅襄阳，迁宜城县，并改造南境数驿，材木取足此林。

旧庙屋极宏盛，今惟草屋一区。然问左侧人，尚云每岁十月，民相率聚祭其前。其内处偏高，广员八九十庙，号殿城，是王朝内之所也。

丘坟满目衣冠尽，城阙连云草树荒。犹有国人怀旧德，一间茅屋祭昭王。

【品读】

杨慎《升庵诗话》：宋人诗话取韩退之『一间茅屋祭昭王』一首，以为唐人万首之冠。今观其诗只平平，岂能冠唐人万首？

何焯《义门读书记》：昭王欲用孔子，而为子西所沮。公之托意，或在于此欤？

蒋抱玄《评注韩昌黎诗集》：未是快调，却能以气势为风致，愈读则意愈绵，愈嚼则字愈香，此是绝句中杰作。

题临泷①寺

不觉离家已五千，仍将衰病入泷船。潮阳②未到吾能说，海气昏昏水拍天。

【注释】

①临泷：今属广东曲江县。②潮阳：今广东潮阳县，濒临大海。

【品读】

朱彝尊《批韩诗》：妙处全在『吾能说』三字上。

蒋抱玄《评注韩昌黎诗集》：调高字响，亦悲亦豪。

送桂州严大夫①

苍苍森八桂②，兹地在湘南。江作青罗带，山如碧玉篸③。户多输翠羽④，家自种黄甘⑤。远胜登仙去，飞鸾⑥不假骖⑦。

【注释】

①严大夫：指严谟，时由秘书监赴任桂管观察使。②八桂：传说月宫有八株桂树，因而八桂也就成为桂州的别称。③碧玉篸：碧玉做成的簪子。篸，同『簪』。④输翠羽：贡献翠鸟的羽毛。⑤黄甘：黄皮蜜橘。⑥飞鸾：传说中仙人所乘的鸟，此处喻指登仙。⑦不假骖：用不着车骑。

【品读】

朱彝尊《批韩诗》：是浅调，属对却工，颇类初唐。

酒中留上襄阳李相公

浊水污泥清路尘，还曾同制掌丝纶①。眼穿长讶双鱼断，耳热何辞数爵频。银烛未消窗送曙，金钗半醉座添春。知公不久归钧轴②，应许闲官寄病身。

【注释】

①丝纶：《礼记·缁衣》：『王言如丝，其出如纶。』孔颖达疏：『王言初出，微细如丝，及其出行于外，言更渐大，如似纶也。』后因称帝王诏书。②钧轴：钧以

制陶，轴以转车。比喻国家政务重任。

【品读】

金圣叹《贯华堂选批唐才子诗》：前解，极写己之倾倒于李，后解极写李之倾倒于己。某亦读到烂熟后始会之。此极写己之倾倒于李也，言耳热则是己已醉也，而爵至抚不辞，甚至数爵频至犹不辞者，只为平日空望书信，扰到眼穿，岂有今日觌面欢逢，不拚烂醉？或问：子方沉困，何处复与贵公得有旧耶？答曰：某与相公在今日，诚然一为污泥，一为清尘，不应投契至此。若夫当日，某以元和十一年正月为中书舍人，相公亦以其年二月自舍人拜相，则是实曾同掌丝纶也。后解，于是或又将问：子与相公，旧虽同舍，或者今日有不尔耶？则又极写李之倾倒于己。答曰：某则并非不堪久困而摇尾故人，欲求垂手者也。某实窥人于微心，知相公自许救援。于何验之？验之于其款押不去。如五六之窗光已曙，而座反喧春，此固非泛泛酒人之所得比。然则病身得迁，诚然乐事，而故人情重，岂为北归。真所谓便醉死亦足者也。『知公』二字，一气注下十二字，不得将『应许』字另读起，弄得不成话说。『银烛』四字写主之敬客。『金钗』四字写客之昵主。

薛涛

薛涛（约768–832），字洪度，长安（今陕西西安）人。姿容美艳，性敏慧，八岁能诗，洞晓音律，多才艺，声名倾动一时。德宗贞元中，韦皋任剑南西川节度使，召令赋诗侑酒，遂入乐籍。韦皋曾拟奏请朝廷授以秘书省校书郎的官衔，虽未能实现，但人皆称之为『女校书』。

酬人雨后玩竹

南天春雨时，那鉴雪霜姿？众类亦云茂，虚心能自持。多留晋贤[1]醉，早伴舜妃[2]悲。晚岁君能赏，苍苍劲节奇。

【注释】

①晋贤：晋阮籍、嵇康、山涛、向秀、刘伶、阮咸、王戎七人，常集于竹林之下，世称『竹林七贤』。②舜妃：娥皇、女英，尧之二女，舜之二妃。舜南巡，死于苍梧，二妃哭，泪洒竹上成斑。

【品读】

陈矩《洪度集》：《雨后玩竹》一诗，何啻涛自写照，千余年来犹绿云深护其墓，足征精灵恋恋此君也。

题竹郎庙[1]

竹郎庙前多古木，夕阳沉沉山更绿。何处江村有笛声？声声尽是迎郎曲。

【注释】

①竹郎庙：在今四川荣县境内。

【品读】

钟惺《名媛诗归》：语气一直说下，愈缓愈悲。

纪昀《四库全书总目》：涛《送友人》及《题竹郎庙》诗，为向来传诵。

筹边楼①

平临云鸟几窗秋，壮压西川四十州。诸将莫贪羌族马，最高层处见边头。

【注释】

①筹边楼：在今成都西。《资治通鉴》载，李德裕任西川节度使，『作筹边楼，图蜀地形，南入南诏，西达吐蕃。日召老于军旅，习边事者，虽走卒蛮夷无所间，访以山川、城邑、道路险易，广狭远近。未逾月，皆若身尝涉历。』

【品读】

钟惺《名媛诗归》：教戒诸将，何等心眼！供度岂直女子哉，固一代之雄也。

秋泉

冷色初澄一带烟，幽声遥泻十丝弦。长来枕上牵情思，不使愁人半夜眠。

【品读】

钟惺《名媛诗归》：冷声用澄字妙矣！又用初澄，却于何处分看？全在一带烟氤氲幽杳中见之。

黄周星《唐诗快》：自是愁人心中有秋泉耳，与耳畔嘈切何关？

海棠溪①

春教风景驻仙霞，水面鱼身总带花。人世不思灵卉异，竞将红缬②染轻沙。

【注释】

①海棠溪：在今四川重庆市。②缬：有彩纹之织物。

【品读】

钟惺《名媛诗归》：鲜明的烁，以用意得之，而气仍奥衍，绝不欲繁饰也。

黄周星《唐诗快》：妍秀绝伦。

柳絮

二月杨花轻复微，春风摇荡惹人衣。他家本是无情物，一任南飞又北飞。

【品读】

钟惺《名媛诗归》：『他家』『一任』，本是俗语，灵心映带，便觉飘洒不尽。

杨肇祉《唐诗艳逸品》：是自况语。『多情怕逐杨花絮』，与此词异而情同。

吕温

吕温（772-811），字和叔，一字化光，河中（今山西永济县）人。唐贞元末进士，历任左拾遗、侍御史、户部员外郎等职，因曾被贬充衡州刺史，世称吕衡州。

吐蕃别馆月夜

三五①穷荒月，还应照北堂②。回身向暗卧，不忍见圆光。

【注释】

①三五：指阴历每月十五日。②北堂：《诗经·卫风·伯兮》：『焉得萱草，言树之背。』毛氏传：『背，北堂也。』北堂，为古代主妇所居之地，后引申为母亲的代称。

【品读】

辛文房《唐才子传》：温在绝域，常自悲惋。

刘郎浦①口号

吴蜀成婚此水浔②，明珠步障③幄④黄金。谁将一女轻天下，欲换刘郎鼎峙⑤心？

【注释】

①刘郎浦：在今湖北石首县。②浔：水边。③明珠步障：指孙刘结亲时孙夫人用的是缀满明珠的步障。步障，古代贵族出行时用来遮蔽风尘的幕布。④幄：室内的帐子。⑤鼎峙：指魏、蜀、吴三国鼎立。后二句言谁会为了一个女子而看轻了天下呢？竟然想用美女来换取刘备鼎足三分的决心。

【品读】

贺裳《载酒园诗话》：温诗不及刘、柳，气亦劲重苍厚。

崔护

崔护，生卒年不详，字殷功，博陵（今河北定县）人。贞元十二年（796）登进士第。大和三年（829）由京兆尹出为御史大夫、广南节度使，终岭南节度使。

题都城南庄

去年今日此门中，人面桃花相映红。人面不知一作『只今』。何处去？桃花依旧笑春风。

【品读】

孟棨《本事诗》：博陵崔护，姿质甚美，而孤洁寡合。举进士下第。清明日，独游都城南，得居人庄。一亩之宫，而花木丛萃，寂若无人。叩门久之，有女子自门隙窥之，问曰：『谁耶？』以姓字对，曰：『寻春独行，酒渴求饮。』女入，以杯水至，开门设床命坐，独倚小桃斜柯伫立，而意属殊厚，妖姿媚态，绰有余妍。崔以言挑之，不对，目注者久之。崔辞去，送至门，如不胜情而入。崔亦睠盼而归，嗣后绝不复至。及来岁清明日，忽思之，情不可抑，迳往寻之。门墙如故，而已锁扃之。因题诗于左扉曰：『去年今日此门中，人面桃花相映红。人面只今何处去？桃花依旧笑春风。』后数日，偶至都城南，复往寻之，闻其中有哭声，叩门问之，有老父出曰：『君非崔护邪？』曰：『是也。』又哭曰：『君杀吾女！』护惊起，莫知所答。老父曰：『吾女笄年知书，未适人，自去年以来，常恍惚若有所失。比日与之出，及归，见左扉有字，读之，入门而病，遂绝食数日而死。吾老矣，此女所以不嫁者，将求君子以托吾身，今不幸而殒，得非君杀之耶？』又特大哭。崔亦感恸，请入哭之。尚俨然在床。崔举其首，枕其股，哭而祝曰：『某在斯！某在斯！』须臾开目，半日复活矣。父大喜，遂以女归之。

王若虚《滹南诗话》：崔护诗云『去年今日此门中』，又云『人面只今何处去』，沈存中曰：『唐人工诗，大率如此，虽两「今」字不恤也。』刘禹锡诗云：『雪里高山头白早』，又云『于公必有高门庆』，自注云：『高山本高，于门使之高，二义殊。』三山老人曰：『唐人忌重叠用字。如此二说，何其相反欤？』余谓此皆不足论也。

刘禹锡

刘禹锡（772-842），字梦得，洛阳（今属河南）人，祖籍中山（今河北定县）。贞元九年（793）登进士第，又登宏词科。贞元十一年（795）登吏部取士科，授太子校书。累官至屯田员外郎、判度支盐铁案。宪宗即位，被贬为朗州（今湖南常德）司马。元和十一（816）年，得罪执政，被外放为连州刺史、夔州刺史、和州刺史。文宗初任主客郎中。后历官苏州、汝州、同州刺史。开成元年（836）任太子宾客、分司东都。会昌元年（841），加检校礼部尚书衔。世称刘宾客、刘尚书。

团扇歌①

团扇复团扇，奉君清暑殿。秋风入庭树，从此不相见。上有乘鸾女②，苍苍网虫③遍。明年入怀袖，别是机中练。

【注释】

①团扇歌：《文选·班婕妤〈怨歌行〉》：『新裂齐纨素，皎洁如霜雪。裁为合欢扇，团团似明月。出入君怀袖，动摇微风发。常恐秋节至，凉风夺炎热。弃捐箧笥中，恩情中道绝。』②乘鸾女：秦穆公女弄玉乘鸾升仙。此处代指另一位女子。③网虫：蜘蛛。

【品读】

钟惺《唐诗归》：末语又作一想，更自难堪。

贺裳《载酒园诗话》：五古自是刘诗胜场，然其可喜处，多在新声变调、尖警不含蓄者。《团扇歌》曰：『明年入怀袖，别是机中练。』不唯竿头进步，正自酸感动人。

插田歌 并引

连州①城下俯接村墟。偶登郡楼，适有所感，遂书其事为俚歌，以俟采诗者。

冈头花草齐，燕子东西飞。田塍②望如线，白水光参差。农妇白纻裙，农夫绿蓑衣。齐唱田中歌，嘤伫③如竹枝④。但闻怨响音，不辨俚语词。时时一大笑，此必相嘲嗤⑤。水平苗漠漠，烟火生墟落。黄犬往复还，赤鸡鸣且啄。路旁谁家郎？乌帽衫袖长。自言上计吏⑥，年初离帝乡。田夫语计吏，君家侬定谙⑦。一来长安道，眼大不相参。计吏笑致辞，长安真大处。省门高轲峨⑧，侬入无度数⑨。昨来补卫士，唯用筒竹布⑩。君看二三年，我作官人去。

【注释】

①连州：地名，今广东连县。②田塍：田埂。③嘤伫：细声细气。④竹枝：即《竹枝词》，曲调名。⑤嘲嗤：善意地说笑。⑥上计吏：即计吏。地方上派往京城办事的官吏。⑦侬定谙：一定熟悉我。侬，我。⑧轲峨：高大貌。⑨无度数：不知多少次。⑩筒竹布：蜀产细布。

【品读】

钟惺《唐诗归》：风土诗必身至其地，始知其妙。然使未至者读之，茫然不晓何语，亦是口头笔下不能运用之过。

邢昉《唐风定》：音节已入变风。讽刺淡然，可谓怨而不怒。

沈德潜《唐诗别裁》：前状插田唱歌，如闻其声；后状计吏问答，如绘其形。

余成教《石园诗话》：梦得《插田歌》云：「水平苗漠漠，烟火生墟落。黄犬往复还，赤鸡鸣且啄。」四句有画意。

蛮子①歌

蛮语钩辀②音，蛮衣斑斓布。熏狸③掘沙鼠，时节祠盘瓠④。忽逢乘马客⑤，恍若惊麐⑥顾。腰斧上高山，意行无旧路。

【注释】

①蛮子：指南方少数民族。②钩辀：鹧鸪叫声。③熏狸：用烟熏之法捕捉小兽。狸，豹猫。④盘瓠：南方少数民族祀奉之神祇。⑤乘马客：指汉族官吏。⑥麐：獐。

【品读】

阮阅《诗话总龟》：黄常明诗话：梦得《蛮子歌》云：「蛮语钩辀音，蛮衣斑斓布。熏狸掘沙鼠，时节祠盘瓠。忽逢乘马客，恍若惊麐顾。腰斧上高山，意行无旧路。」宾客谪居朗州，而五溪习俗尽得之矣。

华山歌

洪炉作高山，元气鼓其橐①。俄然神功就，峻拔在寥廓。灵踪露指爪，杀气见棱角。凡木不敢生，神仙聿来托。天资帝王宅，以我为关钥②。能令下国人③，一见换神骨。高山固无限，如此方为岳。丈夫无特达，虽贵犹碌碌④。

【注释】

①橐：鼓风吹火器。②关钥：开关之钥匙。③下国人：下国，原指诸侯之国，此处喻指唐代进士从华州进解。④碌碌：平庸貌。

【品读】

周敬、周珽《删补唐诗选脉会通评林》周珽评：灵心奥语，是壶中天地、芥中须弥、笼中人物。煞句为用世有身分量人下针。

钟惺《唐诗归》：大山水，景事气象俱少不得。然专写景事则纤，专写气象也泛，须胸中笔下别有所领。

吴震方《放胆诗》：如此大山，他人百韵写不尽，只十六句包举之。字字据人上流，而颢气宏词，余勇可贾，因知诗家争先着法。

捣衣曲

爽砧①应秋律，繁杵②含凄风。一一远相续，家家音不同。户庭凝露清，伴侣明月中。长裾委襞积③，轻飘垂璁珑④。汗余衫更馥，钿移麝半空。报寒惊边雁，促思闻候虫⑤。天狼⑥正芒角，虎落定相攻。盈箧⑦寄何处？征人如转蓬⑧。

【注释】

①爽砧：砧声清亮。②繁杵：连续地捣。杵，木棒。③襞积：褶裥。④璁珑：佩饰的响声。⑤候虫：应节候而鸣之虫。⑥天狼：星名，星现主战事。⑦盈箧：装满衣箱。⑧转蓬：蓬草随风而飘零。

【品读】

杨慎《升庵诗话》：大历以后，五言古诗可选者，唯端此篇（《古别离》）与刘禹锡《捣衣曲》、陆龟蒙《茱萸匣中镜》、温飞卿《悠悠复悠悠》四首耳。

畬田①行

何处好畬田，团团缦山腹②。钻龟③得雨卦④，上山烧卧木。惊麏走且顾，群雉声咿喔。红焰远成霞，轻煤飞入郭。风引上高岑，猎猎度青林。青林望靡靡，赤光低复起。照潭出老蛟，爆竹惊山鬼。夜色不见山，孤明星汉间。如星复如月，俱逐晓风灭。本从敲石光⑤，遂致烘天热⑥。下种暖灰⑦中，乘阳拆芽蘖⑧。苍苍一雨后，苕颖⑨如云发。巴人⑩拱手吟，耕耨不关心。由来得地势，径寸有余阴。

【注释】

①畬田：火耕。一种较原始的耕作。②缦山腹：如云般地在山腰萦回。③钻龟：占卜之法。④雨卦：下雨之卦，利于播种。⑤敲石光：指打石取火。⑥烘天热：烧天大火。⑦暖灰：刚烧过的田。⑧芽蘖：植物发芽。蘖，一作糵。⑨苕颖：小苗。⑩巴人：指作者夔州刺史任所的农人。

【品读】

黄彻《碧溪诗话》：刘禹锡谪连州作《畬田行》云：『何处好畬田，团团缦山腹。钻龟得雨卦，上山烧卧木。惊麏走且顾，群雉声咿喔。红焰远成霞，轻煤飞入郭。风引上高岑，猎猎度青林。青林望靡靡，赤光低复起。照潭出老蛟，爆竹惊山鬼。夜色不见山，孤明星汉间。如星复如月，俱逐晓风灭。本从敲石光，遂致烘天热。下种暖灰中，乘阳拆芽蘖。』又《竹枝词》云：『银钏金钗来负水，长刀短笠去烧畬。』尝观辰、沅亦然。瘠土之民，宜倍其劳，而耕反鲁莽也。

途中早发

中庭望启明，促促事晨征。寒树鸟初动，霜桥人未行。水流白烟起，日上彩霞生。隐士应高枕，无人问姓名。

【品读】

方回《瀛奎律髓》：刘宾客诗中精也。自颔联以下，无一句不佳，且是尾句不放过。

纪昀《瀛奎律髓刊误》：五句拙，六句俗。结入习径滑调，殊非佳作。虚谷好矫语高尚，故曲取尾句耳。

金陵怀古

王濬楼船下益州①，金陵②王气黯然收。千寻③铁锁沉江底，一片降旗出石头。人世几回伤往事，山形依旧枕寒流。今逢四海为家日，故垒萧萧④芦荻秋。

【注释】

①益州：现在四川省一带。②金陵：指南京。③千寻：极言其长。寻，古代长度单位。④萧萧：冷清貌。

【品读】

金圣叹《贯华堂选批唐才子诗》：前解，先写『金陵古』，后解独写『怀』。王濬下益州，只加『楼船』二字，便觉声势之甚。所以写王濬必要声势之甚者，正欲反衬金陵惨阻之甚也。从来甲子兴亡，必有如此相形。正是眼看不得。『黯然收』『收』字妙，更不多费笔墨，而当时面缚出降，更无半策气色如画。三四『铁锁沉江底』『降旗出石头』，此即详写『黯然收』三字也。看他又加『千寻』字，『一片』字，写前日锁江锁得尽情，此日降晋又降得尽情，以为一笑也。后解，看他如此转笔，于律诗中真为象王回身，非驴所拟。而又随手插得『几回』二字，便见此后兴亡不止孙皓一番，直将六朝纷纷，曾不足当其一叹也！结用无数衰飒字，如『故垒』，如『萧萧』，如『芦荻』，如『秋』，写当今四海为家，此又一奇也。

鹤叹 并引

友人白乐天，去年罢吴郡，挈双鹤雏以归。予相遇于扬子津①，闲玩终日。翔舞调态，一符相书②。信华③亭之尤物也。今年春乐天为秘书监④，不以鹤随，置之洛阳第。一旦，予入门，问讯其家人，鹤轩然来睨，如记相识，徘徊俯仰，似含情顾慕。填膺⑤而不能言者。因作《鹤叹》以赠乐天。

寂寞一双鹤，主人在西京。故巢吴苑树，深院洛阳城。徐引竹间步，远含云外情。谁怜好风月，邻舍夜吹笙⑥。

【注释】

①扬子津：渡口，在今江苏江都县南。②一符相书：符，相合。相书，《相鹤经》。③华：地名，以产鹤著名。④秘书监：官名。⑤填膺：胸中有情。⑥吹笙：作者句下自注：『东邻即王家。』暗用王子晋骑鹤吹笙之典。

【品读】

陈岩肖《庚溪诗话》：众禽中，唯鹤标致高逸，其次鹭亦闲野不俗，又皆尝见于《六经》，如『鸣鹤在阴，其子和之」，「鹤鸣于九皋，声闻于天」，「振鹭于飞，于彼西雝」。《易》与《诗》取之矣，后之人形于赋咏者不少，而规规然祇及羽毛飞鸣之间。如《咏鹤》云：「低头乍恐丹砂落，晒翅常疑白雪销。」此白乐天诗。「丹顶西施颊，霜毛四皓须。」此杜牧之诗。此皆格插无远韵也。至于鲍明远《鹤赋》云「长唳风宵，寂立霜晓」，刘禹锡云「徐引竹间步，远含云外情」，此乃奇语也。

黄生《唐诗矩》：第二句预先安下「主人在西京」五字，于本题是撇开一笔，于本意正是主客双提，两两相对。以后语语叹鹤，便语语是赠乐天，深得反客为主之妙。结处若徒言本宅寂寞，意便浅率。此却反说邻舍吹笙，便含意外之意，味外之味，借彼形此之法，其妙如此。

秋中暑退赠乐天①

暑服宜秋著，清琴入夜弹。人情皆向菊，风意欲摧兰。
岁稔②贫心泰，天凉病体安。相逢取次第，却甚少年欢。

【注释】

①乐天：白居易。②岁稔：丰年。稔，庄稼成熟。

【品读】

方回《瀛奎律髓》：三、四已佳，五、六十分佳绝。

纪昀《瀛奎律髓刊误》：究是三、四比兴深微；五、六直，宋人习语耳。虚谷誉所可及也。

荆州道①怀古

南国山川旧帝畿②，宋台梁馆③尚依稀。马嘶古树行人歇，麦秀④空城泽雉飞。风吹落叶填宫井，火入荒陵化宝衣。徒使词臣庾开府⑤，咸阳终日苦思归。

【注释】

①荆州道：永贞元年（805）作者被贬南行经此。荆州，在今湖北江陵。②旧帝畿：古京畿。江陵曾是楚郢都及南朝梁都。③宋台梁馆：宋指南朝刘宋，梁指南朝萧梁。宋台梁馆，代指南朝都城遗迹。④麦秀：箕子朝周，过故殷墟，赋《麦秀》之诗。秀，抽穗。⑤庾开府：南北朝时期北周庾信。其《哀江南赋》云：「咸阳布衣，非独思归王子。」

【品读】

金圣叹《贯华堂选批唐才子诗》：前解，一二言此山此川，旧亦帝畿，不见宋梁虽往，而台馆犹可指邓。三四承写「依稀」。盖马嘶人歇，此为欲认依稀之人，麦秀雉飞，此即所认依稀之地也。后解，上解写依稀，是行人意欲还认。此解写实无依稀，少得认也。言睹此苍苍，徒有首丘在念，其余一切雄心奢望，遂已不觉并尽也。

松滋渡①望峡中②

渡头轻雨洒寒梅，云际溶溶雪水来。梦渚③草长迷楚望④，夷陵⑤土黑有秦灰⑥。巴人泪应猿声落，蜀客船从鸟道回。十二碧峰⑦何处所？永安宫⑧外是荒台。

【注释】

①松滋渡：在今湖北松滋河入江处。②峡中：三峡。③梦渚：指云梦泽。④楚望：楚地之望祀。望，古人祭祀山川。⑤夷陵：楚国先王陵。⑥秦灰：秦将白起攻楚，烧夷陵。⑦十二碧峰：指巫山十二峰。⑧永安宫：三国蜀先主刘备殁处，在今四川奉节。

【品读】

金圣叹《贯华堂选批唐才子诗》：前解，前解感时，后解伤事。一轻雨洒梅，写春动，二雪消水来，写腊尽也。『渡头』『云际』者，言此处春动，即无处不腊尽。如梦渚夷陵，遥遥极望，眼见皆是春物也。『草长』『土黑』者，草长为梦渚，土黑为夷陵也。各用五字，写上二字，非欲写草长土黑等五字也。后解，五六，言但见人哭，猿啼，客归，船下，若夫十二碧峰，则我竟知其安在乎？末欲写无碧峰，却偏写有荒台，最为尽意之笔。

谢寺双桧①

扬州法云寺谢镇西宅，古桧存焉

双桧苍然古貌奇，含烟吐雾郁参差。晚依禅客当金殿，初对将军映画旗。龙象②界中成宝盖，鸳鸯瓦③上出高枝。长明灯④是前朝焰，曾照青青年少时。

【注释】

①双桧：两棵桧树，桧，即桧柏。②龙象：佛家称勇猛有力者。③鸳鸯瓦：一种成对的瓦。此处指殿堂。④长明灯：佛前供养物。

【品读】

张邦基《墨庄漫录》：扬州吕吉甫观文宅，乃晋镇西将军谢仁祖宅也。在唐为法云寺，有双桧在焉。刘禹锡有诗。吉甫家居时，桧尚依然。李之仪端叔用梦得诗韵云：『故迹悲凉古木奇，相公庭下蔚参差。霜根半露出林虎，画影全舒破贼旗。宝界曾回铺地色，节旄远映插云枝。刘郎风韵知谁敌，儒帅端能表异时。』

始闻秋风

昔看黄菊与君别，今听玄蝉①我却回。五夜飕飗枕前觉，一年颜状镜中来。马思边草拳毛②动，雕盼青云睡眼开。天地肃清堪四望，为君扶病上高台③。

【注释】

①玄蝉：秋蝉。②拳毛：卷曲的毛。③上高台：指重阳登高之习俗。

【品读】

沈德潜《唐诗别裁》：『君』字未知所谓。下半首英气勃发，少陵操管，不过如是。

宋宗元《网师园唐诗笺》：梦得诗多警丽句。如咏

《始闻秋风》云『马思边草拳毛动，雕盼青云睡眼开』，句警。

哭吕衡州①时予方谪居

一夜霜风凋玉芝，苍生望绝士林悲。空怀济世安人②略，不见男婚女嫁时。遗草一函归太史③，旅坟三尺近要离④。朔方⑤徙岁行当满，欲为君刊第二碑⑥。

【注释】

①吕衡州：吕温，卒于衡州刺史任上。②安人：安抚百姓。③太史：指史官。④要离：春秋时刺客。东汉梁鸿葬于要离墓旁，此处以梁鸿比喻吕温。⑤朔方：地名，指东汉蔡邕流放至朔方事。⑥第二碑：重刊墓碑。

【品读】

胡以梅《唐诗贯珠》：通首精湛，气魄堂皇，句句相称，洵是名家之作，亦诗之正派也。妙在从比体虚起，下用实接。

姚鼐《五七言今体诗钞》：梦得此时在贬谪，故以伯喈在朔方自比。伯喈有为人作二碑三碑者，故拟北还，虽吕已有碑，犹欲为更撰也。

西塞山①怀古

西晋一作『王浚』。楼船②下益州③，金陵王气黯然收。千寻铁锁沉江底，一片降幡④出石头⑤。人世几回伤往事？山形依旧枕寒流。今逢四海为家日，故垒萧萧芦荻秋。

【注释】

①西塞山：俗称道士矶，在今湖北大冶县东长江中。②西晋楼船：指晋武帝伐吴，王浚造大舫连船事。③益州：古地名，今四川原平一带。④降幡：投降的白旗。⑤石头：石头城，即金陵。指吴主孙皓素车白马行降礼事。

【品读】

何光远《鉴诫录》：长庆中，元微之、刘梦得、韦楚客同会白乐天之居，论南朝兴废之事。乐天曰：『古者言之不足，故嗟叹之，嗟叹之不足，故咏歌之。今群公毕集，不可徒然，请各赋《金陵怀古》一篇，韵则任意择用。』时梦得方在郎署，元公已在翰林。刘骋其俊才，略无逊让，满斟一巨杯，请为首唱。饮讫，不劳思忖，一笔而成。白公览诗曰：『四人探骊，吾子先获其珠，所余鳞甲何用？』三公于是罢唱，但取刘诗吟味竟日，沉醉而散。

翁方纲《石洲诗话》：刘宾客《西塞山怀古》之作，极为白公所赏，至于为之罢唱。起四句洵是杰作，后四则不振矣。此中唐以后，所以气力衰飒也。固无八句皆紧之理，然必松处正是紧处，方有意味。如此作结，毋乃饮满时思滑之过耶？《荆州道怀古》一诗，实胜此作。

自江陵①沿流道中

三千三百西江水，自古如今要路津。月夜歌谣有渔父，风天气色属商人②。沙村好处多逢寺，山叶红时觉胜春。行到南朝征战地③，古来名将④尽为神。

【注释】

①江陵：地名，在今湖北江陵。长庆四年（824）作者自夔州迁和州刺史途经此处。②属商人：指风天利于商人行船。③南朝征战地：指三国时吴与蜀争夺荆州之战。④古来名将：此句下《全唐诗》有注云：陆逊、甘宁皆有祠宇。』陆逊、甘宁均为三国吴之名将。

【品读】

纪昀《瀛奎律髓刊误》：入手陡健。三四言闲适自如自有渔父，迅利来往则有商人，言外寓不闲居又不得志之感。结慨儒冠流落，即飞卿『欲将书剑学从军』，昭谏『拟脱儒冠从校尉』之意，而论之古迹，其词较为蕴藉。

视刀环歌①

常恨言语浅，不如人意深②。今朝两相视，脉脉万重心。

【注释】

①刀环歌：《古绝句四首》：『何当大刀头，破镜飞上天。』《乐府解题》：『大刀头者，刀头有环也。「何当大刀头」者，何日当还也。』②人意深：指李陵降匈奴后，汉遣任立政等至匈奴招陵，堂上不得私语，以目视陵，而数数自循其刀环，握其足，阴谕之，言可还归汉也。

【品读】

钟惺《唐诗归》：诗作如是语，却妙在题又是『视刀环』，所以诗益觉深至。

黄叔粲《唐诗笺注》：『不如人意深』，谓两心相照，两意相期，疑有变更，故曰『今朝两相视，脉脉万重心』，盖因其不还也。

送李庾①先辈北选

一家何啻十朱轮②，诸父双飞秉大钧③。已脱素衣参幕客，却为精舍④读书人。离筵洛水侵杯色，征路阳关向晚尘。今日山公旧宾主，知君不负帝城春。

【注释】

①李庾：唐宗室，字子虔，襄邑恭王神符之后。官湖南观察使兼御史中丞，工篆书。②朱轮：古代王侯显贵所乘的车子。借指禄至二千石之官。③大钧：指天或自然。④精舍：僧道居住或说法布道的处所。

【品读】

金圣叹《贯华堂选批唐才子诗》：前解，一，写一家。二，写诸父。三，写本身。一直三句，一片接连而下，言如此人家子弟，必是决不肯更读书也。何意却为一转，转出『精舍』五字。『精舍』，妙！妙！任下无数语，写读书不得尽者，只此二字，已自写得入骨入髓。盖从来悬梁刺股，囊萤映雪等语，俱是乡中担粪奴仰信苦学人必有如此鬼怪。其实读书只须沉潜精舍，三年不出户庭，便已极尽天下之无穷。此理只可与董仲舒说也。后解，上解只写李庾先辈，此解始写送，始写『北选』『不负帝城』，着语极蕴藉也。『旧宾主』三字，毕竟从『十朱轮』『双大钧』一线牵来，读之不能不为寒士落泪也。

柳宗元

柳宗元（773–819），字子厚。祖籍河东（今山西永济）人。唐宋八大家之一。贞元九年（793）进士，十四年登博学鸿词科，授集贤殿正字。一度为蓝田尉，后迁礼部员外郎。永贞元年（805）贬邵州刺史，十一月加贬永州（今湖南零陵）司马。元和十年（815）回京师，出为柳州刺史，世称柳柳州。

晨诣超师[1]院读禅经

汲井漱寒齿，清心拂尘服。闲持贝叶书[2]，步出东斋读。真源[3]了无取，妄迹世所逐。遗言冀可冥，缮性[4]何由熟？道人[5]庭宇静，苔色连深竹。日出雾露余，青松如膏沐。澹然离言说，悟悦心自足。

【注释】

①超师：名叫超的僧人。②贝叶书：佛经。古印度人多用贝多罗树的叶子写佛经。③真源：佛经中的真意。④缮性：修善的本性。⑤道人：指超师。

【品读】

范温《潜溪诗眼》：读子厚《晨诣超师院读禅经诗》，一段至诚洁清之意，参然在前。『真源了无取，妄迹世所逐。遗言冀可冥，缮性何由熟』，真妄以尽佛理，言行以尽薰修，此外亦无词矣。『道人庭宇静，苔色连深竹』，盖远过『竹径通幽处，禅房花木深』『日出雾露余，青松如膏沐』，予家旧有大松，偶见露洗而雾披，真如洗沐未干，染以翠色，然后知此语能传造化之妙。『澹然离言说，悟悦心自足』，盖言因指而见月，遗经而得道，于是终焉。

许顗《彦周诗话》：柳柳州诗，东坡云在陶彭泽下，韦苏州上。若《晨诣超师院读佛经诗》，即此语是公论也。

元好问《遗山先生文集》：柳州《超师院晨起读禅经》五言，深入理窟，高出言外。

何焯《义门读书记》：『安迹世所逐』，『妄迹』，其达摩所谓有为法乎？『日出雾露余』一联，日来雾去，青松如沐，即去妄迹而取真源也，故下云澹然有悟。

古东门行①

汉家三十六将军②，东方③雷动横阵云。《史记·天官书》：阵云如立垣。先是王承宗拒命，上怒，削其官爵，讨之。会淄青、卢龙数表请赦，乃诏浣雪，畀以故地。及元济反，承宗与李师道上书请宥，使人白事中书，元衡叱去。承宗怒，与师道谋杀元衡。鸡鸣函谷客如雾，《史记》：孟尝君夜半至函谷关，关法，鸡鸣而出客。孟尝君恐秦追至，客有为鸡鸣而鸡尽鸣，遂得出。貌同心异不可数。赤丸④夜语飞电光，徼巡司隶⑤眠如羊。当街一叱百吏走，冯敬⑥胸中函匕首。凶徒侧耳潜惬心，悍臣破胆皆杜口⑦。魏王卧内藏兵符⑧，子西掩袂真无辜⑨。羌胡毂下⑩一朝起，敌国舟中非所拟。《史记》：吴起谏武侯曰：『君不修德，舟中之人尽为敌国也。』安陵谁辨削砺功？《史记·梁孝王世家》：太史公曰：王使人杀盎刺之。刺者置其剑，剑着身。视其剑，新治。问长安中削砺工，工曰：『梁孝王子某来治此剑。』以此知而发觉之。韩国⑪讵⑫明深井里⑬？绝咽断骨那下补，万金宠赠不如土。

【注释】

①东门行：指长安靖安里东门武元衡遇害处。唐宪宗元和年间，淮西节度使、吴少阳之子吴元济公开叛乱，元和十年（815）正月，朝廷发兵讨伐。王承宗、李师道与吴勾结，上表请赦吴，遭主持讨伐的宰相武元衡斥退。六月，王、李遂买通刺客射杀武元衡。②汉家句：汉景帝时，吴王刘濞纠合七国叛乱，景帝命周亚夫率三十六将军前往征讨。③东方：函谷关以东，此指淮西。④赤丸：《汉书》载，长安有暗杀集团，受雇用进行暗杀。他们以弹丸颜色分工，摸得红丸者杀武官，摸得黑丸者杀文官，摸得白丸者为被捕杀的同伙办丧事。武元衡是宰相，握兵权，故云『赤丸』。⑤徼巡司隶：京城巡查缉捕盗贼的官吏。⑥冯敬：汉文帝时任御史大

夫，因告发淮南厉王谋叛，被刺死。⑦杜口：闭口不言。⑧魏王句：用信陵君窃符救赵事。⑨子西句：《左传》载，春秋时楚国白公胜攻打楚惠王，令尹子西在朝廷上被杀，临死以袖遮脸。⑩羌胡毂下：司马相如《谏猎疏》：「陛下好陵阻险，射猛兽，卒然遇轶材之兽，骇不存之地，是胡越起于毂下，而羌夷接轸也。」⑪韩国句：《史记》载，战国时聂政刺杀韩国宰相侠累后，为不连累其姊，毁容自杀。韩国人不知其是何人，暴尸于市，其姊赶来相认，方知刺客乃聂政。⑫讵：哪里。⑬深井里：地名，聂政居住处。

【品读】

蔡启《蔡宽夫诗话》：刘禹锡、柳子厚与武元衡素不叶，二人之贬，元衡为相时也。禹锡为《靖共佳人怨》以悼元衡之死，其实盖快之。子厚《古东门行》云：「赤丸夜语飞电光，徼巡司隶眠如羊。当街一叱百吏走，冯敬胸中函匕首。」虽不著所以，当亦与禹锡同意。《古东门》用袁盎事也。

刘克庄《后村题跋》：子厚《古东门行》，梦得《靖安佳人》，恐皆为武相元衡作也。柳云：「当街一叱百吏走，冯敬胸中函匕首。凶徒侧耳潜惬心，悍臣破胆皆杜口。」犹有嫉恶悯忠之意。

何焯《义门读书记》：「赤丸夜语飞电光」，赤丸，暗寓武氏。「魏王卧内藏兵符」，言元衡既主用兵，又不能驱驾诸将，师老于外，变作于内，怀惭入地，深笑其智小谋大也。「子西掩袂真无辜」，「真无辜」，言岂真无辜耶？「敌国舟中非所拟」，「非所拟」，谓非平生排斥之人，忽出所备之外也。

商山①临路孤松

商山临路有孤松，往来斫以为明②。好事者怜之，编竹成援③，遂其生植。感而赋诗。

孤松停翠盖，托根临广路。不以险自防，遂为明所误。
幸逢仁惠意，重此藩篱护。犹有半心存④，时将承雨露。

【注释】

①商山：在陕西商县东南。②斫以为明：指过往行人砍松树枝干用以照明。斫，砍。③援：篱笆。④半心存：指孤松尚存一定活力。

【品读】

胡仔《苕溪渔隐丛话》：柳子厚、王介甫，以道傍大松，人多取以为明，各以诗惜之；子厚意虽自谓，语反成晦，不若介甫语显而意适也。子厚云：「孤松停翠盖，托根临广路。不以险自防，遂为明所误。」介甫云：「虬甲龙髯不可攀，亭亭千尺荫南山。自嗟无地逃斤斧，岂愿争明爝火间。」余顷过衡岳，夹道古松最盛，正有此患；虽岳祠相近，官不能禁也。

衡阳与梦得分路①赠别

十年②憔悴到秦京③，谁料翻为岭外行？伏波④故道风烟在，翁仲⑤遗墟草树平。直以慵疏招物议，休将文字占时名。今朝不用临河别，垂泪千行便濯缨⑥。

【注释】

①与梦得分路：元和十年（815）正月，柳宗元、刘禹锡一起被召回长安，但由于政敌的打击与陷害，他们再次遭贬。柳宗元被贬为柳州刺史，刘禹锡被贬为连州刺史。本诗即二人同行至衡阳分手时所作。②十年：指永贞元年（805）至元和九年（814）被贬永州之十年。③秦京：秦建都咸阳（今陕西咸阳市），此处借指长安。④伏波：汉代将军名。⑤翁仲：石人。⑥濯缨：洗系帽的丝带。

【品读】

廖文炳《唐诗鼓吹注解》：首言先贬十年在外，形容憔悴。后召还长安，将图大用，岂料复为岭外之行耶？经伏波之旧道而风烟在，睹翁仲之遗墟而草树平。吾辈疏懒性成，已招物议，而文章高占时名，易取谗妒，亦不可以此自多也。昔李陵云：『临河濯长缨，念别怅悠悠。』今余与梦得不用临河而别，垂泪千行，便如河水之足以濯缨矣。其何以为情哉？

金圣叹《贯华堂选批唐才子诗》：前解，永贞元年（805），子厚等以附王叔文，八人皆贬。至元和十年（815），例召至京师，又皆出为刺史。此一二盖纪实也。三四，纪其分路处也。马援为陇西太守，斩羌首以万计，教羌耕牧屯田。翁仲为临洮太守，身长二丈三尺，匈奴望见皆拜。今二人流离播越，乃正过其处也。不苦在岭外行，正苦在到秦京。盖领外行是憔悴又起头，反不足又道；到秦京是憔悴已结局，不图正不然也。细细吟之。后解，《庄子》曰：人臣之于君，义也，无所逃于天地之间，奚暇至于悦生而恶死？夫子其行矣，有罪无罪，其勿辩也。自是千古至论。今看先生微辨附王一案，又是千古妙文。看他只将渔父鼓枻一歌，轻轻用他『濯缨』二字，便见已与梦得实是清流，不是浊流。更不再向难开口处多开一口，而千载下人早自照见冤苦也。『慵疏』，一罪也；『文字』，二罪也。此是先生亲供招状也。除二罪外，先生无罪，信也。

三赠刘员外

信书成自误①，经事渐知非②。今日临岐别，何年待汝归？

【注释】

①成自误：指太相信书上所说的，反误了自己。

②渐知非：指经历了许多事，才逐渐知道有的事做得不对。

【品读】

叶寘《爱日斋丛钞》：柳子厚云：『信书成自误，经事渐知非。』更尝之余，能发此意即善矣。

再上湘江①

好在②湘江水，今朝又上来。不知从此去，更遣几时回？

【注释】

①再上湘江：诗人十年前被贬永州时，由湘江溯流而上，现在改贬柳州时，也由此赴任，故云。②好在：唐诗中表示慰问之常用语。

【品读】

宋长白《柳亭诗话》：杜诗：『不知沧海上，天遣几时回。』柳诗所本。柳子厚《再上湘江诗》曰：『好在湘江水，今朝又上来。不知从此去，更遣几时回？』外苦中甘，超出『去国投荒』之句，进境也。

岭南江行

瘴江①南去入云烟，望尽黄茅是海边，山腹雨晴添象迹②，潭心日暖长蛟涎③。射工④巧伺游人影，飓母⑤偏惊旅客船。从此忧来非一事，岂容华发待流年⑥？

【注释】

①瘴江：指瘴气弥漫的江水。江，指今广西境内的漓水、桂江、浔江。②象迹：指雨过天晴后，两岸山腰上增添了大象活动的足迹。③蛟涎：蛟龙的唾沫。④射工：《博物志》载：江南有一种叫射工的虫，长一、二寸，善含沙射人影，被射中者无法医治。⑤飓母：南海天空的一种有晕如虹的云气，传说这种云气一出现，飓风便很快来临。⑥流年：如流水一般消逝的时光。

【品读】

廖文炳《唐诗鼓吹注解》：此叙岭南风物异于中国，寓迁谪之愁也。言瘴江向南，直抵云烟之际，一望皆是海边矣。雨晴则象出，日暖则蛟游，射工之伺影，飓母之惊人，皆南方风物之异者。是以所愁非一端，而华发不待流年耳。

查慎行《初白庵涛评》：律诗掇拾碎细，品格便不能高。若入老杜手，别有镕铸炉鞴之妙，岂肯屑屑为此。虚谷谓柳州五章比杜尤工一言，以为不知览者，勿为所惑可也。方虚谷云：『柳州此五律诗，比老杜则尤工矣。』不确。

纪昀《瀛奎律髓刊误》：虽亦写眼前现景，而较元白所叙风土，有仙凡之别。此由骨韵之不同。五六旧说借比小人，殊穿凿。

柳州峒氓①

郡城②南下接通津，异服殊音不可亲。青箬③裹盐归峒客④，绿荷包饭趁虚⑤人。鹅毛御腊⑥缝山罽⑦，鸡骨占年⑧拜水神。愁向公庭问重译，欲投章甫⑨作文身。

【注释】

①峒氓：指住在山村里的少数民族。峒，广西及湖南南部一些地方对山间村落的称呼。氓，民。②郡城：指柳州城。③箬：一种宽大的竹叶。④归峒客：回山村的居民。⑤趁虚：赶集。虚，同「墟」，集市。⑥鹅毛御腊：用鹅的软毛和木棉等做衣被御寒。腊，寒冬腊月。⑦缝山罽：用山里出产的兽毛制成毡子一类的东西。⑧鸡骨占年：用鸡骨占卜年景的好坏。⑨章甫：古代中原士大夫戴的一种礼帽。

【品读】

廖文炳《唐诗鼓吹注解》：子厚见柳州人异俗乖，风土浅陋，故寓自伤之意。首言自郡城而之广南，皆通津也。其异言异服已难与相亲矣。彼归峒者裹盐，趁墟者包饭，鹅毛以御腊，鸡骨以占年，皆峒俗之陋者，不幸谪居此地，是以愁问重译，「欲投章甫」而作文身之氓耳。

何焯《义门读书记》：后四句，言历岁逾时；渐安夷俗。窃衣食以全性命，顾终已不召，亦将老为峒氓，无复结绶弹冠之望也。「欲投章甫作文身。」言吾当遂以居夷老矣，岂复计其不可亲乎？首尾反复呼应，语不多而哀怨已至。

纪昀《瀛奎律髓刊误》：全以鲜脆胜，三四如画。

种柳戏题

柳州柳刺史，种柳柳江边。谈笑为故事，推移成昔年。
垂阴当覆地，耸干会参天。好作思人树①，惭无惠化传②。

【注释】

①思人树：据《诗经·甘棠》载：召公到南方巡行，曾在甘棠树下休息，后人思念他，于是对这株甘棠树也加以爱护。借指后人见到柳树定会想到自己。②惭无句：惭愧的是自己没有好的政治教化可以流传。

【品读】

刘斧《青琐高议》：柳宗元，字子厚，晚年谪授柳州刺史。子厚不薄彼人，尽仁爱之术治之。民有斗争至于庭，子厚分别曲直使去，终不忍以法从事。于是民相告曰：「太守非怯养鸡、蓄鱼。」皆有条法，民益富。民歌曰：「柳州柳刺史，种柳柳江边。柳色依然在，千株绿拂天。」

魏浚《峤南琐记》：柳州有《种柳戏题诗》：「柳州柳刺史，种柳柳江边。谈笑为故事，推移成昔年。垂阴当覆地，耸干会参天。好作思人树，惭无惠化传。」盖追忆衡州戏语而作也。

柳州城西北隅种甘①树

手种黄甘二百株，春来新叶遍城隅。方同②楚客③

怜皇树④，不学荆州利木奴⑤。几岁开花闻喷雪⑥，何人摘实见垂珠⑦？若教坐待成林日，滋味还堪养老夫。

【注释】

①甘：通『柑』，橘的一种。②方同：正如。③楚客：战国时楚国屈原。④怜皇树：爱橘树。⑤荆州利木奴：《三国志·吴志》引《襄阳记》：丹阳太守李衡曾派人在武陵龙州（今湖南汉寿）种柑树千株，以供儿辈享用，谓『千头木奴』，即其获利等于一千个奴隶之意。⑥喷雪：比喻柑树白花怒放。⑦垂珠：比喻橘树枝头累累的果实。

【品读】

方回《瀛奎律髓》：后皇嘉树，屈原语也。摘出二字以对『木奴』，奇甚。终篇字字缜密。

何焯《义门读书记》：『滋味还堪养老夫』，结句正见北归无复望矣。悲咽以谐传之。

纪昀《瀛奎律髓刊误》：语亦清切，惟格不高耳。

柳州寄京中亲故

林邑①山联瘴海秋，牂牁②水向郡前流。劳君远问龙城③地，正北三千到锦州④。

【注释】

①林邑：汉象林县，东汉伏波将军马援铸铜柱处。②牂牁：指牂牁江。《史记·西南夷传》：『夜郎者，临牂牁江，江广百余步，足以行船。』③龙城：柳州郡名。④锦州：属江南西道，至长安三千五百里。

【品读】

张邦基《墨庄漫录》：唐人诗，行役异乡怀归感叹而意相同者……柳宗元云：『林邑山联瘴海秋，牂牁水向郡前流。劳君远问龙城地，正北三千到锦州。』李商隐云：『君问归期未有期，巴山夜雨涨秋池。何当共剪西窗烛，却话巴山夜雨时。』皆佳作也。

酬曹侍御过象县①见寄

破额山②前碧玉流，骚人③遥驻木兰舟。春风无限潇湘意④，欲采苹花不自由！

【注释】

①象县：唐岭南道柳州象县，今广西壮族自治区象州县。②破额山：山名，在象县。③骚人：指曹侍御。④潇湘意：屈原有《湘君》《湘夫人》，写他们彼此相思，沿潇、湘奔波，寻求相会，始终未成。此处喻指想会见曹侍御而不能。

【品读】

王士祯《渔洋诗话》：黄梅五祖道场在东山，广济四祖道场曰西山，二山相去仅四十里。西山即破额山，柳宗元诗『破额山前碧玉流』是也。

沈德潜《说诗晬语》：李沧溟推王昌龄『秦时明

月』为压卷，王凤洲推王翰『葡萄美酒』为压卷，本朝王阮亭则云：『必求压卷，王维之渭城，李白之白帝，王昌龄之奉帚平明，王之涣之黄河远上其庶几乎？而终唐之世，亦无出四章之右者矣。』沧溟、凤洲主气，阮亭主神，各自有见。愚谓：李益之『回乐峰前』，柳宗元之『破额山前』，刘禹锡之『山围故国』，杜牧之『烟笼寒水』，郑谷之『扬子江头』，气象稍殊，亦堪接武。

南涧①中题

秋气集南涧，独游亭午②时。回风一萧瑟，林影久参差。始至若有得，稍深遂忘疲。羁禽③响幽谷，寒藻舞沦漪④。去国魂已远，怀人泪空垂⑤。孤生易为感，失路少所宜。索寞⑥竟何事？徘徊只自知。谁为后来者，当与此心期。

【注释】

①南涧：在永州朝阳岩东南。②亭午：正午。③羁禽：漂泊失群的鸟。④沦漪：圆形小水波。⑤怀人句：时王叔文、王伾、凌准、吕温等均先后去世，其余友人也山川阻隔，音书难寄。⑥索寞：枯寂无生气貌。

【品读】

吴可《藏海诗话》：柳子厚：『清风一披拂，林影久参差。』能形容出体态，而又省力。

沈德潜《说诗晬语》：即柳记中石涧。语语是独游。东坡谓柳仪曹南涧诗，忧中有乐，妙绝古今。得其旨矣。

施补华《岘佣说诗》：柳子厚幽怨有得《骚》旨，而不甚似陶公，盖怡旷气少，沈至语少也。《南涧》一作，气清神敛，宜为坡公所激赏。

与崔策①登西山

鹤鸣楚山静，露白秋江晓。连袂渡危桥，萦回出林杪。西岑②极远目，毫末皆可了。重叠九疑高，微茫洞庭小。迥穷两仪（《易·系辞》：是故易有太极，是生两仪。孔颖达疏：不言天地而言两仪者，指其物体；下与四象相对，故曰两仪，谓两体容仪也。）际，高出万象③表。驰景泛颓波④，遥风递寒篆⑤。谪居安所习？稍厌从纷扰。生同胥靡⑥遗，寿等彭铿夭⑦。蹇连⑧困颠踣⑨，愚蒙怯幽眇⑩。非令亲爱疏，谁使心神悄？偶兹遁山水，得以观鱼鸟。吾子⑪幸淹留，缓我愁肠绕。

【注释】

①崔策：字子符。②西岑：西山。岑，窄高的山。③万象：宇宙间之一切物象。④颓波：向下流去之水。⑤篆：小竹。⑥胥靡：古代服劳役的刑徒。⑦彭铿夭：彭祖，姓篯名铿，据说他活了八百岁。⑧蹇连：艰难。⑨颠踣：颠沛困顿。⑩幽眇：精微深妙。⑪吾子：指崔策。

夏初雨后寻愚溪

悠悠雨初霁，独绕清溪曲。引杖试荒泉，解带围新竹。
沉吟亦何事？寂寞固所欲。幸此息营营①，啸歌静炎燠②。

【注释】

①营营：《诗经·小雅·青蝇》：『营营青蝇。』毛传：『营营，往来貌。』②炎燠：炎热。燠，暖也。

【品读】

皇甫枚《三水小牍逸文补》：柳子厚溪、丘、泉、沟、池、亭、堂、岛，皆以愚名之，号八愚。

【品读】

苏轼《东坡题跋》：东坡曰：子厚此诗，远在灵运上。诗须要有为而作，用事当以故为新，以俗为雅。好奇务新，乃诗之病。柳子厚晚年诗极似陶渊明，知诗病者也。

何焯《义门读书记》：『鹤鸣楚山静』，鹤半夜而警露。此句是不眠待晓，即隐忧倦永夜之意，尤不露骨也。

沈德潜《说诗晬语》：《庄子》『胥靡登而不遗』，言被罪之人，轻生身也。次语即《齐物论》意。

溪居

久为簪组①累，幸此南夷②谪。闲依农圃邻，偶似山林客。晓耕翻露草，夜榜③响溪石④。来往不逢人，长歌楚天碧。

【注释】

①簪组：古代官员系冠的簪子和丝带。②南夷：旧指南方少数民族，此指永州。③榜：船桨，代指船。④响溪石：指夜晚划船归来，触着溪石发出响声。

【品读】

沈德潜《唐诗别裁》：愚溪诸咏，处连蹇困厄之境，发清夷淡泊之音，不怨而怨，怨而不怨，行间言外，时或遇之。

卢仝

卢仝，生卒年不详。祖籍范阳（今河北涿县），生于河南济源市武山镇（今思礼村），自号玉川子。他博览经史，工诗精文，不愿仕进。后迁居洛阳。甘露之变时，因留宿宰相王涯家，与王同时遇害。

悲新年

新年何事最堪悲，病客遥听百舌[1]儿。太岁[2]只游桃李径，春风肯管岁寒枝[3]。

【注释】

①百舌：鸟名，即『乌鸫』。善鸣而音多变化，故名。②太岁：值岁的神名。③岁寒枝：指松柏。

【品读】

杨慎《升庵诗话》：古诗有用近俗字而不俗者。如孙光宪《采莲》诗曰：『菡萏香连十顷陂，小姑贪戏采莲迟。晚来弄水船头湿，更脱红裙裹鸭儿。』李君玉《钓鱼》诗曰：『七尺青竿一丈丝，菰蒲叶里逐风吹。几回举手抛芳饵，惊起沙滩水鸭儿。』又《赠琵琶妓》诗有曰：『我见鸳鸯飞水去，君还望月苦相思。一双裙带同心结，早寄黄莺孤雁儿。』卢仝新年亦有诗云：『新年何事最堪悲，病客还听百舌儿。太岁只游桃李径，春风肯管岁寒枝。』

有所思

当时我醉美人家，美人颜色娇如花。今日美人弃我去，青楼珠箔[1]天之涯。天涯娟娟姮娥[2]月，三五二八[3]盈又缺。翠眉蝉鬓生别离，一望不见心断绝。心断绝，几千里，梦中醉卧巫山云。觉来泪滴湘江水，湘江两岸花木深。美人不见愁人心，含愁更奏绿绮琴[4]。调高弦绝无知音[5]，美人兮美人，不知为暮雨兮为朝云[6]。相思一夜梅花发，忽到窗前疑是君。

【注释】

①青楼珠箔：指美人住所。珠箔，珠帘。②姮娥：即嫦娥。传说中的月中女神。③三五二八：指阴历每月十五日、十六日。④绿绮琴：汉司马相如有琴名绿绮。⑤调高句：春秋时，伯牙鼓琴，钟子期为知音。后子期死，伯牙绝弦，终生不复鼓琴。⑥不知句：宋玉《高唐赋序》言楚王梦与神女于高唐相会，神女自言『旦为行云，暮为行雨。』后称男女欢合为『云雨』。

【品读】

范晞文《对床夜语》：或谓仝此诗自有所寓云。

谢榛《四溟诗话》：『相思一夜梅花发，忽到窗前疑是君。』孙太初曰：『夜来梦到西湖路，白石滩头鹤是君。』此从玉川变化，亦有风致。

直钩吟

初岁①学钓鱼，自谓鱼易得。三十持钓竿，一鱼钓不得。人钩曲，我钩直，哀哉我钩又无食②。文王③已没不复生，直钩之道何时行？

【注释】

①初岁：年轻时。②我钩直二句：传说吕尚年八十时，在渭水之滨钓鱼。常用无饵之钩悬于水面，曰：『负命者上钩来！』后果遇文王。③文王：周文王姬昌。

【品读】

朱承爵《存余堂诗话》：诗家评卢仝诗，造语险怪百出，几不可解……至如《直钩吟》云：『文王已没不复生，直钩之道何时行？』亦自平直，殊不为险。

李 贺

李贺（790–816），字长吉。祖籍陇西，生于福昌县昌谷（今河南洛阳宜阳县）。一生愁苦多病，仅做过三年的九品微官奉礼郎，因病二十七岁卒。

李凭①箜篌②引

吴丝蜀桐③张④高秋，空山凝云颓不流。江娥啼竹素女⑤愁，《史记》：太帝使素女鼓五十弦瑟，悲，帝禁不止，乃破其瑟为二十五弦。李凭中国弹箜篌。昆山玉碎凤凰叫，芙蓉泣露香兰笑。十二门⑥前融冷光，二十三丝动紫皇⑦。女娲⑧炼石补天处，石破天惊逗秋雨。吴闿生：此二句思想尤为奇特，盖箜篌之妙，能使石破天惊。然天本有裂痕，为女娲所补，假使天破，必仍在旧补之处也。『逗秋雨』三字，亦奇妙。梦入神山教神妪⑨，老鱼跳波瘦蛟舞。吴质⑩不眠倚桂树，露脚斜飞湿寒兔⑪。

【注释】

①李凭：中唐时著名艺人，善弹箜篌。②箜篌：古代弹拨乐器。③蜀桐：蜀地所产的桐木，是制箜篌的优质材料。④张：弹奏。⑤素女：传说中神女，善鼓瑟。⑥十二门：古代长安一面三门，四面十二门。⑦紫皇：指天帝。⑧女娲：神话中的上古女帝，曾炼五色石补天。

⑨神妪：神话中的陈夫人，喜欢音乐，善弹箜篌。⑩吴质：神话传说中月宫里砍桂树的吴刚。⑪寒兔：秋月。

【品读】

黄周星《唐诗快》：本咏箜篌耳，忽然说到女娲、神妪，惊天入月，变眩百怪，不可方物，真是鬼神于文。

方世举《李长吉诗集批注》：白香山江上琵琶，韩退之颖师琴，李长吉李凭箜篌，皆摹写声音至文。韩足以惊天，李足以泣鬼，白足以移人。

王琦《李长吉歌诗汇解》：玩诗意，当是初弹之时，凝云满空，继之而秋雨骤作，洎乎曲终声歇，则露气已下，朗月在天，皆一时实景也。而自诗人言之，则以为凝云满空者，乃箜篌之声遏之而不流；秋雨骤至者，乃箜篌之声感之而旋应；似景似情，似虚似实。读者徒赏其琢句之奇，解者又昧其用意之巧，显然明白之辞，而反以为在可解不解之间，误矣。

七夕①

别浦②今朝暗，罗帷午夜愁。鹊辞穿线月，花入曝衣楼。天上分金镜③，人间望玉钩。钱塘苏小小④，更值一年秋。

【注释】

①七夕：传说农历七月七日为牛郎、织女聚会之夜，谓之七夕。②别浦：天河。③分金镜：指七夕弯月如半镜。④苏小小：南齐时钱塘（今浙江杭州市西）名妓。

【品读】

王琦《李长吉歌诗汇解》：时当七夕，牵牛、织女亦得聚会，已乃中宵独处，能无愁叹？细玩末二句，『愁』字之意自见。

过华清宫①

春月夜啼鸦，宫帘隔御花。云生朱络暗，石断紫钱斜。玉碗盛残露，银灯点旧纱。蜀王②无近信，泉上有芹芽。

【注释】

①华清宫：在陕西省临潼县南骊山下。山有温泉，即华清池。唐玄宗常同杨贵妃在此玩乐。②蜀王：指唐玄宗李隆基。安史之乱后，李隆基逃到蜀地（四川）去避难。

【品读】

王琦《李长吉歌诗汇解》：当明皇远幸蜀土之日，泉上已有芹生；况今日久不复幸，其风景之荒凉宜矣！一结深有不尽之致。曾益注：玄宗宠杨太真，任安禄山，以致祸乱，蒙尘走蜀，故曰蜀王，寓讥刺意。琦谓：以本朝帝王而称之曰蜀王，终是长吉欠理处。

送沈亚之①歌并序

文人沈亚之，元和七年②，以书不中第，返归于吴江。吾悲其行，无钱酒以劳，又感沈之勤请，乃歌一解[3]以送之。

吴兴才人怨春风，桃花满陌千里红。紫丝竹[4]断骢马小，家住钱塘东复东。白藤交穿织书笈[5]，短策齐裁如梵夹。雄光宝矿献春卿[6]，烟底蓦波乘一叶。春卿拾才白日下，掷置黄金[7]解龙马。携笈归江重入门，劳劳谁是怜君者？吾闻壮夫重心骨，古人三走[8]无摧捽。请君待旦[9]事长鞭，他日还辕及秋律[10]。

【注释】

①沈亚之：字下贤，吴兴人。②元和七年：812年。元和，唐宪宗年号。③一解：诗歌一章叫作一解。④紫丝竹：指马鞭。⑤笈：书箱。⑥春卿：礼部主考官。⑦黄金、龙马：喻优秀的人才。⑧古人三走：指春秋时的管仲或令尹子文。他们都有三次为官三次罢官的经历。⑨待旦：等到明天。⑩秋律：古时以十二音律配合十二个月，秋律即秋天。

【品读】

王琦《李长吉歌诗汇解》：此诗纪将归之景，则云「满陌桃花」，望良友之来，则云「还辕秋律」，居然可知。旧解纷纭，未为允当。

咏怀

长卿[1]怀茂陵[2]，绿草垂石井。弹琴看文君[3]，春风吹鬓影。梁王[4]与武帝，弃之如断梗。惟留一简书，金泥[5]泰山顶。

【注释】

①长卿：汉代文赋家司马相如，字长卿。②茂陵：司马相如晚年居地。③文君：卓文君。④梁王：梁孝王景帝同母弟刘武。⑤金泥：以水银和金粉为泥。

【品读】

王琦《李长吉歌诗汇解》：此篇盖借长卿以自况也。「长卿怀茂陵，绿草垂石井」，见闲居幽静之意。「弹琴看文君，春风吹鬓影」，见室家相得之好。「梁王与武帝，弃之如断梗。惟留一简书，金泥泰山顶」，谓己在时，上之人皆弃而不用；至身没之后，见其遗书，而反思之以施用于世也。

追和柳恽[1]

汀洲白蘋草，柳恽乘马归。江头楂树香，岸上蝴蝶飞。酒杯箬叶露[2]，玉轸[3]蜀桐[4]虚。朱楼通水陌，沙暖一双鱼。

【注释】

①柳恽：南北朝人，字文畅。②箬叶露：箬下酒。吴兴产的一种美酒。③轸：弦乐器上用以转动弦线的柱轴。④蜀桐：指琴体。

【品读】

王琦《李长吉歌诗汇解》：按《梁书》：柳恽字文畅，河东解人也。立行贞素，以贵公子早有令名。少工篇什，仕至吴兴太守。尝体《江南曲》云：汀洲采白蘋，日落江南春。洞庭有归客，潇湘逢故人。故人何不返？春华复应晚。不道新相知，只言行路远。吴正子以长吉追和者必是此篇，故首有『汀洲白蘋』之句。今细校之，二诗意不相类，恐追和者另是一篇。

唐儿歌

头玉硗硗眉刷翠，杜郎[1]生得真男子。骨重神寒天庙器[2]，一双瞳人剪秋水。竹马梢梢摇绿尾，银鸾睒[3]光踏半臂。东家娇娘求对值[4]，浓笑书空作唐字。眼大心雄知所以，莫忘作歌人姓李。

【注释】

①杜郎：即唐儿。②天庙器：皇帝祭天的庙堂中摆设的祭器。借指国家重用的人才。③睒：闪。④对值：配偶。

【品读】

王琦《李长吉歌诗汇解》：吴正子曰：诸本皆作《唐歌儿》，韦庄所编《又玄集》体《杜家唐儿歌》为是。《唐歌儿》恐是倒书一字。

绿章封事[1]

青霓[2]扣额呼宫神，鸿龙玉狗[3]开天门。石榴花发满溪津，溪女[4]洗花染白云。绿章封事咨元父[5]，六街马蹄[6]浩无主。虚空风气不清冷[7]，短衣小冠[8]作尘土。金家[9]香衖千轮鸣，扬雄[10]秋室无俗声。愿携汉戟招书鬼[11]，休令恨骨填蒿里[12]。

【注释】

①绿章封事：道家用以上奏天帝的奏章。②青霓：绣着云霓的青色道袍，借指道士。③鸿龙玉狗：传说中看守天宫的神兽。④溪女：参与醮事的女童。⑤元父：指天帝。⑥六街马蹄：指长安城豪绅。⑦不清冷：不洁净。指时疫流行。⑧短衣小冠：指穷苦读书人。⑨金家：代指富贵人家。⑩扬雄：汉代著名文学家。⑪招书鬼：招扬雄的鬼魂。⑫蒿里：古时称坟地。

【品读】

王琦《李长吉歌诗汇解》：末四句乃长吉自言其意欲道士附奏之说。富贵之家，生前奉养，志意满足，可以无恨；惟穷约之士如扬雄者，陋室萧条，赍志以没，不能不抱恨于地下。愿携汉戟以招之，无令恨骨长埋蒿里，盖为士之不遇者悲乎！特借扬雄一人以概其余矣。

天上谣

天河夜转漂回星[1]，银浦流云学水声。玉宫[2]桂树花未落，仙妾采香垂珮缨。秦妃[3]卷帘北窗晓，窗前植桐青凤小。王子[4]吹笙鹅管长，呼龙耕烟种瑶草。粉霞红绶藕丝裙，青洲[5]步拾兰苕春。东指羲和[6]能走马，海尘新生石山下。

【注释】

①回星：运转的星。②玉宫：指月宫。③秦妃：秦穆公的女儿弄玉，传说她后来成为仙女。④王子：王子乔，周灵王的太子，好吹笙，作凤凰鸣，后来成为仙人。⑤青洲：神话中神仙居住的地方，洲上有仙草灵药。⑥羲和：神话中替太阳驾车的神。

【品读】

高棅《唐诗品汇》：刘辰翁："浑浑语奇。"又："『天河』『银浦』似重复。长吉此类亦多，要为疏隽不同此耳。造诗多有此例。

姚文燮《昌谷集注》：元和朝，上慕神仙，命方士四出采药，冀德一遇仙侣，贺作此讽之。谓银浦玉宫，珍禽琪树，秦妃仙姬，瑶圃青洲，天上之乐如是，故能睹月驭其驰，桑田屡变，然人亦何得而见之也？如以天上之谣而欲亲其境，误矣。

浩歌

南风吹山作平地，帝遣天吴①移海水。王母桃花②千遍红，彭祖③巫咸④几回死。青毛骢马参差钱，娇春杨柳含细烟。筝人劝我金屈卮，神血未凝身问谁？不须浪饮丁都护⑤，世上英雄本无主。买丝绣作平原君⑥，有酒唯浇赵州土。漏催水咽玉蟾蜍，卫娘⑦发薄不胜梳。看见秋眉换新绿，二十男儿那刺促。

【注释】

①天吴：传说中水神。②王母桃花：神话中西王母仙桃三千年一开花，三千年一结果。③彭祖：传说中的长寿者。④巫咸：传说中古代神巫。⑤丁都护：南朝乐府歌曲名。⑥平原君：战国时赵国赵胜，封平原君。⑦卫娘：汉武帝皇后卫子夫，以头发浓美著称。

【品读】

王琦《李长吉歌诗汇解》：古之平原君虚己下士，深可敬慕；今日既无其人，惟当买丝绣其形而奉之，取酒浇其墓而吊之已矣！深叹举世无有能得士者。

秋来

桐风①惊心壮士苦，衰灯络纬②啼寒素。谁看青简一编书，不遣花虫粉空蠹。思牵今夜肠应直，雨冷香魂吊书客。秋坟鬼唱鲍家诗，恨血千年土中碧③。

【注释】

①桐风：指秋风。②络纬：虫名。俗称纺织娘。③土中碧：相传周朝大夫苌弘被杀，三年后，他的血化为碧玉。

【品读】

王琦《李长吉歌诗汇解》：苦心作书，思以传后。奈无人观赏，徒饱蠹鱼之腹。如此即令呕心镂骨，章锻句炼，亦有何益？思念至此，肠之曲者亦几牵而直矣。

帝子[1]歌

洞庭帝子一千里，凉风雁啼天在水。九节菖蒲[2]石上死，湘神弹琴迎帝子。山头老桂吹古香，雌龙[3]怨吟寒水光。沙浦走鱼白石郎[4]，闲取真珠掷龙堂[5]。

【注释】

①帝子：湘水女神。②九节菖蒲：传说中的仙草。③雌龙：指帝子。④白石郎：传说中的小水神。⑤龙堂：传说中河伯居住的屋子。

【品读】

王琦《李长吉歌诗汇解》：此篇旨趣全效《楚辞·九歌》，会其意者，绝无怪处可觅。

古悠悠行

白景归西山，碧华[1]上迢迢。今古何处尽？千岁随风飘。海沙变成石，鱼沫吹秦桥[2]。空光[3]远流浪，铜柱从年消。

【注释】

①碧华：指月亮。②秦桥：传说秦始皇当年登临青城山时曾筑城建石桥，入海三十里，欲渡海求仙。③空光：指时光。

【品读】

王琦《李长吉歌诗汇解》：夫以武帝之雄才大略，欲求长生于世间尚不可得，况他人乎？此诗盖以讽也。

巫山[1]高

碧丛丛，高插天，大江翻澜神曳烟，楚魂寻梦[2]风飔然，晓风飞雨生苔钱。瑶姬[3]一去一千年，丁香[4]筇竹[5]啼老猿。古祠近月蟾桂寒，椒花坠红湿云间。

【注释】

①巫山：在今四川省巫山县东。②楚魂寻梦：指楚襄王梦遇巫山神女的故事。③瑶姬：巫山神女。④丁香：草本植物，一名鸡舌香，味芳香，可入药。⑤筇竹：即邛竹。

【品读】

王琦《李长吉歌诗汇解》：所谓椒花坠红，即是指其红实耳。长吉生长中原，身未入蜀，蜀地之椒，目所未睹，出于想象之间故云耳。

荣华乐

鸢肩公子[1]二十余，齿编贝，唇激朱。气如虹霓，饮如建瓴[2]，走马夜归叫严更[3]。径穿复道游椒房[4]，龙裘金玦杂花光。玉堂调笑金楼子[5]，台下戏学邯郸倡。口吟舌话称女郎，锦祛绣面汉帝旁。得明珠十斛，白璧一双，新诏垂金曳紫光煌煌。马如飞，人如水，九卿六官皆望履。将回日月先反掌，欲作江河惟画地。峨峨虎冠上切云，竦剑晨趋凌紫氛。绣段千寻贻皂隶，黄金百镒[6]觋家臣。十二门[7]前张大宅，晴春烟起连天碧，金铺⑧缀日杂红光，铜龙啮环似争力。瑶姬凝醉卧芳席，海素⑨笼窗空下隔。丹穴⑩取凤充行庖，玃玃⑪如拳那足食。金蟾呀呀兰烛香，军装武妓声琅珰。谁知花雨夜来过，但见池台春草长。嘈嘈弦吹匝天开，洪崖⑫箫声绕天来。天长一矢贯双虎，云弝⑬绝骋聒旱雷。乱袖交竿管儿舞，吴音绿鸟学言语。能教刻石平紫金，解送刻毛寄新兔。三皇后，七贵人，五十校尉⑭二将军。当时飞去逐彩云，化作今日京华春。

【注释】

①鸢肩公子：指东汉贵戚梁冀。《后汉书·梁统传》附梁冀：『为人鸢肩豺目，洞精矘眄。』②建瓴：倾倒瓶子的水。喻梁冀狂饮。③严更：古代禁止夜行的更鼓。④椒房：古代后妃住地。⑤金楼子：指歌伎舞女。⑥镒：重量单位，合二十两，另一说合二十四两。⑦十二门：指东汉都城洛阳的十二座城门。⑧金铺：金属的门环和底座。⑨海素：鲛绡纱。指质薄而透明的丝织品。⑩丹穴：山名，传说出凤凰。⑪玃玃：猴类，产于四川一带，肉丰美。⑫洪崖：传说中仙人，乐师。⑬云弝：有云纹的弓。弝，弓柄手握处。⑭校尉：汉代军职名称。

【品读】

王琦《李长吉歌诗汇解》：此篇专咏梁冀事，以为贵戚之戒。

神弦曲

西山日没东山昏，旋风吹马马踏云。画弦素管声浅繁，花裙①綷縩步秋尘。桂叶刷风桂坠子，青狸②哭血寒狐死。古壁彩虬③金帖尾，雨工④骑入秋潭水。百年老鸮⑤成木魅⑥，笑声碧火巢中起。

【注释】

①花裙：指女巫。②青狸、寒狐：指作怪成妖的狐与狸。③虬：龙。④雨工：雷霆之神。⑤鸮：猫头鹰。⑥木魅：传说中的林妖。

【品读】

王琦《李长吉歌诗汇解》：神弦曲者，乃祭祀神祇弦歌以娱神之曲也。此诗言狸哭狐死，火起鸮巢，是所祈者其诛邪讨魅之神欤？

高轩过

韩员外愈、皇甫侍御湜①见过，因命而作。

华裾织翠青如葱，金环压辔摇玲珑。马蹄隐耳②声隆隆，入门下马气如虹。云是东京才子③文章巨公④！二十八宿⑤罗心胸，元精⑥耿耿贯当中。殿前作赋声摩空，笔补造化天无功。庞眉书客感秋蓬，谁知死草生华风？我今垂翅附冥鸿⑦，他日不羞蛇作龙。

【注释】

①皇甫湜：字持正，睦州新安人。著名诗人、文学

家。②隐耳：震耳。隐，通『殷』，震动。③东京才子：指皇甫湜。④文章巨公：指韩愈。⑤二十八宿：古代以黄道赤道附近的二十八个星座代周天的星，此处代指整个宇宙。⑥元精：宇宙间的精气。⑦冥鸿：高飞入天的大雁。

【品读】

王定保《唐摭言》：贺年七岁，以长知之制，名动京华。时韩文公与皇甫湜览贺所业，奇之，而未知其人。因相谓曰：『若是古人，吾曹不知者；若是今人，岂有不知之理！』会有以瑨肃行止言者，二公因连骑造门，请见其子。既而总角荷衣而出，二公不之信，贺就试一篇，承命欣然，操觚染翰，旁若无人。仍目曰《高轩过》。二公大惊，以所乘马命连镳而还所居，亲为束发。

野歌

鸦翎羽箭①山桑弓②，仰天射落衔芦鸿③。麻衣黑肥冲北风，带酒日晚歌田中。男儿屈穷心不穷，枯荣④不等嗔天公。寒风又变为春柳，条条⑤看即烟濛濛。

【注释】

①鸦翎羽箭：尾部装饰有乌鸦羽毛的箭。②山桑弓：用山桑木制成的弓。③衔芦鸿：即大雁。传说雁衔芦而飞，以避猎人射落。④枯荣：贱贵。⑤条条：指柳条。

【品读】

王琦《李长吉歌诗汇解》：长吉自谓身虽屈抑穷困，心却不为穷所困。凡人之遭际，枯荣不等，常谓天意偏私，其实天意未尝偏私。试看寒风时候，又变为春柳时候，枯者亦有荣时，不可信乎？

官街鼓①

晓声隆隆催转日，暮声隆隆催月出。汉城②黄柳映新帘，柏陵③飞燕④埋香骨。磓碎千年日长白，孝武⑤秦皇⑥听不得。从君翠发芦花色，独共南山守中国。几回天上葬神仙，漏声相将无断绝。

【注释】

①官街鼓：指京城里报晓戒夜的鼓点。②汉城：指长安。③柏陵：古代帝王后妃的陵墓多植柏树，故称。④飞燕：赵飞燕，汉成帝刘骜的皇后。⑤孝武：汉武帝刘彻。⑥秦皇：秦始皇嬴政。

【品读】

王琦《李长吉歌诗汇解》：人少发色翠黑，老则白如芦花，由少而老，人人如是。乃有人独欲长生，与南山并寿，守此中国而不死。岂知神仙不死之说，本是虚诞之词，虽或可以祛病延年，终有死期，岂能如漏声之日夜相将而无断绝乎？

徐凝

徐凝，生卒年不详，睦州人（今浙江建德）。与施肩吾同里，日共吟咏。曾至长安，因不善干谒，仅游韩愈之门，竟不成名。遂归里，优悠诗酒以终。

送日本使还

绝国[①]将无外，扶桑[②]更有东。来朝逢圣日，归去及秋风。夜泛潮回际，晨征苍莽中。鲸波腾水府[③]，蜃气[④]壮仙宫。天眷何期远，王文久已同[⑤]。相望杳不见，离恨托飞鸿。

【注释】

①绝国：极远的邦国。指日本。②扶桑：日本的代称。《梁书·扶桑国传》：『扶桑在大汉国东二万余里，地在中国之东，其土多扶桑木，故以为名。』③水府：传说水神或龙王的住所。④蜃气：海市蜃楼。海面风平浪静时，远处出现由折光所形成的城郭楼宇等现象，古人认为由蜃（大蛤蜊）吐气所致，故称蜃气。⑤王文句：言天朝文化早已将日本同化。

【品读】

沈德潜《唐诗别裁》：犹有盛唐家数。

汉宫曲

水色帘前流玉霜[①]，赵家飞燕[②]侍昭阳[③]。掌中舞白居易《白氏六帖》：赵飞燕体轻，能为掌中舞。罢箫声绝，三十六宫《西都赋》：离宫别馆，三十六所。《三辅黄图》曰：上林有建章，承光等一十一宫，平乐、茧观等二十五馆，凡三十六所。秋夜长。

【注释】

①流玉霜：指月光皎洁如霜，流泻于地。②赵家飞燕：赵飞燕，汉成帝妃，以体轻善舞著名。许后废，立为后，与其妹昭仪专宠十余年。③昭阳：汉宫殿名，成帝时赵飞燕居之。

【品读】

杨慎《升庵诗话》：徐凝诗多浅俗，独此有盛唐风格。

黄叔灿《唐诗笺注》：一人承宠，各院凄凉，只『秋夜长』三字已足。

宋顾乐《唐人万首绝句选》：妙在直叙而不下断语，怨意愈见。

庐山瀑布

虚空落泉千仞[①]直，雷奔[②]入江不暂息。今古长如白练飞，一条界破[③]青山色。

【注释】

①千仞：极言其高。古八尺或七尺为一仞。②雷奔：奔流时发出雷鸣般的轰响。③界破：划破，隔开。

【品读】

翁方纲《石洲诗话》：徐凝《庐山瀑布》诗「千古长如白练飞，一条界破青山色」，白公所称而苏公以为恶诗。《芥隐笔记》谓本《天台赋》「飞流界道」之语，然诗与赋自不相同，苏公固非深文之论也。至白公称之，则所见又自不同，盖白公不于骨骼间相马，唯以奔腾之势论之耳。

忆扬州

萧娘①脸下难胜泪，桃叶②眉头易得愁。天下三分明月夜，二分无赖③是扬州。

【注释】

①萧娘：南北朝后对女子的泛称，唐人亦用以指妓女。②桃叶：《古今乐录》：「《桃叶歌》者，晋王子敬之所作也。桃叶，子敬妾名，缘于笃爱，所以歌之。」此处代指扬州歌妓。③无赖：逗人喜爱。

【品读】

黄叔灿《唐诗笺注》：极言扬州之淫侈，令人留恋，语自奇辟。

宋顾乐《唐人万首绝句选》：月明无赖，自是佳句，与扬州尤切。

杨衡

杨衡，字仲师，吴兴（今浙江湖州）人。初与符载、崔群、宋齐隐庐山，号山中四友。贞元中进士登第，官至大理评事。

卢十五竹亭送侄偁归山

落叶寒拥壁，清霜夜沾石。正是忆山时，复送归山客。殷勤一尊酒，晓月当窗白。

【品读】

范晞文《对床夜语》：语意清脱，略无尘土俗华之气。

题花树

都无看花意，偶到树边来。可怜枝上色，一一为愁开。

【品读】

范晞文《对床夜语》：其《看花》小句亦佳。

施肩吾

施肩吾，生卒年不详，字希圣，自号栖真子。洪州（今江西南昌）人。一说睦州（今浙江桐庐附近）人。唐穆宗元和十五年（820）登进士第。长庆（821-824）中，隐于洪州西山学仙。张籍称他为『烟霞客』。

代征妇吟

寒窗羞见影相随，嫁得五陵[1]轻薄儿。长短艳歌君自解，浅深更漏[2]妾偏知。画裙多泪鸳鸯湿，云鬓慵梳玳瑁[3]垂。何事不看霜雪里，坚贞惟有古松枝。

【注释】

①五陵：汉代五座皇帝陵墓所在，汉时多迁豪族外戚于皇陵附近。此指豪门贵族。②更漏：即刻漏，有刻度尺的漏壶。③玳瑁：用玳瑁做的发饰。

【品读】

余成教《石园诗话》：施希圣登元和进士，慕仙迹隐豫章西山，有《西山集》，其自序云：『二十年来辛苦烟萝松月之下，或时学龟息，饮而不食，肠胃无滓，形神益清，见天地六合之奥。凡奇兆异状，阅乎心目者，锐思一搜，皆落我文字网中。』今读其诗，奇丽果如所自序。然其诗如『只言众口铄千金，不信独愁销片玉』『长短艳歌君不解，浅深更漏妾偏知』『向夜在堂前，学人拜新月』『自家夫婿无消息，却恨桥头卖卜人』『明朝欲饮还来此，只怕春风却在前』『绣衣年少朝欲归，美人犹在青楼梦』『莫愁今夜无诗思，已听秋猿第一声』『乱山重叠云相掩，君向乱山何处行』『良人一夜出门宿，减却桃花一半红』，皆善于言情，哀艳婉转，绝不类隐者之语。

幼女词

幼女才六岁，未知巧与拙。向夜在堂前，学人拜新月。

【品读】

黄叔灿《唐诗笺注》：真情真景，无斧凿痕。『学人』二字，所谓『道是无情却有情』也。

吴瑞荣《唐诗笺要》：一气流出，无可安排。

望夫词

手爇[1]寒灯向影频，回文机[2]上暗生尘。自家夫婿无消息，却恨桥头卖卜[3]人。

【注释】

①爇：烧。此指点燃。②回文机：织璇玑图的布机。前秦时苏惠因丈夫窦滔被徙流沙，而织锦为《回文旋图诗》以赠。凡八百四十字，宛转循环皆可诵读，饱含凄婉望夫之情。③卖卜：收钱为人占卜。

【品读】

黄叔灿《唐诗笺注》：眼前语说来情事弥挚。『向影频』言顾影自怜也。『暗生尘』是不情不绪光景。

效古兴 兴一作『体』

金雀无旧钗，湘绮无旧裾。唯有一寸心，长贮万里夫。南轩夜虫织已促，北牖飞蛾绕残烛。只言众口铄千金，不信独愁销片玉。不知岁晚归不归，又将啼眼缝征衣。

【品读】

许学夷《诗源辩体》：施肩吾七言绝见《万首唐人绝句》，凡一百五十余首。中有艳词三十余篇。语多新巧，能道人意中事，较微之艳诗远为胜之。

同诸隐者夜登四明山

半夜寻幽上四明①，手攀松桂触云行。
相呼已到无人境，何处玉箫吹一声。

【注释】

①四明：即四明山，也称金钟山，位于浙江省，跨越嵊州、上虞、余姚、鄞州、奉化五市区，主峰位于嵊州市境内。

【品读】

首句『半夜寻幽』四字，让人产生一种好奇心理，『上四明』三字，就更使人觉得神秘而不可捉摸：这些人究竟要干什么？深更半夜为什么去登四明山？倘若读者懂得『隐者』是怎么一回事，那么，产生的就不会是重重的疑问，而会是一种兴趣，一种对这些隐者奇特性格与志趣的浓厚兴趣。隐者，一般说来都是一些有一定才能的知识分子，他们厌弃尘世的恶俗与平庸，孤高自许，傲世独立，寄情于山水或放浪形骸，兴趣与常人不同。这首诗写的『诸隐者』就属于这类人。或许是突如其来的兴致，兴之所至，身之所至，所以相约一同夜登四明山。前两句写登山的艰险。手攀松桂枝，身与浮云齐，慢慢地终于到了顶峰。三、四句写深夜四明山万籁俱寂的情景。众人登上山顶，你呼我应，空山寂静，传响不绝；突然不知从哪儿传来玉箫的奏响，划破夜空，众人屏气静听，却再无声息。写来逼真而有意趣。因为是『夜登』，又是『同诸隐者』，所以此诗反映的是作者平静淡泊的心志、寄情山水的雅趣，别无他意。

白居易

白居易（772–846），字乐天，号香山居士，下邽（今陕西渭南东北）人。贞元二十六年（800）进士，先后任秘书省校书郎、盩厔尉、翰林学士，元和年间任左拾遗。元和十年（815）被贬为江州司马。元和十五年（820），被召回长安，先后任司门员外郎、主客郎中知制诰、中书舍人等。后外放杭州刺史、苏州刺史。晚年以太子宾客分司东都。七十岁以刑部尚书致仕。

贺雨

皇帝①嗣宝历，元和三年冬。自冬及春暮，不雨旱爞爞②。上心念下民，惧岁成灾凶。遂下罪己诏③，殷勤告万邦。帝曰：『予一人，继天承祖宗。忧勤不遑宁，夙夜心忡忡。元年④诛刘辟⑤，一举靖巴邛⑥。二年戮李锜⑦，不战安江东⑧。顾惟眇眇德，遽有巍巍功。或者天降沴⑨，无乃儆予躬？』上思答天戒，下思致时邕⑩。莫如率其身，慈和与俭恭。乃命罢进献，乃命赈饥穷。宥死降五刑⑪，已责⑫宽三农。宫女出宣徽⑬，厩马减飞龙⑭。庶政靡不举，皆出自宸衷⑮。奔腾道路人，伛偻田野翁。欢呼相告报，感泣涕沾胸。顺人人心悦，先天天意从。诏下才七日，和气生冲融。凝为悠悠云，散作习习风。昼夜三日雨，凄凄复濛濛。万心春熙熙，百谷青芃芃⑯。人变愁为喜，岁易俭为丰。乃知王者心，忧乐与众同。皇天与后土，所感无不通。冠珮何锵锵，将相及王公。蹈舞呼万岁，列贺明庭中。小臣诚愚陋，职忝金銮宫⑰。稽首再三拜，一言献天聪⑱。君以明为圣，臣以直为忠。敢贺有其始，亦愿有其终。

【注释】

①皇帝：唐宪宗李纯。②爞爞：旱热。③罪己诏：指宪宗归罪于己以祭天求雨的诏书。④元年：元和元年（806）。⑤刘辟：刘辟原为剑南西川节度使韦皋的从事，韦皋死后，继任剑南西川节度使，骄横跋扈，发兵叛乱。为高崇文所平，送长安斩首。⑥巴邛：指四川邛崃山，此指剑南道。⑦戮李锜：润州刺史、镇海军节度使李锜谋反，为其甥裴行立反戈所执，斩于长安。⑧江东：指镇海军节度使辖地。⑨沴：灾害。⑩邕：通『雍』，和谐。⑪五刑：古代以墨、劓、剕、宫、大辟为五刑。唐代则以笞、杖、徒、流、死为五刑。⑫已责：免去赋税。⑬宣徽：宣徽殿。在长安大明宫内。⑭飞龙：飞龙厩。在大明宫玄武门外，养禁马之所。⑮宸衷：君王的内心。宸，帝王的代称。⑯芃芃：草木茂密貌。⑰金銮宫：金銮殿，在长安大明宫，为东翰林院所在地。⑱献夫聪：献言于君，请听之。

【品读】

白居易《与元九书》：凡闻仆《贺雨》诗，而众口籍籍，已谓非宜矣。

许学夷《诗源辩体》：乐天五言古，如《贺雨》《大觜乌》等，虽成大变，而叙事详明，用韵稳帖，首尾匀称，靡不如意，其所长正在于此；或以诸篇为冗滥而不当录者，非所以论元和也。

贺裳《载酒园诗话》：《秦中吟》《喜雨诗》《哭孔戡》《宿紫阁村》，皆乐天得意作。

黄周星《唐诗快》：只如说家常话，忠爱恳恻，字字从肺腑中流出，真仁人君子之言。

陈继辂《合肥学舍札记》：香山《贺雨》诸篇，命意源『三百篇』，体格本古乐府，人所共知。尤当师其文从字顺，无一句一韵不如天施地生。学杜既成，往往不免牵凑生硬之病，非参以乐天之妥适，义山之艳逸，终属犄才，杜公不任其咎也。

读张籍[1]古乐府

张君何为者？业文三十春。尤工乐府诗，举代少其伦。
为诗意如何？六义[2]互铺陈。风雅比兴外，未尝著空文。
读君学仙诗[3]，可讽放佚君。读君董公诗[4]，可诲贪暴臣。
读君商女[5]诗，可感悍妇仁。读君勤齐[6]诗，可劝薄夫敦[7]。上可裨教化，舒之济万民。下可理情性，卷之善一身。始从青衿[8]岁，迨此白发新。日夜秉笔吟，心苦力亦勤。时无采诗官，委弃如泥尘。恐君百岁后，灭没人不闻。
愿藏中秘书[9]，百代不湮沦。愿播内乐府，时得闻至尊。
言者志之苗，行者文之根。所以读君诗，亦知君为人。
如何欲五十，官小身贱贫？病眼街西住，无人行到门！

【注释】

①张籍：字文昌，和州乌江（今安徽和县）人。有诗名于时，工乐府，著有《张司业集》。②六义：指《诗经》的体裁和写法，即风、雅、颂，赋、比、兴。③学仙诗：张籍乐府篇名，讽唐皇帝学道之作。④董公诗：张籍乐府篇名。颂宣武节度使董晋德政之作。⑤商女：张籍乐府篇名。⑥勤齐：张籍乐府篇名。⑦薄夫敦：鄙薄之人变为厚道之人。⑧青衿：青领。古代青年学子所服。代指青年。⑨中秘书：指朝廷秘书省藏书。

【品读】

潘德舆《养一斋诗话》：香山读张籍古乐府云：『为诗意如何？六义互铺陈。雅颂比兴外，未尝著空文。』『上可裨教化，舒之济万民。下可理情性，卷之善一身。』『言者志之苗，行者文之根。所以读君诗，亦知君为人。』数语可做诗学圭臬。予欲取之以为历代诗人总序。合乎此则为诗，不合乎此，则虽思致精到，词语隽妙，采色陆离，声调和美，均不足以为诗也。学者可以知所从事矣。

观刈麦

田家少闲月，五月人倍忙。夜来南风起，小麦覆垄黄。

妇姑荷箪①食，童稚携壶浆②。相随饷田③去，丁壮在南冈。足蒸暑土气，背灼炎天光。力尽不知热，但惜夏日长。复有贫妇人，抱子在其旁。右手秉遗穗，左臂悬敝筐。听其相顾言，闻者为悲伤。家田输税尽，拾此充饥肠。今我何功德？曾不事农桑。吏禄④三百石，岁晏有余粮。念此私自愧，尽日不能忘。

【注释】

①荷箪：背着盛饭的竹器。②壶浆：用壶罐盛着汤水。③饷田：给田里干活的人送饭。④吏禄：官吏的年俸。

【品读】

乾隆《唐宋诗醇》：『力尽不知热』二句，曲尽农家苦心，恰是从旁看出。贫妇一段，悲悯更深，聂夷中诗摹写不到。

李都尉①古剑

古剑寒黯黯，铸来几千秋。白光纳日月，紫气排斗牛②。有客借一观，爱之不敢求。湛然玉匣中，秋水澄不流。至宝有本性，精刚无与俦。可使寸寸折，不能绕指柔。愿快直士心，将断佞臣头！不愿报小怨，夜半刺私仇。劝君慎所用，无作神兵羞。

【注释】

①李都尉：李陵。汉武帝时为骑都尉。②斗牛：两星宿名。

【品读】

潘德舆《养一斋诗话》：白诗虽时伤浅率，而其中实有得于古人作诗之本旨，足以扶人识力，养人性天，不可不分别择出以求益焉。如《古剑》诗：『可使寸寸折，不能绕指柔。』《孤桐》诗：『四面无附枝，中心有通理。』《京兆府新载莲》诗：『托根非其所，不如遭弃捐。』《赠元稹诗》：『无波古井水，有节秋竹竿。』《送王处士》诗：『宁归白云外，饮水卧空谷。不能随众人，敛手低眉目。』《文柏床》诗：『刮削露节目，拂拭生辉光。虽充悦目玩，终乏周身防。华彩诚可爱，生理苦已伤。』《效陶》诗：『形委有事牵，心与无事期。中臆一以旷，外累都若遗。但对松与竹，如在山中时』。《答友问》诗：『置铁在洪炉，铁消易如雪。良玉同其中，三日烧不热。君疑才与德，咏此知优劣。』《感鹤》诗：『鹤有不群者，飞飞在野田。饥不啄腐鼠，渴不饮盗泉。一兴嗜欲念，遂为矰缴牵。委质小池内，争食群鸡前。不惟怀稻粱，兼亦竞腥膻。不惟恋主人，兼亦狎乌鸢。物心不可知，天性有时迁。一饱尚如此，况乘大夫轩！』综而观之，心甚淡，节甚峻，识甚远，信有道者之言。诗可以兴，此类是也。

云居寺孤桐

白居易

一株青玉立，千叶绿云委。亭亭五丈余，高意犹未已。山僧年九十，清净老不死。自云手种时，一颗青桐子。直从萌芽拔，高自毫末始。四面无附枝，中心有通理。寄言立身者，孤直当如此！

【品读】

乾隆《唐宋诗醇》：香山集中，古体多以铺叙见成，短篇间以含蓄蕴藉生姿，此首短峭中殊有远势，『高意犹未已』五字尤妙。

赠元稹①

自我从宦游，七年在长安。所得唯元君，乃知定交难。
岂无山上苗？径寸无岁寒。岂无要津水？咫尺有波澜。
之子异于是，久处誓不谖②。无波古井水，有节秋竹竿。
一为同心友，三及芳岁阑。花下鞍马游，雪中杯酒欢。
衡门③相逢迎，不具带与冠。春风日高睡，秋月夜深看。
不为同登科，不为同署官。所合在方寸，心源无异端。

【注释】

①元稹：字微之，白居易好友。②不谖：不忘。③衡门：横木为门，喻居处简陋。

【品读】

魏庆之《诗人玉屑》：用自己诗为故事，须作诗多者乃有之。太白云：『沧浪吾有曲，相子棹歌声。』乐天：『须知菊酒登高会，从此多无二十场。』明年云：『去秋共数登高会，又被今年减一场。』过栗里云：『昔尝咏遗风，著为十六篇。』盖居渭上，醞热独饮，曾效渊明体为十六篇。又《赠微之》诗云：『昔我十年前，曾与君相识。曾将秋竹竿，比君孤且直。』盖旧诗云『有节秋竹竿』也。

袁文《甕窗闲评》：苏东坡作《临江仙》词云：『无波真古井，有节是秋筠。』乃用白乐天『无波古井水，有节秋竹竿』。诗虽承乐天之语，而改为筠，遂觉差逊。

宿紫阁山北村

晨游紫阁峰①，暮宿山下村。村老见予喜，为予开一尊。举杯未及饮，暴卒来入门。紫衣②挟刀斧，草草十余人。夺我席上酒，掣我盘中飧③。主人退后立，敛手反如宾。中庭有奇树，种来三十春。主人惜不得，持斧断其根。口称采造家④，身属神策军。主人慎勿语，中尉⑤正承恩！

【注释】

①紫阁峰：终南山的山峰，在今陕西县东南。②紫衣：指神策军士。下级胥吏服粗紫。③飧：熟食。④采造家：指『南山采造』，唐代神策军采伐建筑材料的直属机构。⑤中尉：指神策军护军中尉。

【品读】

洪迈《容斋随笔》：宣和间，朱勔挟花石进奉，以固宠规利，东南部使者郡守多出其门。如徐铸、应安道、王仲闳辈，济其恶，豪夺渔取。士民家一石一木，稍堪玩，即领健卒直入其家，用黄封表志，而未即取，护视微不谨，则被以大不恭罪。及发行，必撤屋决墙而出。人有一物小异，其指为不祥，唯恐芟夷之不速……偶读白乐天《宿紫阁山北村》诗，乃知唐世固有是事。

登乐游园①望

独上乐游园，四望天日曛。东北何霭霭，宫阙入烟云。爱此高处立，忽如遗垢氛②。耳目暂清旷，怀抱郁不伸。下视十二街，《长安志》：城中南北七街，东西五街。绿树间红尘。车马徒满眼，不见心所亲。孔生③死洛阳，元九④谪荆门⑤。可怜南北路，高盖者何人！

【注释】

①乐游园：即乐游原，又称乐游苑。在长安城南升平坊东北角，居京城的最高点，上有汉乐游庙遗址。长安中，太平公主在原上筑亭游赏，遂成为游览胜地。②垢氛：污浊之气。③孔生：孔戡，字君胜，冀州人。为敢于忠谏之名臣。后被诬陷，死于洛阳狱中。④元九：元稹。⑤荆门：指江陵府。

【品读】

白居易《与元九书》：闻乐游园寄足下诗，则执政柄者扼腕矣。

感鹤

鹤有不群者，飞飞在野田。饥不啄腐鼠，渴不饮盗泉①。贞姿自耿介，杂鸟何翩翾！同游不同志，如此十余年。一兴嗜欲念，遂为矰缴②牵。委质小池内，争食群鸡前。不唯怀稻粱③，兼亦竞腥膻④。不唯恋主人，兼亦狎⑤乌鸢⑥。物心不可知，天性有时迁。一饱尚如此，况乘大夫轩⑦！

【注释】

①盗泉：相传山东泗水有泉名盗泉，人饮此水，立萌贪心。②矰缴：矰，短箭。缴，系箭之长绳。③怀稻粱：指维持生计。④腥膻：喻指争夺权与利。⑤狎：亲近。⑥乌鸢：老鸦与鹞鹰。喻指贪官污吏。⑦大夫轩：春秋时，卫懿公爱鹤，让鹤坐上大夫的车。轩，华贵之车。

【品读】

沈德潜《唐诗别裁》：有以峻洁持身而一念之误遂丧生平者，故作诗讽之。元微之晚节亦蹈此患。

寄唐生①

贾谊②哭时事，阮籍③哭路岐。唐生今亦哭，异代同其悲。唐生者何人？五十寒见饥。不悲口无食，不悲身无衣。所悲忠与义，悲甚则哭之。太尉④击贼日，段太尉以笏击朱泚。尚书⑤叱盗时。颜尚书叱李希烈。大夫⑥死凶寇，陆大夫为乱兵所害。谏议⑦谪蛮夷⑧。阳谏议左迁道州。每见如此事，声发涕辄随。往往闻其风，俗士犹或非，怜君头半白，其志竟不衰。我亦君之徒，郁郁何所为？不能发声哭，转作乐府诗。篇篇无空文，句句必尽规。功高虞人箴⑨，痛甚骚人辞。非求宫律高，不务文字奇。惟歌生民病，愿得天子知。未得天子知，甘受时人嗤。药良气味苦，琴淡音声稀。不惧权豪怒，亦任亲朋讥。人竟无奈何，呼作『狂男儿』。每逢群盗息，或遇云雾披。但自高声歌，庶几天听卑。歌哭虽异名，所感则同归。寄君三十章，与君为哭词。

【注释】

①唐生：唐衢。河南荥阳人。举进士不第。因忧伤国事日非，以善哭著名。工诗，与白居易友善。②贾谊：汉文帝时人。其《陈政事疏》：『臣窃惟事势，可为痛哭者一，可为流涕者二，可为长太息者六。』③阮籍：字嗣宗，三国魏时人。其《咏怀》诗：『杨子泣路歧。』④太尉：指段秀实。⑤尚书：指颜真卿。⑥大夫：指陆长源。⑦谏议：指阳城。⑧蛮夷：指道州，在今湖南道县。⑨虞人箴：古代虞人（掌管山泽园囿的官）谏阻周王专事射猎的箴辞。

【品读】

黄彻《䂬溪诗话》：忠臣义士，欲正君定国，唯恐所陈不激切，岂尽优柔婉晦乎？故乐天《寄唐生》诗云：『篇篇无空文，句句必尽规。』……乐天云：『「余霞散成绮」「别叶乍辞风」等语丽矣，不过嘲风雪、弄花草而已。』故《寄唐生》诗云：『非求宫律高，不务文章奇。惟歌生民病，愿得天子知。』

沈德潜《唐诗别裁》：白傅作诗，总是此旨。歌以代哭，一篇本旨。

村居苦寒

八年①十二月，五日雪纷纷。竹柏皆冻死，况彼无衣民！回观村闾间，十室八九贫。北风利如剑，布絮不蔽身。唯烧蒿棘火，愁坐夜待晨。乃知大寒岁，农者尤苦辛。顾我当此日，草堂深掩门。褐裘②覆絁③被，坐卧有余温。幸免饥冻苦，又无垄亩勤。念彼深可愧，自问是何人！

【注释】

①八年：指元和八年（813）。②褐裘：粗布制成的皮袍。③絁：粗绸。

【品读】

王楙《野客丛书》：乐天诗有记年月日者，于以见当时之气令，亦足以裨史之阙……诗曰『八年十二月，五日雪纷纷。竹柏皆冻死，况彼无衣民。』又见元和八年十二月大雪寒冻，民不聊生如此。仆按东汉书延熹间大寒，洛阳竹柏冻死。襄楷曰：『闻之师曰，柏伤竹槁，不出三年，天子当之。』乐天此说，正所以纪异也。又观韩退之《辛卯年雪诗》，亦曰：『元和六年春，寒甚不肯归。河南二月末，雪花一尺围。』此说正与乐天同。

查慎行《白香山诗评》：诗境平易，正以数见不鲜。

新制布裘

桂布①白似雪，吴绵②软于云。布重绵且厚，为裘有余温。朝拥坐至暮，夜覆眠达晨。谁知严冬月，支体暖如春。中夕忽有念，抚裘起逡巡：丈夫贵兼济③，岂独善一身？安得万里裘，盖裹周四垠？稳暖皆如我，天下无寒人！

【注释】

①桂布：树棉所织之布。②吴绵：吴地所产丝绵。③兼济：《孟子·尽心》：『古之人得志泽加于民，不得志修身见于世。穷则独善其身，达则兼济天下。』

【品读】

陈岩肖《庚溪诗话》：观《新制布裘》诗曰：『桂布白似雪，吴绵软于云。布重绵且厚，为裘有余温。朝拥坐至暮，夜覆眠达晨。谁知严冬月，支体暖如春。中夕忽有念，抚裘起逡巡：丈夫贵兼济，岂独善一身？安得万里裘，盖裹周四垠？稳暖皆如我，天下无寒人！』后诗正与杜子美《茅屋为秋风所破歌》曰『安得广厦千万间，大庇天下寒士俱欢颜，风雨不动安如山』同。

自题写真

我貌不自识，李放①写我真。静观神与骨，合是山中人。蒲柳质易朽，麋鹿心难驯。何事赤墀②上，五年为侍臣？况多刚狷③性，难与世同尘。不惟非贵相，但恐生祸因。宜当早罢去，收取云泉身。

【注释】

①李放：唐贞元、元和间画像名手。②赤墀：宫廷台阶上漆成红色的空地。③刚狷：刚正耿直。

【品读】

金农《冬心先生杂画题记》：古来写真，在晋则有顾恺之为裴楷图貌。南齐谢赫为濮肃传神。唐王维为孟浩然画像于刺史亭，宋之坚为张九龄像，朱抱一写张梁先生真，李成写香山居士真。

隐几

身适忘四支①，心适忘是非。既适又忘适，不知吾是谁？百体如槁木，兀然②无所知。方寸③如死灰，寂然无所思。今日复明日，身心忽两遗。行年三十九，岁暮日斜时。四十心不动，吾今其庶几。

【注释】

①四支：同『四肢』。②兀然：昏昏然。③方寸：指心。

【品读】

洪亮吉《北江诗话》：有心作衰飒诗，白香山是也。如『行年三十九，岁暮日斜时。』夫年始三十九，何便至岁暮日斜？此有心作衰飒之诗也。

秋游原上[1]

七月行已半，早凉天气清。清晨起巾栉[2]，徐步出柴荆。露杖筇竹[3]冷，风襟越蕉[4]轻。闲携弟侄辈，同上秋原行。新枣未全赤，晚瓜有余馨。依依田家叟，设此相逢迎。自我到此村，往来白发生。村中相识久，老幼皆有情。留连向暮归，树树风蝉声。是时新雨足，禾黍夹道青。见此令人饱，何必待西成[5]？

【注释】

①原上：指下邽渭村附近的原野。②巾栉：梳洗。栉，木梳。③筇竹：也作邛竹，产于四川。④越蕉：广东所产的葛布。⑤西成：即秋收。

【品读】

乾隆《唐宋诗醇》：朴实说去，一片真趣流行，非徒拟王、储田家诗也。

晚望

江城[1]寒角[2]动，沙洲夕鸟还。独坐高亭上，西南望远山。

【注释】

①江城：指江州。②寒角：寒天的号角声。

【品读】

乾隆《唐宋诗醇》：小诗极有气势，集中尤难得者。

招东邻

白居易

小榼[1]二升酒，新簟六尺床。能来夜话否？池畔欲秋凉。

【注释】

①榼：古代盛酒或贮水的器具。或泛指盒一类的器物。

【品读】

楼钥《跋白乐天集目录》：香山居士之诗，爱之者众，亦有轻之者。山谷由贬所寄十小诗，如……『轻纱一幅巾，短簟六尺床。无客日自静，有风终夕凉。』妙绝一时，皆香山诗中句也。

题旧写真图

我昔三十六，写貌在丹青。我今四十六，衰悴卧江城。岂止十年老，曾与众苦并！一照旧图画，无复昔仪形。形影默相顾，如弟对老兄。况使他人见，能不昧平生？羲和[1]鞭日走，不为我少停。形骸属日月，老去何足惊？所恨凌烟阁[2]，不得画功名。

【注释】

①羲和：神话中驾日车的神。②凌烟阁：在长安，唐代太宗贞观时图画开国功臣二十四人画像于此。

【品读】

何焯评校《白香山诗集》：此篇当编入感伤。

朱陈村①

徐州古丰县②，有村曰朱陈。去县百余里，桑麻青氛氲。机梭声札札，牛驴走纭纭。女汲涧中水，男采山上薪。县远官事少，山深人俗淳。有财不行商，有丁不入军。家家守村业，头白不出门。生为陈村民，死为陈村尘。田中老与幼，相见何欣欣。一村唯两姓，世世为婚姻。其村唯朱、陈二姓而已。亲疏居有族，少长游有群。黄鸡与白酒，欢会不隔旬。生者不远别，嫁娶先近邻。死者不远葬，坟墓多绕村。既安生与死，不若形与神。所以多寿考，往往见玄孙③。我生礼义乡，少小孤且贫。徒学辨是非，祇自取辛勤。世法贵名教，士人重官婚④。以此自桎梏⑤，信为大谬人。十岁能读书，十五能属文。二十举秀才，三十为谏臣。下有妻子累，上有君亲恩。承家与事国，望此不肖身。忆昨旋游初，迨今十五春。孤舟三适楚，羸马四经秦。昼行有饥色，夜寝无安魂。东西不暂住，来往若浮云。离乱失故乡，骨肉多散分。江南与江北，各有平生亲。平生终日别，逝者隔年闻。朝忧卧至暮，夕哭坐达晨。悲火烧心曲，愁霜侵鬓根。一生苦如此，长羡陈村民。

【注释】

①朱陈村：在徐州丰县东南。②丰县：汉旧县名。③玄孙：曾孙之子。④官婚：指重门第的婚姻。⑤桎梏：脚镣和手铐。

【品读】

都穆《南濠诗话》：朱陈村在徐州丰县东南一百里深山中，民俗淳质，一村惟朱、陈二姓，世为婚姻。白乐天有《朱陈村》诗三十四韵。其略云：『县远官事少，山深民俗淳。有财不行商，有丁不入军。家家守村业，头白不出门。生为陈村人，死为陈村尘。田中老与幼，相见何欣欣。一村惟两姓，世世为婚姻。亲疏居有族，少长游有君。黄鸡与白酒，欢会不隔旬。生者不远别，嫁娶先近邻。死者不远葬，坟墓多绕村。既安生与死，不若形与神。所以多寿考，往往见玄孙。』予每诵之，则尘襟为之一洒，恨不生长其地。后读坡翁《朱陈村嫁娶图》诗云：『我是朱陈旧使君，劝农曾入杏花村。而今风物那堪画，县吏催钱夜打门。』则宋之朱陈，已非唐时之旧。若以今视之，又不知其何如也。

溪中早春

南山雪未尽，阴岭留残白。西涧冰已销，春溜①含新碧。东风来几日？蛰动萌草坼②。潜知阳和功，一日不虚掷。爱此天气暖，来拂溪边石。一坐欲忘归，暮禽声啧啧。蓬蒿隔桑枣，隐映烟火夕。归来问夜餐，家人烹荠麦。

【注释】

①春溜：春天的泉水。溜，指泉流。②坼：指发芽。

【品读】

吴文溥《南野堂笔记》：陕西西安府为唐京兆府，其南当南山之阴，白云青霭，遥在空际，上有太古积雪。惟雨雪初霁，望之若刻划然，了了在目，常时不能见也。乃知祖咏『终南阴岭秀，积雪浮云端。林表明霁色，城中增暮寒』二十字之妙，隐括无余，故曰意尽。又如白乐天『南山雪未尽，阴岭留残白。西涧冰已销，春溜含新碧』，亦当境入妙。

观儿戏

龆龀①七八岁，绮纨②三四儿。弄尘复斗草，尽日乐嬉嬉。堂上长年客，鬓间新有丝。一看竹马戏，每忆童呆时。童呆③饶戏乐，老大多忧悲。静念彼与此，不知谁是痴。

【注释】

①龆龀：换牙。②绮纨：指少年。③童呆：儿童天真貌。

【品读】

张培仁《妙香室丛话》：乐天《观儿戏》诗云：『龆龀七八岁，绮纨三四儿。弄尘复斗草，尽日乐嬉嬉。堂上长年客，鬓间新有丝。一看竹马戏，每忆童呆时。童呆饶戏乐，老大多忧悲。静念彼与此，不知谁是痴。』眼前光景，妙于领会。

别李十一①后重寄 自此后江州路上作

秋日正萧条，驱车出蓬荜②。回望青门③道，目极心郁郁。岂独恋乡土？非关慕簪绂④。所怜别李君，平生同道术。俱承金马⑤诏，联秉谏臣笔。共上青云梯，中途一相失。江湖我方往，朝庭君不出。蕙带⑥与华簪，相逢是何日？

【注释】

①李十一：李建。《李建传》：『建，字杓直，举进士，选授秘书省校书郎，德宗闻其名，用为右拾遗翰林学士。』②蓬荜：荜门蓬户。指作者自己的居所。③青门：原汉长安东南门，本名霸城门。为长安东出送别处。④簪绂：指仕宦。⑤金马：金马门。⑥蕙带：蕙草做的佩饰。

【品读】

何焯评校《白香山诗集》：江州诸诗，愈淡愈悲，昔读殊不觉，特气盛耳。今更寻讽，使我亦作恶矣。

寄微之①

君游襄阳日，我在长安住。君今在通州②，我过襄阳去。襄阳九里郭，楼雉③连云树。顾此稍依依，是君旧游处。苍茫蒹葭水，中有浔阳路。此去更相思，江西少亲故。

【注释】

①微之：元稹字。②通州：地名，治所在今四川达

县。③楼雉：楼及城墙。雉，古代长度单位。城墙高三丈广一丈为一雉。

【品读】

乾隆《唐宋诗醇》：反复读之，令人心恻恻，殊难为怀。似古乐府，似苏、李《河梁诗》，似杜甫《梦李白》二章，要自成为香山之诗，唯其真也。诗文到真处，则千古流传，不可磨灭也。

夜闻歌者 宿鄂州

夜泊鹦鹉洲①，秋江月澄澈。邻船有歌者，发词堪愁绝。歌罢继以泣，泣声通复咽。寻声见其人，有妇颜如雪。独倚帆樯立，娉婷十七八。夜泪如真珠，双双堕明月②。借问谁家妇？歌泣何凄切？一问一沾襟，低眉终不说。

【注释】

①鹦鹉洲：在今湖北省武汉市西南长江中。②明月：形容泪珠晶莹。

【品读】

洪迈《容斋随笔》：白乐天《琵琶行》，盖在浔阳江上，为商人妇所作。而商乃买茶于浮梁，妇对客奏曲，乐天移船，夜登其舟与饮，了无所忌，岂非以其长安故倡女，不以为嫌耶？集中又有一篇，题云《夜闻歌者》，时自京城谪浔阳，宿于鄂州，又在《琵琶》之前。其词曰：『夜泊鹦鹉洲，秋江月澄澈。邻船有歌者，发词堪愁绝。歌罢继以泣，泣声通复咽。寻声见其人，有妇颜如雪。独倚帆樯立，娉婷十七八。夜泪如真珠，双双堕明月。借问谁家妇？歌泣何凄切？一问一沾襟，低眉终不说。』陈鸿《长恨传序》云：『乐天深于诗，多于情者也。』故所遇必寄之吟咏，非有意于渔色。然鄂州所见，亦一女子独处，夫不在焉，瓜田李下之疑，唐人不讥也。今诗人罕谈此章，聊复表出。

画竹歌 并引

协律郎萧悦①善画竹，举时无伦，萧亦甚自秘重，有终岁求其一竿一枝而不得者。知予天与好事②，忽写一十五竿，惠然见投，予厚其意、高其艺，无以答贶③，作歌以报之，凡一百八十六字云。

植物之中竹难写，古今虽画无似者。萧郎下笔独逼真，丹青以来唯一人。人画竹身肥拥肿，萧画茎瘦节节竦。人画竹梢死羸④垂，萧画枝活叶叶动。不根而生从意生，不笋而成由笔成。野塘水边碕岸⑤侧，森森两丛十五茎。婵娟⑥不失筠粉⑦态，萧飒尽得风烟情。举头忽看不似画，低耳静听疑有声。西丛七茎劲而健，省向天竺寺⑧前石上见。东丛八茎疏且寒，忆曾湘妃庙⑨里雨中看。幽姿远思少人别，与君相顾空长叹。萧郎萧郎老可惜，手颤眼昏头雪色。自言便是绝笔时，从今此竹尤难得。

【注释】①协律郎萧悦：唐代画家。《历代名画记》：「萧悦，协律郎，工竹，一色有雅趣。」时萧为杭州刺史幕僚，而带协律郎官衔。②天与好事：天赋好奇。③答贶：答谢所赠。④死羸：垂萎而无生气。⑤碕岸：曲岸。⑥婵娟：指画竹之美貌。⑦筠粉：竹上白霜。⑧天竺寺：在杭州西湖。⑨湘妃庙：在湖南洞庭湖君山上。

【品读】

谢榛《四溟诗话》：白乐天《画竹歌》云：「西丛七茎劲而健，省向天竺寺前石上见。东丛八茎疏且寒，忆曾湘妃庙里雨中看。」此作造语清润，读者襟皮洒然，能发万里之兴，所谓淘沙拣金，难得之句也。

乾隆《唐宋诗醇》：波澜意度，直逼子美堂奥，与香山平日面貌不类，盖有意规仿子美题画诸作而为之者。

长恨歌

汉皇[1]重色思倾国，御宇多年求不得。杨家有女[2]初长成，养在深闺人未识。天生丽质难自弃，一朝选在君王侧。回眸一笑百媚生，六宫粉黛[3]无颜色。春寒赐浴华清池[4]，温泉水滑洗凝脂。侍儿扶起娇无力，始是新承恩泽时。云鬓花颜金步摇[5]，芙蓉帐暖度春宵。春宵苦短日高起，从此君王不早朝。承欢侍宴无闲暇，春从春游夜专夜。后宫佳丽三千人，三千宠爱在一身。金屋[6]妆成娇侍夜，玉楼宴罢醉和春。姊妹弟兄皆列土，可怜光彩生门户。遂令天下父母心，不重生男重生女。骊宫[7]高处入青云，仙乐风飘处处闻。缓歌慢舞凝丝竹[8]，尽日君王看不足。渔阳[9]鼙鼓[10]动地来，惊破霓裳羽衣曲。九重城阙烟尘生，千乘万骑西南行。翠华摇摇行复止，西出都门百余里。六军不发无奈何，宛转蛾眉马前死。花钿委地无人收，翠翘金雀玉搔头。君王掩面救不得，回看血泪相和流。黄埃散漫风萧索，云栈萦纡登剑阁[11]。峨眉山下少人行，旌旗无光日色薄。蜀江水碧蜀山青，圣主朝朝暮暮情。行宫见月伤心色，夜雨闻铃[12]肠断声。天旋日转回龙驭[13]，到此踌躇不能去。马嵬坡下泥土中，不见玉颜空死处。君臣相顾尽沾衣，东望都门信马归。归来池苑皆依旧，太液[14]芙蓉未央[15]柳。芙蓉如面柳如眉，对此如何不泪垂？春风桃李花开夜，秋雨梧桐叶落时。西宫南内[16]一作「苑」。多秋草，落叶满阶红不扫。梨园弟子[17]白发新，椒房[18]阿监[19]青娥老。夕殿萤飞思悄然，孤灯挑尽未成眠。迟迟钟鼓初长夜，耿耿星河欲曙天。鸳鸯瓦冷霜华重，翡翠衾寒谁与共？悠悠生死别经年，魂魄不曾来入梦。临邛道士鸿都[20]客，能以精诚致魂魄。为感君王辗转思，遂教方士殷勤觅。排空驭气奔如电，升天入地求之遍。上穷碧落[21]下黄泉，两处茫茫皆不见。忽闻海上有仙山，山在虚无缥缈间。

楼阁玲珑五云起，其中绰约多仙子。中有一人字太真，雪肤花貌参差是。金阙㉒西厢叩玉扃㉓，转教小玉报双成。闻道汉家天子使，九华帐里梦魂惊。揽衣推枕起徘徊，珠箔银屏迤逦开。云髻半偏新睡觉，花冠不整下堂来。风吹仙袂飘摇举，犹似霓裳羽衣舞。玉容寂寞泪阑干，梨花一枝春带雨。含情凝睇谢君王，一别音容两渺茫。昭阳殿㉔里恩爱绝，蓬莱宫中日月长。回头下望人寰处，不见长安见尘雾。唯将旧物表深情，钿合㉕金钗寄将去。钗留一股合一扇，钗擘黄金合分钿。但令心似金钿坚，天上人间会相见。临别殷勤重寄词，词中有誓两心知。七月七日长生殿㉖，夜半无人私语时。在天愿作比翼鸟㉗，在地愿为连理枝。天长地久有时尽，此恨绵绵无绝期。

【注释】

①汉皇：汉武帝，暗喻唐玄宗李隆基。②杨家有女：指杨玉环。先为寿王妃，后被玄宗度为女道士，号太真。天宝四载（745）诏还俗，册为贵妃。极得宠幸。天宝十五载（755），安禄山兵破潼关，玄宗携之逃往蜀，行至马嵬驿，杨氏被迫缢死，年38岁。③粉黛：化妆品。此处借指嫔妃。④华清池：骊山华清宫的温泉。⑤金步摇：贵妇头饰。⑥金屋：《汉武故事》有汉武帝曾许为阿娇筑黄金屋之说。⑦骊宫：骊山华清宫。⑧凝丝竹：伴着音乐歌舞不断。谢朓《鼓吹曲》：『凝笳翼高盖。』李善注：『徐引声谓之凝。』⑨渔阳：郡名，唐代属范阳节度使管辖，代指安禄山反叛。⑩鼙鼓：战鼓。⑪剑阁：地名，在今四川剑阁县。⑫夜雨闻铃：唐玄宗有《雨霖铃曲》。⑬龙驭：皇帝车驾。⑭太液：太液池，在长安大明宫北。⑮未央：汉宫名。⑯西宫南内：指兴庆宫。古代皇宫之内称『大内』，简称『内』。⑰梨园弟子：供奉宫廷的歌舞艺人。⑱椒房：后妃居处。⑲阿监：宫内女官。⑳鸿都：大都。原为汉代洛阳门名。㉑碧落：道家称东方第一天之名。㉒金阙：道教仙境上清宫之左阙。阙，宫前的门楼。㉓玉扃：白玉门。㉔昭阳殿：汉宫殿名，借指唐宫。㉕钿合：首饰盒。㉖长生殿：骊山华清宫的斋殿。㉗比翼鸟：《尔雅·释地》载，古代南方有一种鸟，不比（成双）不飞。

【品读】

白居易《与元九书》：及再来长安，又闻有军使高霞寓者，欲聘倡妓，妓大夸曰：『我诵得白学士《长恨歌》，岂同他妓哉？』由是增价。又足下书云：到通州日，见江馆柱间，有题仆诗者，复何人哉？又昨过汉南日，适遇主人集众乐娱他宾，诸妓见仆来，指而相顾曰：『此是《秦中吟》《长恨歌》主耳。』

黄滔《答陈磻隐论诗书》：大唐前有李、杜，后有元、白，信若沧溟无际，华岳干天。然自李飞数贤，多以粉黛为乐天之罪。殊不谓三百五篇多乎女子，盖在所指说如何耳。至如《长恨歌》云：『遂令天下父母心，不重生男重生女。』此刺以男女不常，阴阳失伦。其意险而奇，其文平而易，所谓言之者无罪，闻之者足以自戒哉。

赵翼《瓯北诗话》：《长恨歌》自是千古绝作。其叙杨妃入宫，与陈鸿所传选自寿邸者不同，非惟惧文字之祸，亦讳恶之义，本当如是也。惟方士访至蓬莱，得妃密语归报上皇一节，此盖时俗讹传，本非实事。明皇自蜀还长安，居兴庆宫，地近市廛，尚有外人进见之事。及上元元年，李辅国矫诏迁之于西内，元从之陈玄礼、高力士等，皆流徙远方，左右近侍，悉另易人。宫禁严密，内外不通可知。且鸿传云：上皇得方士归奏，其年夏四月，即晏驾。则是宝应元年（762）事也。其时肃宗卧病，辅国疑忌益深，关防必益密，岂有听方士出入之理！即方士能隐形入见，而金钗、钿盒，有物有质，又岂驭气者所能携带？此必无之事，特一时俚俗传闻，易于耸听，香山竟为诗以实之，遂成千古耳。

妇人苦

蝉鬓加意梳，蛾眉用心扫。几度晓妆成，君看不言好。妾身重同穴，君意轻偕老。惆怅去年来，心知未能道。今朝一开口，语少意何深？愿引他时事，移君此日心。人言夫妇亲，义合如一身。及至死生际，何曾苦乐均？妇人一丧夫，终身守孤子。有如林中竹，忽被风吹折。一折不重生，枯死犹抱节。男儿若丧妇，能不暂伤情？应似门前柳，逢春易发荣。风吹一枝折，还有一枝生。为君委曲言，愿君再三听。须知妇人苦，从此莫相轻。

【品读】

俞正燮《癸巳存稿》：白居易《妇人苦》诗云：『妇人一丧夫，终身守孤子。有如林中竹，忽被风吹折。一折不重生，枯死犹抱节。男儿若丧妇，能不暂伤情？应似门前柳，逢春易发荣。风吹一枝折，还有一枝生。为君委曲言，愿君再三听。须知妇人苦，从此莫相轻。』其言尤蔼然。

琵琶引 并序

元和十年，予左迁①九江郡司马②。明年秋，送客湓浦口③，闻舟中夜弹琵琶者。听其音，铮铮然有京都声。问其人，本长安倡女，尝学琵琶于穆、曹二善才④，年长色衰，委身为贾人妇。遂命酒，使快弹数曲。曲罢悯默。自叙少小时欢乐事，今漂沦憔悴，转徙于江湖间。予出官⑤二年，恬然自安，感斯人言，是夕始觉有迁谪意。因为长句，歌以赠之，凡六百一十六言，命曰琵琶引。

浔阳江⑥头夜送客，枫叶荻花⑦秋瑟瑟。主人下马客在船，举酒欲饮无管弦。醉不成欢惨将别，别时茫茫江浸月。忽闻水上琵琶声，主人忘归客不发。寻声暗问弹者谁？琵琶声停欲语迟。移船相近邀相见，添酒回灯重开宴。千呼万唤始出来，犹抱琵琶半遮面。转轴拨弦三两声，未成曲调先有情。弦弦掩抑声声思，似诉平生不得意。低眉信手续续弹，说尽心中无限事。轻拢慢捻抹复挑⑧，初为霓裳⑨后绿腰⑩。大弦嘈嘈⑪如急雨，小弦切切⑫如私语。嘈嘈切切错杂弹，大珠小珠落玉盘。间关⑬莺语花底滑，幽咽泉流冰下难。冰泉冷涩弦凝绝，凝绝不通声暂歇。别有幽愁暗恨生，此时无声胜有声。银瓶乍破水浆迸，铁骑突出刀枪鸣。曲终收拨当心画⑭，四弦一声如裂帛。东舟西舫悄无声，唯见江心秋月白。沉吟放拨插弦中，整顿衣裳起敛容。自言本是京城女，家在虾蟆陵⑮下住。十三学得琵琶成，名属教坊⑯第一部⑰。曲罢曾教善才伏，妆成每被秋娘⑱妒。五陵年少争缠头⑲，一曲红绡不知数。钿头云篦⑳击节碎，血色罗裙翻酒污。今年欢笑复明年，秋月春风等闲度。弟走从军阿姨死，暮去朝来颜色故㉑。门前冷落鞍马稀，老大嫁作商人妇。商人重利轻别离，前月浮梁㉒买茶去。去来江口守空船，绕船月明江水寒。夜深忽梦少年事，梦啼妆泪红阑干。我闻琵琶已叹息，又闻此语重唧唧。同是天涯沦落人，相逢何必曾相识。我从去年辞帝京，谪居卧病浔阳城。浔阳小处无音乐，终岁不闻丝竹声。住近湓江地低湿，黄芦苦竹绕宅生。其间旦暮闻何物，杜鹃啼血猿哀鸣。春江花朝秋月夜，往往取酒还独倾。岂无山歌与村笛？呕哑㉓嘲哳㉔难为听。今夜闻君琵琶语，如听仙乐耳暂明。莫辞更坐弹一曲，为君翻作琵琶行。感我此言良久立，却坐促弦弦转急。凄凄不似向前声，满座重闻皆掩泣。座中泣下谁最多？江州司马青衫㉕湿。

【注释】

①左迁：贬官。②司马：官名。州刺史副职，掌管军事。时为闲职。③湓浦口：湓水入江处，在今九江市西。④穆曹二善才：《乐府杂录》：『贞元中有王芬、曹保保，其子善才，其孙曹纲，皆袭所艺。』善才，为曲师之称。⑤出官：出任外官，指出为江州司马。⑥浔阳江：长江流经浔阳郡境内的一段。⑦荻花：荻是水生植物，秋天开草黄色花。⑧轻拢句：为弹琵琶术语。拢，叩弦。捻，揉弦。抹，顺手下拨。挑，反手回拨。⑨霓裳：指《霓裳羽衣曲》。⑩绿腰：唐大曲名，即《乐世》。一名《六么》，又名《录要》。⑪嘈嘈：形容低重之音。⑫切切：形容轻细之音。⑬间关：鸟鸣声。⑭收拨当心画：用拨子在四弦中心用力一划。拨子，形如铲。⑮虾蟆陵：在长安城南。⑯教坊：唐代官设教习歌舞技艺的机构。⑰第一部：即第一队。⑱秋娘：当时长安名妓。

⑲缠头：以锦帛作为赠送歌舞者的礼物。⑳云篦：云状的篦，一种首饰。㉑颜色故：面容衰老。㉒浮梁：县名，唐属饶州。今江西浮梁，是唐代重要的茶叶交易地。㉓呕哑：出音不清。㉔嘲哳：细碎。㉕青衫：唐制，官吏服色依散官（即阶官）品级而定。作者此时职事官是从五品下，而散官是从九品下阶将仕郎，因服青色。

【品读】

刘攽《中山诗话》：江州琵琶亭，前临江，左枕湓浦，地尤胜绝。夏梅诗最佳。夏云：『年光过眼如车毂，职事羁人似马衔。若遇琵琶应大笑，何须涕泣满青衫。』梅云：『陶令归来为逸赋，乐天谪宦起悲歌。有弦应被无弦笑，何况临弦泣更多。』又有叶氏女诗曰：『乐天当日最多情，泪滴青衫酒重倾。明月满船无处问，不闻商女琵琶声。』

洪迈《容斋随笔》：白乐天《琵琶行》一篇，读者但羡其风致，敬其词章，至形于乐府，咏歌之不足，遂以谓真为长安故倡所作。予窃疑之，唐世法纲虽于此为宽，然乐天曾居禁密，且谪居未久，必不肯乘夜入独处妇人船中，相从饮酒，至于极弹丝之乐，中夕方去，岂不虞商人者他日议其后乎？乐天之意，直欲抒写天涯沦落之恨尔。

赵翼《瓯北诗话》：《琵琶行》亦是绝作。然身为本郡上佐，送客到船，闻邻船有琵琶女，不问良贱，即呼使奏技，此岂居官者所为？岂唐时法令疏阔若此耶？盖特香山借以为题，发抒其才思耳。然在鄂州，又有《夜闻歌者》一首云：『歌罢继以泣，泣声通复咽。寻声见其人，有妇颜如雪。借问谁家妇，歌泣何凄切？一问一沾襟，低眉终不说。』则闻歌觅人，竟有其事，恬不为怪矣。

感秋寄远

惆怅时节晚，两情千里同。离忧不散处，庭树正秋风。燕影动归翼，蕙香销故丛。佳期与芳岁，牢落两成空。

【品读】

乾隆《唐宋诗醇》：律法整严，尚与盛唐相近。腹联已开晚唐李商隐一派。

三月三十日题慈恩寺①

慈恩春色今朝尽，尽日徘徊倚寺门。惆怅春归留不得，紫藤花下渐黄昏。

【注释】

①慈恩寺：即今大雁塔寺。隋为无漏寺，唐高宗为文德皇后立为寺，故以慈恩为名。其塔为唐进士题名处。

【品读】

吴可《藏海诗话》：白乐天诗云：『紫藤花下渐黄昏。』荆公作《苑中绝句》，其卒章云：『海棠花下渐黄昏。」乃是乐天语。而易『紫藤』为『海棠』，便觉风韵超然。

别韦苏

百年愁里过，万感醉中来。惆怅城西别，愁眉两不开。

【品读】

宋长白《柳亭诗话》：白香山诗：『百年愁里过，万感醉中来。』苏老泉衍为七言曰：『佳节每从愁里过，壮心偶傍醉中来。』

邯郸①冬至②夜思家

邯郸驿里逢冬至，抱膝灯前影伴身。想得家中夜深坐，还应说著远行人。

【注释】

①邯郸：县名。今河北邯郸市。②冬至：二十四节气之一。

【品读】

范晞文《对床夜话》：白乐天『想得家中夜深坐，还应说著远行人』，语颇直，不如王建『家中见月望我归，正是道上思家时』，有曲折之意。

何焯评校《白香山诗集》：却翻转道，妙甚。『遥知兄弟登高处，遍插茱萸少一人。』

见尹公亮①新诗偶赠绝句

袖里新诗十首余，吟看句句是琼琚②。如何持此将干谒③，不及公卿一字书？

【注释】

①尹公亮：尹纵之。②琼琚：玉佩。③干谒：有求而谒见。

【品读】

何焯评校《白香山诗集》：持将干谒，恐便减琼琚光价。

赋得古原草送别

离离①原上草，一岁一枯荣。野火烧不尽，春风吹又生。远芳侵古道，晴翠接荒城。又送王孙②去，萋萋满别情。

【注释】

①离离：青草繁盛貌。②王孙：公子王孙。此指所送之人。

【品读】

唐汝询《唐诗解》：上二联写物生之无意间，下二联写草色之关情。乐天语尚真率，佳处固自不少，要非入选之诗独此丰格犹存，姑采以备长庆之一体。

俞陛云《诗境浅说》：诵此诗者，皆以为喻小人去之不尽，如草之滋蔓。作者正有此意，亦未可知。然取喻本无确定，以为喻世道，则治乱循环；以为喻天心，则贞元起伏。虽严寒盛雪，而春意已萌。见仁见智，无所不可。

为薛台①悼亡

半死梧桐老病身，重泉一念一伤神。手携稚子夜归院，月冷房空不见人。

【注释】

①薛台：人名。

【品读】

范晞文《对床夜话》：潘安仁《悼亡》云：『望庐思其人，入室想所历。』思有余而意无尽。江文通拟之云：『明月入绮窗，仿佛想蕙质。』工于述者也。白乐天用之云：『手携稚子夜归院，月冷房空不见人。』

问刘十九①

绿蚁②新醅酒，红泥小火炉。晚来天欲雪，能饮一杯无？

【注释】

①刘十九：嵩阳处士，名未详。②绿蚁：酒名。

【品读】

俞陛云《诗境浅说》：寻常之事，人人意中所有，而笔不能达者，得生花江管写之，便成绝唱，此等诗是也。

王文濡《历代诗评注读本》：用土语不见俗，乃是点铁成金手段。

李绅

李绅（772–846），字公垂，祖籍安徽亳州（今安徽亳县）。元和元年（806）进士，补国子监助教。元和四年赴长安任校书郎，后升为右拾遗。历任翰林学士、御史中丞、户部侍郎等职。长庆四年（824），被贬为端州（今广东肇庆）司马。继而历任江州刺史、滁州刺史、寿州刺史，开成元年（836）任河南尹，旋迁汴州刺史、宣武军节度使、宋亳汴颍观察使。开成五年（840）任淮南节度使，后入京任中书侍郎、同中书门下平章事，继又升为尚书右仆射门下侍郎，封赵国公。卒，赠太尉，谥文肃。

悲善才①

余守郡日，有客游者，善弹琵琶。问其所传，乃善才所授。顷在内廷日，别承恩顾，赐宴曲江，敕善才等二十人备乐。自余经播迁，善才已没。因追感前事，为《悲善才》。

穆王②夜幸蓬池曲，金銮殿开高秉烛。东头弟子曹善才，琵琶请进新翻曲。翠娥列坐层城③女，笙笛参差齐笑语。天颜静听朱丝弹，众乐寂然无敢举。衔花金凤当承拨，转腕拢弦促挥抹。花翻凤啸天上来，裴回④满殿飞春雪。抽弦度曲新声发，金铃玉珮相瑳切⑤。流莺子母飞上林，仙鹤雌雄唳明月。此时奉诏待金銮，别殿承恩许召弹。三月曲江春水绿，九霄天乐下云端。紫髯供奉前屈膝，尽弹妙曲当春日。寒泉注射陇水开，胡雁翻飞向天没。日曛⑥尘暗车马散，为惜新声有余叹。明年冠剑闭桥山，万里孤臣投海畔。笼禽铩翮⑦尚还飞，白首生从五岭⑧归。闻道善才成朽骨，空余弟子奉音徽⑨。南谯⑩寂寞三春晚，有客弹弦独凄怨。静听深奏楚月光，忆昔初闻曲江宴。心悲不觉泪阑干，更为调弦反覆弹。秋风摇动神女佩，月珠敲击水晶盘。自怜淮海同泥滓⑪，恨魄凝心未能死。惆怅追怀万事空，雍门⑫感慨徒为尔。

【注释】

①善才：唐时著名琵琶师。②穆王：唐穆宗李恒，820—824年在位。③层城：即天庭。神话中天帝的居处，在昆仑山最高层。④裴回：同「徘徊」。⑤瑳切：把骨角玉石加工成器物。瑳，通「磋」。此处是指金铃玉珮互相碰撞。⑥日曛：日暮。曛，昏暗。⑦笼禽铩翮：被关在笼子里的鸟羽毛被摧落。铩，伤残。翮，羽毛。⑧五岭：即越城、都庞、萌渚、骑田、大庾五岭的总称。⑨音徽：弹奏乐曲。徽，同「挥」，弹奏。⑩南谯：望楼。⑪泥滓：泥，和着水的土。滓，液体里面下沉的杂质。⑫雍门：战国齐人雍门周善鼓琴，以悲动人，曾访薛公孟尝君，先以言词，继以琴声，使孟尝君感到国破之苦而痛哭流涕。

【品读】

沈德潜《唐诗别裁》：题系守郡说入，诗却先写赐宴曲江，婉曲淋漓；然后转入播迁，复听善才弟子弹弦，凄怨末路，双收两层，神情无限。

古风①二首

其一

春种一粒粟，秋收万颗子。四海无闲田，农夫犹饿死。

其二

锄禾日当午，汗滴禾下土。谁知盘中餐，粒粒皆辛苦。

【注释】

①古风：一作《悯农》。

【品读】

范摅《云溪友议》：初，李公赴荐，尝以《古风》求知吕化光，温谓齐员外煦及弟恭曰：『吾观李二十秀才之文，斯人必为卿相。』果如其言。

谢榛《四溟诗话》：于濆《辛苦吟》：『垄上扶犁儿，手种腹长饥。窗下掷梭女，手织身无衣。』此作者有关风化，但失之粗直。李绅《悯农》诗：『四海无闲田，农夫犹饿死。』无名氏《蚕妇》诗：『遍身绮罗者，不是养蚕人。』二作气平意婉，可置前列，但互相袭尔。

《盐铁论》曰：『欧冶能因国君铜铁作金钟大镛，而不能自作一鼎盘。』此论高古，乃三诗之源，复然气象不同。

金圣叹《贯华堂选批唐才子诗》：李绅，字公垂，为人短小精悍，时号『短李』。元和初，擢进士第。与李德裕、元稹同时，号『三俊』。尝以古风求知于吕温，温见齐煦，诵《悯农》诗曰：『春种一粒粟，秋收万颗子。四海无闲田，农夫犹饿死。』『锄禾日当午，汗滴禾下土。谁知盘中餐，粒粒皆辛苦。』曰：『此人必为宰相。』果如其言。

吴乔《围炉诗话》：诗苦于无意，有意矣又苦于无辞。如『锄禾日当午』云云，诗之所以难得也。

入泗口①

洪河②一派清淮接，蔓草芦花万里秋。烟树苍茫分楚泽③，海云明灭见扬州。望深江汉连天远，思起乡关满眼愁。惆怅路岐真此处，夕阳西下水东流。

【注释】

①泗口：在今淮阴袁集乡桂塘村附近。《淮阴风土记》：『桂家塘东北有一历史名区，是名大河口，一称泗口，即泗水入淮之口也。其地为南北要害。』②洪河：大河。古时多指黄河。③楚泽：古楚地有云梦等七泽。泛指楚地或楚地的湖泽。

【品读】

金圣叹《贯华堂选批唐才子诗》：前解，看他一头『洪河』，一头『清淮』，忽然钜笔如杠，信手下一『接』字，只谓其指陈南北控带，发出何等议论，却不谓其双眼单单正看接处，要写『蔓草芦花已秋』。再加『万里』字者，言此处秋即天下皆秋，固不止是大淮大河秋也。三四承上『万里秋』，再言『烟树苍茫』，即楚泽亦秋，海云明灭，即扬州亦秋也。后解，『望深江汉』者，意欲经略中原。『思起乡关』者，意欲归来田园。此即『路岐』也。『惆怅』者，人生或出或处，其事动关千古，直须用尽全力，始得做成一件。如何光阴如电，而尚两端徘徊，岂真镔铁为躯，故欲徐徐相试耶？

回望馆娃①故宫

江云断续草绵连，云隔秋波树覆烟。飘雪荻花铺涨渚，变霜枫叶卷平田。雀愁化水喧斜日，鸿怨惊风叫暮天。因问馆娃何所恨，破吴红脸尚开莲。

【注释】

①馆娃：馆娃宫。春秋吴王夫差为西施所造。在今江苏省苏州市西南灵岩山上。

【品读】

金圣叹《贯华堂选批唐才子诗》：前解，回望故宫诗，看他前解，且不写故宫，反先写回望，有此灵妙之笔。『江云断续草连绵』者，言江云续处是云，江云断处却是草也。『云隔秋波树覆烟』者，言此断续之云，只是平覆于下。若夫平覆于上，则又有轻烟如练也。此二句，如画家烘染，墨气已定，下更以朱粉点缀之。三言白铺者为涨渚之荻花。四言红卷者为平田之枫叶。盖言如此四句之尽头，则不写馆娃故宫，而居然馆娃故宫如睹也。后解，乃深致感于此娃也。五六雀喧雁叫，犹言娃欲破吴，共见吴已破矣，今娃尚怀何恨，而又嫣然红脸，呈娇于此地耶？深畏色荒入骨，而遂至见怪红莲，此亦暗用草木皆兵文法也。

重到惠山

碧岩依旧松筠①好，重得经过已白头。俱是海天黄叶信，两逢霜节②菊花秋。望中白鹤怜归翼，行处青苔恨昔游。还向窗间名姓下，数行添记旧离愁。

【注释】

①松筠：松树和竹子。②露节：指寒秋时节。

【品读】

金圣叹《贯华堂选批唐才子诗》：前解，言前日碧岩下，是此好松筠，今日碧岩下，依前是此好松筠，只无奈到碧岩、看松筠之人，前是墨头，今已白头，以是为不堪也。又甚有异者，前日到碧岩看松筠，是黄叶下时，菊花开日，乃今日到碧岩看松筠，又恰是黄叶下时，菊花开日。夫前所以不见岁晚之痛者，只为头尚未白，今日头既一白，不觉果见岁晚，乃有如此之痛也。后解，五六犹言今日重来，已恨昔时别去。七八犹言今日虽来，多恐明日又别也。

忆春日太液池亭东候对

宫莺报晓瑞烟开，三岛①灵禽拂水回。桥转彩虹当绮殿，槛浮花鹢②近蓬莱。草承香辇③王孙长，桃艳仙颜阿母④栽。簪笔⑤此时方侍从，却思金马⑥笑邹枚⑦。

【注释】

①三岛：指传说中的蓬莱、方丈、瀛洲三座海上仙山。亦泛指仙境。②鹢：一种似鹭的水鸟。③香辇：帝王后妃所乘之车。④阿母：指神话人物西王母。⑤簪笔：谓插笔于冠或笏，以备书写。古代帝王近臣、书吏及士大夫均有此装束。⑥金马：借指翰林院。⑦邹枚：汉邹阳、枚乘的并称。借指富于才辩之士。

【品读】

金圣叹《贯华堂选批唐才子诗》：前解，只写太液池。后解，写春日候对。『候对』乃朝廷军国大事，非以丽词相夸，故有邹、枚一笑。

皋桥

伯鸾①憔悴甘飘寓，非向嚣尘隐姓名。鸿鹄②羽毛终有志，素丝琴瑟③自谐声。故桥秋月无家照，古井寒泉见底清。犹有余风未磨灭，至今乡里共和鸣。

【注释】

①伯鸾：指隐逸不仕之人。②鸿鹄：天鹅。因飞得很高，常用以比喻志向远大的人。③琴瑟：指琴与瑟两种弦乐器。古代常合奏。

【品读】

金圣叹《贯华堂选批唐才子诗》：前解，一解四句，真为千古高论。言伯鸾之在当时，本有真才实学，特因不免憔悴，于是情愿漂流。观其出关《五噫》之歌，便可微识其心事也。如何世人不察，狠云欲隐姓名？夫人苟无才学，即何姓名可隐？若真有其才学，又何故欲隐姓名？此等邪说误人，真不可不与力洗也。三、四言伯鸾鸿鹄之志，固将御于家邦，今看琴瑟之间，先自刑于寡妻，此所谓真才实学，名士固自有其通身本事也。后解，前解盛表伯鸾当年，此解深服伯鸾身后也。五、六言伯通廊庑，反已芜没。七、八言伯鸾风烈，至今转盛。然则，贤人固自有真，而彼橛株拘人，自言隐姓名者，何曾齿于人数哉！

晏安寺

寺在越州城东北隅，越中谓之小北邙

寺深松桂无尘事，地接郊原带夕阳。啼鸟歇时山寂寂①，野花开处月苍苍。绛纱②灭焰开金像，清梵③消声闭竹房。丘陇④渐平连茂草，九原⑤何处不心伤？

【注释】

①寂寂：寂静无声貌。②绛纱：红纱。纱，绢之轻细者。③清梵：谓僧尼诵经的声音。④丘陇：坟墓。⑤九原：泛指墓地。

【品读】

金圣叹《贯华堂选批唐才子诗》：前解，『寺深松桂』，早已气尽，何况又是地接郊原。此真使人眼底心头，无刻不『带夕阳』者，固不独是日先生到寺之日，正值日暮也。三四『啼鸟歇』写寂寂妙，『野花开』写苍苍妙。盖正啼初歇，此是寂寂妙理；开不算花，此是苍苍妙理。若写作『鸟不啼』，『无花开』便是俗杀世上人也。后解，五六写废寺便如在眼。三宝犹尚如此，何况九原哉！七八句法，言丘陇渐平，连天茂草，人谓九原真可心伤，殊不知不唯九原而已。试思九原之外复有此寺，此寺之外复有普天下，曾见何处不如此丘陇也者？

元稹

元稹（779-831），字微之，河南河内（今属河南）人。贞元九年（793）以明两经擢第。十八年（802）登书判拔萃科，授秘书省校书郎。元和元年（806）列才识兼茂明于体用科第一名，授左拾遗。元和四年（809）为监察御史。因触犯宦官权贵，次年贬江陵府士曹参军。后历通州司马、虢州长史。元和十四年（819）任膳部员外郎。次年擢祠部郎中、知制诰。长庆元年（821）迁中书舍人，充翰林院承旨。次年，出为同州刺史、浙东观察使。大和三年（829）为尚书左丞，五年，逝于武昌军节度使任上。赠尚书右仆射。

思归乐①

山中思归乐，尽作思归鸣。尔是此山鸟，安得失乡名？应缘此寄迹，自古离人征。阴愁感和气，俾尔从此生，我虽失乡去，我无失乡情。惨舒在方寸，宠辱将何惊。浮生居大块，《庄子·齐物论》成玄英疏：大块者，造物名，亦自然之称也。寻丈②可寄身。身安即形乐，岂独乐咸京？命者道之本，死者天之平。安问远与近，何言殇③与彭④？君看赵工部⑤，八十支体轻。交州⑥二十载，始到长安城。长安不须臾，复作交州行。交州又累岁，移镇广与荆。归朝新天子⑦，济济为上卿。肌肤无瘴色，饮食康且宁。长安一昼夜，死者如陨星。丧车四门出，何关炎瘴萦？况我三十二，百年未半程？江陵道途近，楚俗云水清。遐想玉泉寺⑧，久闻岘山亭⑨。此去尽绵历，岂无心赏并？红餐日充腹，碧涧朝析醒⑩。酿酒待宾客，寄书安弟兄。闲穷四声韵⑪，闷阅九部经⑫。身外无所求，眼前随所营。此意久已定，谁能苟求荣？所以官甚小，不畏权势倾，倾心岂不易？巧诈神之刑。万物有本性，况复人性灵。金埋无土色，玉坠无瓦声。剑折有寸利，镜破有片明。我可俘为囚，我可刃为兵。我心终不死，金石贯以诚。此诚患不立，诚至道亦亨。微哉满山鸟，叫噪何足听？

【注释】

①思归乐：杜鹃。杜鹃鸣声近似『不如归去』，故名。②寻丈：泛指八尺到一丈间的长度。寻，古代长度单位，一般为八尺。③殇：未至成年而死。④彭：指彭祖，此处指高寿。⑤赵工部：即赵昌，贞元七年（791）自虔州刺史拜安南都护，十八年因屋坏伤胫，入拜国子祭酒。第二年新任安南都护为州将王季元所逐，赵昌复为安南都护。元和元年（806）移镇广州刺史、岭南节度使，元和三年移镇荆南节度使，次年征还，拜工部尚书。时年八十余，精健如少年。⑥交州：安南都护府首府，今越南河内市。⑦新天子：指唐宪宗李纯。⑧玉泉

寺：寺名。在玉泉山。⑨岘山亭：亭名。在襄阳县（今湖北襄樊市）南之岘山之上。有为纪念西晋襄阳太守羊祜而建的碑，名岘山碑，又称岘首碑。⑩析酲：解酒，醒酒。⑪四声韵：原指古汉语字音的声调有平声、上声、去声、入声。此处指诗歌创作。⑫九部经：指佛经。

【品读】

白居易《白居易集·和答诗十首》：及足下到江陵，寄在路所为诗十七章，凡五六千言，言有为，章有旨，适于宫律体裁，皆得作者风。发缄开卷，且喜且怪。仆思牛僧孺戒，不能示他人，唯与杓直、拒非及樊宗师辈三四人，时一吟读，心甚贵重。然窃思之：岂仆所奏二十章，遽能开足下聪明，使之然耶？抑又不知足下是行也，天将屈足下之道，激足下之心，使感时发愤，而臻于此耶？若不两然，何立意、措辞，与足下前时诗，如此之相远也。

四皓①庙

巢由②昔避世，尧舜③不得臣。
伊吕④虽急病，汤武⑤乃可君。
四贤⑥胡为者？千载名氛氲。
显晦有遗迹，前后疑不伦。
秦政⑦虐天下，黩武穷生民。
诸侯战心死，壮士眉亦颦。
张良⑧韩孺子，椎碎属车轮。
遂令英雄意，日夜思报秦。
先生相将去，不复婴⑨世尘。
云卷在孤岫，龙潜为小鳞。
秦王转无道，谏者鼎镬亲。
茅焦脱衣谏，先生无一言。
赵高⑩杀二世，先生如不闻。
刘项⑪取天下，先生游白云。
海内八年战⑫，先生全一身。
汉业日已定，先生名亦振。
不得为济世，宜哉为隐沦。
如何一朝起，屈作储贰宾⑬？
安存孝惠帝，摧悴戚夫人⑭。
舍大以谋细，虬盘而蠖伸。
惠帝竟不嗣，吕氏祸有因。
虽怀安刘志，未若周与陈⑮。
皆落子房术，先生道何屯。
出处贵明白，故吾今有云。

【注释】

①四皓：东园公、角里先生、绮里季、夏黄公四人，为秦汉间隐士，隐于商山。②巢由：巢父、许由。皆尧时隐士，尧让位于二人，皆不受。③尧舜：唐尧和虞舜，远古部落联盟的首领。④伊吕：商代伊尹辅商汤，西周吕尚佐周武王。⑤汤武：商汤与周武王。⑥四贤：指巢父、许由、伊尹、吕尚。⑦秦政：即秦始皇嬴政。⑧张良：字子房。秦灭韩，良结纳刺客，椎击秦始皇于博浪沙，未遂。后佐刘邦灭秦、楚，因功封留侯。⑨婴：卷入。⑩赵高：秦时宦官。始皇崩，与李斯立胡亥为二世皇帝。旋杀李斯，自为丞相，独揽大权。后又杀二世，立子婴。子婴立，乃诛杀赵高。⑪刘项：刘邦与项羽。⑫海内句：秦二世元年（前 209），陈胜吴广起义，刘邦、项羽分兵入关破秦。刘、项争夺帝位，前后凡八年。⑬储贰宾：指四皓辅佐孝惠帝之事。⑭戚夫人：汉高祖

安，赵王如意之母。高祖屡欲废太子，立如意，为吕后所忌。高祖死，吕后毒死赵王，截断戚夫人手足，挖眼熏耳，饮以哑药，置于厕中，名曰『人彘』。⑮周与陈：周勃与陈平。吕后死，周勃与陈平等诛吕后侄吕产、吕禄，夺回军权，迎文帝即位，安定了刘氏天下。

【品读】

胡震亨《唐音癸签》：白诗祖乐府，务欲为风俗之用。元与白同志。白意古词俗，元词古意俗。陈绎曾按：乐府古与俗正可无论，患在易晓易尽，失风人微婉义耳。白尝规元乐府诗意太切、理太周，欲稍删其繁而晦其义，亦自知诗病概然故云。

查慎行《白香山诗评》：《和答诗十首》序：『顷者在科试间常与足下同笔砚，每下笔时辄相顾语，共患意太切而理太周，故理太周则辞繁，意太切则言激。然与足下为文所长在于此，所病亦在于此。』『文章千古事，得失寸心知。』数语自道，可为元、白定评。

乾隆《唐宋诗醇》：元诗责四皓定惠帝以酿吕氏之祸，此事后之论，未免过苛。假令当年废长立爱，如意嗣位，所恃以托孤者独一周昌耳，绛、灌诸人未必帖然心服，且产、禄辈根蒂深固，吕雉构患益急，保无意外之变耶？

阳城驿

商有阳城驿，名同阳道州①。阳公没已久，感我泪交流。昔公孝父母，行与曾闵②俦，既孤善兄弟，兄弟和且柔。一夕不相见，若怀三岁忧。遂誓不婚娶，没齿同衾裯。妹夫死他县，遗骨无人收。公令季弟往，公与仲弟留，相别竟不得，三人同远游。共负他乡骨，归来藏故丘。栖迟居夏邑③，邑人无苟偷。里中竞长短，来问劣与优。官刑一朝耻，公短终身羞。公亦不遗布，人自不盗牛。问公何能尔，忠信先自修。发言当道理，不顾党与仇。声香渐翕习，冠盖若云浮。少者从公学，老者从公游。往来相告报，县尹与公侯。名落公卿口，涌如波荐舟。天子得闻之，书下再三求。书中愿一见，不异旱地虬。何以持为聘？束帛藉琳球。何以持为御？驷马驾安辀。公云自揆操，事殷不事周。我实唐士庶，食唐之田畴。我闻天子忆，安敢专自由？来为谏大夫，朝夕侍冕旒④。希夷惇薄俗，密勿献良筹。神医不言术，人瘼⑤曾暗瘳⑥。月请谏官俸，诸弟相对谋。皆曰亲戚外，酒散目前愁。公云不有尔，安得此嘉猷？施余尽酤酒，客来相献酬。日旰不谋食，春深仍弊裘。人心良戚戚，我乐独由由。贞元岁云暮，朝有曲如钩⑦。风波势奔蹙，日月光绸缪。齿牙属为猾⑧，禾黍暗生蟊。岂无司言者？肉食吞其喉。岂无司搏者？利柄扼其鞲⑨。鼻复势气塞，不得辨薰莸⑩。公虽未显谏，惴惴如患瘤。飞章八九上，皆若珠暗投。炎炎日将炽，积燎无人抽。公乃帅其属，决谏同报仇。延英殿⑪门外，叩阁仍叩头。且曰事不止，臣谏誓不休。上知不可遏，命以美语酬。降官司成署，俾之为赘疣。奸心不快活，击刺砺戈矛。终为道州去，天道竟悠悠。遂令不言者，反以言为尤。喉舌坐成木，鹰鹯化为鸠。避权如避虎，冠豸如冠猴。平生附我者，诗人称好逑。私来一执手，恐若坠诸沟。送我不出户，决我不回眸。唯有太学生，各具粮与糇。咸言公去矣，我亦去荒陬。公与诸生别，步步驻行驺。有生不可诀，行行过闽瓯。为师得如此，得为贤者不？道州闻公来，鼓舞歌且讴。昔公居夏邑，狎人如狎鸥。《列子·黄帝》：海上之人有好沤鸟者，每旦之海上，从沤鸟游，沤鸟之至者百住而不止。其父曰：『吾闻沤鸟皆从汝游，汝取来，吾玩之。』明日之海上，沤鸟舞而不下也。况自为刺史，岂复援鼓桴？滋章一时罢，教化天下遒。炎瘴不得老，英华忽已秋。有鸟哭杨震⑫，无儿悲邓攸⑬。唯余门弟子，列树松与楸。今来过此驿，若吊汨罗洲⑭。祠曹讳羊祜⑮，此驿何不侔？我愿避公讳，名为避贤邮。此名有深意，蔽贤天所尤。吾闻玄元教⑯，日月冥九幽。幽阴蔽翳者，永为幽翳囚。

【注释】

①阳道州：即唐人阳城，字亢宗，唐陕州夏县（今属山西）人。一生与世无争，好学乐施，以忠义卓行称著。宰相李泌闻其名，荐为著作郎。唐德宗令人诣阳城所居夏县征召，城辞让不得，赴京为谏议大夫。至任，唯以诗酒自娱，不问朝政。及裴延龄陷害陆贽，贽出为外任，谏者无敢救者。城乃伏阁上疏，再三再四，未果。后又阻谏德宗拜裴延龄为相，降为国子司业。又因庇护国学诸生，罢为道州刺史。太学生王鲁卿等270人诣阙乞留，未果。在道州有政绩，顺宗登位，诏征回京，京使至道州，阳城已卒。②曾闵：孔子弟子曾参与闵损，两人皆以孝行著称于世。③夏邑：今山西省夏县。④冕旒：指皇冠，借指皇帝。⑤瘼：病痛，泛指困苦。⑥瘳：病愈。⑦朝有曲如钩：指裴延龄陷害陆贽等事。⑧齿牙属为猾：播弄是非。⑨韝：古代一种革制的袖套，射箭或操作时用。⑩薰莸：薰，香草；莸，臭草。⑪延英殿：唐代宫殿名，在延英门内。肃宗时，宰相苗晋卿年老，行动不便，天子特地在延英殿召对，以示优礼。⑫有鸟哭杨震：东汉循吏杨震官为司徒，痛奸臣横行，忠臣受屈，愤而自杀。死后有大鸟高丈余，集震丧前，俯仰悲鸣，泪下沾地，葬毕乃飞去。⑬无儿悲邓攸：晋河东太守邓攸，在逃难途中舍弃己子而保全亡弟之子，卒无子嗣。时人同情他，为之怨天。⑭汨罗洲：借指屈原。⑮祠曹讳羊祜：西晋征南将军羊祜长期镇守荆州，有善政，『吴人翕然悦服，称为羊公，不之名也。』⑯玄元

教：即道教。唐奉道教之祖老子为李唐的始祖，追号太上玄元皇帝，故称。

【品读】

杜牧《商山富水驿》：益戆由来未觉贤，终须南去吊湘山。当时物议朱云小，后代声华白日悬。邪佞每思当面唾，清贫长欠一杯钱。驿名不合轻移改，留警朝天者惕然。

葛立方《韵语阳秋》：阳城德行道义，为士林之所敬服。德宗以银印赤绂，起于隐所，骤拜谏官，可谓贤且遇矣。故学生闻道州之贬，投业而叫阍，贤士怆驿名之同，摛词而颂德，可知其贤不诬也。然韩退之《诤臣论》乃极口贬之，何哉？其言曰：『今阳子实一匹夫，在谏位不为不久，而未尝一言及于政。视政之得失，若越人视秦人之肥瘠。问其官，则曰谏议也。问其政，则曰我不知也。有道之士固如是乎！』考之本传，以谓他谏官论事苛细，帝厌苦。城浸闻得失且熟，犹未肯言。客屡谏之，第醉以酒而不答，盖其意有所待也。至德宗逐陆贽，欲相裴延龄，而城伏蒲之疏始上。廷争恳至，累日不解。故元微之诗云：『贞元岁云暮，朝有曲如钩。飞章八九上，皆若珠暗投。且曰事不止，臣谏誓不休。』而乐天亦云：『阳城为谏议，以正事其君。其手如屈铁，举必指佞臣。卒使不仁者，不得秉国钧。』柳子厚亦云：『抗志厉义，直道是陈。』盖退之《诤臣论》乃在止裴延龄为相之前，而三子颂美之言乃在阳城极谏之后尔。

鹿角镇 洞庭湖中地名

去年①湖水满，此地覆行舟。万怪吹高浪，千人死乱流。谁能问帝子，何事宠阳侯②？渐恐鲸鲵③大，波涛及九州④。

【注释】

①去年：指大和四年（830），是年鄂州等地大水。

②阳侯：传说中的波神。《淮南子·览冥》注，阳侯原为陵阳国侯，封地近水，溺水而死，化而为神。能为大波，人称阳侯之波。③鲸鲵：即鲸鱼。雄曰鲸，雌曰鲵。

④九州：古代中国设置的九个州，一般指冀、豫、雍、扬、兖、幽、并、青、荆。

【品读】

刘麟《元氏长庆集原序》：元微之有盛名于元和、长庆间，观其所论奏，莫不切当时务，诏诰、歌词自成一家，非大手笔曷臻是哉！

酬乐天 时乐天摄尉，予为拾遗

放鹤在深水，置鱼在高枝。升沈或异势，同谓非所宜。君为邑中吏，皎皎鸾凤姿。顾我何为者，翻侍白玉墀①？昔作芸香侣②，三载不暂离。逮兹忽相失，旦夕梦魂思。崔嵬骊山顶，宫树遥参差。只得两相望，不得长相随。

多君岁寒意，裁作秋兴诗③。上言风尘苦，下言时节移。官家事拘束，安得携手期？愿为云与雨，会合天之垂。

【注释】

①白玉墀：宫殿前的玉石台阶，借指朝堂。②芸香侣：汉时称藏秘书之室为兰台或芸台，唐时借称秘书省为芸台。元稹、白居易贞元十九年(384)至元和元年(806)均在秘书省为校书郎，友情甚深，故称。③秋兴诗：指白居易《权摄昭应早秋书事寄元拾遗兼呈李司录》诗。

【品读】

冯班《钝吟全集》：诗至贞元、长庆，古今一大变，李、杜始重。元、白，学杜者也。元相时有学太白处。

酬卢秘书 并序

予自唐归京之岁，秘书郎卢拱作《喜遇白赞善学士》诗二十韵，兼以见贻。白诗酬和先出，予草蹇未暇，卢颇有致师①之挑，故篇末不无愤辞。其次用本韵，刁然也。

偶有冲天气，都无处世才。未容荣路稳，先蹋祸机开。分久沉荆掾，惭经厕柏台②。理推愁易惑，乡思病难裁。夜伴吴牛喘，《风俗通》：吴牛望见月则喘，使之苦于日，见月怖，喘矣。春惊朔雁回。北人肠断送，西日眼穿颓。唯望魂归去，那知诏下来。涸鱼千丈水，僵燕一声雷。幽匣提清镜，衰颜拂故埃。梦云期紫阁③，厌雨别黄梅。亲戚迎时到，班行见处陪。文工犹畏忌，朝士绝嫌猜。新识蓬山④杰，深交翰苑⑤材。连投珠作贯，独和玉成堆。剧敌徒相轧，羸师亦自媒。磨砻⑥刮骨刃，翻掷委心灰。恐被神明哭，忧为造化灾。私调破叶箭⑦，定饮搴旗⑧杯。金宝潜砂砾，芝兰似草莱。凭君毫发鉴，莫遣翳莓苔。

【注释】

①致师：挑战。②柏台：御史台。③紫阁：唐开元年间改中书省为紫微省，中书令为紫微令，后因借称宰相府第为紫阁。④蓬山：喻指秘书省或集贤殿书院。⑤翰苑：指文翰荟萃之处，犹言翰林院。⑥磨砻：原指磨石，此指磨砺。⑦破叶箭：能射破树叶的高深箭枝。⑧搴旗：拔取敌旗，斩杀敌将。

【品读】

赵翼《瓯北诗话》：近体中五言排律，或百韵，或数十韵，皆研炼精切，语工而词赡，气劲而神完，虽千百言，亦沛然有余，无一懈笔。当时元、白唱和，雄视百代正在于此，后世卒无有能继之。

象人①

《汉书·礼乐志》：常从倡三十人，常从象人四人。颜师古注：孟康曰：『象人，若今戏虾鱼师子者也。』韦昭曰：『着假面者也。』

被色②空成象，观空《大智度论》：观五蕴无我无我所，是名为空。色异真。自悲人是假，那复假为人？

【注释】①象人：汉代宫廷中一种专职艺人。②色：佛教名词，佛经以有质碍、可变坏之法，名色。

【品读】张戒《岁寒堂诗话》：张司业诗，与元、白一律，专以道得人心中事为工。

岁日①

一日今年始，一年前事空，凄凉百年事，应与一年同。

【注释】①岁日：大年初一。

【品读】袁中道《珂雪斋集》：夜读所寄《玉茗堂集》，晚年稍入元、白，亦其才大识高，直写胸臆，不拘盛唐三尺，自觉有类元、白，非学之也。今人见诗家流便易读者，即以为同于『元轻白俗』，然则诗必诘曲聱牙，至于不可读然后已耶？可发一笑也。

行宫

寥落古行宫，宫花寂寞红。白头宫女在，闲坐说玄宗。

【品读】瞿佑《归田诗话》：乐天《长恨歌》凡一百二十句，读者不厌其长；元微之《行宫》四句，读者不觉其短，文章之妙也。潘德舆《养一斋诗话》：而《连昌宫词》收场用意实胜《长恨歌》，艳《长恨》而亚《连昌》，不知诗之体统者也。『寂寞古行宫』二十字足赅《连昌宫词》六百余字，尤为妙境。诗品至微之，犹非浪得名也。瞿宗吉以二诗并称，非知诗者。

杏园①

浩浩长安车马尘，狂风吹送每年春。门前本是虚空界②，何事栽花误世人？

【注释】①杏园：长安的一处园林，文人常聚会于此。②虚空界：空旷无人之处。

【品读】叶燮《原诗》：人每易视白，则失之矣。元稹作意胜于白，不及白舂容暇豫。白俚俗而雅亦在其中，终非庸近可拟。二人同时得盛名，必有其实，俱未可轻议也。

幽栖

野人①自爱幽栖所，近对长松远是山。尽心望云心不系，有时看月夜方闲。壶中天地乾坤外，梦里身名旦暮间。辽海若思千岁鹤，且留城市会飞还。《搜神后记》：丁令威本辽东人，学道于灵虚山。后化鹤归辽，集城门华表柱。时有少年举弓欲射之，鹤乃飞，徘徊空中而言曰：『有鸟有鸟丁令威，去家千年今始归。城郭如故人民非，何不学仙家垒垒。』遂高上冲天。今辽东诸丁云其先世有仙者，但不知名耳。

【注释】

①野人：庶民，没有爵禄的平民。

【品读】

许顗《彦周诗话》：东坡《祭柳子玉文》：『郊寒岛瘦，元轻白俗。』此语具眼。客见诘曰：『子盛称白乐天、孟东野诗，又爱元微之诗，而取此语，何也？』仆曰：『论道当严，取人当恕。此八字，东坡论道之语也。』

再酬复言①和前篇

经过二郡逢贤牧，聚集诸郎宴老身。清夜漫劳红烛会，白头非是翠娥邻。曾携酒伴无端宿，自入朝行便别春②。潦倒微之从不占，未知公议道何人？

【注释】

①复言：即李谅，字复言，时任苏州刺史。②春：指男女间的情事。

【品读】

都穆《南濠诗话》，古人诗有唱和者，盖彼唱而我和之。初不拘体制兼袭其韵也。后乃有用人韵以答之者，观老杜、严武诗可见，然亦不一一次其韵也。至元、白、皮、陆诸公，始尚次韵，争奇斗险，多至数百言，往来至数十首。

以州宅夸于乐天

州城迥绕拂云堆，镜水①稽山②满眼来。四面常时对屏障，一家终日在楼台。星河似向檐前落，鼓角③惊从地底回。我是玉皇④香案吏⑤，谪居犹得住蓬莱⑥。

【注释】

①镜水：湖名。②稽山：即会稽山，在今浙江省绍兴市东南。③鼓角：指海涛声。④玉皇：玉皇大帝，代指李唐天子。⑤香案吏：指天子身边的侍臣。⑥蓬莱：山名，与方丈、瀛洲合称三神山。

【品读】

白居易《白居易集·元稹墓志》：尤工诗，在翰林时，穆宗前后索诗数百篇，命左右讽咏，宫中呼为『元才子』。自六宫、两都、八方，至南蛮、东夷国，皆写传之。每一章一句出，无胫而走，疾于珠玉。

李绅《新楼诗二十首序》：到越州日，初引家累登新楼，望镜湖，见元相微之题壁诗云：『我是玉京天上客，谪居犹得小蓬莱。』『四面寻常对屏障，一家终日在楼台。』微之与乐天，此时只隔江津，日有酬和相答。时余移官九江，各乖音问。顷在越之日，荏苒多故，未能书壁，今追思为《新楼诗二十首》。

寄乐天

闲夜思君坐到明，追寻往事倍伤情。同登科①后心相合，初得官时髭未生。二十年来谙世路，三千里外老江城。犹应更有前途在，知向人间何处行。

【注释】

①同登科：元稹白居易同登科第事，前后有两次：贞元十九年（384）春，元、白吏部乙科及第，授职秘书省校书郎；元和元年（806）春，俩人同应制科之试，元稹名列第一，拜左拾遗，白居易成18名及第者之一，授周至县尉。

【品读】

白居易《白居易集·祭微之文》：呜呼微之！贞元季年，始定交分，行止通塞，靡所不同；金石胶漆，未足为喻。死生契阔者三十载，歌诗唱和者九百章。播于人间，今不复叙。至于爵禄患难之际，寤寐忧思之间，誓心同归，交感非一，布在文翰，今不重云。

华镜《元氏长庆集跋》：乐天、微之，以诗文并称。元和、长庆间，互相标榜倡和为颉颃，而论者亦曰元、白。

鄂州寓馆严涧宅 时涧不在

凤有高梧①鹤有松，偶来江外寄行踪。花枝满院空啼鸟，空榻无人忆卧龙②。心想夜闲惟足梦，眼看春尽不相逢。何如最是思君处，月入斜窗晓寺钟。

【注释】

①高梧：高大的梧桐。古代以为是凤凰栖止之木。②卧龙：喻隐居或尚未崭露头角的杰出人才。

【品读】

金圣叹《贯华堂选批唐才子诗》：前解，此『偶来江外寄行踪』，非云偶来江外，而必于君乎寄行踪也。盖凤必有梧，鹤必有松，观达人必以其所为主，若使我来江外而不于君寄寓，且当于谁寄寓者。故虽满院啼鸟，空榻无人，君自不在，我自竟住，言更无处又他去也。后解，前解寓严宅，后解想严人也。

易解。

清都春霁寄胡三吴十一

蕊珠①宫殿经微雨，草树无尘耀眼光。白日当空天气好，暖风吹面柳阴凉。蜂怜宿露攒芳久，燕得新泥拂户忙。时节催年春不住，武陵②花谢忆诸郎。

【注释】

①蕊珠：即蕊珠宫，道教经典中所说的仙宫。②武陵：武陵源，晋陶潜《桃花源记》描述的避世隐居地。

【品读】

金圣叹《贯华堂选批唐才子诗》：前解，此一解四句，更不能赞其如何着笔，直是满眼一片春霁，其光悦魂动魄。于是一二，不知应说宫殿，不知应说草树，不知应说春色，不知应说日华，且先直书二句，定却自家眼光。然后三四，再与分别细写，言当天却是白日，风吹乃是柳荫。意谓此当天白日便是『霁』，风吹柳荫便是『春』也。后解，此五六，写蜂燕，又细妙。『蜂怜宿露』，是怜连日未霁之露。『燕得新泥』，是得今朝新霁之泥。夫从连日未霁，以至今朝新霁，已自时节暗催，春去不知何限，又况两句脚又带『久』字、『忙』字，真是行尽如驰，而莫之能止。彼武陵诸郎皆非金铁，如之何其使人不忆耶？

早春寻李校书

款款①春风淡淡云，柳枝低作翠栊裙。梅含鸡舌②兼红气，江弄琼花③散绿纹。带雾山莺啼尚小，穿花芦笋叶才分。今朝何事偏相觅？撩乱芳情④最是君。

【注释】

①款款：轻缓貌。②鸡舌：鸡舌香，即丁香。③琼花：一种珍贵的花。叶柔而莹泽，花色微黄而有香。④芳情：春意，春天的气息。

【品读】

金圣叹《贯华堂选批唐才子诗》：前解，写『早春』。此解虽写早春，然只起句是清朝晏起，已下二三四句，一路推窗看柳，巡檐嗅梅，出门观江，便是渐渐行出高斋，闲闲漫寻江岸。一头虽是赏心寓目，一头已是随步访人也。逐句细玩之。后解，写『寻李校书』。五六非又写『早春』，正是独取『尚小』『才分』字，言一时春物，绝无足以撩乱我心者。然则今日之寻，乃是得得为君，而君不可不知也。

赠严童子

司空孙照郎，十岁，赋诗有奇句。书有成人风

卫瓘①诸孙卫玠②珍，可怜雏凤③好青春。解拈玉叶④排新句，认得金环识旧身。十岁佩觿⑤新稚子，八行飞札老成人。杨公莫讶清无业，家有骊珠⑥不复贫。

【注释】

①卫瓘：字伯玉，河东安邑人（今山西夏县北）。曾任三国魏镇东将军，西晋时任司空、太保等职。②卫玠：字叔宝，卫瓘孙，是魏晋著名的清谈名士和玄理学家，官至太子洗马。③雏凤：幼凤，比喻卓越的子弟。④玉叶：指优质笺纸。⑤觿：古代一种解结的锥子。用骨、玉等制成。也用作佩饰。⑥骊珠：宝珠。传说出自骊龙颔下，故名。

【品读】

金圣叹《贯华堂选批唐才子诗》：前解，『青春』上又加『好』字，『好』字上又加『可怜』字，便画出此雏凤，人固断断不忍料其便能作诗也。三四承之，只是一昂一低，再翻作诗。言口中已成七字，而手中初探双环，犹俗言人身尚未全也。后解，前解写童子，此解又写其祖也。言十岁不过稚子，而八行早如老成，掌中

有此奇宝，便将光照一世，岂犹以清白吏愁饥寒耶？

连昌宫①词

连昌宫中满宫竹，岁久无人森似束。又有墙头千叶桃，风动落花红蔌蔌②。宫边老翁为予泣，小年进食曾因入。上皇③正在望仙楼④，太真⑤同凭阑干立。楼上楼前尽珠翠，炫转荧煌照天地。归来如梦复如痴，何暇备言宫里事？初过寒食一百六，店舍无烟宫树绿。夜半月高弦索鸣，贺老⑥琵琶定场屋。力士⑦传呼觅念奴⑧，念奴潜伴诸郎宿。须臾觅得又连催，特敕街中许然烛。春娇满眼睡红绡，掠削云鬟旋装束。飞上九天歌一声，二十五郎⑨吹管逐。逡巡大遍凉州⑩彻，色色龟兹⑪轰录续。李謩擪笛傍宫墙，偷得新翻数般曲。念奴，天宝中名倡，善歌。每岁楼下酺宴，累日之后，万众喧隘。严安之、韦黄裳辈辟易而不能禁，众乐为之罢奏。玄宗遣高力士大呼于楼上曰：『欲遣念奴唱歌，邠王二十五郎吹小管逐，看人能听否？』未尝不悄然奉诏，其为当时所重也如此。然而玄宗不欲夺侠游之盛，未尝置在宫禁。或岁幸汤泉，时巡东洛，有司潜遣从行而已。又玄宗尝于上阳宫夜后按新翻一曲，属明夕正月十五日，潜游灯下，忽闻酒楼上有笛奏前夕新翻之曲者，大骇之。明日密遣捕捉笛者，诘验之，自云：『某其夕窃于天津桥上玩月，闻宫中度曲，爱其新声，遂于桥柱上插谱记之。』问其谁氏，奏云：『臣即长安少年李謩也。』玄宗异之，赐物遣去。平明大驾发行宫，万人歌舞途路中。百官队仗避岐薛⑫，杨氏诸姨⑬车斗风。明年十月东都破，御路犹存禄山过。驱令供顿不敢藏，万姓无声泪潜堕。两京定后六七年，却寻家舍行宫前。庄园烧尽有枯井，行宫门闭树宛然。尔后相传六皇帝⑭，不到离宫门久闭。往来年少说长安，玄武楼⑮成花萼⑯废。去年因敕使斫竹，偶值门开暂相逐。荆榛栉比塞池塘，狐兔骄痴缘树木。舞榭攲倾基尚在，文窗窈窕纱犹绿。尘埋粉壁旧花钿，乌啄风筝碎珠玉。上皇偏爱临砌花，依然御榻临阶斜。蛇出燕巢盘斗栱，菌生香案正当衙。寝殿相连端正楼⑰，太真梳洗楼上头。晨光未出帘影黑，至今反挂珊瑚钩。指向傍人因恸哭，却出宫门泪相续。自从此后还闭门，夜夜狐狸上门屋。我闻此语心骨悲，太平谁致乱者谁？翁言野父何分别，耳闻眼见为君说。姚崇⑱宋璟⑲作相公，劝谏上皇言语切。燮理阴阳禾黍丰，调和中外无兵戎。长官清平太守好，拣选皆言由至公。开元之末姚宋死，朝廷渐渐由妃子。禄山宫里养作儿，虢国⑳门前闹如市。弄权宰相不记名，依稀忆得杨与李㉑。庙谋㉒颠倒四海摇，五十年来作疮痏㉓。今皇神圣丞相明，诏书才下吴蜀平。官军又取淮西贼㉔，此贼亦除天下宁。年年耕种宫前道，今年不遣子孙耕。老翁此意深望幸，努力庙谋休用兵。

【注释】

①连昌宫：唐时行宫之一，在今河南省宜阳县境内。②红蔌蔌：落花纷纷貌。③上皇：唐玄宗传位给肃宗李亨以后，被称作『上皇』。④望仙楼：华清宫中的楼名。⑤太真：杨贵妃曾做过女道士，时名太真。⑥贺老：指唐开元中的贺怀智，以善弹琵琶名世。⑦力士：即唐玄宗时宦官高力士。⑧念奴：唐玄宗天宝年间的名娼。⑨二十五郎：邠王李承宁，以善吹笛名世。⑩大遍凉州：整套的凉州曲。⑪龟兹：汉时西域国名，今新疆库车、沙雅一带。⑫岐薛：岐王李范、薛王李业。⑬杨氏诸姨：杨玉环的姐姐韩国夫人、虢国夫人、秦国夫人。⑭尔后句：玄宗后分别为肃宗李亨、代宗李豫、德宗李适、顺宗李诵、宪宗李纯、穆宗李恒。⑮玄武楼：在长安大明宫之北，德宗时建。⑯花萼：楼名，在长安兴庆宫的西南面，玄宗时建。⑰端正楼：华清宫中楼名。⑱姚崇：玄宗时宰相。⑲宋璟：武后时为御史中丞，睿宗时宰相。⑳虢国：指虢国夫人。㉑杨与李：即天宝年间的权奸杨国忠、李林甫。㉒庙谋：指制定国家大计。㉓疮痏：战乱造成的一系列后遗症。㉔淮西贼：淮西节度使吴元济元和九年（814）叛乱。

【品读】

洪迈《容斋随笔·连昌宫词》：元微之、白乐天在唐元和、长庆间齐名，其赋咏天宝时事，《连昌宫词》《长恨歌》皆脍炙人口，使读之者情性荡摇，如身生其时，亲见其事，殆未易以优劣论也。然《长恨歌》不过述明皇追怆贵妃始末，无他激扬，不若《连昌词》有监戒规讽之意。如云：『姚崇宋璟作相公，劝谏上皇言语切。燮理阴阳禾黍丰，调和中外无兵戎。长官清平太守好，拣选皆言由至公。开元之末姚宋死，朝廷渐渐由妃子。禄山宫里养作儿，虢国门前闹如市。弄权宰相不记名，依稀忆得杨与李。庙谟颠倒四海摇，五十年来作疮痏。』其末章及官军讨淮西，乞庙谋休用兵之语，盖元和十一、二年间所作，殊得风人之旨，非《长恨》比云。

张邦基《墨庄漫录》：白乐天作《长恨歌》，元微之作《连昌宫词》，皆纪明皇时事也。予以谓微之之作过乐天，白之歌，止于荒淫之语，终篇无所规正。元之词，乃微而显，其荒纵之意皆可考，卒章乃不忘箴讽，为优也。

王世贞《艺苑卮言》：《连昌宫辞》似胜《长恨》，非谓议论也，《连昌》有风骨耳。

琵琶歌

寄管儿①，兼诲铁山②。此后并新题乐府

琵琶宫调③八十一，旋宫三调弹不出。玄宗偏许贺怀智，段师此艺还相匹。自后流传指拨衰，昆仑善才徒尔为。澒声少得似雷吼，缠去声弦不敢弹羊皮。人间奇事会相续，但有卞和无有玉。段师弟子数十人，李家管儿称上足。管儿不作供奉儿④，抛在东都双鬓丝。逢人便请送杯盏，著尽工夫人不知。李家兄弟⑤皆爱酒，我是酒徒为密友。著作曾邀连夜宿，中碾春溪华新绿。平明船载管儿行，尽日听弹无限曲。曲名无限知者鲜，霓裳羽衣偏宛转。凉州大遍最豪嘈，六么⑥散序多笼捻。我闻此曲深赏奇，赏着奇处惊管儿。管儿为我双泪垂，自弹此曲长自悲。泪垂捍拨朱弦湿，冰泉呜咽流莺涩。因兹弹作雨霖铃，风雨萧条鬼神泣。一弹既罢又一弹，珠幢夜静风珊珊。低回慢弄关山思，坐对燕然秋月寒。月寒一声深殿磬，骤弹曲破音繁并。百万金铃旋去声玉盘，醉客满船皆暂醒。自兹听后六七年，管儿在洛我朝天⑦。游想慈恩杏园⑧里，梦寐仁风花树前。去年⑨御史留东台，公私蹙促颜不开。今春制狱正撩乱，昼夜推囚心似灰。暂辍归时寻著作，著作南园花坼萼。胭脂耀眼桃正红，雪片满溪梅已落。是夕青春值三五，花枝向月云含吐。著作施樽命管儿，管儿久别今方睹。管儿还为弹六么，六么依旧声迢迢。猿鸣雪岫来三峡，鹤唳晴空闻九霄。逡巡弹得六么彻，霜刀破竹无残节。幽关鸦轧胡雁悲，断弦砉騞⑩层冰裂。我为含凄叹奇绝，许作长歌始终说。艺奇思寡尘事多，许来寒暑又经过。如今左降在闲处，始为管儿歌此歌。歌此歌，寄管儿。管儿管儿忧尔衰，尔衰之后继者谁？继之无乃在铁山，铁山已近曹穆间。二善才姓。性灵甚好功犹浅，急处未得臻幽闲。努力铁山勤学取，莫遣后来无所祖。

【注释】

①管儿：李逊、李建兄弟家的艺伎。②铁山：管儿的艺徒。③宫调：戏曲、音乐名词。凡以宫为主的调式称宫，以其他各声为主的则称调。④供奉儿：以某种技艺或姿色供奉帝王的人。⑤李家兄弟：即李逊、李建兄弟。⑥六么：乐曲名，本名绿腰，后讹为六么。⑦我朝天：指贞元十九年（384）作者吏部乙科及第以后在长安任校书郎事。⑧慈恩杏园：长安地名。⑨去年：指元和四年（809）。⑩砉騞：形容破裂声等。

【品读】

葛立方《韵语阳秋》：《霓裳羽衣舞》，始于开元，盛于天宝，今寂不传矣。白乐天作歌和元微之云：『今年五月至苏州，朝钟暮角催白头。贪看案牍常侵夜，不听笙歌直到秋。秋来无事多闲闷，忽忆霓裳无处问。闻君部内多乐徒，问有霓裳舞者无？答云十县十万户，无人知有霓裳舞。惟寄长歌与我来，题作霓裳羽衣谱。』想其千姿万状缀兆音声，具载于长歌，按歌而谱可传也。今元集不载此，惜哉！赖有白诗，可见一、二尔。

压墙花①

野性大都迷里巷，爱将高树记人家。春来偏认平阳宅②，为见墙头拂面花。

【注释】

①压墙花：元稹《酬翰林白学士代书一百韵》诗云：『山岫当街翠，墙花拂面枝。』注云：『昔予赋诗云：「为见墙头拂面花。」时唯乐天知此。』②平阳宅：汉景帝女阳信长公主初嫁平阳侯曹氏，因又称平阳公主，她曾于府第置美人、讴者，汉武帝刘彻即在平阳宅选中卫子夫，立为皇后。

【品读】

杜牧《樊川文集》：诗者可以歌，可以流于竹，鼓于丝，妇人小儿，皆欲讽诵。国俗薄厚，扇之于诗，如风之疾速。尝痛自元和以来，有元、白诗者，纤艳不逞，非庄士雅人，多为所破坏。流于民间，疏于屏壁，子父女母，交口教授，淫言媟语，冬寒夏热，入人肌骨，不可除去。吾无位，不得用法以治之。

刘克庄《后村诗话》：杜牧罪元、白诗歌传播，使子父女母交口诲淫。且曰：『恨吾无位不得以法绳之。』余谓此论合是元鲁山、阳道州辈口中语。牧风情不浅，如《杜秋娘》《张好好》诸篇，青楼薄幸之句，街吏平安之报，未知去元、白几何？以燕伐燕，元、白岂肯心服。

姚合

姚合，字不详。生卒年不详，陕州硖石（今河南陕县南）人。登元和十一年（816）进士第。初授武功主簿，因称为『姚武功』。后调富平、万年尉。宝历中，历监察御史、户部员外郎。出任荆、杭二州刺史。后为给事中，陕、虢观察使。诗与贾岛齐名，号称『姚贾』。仕终秘书监，卒赠礼部尚书，谥曰懿。

送李侍御①过夏州

酬恩不顾名，走马觉身轻。迢递②河边路，苍茫塞上城。沙寒无宿雁，虏③近少闲兵。饮罢挥鞭去，旁人意气生。

【注释】

①侍御：官名，唐代监察机关御史台的属官。②迢递：遥远貌。③虏：对敌方的蔑称。

【品读】

方回《瀛奎律髓》：此诗以『虏近少闲兵』一句能道边塞间难道之景，故取之。

纪昀《瀛奎律髓刊误》：此诗佳在末二句，『虏近少闲兵』句殊不见工。

寄王度居士

憔悴王居士，颠狂不称时。天公与贫病，时辈复轻欺。茅屋随年借，盘餐逐日移。齐嫌官似梦，珍重酒如师。无竹栽芦看，思山叠石为。静窗留客话，古寺觅僧棋。瘦马寒来死，羸童饿得痴。唯应寻阮籍①，心事远相知②。

【注释】

①阮籍：三国时魏国文学家。为人蔑视礼教，性嗜酒。②远相知：时代虽远而相知。

【品读】

魏庆之《诗人玉屑》：眼用响字。『静窗寻客话，古寺觅僧棋。』（姚合寄王度）。

方回《瀛奎律髓》：姚诗如：『茅屋随年借，盘餐逐日移。』两句一般无造化……其细润而甚工者，亦不可泯没。

春日早朝寄刘起居①

九衢②寒雾敛，双阙③曙光分。彩仗迎春日，香烟接瑞云。珮声清漏间，天语④侍臣闻。莫笑冯唐⑤老，还来谒圣君。

【注释】

①起居：即起居郎，为门下省属官。②九衢：四通八达的道路。③双阙：宫门前的一对望楼。④天语：天子话语。⑤冯唐：西汉人。初为楚国相，后免官；武帝求贤良，冯被推荐，但已九十余岁，不能任职。

【品读】

胡应麟《诗薮》：初唐五言律，『独有宦游人』第一；盛唐『昔闻洞庭水』第一；中唐『巫峡见巴东』第一；晚唐姚合《早朝》、许浑《潼关》、李频《送裴侍御》，尚有全盛风流，全篇多不称耳。

山居寄友人

独在山阿①里，朝朝遂性情。晓泉和雨落，秋草上阶生。因客始沽酒，借书方到城。诗情聊自遣，不是趁②声名。

【注释】

①山阿：山的弯曲处。②趁：追求。

【品读】

方回《瀛奎律髓》：有一可取，曰清新。

纪昀《瀛奎律髓刊误》：此诗四句自佳，末二句有多少大气在。

客游旅怀

客行无定止，终日路岐间。马为赊来贵，童缘借得顽。诗书愁触雨，店舍喜逢山。旧业嵩阳下，三年未得还。

【品读】

魏庆之《诗人玉屑》：造理。『马为赊来贵，童缘借得顽。』

扬州春词

江北烟光里，淮南胜事多。市廛[1]持烛入，邻里漾船过。有地惟栽竹，无家不养鹅。春风荡城郭，满耳是笙歌。

【注释】

①市廛：商店集中之处。

【品读】

余成教《石园诗话》卷二：姚《扬州春词》云：『园林多是宅，车马少于船』，『春风荡城郭，满耳是笙歌』二十字中，胜画一幅扬州图也。

秋夕遣怀

昨宵[1]白露下，秋气满山城。风劲衣巾脆，窗虚[2]笔墨轻。临书爱真迹，避酒怕狂名。只拟随麋鹿，悠悠过一生。

【注释】

①昨宵四句：一作『秋来长早起，拄杖绕阶行。风冷衣裳脆，天寒笔砚清』。②窗虚：窗外一无所有。

【品读】

魏庆之《诗人玉屑》：寒苦。『风冷衣裳脆，天寒笔砚清。』

县中秋宿

鼓[1]绝门方掩，萧条作吏心。露垂庭际草，萤照竹间禽。棋罢嫌无月，眠迟听尽[2]砧。还知未离此，时复更相寻。

【注释】

①鼓：古时一夜分五鼓，即五更。此指初更。②尽：一作『远』。

【品读】

纪昀《瀛奎律髓刊误》：三、四有幽致。末句不解，恐题有脱字，再校。

杨柳枝词

江亭杨柳折还垂，月照深黄几树丝。见说隋堤[1]枯已尽，年年行客怪春迟。

【注释】

①隋堤：隋代开通济渠，沿渠筑堤，旁筑御道，并植杨柳，后称为隋堤。

【品读】

贺裳《载酒园诗话又编》：凡作熟题，须得新意乃佳。《杨柳枝》曰：『江亭杨柳折还垂，月照深黄几树丝。见说隋堤枯已尽，年年行客怪春迟。』此诗颇脱窠臼。

穷边词

将军作镇古汧州[1]，水腻山春节气柔。清夜满城丝管散，行人不信是边头。

【注释】

①汧州：即古汧邑，东周初秦文公建都于此。今陕西陇县南。

【品读】

高棅《唐诗品汇》：谢枋得：「此诗颂边城贤守有风人法度，与「黄云知塞近，草白见边秋」者异矣。」

李德裕

李德裕（787–850），字文饶，真定赞皇（今河北省赞皇县）人。历任翰林学士、浙西观察使、西川节度使、兵部尚书、左仆射，并在唐文宗大和七年（838）和武宗开成五年（840）两度为相。

秋日登郡楼望赞皇山①感而成咏

昔人怀井邑②，为有挂冠期。《后汉书·逢萌传》：时王莽杀其子宇，萌谓友人曰：『三纲绝矣，不去，祸将及人。』即解冠挂东都城门，归，将家属浮海，客于辽东。顾我飘蓬者，长随泛梗移。越吟因病感，《史记·张仪传》：越人庄舄仕楚执圭，有顷而病。楚王曰：『舄故越之鄙细人也，今仕楚执圭，贵富矣，亦思越不？』中谢对曰：『凡人之思故，在其病也。彼思越则越声，不思越则楚声。』使人往听之，犹尚越声也。潘鬓入秋悲。潘岳《秋兴赋序》：余春秋三十有二始见二毛。《秋兴赋》：斑鬓发以承弁兮，素发飒以垂领。北指邯郸道，《汉书·张释之传》：从行至霸陵，上居外临厕，时慎夫人从。上指视慎夫人新丰道，曰：『此走邯郸道也。』张晏注：慎夫人，邯郸人也。应无归去期。

【注释】

①赞皇山：地处河北省西南部，太行山东麓。②井

邑：城镇。井，古制八家一井，后引申为乡里；邑，泛指一般城市，大曰都，小曰邑。

【品读】沈德潜《唐诗别裁》：一气直下，以行文之法成诗，小家数不解办此。

登崖州①城作

独上高楼望帝京，鸟飞犹是半年程。青山似欲留人住，百匝千遭绕郡城。

【注释】①崖州：郡治在今海南省海口市琼山区南。

【品读】王谠《唐语林》：李卫公在珠崖郡，北亭谓之望阙亭，公每登临，未尝不北睇悲咽，题诗云云。

瞿佑《归田诗话》：柳子厚诗：『海畔尖山似剑铓，秋来处处割愁肠。若为化作身千亿，散上峰头望故乡。』或谓子厚南迁，不得为无罪，盖虽未死而身已上刀山矣。此语虽过，然造作险诨，读之令人惨然不乐。未若李文饶云：『独上高楼望帝京，鸟飞犹是半年程。碧山似欲留人住，百匝千遭绕郡城。』虽怨而不迫，且有恋阙之意。

李涉

李涉，生卒年不详。自号清溪子，洛（今河南洛阳）人。早岁避乱南方，后出山做幕僚。宪宗时，曾任太子通事舍人。不久，贬为峡州（今湖北宜昌）司仓参军。后遇赦放还，复归洛阳，隐于少室。文宗大和中，任国子博士，世称『李博士』。

再宿武关①

远别秦城万里游，乱山高下出商州②。关门不锁寒溪水，一夜潺湲送客愁。

【注释】①武关：在今陕西省商洛市商县区东。②商州：今陕西省商洛市商县区。

【品读】沈德潜《唐诗别裁》：一夜不寐意，写来偏曲。

俞陛云《诗境浅说》：戴叔伦诗言湘水东流不为愁人少住。此诗言武关之水但送客愁，皆因一片乱愁更无着处，但能怨流水无情耳。

井栏砂①宿遇夜客

涉尝过九江，至皖口遇盗。问：『何人？』从者曰：『李博士也。』其豪首曰：『若是李涉博士，不用剽夺，久闻诗名，愿题一篇足矣！』涉送赠诗云云。

暮雨萧萧江上村，绿林豪客[2]夜知闻。他时不用逃名姓[3]，世上如今半是君。

【注释】

①井栏砂：当在今安徽宁县皖口。②绿林豪客：西汉末王匡、王凤等农民军在绿林山（今湖北当阳县）起义，故云。此指盗匪。③逃名姓：一作「相回避」。

【品读】

胡震亨《唐音癸签》：李涉赠相逢莫避诗，夜客为之免剽。唐爱诗识诗人何多。

竹里

竹里编茅倚石门，竹茎疏处见前村。闲眠尽日无人到，自有春风为扫门。

【品读】

蔡正孙《诗林广记》：李涉之诗，皆以竹言。真爱物之成癖者也。东坡亦有《绿筠轩诗》，言竹之佳趣。

朱庆余

朱庆余，字可久。生卒年不详，越州（今浙江绍兴）人。宝历二年（826）进士及第，官秘书省校书郎。

宫词

寂寂花时[1]闭院门，美人相并立琼轩[2]。含情欲说宫中事，鹦鹉前头不敢言。

【注释】

①花时：指春季。②琼轩：轩之美称。轩，有窗的长廊。

【品读】

黄叔灿《唐诗笺注》：此诗可作白圭三复，而宫中忧谗畏讥，寂寞心事，言外味之可见。

俞陛云《诗境浅说》：此诗善写宫人心事，宜为世所称。

过旧宅 一作《题王侯废宅》

古巷戟门[1]谁旧宅？早曾闻说属官家。更无新燕来巢屋[2]，唯有闲人去看花。空厩欲摧尘满枥[3]，小池初涸草侵沙。荣华事歇[4]皆[5]如此，立马踟蹰到[6]日斜。

【注释】

①戟门：唐制，官、阶、勋俱三品得立戟于门。此处代指显贵之家。②巢屋：筑巢于屋。③枥：马槽。

④歇：衰败。⑤皆：一作『多』。⑥到：一作『对』。

【品读】

金圣叹《贯华堂选批唐才子诗》：前解，骤见废宅；后解，细看废宅。

归故园

桑柘①骈阗②数亩间，门前五柳③正堪攀。尊中美酒长须满，身外浮名总是闲④。竹径有时风为扫，柴门无事日常关。于焉⑤已是忘机地，何用将金别⑥买山？

【注释】

①桑柘：桑树和柘树。②骈阗：布满。③五柳：晋陶潜以宅边有五柳树而自号五柳先生。④身外句：自身之外的虚名一直当作无关紧要的闲事。⑤于焉：在这里。⑥别：另外。

【品读】

金圣叹《贯华堂选批唐才子诗》：前解，『桑柘成村』，是粗得御寒；『百亩间』，是粗得救饥；『五柳门前』，是粗得蔽风雨。此外所深愿而未必即得者，止是樽中之酒，酒又须美，美酒又须常满。除此以外，又安知世上浮名，是何碗跶丘耶？后解，上解是衣食居处而外，所少是酒。此解是得酒而外，所怕是人来、事来也。果如竹径风扫、柴门日关，则机事尽忘，不用入山也。近来入山人，人事愈多，读此不知愧否？

近试上张籍水部 一作《闺意献张水部》

洞房昨夜停①红烛，待晓堂前拜舅姑②。妆罢低声问夫婿，画眉深浅入时无③？

【注释】

①停：点不灭，唐时口语。②舅姑：公公婆婆。③入时无：合于时尚吗？

【品读】

贺裳《载酒园诗话》：朱庆余《闺意》：『妆罢低声问夫婿，画眉深浅入时无？』《宫词》：『含情欲说宫中事，鹦鹉前头不敢言。』真妙手比拟。《宫词》深妙，更在《闺意》之上。

雍陶

雍陶，字国钧。生卒年不详，成都（今四川成都）人。唐文宗大和八年（834）进士。大中八年（854），授国子毛诗博士，后出任简州刺史。

明月照高楼

朗月何高高，楼中帘影寒。一妇独含叹，四坐①谁成欢。时节屡已移，游旅杳不还。沧溟②倘未涸，妾泪终不干。君若无定云，妾若不动山。云行出山易，山逐云去难。愿为边塞尘，因风委君颜。君颜良洗多，荡妾浊水间。

【注释】

①四坐：满坐。指四周在座的众人。②沧溟：大海。

【品读】

葛立方《韵语阳秋》：《七哀》诗起曹子建，其次则王仲宣、张孟阳也。释诗者谓病而哀、义而哀、感而哀、悲而哀、耳闻目见而哀、口叹而哀、鼻酸而哀，谓一事而七者具也。子建之《七哀》，哀在于独栖之思妇。仲宣之《七哀》，哀在于弃子之妇人。张孟阳之《七哀》，哀在于已毁之园寝。唐雍陶亦有《七哀》诗，所谓『君若无定云，妾作不动山。云行出山易，山逐云去难。』是皆以一哀而七者具也。

和刘补阙秋园寓兴

闭门无事后，此地即山中。但觉鸟声异，不知人境同。晚花开为雨，残果落因风。独坐还吟酌，诗成酒已空。

【品读】

方回《瀛奎律髓》：六首皆工而可观，荆公所取者。又：花开为雨，果落因风，自是佳句。

咏双白鹭①（一作《崔少府②池鹭》）

双鹭应怜水满池，风飘不动顶丝③垂。立当青草人先见，行傍白莲鱼未知。一足独拳④寒雨里，数声相叫早秋时。林塘得尔须增价，况与诗家物色宜。

【注释】

①白鹭：俗称鹭鸶，一种水鸟。②崔少府：应为崔少卿，即崔杞，尝为大理寺少卿。③顶丝：白鹭头顶细长的羽毛。④拳：同『踡』，屈曲貌。

【品读】

方回《瀛奎律髓》：议者谓『行傍白莲鱼未知』此句最佳，上一句未称。然着题诗难句句好也。第二句亦未可忽。

李东阳《麓堂诗话》：唐律多于联上做工夫，如雍陶《白鹭》、郑谷《鹧鸪》诗二联，皆学究之高者。至于起结，即不成语矣。

贺裳《载酒园诗话》：咏物诗惟精巧乃佳，如少陵之咏马咏鹰，虽写生者不能到。至于晚唐，气益靡弱，间于长律中作一二俊语，便器然得名。然八句中率作牵凑，不能全佳，间有形容入俗者。如雍陶《白鹭》诗曰：『立当青草人先见，行傍白莲鱼未知』，可谓佳绝。至『一足独拳寒雨里，数声相叫早秋时』，已成俗韵。此粘皮带骨之累也。末句『林塘得尔须增价，况是诗家物色宜』，竟成打油恶道矣。

经杜甫旧宅

浣花溪①里花深处，为忆先生②在蜀时。万古只应留旧宅，千金无复得新诗。沙崩水槛③鸥飞尽，树压村桥马过迟。山月不知人事变，夜来江上与谁期？

【注释】

①浣花溪：一名濯锦江。又名百花潭。在四川省成都市西郊，为锦江支流。溪旁有唐杜甫的故居浣花草堂。②先生：指杜甫。③水槛：临水的栏杆。

【品读】

金圣叹《贯华堂选批唐才子诗》：前解『浣花溪里』，只添『花深处』三字，便是此日加倍眼色。只因此三字，便知其不止忆杜先生，直是忆杜先生爱人心地，忆杜先生冠世才学，忆杜先生心心朝廷，念念民物，忆杜先生流离辛苦，饥寒老病，一时无事不到心头也。三万古应留，四千金难得，便只是一句话，犹言即使国步可改，必须此宅长留；只看文人代有，到底杜诗莫续也。后解，此沙崩树压，即七之所谓『人事变』也。『夜来江月与谁期』者，此月经照杜先生后，更照何人始得，则自不能不有此问也。

城西访友人别墅

澧水①桥西小路斜，日高犹未到君家。村园门巷多相似，处处春风枳壳花②。

【注释】

①澧水：在今湖南省西北部。②枳壳花：灌木或小乔木，高者数丈，开白花，果实及壳可入药。

【品读】

俞陛云《诗境浅说》：咏乡村风物者，宜以闲淡之笔，写天然之景，山花野草，皆可入诗。王渔洋自赏其『开遍空山白芨花』，颇似此作第四句之意。

李远

李远，字求古，一作承古。生卒年不详，夔州云安（今重庆市云阳县）人。大和五年（831）进士。武宗会昌中除殿中侍御史。历尚书司门员外郎、司勋员外郎。宣宗时，历任忠、建、江、岳、杭州刺史。终官御史中丞。

赠写御容①李长史

玉座尘消砚水清，龙髯不动彩毫轻。初分隆准②山河秀，乍点重瞳日月明。宫女卷帘皆暗认，侍臣开殿尽遥惊。三朝供奉③无人敌，始觉僧繇④浪⑤得名。

【注释】

①写御容：描绘皇帝的容貌。②隆准：高鼻子。③三朝供奉：指历事三朝的供奉。供奉，在皇帝左右供职者的称呼。④僧繇：张僧繇，南朝梁画家，擅长人物及佛教画。⑤浪：随便。

【品读】

薛雪《一瓢诗话》：李求古《赠写御容李长史》一篇，法律井井，不减开、宝时人。

沈德潜《唐诗别裁》：东坡《赠写御容妙善师》中云：『仰视眩晃日生晕，但见晓色开扶桑。』又云：『野人不识日月角，仿佛尚记重瞳光。』与此诗正相表里，后人扬苏抑李，殊不必也。

听话丛台①

有客新从赵地②回，自言曾上古丛台。云遮襄③国天边尽，树远漳河④地里来。弦管今成山鸟哢⑤，绮罗留作野花开。金舆玉辇⑥无消息，风雨惟知长绿苔。

【注释】

①丛台：台名。战国赵筑，在河北邯郸城内，数台相连，故名。②赵地：古代赵国所辖地区。③襄：《周书·谥法》：『辟地为襄。』④漳河：位于河北省、河南省之间。源出晋东南山地。⑤鸟哢：鸟鸣。⑥金舆玉辇：指帝王乘坐的车轿。

【品读】

金圣叹《贯华堂选批唐才子诗》：前解，无端听人闲话，遇客正说丛台，满怀赵武灵王，甚欲闻其下落。乃见此客舒手指点，恣口论说，却纯是云遮巨鹿，河来宁晋，并不闻其略有一言半语说及此台也。后解，于是听之而不胜太息也。昔者武灵，梦得吴娃，特筑此台，数年不出，一时弦管绮罗，试思何等妖丽，而今细听客话，直是更无消息。然则惟余山鸟，尽变野花，风风雨雨，苔痕无数，真不必亲至其地，而如见悲凉满目也。

失鹤

秋风吹却九皋①禽，一片闲云万里心。碧落有情还怅望，瑶台②无路可追寻。来时白雪翎犹短，去日丹砂③顶渐深。华表柱④头留语后，更无消息到如今。

【注释】

①九皋：曲折深远的沼泽。《诗经·小雅·鹤鸣》：「鹤鸣于九皋，声闻于野。」毛传：「皋，泽也。言身隐而名著也。」②瑶台：指传说中的神仙居处。③丹砂：即朱砂。色深红，古代道教徒用以化汞炼丹，中医做药用，也可制作颜料。④华表柱：古代设在宫殿、陵墓等大建筑物前面做装饰用的大石柱，柱身多雕刻龙凤等图案，上部横插着雕花的石板。

【品读】

金圣叹《贯华堂选批唐才子诗》：前解，写失鹤，只云秋风吹却，便已安之若命，不曾怨尤。又接云「一片闲云」，云「万里心」，真乃欲忘固不能忘，欲想却不敢想，必如此方是失鹤诗。试入他人手，且不知所失乃是何物也。三「碧落有情」是承写「万里心」，四「瑶台无路」是承写「一片闲云」，章法最为整净也。后解，此又为之前后略一通也。言彼虽复云霄之姿，不充耳目之玩，然一向驯养于斯，正复恩勤不少，如何清唳在耳，遽已高踪渺然，此终亦不能为情之甚也。读结语，知此亦是补作诗。

贾岛

贾岛（779-843），字浪仙。范阳（今北京附近）人。早年出家为僧，号无本。后还俗，屡举进士不第。文宗时，贬长江（今四川蓬溪）主簿。开成五年（840），迁普州司仓参军。武宗会昌三年（843）在普州去世。

古意

碌碌复碌碌，百年双转毂①。志士终夜②心，良马白日足③。俱为不等闲，谁是知音目？眼中两行泪，曾吊三献玉④。

【注释】

①毂：车轮正中贯串车轴的部件。《老子》：「三十辐共一毂。」②终夜：一作「中夜」。③白日足：日行千里之足。足，脚力。④眼中二句：一作「别来两泪尽，谁向荆山哭」。三献玉，谓卞和向楚王献玉之典。

【品读】

卢文弨《抱经堂文集》：长江诗虽不合雅奏，然尚有古意，读之可以矫熟媚绮靡之习。

望山

南山①三十里，不见逾一旬。冒雨时立望，望之如朋亲。虬龙王逸：有角曰龙，无角曰虬。一掬波，洗荡千万春。日日雨不断，愁杀望山人。天事不可长，劲风来如奔。阴霪一以扫，浩翠②写国门③。长安百万家，家家张屏新。谁家最好山？我愿为其邻。

【注释】

①南山：终南山，秦岭主峰之一，位于陕西西安市南。②浩翠：浩大的翠玉，指雨后南山。③写国门：画于都门之上。

【品读】

苏绛《贾公墓志铭》：公长才间气，超卓挺生，六经百氏，无不该览。妙之尤者，属思五言，孤绝之句，记在人口。穿杨未中，遽罹诽谤。解褐授遂州长江主簿。三年在任，卷不释手。秩满迁普州司仓参军。诸侯待之以宾礼，未尝评人之是非。丰骨自清，冥搜至理。悟浮幻之莫实，信无生之可求。知矣哉！又工笔法，得钟、张之奥。所著文篇，不以新句绮靡为意，淡然蹑陶、谢之踪。片云独鹤，高步尘表，长沙裁赋，事略同焉。

朝饥

市中有樵山①，此舍朝无烟。井底有甘泉，釜②中乃空然。我要见白日，雪来塞青天。坐闻西床③琴，冻折两三弦。饥莫诣他门，古人④有拙言。

【注释】

①樵山：薪柴堆成山。②釜：无脚锅。③床：琴架。④古人：指晋陶渊明，其《乞食》诗云：『饥来驱我去，不知竟何之？行行至斯里，叩门拙言辞。』

【品读】

欧阳修《六一诗话》：孟郊、贾岛皆以诗穷至死，而平生尤自喜为穷苦之句。孟有《移居》诗云：『借车载家具，家具少于车。』乃是都无一物耳。又《谢人惠炭》云：『暖得曲身成直身。』人谓非其身备尝之不能道此句也。贾云：『鬓边虽有丝，不堪织寒衣。』就令织得，能得几何？又《朝饥》诗云：『坐闻西床琴，冻折两三弦。』人谓其不止忍饥而已，其寒亦何可忍也。

胡仔《苕溪渔隐丛话》：张文潜云：『唐之晚年，诗人类多穷士，如孟东野、贾浪仙之徒，皆以刻琢穷苦之言为工。或谓：郊、岛孰贫？曰：岛为甚也。曰：何以知之？以其诗知之。郊曰：『种稻耕白水，负薪斫青山。』岛曰：『市中有樵山，客舍寒无烟。井底有甘泉，釜中乃空然。』孟氏薪米自足，而岛家俱无，以是知之耳。然及其至也，清绝高远，殆非常人可到。』

胡震亨《唐音癸签》：欧公语虽近谑，写二子穷态颇近。

剑客 一作《述剑》

十年磨①一剑，霜刃未曾试。今日把似②君，谁为不平事？

【注释】

①磨：磨淬。②似：给、与。

【品读】

李锳《诗法易简录》：豪爽之气，溢于行间。第二句一顿。第三句陡转有力，末句措语含蓄，便不犯尽。

感秋

商气①飒以来，岁华又虚掷。朝云藏奇峰，暮雨洒疏滴。几蜩②嘿③凉叶，数蛩④思阴壁。落日空馆中，归心远山碧。昔人多秋感，今人何异昔。四序驰百年，玄发坐成白。喧喧⑤徇⑥声利，扰扰⑦同辙迹。倘无世上怀⑧，去偃松下石。

【注释】

①商气：秋风。古时以五声配四季，秋为商声。

②蜩：蝉。③嘿：同『默』，闭口不言。④蛩：蟋蟀。⑤喧喧：高声貌。⑥徇：夺取。⑦扰扰：纷乱貌。⑧世上怀：世人之心。

【品读】

蔡正孙《诗林广记》：欧阳公曰：『岛尝为衲子，故枯寂气味，形之于诗句中。』

玩月

寒月破东北，贾生①立西南。西南立倚何，立倚青青杉。近月有数星，星名未详谙。但爱杉倚月，我倚杉为三。月乃不上杉，上杉难相参②。眙③睖子细视，睛瞳桂枝劆④。目常有热疾，久视无烦炎。以手扪衣裳，零露已濡沾。久立双足冻，时向股胜淹。立久病足折，兀然⑤黐⑥胶粘。他人应已睡，转喜此景恬。此景亦胡及，而我苦淫耽⑦。无异市井人，见金不知廉。不知此夜中，几人同无厌？待得上顶⑧看，未拟归枕函⑨。强步望寝斋，步步情不堪。步到竹丛西，东望如隔帘。却坐竹丛外，清思刮⑩幽潜。量知爱月人，身愿化为蟾。《淮南子》：羿请不死之药于西王母，羿妻姬娥窃之奔月，托身于月，是为蟾蜍，而为月精。

【注释】

①贾生：汉代贾谊世称贾生，岛自称之，以谊自比。

②相参：相识。③眙：直视。④劆：断。⑤兀然：高突貌。⑥黐：木胶。⑦淫耽：特别喜好。⑧上顶：一作『顶上』。⑨枕函：匣形枕。中可盛物，又称枕匣。⑩刮：发掘。

【品读】

陆时雍《诗镜总论》：贾岛衲气终身不除，语虽佳，而气韵自枯寂耳。予尝读孟郊诗，如嚼木瓜，齿缺舌敝，不知味之所在。贾岛诗如寒齑，味虽不和，时有余酸荐齿。

客喜

客喜非实喜，客悲非实悲。百回信到家，未当身一归。未归长嗟愁，嗟愁填中怀。开口吐愁声，还却入耳来。常恐泪滴多，自损两目辉。鬓边虽有丝，不堪织寒衣。

【品读】

欧阳修《六一诗话》：贾云：『鬓边虽有丝，不堪织寒衣。』就令织得，能得几何？

哭柏岩和尚

苔覆石床新，师曾占几春。写留行道影，焚却坐禅[1]身。塔[2]院关松雪，经房锁隙尘[3]。自嫌双泪下，不是解空人[4]。

【注释】

①坐禅：佛教徒修行功课，即定时静坐，以宁静自在心神。②塔：佛教建筑，又称浮屠，用以供奉佛骨，收藏佛经。③锁隙尘：被灰尘封锁。④解空人：懂得佛教教义的人。解空，深谙佛理。

【品读】

方回《瀛奎律髓》：欧公谓第四句似烧杀活和尚，诚亦可议。然诗格自好。

旅游

此心非一事，书札若为传。旧国别多日，故人无少年。空巢霜叶落，疏牖水萤穿。留得林僧宿，中宵坐默然。

【品读】

方回《瀛奎律髓》：起句十字谓心绪甚多，乡音难写。颔联十字谓别乡之久，故人皆老，诚真奇语也。颈联言萧索之味，结句谓有僧为伴，深夜无言，其酸苦至矣，诗法却自整峭，如第五句『空巢霜叶落』，乃谓鸟巢既空，叶落于巢之中，其深僻如此。

送邹明府游灵武

曾宰[1]西畿县[2]，三年马不肥。债多凭剑与，官满载书归。边雪藏行径，林风透卧衣。灵州[3]听晓角，客馆未开扉。

【注释】

①宰：治理。②畿县：临近京师的县。③灵州：治所在回乐县（今宁夏灵武县西南）。

【品读】

方回《瀛奎律髓》：三四极佳。今宰邑者能如此，何患世之不治耶。第二句『三年马不肥』亦好。

题皇甫荀蓝田厅

任官经一年，县与玉峰[1]连。竹笼拾山果，瓦瓶担石泉。客归秋雨后，印锁暮钟前。久别丹阳[2]浦，时时梦钓船。

【注释】

①五峰：即玉山。蓝田山因产玉而称玉山。②丹阳：

唐天宝间以京口为丹阳郡。

【品读】

欧阳修《六一诗话》：圣俞尝语余曰，诗家虽率意而造语亦难，若意新语工得前人所未道者，斯为善也。必能状难写之景如在目前，含不尽之意见于言外，然后为至矣。贾岛云：『竹笼拾山果，瓦瓶担石泉。』姚合云：『马随山鹿放。鸡逐野禽栖。』等是山邑荒僻，官况萧条，不如『县古槐根出，官清马骨高』为工也。

方回《瀛奎律髓》：前辈欧梅论诗。颇不然此三四，然贾岛姚合非如此不能奇？不可弃也。

赠王将军①

宿卫炉烟近②，除书③墨未干。马曾金镞中，身有宝刀瘢。父子同时捷，《旧唐书·王茂元传》：幼有勇略，从父征伐知名。君王画阵看。何当为外帅④，白日出长安？

【注释】

①王将军：王茂元。太和七年（833）正月，由右金吾卫将军出为岭南节度使。②宿卫句：唐左右金吾卫掌京城巡警，故云。③除书：任命的诏书。④外帅：地方军事长官，指节度使。

【品读】

方回《瀛奎律髓》：中四句似不作对而对，所以为妙。

哭孟郊

身死名声在，多应万古传。寡妻无子息①，破宅带林泉。冢近登山道，诗随过海船。故人相吊后，斜日下寒天。

【注释】

①子息：子孙。

【品读】

方回《瀛奎律髓》：凡哭友诗，当极其哀，彼生而荣者，虽哀不必过也。如孟郊之死，三四所道，人忍闻乎。并尾句味之至矣。

送朱可久①归越中

石头城②下泊，北固③暝钟④初。汀鹭潮冲起，船窗月过虚。吴山侵越众，隋柳入唐疏。日欲躬调膳，辟⑤来何府书？

【注释】

①朱可久：字庆余，长于五言律诗。②石头城：在今江苏南京市清凉山一带。③北固：山名，在江苏镇江东北。④暝钟：晚钟。⑤辟：征召。

【品读】

方回《瀛奎律髓》：汀上之鹭，潮冲之而见其起，舟中之窗，月过之而见其虚，可谓善言吴中泊舟之趣。吴山隋柳一联，近乎妆砌太过，赵紫芝全用此联为『潇水添湘阔，唐碑入宋稀』，殊为可笑。所选《二妙集》于浪仙取八十一首，其非僧道而送行者凡取十首，独不取此一首，盖欲以蒙蔽蹈袭之罪耶。

送田卓入华山

幽深足暮蝉，惊觉石床眠。瀑布五千仞①，草堂瀑布边。坛②松涓滴露，岳月泬寥③天。鹤过君须看，上头应有仙。

【注释】

①仞：古时以八尺或七尺为仞。②坛：庭院。③泬寥：空旷貌。

【品读】

李怀民《中晚唐诗主客图》：（瀑布五千仞，草堂瀑布边）此五丁开山之句，得者乃天成也。

送无可①上人②

圭峰③霁色新，送此草堂人。麈尾④同离寺，蛩鸣暂别亲。独行潭底影，数息树边身。二句三年得，一吟双泪流。知音如不赏，归卧故山秋。终有烟霞约⑤，天台⑥作近邻。

【注释】

①无可：贾岛的从弟，少时出家为僧。②上人：佛教称德智善行的人。③圭峰：在今陕西省西安市鄠邑区东南紫阁峰东。④麈尾：拂尘。麈，俗称四不像。⑤烟霞约：游历名胜之约。⑥天台：天台山。

【品读】

魏泰《临汉隐居诗话》：贾岛云『独行潭底影，数息树边身』，其自注云：『二句三年得，一吟双泪流。知音如不赏，归卧故山秋。』不知此二句有何难道，至于三年始成而一吟泪下也。

谢榛《四溟诗话》：贾岛『独行潭底影』，其词意闲雅，必偶然得之，而难以句匹。当入五言古体，或入仄韵绝句，方是作手。而岛积思三年，局于声律，卒以『数息树边身』为对，不知反为前句之累。

施闰章《蠖斋诗话》：余谓此语宜是山行野望，心目间偶得之；不作送人诗，当更胜。诵老杜『力稀经树歇，老困拨书眠』，气象全别矣。

送李骑曹①

归骑双旌远，欢生此别中。萧关②分碛路，嘶马背寒鸿。朔色晴天北，河源③落日东。贺兰山④顶草，时动卷帆风。

【注释】

①骑曹：骑曹参军。唐武官各卫设文职仓、兵、骑、胄四曹，诸曹参军数员，品阶为八品下或九品上。②萧关：在甘肃固原东南。③河源：黄河源头。④贺兰山：在宁夏回族自治区。《元和郡县图志》：『山树木青白，

望如骏马。北人呼骏马为贺兰，故名。』

【品读】

方回《瀛奎律髓》：此诗谓『嘶马背寒鸿』，则雁南向而人北去，又谓『河源落日东』，河源当在西，今返在落日之东，则身过河源又远矣。所谓贺兰山盖回纥之地也。

登江亭晚望

浩渺浸云根①，烟岚②没远村。鸟归沙有迹，帆过浪无痕。望水知柔性，看山欲倦魂③。纵情犹未已，回马欲黄昏。

【注释】

①云根：云起之处。②烟岚：云烟蒸润之气。③倦魂：神魂困倦。

【品读】

方回《瀛奎律髓》：三四似熟套，在浪仙时初出，此句亦佳。后山仿之，则无味矣。

题李凝①幽居

闲居少邻并，草径入荒园。鸟宿池边树，僧敲月下门。过桥分野色，移石动云根。暂去还来此，幽期②不负言。

【注释】

①李凝：《唐诗纪事》作『李颖』，《唐才子传》作『李余』。②幽期：秘密的约期。

【品读】

李嘉言《长江集新校》：《新唐书·宰相世系表》有姑臧李凝，《孝友传》有弋阳李凝。张籍有《题李山人幽居》诗，与本诗或系同赋。张诗云：『襄阳南郭外，茅屋一书生。』则李山人为襄阳人，与《新唐书》二李凝俱不合。又案：《新唐书》卷一一八有李颖者，长庆初及第，与张、贾为同时，疑作『李颖』者是。

方回《瀛奎律髓》：推敲二字待昌黎而后定，开万古诗人之迷。

王夫之《姜斋诗话》：『僧敲月下门』，只是妄想揣摩，如说他人梦，纵令形容酷似，何尝毫发关心？知然者，以其沉吟推敲二字，就作他想也。若即景会心，则或推或敲，必居其一；因景因情，自成灵妙，何劳拟议哉？

纪昀《瀛奎律髓刊误》：冯氏以『池边』作『池中』，言树影在池中，若改作『边』字通句少力。不知此十字正以自然故入妙，不应下句如此自然，上句如此迂曲。『分』字、『动』字着力炼出。

原上秋居

关西①又落木，心事复如何？岁月辞山久，秋霖入夜多。鸟从井口出，人自洛阳②过。倚杖聊闲望，田家未剪禾③。

【注释】

①关西：泛指函谷关或今潼关以西地区。②洛阳：一作岳阳。③剪禾：收割庄稼。

【品读】

黄彻《䂬溪诗话》：旧说贾岛诗如『鸟从井口出，人自岳阳来』，贯休『此夜一轮满，清光何处无』，皆经年方得偶句，以见其辞涩思苦，非若好事者夸辞，亦谬用其心矣。

方回《瀛奎律髓》：五六谓经年乃下得句，学者当细味之。

夏夜

原寺[1]偏邻近，开门物景澄。磬通多叶罅[2]，月离片云棱。寄宿山中鸟，相寻海畔僧。唯愁秋色至，乍可在炎蒸。

【注释】

①寺：指长安新昌坊南门东之青龙寺，岛尝居此。②罅：缝隙。

【品读】

方回《瀛奎律髓》：此诗前二韵特用生字而奇涩工致，五六亦故为此等句法，末句亦好奇之所为也。

胡震亨《唐音癸签》：僧与鸟，白浪仙后，几成一副应急对子。

纪昀《瀛奎律髓刊误》：三句苦思得之而极不佳，末二句亦刻意造作而转得浅近。虚谷以为好奇之过，良是。

题长江 一本有『厅』字

言心[1]俱好静，廨署[2]落晖空。归吏封宵钥，行蛇入古桐。长江频雨后，明月众星中。若任迁人[3]去，西溪[4]与剡通。

【注释】

①言心：言论与思想。②廨署：官署。③迁人：迁客。④溪：一作『浮』。

【品读】

吴曾《能改斋漫录》：贾浪仙主长江簿，有《题长江》诗云：『归吏封宵钥，行蛇入古桐。』桐在县厅前，大观中县令胡同老恶其枯柄，砍去，其不好事如此。

纪昀《瀛奎律髓刊误》：三四十字连读，乃吏散之后，公庭阒寂，故蛇敢出行耳。此诗虽僻，而赖上句大方，遂不觉其鄙琐。

泥阳[1]馆

客愁何并起，暮送故人回。废馆秋萤出，空城寒雨来。夕阳飘白露，树影扫青苔。独坐离容[2]惨，孤灯照不开[3]。

【注释】

①泥阳：秦县名。治所在今陕西省铜川市耀州区。

②离容：离别的表情。③开：开颜。

【品读】

方回《瀛奎律髓》：浪仙爱说树影扫地，诗思甚幽。

纪昀《瀛奎律髓刊误》：「白露」不通，「白鹭」亦不佳。且「萤出」「雨来」，兼以「孤坐」，亦不应有「夕阳」「树影」，此诗殊杂凑不可解。

病起

高丘归未得，空白责迟回。身事岂能遂？兰花又已开。病令新作少，雨阻故人来。灯下南华①卷，祛愁当酒杯。

【注释】

①南华：南华经，即《庄子》。

【品读】

方回《瀛奎律髓》：老杜此等体，多于七言律诗中变，独贾浪仙乃能于五言律诗中变，是可喜也。味者必谓「身事」不可对「兰花」二字，然细味之乃殊有味，以十字一串贯意，而一情一景，自然明白。下联更用「雨」字对「病」字，甚为不切而意极切，真是好诗，变体之妙者也。

酬姚合校书

因贫行远道，得见旧交游。美酒易倾尽，好诗难卒酬。公堂朝共到，私第夜相留。不觉入关晚，别来林木秋。

【品读】

方回《瀛奎律髓》：「易」「难」二字拗用句意俱佳。尾句入「林」字亦拗，诗人如此者多。

病蝉

病蝉飞不得，向我掌中行。折翼犹能薄，酸吟①尚极清。露华凝在腹，尘点误侵睛。黄雀并鸢②鸟，俱怀害尔情。

刘向《说苑·正谏》：园中有树，其上有蝉。蝉高居悲鸣饮露，不知螳螂在其后也。螳螂委身曲跗欲取蝉，而不知黄雀在其旁也。

【注释】

①酸吟：痛苦呻吟。②鸢：鹰之一种。

【品读】

计有功《唐诗纪事》：岛久不第，吟《病蝉》之句，以刺公卿。或奏岛与平曾等为十恶，逐之。

方回《瀛奎律髓》：贾浪仙诗得老杜之瘦而用意苦矣。蝉有何病？殆偶见之，托物寄情，喻寒士之不遇也。中四句极其奇涩，而「尘点误侵睛」尤亘古诗人所未道，故曰浪仙用意苦矣。

纪昀《瀛奎律髓刊误》：次句领下四句，惟在掌中，故得细看细写。四句极刻画而自然，不得目以奇涩。

雪晴晚望

倚杖望晴雪，溪云几万重。樵人归白屋，寒日下危峰。野火烧冈草，断烟生石松。却回山寺路，闻打暮天钟。

【品读】

方回《瀛奎律髓》：晚唐诗多先锻颈联、颔联，乃成首尾以足之。此作似乎一句唱起，直说至底者。「烧」字读作去声乃与下句叶。

纪昀《瀛奎律髓刊误》：此乃单拗，以「生」字救「断」字耳。

马戴居华山因寄

玉女洗头盆，傅增湘《登太华记》：峰顶有石如龟，长二丈余，祠即居其上。石背圆洼五，深如臼，中涵积水，作绀碧色，即玉女洗头盆。孤高不可言。瀑流莲岳①顶，河注华山根。绝雀林藏鹘，无人境有猿。秋蟾才过雨，石上古松门。

【注释】

①莲岳：莲花峰，乃华山三峰之一。

【品读】

方回《瀛奎律髓》：绝雀之林为藏鹘，无人之境始有猿。一句上本下，一句下本上，诗家不可无此互体。工部诗「林疏黄叶坠，野静白鸥来」亦似。

寄胡遇

一自残春别，经炎复到凉。萤从枯树出，蛩入破阶藏。落叶书胜纸，闲砧坐当床。东门因送客，相访也何妨？

【品读】

方回《瀛奎律髓》：此诗句句伶俐，不知几锻而成。后人岂可一蹴而至耶？

宿孤馆

落日投村宿，愁生为客途。寒山晴后绿，秋月夜来孤。橘树千株在，《水经注》：龙阳县之泛洲，长二十里，吴丹阳太守李衡植柑于其上。临死，敕其子曰：『吾洲里有木奴千头，不责衣食，岁绢千匹。』吴末，衡柑成，岁绢千匹。渔家一半无。自知风水静，舟系岸边芦。

【品读】

方回《瀛奎律髓》：三、四自然，浪仙诗似此平易者少。五、六似是产橘之地曾经兵火矣。

纪昀《瀛奎律髓刊误》：阆仙忽作此平易语，然细看之本色仍露。

宿山寺

众岫耸寒色，精庐向此分。流星透疏木，走月逆行云。绝顶人来少，高松鹤不群。一僧年八十，世事未曾闻。

【品读】

纪昀《瀛奎律髓刊误》：流星走月字不佳。后四句忽作平语，然一气流走，有萧散之致。

方南堂《辍锻录》：诗有语意相同而工拙大相远者，如贾长江「走月逆行云」，亦可谓形容刻画之至矣。试与韦苏州「乔木生夏凉，流云吐华月」较之，真不堪与之作奴。

暮过山村

数里闻寒水，山家少四邻。怪禽[1]啼旷野，落日恐行人。初月未终夕，边烽[2]不过秦。萧条桑柘[3]外，烟火渐相亲。

【注释】

①怪禽：指鸱鸮。②边烽：边境上的烽火。③柘：木名，叶可饲蚕。

【品读】

欧阳修《六一诗话》：圣俞尝语余曰：『诗家虽率意而造语亦难，若意新语工得前人所未道者斯为善也。必能状难写之景如在目前，含不尽之意见于言外，然后为至矣。贾岛云：「竹笼拾山果，瓦瓶担石泉。」姚合云：「马随山鹿放，鸡逐野禽栖。」等是山邑荒僻，官况萧条，不如「县古槐根出，官清马骨高」为工也。』余曰：『语之工者固如是。状难写之景，含不尽之意，何诗为然？』圣俞曰：『作者得于心，览者会以意，殆难指陈以言也。虽然，亦可略道其仿佛：若严维「柳塘春水漫，花坞夕阳迟」，则天容时态，融和骀荡，岂不如在目前乎？又若温庭筠「鸡声茅店月，人迹板桥霜」，贾岛「怪禽啼旷野，落日恐行人」，则道路辛苦，羁旅愁思，岂不见于言外乎？』

胡应麟《诗薮》：浪仙之幽奇，虽初、盛、中、晚调迥不同，然皆五言独造。

叶矫然《龙性堂诗话》：贾岛『怪禽啼旷野，落日恐行人』，夕阳驴背上，真有此景，想之心怦怦然动。

刘得仁

刘得仁，生卒籍贯不详。公主之子。长庆中即有诗名。自开成至大中三朝，昆弟皆历贵仕，而得仁出入举场三十年，卒无成。

晚夏

日夕是西风，流光[1]半已空。山光渐凝碧[2]，树叶即翻红。学浅惭多士[3]，秋成羡老农。谁怜信公道，不泣路岐[4]中？

【注释】

①流光：快速流逝的时光。②凝碧：浓绿。③多士：众多的贤士。④路岐：歧路。

【品读】

方回《瀛奎律髓》：有春晚诗矣，未见夏晚诗也。盖言秋近而已。三、四佳，第六句妙。

题邵公禅院

无事门[1]多掩，阴阶竹扫苔。劲风吹雪聚，渴鸟啄冰开。树向寒山得，人从瀑布来。终期天目[2]老，擎锡[3]逐云回。

【注释】

①门：一作『关』。②天目：即天目山。在今浙江临安县境内。③锡：即锡杖，僧人所持之杖。

【品读】

方回《瀛奎律髓》：三、四句工矣。唐人作诗，不紧要处，模写得直是精神。

纪昀《瀛奎律髓刊误》：武功派所以不佳，正坐着力都在没紧要处。若盛唐大家都在紧要处用力，其象外传神，空中烘托之笔，亦必与本位秘响潜通，神光离合。必不是抛落正意，另自刻画小景。

赠敬晊助教[1]

到来常听说清虚，手把玄元[2]七字书[3]。仙籍不知名姓有，道情[4]惟见往来疏。已能绝粒[5]无饥色，早晚休官[6]买隐居。便欲去随为弟子，片云孤鹤可相于[7]。

【注释】

①助教：古代学官名。协助国子祭酒、博士教授生徒。②玄元：指老子。唐初追号老子为『太上玄元皇帝』。③七字书：指《老子》。④道情：有道之情。⑤绝粒：辟谷。古代道家以摒除火食，不进米谷为一种修炼方法。⑥休官：辞去官职。⑦相于：相亲近。

【品读】

金圣叹《贯华堂选批唐才子诗》：前解，一解离形相神，真是绝顶聪明，绝顶议论。不唯玄学尽此，虽佛学亦尽此也。今世之把玄经而谈玄，把佛经而谈佛者，莫不择日升遐，克期补处，乃其密迹，我不与知。若粗论世相，即一何往来之愈杂乎！三、四两句，真菩萨天尊顶上一勺冰水也。后解，上三、四既已如此说彼，即知愿为弟子，非徒学求仙也。因更言其多时绝粒，犹待即日休官，彼于世出世法，即岂数数然者。『片云孤鹤』，妙！子如为片云，我请为孤鹤，云果不嫌鹤，鹤敢不学云，所谓先生移情，实有如此道理也。

韩琮

韩琮，生卒籍贯不详，字成封，一作代封。穆宗长庆四年（824）进士。武宗初，充陈许节度判官，入为司封员外郎。大中五年（851），为户部郎中。八年（854），迁中书舍人。十二年（859），任湖南观察使。同年以军乱被逐。

晚春江晴寄友人 一作《晚春别》

晚日低霞绮，晴山远画眉。春青①河畔草，不是望乡时。

【注释】

①春青：一作『青青』。

【品读】

郑方坤《五代诗话补》：太白诗：『天山三丈雪，岂是远行时。』又云：『水国秋风夜，殊非远别时。』岂是、殊非，变幻二字，愈出愈奇。孟蜀韩琮诗：『晚日低霞绮，晴山远画眉。青青河畔草，不是望乡时。』亦祖太白句法。

暮春①浐水②送别

绿暗红稀出凤城③，暮云楼阁古今情。行人莫听宫前水，流尽年光是此声。徐增：说水声之妙。人在此声中离别，少年都做了白头，又能得几次离别于此声中哉！

【注释】

①暮春：农历三月。②浐水：源出陕西蓝田县东南，北向注入渭水。③凤城：指长安。汉武帝曾在长安造凤阙，故称。

【品读】

高棅《唐诗品汇》：谢云人物有尽，流水无穷。自唐有宫阙以来，不知经几年，过几人，而宫前流水只此如故。

俞陛云《诗境浅说》：题虽送别而诗意全不在此。第二句已有秦宫汉殿兴亡今古之怀，四句更寄慨无穷。年光冉冉，难挥落日之戈，逝水滔滔，孰鼓回澜之力，何其意之超而音之悲耶？

骆谷①晚望

秦川②如画渭③如丝，去国还家一望时。公子王孙④莫来好，岭花多是断肠枝。

【注释】

①骆谷：在陕西周至西南，为关中通汉中的要道。《三国志·魏志》：『正始五年，爽乃西至长安，大发卒六七万人，从骆谷入……入谷行数百里，贼因山为固，兵不得进。』②秦川：指陕西、甘肃秦岭以北平原地带。③渭：指渭水。④公子王孙：指贵族子弟。

【品读】

辛文房《唐才子传》：有诗名，多清新之制，锦不如也。《浐水送别》云：『绿暗红稀出凤城，暮云楼阁古今情。行人莫听宫前水，流尽年光是此声。』《骆谷晚望》云：『秦川如画渭如丝，去国还家一望时。公子王孙莫来好，岭花多是断肠枝。』如此等喧满人口，余极多，皆称是。

张祜

张祜（约785—约849），字承吉，清河（今属河北）人，一作南阳（今属河南）人。举进士不第。南北奔走三十年，投诗求荐，终未获官。至文宗朝始由天平军节度使荐入京，复被压制。会昌五年（845）投奔池州刺史杜牧，受厚遇。晚年居丹阳曲阿地，隐居以终。

登广武原

广武原[①]西北，华夷[②]此浩然。地盘山入海，河绕国连天。远树千门邑[③]，高樯万里船。乡心日云暮，犹在楚城边。

【注释】

①广武原：在今河南荥阳县东北广武山下，为著名古战场。②华夷：指中国。③邑：小城。

【品读】

黄生《唐诗矩》：尾联见意格。「浩然」二字写尽登临眼界。句法却是「此字」安得老。三、四句法作两折腰，谓之双折句，后仿此。结言日云暮矣，望乡之心犹在楚城边，登此未忍即去也。

沈德潜《唐诗别裁》：有气魄，有笔力。

江西道中作

秋滩一望平，远远见山城。落日啼乌桕[①]，空林露寄生。烧畬[②]残火色，荡桨夜溪声。况是曾游处，桑田小变更。

【注释】

①乌桕：落叶乔木。②烧畬：烧荒种田。

【品读】

钟惺、谭元春《唐诗归》：悲淡之极。

入潼关

都城三百里，雄险此回环。地势遥尊岳，河流侧让关。秦皇曾虎视，汉祖昔龙颜。何处枭凶辈，干戈自不闲！

【注释】

枭凶：指叛乱割据者。枭，骁勇；凶，凶恶。

【品读】

周珽《删补唐诗选脉笺释会通评林》：三、四「尊」「让」二字，蓄意深远，加「遥」字、「侧」字，更奇。宜处士自举为得意句也。总言关中天险，秦汉帝王所居，非城狐社鼠可得跳梁觊觎者。通篇雄浑雅旷。

题松汀驿[①]

山色远含空，苍茫泽国东。海明先见日，江白迥闻风。鸟道高原去，人烟小径通。那知旧遗逸[②]，不在五湖中？

【注释】

①驿：即驿站。②遗逸：遗，弃置；逸，民间士人。

【品读】

屈复《唐诗成法》：一二松汀驿，中四景情结，六句皆松汀驿。七八访友不遇。起结写松汀驿，下分应之：「江海」承「泽国」；「鸟道」「人烟」承「山色」；「那知」承五六，言高原小径既通人烟，则遗逸斯在，而那知其不然也。

题润州①金山寺②

一宿金山寺，超然离世群③。僧归夜船月，龙出晓堂云④。树色中流见，钟声两岸闻。翻思在朝市⑤，终日醉醺醺。

【注释】

①润州：州名，隋置，治所在延陵。唐改丹徒，即今镇江市。②金山寺：在镇江市西北金山上。③世群：世俗。④龙出句：晓云出堂，有如矫健之龙，使人意兴湍飞。⑤朝市：朝廷、市场。借指争名夺利之地。

【品读】

方回《瀛奎律髓》：此诗金山绝唱。

谢榛《四溟诗话》：律诗无好结句，谓之虎头鼠尾。即当摆脱常格，复出不测之语，若天马行空，浑然无迹。张祜《金山寺》之作，则有此失也。

胡应麟《诗薮》：晚唐有一首之中世共传其一联，而其所不传反过之者。如张祜「树影中流见，钟声两岸闻」一联虽工密，气格故不如「僧归夜船月，龙出晓堂云」也。

黄生《唐诗矩》：尾联见意格。写景真确不易，第结欠佳。然此韵颇窘，虽有佳语，无所可用，当为作者恕之。

题杭州孤山①寺

楼台②耸碧岑③，一径入湖心。不雨山长润，无云水自阴。断桥荒藓合④，空院落花深。犹忆西窗夜，钟声到北林。

【注释】

①孤山：在杭州西湖边。②楼台：指寺。③碧岑：青翠的山，指孤山。④合：一本作「涩」。

【品读】

方回《瀛奎律髓》：此诗可谓细润，然太工、太偶。

何焯评《瀛奎律髓》：三、四清切。

宫词

故国三千里，深宫二十年。一声何满子，《乐府诗集》：白居易曰：『何满子，开元中沧州歌者，临刑进此曲以赎死，竟不得免。』《杜阳杂编》曰：『文宗时宫人沈阿翘为帝舞《何满子》，调辞风态，率皆婉畅。』然则亦舞曲也。双泪落君前。

【品读】

葛立方《韵语阳秋》：张祜诗云：「故国三千里，

深宫二十年。』杜牧赏之，作诗云：『可怜故国三千里，虚唱歌词满六宫。』故郑谷云：『张生故国三千里，知者惟应杜紫微。』诸贤品题如是，祜之诗名安得不重乎？宋顾乐《唐人万首绝句选》：《何满子》其声最悲。乐天诗云：『一曲四词歌八叠，从头便是断肠声。』此诗更悲在上二句，如此而唱悲歌，那禁泪落！

邮亭[①]残花

云暗山横日欲斜，邮亭下马对残花。自从身逐征西府[②]，每到花时不在家。

【注释】

①邮亭：古代驿站馆舍。②身逐征西府：身在边远之地。逐，追随。征西府，指边将。

【品读】

谢枋得《注解唐诗绝句》：此与张翰秋风思鲈同意。有道者阅之，必不以山林之乐易钟鼎之奉矣。

集灵台二首

其一

日光斜照集灵台[①]，红树花迎晓露开。昨夜上皇新授篆[②]，太真[③]含笑入帘来。

【注释】

①集灵台：在陕西临潼县骊山华清宫长生殿旁，是玄宗祭神处。②授篆：传受道篆的一种仪式。③太真：即杨贵妃。

其二

虢国夫人[①]承主恩[②]，平明骑马入宫门。《明皇杂录》：虢国夫人每入禁中，常乘骢马，使小黄门御。紫骢之骏健，黄门之端秀，皆冠绝一时。却嫌脂粉污颜色，《杨太真外传》：虢国不施朱粉，自有美艳，常素面朝天。淡扫蛾眉朝至尊[③]。

【注释】

①虢国夫人：杨贵妃的三姐。②承主恩：得到玄宗宠幸。③至尊：指唐玄宗。

【品读】

唐汝询《唐诗解》：此直赋实事，讽刺自见。黄生《唐诗摘抄》：只言虢国以美自矜，而所以蛊惑人主者，自在言外。『承主恩』三字，乃春秋之笔也。

感归

行却江南路几千，归来不把一文钱。乡人笑我穷寒鬼，还似襄阳孟浩然。

【品读】

黄周星《唐诗快》：趣绝。

雨霖铃

《明皇杂录》：帝幸蜀，南入斜谷，霖雨弥旬，于栈道中闻铃声，与山相应。帝既悼念贵妃，因采其声为

《雨霖铃》曲以寄恨焉。时独梨园善觱篥乐工张徽从至蜀，帝以其曲授之。洎至至德中，复幸华清宫，从官嫔御皆非旧人。帝于望京楼命张徽奏《雨霖铃》曲，不觉怆然流涕。其曲后入法部。

雨霖铃夜却归秦，犹见张徽一曲新。长说上皇和泪教，月明南内更无人。

【品读】

唐汝询《唐诗解》：南内无人，思妃之意弥切。『垂泪教』三字写得真。煞句见得上皇冷落。

王尧衢《古唐诗合解》：诗意甚曲，有说不出处。

宋顾乐《唐人万首绝句选》：此作情调，直追李益、刘禹锡诸人。

纵游淮南①

十里长街市井连，月明桥上看神仙。人生只合扬州死，禅智山②光好墓田。

【注释】

①淮南：唐镇之一，治所在扬州（今江苏扬州市）。

②禅智山：指唐代扬州江都县西的蜀冈，因禅智寺得名。

【品读】

俞陛云《诗境浅说》：扬州之繁丽，以亭台花月著称。若论山川之秀，远逊江南。作者独爱禅智山光，至欲为百岁魂游之地，亦人各有好也。

杜秋娘

杜秋娘，生卒年不详，润州（今江苏镇江）人。十五岁时，被镇海节度使李锜以重金买入府中为歌舞伎。后李锜反叛失败，杜秋娘被送入后宫为奴。因才貌名声得到唐宪宗宠爱，被封为秋妃。

金缕衣①

劝君莫惜金缕衣，劝君惜取少年时。花开一作『有花』。堪折直须折，莫待无花空折枝。

【注释】

①金缕衣：缀有金线的衣服，比喻荣华富贵。

【品读】

钟惺《名媛诗归》：风情甚豪，仍有悯世之意。

陆昶《历代名媛诗词》：词气明爽，手口相应。其『莫惜』『须惜』『堪折』『须折』『空折』，层层宕跌，读之不厌，可称能事。

杜牧

杜牧（803-852），字牧之，号樊川居士，京兆万年（今陕西西安）人。唐文宗大和二年（828）进士，授宏文馆校书郎。后赴江西观察使幕，转淮南节度使幕，又入观察使幕。历史馆修撰，膳部、比部、司勋员外郎，黄州、池州、睦州刺史等职，官终中书舍人。

感怀诗 时沧州用兵①

高文②会隋季，提剑徇天意。《史记·高祖纪》：吾以布衣提三尺剑取天下，此非天命乎？扶持万代人，步骤三皇③地。圣云继之神，神乃用文治。德泽酌生灵，沉酣熏骨髓。旄头④骑箕尾⑤，风尘蓟门⑥起。胡兵杀汉兵，尸满咸阳市。宣皇⑦走豪杰，谈笑开中否⑧。蟠联两河间，烬萌终不弭⑨。号为精兵处，齐蔡燕赵魏⑩。合环千里疆，争为一家事。逆子嫁虏孙，西邻聘东里。急热⑪同手足，唱和如宫徵。法制自作为，礼文争僭拟。压阶螭斗角，画屋龙交尾。署纸日替名⑫，分财赏称赐。刳隍⑬歃万寻，缭垣迭千雉。誓将付孱孙，血绝然方已。九庙仗神灵，四海为输委。如何七十年，汗赩含羞耻？韩彭⑭不再生，英卫⑮皆为鬼。凶门爪牙⑯辈，穰穰如儿戏。累圣但日吁，阃⑰外谁将寄？屯田数十万，堤防常慑惴。急征赴军需，厚赋资凶器。因隳画一法，《汉书·曹参传》：百姓歌之曰：『肖何为法，讲若画一；曹参代之，守而弗失。』且逐随时利。流品极蒙尨⑱，网罗渐离弛。夷狄日开张，黎元愈憔悴。邈矣远太平，萧然尽烦费。至于贞元末，风流恣绮靡。艰极泰⑲循来，元和圣天子。元和圣天子，英明汤武上。茅茨覆宫殿，封章绽帷帐。伍旅拔雄儿，梦卜《史记·殷本纪》：武丁夜梦得圣人，于使百工营求之野，得说于傅险中，举以为相。庸真相。勃云走轰霆，河南一平荡。继于长庆初，燕赵终舁襁⑳。携妻负子来，北阙争顿颡㉑。故老抚儿孙，尔生今有望。茹鲠喉尚隘，负重力未壮。坐幄无奇兵，吞舟漏疏网。骨添蓟垣沙，血涨滹沱㉒浪。只云徒有征，《汉书·严助传》：淮南王安上书曰：『臣闻天子之兵，有征而无战。』安能问无状？一日五诸侯㉓，奔亡如鸟往。取之难梯天，失之易反掌。苍然太行路，剪剪㉔还榛莽。关西贱男子，誓肉虏杯羹。请数系虏事，谁其为我听？荡荡乾坤大，曈曈日月明。叱起文武业，可以豁洪溟。安得封域内，长有扈苗征！《墨子》：昔者有三苗大乱，天命殛之，禹亲把天之瑞令，以征有苗。七十里百里，彼亦何尝争。往往念所至，得醉愁苏醒。韬舌辱壮心，叫阍㉕无助声。聊书感怀韵，焚之遗贾生㉖。

【注释】

①沧州用兵：敬宗宝历二年（826）横海节度使李

全略死后，其子李同捷不受朝命。文宗大和元年（827）八月，朝廷下诏讨伐李同捷。大和三年（829）四月，官兵攻下了沧州（今河北沧县），李同捷被斩。②高文：高，唐高祖李渊；文，唐太宗李世民。③三皇：一说伏羲、神农、燧人。另一说伏羲、神农、祝融。④旄头：二十八宿中昴七星，主兵事之乱。⑤箕尾：二十八宿的箕四星、尾九星。⑥蓟门：今北京德胜门外。『安史之乱』自幽燕爆发。⑦宣皇：唐肃宗，谥『文明武德大圣大宣孝皇帝』。⑧否：易经卦名，阻塞不通之意。⑨弭：止。⑩齐蔡燕赵魏：齐，指治青州的淄青节度；蔡，指治蔡州的彰义节度；燕，指治幽州的卢龙节度；赵，指治镇州的成德节度；魏，指治魏州的魏博节度。⑪急热：亲密。⑫替名：按制公文后应签署官吏姓名，唯君主诏文用玺而不签名。⑬刬隍：挖掘城墙下的壕沟。⑭韩彭：韩信、彭越，西汉开国名将。⑮英卫：太宗时名将，英国公李积和卫国公李靖。⑯凶门爪牙：指武臣。古时将军受命辞行，凿凶门而出。⑰阃：城门门槛。⑱蒙龙：散乱貌。⑲泰：易卦名称，和顺之意。⑳舁襁：舁，抬。襁，包裹小孩用的襁褓。㉑顿颡：磕头。颡，额头。㉒滹沱：河水名，源出山西，东南流入河北。㉓五诸侯：指魏博、横海、昭义、河东、义武等五节度使。㉔剪剪：狭隘卑劣。㉕叫阍：百姓到皇宫前申冤称叩阍或叫阍。阍，宫门。㉖贾生：西汉贾谊。

【品读】

胡震亨《唐诗谈丛》：杜牧之门第既高，神颖复隽，感慨时事，条画率中机宜，居然具宰相作略。

翁方纲《石洲诗话》：小杜《感怀诗》，为沧州用兵作，宜与《罪言》同读《郡斋独酌》诗，意亦在此。王荆公云『末世篇章有逸才』，其所见者深矣。

杜秋娘诗并序

杜秋，《南部新书》：杜仲阳即杜秋也，始为李锜侍人，锜败，填宫，亦进帛书，后为漳王养母。太和中，漳王黜，放归浙西，续诏令观院安置，兼加存恤，故杜牧有《杜秋诗》称于时。金陵女也。年十五为李锜①妾。后锜叛灭，籍之入宫，有宠于景陵②。穆宗即位，命秋为皇子③傅姆。皇子壮，封漳王。郑注用事④，诬丞相欲去己者，指王为根。王被罪废削，秋因赐归故乡。予过金陵，感其穷且老，为之赋诗。

京江水清滑，生女白如脂。其间杜秋者，不劳朱粉施。老濞即山铸，《史记·吴王濞传》：濞为吴王，吴有豫章郡铜山，则招致天下亡命者，益铸钱，煮海水为盐，以故无赋，国用富饶。后庭千双眉。秋持玉斝醉，与唱金缕衣。『劝君莫惜金缕衣，劝君惜取少年时。花开堪折直须折，莫待无花空折枝。』李锜长唱此辞。濞既白首叛，秋亦红泪滋。吴江落日渡，灞岸绿杨垂。联裾见天子，盼眄独依依。椒壁悬锦幕，镜奁蟠蛟螭。低鬟认新宠，窈袅复融怡。月上白璧门，桂影凉参差。金阶露新重，闲捻紫箫吹。莓苔夹城路，南苑雁初飞。红粉羽林仗，独赐辟邪旗。《通典》：大驾卤簿卫马队，左右厢各二十四队，从十二旗，第一队辟邪旗。归来煮豹胎，餍饫不能饴。咸池升日[5]庆，铜雀分香悲。雷音后车远，事往落花时。燕禖[6]得皇子，壮发绿緌緌。画堂授傅姆，天人亲捧持。虎睛珠络褓，金盘犀镇帷。长杨射熊罴，武帐弄哑咿。渐抛竹马剧，稍出舞鸡奇。崭崭整冠佩，侍宴坐瑶池。眉宇俨图画，神秀射朝辉。一尺桐偶人，江充[7]知自欺。王幽茅土《逸周书》：将建诸侯，凿取其方一面之土，苞以黄土，苴以白茅，以为土封。削，秋放故乡归。觚棱拂斗极，回首尚迟迟。四朝[8]三十载，似梦复疑非。潼关识旧吏，吏发已如丝。却唤吴江渡，舟人哪得知？归来四邻改，茂苑草菲菲。清血洒不尽，仰天知问谁？寒衣一匹素，夜借邻人机。我昨金陵过，闻之为歔欷。自古皆一贯，变化安能推？夏姬[9]灭两国，逃作巫臣姬[10]。西子[11]下姑苏，一舸逐鸱夷。《吴越春秋逸篇》：吴亡后，越浮西施于水，令随鸱夷以终。织室魏豹俘，《汉书·薄姬传》：汉使曹参等虏魏王豹而薄姬输织室，汉王入织室，见薄姬，有诏内后宫，生文帝。作汉太平基[12]。误置代籍中，两朝尊母仪。《汉书·窦皇后传》：吕太后遣宫人以赐诸王，窦姬家在清河，愿如赵。请其主遣宦者吏，必置我籍赵之伍中。宦者忘之，误置籍代伍中。至代，代王独幸窦姬，生景帝。代王入立为帝，窦姬为皇后，景帝立，皇后为皇太后。光武[13]绍高祖，本系生唐儿。《汉书·景十三王传》：长沙定王发，母唐姬，故程姬侍者，景帝召程姬，程姬有所避，不愿进，而饰侍者唐儿使夜进，上醉不知，以为程姬而幸之，遂有身。珊瑚[14]破高齐，作婢舂黄糜。《北史·冯淑妃传》：及帝遇害，以淑妃赐代王达，甚嬖之。淑妃弹琵琶，因弦断，作诗曰：『虽蒙今日宠，犹忆昔时怜。欲知心断绝，应看胶上弦。』达妃为淑妃所谮，几至于死。隋文帝将赐达妃兄李询，令着布裙配舂。询母逼令自杀。肖后[15]去扬州，突厥为阏氏[16]。女子固不定，士林亦难期。射钩后呼父[17]，钓翁[18]王者师。无国要孟子[19]，有人毁仲尼[20]。秦因逐客令，柄归丞相斯。安知魏齐[21]首，见断箦中尸[22]？给丧[23]蹶张辈，廊庙冠峨危。珥貂七叶贵，何妨戎虏支？苏武[24]却生返，邓通[25]终死饥。主张既难测，翻覆亦其宜。地尽有何物？天外复何之？指何为而捉？足何为而驰？耳何为而听？目何为而窥？己身不自晓，此外何思惟？因倾一樽酒，题作杜秋诗。愁来独长咏，聊可以自怡。

【注释】

①李锜：唐德宗时镇海军节度使（治所在润州）。宪宗元和二年（807）反，兵败被杀。②景陵：指宪宗。③皇子：指穆宗子怀懿太子李凑，后封漳王。④郑注用事：郑注为文宗时宦官王守澄宾客。王守澄专政，文宗与宰相宋申锡密谋铲除，被郑注告诉王守澄。王守澄诬陷宋申锡想拥立漳王为帝，使二人同时获罪。⑤升日：宪宗的生日。⑥燕禖：上古时妇女求子时所祭祀之神称高禖。传说高辛帝妃简狄，于燕至之日祭祀高禖，吞食了燕卵便生下了契。⑦江充：汉武帝时奸臣，预谋陷害太子刘据，派人于太子宫中埋下桐木偶人，然后诬太子作巫蛊诅咒武帝。武帝派人挖，果然掘出桐偶人。⑧四朝：指宪宗、穆宗、敬宗、文宗四朝。⑨夏姬：春秋时郑穆公之女，初嫁陈国大夫夏御叔，生子夏征舒。夫早亡，寡居与陈灵公私通，其子杀陈灵公。楚庄王灭陈，杀夏征舒。后楚庄王又将夏姬赐予襄老。⑩巫臣姬：夏姬丈夫襄老阵亡，楚大夫巫臣欲聘夏姬，她便逃回郑国。楚巫臣使齐，却赴郑携夏姬投了晋国。⑪西子：春秋越国美女西施。⑫太平基：指薄姬子汉文帝，在位二十三年。⑬光武：东汉光武帝刘秀。⑭珊瑚：指北朝冯小怜。北齐后主高纬宠妃。⑮肖后：隋炀帝皇后。隋炀帝在江都被杀后，肖后随宇文化及军队去了聊城。宇文化及兵败又落入窦建德军中。⑯阏氏：匈奴单于妻子称谓。肖后落窦建德军中后，被迎接到突厥为阏氏。⑰射钩句：春秋齐国管仲曾放箭射中公子小白的带钩。后来小白立为齐桓公，敬重管仲，尊称为『仲父』。⑱钓翁：指太公吕望。⑲无国句：指孟子游说齐梁而不被重用之事。⑳仲尼：孔子的字。㉑魏齐：战国时魏相。曾痛打范雎。范雎为秦国相，逼其自杀。㉒箦中尸：范雎遭殴打装死，被卷入竹席，丢进茅厕。㉓给丧：周勃的代称，他年轻时做吹鼓手，专治丧事。㉔苏武：汉中郎，出使匈奴被拘十九年，后返回汉朝。㉕邓通：文帝幸臣，自铸铜钱而巨富。景帝时抄其家产，死于饥饿困顿。

【品读】

王世贞《艺苑卮言》：杜紫微掊击元、白，不减霜台之笔，至赋《杜秋》诗，乃全法其遗响，何也？

吴乔《围炉诗话》：杜牧诗，唯绝句最多风调，余不能。然《杜秋》诗至『我昨金陵过，闻之为歔欷』，诗意已足。以后引夏姬、西子等，则十纸难竟。又有指何而为捉等，是岂雅人深致？不及《琵琶行》多矣。

郡斋独酌 黄州作

前年鬓生雪，今年须带霜。时节序鳞次，古今同雁行。甘英穷西海①，《后汉书·西域传》：九年，班超遣掾甘英穷临西海而还。四万到洛阳。《后汉书·西域传》：条支，安息诸国至于海濒四万里外，皆重译贡献。东南我所见，北可计幽荒②。中画一万国，角角③棋布方。地顽压不穴④，天迥老不僵。屈指百万世，过如霹雳忙。人生落其内，何者为彭殇⑤？促束自系缚，儒衣宽且长。旗亭雪中过，敢问当垆娘。我爱李侍中，《旧唐书·李光颜传》：『会朝廷讨吴元济，诏光颜以本军独当一面，贼众压光颜之垒而阵，光颜乃自毁其栅之左右，出骑以突之。光颜将数骑冒坚而冲之，出入者数四，贼乃大溃。光颜败元济之众，贼平，命中官宴光颜于居第，又御麟德殿召封，赐金带锦彩，已而进阶开府仪同三司，仍于正衙后册司徒侍中。标标⑥七尺强。白羽八札弓⑦，胜压绿檀枪。风前略横阵，紫髯分两傍。淮西⑧万虎士，怒目不敢当。功成赐宴麟德殿⑨，猿超鹘⑩掠广球场。三千宫女侧头看，相排踏碎双明珰。旌竿幖幖⑪旗㸌㸌，意气横鞭归故乡。我爱朱处士⑫，三吴⑬当中央。罢亚自注：稻名。百顷稻，西风吹半黄。尚可活乡里，岂惟满囷⑭仓？后岭翠扑扑，前溪碧决决⑮。雾晓起凫雁，日晚下牛羊。叔舅欲饮我，社瓮⑯尔来尝。伯姊子欲归，彼亦有壶浆，西阡下柳坞，东陌绕荷塘。姻亲骨肉舍，烟火遥相望。太宁政如水，长官贪似狼。征输⑰一云毕，任尔自存亡。我昔造其室，羽仪鸾鹤翔。交横碧流上，竹映琴书床。出语无近俗，尧舜禹武汤。问今天子少，谁人为栋梁？我曰天子圣，晋公⑱提纪纲。联兵数十万，附海正诛沧⑲。谓言大义小不义，取易卷席如探囊。犀甲吴兵斗弓弩，蛇矛燕戟驰锋芒。岂知三载几百战，钩车⑳不得望其墙？答云此山外，有事同胡羌。谁将国伐叛，话与钓鱼郎？溪南重回首，一径出修篁。尔来十三岁，斯人未曾忘。往往自抚己，泪下神苍茫。御史诏分洛㉑，举趾何猖狂。阙下谏官业㉒，拜疏无文章。寻僧解忧梦，乞酒缓愁肠。岂为妻子计，未去山林藏？平生五色线㉓，愿补舜衣裳。弦歌教燕赵，兰芷浴河湟㉔。腥膻㉕一扫洒，凶狠皆披攘㉖。生人但眠食，寿域㉗富农桑。孤吟志在此，自亦笑荒唐。江郡雨初霁，刀好截秋光。池边成独酌，拥鼻菊枝香。醺酣更唱太平曲，仁圣天子寿无疆。

【注释】

①西海：今波斯湾。②幽荒：幽州（今河北北部）一带地区。③角角：四角。④不穴：不出洞穴。⑤彭殇：彭，即彭祖，传说中的长寿者；殇，指未成年而夭亡者。⑥标标：高昂貌。⑦八札弓：能穿透八层甲叶的强弓。札，甲叶。⑧淮西：即淮南西道，治蔡州（今河南汝阳），被吴元济等所割据。⑨麟德殿：在大明宫内。⑩鹘：鹰隼类鸟。⑪幖幖：高高貌。⑫朱处士：姓朱的隐士。⑬三吴：一说吴郡、吴兴、会稽；另一说吴郡、吴兴、

丹阳。⑭囷：圆形谷仓。⑮泱泱：溪水深广貌。⑯社瓮：祭社神之酒。⑰征输：缴纳租税。⑱晋公：指裴度，封晋国公，于敬宗宝历二年（826）至文宗大和四年（830）任宰相。⑲诛沧：指讨伐沧州藩镇李同捷事。⑳钩车：攻城用的车。㉑御史句：指杜牧于大和九年（835）以监察御史分司东都。㉒阙下句：指杜牧于开成四年（839）为左补阙，此职属谏官。㉓五色线：喻指自己平生的抱负与才能。㉔河湟：指被吐蕃侵占的河西陇右地区。河，黄河。湟，湟水。㉕腥膻：泛指西北少数民族。㉖披攘：犹披靡。攘，排除。㉗寿域：太平之世。

【品读】

葛立方《韵语阳秋》：杜牧之《郡斋独酌》诗云：『屈指千万世，过如霹雳忙。人生落其内，何者为彭殇？』非心地明了贯穿道释者，不能道也。及观其自撰墓志，又忍死作别裴相之章，则知独酌之咏岂空言哉！

翁方纲《石洲诗话》：小杜《感怀诗》，为沧州用兵作，宜与《罪言》同，读《郡斋独酌》诗，意亦在此。王荆公云『末世篇章有逸才』，其所见者深矣。

雪中书怀

腊雪一尺厚，云冻寒顽痴。孤城①大泽畔，人疏烟火微。愤悱②欲谁语，忧愠③不能持。天子号仁圣，任贤如事师。凡称曰治具④，小大无不施。明庭开广敞，才俊受羁维。《魏略》：固当羁绊于世绳，维系于禄位。如日月絙升，若鸾凤葳蕤⑤。人才自朽下，弃去亦其宜。北虏坏亭障⑥，闻屯千里师。牵连久不解，他盗恐旁窥。臣实有长策，彼可徐鞭笞。如蒙一召议，食肉寝其皮。斯乃庙堂⑦事，尔微非不知。向来蹑⑧等语，长作陷身机。行当腊《旧唐书·礼仪志》：唐以辰日腊。欲破，酒齐⑨不可迟。且想春候暖，瓮间倾一卮。

【注释】

①孤城：指黄州，在今湖北黄冈一带。②愤悱：忧郁。③愠：生气。④治具：治国治世的工具。⑤葳蕤：草木茂盛、枝叶下垂貌。⑥亭障：古时边防戍卒为守望所筑的亭。⑦庙堂：指朝廷。⑧蹑：不按次序，逾越等级。⑨酒齐：古代造酒有五齐，即五等，以此法分酒之清浊。

【品读】

吴聿《观林诗话》：杜牧诗喜用『絙』字：『半月絙双脸』『如日月絙升』『日絙痕翠』『孤直絙月定』。

赠宣州元处士

陵阳①北郭②隐，身世两忘者。蓬蒿三亩居，宽于一天下。樽酒对不酌，默与玄相话。人生自不足，爱叹遭逢寡。

【注释】①陵阳：山名，在宣州泾县。②北郭：北郭先生，著名隐士。

【品读】洪亮吉《北江诗话》：杜牧之诗：『蓬蒿三亩居，宽于一天下。』非天地之宽，胸次之宽也。即十字而幕天席地之概，已毕露纸上矣。

登乐游原①

长空澹澹②孤鸟没，万古销沉向此中。看取汉家③何事业？五陵④无树起秋风。

【注释】①乐游原：位于长安城南，原秦国的宜春苑，后汉宣帝在此建乐游苑而得名。②澹澹：又作『淡淡』。③汉家：指汉朝。④五陵：指长安附近汉代五个皇帝的陵寝，即长陵（高帝墓）、安陵（惠帝墓）、阳陵（景帝墓）、茂陵（武帝墓）、平陵（昭帝墓）。

【品读】何溪汶《竹庄诗话》：《懒真子》云：『此指《乐游原》。牧之自尚书郎出郡守时作，其意深矣。盖乐游原者，汉宣帝寝庙在焉。昭陵即唐太宗之陵也。牧之之意盖自伤不遇宣帝、太宗之时，而远为郡守也。藉使意不出此，以景趣为意，亦自不凡，况感寓之深乎？此所以不可及也。』

俞陛云《诗境浅说》：诗后二句言汉家盛业，青史烂然，而五陵寂寞，只余老树吟风，已可深慨，今并树无之，其荒寒为何等耶！前二句尤佳，有包扫一切之慨。

街西长句

碧池新涨浴娇鸦，分锁①长安富贵家。游骑偶同人斗酒，名园相倚杏交花。银鞦騕袅嘶宛马，绣鞅②璁珑③走钿车④。一曲将军何处笛，连云芳草⑤日初斜。

【注释】①分锁：一作『深锁』。②鞅：套在马颈上的皮带。③璁珑：明洁貌。一作『珑璁』。④钿车：用金宝装饰的车子。⑤芳草：一作『芳树』。

【品读】金圣叹《贯华堂选批唐才子诗》：前解，写池上大家各自叠山疏沼，种树栽花，起楼筑台，征歌选舞，一一门有一锁，一一园属一一姓。于是而引他都人相逢斗酒，共夸墙树十里交花，举国如狂，不可化诲也。通解四句，须知最妙是起句之『新涨浴娇鸦』五字。独有此五字不入一解中来，今先生则正注意于此，以见自己眼色只看碧池新水，不看名园杏花，以自表人醉独醒也。后解，此写一时流连荒亡，马则正嘶，车则正走，笛则正发，日则正未斜也。『日初斜』，妙，终有必斜之日，而彼意中乃殊未觉其斜，便写尽流连荒亡人之可悯可笑。

春申君①

烈士思酬国士恩，春申谁与快冤魂？三千宾客总珠履，《史记·春申君传》：春申君客三千余人，其上客皆蹑春申君珠履。欲使何人杀李园②？

【注释】

①春申君：战国四公子之一。姓黄名歇，楚国贵族。曾派兵救赵攻秦，后又灭鲁。考烈五死后，在内讧中被杀。②李园：《战国策》载：李园乃春申君舍人，曾献女弟子于春申君。知其有身孕，后被考烈王召之并受宠幸，立为王后，生子立为太子，李园因此被楚王重用。考烈王崩，李园派人刺死春申君。

【品读】

葛立方《韵语阳秋》：杜牧、张祜皆有《春申君》绝句。杜云：『烈士思酬国士恩，春申谁与快冤魂。三千宾客总珠履，欲使何人杀李园？』张云：『薄俗何心议感恩，谄容卑迹赖君门。春申还道三千客，寂寞无人杀李园。』二诗语意太相犯。呜呼！朱英之言尽矣，而春申不能必用；李园之计巧矣，而春申不能预防；春申之客众矣，而无一人为春申杀李园者，所以起二子之论也。

读韩杜集

杜诗韩集①愁来读，似倩②麻姑痒处抓。《神仙传》：麻姑鸟爪，蔡经见之，心中念言，背大痒时，得此爪以爬背，当佳。天外凤凰③谁得髓？无人解合续弦胶。《十洲记》：煮凤喙及麟角合煎作胶，名之为续弦胶，此胶能续弓弩已断之弦。

【注释】

①杜诗韩集：指杜甫、韩愈的作品。②倩：通『请』。③天外凤凰：《十洲记》载，凤麟洲在西海中，有凤凰、麒麟数万。

【品读】

黄彻《䂬溪诗话》：谢玄晖善为诗，任彦升工于笔，又云『任笔沈诗』。刘孝绰称弟仪与威云：『三笔六诗。』故牧之云：『杜诗韩笔愁来读，似倩麻姑痒处抓。』近人兼用之，临川云：『闲中用意归诗笔，静定安身比泰山。』坡云：『水洗禅心都眼净，山供诗笔总眉愁。』

沈下贤①

斯人清唱②何人和？草径苔芜不可寻。一夕小敷山③下梦，水如环佩月如襟。

【注释】

①沈下贤：名亚之，吴兴人。元和十年（815）进士。历任秘书正字、栎阳令、殿中侍御史等职。②清唱：指

沈诗。③小敷山：又名福山，位于湖州乌程县西南。

【品读】

范晞文《对床夜语》：杜牧《沈下贤》云：『一夕小敷山下梦，水如环佩月如襟。』白乐天《暮江吟》云：『可怜九月初三夜，露似真珠月似弓。』此意相袭。

俞陛云《诗境浅说》：诗意若有微波通辞之感，何风致绰约乃尔，其有哀窈窕思贤才之意乎？

长安秋望

楼倚霜树外，镜天无一毫①。南山与秋色，气势两相高。

【注释】

①无一毫：指无一丝一毫之云。

【品读】

陈师道《后山诗话》：世称杜牧『南山与秋色，气势两相高』为警绝。而子美才用一句，语益工，曰『千崖秋气高』也。

陈知柔《休斋诗话》：予初喜杜紫微『南山与秋色，气势两相高』语，已乃知出于老杜『千崖秋气高』，盖一语领略尽秋色也。然二家言岩崖间秋气耳，犹未及江天水国气象宏阔处，一日雨后过太湖，泊舟洞庭山下，乃得句云『木落洞庭秋』。或云此蹈袭『枫落吴江冷』语，第变冷为秋则气象自不同。彼记时耳，是安知秋色之高，尽在洞庭里许乎？此渊源自《楚骚》中来。《九歌》云：『洞庭波兮木叶下。』其陶写物象，宏放如此，诗可以易言哉！

西江怀古

上吞巴汉①控潇湘②，怒似连山净③镜光。魏帝缝囊④真戏剧，苻坚投棰⑤更荒唐。千秋钓艇歌明月，万里沙鸥弄夕阳。范蠡⑥清尘颜师古：尘，谓行而起尘也。言清者，尊贵之意也。何寂寞，好风唯属往来商。

【注释】

①巴汉：巴水和汉水。②潇湘：潇水和湘水。③净：一作『静』。④魏帝缝囊：《吴志·步骘传》载：步骘上表说，听曹魏降者讲，曹操的军旅打算向东吴进军，做了很多布囊，欲以盛沙塞江。⑤苻坚投棰：《晋书·苻坚载记》：前秦苻坚率军伐晋时，夸耀说：『以吾之众旅，投鞭于江，足断其流。』棰，鞭子。⑥范蠡：春秋末年越国大夫，曾助越王勾践灭吴。后泛游西湖，称鸱夷子皮。到陶（山东定陶西北），改名陶朱公，以经商致富。

【品读】

金圣叹《贯华堂选批唐才子诗》：前解写西江，后解写怀古。分别读之，始知先生乃怀范蠡，非怀魏帝、苻坚。不然，既已怀之，又切讥其『戏剧』『荒唐』，岂有是哉。吞汉控楚，写西江要害；『连山』『镜光』，写西江不测；『魏帝』『苻坚』，写江上当时头等英雄。四句四七二十八字，皆是写『西江』，并未写到『怀古』，再读之。后解，便以江上放宽眼界，竖看『千秋』、横看『万里』。言如此西江，彼魏帝、苻坚，真无奈之何也；乃如此明月钓舟、夕阳鸥鸟，西江又真无奈之何也。人诚莫妙于不生世间，人而不免或生世间，则我仪图古人，其惟范蠡实获我心！何则？世上事毕竟做不尽，莫如撒手一去，所益实多。七、八语气，是切叹世无范蠡，可惜满江好风，总吹财奴耳！或有误解者。

江南春绝句

千里莺啼绿映红，水村山郭酒旗风。南朝①四百八十寺②，多少楼台③烟雨中！

【注释】

①南朝：宋、齐、梁、陈四朝。②四百八十寺：极言寺庙之多。③楼台：指寺庙建筑。

【品读】

张表臣《珊瑚钩诗话》：杜牧诗云：『南朝四百八十寺，多少楼台烟雨中！』帝王所都，而四百八十寺，当时已为多，而诗人侈其楼阁台殿焉。近世二浙、福建诸州，寺院至千区，福州千八百区。粳稻桑麻，连亘阡陌，而游惰之民，窜籍其间者十九，非为落发修行也，避差役私计耳。以故居积货财，贪毒酒色，斗殴争讼，公然为之，而其弊未有过而问者。有识之士，每叹息于此。

杨慎《升庵诗话》：千里莺啼，谁人听得？千里绿映红，谁人见得？若作十里，则莺啼绿红之景，村郭、楼台、僧寺、酒旗，皆在其中矣。

俞陛云《诗境浅说》：前二句言江南之景，绝妙惠崇图画也。后言南朝寺院，多在山水胜处，有四百八十寺之多，况空蒙烟雨之时，罨画楼台，益增佳景。小杜曾有『倚遍江南寺寺楼』句，刘梦得有『遍上南朝寺』句，可见琳宫梵宇，随处皆是。

春末题池州①弄水亭

《一统志》：弄水亭在贵池县南通远门外，唐杜牧建，取李白『饮弄水中月』之句为名。

使君②四十四，两佩左铜鱼③。为吏非循吏，《史记·自序》：奉法循理之吏，不伐功矜能，百姓无亲，亦无过行。论书读底④书？晚花红艳静，高树绿阴初。亭宇清无比，溪山画不如。嘉宾能啸咏，官妓巧妆梳。逐日愁皆碎，随时醉有余。偃须求五鼎，《汉书·主父偃传》：大丈夫生不五鼎食，死则五鼎烹耳。陶只爱吾庐⑤。趣向人皆异，贤豪莫笑渠⑥。

【注释】

①池州：今安徽贵池县。②使君：时杜牧任池州刺

史，故自称使君。③左铜鱼：铜制鱼符的左侧。唐制，州刺史佩戴铜制鱼符。鱼符中剖，左半官吏身佩，右半存州府，合契方生效。④底：唐代俗语，什么。⑤陶只句：陶潜《读山海经》：『群鸟欣有托，吾亦爱吾庐。』⑥渠：唐人俗语，他。

【品读】

曾季貍《艇斋诗话》：春晚景物说得出者，唯韦苏州『绿阴生昼寂，孤花表春余』最有思致。如杜牧之『晚花红艳静，高树绿阴初』，亦甚工，但比韦诗无雍容气象尔。

登池州九峰楼①寄张祜②

百感中来不自由，角声孤起夕阳楼。碧山终日思无尽，芳草何年恨即休？睫在眼前长不见，《史记·越世家》：齐使者曰：『吾不贵用其智如目毫毛而不见其睫也。』道非身外更何求？谁人得似张公子，千首诗轻万户侯③。

【注释】

①九峰楼：一作『九华楼』，《一统志》：『池州九华楼有二：一在贵池县九华门上，唐建；一在青阳县东南二里。』②张祜：字承吉，清河人。工于宫词，长庆间即以诗著称于世。③万户侯：食邑万户之列侯，喻高官厚禄。

【品读】

计有功《唐诗纪事》：杜牧之守秋浦，与祜游，酷吟其宫词。亦知乐天有非之之论。乃为诗曰：『睫在眼前人不见，道非身外更何求？谁人得似张公子，千首诗轻万户侯。』

齐安郡①晚秋

柳岸风来影渐疏，使君家似野人居。云容水态还堪赏，啸志歌怀亦自如。雨暗残灯棋欲散，酒醒孤枕雁来初。可怜赤壁②争雄渡，唯有蓑翁坐钓鱼。

【注释】

①齐安郡：在今湖北黄冈。②赤壁：湖北长江沿岸有两处名为赤壁的地方，分别为蒲圻县和黄冈县。此处指黄冈县赤壁，又称赤鼻矶。

【品读】

金圣叹《贯华堂选批唐才子诗》：前解，此诗写尽世间无味，三复读之，不胜叹息。此解先写景物亦渐尽，意气亦渐平也。言当三春盛时，柳阴如幄，风暖如醉，使君戟门，高牙大角，此是何等盛事。乃曾几何时，而风高柳疏，影落门静，使君萧索遂同野人，可怜也！『还堪』，妙！虽曰不过残山剩水，然亦何至遂尽人意。『亦自』，妙！然而见为行歌坐啸，实则已是聊尔应酬也。后解，此解再写成大名，显当世，实与彼草木同腐，更无异也。雨正暗时，恰是灯又残时、棋又散时、酒又醒时、枕又孤时、雁又来时，于此一时十四字中，陡然悟出七句之『可怜』二字。『蓑翁坐钓鱼』，五字，字字入妙。言受本无多，求亦有限，便将通篇文字叫应。

九日①齐安登高

江涵秋影雁初飞，与客携壶②上翠微。尘世难逢开口笑，菊花③须插满头归。但将酩酊酬佳节，《续晋阳秋》：陶潜尝九月九日无酒，宅边菊丛中摘菊盈把，坐其侧，久望，见白衣至，乃王弘送酒也。即便就酌，醉而后门。不用登临恨落晖。古往今来只如此，牛山何必泪沾衣？《晏子春秋》：景公游于牛山，北临其国城而流涕曰：『若何滂滂去此而死乎！』艾礼、梁丘据皆从而泣。

【注释】

①九日：即九月九日重阳节。②壶：即壶觞，指酒。③菊花：九月九日重阳节有采菊习俗。

【品读】

方回《瀛奎律髓》：此以『尘世』对『菊花』，开阖抑扬，殊无斧凿痕，又变体之俊者。后人得其法，则诗如禅家散圣矣。

金圣叹《贯华堂选批唐才子诗》：前解，一句七字，写出当时一俯一仰，无限神理。异日东坡《后赤壁赋》『人影在地，仰见明月』，便是一副印版也。只为此句起得好时，下便随意随手，任从承接。或说是悲愤，或说是放达，或说是傲岸，或说是无赖，无所不可。东坡《后赤壁赋》，通篇奇快疏妙文字，亦只是八个字起得好也。后解，得醉即醉，又何怨乎？『只如此』三字妙绝。醉亦只如此，不醉亦只如此，怨亦只如此，不怨亦只如此。

题齐安城楼

呜咽①江楼角②一声，微阳潋潋③落寒汀。不用凭栏苦回首，故乡七十五长亭④。

【注释】

①呜咽：吹角声。②角：古代军中的一种吹奏乐器。③潋潋：水面满溢貌。④长亭：设于驿站的亭舍。古时三十里为一驿，每驿有一长亭。

【品读】

胡仔《苕溪渔隐丛话》：《复斋漫录》云：牧之《齐安城楼》诗云云，盖用李太白《淮阴书怀》诗：『沙墩至梁苑，二十五长亭。』苕溪渔隐曰：鲁直《竹枝词》：『鬼门关外莫言远，五十三驿是皇州。』皆相沿袭也。

黄叔灿《唐诗笺注》：角声初动，微阳将落，登楼盼望，能无故乡之思？乃曰：『不用凭栏苦回首，故乡七十五长亭。』则别绪茫茫，不堪回首矣。

俞陛云《诗境浅说》：凡客子登高，乡山遥望，已情所难堪。今言料无归计，不用回头，其心愈苦矣。

睦州①四韵

州在钓台②边，溪山实可怜。有家皆掩映，无处不潺湲③。好树鸣幽鸟，晴楼入野烟。残春杜陵客④，中酒落花前。

【注释】

①睦州：治所在建德县（今浙江建德）。②钓台：严子陵钓台，在睦州西。③潺湲：水慢慢流动状。④杜陵客：杜牧家居杜陵，故自称。

【品读】

方回《瀛奎律髓》：轻快俊逸。

纪昀批点《瀛奎律髓》：风致宜人。三、四今已成套，然初出自佳。六句不自然结得浅淡有情。

初冬夜饮

淮阳多病《汉书·汲黯传》：上以为淮阳楚地之郊也，召黯拜为淮阳太守。黯伏谢不受印绶，诏数强予，然后奉诏。召上殿，黯泣曰：『臣自以为填沟壑不复见陛下，不意陛下复收之。臣常有狗马之心，今病，力不能任郡事。』偶求欢①，客袖侵霜与②烛盘。砌下梨花一堆雪，明年谁此凭栏干？

【注释】

①求欢：指夜饮解忧求快。②与：一作『举』。

【品读】

俞陛云《诗境浅说》：雪夜小饮，聊遣客况；玉砌飞花，暂娱今夕。明岁之倚栏吟赏者，知属何人。杜少陵诗『明年此会知谁健，醉把茱萸仔细看』，张梦晋诗『高楼明月清歌夜，此是生平第几回』，明知胜会不常，未免有情难遣。

题禅院 一作《醉后题禅院》

觥船①一棹百分空，《晋书·毕卓传》：尝谓人曰：『得酒满数百觥船，四时甘味置两头，右手持杯，左持蟹螯，拍浮酒船，便足了一生矣。』十岁②青春不负公。今日鬓丝禅榻畔，茶烟轻扬③落花风。

【注释】

①觥船：载酒之船。②十岁：一作『十载』。③轻扬：一作『悠扬』。

【品读】

宋顾乐《唐人万首绝句选》：写出才人迟暮不遇，措语蕴藉。

翁方纲《石洲诗话》：『今日鬓丝禅榻畔，茶烟轻扬落花风』『自说江湖不归事，阻风中酒过年年』，直是开、宝后百余年无人能道。

商山①麻涧

《方舆纪要》：麻涧在熊耳峰下，山涧环抱，厥地宜麻，因名麻涧。

云光岚彩四面合，柔柔垂柳十余家。雉飞鹿过芳草远，牛巷鸡埘②春日斜。秀眉③老父对樽酒，蒨袖④女儿簪野花。征车自念尘土计，惆怅溪边书细沙。

【注释】

①商山：在陕西省商洛市商州区东。②埘：凿墙而成的鸡窝。③秀眉：又称毫眉，俗称长寿眉。④蒨袖：绛色衣袖。

【品读】

金圣叹《贯华堂选批唐才子诗》：前解，一，写四面，二，写中间，三，写闲静，四，写丰乐，便较陶令《桃花源记》为烦矣。后解，五、六，忽然写一父老樽酒、女儿衣袖，以深显自家形秽。『书细沙』者，无颜自明，而又不能含糊付之也。

商山富水驿①

驿本名与阳谏议同姓名，因此改为富水驿

益戆②由来未觉贤，终须南去吊湘川③。当时物议朱云④小，后代声华⑤白日悬。邪佞每思当面唾，《唐书·阳城传》：帝意欲相延龄，城显语曰：『延龄为相，吾当取白麻坏之，哭于廷。』帝不相延龄，城力也。清贫长欠一杯钱。《唐书·阳城传》：每约二弟：『吾所俸入，而可度月食米几何？薪菜盐几钱？先具之，余送酒家，无留也。』驿名不合轻移改，留警朝天者惕然。

【注释】

①富水驿：在商南县东，唐时置驿。②戆：迂愚而刚直。③湘川：即湘江，在今湖南长沙。④朱云：汉成帝时朝臣。安昌侯张禹佞谄不忠，朱云向成帝请尚方剑欲斩张禹。成帝不悟，命人烹朱云，得左将军辛庆忌叩头流血相救方得免。⑤声华：声誉。

【品读】

吴聿《观林诗话》：杜牧之云：『杜若芳州翠，严光钓濑喧。』此以杜与严为人姓相对也。又有『当时物议朱云小，后代声名白日悬』，此乃以朱云对白日，皆为假对，虽以人姓名偶物，不为偏枯，反为工也。

汉江

溶溶漾漾①白鸥飞，绿净春深好染衣。《杜阳杂编》：南昌国有紫海，水色如烂椹，可以染衣。南去北来人自老，夕阳长送钓船归。

【注释】

①溶溶漾漾：溶溶，江水宽广貌。漾漾，江水摇动貌。

【品读】

杨万里《诚斋诗话》：五七字绝句最少，而最难工，虽作者亦难得四句全好者，晚唐人与介甫最工于此。如李义山忧唐之衰云：『夕阳无限好，其奈近黄昏。」……杜牧之云：「清江漾漾白鸥飞，绿净春深好染衣。南去北来人自老，夕阳长送钓船归。」……四句皆好矣。

赤　壁①

折戟沉沙铁未销②，自将③磨洗认前朝④。
东风不与周郎⑤便，铜雀⑥春深锁二乔。

《三国志·吴志·周瑜传》：孙策欲取荆州，以瑜为中护军，领江夏太守，众攻皖，拔之。时得乔公二女，皆国色也，策自纳大乔，瑜纳小乔。

【注释】

①赤壁：山名，位于长江南岸今湖北蒲圻县西北。②未销：一作「半销」。③自将：自己拿取。④前朝：指汉末三国时期。⑤周郎：即周瑜。⑥铜雀：即铜雀台。建安十五年（210）为曹操所筑，故址在今河北临漳西南邺城西北隅。

【品读】

谢枋得《唐诗绝句注解》：后二句绝妙，众人咏赤壁，只善当时之胜，杜牧之咏赤壁，独忧当时之败。此是无中生有，死中求活，非浅识可到。

吴乔《围炉诗话》：古人咏史，但叙事而不出己意，则史也，非诗也；出己意，发议论，而斧凿铮铮，又落宋人之病。如牧之《赤壁》云云，用意隐然，最为得体。

徐增《而庵说唐诗》：何必要「认」乃「自将磨洗」乎？牧之春秋，在七个字内。意中谓魏武精于用兵，何至大败？周郎才算，未是魏武敌手，又何获此大胜，一似不肯信者，所以要「认」。仔细看来，果是周郎得胜，虽然是胜魏武，不过一时侥幸耳。下二句，言周郎当时，亏煞了东风，所以得施其火攻之策，若无东风，则是不与便，见不惟不能胜魏，江东必为魏所破，连妻子俱是魏家的，大乔、小乔贮在铜雀台上矣。牧之盖精于兵法者。

黄叔灿《唐诗笺注》：「认」字妙，怀古情深，一字传出，下二句翻案，亦从「认」字生出。

宣宗宫人

宣宗宫人，姓韩氏，生卒年不详，后为卢偓所娶。

题红叶

卢偓应举时，偶临御沟①，得一红叶，上有绝句，置于巾箱②。及出宫人，偓得韩氏。睹红叶，吁嗟久之。曰：『当时偶题，不谓郎君得之。』

流水何太急，深宫尽日闲。殷勤③谢红叶，好去到人间。

【注释】

①御沟：亦称禁沟。皇城外的护城河。②巾箱：古时放置头巾或文件、书卷的小箱箧。③殷勤：殷切之情。

【品读】

钟惺《名媛诗归》：只此四句，波波折折，深情委曲，微而淡，宕而远。非细心女子写不出如此幽怀，做不出如此幽事。

许浑

许浑（约788–858），字用晦，一作仲晦，润州丹阳（今属江苏）人。文宗大和六年（832）进士及第，先后任当涂、太平令，因病免。大中年间入为监察御史，因病乞归，后复出仕，任润州司马。历虞部员外郎，转睦、郢二州刺史。晚年归丹阳丁卯桥村舍闲居。

金陵怀古

玉树①歌残王气终，景阳兵合戍楼空。松楸②远近千官冢，禾黍高低六代③宫。石燕拂云晴亦雨，《浙中记》：零陵有石燕，得风雨则飞翔，风雨止还为石。江豚吹浪夜还风。《南越志》：江豚如猪，居水中，每于浪间跳跃，风辄起。英雄一去豪华尽，唯有青山似洛中。

【注释】

①玉树：即玉树后庭花，曲名。②松楸：松树和楸树。常被用作墓地的代称。③六代：指三国时东吴和后来的东晋，南朝时的宋、齐、梁、陈。

【品读】

方回《瀛奎律髓》：『禾黍高低六代宫』，此一句好。上句所谓『松楸远近千官冢』，非也。大抵亡国之馀，乌有松楸蔽千官之冢者？五、六却切于江上之景。谢榛《四溟诗话》：颔联简板，对尔颈联，当赡远游者，似有戒慎意。若删其两联，则气象雄浑。

何焯《唐三体诗评》：一歌未阕，王气遽终，发端自警。起连从陈事，将古迹一笔提过。以下只就目击处感叹，势亦空阔。

沈德潜《唐诗别裁》：六朝建都金陵，至陈后主始灭，故以此发端。

黄叔灿《唐诗笺注》：此诗似不及刘梦得《西塞山怀古》。盖刘从孙吴说起，虚带六朝，凭吊深情。自有上下千古之慨，气魄宏阔，诗亦深厚。此诗叹陈后主为南朝之终，追溯六朝，立局亦妙。

咸阳城东楼 一作《咸阳城西楼晚眺》，一作《西门》

独上高城万里愁，蒹葭杨柳似汀洲。溪云初起日沉阁，南近磻溪，西对慈福寺阁。山雨欲来风满楼。鸟下绿芜秦苑[1]夕，蝉鸣黄叶汉宫秋。行人莫问当年事，故国东来渭水流。

【注释】

①秦苑：秦朝旧时禁苑。

【品读】

金圣叹《贯华堂选批唐才子诗》：前解，仲晦，东吴人，蒹葭杨柳，生性长习，醉中梦中不忘失也。无端越在万里，久矣形神不亲，今日独上高城，忽地惊心入眼。二句七字，神理写绝。不知是咸阳西门真有此景，不知是高城晚眺，忽地游魂。三四极写『独上』『独』字之苦，言云起日沉，雨来风满，如此怕杀人之十四字中，却是万里外之一人独立城头，可哭也。二句只是一景，有人乃言『山雨』句胜于『溪云』句，一何可笑！后解，秦苑也，秦人其何在？吾徒见鸟下耳。然而日又夕矣。汉宫也，汉人其何在？吾徒闻蝉鸣耳。然而叶又黄矣。孔子曰：『逝者如斯，不舍昼夜。』今人问前人，后人且将问今人，后人又复问后人，人生之暂如斯，而我犹羁万里耶？

故洛城 一作《登洛阳故城》

禾黍离离[1]半野蒿，昔人城此[2]岂知劳？水声东去市朝变，《战国策·秦策》：臣闻争名者于朝，争利者于市，今三川、周室，天下之市朝也。山势北来宫殿高。鸦噪暮云归古堞[3]，雁迷寒雨下空壕。可怜缑岭[4]登仙子，犹自吹笙醉碧桃。

【注释】

①禾黍离离：化用《诗经·王风·黍离》：『彼黍离离。』②城此：筑此城。③堞：古时城上所筑如齿状的矮墙。④缑岭：即缑氏山，在今河南偃师东南。传说东周灵王时太子晋修仙得道，在缑氏山头骑鹤升天而去。

【品读】

金圣叹《贯华堂选批唐才子诗》：前解，若云『昔人城此岂知今日』，其辞便大径露。今只云『岂知劳』，彼惟不知今日，故不自以为劳也，便得无数含咀不尽：哭昔人亦有，笑昔人亦有，吊昔人亦有，戒后人亦有。三四便承『城此』『此』字。水声山势是登者瞪目所睹，市朝宫殿是登者冥心所会。虚实离即之外，真是绝世妙文。后解，上『市朝』『宫殿』，俱从故城周遭虚写。此『古堞』『空壕』方实写故城也。『鸦噪』『雁迷』妙，将谓写满眼纷纷，却正写空无一人。七『可怜』字，满怀欲说仍住，却反接一缑岭仙人，曰『独自吹笙』。绝世妙文，岂余子所得临摹乎？

韶州驿楼宴罢

檐外千帆背夕阳，归心杳杳[1]发苍苍。岭猿群宿夜山静，沙鸟独飞秋水凉。露堕桂花棋局湿，风吹荷叶酒瓶香。主人不醉下楼去，月在南轩更漏[2]长。

【注释】

①杳杳：幽远貌。②更漏：古代用滴漏方法计时的器具，即漏壶，以更漏计时。代指夜晚。

【品读】

金圣叹《贯华堂选批唐才子诗》：前解，起手七字，字字写绝。『千帆』『千』字妙，亦未必有千，妒之至而竟概之曰『千』也。『檐外』『外』字妙，便知檐下有人，只少一帆也。『背夕阳』『背』字妙，尽是东归船，仲晦吴人，最为刺眼应心也。三四山静猿宿，水凉鸟飞，虽写楼头现景，然物各欲得其所。盖心之杳杳，发之苍苍，尽此十四字中矣。后解，『棋局湿』『酒瓶香』，写不醉神理如画。可恨是主人公然竟去，加『下楼』字，极写其无理。然世间比比皆是，乃何足道。可恨却是遭如此主人，而不得一帆东下耳。主人之去，便如岭猿群宿；客之不醉，便如沙鸟独飞，可知。

郑秀才东归凭达家书

欲寄家书少客过，闭门心远洞庭波。两岩花落夜风急，一径草荒春雨多。谁泛楚江吟浩渺[1]，昨归吴岫梦嵯峨[2]。贫居不问应知处，溪上闲船系绿萝。

【注释】

①浩渺：水面旷远。②嵯峨：山高峻貌。

【品读】

金圣叹《贯华堂选批唐才子诗》：前解，为欲『凭达』，先道积闷。看他止是起句七字，将来一唱三叹，便成一解好诗，此另是唐人一法也。二之『心远洞庭波』，便是『欲寄家书』；『闭门』便是『少客过』也。三之七字，又便是『欲寄家书』；四之七字，又便是『少客过』也。四句诗，只如向郑喃喃连诉：欲寄家书，欲寄家书，少客过，少客过。此是凭达家书妙绝神理，未作客人不知道也。后解，『楚江』『吴岫』是其家中。『谁泛」妙妙，「昨归」妙妙，全副吃语也，谵语也，离魂语也。末又补写「凭达」字，真诗中有画矣。

骊山

闻说先皇醉碧桃，日华浮动郁金袍①。风随玉辇笙歌迥，云卷珠帘剑佩高。凤驾②北归山寂寂，龙舆③西幸水滔滔。蛾眉没后巡游少，瓦落空墙见野蒿。

【注释】

①郁金袍：帝王的黄袍。②凤驾：《汉书·扬雄传上》：「乃抚翠凤之驾，六先景之乘。」颜师古注：「翠凤之驾，天子所乘车，为凤形而饰以翠羽也。」后用以称帝王或后妃的车乘。③龙舆：天子的车舆。借指皇帝。

【品读】

金圣叹《贯华堂选批唐才子诗》：前解，此诗前解要看其「闻说」字，后解要看其「见」字，然又必先看其后解之「见」字，而后倒转来方看其前解之「闻说」字。盖此诗是先生一日行经骊山，亲眼见他是空墙，因而见他落瓦，见他野蒿，不觉遍身战掉，遂叹曰：我昔闻说果有是哉。所以特地下许多「醉」字、「碧桃」字、「日华」字、「郁金袍」字、「玉辇」「珠帘」等字者，皆故与下「落瓦」「野蒿」字对也。后解，此五六只写「巡游少」三字也，轻轻垫得「蛾眉没后」四字以为诗史也。

伤李秀才

曾醉笙歌日正迟，醉中相送易前期。橘花满地人亡后，菰①叶连天雁过时。琴倚旧窗尘漠漠②，剑横新家草离离③。河桥酒熟平生事，更向东流奠一卮。

【注释】

①菰：多年生草本植物，生在浅水里，嫩茎称茭白，可做蔬菜。果实称菰米，可煮食。②漠漠：迷蒙貌。③离离：繁盛貌。

【品读】

金圣叹《贯华堂选批唐才子诗》：前解，「日正迟」，则是暮春也，乃「橘花满地」「菰叶连天」，自夏徂秋，为日曾几，而人生变故遂有此极，是为极大惊痛也。「易」，容易也。犹言今虽暂别，后当即晤，岂言未毕耳，而人已速化。「人亡」是李故，「雁过」是许来。后解，此「琴倚」「剑横」，用王猷、季札事最精当。然诗意乃谓古今人各自有其平生，如弹琴，自是二王平生，赠剑，自是徐季平生。今我与李，则自以痛饮为平生者，然则何必步趋古人又欲弹琴赠剑，只今河桥酒熟，便可更尽一卮。与一二两「醉」字成章法也。

全唐诗

卷四

李楠 编译

姑熟官舍

草生客舍①似闲居，雪在南窗照素书②。贫后始知为吏拙，病来还喜识人疏。青云岂有窥梁燕③，浊水应无避钓鱼。不待秋风便归去，紫阳山④下是吾庐。

【注释】

①客舍：供旅客住宿的房屋。②素书：古人以白绢作书，故以称书信。③梁燕：梁上的燕。比喻小才。④紫阳山：山名，属黄山山脉。

【品读】

金圣叹《贯华堂选批唐才子诗》：前解，一二如对不对，赋、比、兴三，殆兼有之。三写贫，应雪照素书；四写闲，应草生官舍。如自悔又如自喜，为顿挫之笔也。后解，五六对法参错，神态顿挫，妙，妙。言窥梁岂是青云之器，避钓不为浊水之游。今吾为避钓者乎？抑窥梁者乎？七八，『不待』妙，『是吾』妙，写不能一朝更居，真神游尘垢以外，岂特敞屣之云而已。

凌歊台①送韦秀才

云起高台日未沉，数村残照半岩阴②。野蚕成茧桑拓尽，溪鸟引雏蒲稗③深。帆势依依投极浦，钟声杳杳隔前林。故山迢递故人去，一夜月明千里心。

【注释】

①凌歊台：位于当涂县城北黄山山巅，始建于南朝宋，传说为宋孝武帝刘骏的避暑行宫。②阴岩：背阳的山岩。③蒲稗：蒲草与稗草。

【品读】

金圣叹《贯华堂选批唐才子诗》：前解，通解用意，乃在『日未沉』一『未』字。夫人生既称七十古稀，则亦大都六十以来，然则三十早是半生也。颇见世之劳人，年且过斯，尚无一就，栖栖久客，欲有所图。于是旁之人亦从诒之曰：如公年，正未正未耳。嗟乎！『云起高台』，岂非明明日欲沉，下『欲』字即稳耶，今偏定要下一『未』字。然而『残照半阴』，时已至此，蚕则已茧，鸟则已雏，桑则已尽，稗则已深，甚欲自谩，终谩不得。年晚心孤，真是不能重读也。后解，五犹望见帆，六乃但闻钟矣，妙。故山迢递，故人独去，一夜月明，思人乎？抑自思乎？

沧浪峡

缨带流尘发半霜①，独乘残月②下沧浪③。一声溪鸟暗云散，万片野花流水香。昔日未知方外乐，暮年初悔梦中忙。红虾青鲫紫丝菜，归去不辞来路长。

【注释】

①半霜：半白。②残月：残缺不圆的弯月，也指将落的月亮。③沧浪：指沧浪峡。

【品读】

金圣叹《贯华堂选批唐才子诗》：前解，一可谓本利已失，二可谓赖复有此。若三四之一声溪鸟、万片花香，则譬如噩梦陡醒，揩眼叩齿，咒『《乾》，元亨利贞』时也。千古万古后，何人解官日，胸前眼前，无此妙诗。后解，『暮年初悔』，此自实悟语。『昔日未知』，此真大忏文。实悟语他人肯道，大忏文他人不肯道也。『红虾』七字，流唾津津。『不辞来路长』妙妙，反言以明，昔日着何乾忙，来此长路？

再游姑苏玉芝观

高梧一叶下秋初，迢递①重廊旧寄居。月过碧窗今夜酒，雨昏②红壁③去年书。玉池露冷芙蓉浅，金井④烟分薜荔疏。明日挂帆更东去，仙翁⑤只道为鲈鱼。

【注释】 ①迢递：遥远的样子。②雨昏：阴雨时昏暗的天色。③红壁：红墙。亦指赤色的山壁。④金井：井栏上有雕饰的井。⑤仙翁：对道官的敬称。

【品读】 金圣叹《贯华堂选批唐才子诗》：前解，当初秋，入旧寓，把今酒，对昔书，此是今夜再游神理也。『月过』『过』字，与『雨昏』『昏』字，俱是时时刻刻，迅疾迅疾，变易变易，略不暂停，更无假借语，不止是过而已，昏而已。上上智人，细细吟之。后解，巡视池井，此是明日又别神理也。『仙翁只道为鲈鱼』，此观主便是珠玉在前，挂帆东去之故，便更不能说与也。三四明是重来，五六明是又别。唐人分解，其理至微。

重游练湖怀旧

西风渺渺①月连天，同醉兰舟未十年。《鹏鸟赋②》成人已没，《嘉鱼诗③》在世空传。荣枯④尽寄浮云外，哀乐犹惊逝水前。日暮长堤更回首，一声蝉续一声蝉。

【注释】 ①渺渺：微弱貌。②鹏鸟赋：西汉贾谊谪居长沙时所作。鹏鸟，俗名猫头鹰。《巴蜀异物志》：『有鸟小如鸡，体有文色，土俗因形名之曰鹏，不能远飞，行不出域。』③嘉鱼诗：《诗经·小雅·南有嘉鱼》：『南有嘉鱼，烝然罩罩。』④荣枯：草木茂盛与枯萎。

【品读】 金圣叹《贯华堂选批唐才子诗》：前解，此连天风月，言十年前兰舟上风月也。曾复几时，而诗在人没，一旦至是。一解只写『旧』字。后解，五忽插荣枯度外，以为顿挫者，言外隐然又见此所怀旧，乃是有才无命，赍恨而没之人。只因笔墨蕴藉，遂令读者不觉也。日暮长堤、蝉声相续者，言人何暇哭人，多恐前人后人，转眼之间，亦大略相同矣。

村舍

自剪春莎织雨衣，南村烟火是柴扉。山妻早起蒸藜①熟，童子遥迎种豆归。鱼下碧潭当镜跃，鸟还青嶂②拂屏飞。花时未免人来往，欲买严光③旧钓矶④。

【注释】

①蒸藜：煮野菜。②青嶂：如屏障的青山。③严光：字子陵，余姚人。④钓矶：钓鱼时坐的岩石。

【品读】

金圣叹《贯华堂选批唐才子诗》：前解，此如王摩诘秋归辋川诗，何必村中定无此人，然而何必村中定有此人，只是一片高情高品，忽从胸中笔下，蓦地自然流出，所谓天地间固有之真诗也。通解只写得起手第一『自』字，犹言莎是自剪，衣是自织，妻是自娶，童子是自育，藜是自蒸，豆是自种。《击壤歌》云『帝力何有于我』，便果然有此妙理。乃分外又加『早起』『遥迎』字者，犹言便使圣王费尽心力，制为尊卑迎送，然亦是我本分心地中自有之节文，亦不曾向外来。后解，五六不知是鱼在碧潭中，鸟在青嶂中，人在鱼鸟中。七八便如《史记》言：海上神山『去人不远，患且至，则船风引而去』，终莫能至矣。

四皓庙

桂香松暖庙门开，独泻椒浆①奠一杯。秦法②欲兴鸿已去，汉储③未定凤还来。紫芝④翳翳⑤多青草，白石苍苍半绿苔。山下驿尘南窜⑥路，不知冠盖⑦几人回。

【注释】

①椒浆：以椒浸制的酒浆。古代多用以祭神。②秦法：秦国的法规制度。③汉储：汉代的皇位继承人。④紫芝：真菌的一种。也称木芝。似灵芝。⑤翳翳：草木茂密成荫貌。⑥南窜：南逃。⑦冠盖：古代官吏的帽子和车盖，借指官吏。

【品读】

金圣叹《贯华堂选批唐才子诗》：前解，写入庙奠浆，心折四皓，出处由己，不受罗缴，以兴下『南窜』诸君也。『鸿已去』『凤还来』，妙，妙。借四皓酒杯，浇自己垒块，真是平吐胸前无限意思。若止作庙门颂联，为味亦复有限。后解，写庙前路，便是『南窜路』，为诸君恸哭也。山头紫芝白石，虽不能至，即又何至山下冲尘波窜乎？古今人贤不肖不知如何，今只就驿路商量，夫亦可以戒矣。

京口闲居寄京洛友人

吴门①烟月昔同游，枫叶芦花并客舟。聚散有期云北去，浮沉②无计水东流。一樽酒尽青山暮，千里书来碧树秋。何处相思不相见，凤凰城③阙楚江楼。

【注释】

①吴门：指苏州一带。为春秋吴国故地，故称。②浮沉：时起时落。③凤凰城：指京城。

【品读】

金圣叹《贯华堂选批唐才子诗》：前解，追述昔年同游，用「吴门」字详其地，「烟月」字详其景，又恐苍茫失记，再用「枫叶」「芦花」「客舟」字细细画之。犹言今日思之，分明昨日也。无奈有聚必散，去者一时竟去；有浮必沉，居者至今蹉跎。于是闲居相寄，遂更不能自持也。后解，「一樽酒尽」，言独酌惘然。「千里书来」，言数行快接。「青山暮」之为言意中设有一晚，「碧树秋」之为言拟来当在岁暮也。「相思不相见」者，楚江固思凤城，凤城亦思楚江，凤城固不见楚江，楚江亦不见凤城也。

卧病

寒窗灯尽月斜辉，珮马朝天独掩扉。清露已凋秦甸[①]柳，白云应长越山[②]薇[③]。病中送客难为别，梦里还家不当归。惟有寄书书未得，卧听燕雁向南飞。

【注释】

①秦甸：秦地郊外。②越山：越地山岭。③薇：落叶小乔木。开紫红色或白色花，结球形蒴果。

【品读】

金圣叹《贯华堂选批唐才子诗》：前解，卧病人至后半夜，灯尽月落，悄然无眠，已是无边剧苦。乃又静闻街中，珮声鏦铮，马蹄笃速，口虽不言，心固明知此是合城官人早起朝天，我虽不病，亦只掩扉独卧，并不与于其间者也。嗟乎！此虽欲不因甸柳，想到山薇，又岂可得哉。后解，此五六，只是极写卧病万不能归，以逼出七句之「惟有寄书」，而又以病甚不能作书，因哭无数北雁向南空去也。五六言病，尚不能送人归，又安望自归？

酬钱汝州

汝州钱中丞，以浑赴郢城，见寄佳什，恩怜过等，宠饰逾深。虽吟咏忘疲，实揣摩不及，辄率荒浅，依韵献酬。

白雪多随汉水[①]流，漫劳旌旆[②]晚悠悠。笙歌暗写终年恨，台榭潜销[③]尽日忧。鸟散落花人自醉，马嘶芳草客先愁。怪来诗思清无敌，三十六峰当庾楼。

【注释】

①汉水：水名，长江最长支流。源出陕西南部米仓山，流经陕西南部及湖北，在武汉入长江。②旌旆：旗帜。借指军旅。③潜销：暗销。

【品读】

金圣叹《贯华堂选批唐才子诗》：前解，「白雪」，指钱所寄佳什。「多随汉水流」，言自汝州寄至郢城，其道必经汉水也。「漫劳」之为言致谢之词。「旌旆晚悠悠」者，又慰劳其传诗之来人也。三四述钱诗中注念之深，言终年不见，而以笙歌写恨，尽日相思，而以台榭销忧，叹其于己真有过等之恩爱也。前解写钱赠诗。后解，五又别衬钱诗到时，座有别客，既与无关，则皆醉焉。六乃自言来人立索报章甚急，而己深愁不能献酬。何则？钱诗本得崆峒三十六峰之助，大非率尔之可轻敌也。后解写己报诗。

汴河亭

广陵①花盛帝东游，先劈昆仑②一派③流。百二禁兵④辞象阙⑤，三千宫女下龙舟。凝云鼓震星辰动，拂浪旌开日月浮。江海义师归有道，迷栖何异景阳楼？

【注释】

①广陵：即江苏扬州。②昆仑：昆仑山。在新疆西藏之间，势极高峻，多雪峰、冰川。传说上有瑶池、阆苑、增城、县圃等仙境。③一派：一条水流。④禁兵：犹禁军。⑤象阙：古代天子、诸侯宫门外的一对高建筑。借指宫室、朝廷。

【品读】

金圣叹《贯华堂选批唐才子诗》：前解，如此诗，三四五六，人又欲疑都是一色写他豪侈，如何又非中四句耶？殊不知此解乃是立向汴河岸上，说他汴河当时言彼隋炀帝者。只因小小题目，做起大大文章。如何小小题目？不过止为广陵花盛是也。如何大大文章？此河一开之后，且举全隋所有百二禁兵、三千宫女，一夜启行，空国尽下，真乃天摇地动，不但鬼哭神号也。然则此三与四，只承二句之一『先』字，写开河，只是轻轻弄起，却直至于如此也。后解，五六，则写其财富兵强，驾秦跨汉，纵心肆志，何虑何忧，而不谓人之所去，天亦同之，曾不转烛，便为亡陈之续，偏要引他景阳楼以痛鉴之也。如此，即奈何三四五六，可作中四句乎。

塞下

夜战桑干①北，秦兵②半不归。朝来③有乡信，犹自寄征衣④。

【注释】

①桑干：即桑干河，源出山西北部。②秦兵：指唐兵。③朝来：今早。④征衣：御寒棉衣。

【品读】

李锳《诗法易简录》：借寄寒衣一事，写出征人死别之苦，却妙不犯尽。

俞陛云《诗境浅说》：诗言沙场雪满，深夜鏖战，迨侵晓归营，损折已近半数，而秦中少妇，犹予量寒意，远寄衣裘，不知梦里征人，已埋骨桑乾河畔矣。若陈陶『犹是春闺梦里人』，则全军皆墨，诗尤沉痛。

李商隐

李商隐（812-858），字义山，号玉溪生，又号樊南生。祖籍怀州河内（今河南沁阳市），生于河南荥阳（今郑州荥阳）。唐文宗开成三年（847）进士及第。曾任弘农尉、佐幕府、东川节度使判官等职。晚期辗转于各藩镇幕僚当幕僚，郁郁不得志，潦倒终身。李商隐是晚唐最著名的诗人，杜牧与他齐名。两人并称『小李杜』。

陈后宫

茂苑①城如画，阊门②瓦欲流。还依水光殿，更起月华楼。侵夜鸾开镜③，迎冬雉献裘。《晋书·武帝纪》：咸宁四年冬，太医司马程据献雉头裘。从臣皆半醉，天子正无愁④。

【注释】

①茂苑：指陈之宫苑。②阊门：阊阖，传说中之天门。③鸾开镜：开鸾镜。言宫人晚妆以备歌舞。④天子句：史载陈后主宠张丽华、孔贵嫔等，召江总等十人为狎客，君臣耽于淫乐，隋兵攻来，尚于宫中饮酒作乐。

【品读】

姚培谦《李义山诗集笺注》：茂苑、阊门，见一隅之地；依殿起楼，见工役不休。五句是无朝暮，六句是无冬夏。君臣都在醉梦中，焉得不亡！

张采田《李义山诗辨正》：不说出方有余味，方得讽刺体，此比兴所以高于赋也。

富平少侯

七国①三边《小学绀珠》：三边，幽、并、凉三州。未到忧，张相《诗词曲语辞汇释》：未到，犹云不道，不道有不知义。十三身袭富平侯②。不收金弹《西京杂记》：韩嫣好弹，常以金为丸，所失者日有十余，皆不收。抛林外，却惜银床③在井头。冯舒：三四犹谚云『当着弗着』。曲尽贵公子憨态。彩树转灯珠错落，绣檀回枕玉雕锼。当关④不报侵晨⑤客，新得佳人字莫愁⑥。

【注释】

①七国：汉景帝三年（前154），诸侯封国吴、胶西、楚、赵、济南、淄州、胶东等七国举兵反叛，史称『七国之乱』。②富平侯：汉张安世封富平侯，五世袭爵，为贵势之家。③银床：辘轳架。④当关：守门人。⑤侵晨：破晓。⑥莫愁：石城女子，或云洛阳女子。此指代佳人。

【品读】

姚培谦《李义山诗集笺注》：此写贵宠之憨痴，为荒耽者讽也。世间无享富贵而一无所忧之人，虽身为天子，而七国三边之虑，不可不存。

屈复《玉溪生诗意》：不下论断，具文见意，俨然一无知贵介纵横纸上。

冯浩《玉溪生诗集笺注》：徐逢源曰：『此为敬宗作。帝好奢好猎，宴游无度，赐与不节，尤爱纂组雕镂之物。视朝每晚，即位之年三月戊辰，群臣入阁，日高犹未坐，有不任立而踣者。』

东还

自有仙才[1]自不知，十年长梦采华芝[2]。秋风动地黄云暮，归去嵩阳[3]寻旧师。

【注释】

①仙才：仙人的才分。②华芝：灵芝，仙药。又指华盖，高官显贵者所用。③嵩阳：道观名，在嵩山太室山下。

【品读】

屈复《玉溪生诗意》：此倦游之作。半生流落，一事无成，故欲寻师访道以求长生，亦浮海之叹耳。

冯浩《玉溪生诗集笺注》：田曰：『此不得志于科举之作，然失之俚。』借学仙寄慨，似未俚也。义山应举，至是将十年。

张采田《玉溪生年谱会笺》：下第东归，借学仙寄慨。

夕阳楼

在荥阳。是所知今遂宁萧侍郎[1]牧荥阳日作。

花明柳暗绕天愁，上尽重城更上楼。欲问孤鸿向何处，不知身世自悠悠。

【注释】

①萧侍郎：萧浣，文宗时曾任郑州刺史，于荥阳建夕阳楼。

【品读】

谢枋得《叠山先生注解章泉涧泉二先生选唐诗》：孤鸿独飞，必是夕阳时。若只道身世悠悠，与孤鸿相似，意思便浅。『欲问』『不知』四字，无限精神。

冯浩《玉溪生诗集笺注》：自慨慨萧，皆在言中，凄惋入神。

纪昀《玉溪生诗说》：借孤鸿对写，映出自己，吞吐有致。

燕台[1]诗

冯浩：燕台，唐人惯以言使府。

风光冉冉东西陌，几日娇魂寻不得。蜜房羽客[2]类芳心，冶叶倡条[3]遍相识。暖蔼辉迟桃树西，高鬟[4]立共桃鬟齐。雄龙雌凤杳何许？絮乱丝繁天亦迷。醉起微阳若初曙，映帘梦断闻残语。愁将铁网罥珊瑚，海阔天翻迷处所。《本草》：珊瑚似玉，红润，生海底磐石上。一岁黄，三岁赤。海人先做铁网沉水底，贯中而生，绞网出之，失时不取则腐。衣带无情有宽窄，《古诗》：相去日已远，衣带日已缓。春烟自碧秋霜白。朱彝尊：景自韶丽，心自悲凉。研丹擘石天不知，《吕氏春秋》：

石可破也，而不可夺坚；丹可磨也，而不可夺赤。愿得天牢⑤《晋书·天文志》：天牢六星在北斗魁下，贵人之牢也。锁冤魂。夹罗委箧单绡起，香肌冷衬琤琤珮。今日东风自不胜，化作幽光入西海⑥。

【注释】

①燕台：战国时燕昭王建黄金台以招纳贤才。②羽客：传说中的飞仙，此指蜜蜂。③冶叶倡条：野草闲花。④高鬟：高髻云鬟，指所思之女子。⑤天牢：星名。《晋书·天文志》：『天牢六星在北斗魁下。』此仅用其字面。天牢锁其冤魂，天总会有知其冤之时。⑥西海：南海。

【品读】

沈厚塽《李义山诗集》：朱彝尊曰：『语艳意深，人所晓也。以句求之，十得八九；以篇求之，终难了然。定远谓「此等语不解亦佳，如见西施，不必识姓名而后知其美」，亦不得已之论也。』

重有感①

玉帐②牙旗③得上游，安危须共主君忧。窦融④表已来关右，陶侃军宜次石头。《晋书·陶侃传》：苏峻作逆，侃军次石头，斩峻于阵。岂有蛟龙愁失水？《管子·形势》：蛟龙，水虫之神也；乘水则神立，失水则神废。人主，天下有威者也；得民则威立，失民则威废。更无鹰隼与高秋。《左传·文公十八年》：见无礼于其君者，如鹰隼之逐鸟雀也。昼号夜哭兼幽⑤显⑥，早晚星关⑦雪涕收。

【注释】

①重有感：此诗盖为刘从谏作。宦官仇士良借甘露之变杀宰相王涯等。昭义节度使刘从谏曾三上疏问王涯罪名。②玉帐：军幕，中军主将所居。③牙旗：将军之旗，竿上以象牙饰之。④窦融：光武帝将，喻指刘从谏。⑤幽：指冤死者如王涯辈十一族。⑥显：指生者，谓士大夫不附宦官者。⑦星关：天门，喻宫阙。

【品读】

屈复《玉溪生诗意》：此篇甘露变后之作，犹望其兴复也。

纪昀《玉溪生诗说》：『岂有』『更无』，开合相应。上句言无受制之理，下句解受制之故也。揭出大义，压服一切，此等处是真力量。

施补华《岘佣说诗》：义山七律，得于少陵者深。故秾丽之中，时带沉郁。如《重有感》《筹笔驿》等篇，气足神完，直登其堂，入其室矣。

曲江

望断平时翠辇①过，空闻子夜鬼悲歌。金舆不返倾城色②，玉殿犹分下苑波。死忆华亭闻唳鹤③，《晋书·陆机传》：既而叹曰：『华亭鹤唳，岂可复闻乎？』老忧王室泣铜驼。《晋书·索靖传》：『索靖知天下将乱，指宫门铜驼曰：『会见汝在荆棘中耳。』』天荒地变[4]心虽折，若比伤春意未多。

【注释】

①翠辇：饰以翠羽之辇车，天子车驾。②倾城色：指杨贵妃。③死忆句：意谓贵妃缢前当萌悔叹之意。④天荒地变：指安禄山之乱及明皇之幸蜀失国。

【品读】

朱鹤龄《李义山诗集笺注》：《旧唐书》：大和九年十月……壬午，赐群臣宴于曲江亭。十一月，有甘露之变，流血涂地，京师大骇。十二月中申，敕罢修曲江亭馆。此诗前四句追感玄宗与贵妃临幸时事，后四句则言王潭等被祸，忧在王室而不胜天荒地变之悲也。

纪昀《玉溪生诗说》：五、六宕开，七、八收转。言当日陆机、索靖虽有天荒地变之悲，亦不过如此而已矣。大提大落，极有笔意，不得将五、六看作借比，使末二句文理不顺也。

张采田《玉溪生年谱会笺》：此诗专咏明皇、贵妃事。首二句总起，言曲江久废巡幸，只有夜鬼悲歌，亟写荒凉满目之景。『金舆』一联，言苑波犹分玉殿，而倾城已不返金舆矣，所谓伤春也。后二联则言由今日回想天宝乱离，华亭唳鹤，王室铜驼，天荒地变之惨，虽足痛心，然岂若伤春之感，愈足使人悲诧耶？旧注皆兼甘露之变言，诗意遂不可解，冯氏又臆造杨贤妃弃骨水中以附会之，益纰缪矣。

寄恼韩同年[1]时韩住萧洞[2]

龙山[3]晴雪凤楼霞，洞里迷人有几家？我为伤春心自醉，不劳君劝石榴花[4]。

【注释】

①韩同年：韩瞻，与义山同年登第，亦王茂元婿。②萧洞：用萧史弄玉事，即凤台，借代新婚洞房。③龙山：借指岳父家，时王茂元任泾原节度使，治在甘肃泾川，韩新婚即在泾原。④石榴花：酒名，产扶南。

【品读】

姚培谦《李义山诗集笺注》：能无妒杀？

冯浩《玉溪生诗集笺注》：伤春，叹己之未得佳偶。

张采田《玉溪生年谱会笺》：此萧洞当指泾原。义山与韩同时议婚，而韩先娶，故艳妒之情见于言表。时尚未构新居也。

安定[1]城楼

迢递[2]高城百尺楼，绿杨枝外尽汀洲。贾生[3]年少虚垂涕，王粲[4]春来更远游。永忆江湖归白发，欲回天地入扁舟。不知腐鼠成滋味，猜意鹓雏[5]竟未休。《庄子·秋水》：惠子相梁，庄子往见之。或谓惠子曰：『庄子来，欲代子相。』于是惠子恐，搜于国中，三日三夜。庄子往而见之，曰：『南方有鸟，其名为鹓雏，子知之乎？夫鹓雏，发于南海而飞于北海，非梧桐不止，非练实不食，非醴泉不饮。于是鸱得腐鼠，鹓雏过之，仰而视之曰，吓！今子欲以子之梁国而吓我耶？』

【注释】

①安定：唐泾州（今甘肃泾川）。②迢递：高峻貌。③贾生：贾谊。汉文帝六年（前174），贾谊上疏痛陈时事，有『可为痛哭者一，可为流涕者二，可为长太息者六』之句。④王粲：字仲宣，东汉末年人，『建安七子』之一。⑤鹓雏：传说中凤凰一类的鸟。

【品读】

金圣叹《贯华堂选批唐才子诗》：前解，言今日我适在此安定，彼旁之人不知，则必疑我有何所慕而特远来，至何所得方乃舍去？此殊未明我胸前区区之心者也！夫我上高城、倚危墙、窥绿杨、见汀洲，方欲呼风乱流，乘帆竟去。何则？满怀时事，事事可以垂泪；时正春日，日日可以远游。大丈夫眼观百世，志在四方，胡为而曾以安定为意哉！后解，上解既明其近迹，此解又说其本志也。言若疑我不忆江湖，则我不唯一忆，方且永忆！『永忆』之为言，时时日日长在怀抱也。特自约得归之日，必直至白发之后者，细看今日之天地，必宜大作其旋转。此事既已重大，为时必非聊且，故知不至白头，不入扁舟，因而濡滞尚似有冀也。此之不察，而谓我有世间恋慕，嗟乎，鸱鸮得腐鼠、吓鹓雏，固从来旧矣！

茂陵

汉家天马出蒲梢①，苜蓿榴花遍近郊②。内苑只知含凤嘴，《十洲记》：仙家煮凤喙做胶，可续弩弦。武帝华林园射虎，弦断，使者以口濡胶续之。属车无复插鸡翘③。玉桃偷得怜方朔④，金屋修成贮阿娇⑤。谁料苏卿⑥老归国，茂陵松柏雨萧萧。

【注释】

①蒲梢：千里马名。②苜蓿句：张骞使西域，得苜蓿、石榴种归。武帝因天马多，且耆苜蓿而益种之，『离宫馆旁极望焉』。③鸡翘：鸾旗。帝王出行，属车插鸾旗以为标识。④玉桃句：偷桃事屡见，言其惑于神仙也。⑤金屋句：用金屋藏娇事。⑥苏卿：即苏武。苏武于武帝天汉元年（前100）使匈奴，昭帝始元六年（前81）还。始以强壮出，及还，须发尽白。

【品读】

朱鹤龄《李义山诗集笺注》：武宗好游猎及武戏，亲受道士赵归真法箓，又深宠王才人，欲立为后。此诗全是托讽。

何焯《义门读书记》：八句中贯穿极工整而不牵率。落句只借子卿一衬，风刺自见于言外。

纪昀《玉溪生诗说》：前六句一气，七八转折，《集》中多此格。此首尤一气鼓荡，神力完足。

方东树《昭昧詹言》：藏锋敛锷于宏音壮采之中。

汉宫

通灵夜醮①达清晨，承露盘晞②甲帐春③。王母西归方朔去，更须重见李夫人。

《汉书·外戚传》：上思念李夫人不已，方士齐人少翁言能致其神。乃夜张灯烛，设帷帐，陈酒肉，而令上居他帐，遥望见好女如李夫人之貌，还幄坐而步。又不得就视，帝益相思悲感，为作诗曰：『是邪，非邪？立而望之，偏何姗姗其来迟！』

【注释】

①通灵夜醮：汉通灵台在甘泉宫，汉武为悼钩弋夫人而筑。醮，设坛祭神。②晞：干。指承露盘干而无露。③甲帐春：《汉武故事》：『上以琉璃珠玉、明月夜光，杂错天下珍宝为甲帐，其次为乙帐。甲以居神，乙以自居。』意谓甲帐自春，神仙不来矣。

【品读】

程梦星《重订李义山诗集笺注》：此似为武宗讽也。武宗亦英明之主，而外崇刘玄静，内宠王才人；既欲学仙，又复好色，大惑也。与汉武后先一辙，故托言焉。

屈复《玉溪生诗意》：言武帝不能成仙，只能见鬼耳。深妙！

冯浩《玉溪生诗集笺注》：武宗崩后作无疑。首句指道场法箓，下二句言王母不再来，方朔又去，帝求仙之道绝矣。末句以『重见』托出李夫人之早卒，运笔殊妙。隔帷遥望，岂果能重见之耶？

纪昀《玉溪生诗说》：不下断语，而吞吐之间大意见矣。与《北齐》第二首同一风调。

瑶池

瑶池①阿母②绮窗开，黄竹歌③声动地哀。八骏④日行三万里，穆王何事不重来？

【注释】

①瑶池二句：《穆天子传》载：周穆王游昆仑，西王母宴穆王于瑶池之上，为歌曰：『将子无死，尚能复来。』穆王答歌云：『比及三年，将复而野。』②阿母：玄都阿母，即西王母。③黄竹歌：据说穆王的队伍走到黄竹路上，日中大寒，北风雨雪，民寒冻而死。穆王作诗三章以哀之。是谓《黄竹歌》。④八骏：传说穆王所乘八匹骏马，名赤骥、盗骊、白义、逾轮、山子、渠黄、华骝、绿耳。

【品读】

贺裳《载酒园诗话》：诗又有以无理而妙者，如李益『早知潮有信，嫁与弄潮儿』，此可以理求乎？然自是妙语。至如义山『八骏日行三万里，穆王何事不重来』，则又无理之理，更进一尘。总之，诗不可执一而论。

纪昀《玉溪生诗说》：尽言尽意矣，而以诘问之词吞吐出之，故尽而不尽。

叶矫然《龙性堂诗话》：就古事傅会处翻出新意，令人解颐。

海上

石桥《三齐略记》：始皇作石桥，欲过海看日出处。东望海连天，徐福空来不得仙①。直遣②麻姑与搔背，《列仙传》：麻姑手似鸟爪。蔡经心中念言：『背痒时得此爪以杷背，乃佳也。』可能留命待桑田。《神仙传》：麻姑谓王方平曰：『接侍以来，见东海三变为桑田。』

【注释】

①徐福句：《仙传拾遗》载：秦始皇遣徐福及童男女各三千人乘楼船入海求不死之药，不返。②直遣：即使能得。

【品读】

姚培谦《李义山诗集笺注》：此又是唤醒痴人透一层意：莫说不遇仙，便遇仙何益？

屈复《玉溪生诗意》：海水连天，徐生已死。即遣麻姑搔背，而海变桑田，命不能待，亦见无仙也。

纪昀《论李义山诗集》：此刺求仙之作，似为武宗发也。

华山题王母祠

莲花峰①下锁雕梁，此去瑶池地共长。《穆天子传》：天子宾于西王母，天子觞西王母瑶池之上。好为麻姑到东海，劝栽黄竹莫栽桑。

【注释】

①莲花峰：华山山峰。

【品读】

程梦星《重订李义山诗集笺注》：劝之正以讽之，此诗人婉而多讽也。

姚培谦《李义山诗集笺注》：诗意言黄竹尚望再来，桑田则不复来矣。

屈复《玉溪生诗意》：栽黄竹，犹知民之疾苦也；莫栽桑，不至变海也。

四皓庙①

羽翼殊勋弃若遗②，皇天有运我无时。刘学锴、余恕诚：皇天有运，指惠帝终于践祚；我无时，托为四皓口吻，谓有功而见弃。庙前便接山门路，不长青松长紫芝③。

【注释】

①四皓庙：庙在商山，今陕西商县东南。②羽翼句：谓四皓建立了羽翼之殊勋，后亦不加任用，弃之若遗。③紫芝：隐者喜采之物。

【品读】

沈厚塽《李义山诗集》：何焯曰：『松犹见封，羽翼者顾见遗邪？皆身贱自伤、无聊感愤之词。』

程梦星《重订李义山诗集笺注》：言外有讥其轻出商山之意。

屈复《玉溪生诗意》卷：松可为栋梁而芝惟可隐，盖出此山门，便可直至京师，故云『我无时』。

商於①新开路

张采田：商山新路，历朝均有开凿。

六百商於路，崎岖古共闻。蜂房春欲暮，虎阱日初曛。路向泉间辨，人从树杪分。更谁开捷径，《新唐书·卢藏用传》：将还山，藏用指终南曰：『此中大有嘉处。』承祯徐曰：『以仆视之，仕宦之捷径耳。』藏用惭。速拟上青云②？

【注释】

①商於：又名於中、于中，今河南淅川西南。②青云：青云驿，今陕西丹凤县境。又喻指高位。

【品读】

姚培谦《李义山诗集笺注》：此慨冒险躁进之徒也。

冯浩《玉溪生诗集笺注》：及第后往来所经之作，结寓速仕之望。

送崔珏①往西川

年少因何有旅愁？欲为东下更西游。一条雪浪吼巫峡，千里火云②烧益州。卜肆③至今多寂寞，酒垆④从古擅风流。浣花笺纸⑤桃花色，好好题诗咏玉钩⑥。

【注释】

①崔珏：字梦之，大中进士。②火云：夏时之云，俗称火烧云。③卜肆：《汉书·严君子传》载：君平卜筮成都，日阅数人，得百钱足自养即闭肆下帘。④酒垆：用司马相如卓文君事。⑤浣花笺纸：元和初蜀妓薛涛居浣花溪旁，以濡水造深红小彩笺。⑥玉钩：指古时宴饮中藏钩之戏。玉钩，酒钩。

【品读】

陆昆曾《李义山七律诗解》：全诗主意定于起处两言？下便承此一笔扫去，更无窒碍也。『巫峡』一联，不过写景，着『吼』字、『烧』字，便不平庸，然又极稳妥。

纪昀《玉溪生诗说》：起二句跌宕，入手须有此矫拔之意。

荆门①西下

一夕南风一叶危，荆门回望夏云时。人生岂得轻离别，天意何曾忌崄巇？王逸：崄巇，颠危也。骨肉书题安绝徼②，蕙兰③蹊径失佳期。洞庭湖阔蛟龙恶，却羡杨朱泣路歧。

《淮南子·说林训》：杨子见逵路而哭之，为其可以南、可以北。

【注释】

①荆门：指荆州。②绝徼：极远的边塞。③蕙兰：蕙房、兰室之省称。蕙房、兰室均代。

【品读】

沈厚塽《李义山诗集》：朱彝尊曰：『情深意远，玉溪所独。』

姚培谦《李义山诗集笺注》：夫杨朱之泣歧路，谓其可以南可以北，今此行则绝无他路可避，畏途之泣，岂彼所可同日而语乎？

张采田《李义山诗辨正》：语曲意深，余味惘然。

诗中全是失路之感，久读方领其妙。

岳阳楼

欲为平生一散愁，洞庭湖上岳阳楼。可怜万里堪乘兴，枉是蛟龙解覆舟。

【品读】

程梦星《重订李义山诗集笺注》：万里乘兴，言从亚之辟无心；蛟龙覆舟，言逢绹之怒可畏也。

冯浩《玉溪生诗集笺注》：本叹长路风波，却用反托晦之。

张采田《李义山诗辨正》：词意倍极凄痛，自伤语非自负语也。

梦泽①

梦泽悲风动白茅，楚王②葬尽满城娇。未知歌舞能多少，虚减宫厨为细腰。

《后汉书·马廖传》：『传曰：「楚王好细腰，宫中多饿死。」』

【注释】

①梦泽：即云梦泽。②楚王：指春秋时楚灵王。

【品读】

姚培谦《李义山诗集笺注》：普天下揣摩逢世才人，读此同声一哭。

屈复《玉溪生诗意》：此因梦泽宫娃之坟而兴叹当时之歌舞也。制艺取士，何以异此，可叹。

纪昀《玉溪生诗说》：繁华易尽，却从当日希宠者一边落笔，便不落吊古窠臼。

端居

远书归梦两悠悠，只有空床敌素秋。阶下青苔与红树，雨中寥落月中愁。

【品读】

姚培谦《李义山诗集笺注》：寥落穷愁，远书归梦，无非妄想纠缠。若斩断得时，青苔也，红树也，空床也，干他甚事？

屈复《玉溪生诗意》：书、梦俱无，正唤『只有』『空』『敌』等字。对青苔、红树皆愁，正结上『空床敌素秋』耳。

冯浩《玉溪生诗集笺注》：客中忆家，非悼亡也。

杨守智曰：『「敌」字险而隐。』

张采田《李义山诗辨正》：『敌』字炼得固好，然义山好处原不在此也。

到秋

扇风淅沥①簟流离②，万里南云③滞所思。守到清秋还寂寞，叶丹苔碧闭门时。

【注释】

①淅沥：风声轻微。②流离：亦作陆离，光彩焕发貌。③南云：南方之云，指代南方。

【品读】

屈复《玉溪生诗意》：当长夏相思，意到秋时必能相见；今叶丹苔碧，而闭门寂寞，何以为情乎？

纪昀《玉溪生诗说》：『到』字好，以前有多少话在也。不言愁而愁自见，诗须如此住。

夜意

帘垂幕半卷，枕冷被仍香。如何为相忆，魂梦过潇湘？刘学锴、余恕诚：如何因我之思忆，而使对方魂过潇湘于梦中与己相会，以暂慰寂寥也。

【品读】

姚培谦《李义山诗集笺注》：众生总为业想缠缚，无一刻安歇时。魂梦过潇湘，软暖中应更有在。

冯浩《玉溪生诗集笺注》：忆内之作，殊近古风。

张采田《李义山诗辨正》：一气浑成，耐人咀嚼，正深于味者，不但情致宛转可诵也。

访秋

酒薄吹还醒，楼危望已穷①。江皋当落日，帆席见归风。烟带②龙潭③白，霞分鸟道红。殷勤报秋意，只是有丹枫。

【注释】

①楼危句：言高楼上可极目眺望。危，高。②带：笼罩。③龙潭：白石湫，在桂林府城北七十里。

【品读】

何焯《义门读书记》：中四句疏上『望』字。

姚培谦《李义山诗集笺注》：结句正透题中『访』字意。

纪昀《玉溪生诗说》：意境既阔，气脉亦厚，此亦得杜之藩篱者。

即日

桂林闻旧说，曾不异炎方。宋考功有『小长安』之句也。徐逢源：宋无『小长安』之句，张叔卿有《流桂州》

诗云：『莫问苍梧远，而今世路难。胡尘不到处，即是小长安。』山响匡床①语，花飘度腊②香。几时逢雁足③？著处断猿肠。独抚青青桂，临城忆雪霜。冯浩：非忆雪霜，念京华也。

【注释】

①匡床：亦作筐床。司马云：『筐床，安床也。』②度腊：交春时。③几时句：《汉书·苏武传》：『天子射上林中，得雁，足有系帛书。』意谓岭南少雁，无以传书。著处：处处。

【品读】

程梦星《重订李义山诗集笺注》：此初至桂府怀乡之作。

姚培谦《李义山诗集笺注》：中四句皆所谓不异炎方者。结句青桂以自况也。

北楼①

春物岂相干，人生只强欢。花犹曾敛夕②，酒竟冯浩：暗点炎方。不知寒。叶嘉莹：看花之强欢虽然犹可感到瑾花朝开暮萎的一点变化，可是饮酒的强欢则却竟然全无助人酒兴的身外春寒之感。异域东风湿，中华上象③宽。此楼堪北望，轻命倚危阑。

【注释】

①北楼：在桂林。②敛夕：言花至夕暮时即收缩萎谢。③上象：《云笈七签》：『一天之上，更属上象。』

【品读】

姚培谦《李义山诗集笺注》：愁人见好景亦愁，所谓强欢也。

屈复《玉溪生诗意》：望乡之切，至于轻命。

冯浩《玉溪生诗集笺注》：杨守智曰：『四句一气涌出，结句无限悲凉，不堪多读。』

乱石

虎踞龙蹲①纵复横，星光渐减雨痕生②。不须并碍东西路，哭杀③厨头阮步兵④。

【注释】

①虎踞龙蹲：同『虎踞龙盘』。形容地势雄伟险要。②星光句：《左传》：『星陨如雨，与雨偕也。』言陨石自天而降，故『星光渐减』；陨与雨偕，故『雨痕生』也。③哭杀句：《魏氏春秋》：（阮籍）『闻步兵校尉缺，厨多美酒，营人善酿酒，求为校尉。』又曰：『时率意独驾，不由径路，车迹所穷，辄恸哭而反。』④阮步兵：魏晋名士阮籍。步兵，步兵校尉。

【品读】

贺裳《载酒园诗话》：乱石塞路，有类途穷，此义山寄托之词，而意味深远。

沈厚塽《李义山诗集》：何焯曰：『既不得挂名朝籍，并使府亦不得安其身，所以发愤也。』

冯浩《玉溪生诗集笺注》：徐健庵曰：『不但穷途之悲，兼有蔽贤之恨。』

三月十日流杯亭[1]

身属中军[2]少得归，木兰花尽失春期[3]。偷随柳絮到城外，行过水西闻子规。

【注释】

①流杯亭：亭名。流杯，即流觞。②中军：军中主帅所居。③木兰句：《东皋杂录》：木兰花信在春分后之第三个五日，五日过后则花尽，至三月十日，则春期亦尽过矣。

【品读】

程梦星《重订李义山诗集笺注》：末句用意最巧，晚唐始有此法，宋、元以后则多袭之。

姚培谦《李义山诗集笺注》：『偷随』二字，妙！子规却不许人一刻遣开也。

屈复《玉溪生诗意》：春尽失期，应难再见，及潜过水西，惟闻子规。言无益也，不如归去耳。

纪昀《点论李义山诗集》：语不必深，风调自异。子规声曰『不如归去』，隐含此意，妙不说破。

夜雨寄北

冯浩：《万首绝句》作《夜雨寄内》。

君问归期未有期，巴山[1]夜雨涨秋池。何当共剪西窗烛？却话巴山夜雨时。

【注释】

①巴山：亦称大巴山，又叫巴岭。泛指巴蜀之地。

【品读】

杨逢春《唐诗绎》：首是寄诗缘起，一句内含问答。二写寄诗时景、时地，俱显。三四于寄诗之夜，预写归后追叙此夜之情，是加一倍写法。

黄叔灿《唐诗笺注》：滞迹巴山，又当夜雨，却思剪烛西窗，将此夜之愁细诉，更觉愁绪缠绵，倍为沉挚。

屈复《玉溪生诗意》：即景见情，清空微妙，《玉溪集》中第一流也。

俞陛云《诗境浅说》：清空如话，一气循环，绝句中最为擅胜。此与『客舍并州已十霜』诗，皆首尾相应，同一机轴。

木兰花

洞庭波冷晓侵云，日日征帆送远人。几度木兰舟[1]上望，不知元是此花身。

【注释】

①木兰舟：《述异记》：『七里洲中，鲁班刻木兰

为舟，至今在洲中。』

【品读】

李颀《古今诗话》：李义山游长安，投宿旅店，适会客，因召与坐，不知为义山也。酒酣，客赋《木兰花》诗，众皆夸示。义山后成，诗曰：『洞庭波冷晓侵云，日日征帆送远人。几度木兰舟上望，不知元是此花身。』坐客大惊，询之，方知是义山。

冯浩《玉溪生诗集笺注》：诗中须有个人在，前贤论之详矣。此在令狐家假物托意之作。上二句谓桂管往来，久愿归朝也。下二句谓曾经远望，不知元是此中旧物，比己之素在门馆也。妙笔运之，情味绵远。

张采田《玉溪生年谱会笺》：义山自婚于茂元，从郑亚，望李回，久已去牛就李，今为京兆尹辟管章奏，是依然又入太牢羁绁矣，故言外有含意焉。

离思

气尽前溪①舞，心酸子夜歌②。峡云寻不得③，沟水欲如何④？朔雁传书绝，湘篁染泪多⑤。无由见颜色，还自托微波。曹植《洛神赋》：托微波以通辞。

【注释】

①前溪：舞曲，晋车骑将军沈充所制。②子夜歌：晋曲。《旧唐书·音乐志》：『晋有女子名子夜，造此歌声过哀苦。』③峡云句：用巫峡朝云事。④沟水句：卓文君《白头吟》：『今日斗酒会，明日沟水头。蹀躞御沟上，沟水东西流。』⑤朔雁湘篁：用雁足系书及娥皇、女英二妃挥泪染竹事。

【品读】

姚培谦《李义山诗集笺注》：雁书虽断，湘泪常啼，犹愿托微波而通词，以庶几其不终弃，忠厚之至也。

纪昀《玉溪生诗说》：此诗寓交亲离合之感，托于艳词。前六句含情甚深，末二句不作绝望语，亦极得诗人忠厚之旨。

深宫

金殿销香闭绮栊，玉壶传点咽铜龙①。狂飙不惜萝阴薄，清露②偏知桂叶浓。斑竹岭边无限泪，景阳宫里及时钟③。岂知为雨为云处，只有高唐十二峰④？

【注释】

①玉壶句：古代用玉壶贮水滴漏以报时，壶上为铜龙，口吐水入壶中。②清露：张衡《西京赋》：『立修茎之仙掌，承云表之清露。』③景阳钟：《南齐书·后妃传》：齐武帝『置钟于景阳楼上，宫人闻钟声，早起装饰。』④高唐十二峰：用巫山神女事。陆游《入蜀记》：『十二峰者不可悉见，唯神女峰最为纤丽奇峭，当即十二峰中之朝云也。』

【品读】

吴乔《西昆发微》：『「香销」二句，深宫寂寞之况也。「狂飙」二句，荣枯不齐之叹也。「斑竹」二句，言己之顾望于君王如此，乃云雨承恩者只在高唐而不下逮，其听己于怨恩乎。此等诗全有寓意。

冯浩《玉溪生诗集笺注》：徐武源曰：『虽写宫怨，而托意又在遇合间也。』

岳阳楼

汉水方城《左传·僖公四年》：楚国方城以为城，汉水以为池。带百蛮①，四邻谁道乱周班②？如何一梦高唐雨，宋玉《高唐赋序》：昔者先王尝游高唐，怠而昼寝，梦见一妇人曰：『妾巫山之女也，为高唐之客，闻君游高唐，愿荐枕席。』王因幸之。去而辞曰：『妾在巫山之阳，高丘之阻。旦为朝云，暮为行雨。』自此无心入武关③。

【注释】

①百蛮：指楚国西南各少数民族。②班：次序。③武关：位于陕西丹凤县东武关河北，为秦兵劫楚怀王处。

【品读】

程梦星《重订李义山诗集笺注》：义山登岳阳楼，观其地足以用武，忆其事竟以忘雠。

屈复《玉溪生诗意》：言楚有如此之江山，而荒淫亡国，可为永戒也。

纪昀《玉溪生诗说》：此是登楼见山川形势，偶然触起当日楚王以如此地利而不能报秦故云尔也。

风

回拂来鸿急，斜催别燕高。冯浩：来鸿、别燕，深秋时令；回拂、斜催，形容风势。已寒休惨淡，更远尚呼号。楚色分西塞①，夷音接下牢②。归舟天外有，一为戒波涛。

【注释】

①西塞：山名，在今湖北黄石东长江南岸。②下牢：镇名，今宜昌西北，唐时夷夏杂居。

【品读】

程梦星《重订李义山诗集笺注》：此亦寓言。前四语喻排挤之徒，后四语述风波之险。

姚培谦《李义山诗集笺注》：当鸿来燕别之时，寒色秋声，萧瑟如是，况穷边绝塞，何以能堪。但愿归舟他日勿以波涛见阻，幸矣。

纪昀《玉溪生诗说》：纯是寓意，字字沉着，却字字唱叹，绝不沾滞也。

江上

万里风来地，清江北望楼。云通梁苑①路，月带楚城秋。何焯：好句。刺字②从漫灭③，归途尚阻修④。前程更烟水，吾道岂淹留⑤？

【注释】

①梁苑：梁园，借指汴梁。②刺字：名帖。③漫灭：字迹不清。④阻修：道远且险。⑤淹留：久留。

【品读】

屈复《玉溪生诗意》：前景后情，杜诗多如此。一、二高亮有神。

冯浩《玉溪生诗集笺注》：江程寓怀之作。三、四左右顾望，下言无所遇合，更向客途，而意在急归也。

楚吟

山上离宫①宫上楼，楼前宫畔暮江流。楚天长短②黄昏雨，宋玉无愁亦自愁③。

【注释】

①离宫：是指在国都之外为皇帝修建的永久性居住的宫殿住。也泛指皇帝出巡时的住所。②长短：《吕氏春秋·明理》：「夫乱世之民，长短颉百疾。」高诱注：「长短者，无节度也。」③宋玉句：用宋玉悲秋「贫士失职而意不平」意。

【品读】

沈厚塽《李义山诗集》：何焯曰：「长宵短景，但有梦雨，则贤者何时复近乎？此宋玉所以多愁也。」

冯浩《玉溪生诗集笺注》：吐词含珠，妙臻神境，令人知其意而不敢指其事以实之。

张采田《玉溪生年谱会笺》：此亦荆楚感遇之作。

听鼓

城头叠鼓声①，城下暮江清。欲问渔阳掺②，时无祢正平。

《后汉书·祢衡传》：祢衡字正平，平原般人也。少有才辩，而尚气刚傲，好矫时慢物……融既爱衡才，数称述于曹操。操欲见之，而衡素相轻疾，自称狂病，不肯往，而数有恣言。操怀忿，而以其才名，不欲杀之。闻衡善击鼓，乃召为鼓史，因大会宾客，阅试音节。诸史过者，皆令脱其故衣，更着岑牟、单绞之服。次至衡，衡方为《渔阳掺挝》，蹋地而前，容态有异，声节悲壮，听者莫不慷慨。衡进至操前而止，吏呵之曰：「鼓史何不改装，而轻敢进乎？」衡曰：「诺。」于是先解衵衣，次释余服，裸身而立，徐取岑牟、单绞而着之，毕，复掺挝而去，颜色不怍。操笑曰：「本欲辱衡，衡反辱孤。」

【注释】

①叠鼓声：鼓声连续不断。②渔阳掺：一种鼓曲名，「渔阳掺挝」的省称，声调悲壮。掺，即掺挝，击鼓之调。

【品读】

沈厚塽《李义山诗集》：正为身似正平耳。

姚培谦《李义山诗集笺注》：借鼓声抒愤懑也。

纪昀《玉溪生诗说》：有清壮之音，以气格胜。次句着『城下暮江清』五字，益觉萧索空旷，动人远想，此渲染之法。

汉南①书事

西师②万众几时回，哀痛天书近已裁③。文吏何曾重刀笔，《汉书·萧何传赞》：萧何、曹参皆起秦刀笔吏。将军犹自舞轮台④。几时拓土成王道？从古穷兵是祸胎。陛下好生千万寿，玉楼长御白云杯⑤。冯浩：玉楼在昆仑，白云亦仙事，即瑶池宴饮之义。

【注释】

①汉南：指荆州。一说指襄阳。②西师：指讨党项军。③哀痛句：言天子哀痛之诏已作。裁，犹作。④轮台：西域地名。代指边事。⑤白云杯：仙人之酒杯。

【品读】

屈复《玉溪生诗意》：西师无功，天子将下诏息兵矣。文吏无才，将军儿戏，如何能拓土？亦徒结祸胎耳。如果有轮台之悔，国祚绵长，理当然矣。

纪昀《玉溪生诗说》：拓土穷兵是正面，而以对『哀痛天书』言之，则借为反衬也。结句就『哀痛天书』作收，极直极曲，可谓之婉而章矣。

方东树《昭昧詹言》：起二句叙事，峥嵘飞动起棱。次二句议，言文武非人。五、六做明。收应次句。

赠田叟

荷蓧①翁似有情，相逢携手绕村行。烧畬②晓映远山色，伐树暝传深谷声。鸥鸟忘机翻浃洽③，交亲得路昧平生。抚躬道直诚感激，在野无贤④心自惊。程梦星：『在野』二字是道田叟，却是隐隐自寓，故曰『抚躬』、曰『心惊』也。

【注释】

①荷蓧：肩负除草器具。②烧畬：焚烧田中之草木。《韵会》：『畬，火种田也。』③浃洽：通和融洽。④在野无贤：《尚书·大禹谟》：『野无遗贤。』

【品读】

屈复《玉溪生诗意》：有情如此，安得野无遗贤哉！鸥鸟忘机，翻能浃洽；交亲得路，竟昧平生，人不如鸟。田叟之高如此，故结言野有遗贤也。

九月於东①逢雪

举家忻②共报，秋雪堕前峰。岭外他年忆，於东此日逢。粒轻还自乱，花薄未成重。岂是惊离鬓，应来洗病容。

【注释】

①於东：商於（今河南淅川西南）之东。②忻：同「欣」，欣喜。

【品读】

沈厚塽《李义山诗集》：何焯曰：「第三句叫醒末句，收足『忻』字。题中『逢』字，亦极生动。」

姚培谦《李义山诗集笺注》：岭南少雪，况秋雪尤难。虽粒轻花薄，而瑞色可欣。若论离鬓堪惊，应怕其早；不知病容一洗，又正喜其早也。

李卫公①

绛纱弟子②音尘绝，鸾镜佳人③旧会稀。今日致身歌舞地④，木棉花暖鹧鸪飞。

《升庵诗话》：南中木棉树，大如抱，花红似山茶而蕊黄，花片极厚，非江南所艺者。

【注释】

①李卫公：李德裕，武宗会昌四年（844）八月，以平刘稹功，进封卫国公。宣宗大中元年（847）十二月贬潮州司马，次年九月再贬崖州司户，大中四年（850）初卒。②绛纱弟子：即门下之士。③鸾镜佳人：本指后房妻妾，喻指政治上之同道者。④歌舞地：即歌舞冈，在今广州市越秀山上。此处指代李卫公贬斥之岭南地区。

【品读】

姚培谦《李义山诗集笺注》：伤贤者之死非其地也。

冯浩《玉溪生诗集笺注》：下二句不言身赴南荒，而反折其词，与『旧时王谢堂前燕，飞入寻常百姓家』同一笔法，伤之，非幸之也。

纪昀《玉溪生诗说》：格意殊高，亦有神韵。

流莺

流莺漂荡复参差，渡陌临流不自持。巧啭岂能无本意，良辰未必有佳期。风朝露夜阴晴里，万户千门①开闭时。曾苦伤春不忍听，凤城②何处有花枝？

【注释】

①万户千门：《汉书·东方朔传》：『起建章宫，左凤阙，右神明，号千门万户。』②凤城：亦作丹凤城。唐大明宫前有丹凤门，故代称宫禁。

【品读】

金圣叹《贯华堂选批唐才子诗》：前解，此悲群贤不得甄录，逐致各自分散，而特托流莺以见意也。『漂泊』者，独言其一人之失所；『参差』者，合言其诸人之乖隔。『度陌临风不自持』者，又与各各人分言。其南北东西，不能自择，盖糊口维艰，则托身随便，此皆出于万无可奈，而不能以又深责之者也。三、四，因与曲折代陈，言其学成来京，岂能无望朝廷？然而君明相贤，未审何日召见也。后解，『风朝露夜』之为言无朝无夜也，『万户千门』之为言无开无闭也。此二句，写流莺之悲鸣不已也。末又结以『曾苦伤心』之二句者，自忆昔日未遇，亦复深领此味；至今回首思之，犹自神伤不安也。

冯浩《玉溪生诗集笺注》：颔联入神，通体凄惋，点点杜鹃血泪矣。

纪昀《玉溪生诗说》：前六句将流莺说作有情，七句打合到自己身上，若合若离，是一是二，绝妙运掉。

张采田《李义山诗辨正》：含思婉转，独绝古今。

柳

为有桥边拂面香，何曾自敢占流光①？后庭玉树②承恩泽，不信年华有断肠。

【注释】

①流光：指春光。②后庭玉树：曲名，即《玉树后庭花》。

【品读】

程梦星《重订李义山诗集笺注》：此亦叹老嗟卑之词。后庭玉树，喻在朝得意如绹者；己则道旁之柳，不占春光，摧折断肠，无人见信也。

姚培谦《李义山诗集笺注》：此叹恩宠之不均也。

屈复《玉溪生诗意》：得意之人不知失意之悲。

过郑广文①旧居

宋玉平生恨有余，远循三楚②吊三闾③。可怜留着临江宅，异代应教庾信④居。《渚宫故事》：庾信因侯景之乱，自建康遁归江陵，居宋玉故宅，宅在城北三里，故其赋曰：『诛茅宋玉之宅，穿径临江之府。』

【注释】

①郑广文：指郑虔，郑州荥阳人。②三楚：指楚地。旧以江陵为南楚，吴为东楚，彭城为西楚。③三闾：指屈原。屈原仕于楚怀王，为三闾大夫。④庾信：字子山。先辅佐南朝梁元帝。后奉命出使西魏，在此期间，梁为西魏所灭。遂留于北朝，官至车骑大将军、开府仪同三司；北周代魏后，更迁为骠骑大将军、开府仪同三司，封侯。不得回南。

【品读】

程梦星《重订李义山诗集笺注》：盖沦落文人，古今一辙，后先相望，未免有情。诗中『恨有余』字，『可怜』字，语意固显然矣。

屈复《玉溪生诗意》：宋玉之吊三闾，犹己之吊广文。广文之宅，应为己今日之居。广文一生不达，异代同心之悲也。

冯浩《玉溪生诗集笺注》：结言谁克踵其风流，不愧此宅乎？虚说尤妙。自誉自叹，皆寓言外。田兰芳曰：

『即后人复哀后人意，那转婉曲，遂令人迷。』

纪昀《玉溪生诗说》：纯乎比体，后二句烘托取姿。

漫成[①]五章

杨守智：此五首乃玉溪生自叙其一生踪迹。

其一

沈宋[②]裁辞矜变律，王杨[③]落笔得良朋。当时自谓宗师妙，今日惟观对属能。

【注释】

①漫成：随意而成。②沈宋：沈佺期、宋之问，其裁制诗作，自矜变革了诗律。③王杨：王勃、杨炯，与卢照邻、骆宾王齐名，呼为『初唐四杰』。

其二

李杜[①]操持事略齐，三才[②]万象共端倪[③]。集仙殿[④]与金銮殿[⑤]，可是苍蝇[⑥]惑曙鸡[⑦]？

【注释】

①李杜：李白、杜甫。②三才：天地人合称三才，亦作三材。③端倪：头绪，此处指呈现意。④集仙殿：杜甫曾受到唐明皇赏识，命待制集贤院，即集仙殿。⑤金銮殿：李白因贺知章荐，玄宗召对金銮殿，论当世事，赐食，亲为调羹。⑥苍蝇：喻指进谗之徒。⑦曙鸡：喻指李杜。

其三

生儿古有孙征虏[①]，嫁女今无王右军[②]。刘学锴、余恕诚：我为人子，既无孙仲谋的武略，我为人婿，亦无王羲之的才艺。借问琴书终一世，何如旗盖[③]仰三分？

【注释】

①孙征虏：指孙权。曹操曾表孙权为讨虏将军。②王右军：指王羲之。王羲之曾任右军将军。③旗盖：古代仪仗中的旗与伞。

其四

代北[①]偏师[②]衔[③]使节，关东[④]裨将建行台[⑤]。不妨常日饶张相：饶，犹任也，尽也。假定之辞。轻薄，且喜临戎[⑥]用草莱[⑦]。

【注释】

①代北：代州以北，今山西北部代县一带。②偏师：全军中之一部军队。③衔：官衔，此意衔领。④关东：函谷关以东地区。⑤行台：台省之在外者，为专征讨而设。此指石雄。石雄，徐州人，出身低微，少为牙将。雄曾出偏师大败回纥军于代北，升任丰州都防御使。⑥临戎：临战。⑦草莱：田野之间，借指在野之人。

其五

郭令[①]素心非黩武，韩公[②]本意在和戎。两都[③]耆旧偏垂泪，临老中原见朔风[④]。

【注释】

①郭令：郭子仪。②韩公：张仁愿。中宗时为朔方总管，屯边河北，功封韩国公。③两都：长安和东都洛阳。④朔风：北风，此指河陇故地。

【品读】

冯浩《玉溪生诗集笺注》：盖实义山自叙一生沦落之叹。必先解明末二章，而前三章了然一串矣。四章『代北』二句，专为石雄发，以见李卫公之善任人也……五章咏河、湟收复之事，而悼卫公也。此首、二两章为令狐父子言之也。夫义山一生之沦落，以见弃于楚之子绹也。其见弃者，以其婿于茂元也。第三首为五篇之关键……下二句似内悔，又似解嘲，愁愤固无如何矣。四、五两章则大白卫国任将运筹之勋，而恨谗口之无良。以卫国之相业，石雄之战功，尚遭排斥，更何有于他人哉。此五篇之线索，而义山一生吃紧之篇章也。其体格全仿老杜。

纪昀《玉溪生诗说》：较少陵诸绝，仍多婉态。专取神情，绝句之正体也；参入论宗，绝句之变体也。论宗而以神情出之，则变而不失其正者也。

张采田《玉溪生年谱会笺》：首章言当日从楚受章奏之学，今所得者不过属对之能而已，深慨己之名位不达，而为子直所排也。二章言李杜当日齐名四海，而皆不能翱翔华省，岂亦有如我之遭毁沦落耳？『苍蝇惑鸡』，比党人排笮也。三章更代妻致慨。言生男古曾有征虏之子，而嫁女今已无右军之婿。两世节钺，不取将种，竟赘穷酸。试问琴书一世，何如旗盖三分之为荣乎？斯真相攸之计左矣。四章专美赞皇……竟能起用草莱，以成中兴之功，今岂有此人哉……五章则又为卫公维州之事辩谤……此五首者，不但义山一生吃紧之篇章，实亦为千载读史者之公论。

漫成

不妨何范①尽诗家，屈复：不妨，言不相妨，犹妒也。妒是仄声，故易妨字耳。**未解当年重物华。远把龙山千里雪，将来②拟并洛阳花。**《广群芳谱》：惟洛阳者千叶，故名曰洛阳花。

【注释】

①何范：指何逊和范云。《南史·何逊传》：『何逊，字仲言，八岁能赋诗，弱冠，举秀才。范云见其对策，大相称赏，结为忘年交。』②将来：拿来。

【品读】

屈复《玉溪生诗意》：文人相轻，自古如此，何、范不然。今我未解当年何其珍重物华也。下二句释上二句。雪如花，花似雪，何作之，沈赏之，不相轻而相重也。曲折。

纪昀《玉溪生诗说》：花雪是本文，龙山、洛阳借为点缀，所谓串用也。此种绝句已落论宗矣，要之高手能以神韵出之，依然正声也。

九日

曾共山翁①把酒卮，霜天白菊②绕阶墀。十年泉下无消息，九日樽前有所思。不学汉臣栽苜蓿，纪昀：苜蓿，外国草也，汉使者乃采归种之于离宫。令狐绹以义山异己之故而排摈不用，故曰：『不学汉臣栽苜蓿。』空教楚客③咏江篱④。郎君官贵施行马⑤，东阁无因再得窥。《汉书·公孙弘传》：弘自见为举首，起徒步，数年至宰相封侯，于是起客馆，开东阁以延贤人。注：阁者，小门也，东向开之，避当庭门而引宾客，以别于掾吏官属也。

【注释】

①山翁：晋山简，好酒。此指令狐楚。②霜天白菊：令狐楚喜爱白菊。③楚客：指屈原，隐指己乃令狐楚之门客。④江篱：蘼芜，一种香草。⑤行马：阻拦人马通行之木架。

【品读】

张谦宜《絸斋诗谈》：『郎君官贵施行马』，彼先拒我；『东阁无因再得窥』，我岂无情？通篇如诉如泣，妙不可言。

方东树《昭昧詹言》：流美圆转之作。

对雪二首

其一

寒气先侵玉女扉，清光旋透省郎闱。陆昆曾：寒气先侵，欲雪未雪也；清光旋透，已见雪矣。玉女扉、省郎闱，不过借以形其色之白矣。梅花大庾岭①头发，柳絮章台街里飞。陆昆曾：庾岭梅花，以成片者言；章台柳絮，以作团者而言。曰发，曰飞，言雪之大作也。欲舞定随曹植马②，有情应湿谢庄③衣。《宋书·符瑞志》：花雪降殿庭，时右卫将军谢庄下殿，雪集衣，还白，上以为瑞。龙山万里无多远，留待行人二月归。冯浩：以慰闺人，故聊定归期。

【注释】

①大庾岭：又名梅岭，在今广东南雄与江西大庾之间。②曹植马：字子建，三国时魏国诗人。为曹操与武宣卞皇后所生第三子。曹植有《白马篇》。③谢庄：字希逸，南朝宋文学家。

其二

旋扑珠帘过粉墙，轻于柳絮重于霜。已随江令夸琼树①，又入卢家妒玉堂。冯浩：《河中之水歌》无『白玉堂』，诗屡云『卢家白玉堂』，当别有据。侵夜可能争桂魄②，忍寒应欲试梅妆。关河冻合东西路，肠断斑骓③送陆郎④。时欲之东。

【注释】

①琼树：《陈书·后主纪》：『后主制新曲，有「璧月夜夜满，琼树朝朝新」，乃江总词也。』②桂魄：指月。③斑骓：毛色青白相杂的骏马。④陆郎：指行人，义山自喻。

【品读】

陆昆曾《李义山七律诗解》：二诗中四语皆引用典故，而不嫌过实者，由用字活也。

板桥①晓别

回望高城②落晓河，长亭窗户压微波。水仙欲上鲤鱼去③，一夜芙蓉④红泪多。

《拾遗记》：魏文帝美人薛灵芸，常山人也。别父母，升车就路，以玉唾壶承泪，壶则红色。及至京师，壶中泪凝如血。

【注释】

①板桥：在梁苑城西，今开封西。②高城：汴城，今开封。③水仙句：《列仙传》载：赵人琴高『入涿水中取龙子，与诸弟子期曰：「明日皆洁斋候于水旁。」』果乘赤鲤来。留月余，复入水去』。④芙蓉：喻女子之面容。

【品读】

屈复《玉溪生诗意》：一晓别，二板桥。三行矣。四别恨，指所别言。芙蓉从微波、水仙生出，正是题中板桥。

纪昀《玉溪生诗说》：何等风韵！如此作绝体乃佳。

读任彦升①碑

任昉当年有美名，可怜才调②最纵横。梁台③初建应惆怅，不得萧公作骑兵。

《梁书·任昉传》：始高祖与昉遇竟陵王西邸，从容谓昉曰：『我登三府，当以卿为记室。』昉亦戏高祖曰：『我若登三事，当以卿为骑兵。』谓高祖善骑也。至是，故引昉符昔言焉。

【注释】

①任彦升：任昉，字彦升，齐、梁时著名文学家。②才调：才学格调。③梁台：晋、宋后以朝廷禁省为台，每以一朝之兴为某台建。

【品读】

沈厚塽《李义山诗集》：朱彝尊曰：『写出文人豪概。』何焯曰：『言天子或有天命，故彦升屈为大司马记室。若我与诸人比肩事主，初谓异日俱我指挥之不暇，乃晚沉使府，反为粗官掌记。在彦升尚足惆怅，如我当如何也！』

程梦星《重订李义山诗集笺注》：此诗明为大中四年十月令狐绹入相而发。盖义山初为楚所知，令与诸子游，则绹与义山等耳。其时义山已有才名，绹自不可企及。岂知己则老为幕僚，绹转居然政府，才质之高下，有何定耶？故借任昉与梁武帝伤之。

纪昀《玉溪生诗说》：后二句寓升沉之感。

蝉

本以高难饱，徒劳恨费声。《吴越春秋》：秋蝉登高树，饮清露，随风挠挠，长吟悲鸣。五更疏欲断①，一树碧无情。薄宦梗②犹泛，《战国策·齐策》：土梗与木梗斗，曰：『汝不如我，汝逢疾风淋雨，漂入漳河，东流至海，泛滥无所止。』故园芜已平③。烦君最相警，我亦举家清。

【注释】

①五更句：寒蝉彻夜哀鸣，至五更已声稀欲断。

②梗：桃木所制木偶人。③故园句：陶潜《归去来辞》：『田园将芜胡不归？』

【品读】

周珽《唐诗选脉笺释会通评林》：钟惺曰：『「碧无情」三字冷极，幻极，结自处不苟。』

纪昀《玉溪生诗说》：起二句斗入有力，所谓意在笔先。前半写蝉即自喻，后半自写，仍归到蝉。隐显分合，章法可玩。

蜂

小苑华池①烂熳②通，后门前槛思无穷。宓妃③腰细才胜露，赵后④身轻欲倚风。红壁⑤寂寥崖蜜⑥尽，碧檐迢递⑦雾巢空。青陵粉蝶⑧休离恨，长定相逢二月中。

【注释】

①华池：即花池。②烂熳：性情真率。《上林赋》：『烂漫远迁。』师古曰：『言其杂乱移徙也。』③宓妃：即洛神。④赵后：赵飞燕。《三辅黄图》：『成帝与赵飞燕戏于太液池，以金锁缆云舟于波上，每轻风时至，飞燕殆欲随风入水，帝以翠缕结飞燕之裾。今太液池尚有避风台。』⑤红壁：红泥涂抹的壁。此处指山崖。

⑥崖蜜：即蜂蜜。《本草图经》：『石蜜即崖蜜，人以长竿刺出，多者至三四石，味咸、色绿，胜他蜜。』

⑦迢递：高远貌。⑧青陵粉蝶：喻妻子。

【品读】

姚培谦《李义山诗集笺注》：此为逢时趋附者发。小苑华池，逢迎俱遍，且承颜献媚，使人自然怜爱，其容身之巧如是。至其事去时移，蜜尽巢空，冷落亦其常理，不知若辈固终无谢绝之时也。伫见春归以后，蝶粉蜂黄，相招相引，所谓我辈富贵自在耳。世情何日不如是。

程梦星《重订李义山诗集笺注》：义山尝有『紫蝶黄蜂俱有情』之句，故好以蜂蝶比美人。蝶诗已屡见，此《蜂》诗亦寓言。盖寄慰别情之作。篇中『思』字、『离恨』字是眼。起二句思其里巷。三四思其风流。五六思其寂寞。七八则以相见不远慰之。犹之隋炀帝《别宫人》诗『但存颜色在，离别只今年』也。

陆昆曾《李义山七律诗解》：义山沉沦记室，代作嫁衣，犹蜂之终年酿蜜，徒为人役耳。《小苑华池》一篇殆自况也。首言烂漫通，则劳其力；次言思无穷，则劳其心。自顾腰细身轻，谁能堪比？乃营于野者，既收其液；蓄于家者，并割其脾，于已曾何益耶？且明知如此，而息肩无时，年年二月，与粉蝶相逢。又为采撷之始矣。其勤动为何如？结语拈来便是。

屈复《玉溪生诗意》：一、二所游之处。三、四轻细之态。五、六秋冬之候，崖蜜将尽，旧巢欲空。此时休生离恨，每于二月长定相逢，不似人生一别不能再见，正应上『思无穷』也。

青陵台①

青陵台上日光斜，万古贞魂②倚暮霞。莫讶③韩凭为蛱蝶④，等闲⑤飞上别枝花。

纪昀：不相负之意。因有化蝶一事，故留住韩凭另一层写，借事点染，生出波折，此化直为曲、化板为活之法，若直说便少味矣。

【注释】

①青陵台：《明一统志》：『青陵台在开封府封丘县界。』一说在郓州（今山东郓城）。②贞魂：指韩凭妻之神魂。③莫讶：莫疑。④韩凭为蛱蝶：《列异传》载：宋康王舍人韩凭妻美，康王夺之，凭自杀，妻与王登台，自投台下。康王埋韩凭夫妻，二冢相望，有文梓生于二冢之端，有鸳鸯雌雄各一，恒栖树上，音声感人。或云化为蝴蝶。⑤等闲：无端。

【品读】

姚培谦《李义山诗集笺注》：写贞魂，写得刻酷。

屈复《玉溪生诗意》：言丈夫之情亦不肯相负，而死后乃更有他意耶？

相思

相思树上合欢枝，《风土记》：夜合一名合欢，亦名合昏。紫凤青鸾①并羽仪②。肠断秦台吹管客③，日西春尽到来迟。

【注释】

①紫凤青鸾：喻指夫妻。②并羽仪：喻指夫妻并偶欢聚。③秦台吹管客：用萧史吹箫事。

【品读】

屈复《玉溪生诗意》：鸟犹并栖，而秦客乃春尽不来，能无断肠。

沈厚塽《李义山诗集》：纪昀曰：『感遇之作。』

张采田《李义山诗辨正》：义山自婚于王氏，久为李党。赞皇当国时，义山时正丁忧，及服阙入京，而武宗崩，卫公亦罢相矣。遇合无成，此诗之所由慨也。

房中曲①

蔷薇泣幽素，翠带②花钱小。娇郎痴若云，抱日西帘晓。枕是龙宫石，割得秋波色。冯浩：龙宫有龙女，故泛言宝石耳。刘学锴、余恕诚：谓此龙宫宝石所作之枕，光可鉴人，仿佛割得其秋波之色。玉簟失柔肤，但见蒙罗碧③。忆得前年春，未语含悲辛。归来已不见，锦瑟长于人。注：意王氏女妙擅丝声，故屡以致慨。今日涧底松④，明日山头⑤蘖。朱彝尊：言情至此，奇辟为千古所无。愁到天地翻，相看不相识。钱良择：天地俱翻，或有相见之日，又恐相见之时已不相识，设必无之想，作必无之虑，哀悼之情，于此为极。

【注释】

①房中曲：《旧唐书·音乐志》：『平调、清调，皆周《房中曲》之遗声。』②翠带：指蔷薇的细弱枝条。③罗碧：翠被。④涧底松：喻己之孤独蘖。⑤山头：喻己之苦痛。

【品读】

姚培谦《李义山诗集笺注》：此悼亡诗也。起四句以蔷薇反兴。下四句言物在人亡。『忆得』二句言出门作别时。归来不见，却将锦瑟作衬。末乃致其地老天荒之恨也。

冯浩《玉溪生诗集笺注》引徐德泓：此悼亡词。花泣幽而钱小，犹人归泉路而遗婴稚也。娇郎无所知识，倚父寝兴，如痴云抱日而晓耳。帐中宝枕，乃眼泪所流润者，人去床空，唯见碧罗蒙罩而已。记得别时伤心难语，今归不见人，仅见所遗之物，即愁到天地翻覆，岂能见而识哉！

辛未①七夕

恐是仙家好别离，故教迢递作佳期。由来碧落②银河畔，可要金风玉露时③？清漏渐移④相望久，微云⑤未接过来迟。岂能无意酬乌鹊，冯浩：填桥之功最多，岂得反厚于蜘蛛耶？唯与蜘蛛乞巧丝？

【注释】

①辛未：宣宗大中五年（851）。②碧落：天空。③金风玉露时：指牛郎织女相会时。秋风玉露，指秋天。④渐移：指漏刻。⑤微云：《四民月令》：『天汉中有奕奕正白气如地河之波。』

【品读】

金圣叹《贯华堂选批唐才子诗》：前解，七夕诗，顺口既嫌牙后，翻新又恐无干。如此幽情细笔，顺则不顺，翻却不翻，真为帘中悄问，耳后低商，檀口无言，蕙心密印。彼篱落下物，何处容渠插口也。七夕，从来传是合会，看他偏说恐好别离，便将仙灵眷属与下界雌雄，早已分圣分凡，即离俱失。三、四一气翻跌而下，言不然则胡为而必取于七夕哉！后解，五，写黄姑之急；六，写织女之愁。看他漏移、云接，真是用字如画！七、八一意切责迟者，犹言费尽中间周旋，自反故弄多巧，天下真有此等机变女郎，使人不可奈矣！

纪昀《玉溪生诗说》：首四句作问之之辞，后四句即与就事论事，又逼入一层问之。超忽跌宕，不可方物。只是命意高，则下笔得势耳。

秋日晚思

桐槿日零落，雨余方寂寥。枕寒[1]庄蝶[2]去，窗冷胤萤[3]销。取适琴将酒，忘名牧与樵。平生有游旧，一一在烟霄。

【注释】

①枕寒：枕冷，指孤栖。②庄蝶：即庄周梦。《庄子》：「昔者庄周梦为蝴蝶，栩栩然蝴蝶也。自喻适志与，不知周也。俄然觉，则蘧蘧然周也。不知周之梦为胡蝶与，胡蝶之梦为周与？③胤萤：《晋书·车胤传》：「夏月则练囊盛数十萤火以照书，以夜继日焉。」

【品读】

姚培谦《李义山诗集笺注》：桐槿之质，望秋先零；蝶去萤销，与土木形骸何异？琴酒自遣，樵牧为群。非无烟霄之游旧，而汲引复谁望耶？

张采田《玉溪生年谱会笺》：诗云「忘名」，实则正未能忘，故有结语。

昨夜

不辞鶗鴂[1]妒年芳，但惜流尘暗烛房。昨夜西池凉露满，桂花吹断月中香。

【注释】

①鶗鴂：子规，杜鹃。

【品读】

沈厚塽《李义山诗集》：何焯曰：「此言失意之中不堪加以悼亡也。」

屈复《玉溪生诗意》：年芳已晚，烛房尘暗，所以西池凉露，桂花香断，而不忍归房中也。

纪昀《玉溪生诗说》：情致颇佳。

夜冷

树绕池宽月影多，村砧坞笛[1]隔风萝。西亭[2]翠被余香薄，一夜将愁向败荷。

【注释】

①村砧坞笛：远处村坞中传来砧声和笛声。②西亭：王茂元宅有东亭、西亭。

【品读】

姚培谦《李义山诗集笺注》：余香已薄，荷败后，并余香亦不可得矣。

屈复《玉溪生诗意》：月中绕池而行，唯闻风吹砧竹之声，盖翠被余香，人已久别，故终夜绕池也。

纪昀《玉溪生诗说》：憔悴欲绝而不为蹶蹙之声。

西亭

此夜西亭月正圆，疏帘相伴宿风烟。梧桐①莫更翻清露，孤鹤从来不得眠。

【注释】

①梧桐：李商隐《上河东公启》：「某悼伤以来，光阴未几。梧桐半死，才有述哀。」

【品读】

姚培谦《李义山诗集笺注》：「从来」二字，乞怜得妙。

屈复《玉溪生诗意》：圆月相伴，本自不眠，何用清露之惊孤哉？

张采田《李义山诗辨正》：悼亡所作，情深一往。

丹丘①

青女高诱：青女，青腰玉女，主霜雪也。丁宁师古：丁宁谓再三告示也。结夜霜，羲和②辛苦送朝阳。张采田：写得浓至，恰极自然。丹丘万里无消息，几树梧桐忆凤凰。

【注释】

①丹丘：丹穴之山。《山海经》：「丹穴之山，有鸟状如鸡，五彩而文，名曰凤凰。」②羲和：驾驭太阳者。

【品读】

屈复《玉溪生诗意》：岁月如流，梧桐犹在，而凤凰不归也。

冯浩《玉溪生诗集笺注》：上二句夜复夜、日复日也；下二句远无消息，徒劳忆念。

赠赵协律①皙

愚与赵协律皙俱出今吏部相公门下，又同为故尚书安平公所知，复皆是安平公表侄。

俱识孙公与谢公，二年歌哭处还同。已叨邹马②声华末，更共刘卢③族望通。南省④恩深宾馆在，东山⑤事往妓楼空。不堪岁暮相逢地，我欲西征君又东！

【注释】

①协律：协律都尉、协律校尉、协律郎等乐官的省称。②邹马：汉邹阳和司马相如的并称。后作为著名文士的通称。③刘卢：晋代刘琨、卢谌的并称。④南省：尚书省的别称。⑤东山：指远征或远行之地。

【品读】

金圣叹《贯华堂选批唐才子诗》：前解，「孙」言孙绰，「谢」言谢安，以比吏部相公与安平公也。

『歌哭处还同』者，言二年聚于两家，美轮美奂之下，未尝暂有分隔也。三、四，再写『俱』字、『同』字，言不宁此『俱』、此『同』而已，唯叨附文墨则又『同』，忝系中表则又『俱』也。一解写与赵投分之厚如此。后解，『宾馆在』，言旧游如昨也；『妓楼空』，言吏部下世也。言从此二人分散，直至今日得逢，而又匆匆西东，更值雨雪载途也。一解写己与赵踪迹之乖如此也。

故驿迎吊故桂府常侍[1]有感

饥乌翻树晚鸡啼，泣过秋原没马泥。二纪征南恩与旧，此时丹旐[2]玉山西。

【注释】

①故桂府常侍：指故桂管防御观察使郑亚，商隐座主。②丹旐：铭旌。《尔雅》：『缁广充幅长寻曰旐。』

【品读】

姚培谦《李义山诗集笺注》：『此时』二字有力，非此苦况，不见凄其极致。

屈复《玉溪生诗意》：一伤心之时，二伤心之地，三伤心之事。西州之痛，当世有几人哉！

纪昀《玉溪生诗说》：四家评曰：『悲出无字。』妙不更着一字。

题鹅

眠沙卧水自成群，曲岸残阳极浦云。那解将心怜孔翠[1]，羁雌[2]长共故雄分。

【注释】

①孔翠：孔雀、翡翠。②羁雌：无雄偶之孤雌。

【品读】

朱鹤龄《李义山诗集笺注》：言孔翠之羁孤，不若鹅群有眠沙卧水之适也。

程梦星《重订李义山诗集笺注》：此乃天末羁孤之感。孔翠以有文章易为人所网罗，固不如凡鸟之守其匹也。

屈复《玉溪生诗意》：伤孔翠之以文采羁孤，不及鹅群无文采反得眠沙卧水之适也。

宿晋昌亭[1]闻惊禽

羁绪鳏鳏[2]夜景侵，高窗不掩见惊禽。飞来曲渚[3]烟方合，过尽南塘[4]树更深。胡马嘶和榆塞[5]笛，楚猿吟杂橘村[6]砧。失群挂木朱彝尊：失群，马；挂木，猿。知何限，远隔天涯共此心。

【注释】

①晋昌亭：《长安志》载：令狐楚家庙在晋昌坊。②鳏鳏：眼不闭貌。③曲渚：曲江池。渚，水中陆地。④南塘：慈恩寺南池，在晋昌坊。⑤榆塞：北方边塞。

古时边徼植榆，故称。⑥橘村：指南楚之偏远处。

【品读】

金圣叹《贯华堂选批唐才子诗》：前解，看他将写『惊禽』，乃出手先写自己亦是惊禽，于是三、四之『飞来曲渚』『过尽南塘』，其中所有无限怕恐，便纯是自己怕恐。后来读者，物伤其类，自不能不为之泫然流涕也。『烟方合』，犹言这里亦复可疑也；『树更深』，犹言彼中一发不好也。看他不问前此何事得惊，反说后此无处不惊，最为善写『惊』字第一好手也！后解，五、六，因与普天下惊心之人悉数之也。言『马嘶』，一惊也；『塞笛』，又一惊也；『猿吟』，一惊也；『村砧』，又一惊也。于是而命之不犹，遂致于罹，普天之下，盖往往有之也，岂独晋昌今夜此禽此惊而已也哉！

程梦星《重订李义山诗集》：此去国怀乡之作也。起曰『羁绪鳏鳏』，结曰『远隔天涯』，其语甚明。

屈复《玉溪生诗意》：三、四惊禽之悲景。五、六比其惨音。七、八应首句，言人生如此者甚多。

晋昌晚归马上赠

西北朝天路，登临思上才。城闲烟草遍，村暗雨云回。人岂无端别？猿应有意哀。征南①予更远，吟断望乡台②。

【注释】

①征南：南行，指入东川幕。②望乡台：在成都县西北。

【品读】

冯浩《玉溪生诗集笺注》：五、六淡语，却沉痛。

纪昀《玉溪生诗说》：诗有格意。

留赠畏之

时将赴职梓潼，遇韩朝回作

清时无事奏明光①，不遣当关②报早霜。中禁词臣寻引领③，岑仲勉：颂其有词臣希望，应着眼『寻』字。左川归客自回肠。郎君④下笔惊鹦鹉，《后汉书·祢衡传》：黄祖大会宾客，人有献鹦鹉者，衡揽笔作赋，文无加点，辞采甚丽。侍女吹笙《汉武内传》：王母命侍女董双成吹云和之笙。弄凤凰⑤。空记大罗⑥天上事，众仙同日咏霓裳。朱彝尊曰：大抵以登仙喻及第耳。

【注释】

①明光：汉宫殿名，借指唐宫殿。②当关：守门者。③引领：望之可即。④郎君：指韩瞻子冬郎偓。⑤弄凤凰：用萧史、弄玉事。⑥大罗：《云笈七签》：『最上一天名曰大罗。』喻指帝宫。

【品读】

姚培谦《李义山诗集笺注》：此叹时命之不如韩也。清时无事，自无早朝晏退之烦；清要之班，平步可至。所不堪者，故人此去，情绪苍茫，不禁为子回肠耳……回想登第时，虽曾大罗天上，同咏《霓裳》，而一荣一悴如此，宜其感叹而不能已也。

张采田《玉溪生年谱会笺》：『左川归客』，犹言思归之客，虚拟之词耳。首句朝回。三句祝韩掌诰。四句写己怀思。『郎君』二句羡其妻子之乐，言外见己则妻亡子幼也。结言当时登第，彼此皆年少新婚，今日思之，真如一梦矣。

即日

一岁林花即日休，江间亭下怅淹留[1]。重吟细把[2]真无奈，已落犹开未放愁。山色正来衔小苑，春阴只欲傍高楼。金鞍忽散银壶漏，更醉谁家白玉钩[3]？

【注释】

①淹留：停留。②重吟细把：即曼吟细酌。③白玉钩：酒钩。

【品读】

金圣叹《贯华堂选批唐才子诗》：前解，言三春花事，是一岁大观；若此事一休，即了无余事。盖入夏徂秋，如风疾卷，特地开春，便成往事也。『江间』，取长逝义；『亭下』，取暂住义；『怅淹留』者，长逝无法教停，故不觉其怅然；然暂住且如不逝，故遂漫作淹留也。三、四，『重吟细把』，妙！已不必吟，而又『重吟』；已不足把，而又『细把』；此无奈，乃所谓『真无奈』也！『已落犹开』，又妙！亲见已落，何止万片；便报犹开，岂能数朵？此欲故将如何可放也。前解写一春已尽。后解写一日又尽也。山色衔苑，暮光自远而至也；春阴傍楼，日影只剩觚棱也。倏忽马嘶人去，漏动更传，则不知后会之在何家也。哀哉，哀哉！纯是工部诗。

寓兴

薄宦仍多病，从知[1]竟远游。谈谐叨[2]客礼，休浣[3]接冥搜[4]。树好频移榻，云奇不下楼。岂关[5]无景物？自是有乡愁。

【注释】

①从知：追随知己，指柳仲郢。②叨：沾。③休浣：休沐，唐仕宦十日一休暇洗沐。④冥搜：冥思苦搜，即今之构思。⑤岂关：非关。

【品读】

姚培谦《李义山诗集笺注》：频移榻，不下楼，人只谓树好云奇之故，不知实是一段乡愁不能自解之故，非关景物也。

屈复《玉溪生诗意》：叨客礼亦有公务，故必休浣方得冥搜，此之谓薄宦。

纪昀《玉溪生诗说》：有清迥之气，自为佳制。

巴江[1]柳

巴江可惜柳，柳色绿侵江[2]。好向金銮殿，移阴入绮窗。《南史·张绪传》：刘悛之为益州，献蜀柳数株，枝条甚长，状若丝缕。帝植于太昌灵和殿前，尝赏玩咨嗟，曰：『此杨柳风流可爱，似张绪当年时。』其见赏爱如此。

【注释】①巴江：指东川。②侵江：与江水相映照。侵，映照。

【品读】程梦星《重订李义山诗集笺注》：此乃自感其不得立朝，又应柳仲郢之辟入东川，借柳以摅其慨也。

张采田《李义山诗辨正》：假柳以自寓，与『曾逐东风』一首前后映带，皆玉溪极经营惨淡之作。

忆梅

定定[1]住天涯[2]，依依向物华[3]。寒梅最堪恨，长作去年花。

【注释】①定定：定止不动貌，唐时俚语。②天涯：指东川梓州。③物华：春天的美丽景色。

【品读】姚培谦《李义山诗集笺注》：自己不能去，却恨寒梅，妙绝。

纪昀《玉溪生诗说》：末二句用意极曲折可味，但篇幅稍狭耳。

天涯

春日在天涯，天涯日又斜。莺啼如有泪，为湿最高花。

【品读】姚培谦：最高花，花之绝顶枝也，花开至此尽矣。

屈复《玉溪生诗意》：不必有所指，不必无所指，言外只觉有一种深情。

蜀桐[1]

玉垒[2]高桐拂玉绳[3]，上含霏雾[4]下含冰。枉教紫凤无栖处，斫作秋琴弹广陵[5]。

【注释】①蜀桐：指桐木斫成之琴。②玉垒：山名，在今四川灌县西北。③玉绳：星名，北斗第五星。④霏雾：雨雪或云霭之细密貌。⑤广陵：琴曲名，相传为伯牙所作。

【品读】姚培谦《李义山诗集笺注》：叹世无知音也，非惜高桐之谓。

屈复《玉溪生诗意》：一、二言材之良如此，正当留于栖风，乃斫琴而弹广陵，世无赏音，徒枉令紫凤无栖处耳。

筹笔驿[1]

猿鸟犹疑畏简书[2]，风云长为护储胥[3]。徒令上将[4]

挥神笔，终见降王⑤走传车⑥。管乐⑦有才真不忝，关张无命欲何如？他年锦里⑧经祠庙，梁甫吟成恨有余。《三国志·诸葛亮传》：亮躬耕垄亩，好为梁甫吟。

【注释】

①筹笔驿：在今四川广元县，诸葛亮出师时尝驻军筹画于此。②简书：军中告示文书。③储胥：藩落之类。④上将：主将，指诸葛亮。⑤降王：指蜀后主刘禅。⑥传车：以车驿传谓之传车。⑦管乐：管仲、乐毅，代指诸葛亮。⑧锦里：成都地名，有武侯庙。

【品读】

金圣叹《贯华堂选批唐才子诗》：前解，言直至今日，而鱼鸟犹畏，风云犹护。然则当时上将挥笔，其所号令、部署，为是何等简书、何等储胥！而彼刘禅也者，乃终不免衔璧舆榇，跪为降王，此真不能不令千载英雄父兄拊膺恸哭。后解言：然此亦无用多责刘禅为也。天生武侯，虽负霸王之才，然而炎德既终，虎臣尽陨，大事之去，早有验矣。所以鞠躬尽瘁，犹未肯即弛担者，只为远答三顾之殷勤，近奉遗诏之苦切耳！至于自古有才，决是无命，此固不能与天力争者也。

姚培谦《李义山诗集笺注》：此因武侯志业不遂，而叹时命之不可强也。

纪昀《瀛奎律髓刊误》：起二句陡然抬起，三、四句陡然抹倒，然后以五句解首句，六句解次联，此真杀活在手之本领，笔笔有龙跳虎卧之势。

重过圣女祠①

白石岩扉②碧藓滋，上清③沦谪得归迟④。一春梦雨王若虚：萧闲云：『风头梦，吹无迹。』盖雨之至细若有若无者，谓之梦。常飘瓦，尽日灵风⑤不满旗。屈复：寂寞之意。萼绿华⑥来无定所，杜兰香⑦去未移时。玉郎⑧会此通仙籍，冯浩：此盖借喻己之初得第也。忆向天阶问紫芝⑨。赵臣瑗：求其得以不沦谪之方也。

【注释】

①圣女祠：《水经·漾水注》：『武都秦冈山，悬崖之侧，列壁之上，有神像，若图指状妇人之容，其形上赤下白，世名之曰圣女神。』②白石岩扉：指圣女祠的门。③上清：道教传说中神仙家的最高天界。④沦谪得归迟：谓神仙被贬谪到人间，迟迟未归。⑤灵风：神灵之风。⑥萼绿华：仙女名。陶弘景《真诰·运象》：『萼绿华者，自云是南山人，不知是何山也。女子年可二十上下，青衣，颜色绝整。以升平三年十一月十日夜降于羊权家，自此往来，一月辄六过，来与权尸解药。』⑦杜兰香：仙女名。《搜神记》：『汉时有杜兰香者，自称南康人氏，以建业四年春数诣张硕，言本为君作妻，情无旷远，以年命未合，其小乖，太岁东方卯当还求君。』

⑧玉郎：神仙名。《金根经》：『青宫之内北殿上有仙格，格有学仙簿录，及玄名年月深浅，金简玉札，有十万篇，领仙玉郎所掌也。』⑨紫芝：喻指朝中之官职。

【品读】

周珽《唐诗选脉笺释会通评林》：雨常飘瓦，风不满旗，正归迟虚寂之景。来无定所，去不移时，乃仙伴疏旷之象。末谓己之姓名倘在仙籍之中，当会此相问飞升不死之药也。

金圣叹《贯华堂选批唐才子诗》：前解，此则又托圣女以摅迁谪之怨也。言此岩扉本白，而今薜滋成碧者，自蒙放逐，久不召还，多受沉屈，则转更憔悴也。『雨常飘瓦』者，归朝之望，一念奋飞，恨不拔宅冲举；『风不满旗』者，寡党之士，无有扶掖，终然颠坠而止也。后解，前解写被谪，此解写得援也。『萼绿华』，言定复有人，怜而授手，特未卜其因缘则在何处也。『杜兰香』，言近已有人，唇承面许，然无奈其别去犹无多日也。末言既有相援之人，则必有得归之日；此番若至中期，定须牢记一问，有何巧宦之方，始得终免沦谪？盖怨之甚，而遂出于戏言也。『萼绿华』『杜兰香』，皆圣女之同人也；『玉郎』，即称圣女也。『忆向』，即记向也。

纪昀《玉溪生诗说》：前四句写圣女祠，后四句写重过。盖于此有所遇而托其词于圣女。

齐宫词

永寿①兵来夜不扃，金莲②无复印中庭。梁台③歌管三更罢，犹自风摇九子铃④。

【注释】

①永寿：是南齐废帝东昏侯为潘妃兴建的神仙、永寿、玉寿三座宫殿之一。②金莲：东昏侯为潘妃在殿中凿金为莲花以贴地，令潘妃行其上，曰：『此步步生莲花也。』③梁台：梁朝宫禁。④九子铃：《南史·齐纪》：『庄严寺有玉九子玲，东昏侯皆剥取以施潘妃殿饰。』

【品读】

屈复《玉溪生诗意》：不见金莲之迹，犹闻玉铃之音；不闻于梁台歌管之时，而在既罢之后。荒淫亡国，安能一一写尽，只就微物点出，令人思而得之。

沈德潜《唐诗别裁》：此篇不着议论，『可怜夜半虚前席』竟着议论，异体而各极其致。

纪昀《点论李义山诗集》：妙从小物寄慨，备觉唱叹有情。

景阳井①

景阳宫②井剩堪悲，不尽龙鸾③誓死期。肠断吴王宫外水，浊泥犹得葬西施④。

【注释】

①景阳井：一名胭脂井，陈后主曾自投于此井。②景阳宫：南朝陈宫殿名，亦称景阳殿，故址在今南京市。③龙鸾：喻帝妃，此指南朝陈后主贵妃张丽华。④浊泥句：越王勾践灭吴后，沉西施于江。浊泥，指江水。

【品读】

沈厚塽《李义山诗集》：何焯曰：『言要不如吴王肯死，却只说西施，故能不直致。』

姚培谦《李义山诗集笺注》：用意在『浊泥』二字，盖浊泥犹得遮丑也。

纪昀《玉溪生诗说》：微有情致。

咏史

北湖①南埭②水漫漫，刘学锴、余恕诚：曰『水漫漫』，则战舰、龙舟皆不复存，昔日之繁华，均成历史陈迹矣。一片降旗百尺竿。三百年间③同晓梦④，钟山⑤何处有龙盘？《吴录》：刘备曾使诸葛亮至京，因睹秣陵山阜，乃叹曰：『钟山龙盘，石头虎踞，帝王之宅也。』

【注释】

①北湖：指玄武湖，在南京市东北。②南埭：即鸡鸣埭，是六朝帝王寻欢作乐的地方。③三百年间：概言六朝之年数。④晓梦：喻指六朝沧亡之速。⑤钟山：即紫金山。

【品读】

何焯《义门读书记》：四句中气脉何等阔远。今日都不了首句为风刺。盘游不戒，则形胜难凭，空令败亡洊至，写得曲折蕴藉。

姚培谦《李义山诗集笺注》：此与刘梦得『一片降幡出石头』同感。

屈复《玉溪生诗意》：国之存亡在人杰，不在地灵，足破堪舆之惑。

冯浩《玉溪生诗集笺注》：首句隐言王气消沉，次句专指孙皓降晋，三句统言五代。音节高壮，如铿鲸钟。

览古

莫恃金汤①忽太平，草间霜露②古今情。空糊赪壤③真何益，胡以梅：建芜城若，空糊赪壤，归于屠灭。欲举黄旗④竟不成。长乐瓦飞⑤随水逝，景阳钟堕⑥失天明。回头一吊箕山客⑦，始信逃尧不为名。《庄子·逍遥游》：尧让天下于许由。许由曰：『天下既已治也，而我犹代子，吾将为名乎？』又《徐无鬼》：啮缺遇许由曰：『子将何之？』曰：『将逃尧。』

【注释】

①金汤：《汉书·蒯通传》：『金城汤池，不可攻也。』②草间霜露：喻瞬息消亡。③空糊赪壤：《芜城

赋》：『糊赪壤以飞文。』糊，粘；赪壤，赤土。以粘和之饰壁曰飞文。④黄旗：《三国志·孙权传》：『旧说黄旗紫盖，运在江南。』⑤瓦飞：喻兵败国亡。⑥景阳钟堕：《南史》：『齐武帝数游幸，载宫人于后车，宫内深隐，不闻鼓漏，置钟于景阳楼上，应五鼓及三鼓，宫人闻声早起妆饰』。⑦箕山客：指尧之许由。箕山，有许由庙。

【品读】

陆昆曾《李义山七律诗解》：此言汉室以后，国步日蹙，皆由世主恃金汤而忽太平也。岞岚曰：『满目兴亡，凄然生感。』

姚培谦《李义山诗集笺注》：此叹世运倾颓之难逸也。

吴宫①

龙槛②沉沉水殿清，禁门③深掩断人声。吴王宴罢满宫醉，日暮水漂花出城。

【注释】

①吴宫：春秋时吴王夫差之宫殿。在今苏州。②龙槛：雕有龙凤之栏槛。③禁门：宫门。《正字通》：『天子所居曰禁。』

【品读】

姚培谦《李义山诗集笺注》：花开花落，便是兴亡气象。二十八字，总从『梧宫秋，吴王愁』六字脱出。

屈复《玉溪生诗意》：写其醉生梦死，荒淫亡国。借古慨今也。

纪昀《玉溪生诗说》：末七字含多少荒淫在内，而浑然不觉，此之谓蕴藉。

隋堤① 一作《隋宫》

乘兴南游②不戒严，九重③谁省谏书函？春风举国裁宫锦，半作障泥④半作帆。

【注释】

①隋堤：隋炀帝开通济渠，沿河筑堤植柳，世称隋堤。②南游：隋炀帝凡三游江都。③九重：君门，指隋炀帝。④障泥：垂于马腹两侧，用于遮挡尘土的东西。

【品读】

何焯《义门读书记》：『春风』二句，借锦帆事点化，得水陆绎骚，民不堪命之状如在目前。

姚培谦《李义山诗集笺注》：用意在『举国』二字，『半作障泥半作帆』，寸丝不挂者可胜道耶？

屈复《玉溪生诗意》：写举国皆狂，炀帝不说自见。

隋宫

紫泉①宫殿锁烟霞，欲取芜城②作帝家。玉玺不缘归日角③，锦帆④应是到天涯。于今腐草无萤火⑤，终古垂杨有暮鸦。地下若逢陈后主，岂宜重问后庭花⑥？

【注释】

①紫泉：即紫渊，因避唐高祖李渊讳改。指代长安隋宫。②芜城：广陵别称，即隋之江都，今扬州市。③日角：古代《相书》称人额骨中央隆起如日者。隆准日角者可以王天下。④锦帆：指炀帝巡幸江都之龙舟。⑤于今句：《礼记·月令》：『腐草为萤。』史载炀帝于景华宫征求萤火数斛，夜出游山放之，光照山谷。⑥地下二句：《隋遗录》载：炀帝在江都，梦与陈后主遇，因请后主宠妃张丽华舞《玉树后庭花》。

【品读】

金圣叹《贯华堂选批唐才子诗》：前解，言隋有如此宫殿，乃皆空锁不住，而更别下扬州，再建宫殿，当时亦民生犹幸而太原龙起也。设如稍迟，而琼花一谢之后，乌知其不又锁扬州而又去别处耶？写淫暴之夫，流连荒亡，无有底极，最为条畅尽事也。后解，『于今』，妙！只二字，便是冷水兜头蓦浇！『终古』，妙！只二字，便是傀儡通身线断，直更不须『腐草』『垂杨』之十字也。结以『重问』后主者，从来偏是大聪明人看得透、说得出，偏又犯得快，特抢白之，以为后之人著戒也。

何焯《义门读书记》：无句不佳，三、四尤得杜家骨髓。前半拓展得开，后半发挥得足，真大手笔。发端先言其虚关中以授他人，便已呼起第三句。着『玉玺』一联，直说出狂王抵死不悟，方见江都之祸非出于偶然不幸。后半讽刺更觉有力。

纪昀《玉溪生诗说》：纯用衬贴活变之笔，一气流走，无复排偶之迹。首二句一起一落，上句顿，下句转，紧呼三、四句。『不缘』『应是』四字，跌宕生动之极。无限逸游，如何铺叙，三、四句只作推算语，便连未有之事一并托出，不但包括十三年事也，此非常敏妙之笔。

风雨

凄凉宝剑篇①，羁泊欲穷年。黄叶仍②风雨，青楼③自管弦。新知遭薄俗，旧好隔良缘。心断④新丰酒⑤，消愁斗几千？

【注释】

①宝剑篇：一作『古剑篇』，唐前期名将郭元振作。②仍：更兼。③青楼：指豪富之家。④心断：念念不忘。⑤新丰酒：新丰产的美酒。

【品读】

纪昀《玉溪生诗说》：神力完足。『仍』字、『自』字多少悲凉。

张采田《玉溪生年谱会笺》：不能久居京师，翻使穷年羁泊。自断此生已无郭震、马周之奇遇，诗之所以叹也。

无题

相见时难别亦难①，东风无力百花残。春蚕到死丝方尽②，朱彝尊：古乐府思作丝，犹怀作淮，往往有此。蜡炬成灰泪③始干。晓镜④但愁云鬓改，夜吟应觉月光寒。蓬山⑤此去无多路，青鸟⑥殷勤为探看。

【注释】

①相见句：曹丕《燕歌行》：『别日何易会日难。』

②春蚕句：《古子夜歌》：『春蚕易感化，丝子已复生。』

③泪：指蜡烛燃烧时流下的油脂，叫『蜡油』。④晓镜：晨起照镜。⑤蓬山：蓬莱山，传说中的东海三神山之一，乃仙人所居。⑥青鸟：传说中为西王母传递信息的三足神鸟，此处借指信使。

【品读】

葛立方《韵语阳秋》：李义山《无题诗》云：『春蚕到死丝方尽，蜡炬成灰泪始干。』此又是一格。今效此体为俚语小词传于世者甚多，不足道也。

程梦星《重订李义山诗集笺注》此诗似邂逅有力者，望其援引入朝，故不便明言，而属之《无题》也。起句言缱绻多情。次句言流光易去。三四言心情难已于仕进。五六言颜状亦觉其可怜。七八望其为王母青禽，庶得入蓬山之路也。

纪昀《玉溪生诗说》：问：『相见时难』一章末二句如何？曰：感遇之作，易为激语。此云『蓬山此去无多路，青鸟殷勤为探看』，不为绝望之词，固诗人忠厚之旨也。但三四太纤近鄙，不足存耳。

张采田《李义山诗辨正》三四两句如此典雅而谓之『鄙』，此真小儿强作解事语，纪氏之诗学可知。此篇为陈情不省，留别令狐所作，首云『相见时难别亦难』，结云『蓬山此去无多路』，味其意，其在大中三年将赴徐幕时耶？

冯浩《玉溪生诗集笺注》：首言相晤为难，光阴易过。次言已之愁思，毕生以之，终不忍绝。五言唯愁岁不我与。六谓长此孤冷之态。末句则谓未审其意旨究何如也？此段诸诗，寓意率相类。

陆昆曾《李义山七律诗解》：起处有光阴难驻，我生行休之叹。然蚕未到死，则丝尚牵；烛未成灰，则泪常落，有一息尚存，此志不容少懈者。『晓镜』句言老，『夜吟』句言病，正见来日苦少，而有路可通，能不为之殷勤探看乎？此作者以诗代简牍也。八句中，真是千回万转。

姚培谦《李义山诗集笺注》：此等诗似寄情男女，而世间君臣朋友之间，若无此意，便泛泛然与陌路相似，此非粗心人所知。

有感

非关宋玉有微辞[1]，孔广森：微辞者，意有所托而辞不显，唯察其微者，乃能知之。却是襄王梦觉迟。一自高唐赋[2]成后，楚天云雨[3]尽堪疑。

【注释】

①非关句：《登徒子好色赋》：『登徒子短宋玉曰：「玉为人体貌闲丽，口多微辞，又性好色，愿王勿与出入后宫。」』②高唐赋：宋玉作，述楚襄王梦与神女欢会事。③楚天云雨：指描写男女情爱之作。

【品读】

姚培谦《李义山诗集笺注》：非为宋玉解嘲，为色荒者讽也。

屈复《玉溪生诗意》：玉溪《无题》诸作，即『微辞』也。当时必有议者，故此诗寄慨。

程梦星《重订李义山诗集笺注》：此致憾于李宗闵辈信谗不察也。通篇全用宋玉事，以登徒子尝短宋玉，谓其体貌闲丽，口多微辞，然岂知其皆谓有神女在焉，恍惚遇之矣。

冯浩《玉溪生诗笺注》：杨守智：此为《无题》作解。浩曰：屡启不省，故曰『梦觉迟』，犹云唤他不醒也。不得已而托为《无题》，人必疑其好色，岂知皆苦衷血泪乎？千载而下，纷纷笺释，犹半在梦境中，玉溪有知，尤当悲咤矣！此与『中路因循』之章，一前一后，皆为生平大端，自后乃真绝望，《无题》之篇少矣。

沈厚塽《李义山诗集》：纪昀曰：『义山深于讽刺，必有以诗贾怨者，故有此辨。前二句言虽有讽刺，亦因人之愦愦然。后二句乃言由此召疑。』

天津[1]西望

虏马崩腾忽一狂[2]，翠华[3]无日到东方。天津西望肠真断，满眼秋波出苑墙。

【注释】

①天津：即天津桥，在洛水上。今洛阳西郊。②虏马句：指安史之乱。③翠华：以翠羽为旗饰，古天子所用，此代指皇帝。

【品读】

姚培谦《李义山诗集笺注》：痛定思痛者几人？

屈复《玉溪生诗意》：乱后荒凉之景。

冯浩《玉溪生诗集笺注》：首句指安禄山之乱，自此遂废东幸。末句萧飒，所叹深矣。

纪昀《玉溪生诗说》：末句神来。

浑河中[1]

九庙[2]无尘八马回[3]，奉天城垒长春苔。咸阳原上英雄骨，半向君家养马来[4]。

【注释】

①浑河中：浑瑊，本名进。善骑射，屡立战功，以忠勇著称。朱泚叛乱，德宗奔奉天，浑瑊率军解奉天之围，又与李晟一起收复长安。兴元元年（784）以本官兼河中节度使，故称。②九庙：祖庙五亲庙四，合九庙，为皇帝祭祀祖先之庙。③八马回：用穆王八骏事，指德宗回京。④咸阳二句：《旧唐书·浑瑊传》云：『帝狩奉天，瑊率家人子弟以从。』

【品读】

程梦星《重订李义山诗集笺注》：此诗追述浑瑊，与《复京》诗追述李晟，皆借往日之名将，以叹今日之无人。此大中四年（850）讨党项时作也。

冯浩《玉溪生诗集笺注》：程说义可旁通耳。余意连上章美李卫公专主用兵，不摇旁议。

沈厚塽《李义山诗集》：纪昀曰：『后二句言当时一断役皆是英雄，则瑊之为人可知矣。』

王昭君

毛延寿画欲通神，忽为黄金不为人。《西京杂记》：元帝后宫既多，乃使画工图形，案图召幸。诸宫人皆赂画工，独王嫱不肯，遂不得见。匈奴求美人为阏氏，于是案图，以昭君行。马上琵琶行万里，汉宫长有隔生春。

【品读】

沈厚塽《李义山诗集》：何焯曰：『忽而梓潼，忽焉昭潭，义山亦万里明妃也。』

程梦星《重订李义山诗集笺注》：此亦致慨于排挤之人也。

张采田《玉溪生年谱会笺》：但分朋党，不奖孤寒，从此万里羁游，汉宫有长隔之痛矣。岂独为昭君致慨哉！

明神①

明神司过岂能冤，暗室由来有祸门②。莫为无人欺一物，他时须虑石能言③。

【注释】

①明神：明察之神。《周礼·司官·司盟》：『北面昭明神。』注：『明神，神之明察者，谓日月山川也。』

②祸门：《史记·赵世家》：『同类相推，俱入祸门。』

③石能言：《左传》昭八年，晋平公方作虒祁之宫，石言于晋魏榆，晋平公问于师旷，旷乃对曰：『今宫室崇侈，民力凋尽，怨并作，莫保其性，石言，不亦宜乎？』

【品读】

钱龙惕《玉溪生诗笺》：此诗亦为甘露之变——王涯、贾餗、舒元舆之无辜而作也。

屈复《玉溪生诗意》：一、二即暗室欺心、神目如电意。况日久必有言者乎！

人欲

人欲天从①竟不疑，莫言圆盖②便无私。秦中久已乌头白，却是君王未备知③。

【注释】

①人欲天从：《左传·襄公三十一年》：「《太誓》云：民之所欲，天必从之。」②圆盖：指天。③秦中二句：《史记·荆轲传赞》：『燕丹求归，秦王曰：「乌头白，马生角，乃许耳。」丹乃仰天叹，乌头尽白，马亦生角。』暗指李德裕被贬事。

【品读】

沈厚塽《李义山诗集》：哀怨深矣。

屈复《玉溪生诗意》：乌头久白，怨非一日，而君王未知，故致叹于视天梦梦也。

咸阳

咸阳宫阙郁嵯峨，六国楼台艳绮罗①。《史记·秦始皇本纪》：秦每破诸侯，写放其宫室，作之咸阳北坂上，南临渭，自雍门以东至泾、渭，殿屋复道周阁相属。所得诸侯美人、钟鼓，以充入之。自是当时天帝醉，不关秦地有山河。《西京赋》：昔者大帝悦秦缪公而觐之，飨以钧天广乐。帝有醉焉，乃为金策，锡用此土，而翦诸鹑首。是时也，并为强国者有六，然而四海同宅西秦，岂不诡哉！

【注释】

①艳绮罗：指代美人。

【品读】

朱鹤龄《李义山诗集笺注》：言暴秦之兼并六国，实天帝畀之，非以其地有山河之固也。

程梦星《重订李义山诗集笺注》：言强秦偶因天醉而幸得之，至二世亦以旋失。则凡负固之不若秦者，安能侥幸成事哉！

姚培谦《李义山诗集笺注》：用意全在一『醉』字。

沈厚塽《李义山诗集》：纪昀曰：『起二句写平六国蕴藉，后二句亦沉着。』

少将

族亚齐安陆①，风高汉武威②。烟波别墅醉，花月后门归。青海③闻传箭④，天山报合围。一朝携剑起，上马即如飞。

【注释】

①齐安陆：指南齐安陆王萧缅。②汉武威：后汉武威将军刘尚。③青海：即今青海湖，唐属吐谷浑。④传箭：传递令箭。古代北方少数民族起兵令众，以传箭为号。

【品读】

何焯《义门读书记》：人见其烟波花月，不知其缓急可仗如此，或以自喻也。

冯浩《玉溪生诗集笺注》：田兰芳曰：『何等飘忽，心事如雪。』

纪昀《玉溪生诗说》：画出侠少，诗极俊爽。

牡丹

锦帏初卷卫夫人①，《典略》云：『夫子见南子在锦帏之中。』绣被犹堆越鄂君②。垂手《乐府解题》：大垂手、小垂手，皆言舞而垂其手也。乱翻雕玉佩，折腰胡震亨：集作『招腰』，《英华》作『细腰』，并误。争舞郁金裙③。石家蜡烛何曾剪，《世说新语》：石季伦用蜡烛作炊。荀令香炉可待熏？《襄阳记》：荀令君至人家，坐处三日香。我是梦中传彩笔，《南史》：江淹尝宿于冶亭，梦一丈夫自称郭璞，谓淹曰：『吾有笔在卿处多年，可见还。』淹乃探怀中得五色笔一以授之，尔后为诗绝无妙句，时人谓之才尽。欲书花叶寄朝云④。

【注释】

①卫夫人：名铄，字茂漪，东晋女书法家。汝阴太守李矩之妻，世称卫夫人。②绣被句：《说苑》：鄂君子皙泛舟于新波之中也，乘青翰之舟，张翠盖而检犀尾。会钟鼓之音毕，榜枻越人拥楫而歌曰：『今夕何夕兮？搴洲中流；今日何日兮？得与王子同舟。蒙羞被好兮，不訾诟耻；心几烦而不绝兮，得知王子。山有木兮木有枝，心悦君兮君不知！』于是鄂君乃揄修袂，行而拥之，举绣被而覆之。③折腰句：《西京杂记》：『戚夫人能作翘袖折腰之舞。』郁金裙，张泌《妆楼记》：『郁金，芳草也。染妇人衣最鲜明，染成则微有郁金之气。』④朝云：《乐府·江南弄》有《朝云曲》。

【品读】

黄周星《唐诗快》：义山之诗，大约如赋水法，只于水之前后左右写之。如此诗本咏牡丹，何尝有一句说牡丹？又何尝一句非牡丹？

冯浩《玉溪生诗集笺注》：此章义山在京所作。上四句状花之艳；五六言花之光与香，楚犹在镇，故兼祝其还朝；七句谓授以章句之学；结句远怀也。晚唐人赋物多用艳体，非可尽以风怀测之。徐说甚是，约在太和五六年。

程梦星《重订李义山诗集笺注》：此艳诗也。以其人为国色，故以牡丹喻之。结二语情致宛转，分明漏泄。

纪昀《玉溪生诗说》：八句八事，却一气鼓荡，不见用事之迹，绝大神力。

薛逢

薛逢，生卒年不详。字陶臣，蒲洲河东（今山西永济县）人，会昌元年（841）进士。历侍御史、尚书郎，官终秘书监。

宫词

十二楼①中尽晓妆，望仙楼上望君王。锁衔金兽②连环③冷，水滴铜龙昼漏④长。云髻罢梳还对镜，罗衣欲换更添香。遥窥正殿帘开处，袍袴宫人⑤扫御床。

【注释】

①十二楼：传说中的仙人居处。此指宫禁中的后宫，嫔妃们所居之地。②锁衔金兽：兽头形的铁锁。③连环：铁链。④漏：漏壶，古代计时器。有播水壶三，分水壶一，受水壶一。⑤袍袴宫人：穿着便装的宫人。袍，指长衣。袴，指套裤。宫人，妃嫔、宫女的通称。

【品读】

廖文炳《唐诗鼓吹注解》：近侍有人，御床方扫，我反不得如袍袴宫人一侍左右也。长门玉阶之怨，亦宁有穷乎？

金圣叹《贯华堂选批唐才子诗》：前解，喻言何处大山之下，大川之上，不有怀才抱道，跂足翘首，仰望简拔之人。然而高高青云，天门未辟，迟迟白日，嘉会正赊，为普天下高贤一哭也。后解，喻言怀才之人，以不蒙试，则愈自淬励，抱道之人，以不见是则转更砻错。然而仰窥当途，颇复有人，然知而不举，又奈之何？为普天下无数高贤致憾也。

陆次云《晚唐诗善鸣集》：缦立远视而望幸焉。情态毕出。

潼关①河亭

重冈如抱岳②如蹲，屈曲秦川③势自尊。天地并功开帝宅，山河相凑束龙门。橹声呕轧④中流渡，柳色微茫远岸村。满眼波涛终古事，年来惆怅与谁论？

【注释】

①潼关：古称桃林塞，故址在今陕西潼关县东南。②岳：指西岳华山。③秦川：泛指今陕西、甘肃的秦岭以北平原地带。④呕轧：摇橹声。

【品读】

陆次云《晚唐诗善鸣集》：黄钟大吕，晚唐中间有数之作。

胡以梅《唐诗贯珠》：上四句是赋潼关形势，构语雄伟，三、四更佳……可惜五、六所写者小，寻常水面皆可通用，失黄河之神，与上不称。且河亭无正面不可为法也。

开元①后乐

莫奏开元旧乐章，乐中歌曲断人肠。邠王②玉笛三更咽，虢国③金车十里香。一自犬戎④生蓟北⑤，便从征战老汾阳⑥。中原骏马搜求尽，沙苑⑦年来草又芳。

【注释】

①开元：唐李隆基（玄宗）年号。②邠王：名守礼，始名光仁。唐中宗神龙中封邠王。睿宗立，迁司空，开元初累为州刺史。③虢国：指虢国夫人。唐杨贵妃三姐。天宝七载（748）封为虢国夫人。④犬戎：旧时对我国少数民族的蔑称。⑤蓟北：泛指唐代幽州、蓟州一带，为安史叛军的根据地。⑥汾阳：县名，治所即今山西太原市北阳曲镇。此处代指汾阳王郭子仪。⑦沙苑：地名。在陕西大荔县南。唐于此置沙苑监。

【品读】

廖文炳《唐诗鼓吹注解》：此诗因闻开元末世之乐，感明皇亡国而作也。

金圣叹《贯华堂选批唐才子诗》：前解，言开元后乐，乃玄宗亡国之乐，故戒旁人莫奏也。夫玄宗至于亡国之日，则未闻其有乐也。玄宗有乐，皆其国方全盛，正未得亡之日，如妃子方吹宁哥之笛，三姨正斗五家之车。然不知者，则谓开元之盛，莫盛于此，殊不悟开元之亡，固实亡于此也。后解，夫开元妃子之盛，此所谓女祸者也。乃女祸未几，而遂成戎祸。『一自』字妙，言从此兵连事结，遂见连年累岁。盖直至今日，而汾阳苦战，曾无休息。嗟乎，嗟乎！其间所有罄人之地，竭人之庐，寡人之妻，孤人之子，皆不具论，止就搜求骏马一事，而至今沙苑一空，此岂犹不肠断，而尚能听其所奏也哉！

胡以梅《唐诗贯珠》：言莫奏开元旧乐章，闻其歌曲，盖全盛之时，而忽天下大乱，至今未靖，真可令人肠断也。

贫女吟

残妆满面泪阑干，几许幽情欲话难。云髻懒梳愁拆凤，翠蛾羞照恐惊鸾。南邻送女初鸣佩①，北里迎妻已梦兰。《左传·宣公三年》：郑文公有贱妾曰燕姞，梦天使与己兰，曰：『余为伯鯈。余而祖也。以是为而子。以兰有国香，人服媚之如是。』既而文公见之，与之兰而御之。辞曰：『妾不才，幸而有子。将不信，敢征兰乎？』公曰：『诺。』生穆公，名之曰兰。惟有深闺憔悴②质，年年长凭绣床看。

【注释】

①鸣佩：犹『鸣珂』。贵者之马以玉为饰，行则作响，谓之鸣珂。②憔悴：指贫穷。

【品读】

胡以梅《唐诗贯珠》：五、六二联，上下相串，『初』

字，『已』字似呼应……此诗托言比体未达之词也。上四句谓己，五六句羡他人，结又伤己。然取材皆是闺中幽语，仍入闺情。

题白马驿

晚麦芒干风似秋，旅人方作蜀门①游。家林渐隔梁山②远，客路长依汉水流。满壁存亡俱是梦，百年荣辱尽堪愁。胸中愤气文难遣，强指丰碑③哭武侯④。

【注释】

①蜀门：即剑门。在四川省剑阁县北。②梁山：山名。在今陕西省。③丰碑：高大的石碑。比喻不朽的杰作或伟大的功绩。④武侯：指诸葛亮。

【品读】

金圣叹《贯华堂选批唐才子诗》：前解，一以麦秋纪时，二以方游纪程。三四初隔梁山，始依汉水，言今夜是初住第一白马驿也。后解，『满壁』之『壁』，驿壁也。『百年』，即壁上所题得意失意无数名字，前后统总约百年也。愤气难遣者，言其所题，各说己事，或恩或仇，欲杀欲割，俱非一字一句之所得而伸诉也。『指丰碑哭武侯』，言当时卧龙如此人物，三顾如此遭遇，而伐魏不成，吞吴遗恨，扰尚秋风五丈，赍志遂没，岂况草芥诸公而欲愤愤题壁也。

赵嘏

赵嘏，生卒年不详。字承祐，楚州山阳（今江苏淮安市）人。年轻时四处游历，会昌四年（844）进士及第。会昌末或大中初复往长安，入仕为渭南尉。

越中①寺居

迟客②疏林下，斜溪小艇通。野桥连寺月，高竹半楼风。水静鱼吹浪，枝闲鸟下空。数峰相向绿，日夕郡城③东。

【注释】

①越中：即越州，治所在会稽（今浙江绍兴）。②迟客：等待客人。③郡城：指越州治所会稽。

【品读】

王尧衢《古唐诗合解》：前解言寺居，后解言居寺之闲静。

长安晚秋 一作《秋望》，一作《秋夕》

云物凄凉①拂曙流，汉家宫阙动高秋。残星几点雁横塞，长笛一声人倚楼。紫艳②半开篱菊静，红衣③落尽渚莲愁。鲈鱼正美不归去④，空戴南冠学楚囚⑤。

【注释】

①凉：一作『清』。②紫艳：指菊花之色姿。③红衣：红莲花瓣。④鲈鱼句：用张翰思吴中菰菜、莼羹、鲈鱼脍而归事。⑤空戴句：《左传》成九年：『晋侯观

于军府，见钟仪，问之曰：「南冠而絷者谁也？」有司对曰：「郑人所献楚囚也。」

【品读】

金圣叹《贯华堂选批唐才子诗》：前解，一望云物，二望宫阙，三望横雁，四劈面便以自己倚楼接之。一望云物者，写是何时候也。二望宫阙者，写成何进退也。三望横雁者，写有何书信宣示家人也。四劈面便以自己倚楼接之者，言时候则已如此，进退则方如彼，书信则殊无可宣示我家人也。为前解。后解则倚楼之人所暗筹也。五写紫菊半开，六写红莲落尽，正双逼出七之『鲈鱼正美』四字，言只宜趁此力疾归去也。通篇苦在一『空』字可知。

俞陛云《诗境浅说》：诗写长安秋望所见闻。上句言晓星明灭之时，见雁行自塞北而来，写秋空之清旷也。下句赋闻笛，设言吹笛者，为风鬟雾鬓之人；或言闻笛者，为愁病怀乡之客，皆着迹象。赵以七字浑然写之，而含思无限，杜紫微所以称赏不置，称为赵倚楼也。

齐安①早秋

流年堪惜又堪惊，砧杵②风来满郡城。高鸟过时秋色动，征帆落处暮云平。思家正叹江南景，听角仍含塞北情。此日沾襟念岐路③，不知何处是前程。

【注释】

①齐安：地名，故城在今湖北黄冈西北。②砧杵：捣衣石与棒槌。古时生丝织物需捣之使脱浆，方能缝制，故捣衣者于秋季独多，往往以砧杵代秋季。③岐路：岔路。此用阮籍临岐而泣典。

【品读】

金圣叹《贯华堂选批唐才子诗》：前解，才念『流年』，便下『堪惜』『堪惊』二语者，『堪惜』是其欲去塞北之流年，『堪惊』是其未归江南之流年也。『砧杵风来满郡城』，写早秋动地感人，声光都动。三四承之。『高鸟』七字犹是一点秋，『征帆』七字直是一片秋矣。三句皆是此日齐安亲眼所见，作惜读是一层，作惊读是一层也。后解，五『正』字，六『仍』字，无限顿挫，此即所云『岐路』者也。然则不知应竟归江南乎？抑应仍往塞北乎？

东望

楚江①横在草堂前，杨柳洲西载酒船。两见梨花归不得，每逢寒食一潸然②。斜阳映阁山当寺，微绿含风月满川。同郡故人攀桂③尽，把诗吟向泬寥④天。

【注释】

①楚江：此指淮水。一作『练江』。②潸然：流泪貌。③攀桂：称科举及第。《晋书·郤诜传》：『臣举贤良对策，为天下第一，犹桂林之一枝，昆山之片玉』。④泬寥：空旷貌。

【品读】

钱牧斋《唐诗鼓吹评注》：此因东望怀人思乡而作也。首言东望故乡，楚江正横于草堂之前，而草堂之外杨柳洲边，又有载酒之舟焉。昔时常游于此，今且两见梨花，归犹未得，故每逢寒食，一为之潸然泪下耳。兹者所望之处，斜阳映阁，山正当乎萧寺；微绿含风，树乃满乎平川，此故乡之景如此也。忆我同计之人，登云已尽，我独流落无依，空把诗句吟向于泬寥之天，其不东望而长怀者，岂情哉！

金圣叹《贯华堂选批唐才子诗》：前解，一解疏奇俊爽，真为斩新笔墨。不知诗者，只谓堂前江横，柳边船泊，又是好景入画，殊不知其四句乃是一副眼泪也。言每年逢寒食见梨花，便东望欲归，奋飞不得。或问我曰：下江不便乎？求载无船乎？则殊不知江则便在堂前，船则便在洲下。我但解此船，泛此江，破浪东归，又少何事？然而终竟不得者，人生一身在客，实有如此苦事也。后解，五六不是写景，是写此景中间阒然无一故人，则纵复有诗，只向天吟，言永无倡和之理也。千古『故人攀桂』后都已如此矣。

忆山阳①

家在枚皋②旧宅边，竹轩晴与楚坡连。芰荷香绕垂鞭袖，杨柳风横弄笛船。城碍十洲烟岛路③，寺临千顷夕阳川。可怜时节堪归去，花落猿啼又一年。

【注释】

①山阳：地名，治所在今江苏淮安。②枚皋：西汉辞赋家，枚乘之子，江苏淮阴人。③城碍句：谓山阳城四围港汊纵横，皆为水路。

【品读】

钱牧斋《唐诗鼓吹评注》：承祐之称枚皋，犹昭谏之慕严朱也，与末句反对。三四是『可怜时节堪归去』，五六『忆』字入骨，末句羞归却不露，只于第七说『堪归』，蕴藉凄婉。

金圣叹《贯华堂选批唐才子诗》：前解，忽然倒跨晋、魏，寻一汉人为邻，便是举体不凡。乃我又相其当门便是竹轩，前与楚陂连接，四围水竹相遭，一片空碧互映。人生有宅如此，真乃一尉是何敝屣，顾能缚人不使之归也。三四又极写轩前陂下无限行乐，须知垂鞭则在柳风之下，横船乃在荷香之中。此又故作错综互写，以尽曲其清胜者也。后解，乃今以区区一尉，羁身渭南，遥望故乡，如隔登仙之路；来看渡口，又限无梁之川。『城碍』妙，『寺临』妙。城即渭南之城，寺即渭南城外送客下川之寺也。不得归又一年，看他用『花落猿啼』代春尽肠断，读者皆不觉也。

寒食遣怀

折柳城边起暮愁，可怜春色独怀忧。伤心正叹人间事，回首更惭江上鸥。鶗鴂声中寒食雨，芙蓉花外夕阳楼。凭高满眼送清渭，去傍故山山下流。

【品读】

钱牧斋《唐诗鼓吹评注》：首言他乡系迹，入暮生愁，睹此春色不觉有余愧焉。且也人间之事，几欲沾襟；江上之鸥，每惭回首，固不止起暮愁而羞春色也。若吾乡景物，声中，堪携寒食之酒；芙蓉花外，遥映夕阳之楼。今者身不能至，凭高远望，惟见清渭之水去傍故山而流耳。

金圣叹《贯华堂选批唐才子诗》：前解，言偶尔城边独步，忽然当暮剧愁，自省此愁何来，则为举世无人不春，而我独抱沉忧故也。三四承之，言比来人间之事，事事总是伤心；而频年江上之约，迟迟不知回首。则竟不知被缚人间，尚须几年；快归江上，端在何日。看他四七二十八字，中间杂用『愁』字、『怜』字、『忧』字、『伤』字、『叹』字、『渐』字，凡若干悲苦字成诗，知先生怀忧，真有甚深者也。后解，跃笔忽然快写故山，言春有我春，秋有我秋，快活自在，原自如此。于是分付清渭，且先流去。其不能旦暮抽身之苦情，真乃不言而自见也。

早发剡中①石城寺

暂息劳生树色间，平明机虑又相关。吟辞宿处烟霞去，心负秋来水石闲。竹户半开钟未绝，松枝静霁鹤初还。明朝一倍堪惆怅，回首尘中见此山。

【注释】

①剡中：即剡县，故址在今浙江嵊州市西南。

【品读】

金圣叹《贯华堂选批唐才子诗》：前解，『暂息劳生』，是言夜来一宿，却不自意信手所写乃有『树色间』之三字，便分明是昨日傍晚，途中翘首遥有所望，而更不谓入夜得宿乃幸正在其处也。一解是此三字最写得好，便与后解回首此山两相回合以成章法矣。至于三四之『宿处烟霞』对以『秋来水石』，此则自明实有素尚，不是初逢好景也。后解，五六写『早发』也。试想『钟未绝』，是早也；而『竹户半开』，则不知何故又有更早于我者。『松初霁』，是早也；而鹤飞始还，则岂独无人？方将又来此间者，真写尽红尘之外，白云当中，大有闲闲日月也。七八回首此山与前回合，已知。

寄归

三年踏尽化衣尘①，只见②长安不见春。马过雪街天未曙，客迷关路③泪空频。桃花坞接啼猿寺，野竹庭通画鹢④津。早晚相⑤酬身事了，水边归去一闲人。

【注释】

①化衣尘：化用陆机《为顾彦先赠妇二首》：『京

洛多风尘，素衣化为缁。」②见：一作「在」。③客迷关路：一作「乡遥云树」。④画鹢：画鹢，船头绘鹢鸟之船。鹢，水鸟。⑤粗：一作「粗」。

【品读】

钱牧斋《唐诗鼓吹评注》：「只见长安」是不见日也，谲其辞为「不见春」。王明不烛斯身事，蹉跎杏园无语矣，五六即水边林下也。

金圣叹《贯华堂选批唐才子诗》：前解，「化衣尘」者，陆士衡诗「京洛多风尘，素衣化为缁」也。「三年踏尽」者，从自入来，历三冬春，自悲何早何晚，何风何雨，而不奔走也。「只见长安」者，长衢夹巷，处处照眼；高冠大辇，辈辈惊心也。「不见春」者，言金尽裘敝，避立道旁，残杯冷炙，含羞末座也。三言五更冲寒出门，四言逐日眼泪洗面，则又详写「不见春」之三字也。后解，后言若得归去，则如「桃花坞」，是一闲行处也。「啼猿寺」，是一闲寻处也。「野竹亭」，是一闲坐处也。「画鹢津」，是一闲泛处也。其写可悯可笑，最是「粗酬身事」之四字。试忆当初来时，岂是如此四字；及到后来去时，何曾得此四字？然而人固往往此心不死矣。

宫乌栖

宫乌栖处玉楼深，微月生檐夜夜心。香辇不回花自落，春来空佩辟寒金①。

【注释】

①辟寒金：晋王嘉《拾遗记》：「昆明国贡嗽金鸟……鸟常吐金屑如粟，铸之可以为器……此鸟畏霜雪，乃起小屋处之，名曰『辟寒台』，皆用水精为户牖，使内外通光。宫人争以鸟吐之金用饰钗佩，谓之『辟寒金』。

【品读】

俞陛云《诗境浅说》：作宫怨诗者，每言羊车不至，或抚纨扇以兴悲，或弹箜篌以寄怨。此作结句，亦借物书怀，深宵花落，甘耐春寒，安用明金之回暖。唐人诗中，用「辟寒金」者，尚有「春瘦已宽连理带，夜长谁赠辟寒金」句，皆妍词凄韵也。

经汾阳旧宅①

门前不改旧山河，破虏②曾轻马伏波③。今日独经歌舞地④，古槐疏冷夕阳多。

【注释】

①汾阳旧宅：即唐代名将郭子仪旧宅。郭子仪曾封汾阳郡王。②破虏：破敌，指郭子仪平定安史之乱。③马伏波：东汉马援建武十七年（41）为伏波将军，故称。④歌舞地：汾阳旧宅中之歌舞楼。

【品读】

沈德潜《唐诗别裁》：见山河如故，而恢复山河者已不堪凭吊矣，可感全在起句。

宋顾乐《唐人万首绝句选评》：此非仅伤兴废，乃叹本朝待功臣之薄也。用意全在上半首：山河之誓，千古不改，今门前山河如故，而功臣之第已如此。次句复著明其功以形其薄。用意深婉，所以有味。

俞陛云《诗境浅说》：汾阳为唐室中兴元辅，乃正朔未更，而高勋名阀，已换槐荫斜日，一片凄迷，誓寒带砺，唐帝亦寡恩哉。张籍有汾阳旧宅改法雄寺诗，则舞榭歌台，更无遗迹矣。

西江①晚泊

茫茫霭霭②失西东，柳浦桑村处处同。戍鼓一声帆影尽，水禽飞起夕阳中。

【注释】

①西江：一作「江上」，指长江九江至南京之间。

②茫茫霭霭：云雾迷漫貌。

【品读】

俞陛云《诗境浅说》：凡江行入暮时，上下舟樯，次第卸帆收港，江空无人，烟水迷茫中，唯有水禽翔泊。此诗诚善写江天入暮，空阔萧寥之状。

马戴

马戴，生卒年不详。字虞臣，曲阳（今江苏东海）人。会昌四年（844）进士。大中初，在太原幕府任掌书记。因直言获罪，贬龙阳尉。后得赦回京，官终太学博士。

春思

初日照杨柳，玉楼含翠阴。啼春独鸟思，望远佳人心。幽怨贮瑶瑟，韶光凝碧林。所思曾不见，芳草意①空深。

【注释】

①芳草意：盼所思之人归来的心意。

【品读】

钟惺、谭元春《唐诗归》：幽婉有古诗性情。

过野叟居

野人闲种树，树老野人前。居止白云内，渔樵沧海边。呼儿采山药，放犊饮溪泉。自著养生论，无烦忧暮年。

【品读】

王尧衢《古唐诗合解》：起句高妙。因过野人居，见屋前乔木，知为野老手植。今见树老，而野人之年可知，「闲」字内便伏养生意……「自著」，妙。「养生」非他人事，正是自家有病自家知。「无烦忧」，又妙。言愁虑可以不劳，养生家如此可以寿矣。

落日怅望

孤云与归鸟，千里片时间①。念我一何滞，辞家久未还。微阳下乔木，远色隐秋山。临水不敢照，恐惊平昔颜。

【注释】

①片时间：即片刻间，极言时间短暂。

【品读】

钟惺、谭元春《唐诗归》：孑然高调，气亦完。

沈德潜《唐诗别裁集》：意格俱好，在晚唐中可云轩鹤立鸡群矣。

送人游蜀

别离杨柳陌，迢递蜀门行。若听清猿后，应多白发生。虹霓侵栈道，风雨杂江声。过尽愁人处，烟花①是锦城②。

【注释】

①烟花：指春景。②锦城：即成都，因三国蜀汉于此设管理织锦之官，故名锦官城。

【品读】

钟惺、谭元春《唐诗归》：因『过尽』两字怆然，末五字遂成悲响。

贺裳《载酒园诗话》：晚唐诗，今昔咸推马戴。按戴与贾岛、姚合同时，其称晚唐，犹钱、刘之称中唐也。其诗唯写景为工，如『返照开岚翠』『残日半帆红』『宿鸟排花动』，皆佳句也。至如『虹霓侵栈道，风雨杂江声』，『猿啼洞庭树，人在木兰舟』，每读此语，便真若身游楚、蜀。

灞上①秋居

灞原风雨定，晚见雁行频。落叶他乡树，寒灯独夜人。空园白露滴，孤壁野僧邻。寄卧郊扉②久，何门致此身③。

【注释】

①灞上：即灞原。②郊扉：郊外寓居。扉，门，代指屋宇。③致此身：献此身，谓出仕。

【品读】

俞陛云《诗境浅说》：此诗纯写闭门寥落之感。首句即言灞原风雨，秋气可悲，迨雨过而见雁行不断。唯其无聊，久望长天，故雁飞频见，明人诗所谓『不是关山万里客，那识此声能断肠』也。三四言落叶而在他乡，寒灯而在独夜，愈见凄寂之况，与『乱山残雪夜，孤独异乡人』之句相似。凡用两层夹写法，则气厚而力透，不仅用之写客感也。五句言露滴似闻微响，以见其园之空寂。六句言为邻仅有野僧，以见其壁之孤峙。末句言士不遇本意，叹期望之虚悬，岂诗人例合穷耶。

宿无可上人房

稀逢息心侣，细话远山期。河汉秋深夜，杉梧露滴时。风传林磬久，月掩草堂迟。坐卧禅心在，浮生皆不知。

【品读】

贺裳《载酒园诗话》：《宿无可上人房》曰：『风传林磬久，月掩草堂迟。』此联上句一意贯串，下句『月』字下又有一转折。大率体涩而思苦，致极清幽，亦近于岛也。

赠友人边游回 一作《薛能诗》

游子新从绝塞①回，自言曾上李陵台②。尊前语尽北风起，秋色萧条胡雁来。

【注释】

①绝塞：极远之边塞。②李陵台：《一统志》：李陵台『在云内州北，高二丈余。』故址在今内蒙古包头市西。又《唐志》：『云中都护府有燕然山，山有李陵台。』位于今内蒙古阴山。

【品读】

俞陛云《诗境浅说》：此诗一气挥写。仅言边景，不言送别，惟略带远游及塞外早寒之意。沈归愚评唐人诗，有以气为主者，有以意为主者，此作重在气格之高，不在修饰词句也。

薛能

薛能（？-880），字大拙，汾州（今山西汾阳）人。武宗会昌六年（846）进士。宣宗大中八年（854），书判入等，补周至尉。辟太原、陕虢、河阳从事。李福镇滑州，表为观察判官，历侍御史、都官、刑部员外郎。官至工部尚书。

春日使府寓怀

一想流年百事惊，已抛渔父①戴尘缨②。青春背我堂堂③去，白发欺人故故④生。道困古来应有分，诗传身后亦何荣。谁怜合负清朝力，独把风骚⑤破郑声⑥？

【注释】

①渔父：指隐遁之士。②尘缨：指步入尘世官场。尘，尘世。缨，冠带。③堂堂：公然。④故故：屡屡。⑤风骚：风，《诗经》之《国风》。骚，《楚辞》之《离骚》。⑥郑声：《诗经》之《郑风》，古时被斥为淫声。

【品读】

陆荣望《许昌集跋》：薛太拙以吟咏自负，如『朝廷有道青春好，门馆无私白日间』；『青春背我堂堂去，白发欺人故故生』；『当时诸葛成何事，只合终身作卧龙』等句，皆脍炙众口久矣。

尤袤《全唐诗话》：『青春背我堂堂去，白发催人故故生。』此能诗也，然无子美大雅之度。

折杨柳

和风烟树①九重城②，夹路春荫十万营③。惟问边头不堪望，一株憔悴少人行。

【注释】

①烟树：指浓荫如烟的柳树。②九重城：指帝王居处。③十万营：指细柳营，西汉周亚夫屯兵处，在今陕西咸阳市西南渭河北岸。

【品读】

杨慎《升庵诗话》：诗意言饰太平于京师，而弛防守于边塞。

敖英《唐诗绝句类选》：一柳也，所植之地不同而荣枯迥然，感伤深矣。

温庭筠

温庭筠（812-870），本名岐，字飞卿，太原祁（今山西祁县）人。年轻时苦心学文，才思敏捷。晚唐考试律赋，八韵一篇。据说他叉手一吟便成一韵，八叉八韵即告完稿，时人亦称为『温八叉』『温八吟』。然屡试不第，客游淮间。唐宣宗朝试宏辞，温庭筠代人作赋，因扰乱科场，贬为隋县尉。后襄阳刺史署为巡官，授检校员外郎，不久离开襄阳，客于江陵。唐懿宗时曾任方城尉，官终国子助教。

张静婉采莲曲并序 一作《张静婉采莲歌》

静婉，羊侃①妓也，其容绝世。侃自为『采莲』二曲。今乐府所存，失其故意，因歌以俟采诗者。事具载《梁史》。

兰膏②坠发红玉春，燕钗拖颈抛盘云。城西杨柳向娇晚，门前沟水波粼粼。麒麟③公子朝天客④，珂马⑤珰珰⑥度春陌。掌中无力舞衣轻，剪断鲛绡⑦破春碧。抱月飘烟一尺腰，麝脐龙髓⑧怜娇娆。秋罗⑨拂水碎光动，露重花多香不销。鸂鶒交交塘水满，绿萍金粟⑩莲茎短。一夜西风送雨来，粉痕零落愁红浅。船头折藕丝暗牵，藕根莲子相留连。郎心似月月未缺，十五十六清光圆。

【注释】

①羊侃：字祖忻，泰山梁父人。初仕北魏，后归南朝梁。②兰膏：古时用泽兰炼制的油脂，用以点灯，有香味。此指头油。③麒麟：传说中象征吉祥的兽。此指羊侃。④朝天客：指在朝廷做官的人。⑤珂马：佩饰玉珂的马。⑥珰珰：玉珂撞击的声音。⑦鲛绡：传说中鲛人所织之绡。一名龙纱，亦泛指薄纱。⑧麝脐龙髓：古代贵族佩带的香料。麝脐，麝香。龙髓，又称龙脑。⑨秋罗：古代的一种质薄而轻，有条纹的丝织品。⑩金粟：桂花的别称。

【品读】

杨沧白《论诗绝句百首》：八叉敏捷过枚皋，轻艳新声一尺腰，春到晚唐花尽发，可能亡国为诗妖。

湖阴词 并序

王敦[1]举兵至湖阴。明帝微行，视其营伍。由是乐府有湖阴曲而亡其词，因作而附之。《晋书·明帝纪》：六月，敦将举兵内向，帝密知之，乃乘巴滇骏马微行，至于湖，阴察敦营垒而出。有军士疑帝非常人。又敦正昼寝，梦日环其城，惊起曰：『此必黄须鲜卑奴来也。』帝母荀氏，燕代人，帝状类外氏，须黄，敦故谓帝云。于是使五骑物色追帝。帝亦驰去，马有遗粪，辄以水灌之。见逆旅卖食妪，以七宝鞭与之，曰：『后有骑来，可以此示也。』俄而追者至，问妪。妪曰：『去已远矣。』因以鞭示之。五骑传玩，稽留良久。又见马粪冷，以为信远而止不追。帝仅而获免。

祖龙[2]黄须珊瑚鞭[3]，铁骢[4]金面青连钱[5]。
虎髯[6]拔剑欲成梦，日压贼营如血鲜。
海旗风急惊眠起，甲重光摇照湖水。
苍黄[7]追骑尘外归，森索[8]妖星阵前死。
五陵[9]愁碧春萋萋，霸川玉马空中嘶。
羽书[10]如电入青琐[11]，雪腕如槌催画鞞[12]。
白虬天子金煌铓[13]，高临帝座[14]回龙章[15]。
吴波不动楚山晚，花压阑干春昼长。

【注释】

①王敦：东晋大臣。②祖龙：本指秦始皇。此指晋明帝。③珊瑚鞭：以珊瑚珠装饰的马鞭，即『七宝鞭』。④铁骢：青黑色的马。⑤青连钱：即连钱骢。⑥虎髯：谓王敦。⑦苍黄：急遽貌。⑧森索：绵延离散貌。⑨五陵：指西汉高祖、惠帝、景帝、武帝、昭帝的陵园。⑩羽书：即羽檄。调兵遣将的紧急文书。⑪青琐：借指宫门。⑫画鞞：古代军中有画饰的小鼓。鞞，同『鼙』。⑬煌铓：光彩夺目貌。⑭帝座：亦作『帝作』，古星名。属天市垣。⑮龙章：即龙旂。

【品读】

翁方纲《石洲诗话》：飞卿七古调子元好，即如《湖阴词》等曲，即阮亭先生之音节所本也。

春晓曲 一作《齐梁体》

家临长信①往来道，乳燕双双拂烟草。油壁车②轻金犊肥，流苏③帐晓春鸡早。笼中娇鸟暖犹睡，帘外落花闲不扫。衰桃一树近前池，似惜红颜镜中老。

【注释】

①长信：即长信宫，汉太后常居之处。②油壁车：车壁用油涂饰的车子。③流苏：用彩色羽毛或丝线等制成的穗状饰物。

【品读】

胡仔《苕溪渔隐丛话》：温飞卿《春晓曲》殊有富贵佳致也。

侠客行 一作《齐梁体》

欲出鸿都门①，阴云蔽城阙②。宝剑黯如水，微红湿余血。白马夜频嘶，三更霸陵③雪。

【注释】

①鸿都门：东汉宫门名。②城阙：城郭宫阙。阙，宫门前的望楼。③霸陵：西汉文帝刘恒墓。在今陕西西安市东北。

【品读】

翁方纲《石洲诗话》：盖温诗短篇则近《雅》，如五古『欲出鸿都门』一篇，实高作也。

沈德潜《唐诗别裁》：温诗风秀工整俱在七言，此篇独见警绝。

春日野行

骑马踏烟莎①，青春奈怨何。蝶翎②朝粉尽，鸦背夕阳多。柳艳欺芳带③，山愁萦翠蛾。别情无处说，方寸是星河。

【注释】

①烟莎：烟雾笼罩的莎草。莎草，又称香附子，可入药。②蝶翎：蝴蝶翅膀。③芳带：女子所系具有香气之衣带。

【品读】

佚名《雪浪斋日记》：温庭筠小诗尤工，如『墙高蝶过迟』，又『蝶翎朝粉重，鸦背夕阳多』，又《过苏武庙》：『归日楼台非甲帐，去时冠剑是丁年』，皆工句也。

赠蜀府将 蛮入成都，频著功劳。一本无府字。

十年分散剑关①秋，万事皆随锦水②流。心气已曾明汉节，功名犹自滞吴钩③。雕边认箭寒云重，马上听笳塞草愁。今日逢君倍惆怅，灌婴④韩信⑤尽封侯。

【注释】

①剑关：即剑门关，其地在今四川剑阁县东北。②锦水：锦江。即今四川成都市南走马河。③吴钩：兵器，形似剑而曲。雕边认箭：谓能骑善射。雕，一种善

飞的猛禽。④灌婴：睢阳（今河南商丘南）人，西汉开国功臣。刘邦称帝，任车骑将军，封颍阴侯。⑤韩信：淮阴人，西汉开国功臣。刘邦称帝，封楚王、上大将军。后有人告他谋反，降为淮阴侯。

【品读】

陆次云《晚唐诗善鸣集》：笔壮。

杨逢春《唐诗绎》：七、八顶『滞吴钩』申说，妙斥托笔。

胡以梅《唐诗贯珠》：言艺精而边徼凄凉之况。

沈德潜《唐诗别裁》：惜其立功而不侯，同于李广。李蔡下中人，且侯，况灌婴韩信乎！

宋宗元《网师园唐诗笺》：不脱蜀地。五、六壮丽。

李羽处士①故里

柳不成丝草带烟，海槎②东去鹤归天。愁肠断处春何限，病眼开时月正圆。花若有情还怅望，水应无事莫潺湲。终知此恨难销尽，辜负南华③第二篇④。

【注释】

①处士：古时称有才德而隐居不仕的人。②海槎：用竹子编制的渡海的筏。③南华：《南华真经》的省称，即《庄子》别称。④第二篇：指《齐物论》。

【品读】

金圣叹《贯华堂选批唐才子诗》：前解，柳只是依旧柳，草只是依旧草，今遽觉其满眼麻迷、不可分明者，只为心头一人如槎去海、似鹤归天，将谓百年，竟成一旦故也。三、四妙于『春何限』『月正圆』，言偏是人情最恶之时，偏是天气绝妙之时也。后解，此五、六，看他句法无数变换，言花赖无情，故不怅望耳；设使有情，应亦大不自遣。水若无事，决不潺湲矣；正因有事，遂至如此呜咽。盖言伤处士者，不独一我也。《南华经》第二篇，正指蝴蝶物化一段，在平日所悟道理，此时全用不着也。

赠知音 一作《晓别》

翠羽花冠碧树鸡，未明先向短墙啼。窗间谢女①青蛾敛②，门外萧郎③白马嘶。残曙微星当户没，淡烟斜月照楼低。上阳宫④里钟初动，不语垂鞭过柳堤。

【注释】

①谢女：谢道韫，晋王凝之妻。此处泛指妙龄女子。②青蛾敛：即敛眉。青蛾，女子的眉。③萧郎：梁武帝萧衍。泛指为女子所欢恋的男子。④上阳宫：武则天所居，玄宗时宫人被谪居处。在今河南洛阳市城西洛水北岸。

【品读】

金圣叹《贯华堂选批唐才子诗》：前解，集中淫亵之词一例不收，此见其题作『赠知音』三字，恐别有意，故偶录之。一解写下床惊晏。后解，一解写出门惜早。虽复淫词，然一解写晏，一解写早，不知定晏定早，甚有顿挫之状也。

沈德潜《唐诗别裁》：颈联写晓别之景，令人辄唤奈何。

过陈琳①墓

曾于青史②见遗文，今日飘蓬③过此坟。词客有灵④应识我，霸才无主始怜君。石麟⑤埋没藏春草，铜雀⑥荒凉对暮云。莫怪临风倍惆怅，欲将书剑学从军。

【注释】

①陈琳：『建安七子』之一。②青史：即史书。古人用竹简写字，竹呈青色，称为青简，用青简写史书，故称。此指《三国志》。③飘蓬：喻漂泊无依。蓬，草本植物，遇大风则被拔起飘转。④有灵：死而有知。⑤石麟：古人安置在墓道上作为仪卫的石麒麟。⑥铜雀：即铜雀台，曹操筑。

【品读】

金圣叹《贯华堂选批唐才子诗》：前解，一、二言昔读其文，今过其坟也。不知如何偷笔，忽于句中魃地插得『飘零』二字，于是顿将二句十四字一齐收来，尽写自己。犹言昔读君文之时，我是何等人物，今过君坟时，竟成何等人物！则焉禁我之不失声一哭也。三、四，『词客有灵』，『霸才无主』，『应识我』，『始怜君』，其辞参差屈曲，不计如何措口，妙，妙！犹言昔读君文之时，我亦自拟『霸才』，今过君坟之时，我亦竟成『无主』！然则，我识君，君应识我；我怜我，故复怜君也。后解，前解之二句，若依寻常笔墨，则止合云『今日荒凉过古坟』也，忽被『飘零』二字横搀过去，先自写其胸怨愤，于是直至此五、六，始补写古坟。然而七云『莫怪』，八云『欲将』，依旧横搀过去，仍写自己，盖自来笔墨无此怨愤之甚者矣！

吴乔《围炉诗话》：诗意之明显者，无可著论，惟意之隐僻者，词必纡回婉曲，必须发明。温飞卿《过陈琳墓》诗，意有望于君相也。飞卿于邂逅无聊中，语言开罪于宣宗，又为令狐绹所嫉，遂被远贬。陈琳为袁绍作檄，辱及曹操之祖先，可谓酷毒矣。操能赦而用之，视宣宗何如哉？又不可将曹操比宣宗，故托之陈琳，以便于措辞，亦未必真过其墓也。起曰『曾于青史见遗文，今日飘零过此坟』，言神交，叙题面，以引起下文也。『词客有灵应识我』，刺令狐绹之无目也。『霸才无主始怜君』，『怜』字诗中多作『羡』字解，因今日无霸才之君，大度容人之过如孟德者，是以深羡于君。『石麟埋没藏春草』，『铜雀荒凉对暮云』，赋实之境也。忆孟德也。此句是一诗之主意。『莫怪临风倍惆怅，欲将书剑学从军」，言将受辟于藩府，永为朝廷所弃绝，无复可望也。怨而不怒，深得风人之意。

沈德潜《唐诗别裁》：言袁绍非霸才，不堪为主也。有伤其生不逢时意。

题崔公池亭①旧游

皎镜②方塘菡萏③秋，此来重见采莲舟。谁能不逐当年乐，还恐添成异日愁。红艳影多风袅袅④，碧空云断水悠悠。檐前依旧青山色，尽日无人独上楼。

【注释】

①崔公池亭：一作『怀贞亭』。②皎镜：犹明镜。喻水面。③菡萏：荷花的别称。④袅袅：摇曳貌。

【品读】

金圣叹《贯华堂选批唐才子诗》：前解，欲写昔日莲舟，反写今日莲舟；欲写今日感慨，反写后日感慨，不知其未措笔先如何设想？又不知其既设想后又如何措笔？真为空行绝迹之作也。后解，『红艳』七字写今日池亭也，『碧空』七字写昔日池亭也；『红艳』七字写不是昔日池亭也，『碧空』七字写不是今日池亭也。『依旧青山色』，妙！犹言不依旧者多矣！『无人独倚楼』，妙！犹言喧喧若干游人，岂有一人是昔人者！

瑶瑟①怨

冰簟银床②梦不成，碧天如水夜云轻。雁声远过潇湘③去，十二楼④中月自明。

【注释】

①瑶瑟：镶嵌美玉的瑟。②冰簟银床：清凉的竹席和银饰的床。③潇湘：湘江与潇水的并称。泛指两水流经之地。④十二楼：仙人居处。应劭：『昆仑玄圃五城十二楼，此仙人之所常居也。』

【品读】

胡应麟《诗薮》：温庭筠『冰簟银床梦不成』云云，杜牧之『青山隐隐水迢迢』云云，此等入盛唐亦难辨。

黄生《唐诗摘钞》：因夜景清寂，梦不可成，却倒写景于后。《瑶瑟》用雁事，亦如《归雁》用瑟字。

俞陛云《诗境浅说》：通首纯写秋闺之景，不着迹象，而自有一种清怨。首句『梦不成』略露闺情，以下由云天而闻雁，而南及潇湘，渐推渐远，怀人者亦随之神往。四句仍归到秋闺，剩有亭亭孤月，留伴妆楼，不言愁而愁与秋霄俱永矣。飞卿以诗人而兼词手，此诗高浑秀丽，作词境论，亦五代冯、韦之先河也。

处士卢岵山居一作《题卢处士山居》

西溪问樵客，遥识主人①家。古树老连石，急泉清露沙。千峰随雨暗，一径入云斜。日暮鸟飞散，满山荞麦花②。

【注释】①主人：指卢岵。②荞麦花：一年生草本植物，开白色或淡粉红色小花。

【品读】方回《瀛奎律髓》：温飞卿诗多丽而淡者少，此三、四句乃佳。

碧涧驿晓思

香灯伴残梦，楚国在天涯。月落子规歇，满庭山杏花。

【品读】宋顾乐《唐人万首绝句选》：写得情景悠扬婉转，末句更含无限寂寥。

俞陛云《诗境浅说》：诗言楚江客舍，残梦初醒，孤灯相伴，其幽寂可想。迨起步闲庭，斜月西沉，子规啼罢，惟见满庭山杏，挹晨露而争开。善写晓天清景，格高味咏。

商山早行

晨起动征铎①，客行悲故乡。鸡声茅店月，人迹板桥霜。槲叶落山路②，枳花明驿墙。因思杜陵③梦，凫雁满回塘。

【注释】①动征铎：指车行铃响。②槲叶满山路：指早春景色。槲，树名。槲叶冬天存留在枝上，次年嫩芽发出时才脱落。③杜陵：汉宣帝陵，在长安城南。此处指代长安。

【品读】欧阳修《六一诗话》：圣俞尝语余曰：『诗家虽率意，而造语亦难。若意新语工，得前人所未道者，斯为善也。必能状难写之景，如在目前，含不尽之意，见于言外，然后为至矣。贾岛云：「竹笼拾山果，瓦瓶担石泉。」姚合云：「马随山鹿放，鸡逐野禽栖。」等是山邑荒僻，官况萧条，不如「县古槐根出，官清马骨高」为工也。』余曰：『语之工者固如是。状难写之景，含不尽之意，何诗为然？』圣俞曰：『作者得于心，览者会以意，殆难指陈以言也。虽然，亦可略道其仿佛：若严维「柳塘春水漫，花坞夕阳迟」，则天容时态，融和骀荡，岂不如在目前乎？若温庭筠「鸡声茅店月，人迹板桥霜」，贾岛「怪禽啼旷野，落日恐行人」，则道路辛苦，羁愁旅思，岂不见于言外乎？』

李东阳《怀麓堂诗话》：『鸡声茅店月，人迹板桥霜』，人但知其能道羁愁野况于言意之表，不知二句中不用一二闲字，止提掇出紧关物色字样，而音韵铿锵，意象具足，始为难得。若强排硬选，不论其字面之清浊，音韵之谐舛，而云我能写景用事，岂可哉！

送人东游 一作《送人东归》

荒戍落黄叶，浩然①离故关②。高风汉阳渡③，初日郢门山④。江上几人在？天涯孤棹还。何当重相见，尊酒慰离颜。

【注释】

①浩然：无所留恋貌。②故关：指函谷关。③汉阳渡：汉水之阳的渡口。④郢门山：即荆门山，在湖北宜都县西北。

【品读】

沈德潜《唐诗别裁》：起调最高。

宿云际寺①

白盖金圣叹：「白盖」定即寺名，盖梵语「楞严」，此云白盖也。微云一径深，东风弟子远相寻。苍苔路熟僧归寺，红叶声干鹿在林。高阁清香生静境，夜堂疏磬②发禅心③。自从紫桂④岩前别，不见南能⑤直到今。

【注释】

①云际寺：即云际山大安寺，在今陕西户县北。②磬：寺院诵经用的钵形打击乐器。③禅心：佛教谓清静寂宁的心境。④紫桂：紫色桂树。东晋王嘉《拾遗记》：「河之北，紫桂成林，群仙饵焉。」⑤南能：即唐代佛教禅宗南宗创始人慧能。

【品读】

金圣叹《贯华堂选批唐才子诗》：前解，「白盖」，定即寺名，盖梵语「楞严」，此云「白盖」也。「微云一径深」，言入寺之路至幽邃也。「东风」，足纪今日到寺之时。「弟子远相寻」，言此来乃是特地，非乘便也。三四再写「一径深」之三字，言此径中间有路，是为寺僧踏成，两边无路，则闻鹿行叶响也。一解写未入寺前来。后解，五、六，心从磬发，易解；境从香生，难解。若解得清香所以生境之故，即于疏磬发心，如遇王膳，饥便任食也。七、八，桂岩一别以后，重见南能以前，便隐括去无数不堪丑态，只看其于高阁香前、夜堂磬后，默默忏悔，便知之也。

寄岳州李员外郎①远 一作「肱」

含颦②不语坐持颐，天远楼高宋玉悲③。湖上残棋人散后，岳阳微雨鸟来迟。早梅犹得回歌扇，春水还应理钓丝。独有袁宏④正憔悴，一尊惆怅落花时。

【注释】

①外郎：即员外郎。唐时六部诸司有郎中、员外郎，员外郎为郎中之佐。②含颦：皱眉状。③宋玉悲：宋玉有「悲哉秋之为气也」句。④袁宏：字彦伯，小字虎，阳夏（今河南太康）人。东晋文学家、史学家。

【品读】

金圣叹《贯华堂选批唐才子诗》：前解，望岳州不见，故「含颦」；念岳州不置，故「不语」；算计欲去岳州不得，故「持颐」谛思也。「天远」即岳州；

『高楼』即坐处；『残棋人散』『微雨鸟归』，即『宋玉悲』之『悲』字也。看他『湖上』『岳阳』十四字，又字字皆手边笔底之所惯用，而不知何故，一出先生，便成佳制！此不可不细学也。后解，此又细自分别，实为员外而憔悴也。五、六，犹言设使不为员外，则早梅歌扇，果得送怀，春水钓丝，亦堪遣兴；今自冬入春，日唯惆怅，则舍员外竟为谁哉！『落花时』，妙，非妙于写更无人知，妙于写自早梅至落花，凡经一春，无日不惆怅也。

游南塘寄知者 一作《游南塘寄王知白》

白鸟梳翎立岸莎，藻花菱刺①泛微波。烟光似带侵垂柳，露点如珠落卷荷。楚水②晓凉催客早，杜陵③秋思傍蝉多。镏公不信归心切，听取江楼一曲歌。

【注释】

①菱刺：俗称菱角。②楚水：一名乳水，即今陕西商县西乳河。③杜陵：地名。在今陕西西安市东南。汉宣帝筑陵于东原上，因名杜陵。

【品读】

金圣叹《贯华堂选批唐才子诗》：前解，一解纯写南塘一片新秋景物，略不插入自己意思，至后轻轻转笔，便令知者慨然会之。后解，言上解通解是『楚水晓凉』也，实通解是『杜陵秋思』也。其知我者以我为『归心切』也，其不知我者，以我为『一曲歌』也。然则胡不便记取此『一曲歌』也！

寄卢生

遗业①荒凉近故都，门前堤路枕平湖。绿杨阴里千家月，红藕②香中万点珠。此地别来双鬓改，几时归去片帆孤？他年犹拟金貂换③，寄语黄公旧酒垆。《世说新语·伤逝》：『晋王濬冲为尚书令，乘轺车往黄公酒垆下过，顾谓后车客：「吾昔酣饮此垆，竹林之游亦预其末。自嵇生夭，阮公亡，便为时所羁绁，今日视此虽近，邈若山河」』。

【注释】

①遗业：前人留下的产业。②红藕：即红莲。③金貂换：《晋书·阮孚传》载，阮孚为散骑常侍，终日酣饮，常以所服金貂换酒，为有司所弹。

【品读】

金圣叹《贯华堂选批唐才子诗》：前解，不解诗者，谓此是写遗业好景；殊不知起句明有『荒凉』二字，则此固写别来恶绪也。二，『堤路枕平湖』，以『堤路』故，便有三之一带『绿杨』；以『平湖』故，便有四之万枝『红藕』。至如『影里千家月』『香中万点珠』，则固所云当时好景，今日恶绪者也。后解，『双鬓改』，写此地别来之久；『片帆孤』，写几时归去之赊。读至

『他年犹拟』四字，想见先生胸中乃至遂有意外之忧。嗟乎，人生首丘之情，不亦悲哉！寄卢生用到黄公酒垆事，却自云他年犹拟，故曰意外之忧也。

春日访李十四处士

花深桥转水潺潺[1]，甪里先生[2]自闭关。看竹已知行处好，望云空得暂时闲。谁言有策堪经世？自是无钱可买山[3]。一局残棋千点雨，绿萍池上暮方还。

【注释】

①潺潺：水流貌。②甪里先生：汉初隐士，商山四皓之一。姓周，名术，字元道。③买山：指归隐。《世说新语·排调》：『支道林因人就深公买印山。深公答曰：「未闻巢由买山而隐。」』

【品读】

金圣叹《贯华堂选批唐才子诗》：前解，『花深』一境，『桥转』一境，潺潺水声又一境。凡转三境至先生门，乃先生又为闭门！于是，以未见先生，故且先看竹，便有无量益；且先看云，便有无量益；则不知见先生后，其为益又当何如！此唐人避实取虚之法也。后解，更不复写先生，只自叙所以未隐之故。七句疏雨残棋，妙！所谓先生移我情也。

春日

问君何所思，迢递艳阳时。门静人归晚，墙高蝶过迟。一双青琐燕[1]，千万绿杨丝。屏上吴山远，楼中朔管[2]悲。宝书无寄处，香毂[3]有来期。草色将林彩，相添入黛眉。

【注释】

①青琐燕：指落在窗前的紫燕。②朔管：指羌笛。泛指北方地区流行的管乐器。③香毂：古人乘坐的车。

【品读】

佚名《雪浪斋日记》：温庭筠小诗尤工，如『墙高蝶过迟』，又『蝶翎朝粉重，鸦背夕阳多』，又《过苏武庙》『归日楼台非甲帐，去时冠剑是丁年』，皆工句也。

曹邺

曹邺，生卒年不详。字邺之，桂州阳朔（今属广西）人。大中四年（850）进士。曾为天平节度使掌书记。迁太常博士，历祠部、吏部郎中，仕至洋州刺史。

送进士①下第归南海②

数片红霞映夕阳，揽君衣袂更移觞。行人③莫叹碧云晚，上国④每年春草芳⑤。雪过蓝关⑥寒气薄，雁回湘浦⑦怨声长。应无惆怅沧波远，十二玉楼⑧非我乡。

【注释】

①进士：指参加进士科考的人士。②南海：郡名，今广东南海一带。③行人：指下第者。④上国：都城。⑤春草芳：喻指每年举行的科考。⑥蓝关：蓝田关，在今陕西蓝田县东南。⑦雁回湘浦：湖南衡阳有回雁峰，相传南飞雁至此不前，明春北回。湘浦，湘水之畔。⑧十二玉楼：指隐居学仙之地。《十洲记》：『昆仑山之一角，有金台五所，玉楼十二所。』

【品读】

金圣叹《贯华堂选批唐才子诗》：前解，捱别至夕阳，已是必须分手，此再加『数片红霞』，便是更不可不分手也。而又揽袂移觞，更申叮嘱，不知其所叮嘱，又为何语？及读三四，不谓只是如此用笔，《庄子》云：『使人之意也消』。对坎壈人一片纯作激昂语，真足使人意消已。后解，『雪过』『雁回』，写其到家之一日也。『应无』之为言两问也。言子到家之日，应将惆怅沧波远耶？抑不耶？于是复作决辞痛诫之，言儒者读书行道，致君泽民，立身显亲，扬名垂后，此则真我之事。若十二玉楼，其说胡为来哉！

碧寻①宴上有怀知己

荻花芦叶满溪流，一簇笙歌在水楼。金管②曲长人尽醉，玉簪恩重独生愁。女萝③力弱难逢地，桐树心孤易感秋。莫怪当欢却惆怅，全家欲上五湖④舟。

【注释】

①寻：一作『浔』。②金管：此指笙之类管乐器。③女萝：又名菟丝，蔓生植物。此系诗人自喻。④五湖：用范蠡事。此用以泛指归隐江湖。

【品读】

金圣叹《贯华堂选批唐才子诗》：前解，二是『一簇笙歌』，一衬之却是『荻花芦叶』。相其神态，早自不欢。三，『人尽醉』，妙。中有不醉者，然则此七字，便是不醉人眼中更看不得之事也。四，『玉簪』即其所怀知己，可知。看他三四写满眼人不是心中人，人生感恩不感恩，真是大段勉强不得。后解，此诗与题，章法最奇。题是《碧浔宴上有怀知己》，诗却是碧浔宴上无一知己。五写至今未有托足，六写对人只是心孤。然则逝将弃汝，适彼沧波。『全家』字妙，言决于去，已更无恋。三复吟之，令人下泪也。

李频

李频（818-876），字德新，唐寿昌长汀源（今建德李家镇）人。大中八年（854）进士，调校书郎，任南陵县主簿，又升任武功县令。后调京任侍御史，后升任都官员外郎。不久，任建州（今福建建瓯）刺史，卒于任上。

湘口①送友人

中流欲暮见湘烟，苇岸无穷接楚田。去雁远冲云梦②雪，离人独上洞庭船。风波尽日依山转，星汉通宵向水连。零落梅花过残腊，故园归醉及新年。

【注释】

①湘口：湘江入洞庭的渡口。一作『湖口』。②云梦：云梦泽。云泽在长江北，梦泽在长江南。

【品读】

金圣叹《贯华堂选批唐才子诗》：前解，一句是面前湘江，二句是江之隔岸，三句是极望前途。由面前而隔岸，而极望，盖先默付别事，悄窥船势，一递一递，转远转远。然而此间陡地分手，便是杳不相见，而如之何可以放离人独上船也。看他一解，先次第写一二三句，下独接第四一句，又一崭新章法。一，看他『中流』字；二，看他『无穷』字；三，看他『远去』字。此为一递一递，转远转远。四，看他『独上』字，此为陡地分手，杳不相见也。盖『独』，乃与我分手而独，非无人同行而独也。切须细辨之。后解，前解写未上洞庭船已前，此解写既上洞庭船已后也。『风波尽日』，是写洞庭船昼行；『星汉通宵』，是写洞庭船夜行。七八言如此昼夜兼行，则冬春之交，必得到家，然而独奈我何哉！

鄂州①头陀②寺上方③

高寺上方无不见，天涯行客思迢迢。西江帆挂东风急，夏口④城衔楚塞遥。沙渚渔归多湿网，桑林蚕后尽空条。感时叹物寻僧话，惟向禅心得寂寥。

【注释】

①鄂州：地名。治所在今湖北武昌县。②头陀：梵语称僧人。南齐王简栖《头陀寺碑文》注：『天竺言头陀，此言斗薮，斗薮烦恼，故曰头陀。』③上方：住持僧居住的内室。亦指佛寺。④夏口：镇名，在今湖北汉口市。唐为鄂州治。

【品读】

金圣叹《贯华堂选批唐才子诗》：前解，一解非写高寺上方，正写天涯行客也。言既身为行客，即何日不在西江帆下，夏口城边？徒以一身落在其中，竟不自知可笑。今日忽然登此高寺，望见他人疾驱如此，前去渺然，真不知其着何来由，甘心梦梦若此，于是而惭愧忏悔，在佛菩萨座前，不觉一时并发也。要识其『迢迢』二字，半生身为行客，此日乃始亲睹行客之状，于是立地发心，思向禅门并销，谓之『迢迢』也。后解，五六言渔归则网湿，喻事苦身劳；蚕尽则桑空，喻功成身殁。夫事方苦，则身敢辞劳；然功一成，即身已先殁。人生世上，幼学壮行，及至到头，大抵如斯矣。仔细筹量，唯有大雄门下，寂寂寥寥，前亦无劳，后亦不殁。然则我今舍此，其又安去也耶？

题张司马别墅

庭前树尽手中栽，先后花分几番开。巢鸟恋雏惊不起，野人①思酒去还来。自抛官与青山近，谁讶身为白发催？门外寻常行乐处，重重履迹在莓苔。

【注释】

①野人：农人，没有爵禄的平民。

【品读】

金圣叹《贯华堂选批唐才子诗》：前解，后解方言不知老至，而前解已言树皆手栽。然则张司马之妙年高蹈，真为不易得也。巢鸟不惊，妙！野人狎至，妙！世或有如此别墅？世容有如此司马？盖抛官后，若不能到尔许田地，便是一肚皮宦情都在也。后解，『青山』句写其高脱，『白发』句写其闲畅。曰『自抛』，曰『谁讶』，一气直到七、八二句，言我亦察其所安非一日矣！

李郢

李郢，生卒年不详。字楚望，长安（今陕西西安）人。宣宗大中十年（856）登进士第，归江南，居苏州。曾入幕湖州、淮南、睦州、信州为从事，入为御史。后为越州从事，卒于任。一说官终员外郎。

赠羽林将军 一作《江上逢王将军》

虬须憔悴羽林郎①，曾入甘泉②侍武皇③。雕没夜云知御苑，马随仙仗识天香④。五湖⑤归去孤舟月，六国⑥平来两鬓霜。唯有桓伊⑦江上笛，卧吹三弄⑧送残阳。

【注释】

①羽林郎：皇家侍卫部队羽林军。汉武帝始建，长官有「羽林中郎将」和「羽林郎」。唐置左、右羽林军。②甘泉：宫名，故址在今陕西淳化西北甘泉山。③武皇：一作「玉皇」。④天香：指宫殿上的香气。⑤五湖：泛指江湖山林。⑥六国：泛指敌对国家。⑦桓伊：字叔夏，小字子野。东晋军事家、音乐家，历任淮南太守、豫州刺史等职。喜音乐，善吹笛，时称「江左第一」。⑧三弄：即「梅花三弄」，又名《梅花引》，古琴曲。

【品读】

金圣叹《贯华堂选批唐才子诗》：前解，一解四七二十八字，只除「虬须憔悴」四字，其余尽写少年豪事，妙，妙！看他不写侍武皇如何近幸，只写雕知御苑，马识天香，便令羽林恩宠如画。此皆唐人秘法，不可不学也。须知此解写憔悴，非写恩宠也。细读「曾入」字，便知之。「虬须」下，自来无「憔悴」字；「憔悴」上，自来无「虬须」字，只四字合成半句，令无数英灵男子大哭。后解，「孤舟月」「两鬓霜」，言一无所有也。昔年豪事，竟何在哉？唯有弄笛江上，眼看残阳而已。

江亭晚秋

碧天凉冷雁来初，闲看江亭思有余。秋馆池台荷叶歇，野人①篱落豆花疏。无愁自得仙翁术，多病能忘柱史②书。闻说故园香稻熟，片帆归去就鲈鱼。

【注释】

①野人：泛指村野之人，农夫。②柱史：柱下史的省称。相传老子曾为周柱下史，后以之为老子或老子《道德经》的代称。

【品读】

金圣叹《贯华堂选批唐才子诗》：前解，落手写一「碧」字，便知其是先看凉天，次看江亭。先看凉天、次看江亭者，不凉当不看，不看当不见雁，不见雁当不心动晚秋，不心动晚秋则又何故而看江亭也。三四池台荷歇，篱落豆疏，是一片晚秋，是一片愁绪，先写成以待后解转出「无愁」二字也。后解，五六如此转岂不奇，言自从学道之后，颇复不被缘感。然一向病魔见侵，未免有意玄功。则值此稻熟鲈肥之际，何为而不片帆归去耶？看他满肚欲归，偏又作此闲闲之笔，所谓文人各自有其专家也。

晚泊松江驿

片帆孤客晚夷犹，红蓼①花前水驿秋。岁月方惊离别尽，烟波别驻古今愁。云阴故国山川暮，潮落空江网罟②收。听得吴王③旧歌曲，棹声遥散采菱舟。

【注释】

①红蓼：蓼的一种。多生水边，花呈淡红色。②网罟：捕鱼及捕鸟兽的工具。③吴王：指春秋吴国之主。

【品读】

金圣叹《贯华堂选批唐才子诗》：前解，先生诗，每每比人意欲高一揲手。如起句『片帆孤客』，看他只下『夷犹』二字，便说得自己心眼直是超出常人心眼之外。盖三之『方惊离别』，便是常人心眼；四之『别驻古今』，便是自己心眼。常人心眼，不出蓼花水驿之前；自己心眼，实在片帆夷犹之外也。后解，五，山川暮，六，网罟收，七八棹歌遥散。一日末后不过如此而已。一生末后不过如此而已，一代末后不过如此而已。然则日日末后不过如此而已，生生末后不过如此而已，代代末后不过如此而已，此即上解所云千古剧愁。试思片帆若不夷犹，我乘千里马真先安之哉！

送刘谷

村桥西路雪初晴，云暖沙干马足轻。寒涧渡头芳草色，新梅岭外①鹧鸪声。邮亭②已送征车③发，山馆谁将候火迎？落日千峰转迢递，知君回首望高城。

【注释】

①岭外：指五岭以南地区。②邮亭：古时传递文书的人沿途休息的处所，驿馆。③征车：远行人乘的车。

【品读】

金圣叹《贯华堂选批唐才子诗》：前解，一二妙于不写人，只写马。言雪晴则云暖，云暖则沙干，沙干则马行轻快，于是村桥西路，瞥然遂已不见刘生也。三四承马行轻快，瞥然不见，言但见渡头芳草之色，但闻岭外鹧鸪之声，更已不见刘生，更已不闻刘生也。写新入世路人，真有此高兴。后解，五六『车发』『火迎』，是写别后第一夜不堪。七『落日千峰』，是写转愈不堪。『知君回首望』者，扰言此非君今日所知，君至其日始当知耳。然而我则今日固已知之也。想见刘生匆匆急别，故作尔语婉赠之。盖直恐他日倦游，始当重念此诗耳。

江亭春霁

江蓠①漠漠②荇田田③，江上云亭霁景鲜。蜀客帆樯背归燕④，楚山花木怨啼鹃⑤。春风掩映千门柳，晓色凄凉万井⑥烟。金磬⑦泠泠⑧水南寺，上方僧室⑨翠微连。

【注释】

①江蓠：红藻的一种，也称龙须菜。②漠漠：密布貌。③田田：指叶子相连状。④背归燕：帆樯后面飞着归来的燕子。背，指船后。⑤怨啼鹃：花木丛中有啼叫的杜鹃。怨，通蕴，蕴藏。⑥万井：千家万户。古制八家为井。⑦金磬：佛寺中钵形的铜乐器。⑧泠泠：形容声音清越。⑨僧室：一作『台殿』。

【品读】

金圣叹《贯华堂选批唐才子诗》：前解写『雾景』，却从江篱江荇着手，此最是写雾第一妙理。盖自来新晴之初，独有水滨与朝光相切，便得最先知觉，此固非睡梦烂熟之人所晓也。『蜀客帆樯』者，写西望亦雾也。『楚山花木』者，写东望亦雾也。一解纯写雾景也。后解，一解写雾后之所平望也。『掩映千门柳』，言何处不在春风；『凄凉万井烟』，言何处不悲晓色，因而遥望水南、翠微，心感泠泠金磬，犹言苍生方且如此，殊未卜税驾之何年也。

刘沧

刘沧，生卒年不详。字蕴灵，汶阳（今山东宁阳）人。大中八年（854）登进士第。调华原尉，迁龙门令。

长洲①怀古

野烧原空尽狄②灰，吴王此地有楼台。千年事往人何在？半夜月明潮自来。白鸟影从江树没，清猿声入楚云哀。停车日晚荐苹藻③，风静寒塘花正开。

【注释】

①长洲：古苑名。在今江苏苏州市西南。②狄：通『荻』，多年生草本植物。③荐苹藻：指以苹藻为马的饲料。

【品读】

金圣叹《贯华堂选批唐才子诗》：前解，此落手七字最奇，意欲先写空原直空到尽情，便只荒荒一点芦荻亦不存留，都付野火尽烧作灰，夫而后翻手掉笔，焕然点出『吴王楼台』四字，使人读之，别自心眼闪烁，不复做通套沧桑语过目也。三、四『人何在』『潮自来』，此二句在讲家，谓之有问无答法，言问者自是不得不问，而答者实是更无能答，妙绝，妙绝！后解，上解三四自是销缴吴王楼台，此五六则始极写是日现景也。七八停船沥酒，不过略自解释，乃无何流目旁觑，又有正开之花，始悟世事前往后来，直是各不相顾，然则我于今日，亦更不须多感也。

屈复《唐诗成法》：刘沧怀古，俱耐人读，虽不甚切，而跳踯凄婉，较许浑之工切，却胜十倍。可见诗之好处，又不尽在工切也。

经炀帝①行宫

此地曾经翠辇②过，浮云流水竟如何。香销南国③美人尽，怨入东风芳草多。残柳宫前空露叶，夕阳川上浩烟波。行人遥起广陵④思，古渡月明闻棹歌。

【注释】

①炀帝：即隋炀帝杨广。②翠辇：装饰着翠鸟羽毛的车。③香销南国：隋炀帝曾携大批宫妃南游，直抵广陵（今扬州）。后被虎贲郎将司马德戡等所杀。④广陵：扬州，又称江都。

【品读】

金圣叹《贯华堂选批唐才子诗》：前解，昔尝耳闻其事，今日身经其地，以其所见，证其所闻，早已一无有。于是眼看浮云流水，心想隋帝行宫。言更无美人，徒余芳草。亦用三承一，四承二法也。『美人尽』，写出『香销南国』四字，使人作数日想。『芳草多』，写出『怨入东风』四字，又使人作数日想。盖此八字止是一个缘故，然是两样文字也。后解，前解写『炀帝行宫』，此解写『经』也。言近攀则有残柳，远望则见夕阳。昔年广陵胜游并已杳无踪影，然而行人犹得依稀如或见之者，古渡月明，两岸棹歌，哀怨之音，飒飒盈耳。此固宛然阿麽当日凄然下泪时风景也。

黄生《唐诗摘抄》：结句『闻棹歌』之声，因想当日楼船歌舞之盛，从此而达广陵也。妙在前面已说得声销影灭，结处却重复掉转。此是死里逃生，跌断复起，绝妙古今结法也。

咸阳①怀古

经过此地无穷事，一望凄然感废兴。渭水②故都秦二世③，咸原秋草汉诸陵④。天空绝塞⑤闻边雁，叶尽孤村见夜灯。风景苍苍⑥多少恨，寒山半出白云层。

【注释】

①咸阳：古都邑名，在今陕西省咸阳市东北。②渭水：即渭河，流经咸阳城南。③秦二世：指秦代始皇帝和胡亥共二世皇帝。④汉诸陵：指汉代皇帝的陵墓。⑤绝塞：极远的边塞。⑥苍苍：空阔貌。

【品读】

金圣叹《贯华堂选批唐才子诗》：前解『此地』之为言我来视之，不过一片荒荒草场也，又岂知其曾有经过之事，乃至经过曾有无穷之事。然则今日一望深秋，固自满眼不见，其实已不知有千千万万人，败成哭笑于其间，斯可为之浩叹也。三曰据迹实之，言如秦之二世，是一大兴大废，如汉之诸陵，又是一大兴大废，至于中间，又有无数小兴小废，盖不可以更仆数尽之也。后解，『闻边雁』言今则所闻止此而已，『见水灯』言今则所见止此而已，不信秦、汉当时，亦徒止此而已乎？忽转笔曰：秦、汉风景固有在者，不见白云之上高矗寒山，此即自昔至今何尝兴废也哉！

纪昀《瀛奎律髓刊误》：前四句气魄甚大，如此种便不俗，其故可思而不能口舌争也。惜后半稍弱，『层』字亦押得不稳。

秋夕山斋即事

衡门[1]无事闭苍苔[2]，篱下萧疏野菊开。半夜秋风江色动，满山寒叶雨声来。雁飞关塞霜初落，书寄乡山人未回。独坐高窗此时节，不弹瑶瑟[3]自成哀。

【注释】

①衡门：横木为门。指简陋的屋舍。②苍苔：青色苔藓。③瑶瑟：用玉装饰的琴瑟。

【品读】

金圣叹《贯华堂选批唐才子诗》：前解，无事闭门，只加『苍苔』二字，便知不是以无事故偶闭门，直是以无人故特不开门也。再写篱下野菊，极诉其更无相对。三四，半夜风动，满山雨来，于遥遥异乡，兀兀独住人分中，真为极大不堪也。此解与许仲晦『溪云初起』一解，便是一副机杼，危苦既同，呻吟如一，笔墨所至，不谋而然。诗之为言为思，夫岂不信乎哉。后解，五『雁飞关塞』是今年新雁，六『书寄乡山』是去年旧书。言见新雁，又欲寄新书，而忆旧书尚未接旧雁。此时此情，真成独坐，何暇更弹《别鹄》等曲耶？

春晚旅次有怀

晚出关河绿野平，依依云树动乡情。残春花尽黄莺语，远客愁多白发生。野水乱流[1]临古驿，断烟[2]凝处近孤城。东西未遂归田计，海上青山久废耕。

【注释】

①乱流：放纵恣行。②断烟：孤烟。

【品读】

金圣叹《贯华堂选批唐才子诗》：前解，一解只是『绿野平』三字斗乱心曲。『绿野平』者，郊原雨足，播种及时，此方一然，无处不尔，于是遽念家田，漫无归计，遥望云树，深致叹息也。三承一，言春已残，花已尽，止剩黄莺尚语，此时更无闲事，唯有村村农务也。四承二，言客又远，愁又多，不禁白发乱生，此时全无上策，只好遥遥坐叹也。此写春晚。后解，此野水也，流至何处？则古驿也。此断烟也，凝在何处？则孤城也。自言今日古驿，明日孤城，今日断烟，明日野水，我行东西，殊未能知税驾之何年也。然则海上青山，直应付之不须提起。何则？前废既久，后耕杳然，说之徒自心头烦恶也。此写旅次。

和友人忆洞庭旧居

客舍经时益苦吟，洞庭犹忆在前林。青山残月有归梦，碧落片云生远心。溪路烟开江树出，草堂门掩海涛深。因君话旧起愁思，隔水数声何处砧[1]？

【注释】

①砧：捣衣声。

【品读】

金圣叹《贯华堂选批唐才子诗》：前解，既已出门作客，大都笔墨尽废。今客舍已复经时，而吟诗乃更刻苦。然则自然不是马背上人，夫安得而不思旧林也。三四代与写之，言日间遥指片云，心摇摇其奋飞，必是夜间每至落月，梦沉沉其频去。所谓洞庭只在前林，固足其闭目开目未尝暂置者也。后解，此五六是此友人自话洞庭旧居之胜景也。想他烟开树出，果然妙绝溪路；门掩涛闻，果然妙绝草堂。七八，于是忽然提到心头，我亦自有一带溪路，数间草堂，秋砧动矣，如之何其犹不归去也？

晚归山居

寥落霜空木叶稀，初行郊野思依依[1]。秋深频忆故乡事，日暮独寻荒径归。山影暗随云水没，钟声渐入远烟微。娟娟[2]知有西林[3]月，不惜清光照竹扉。

【注释】

①依依：轻柔貌。②娟娟：明媚貌。③西林：寺名。在江西省星子县庐山麓，晋太原中僧慧永建。后因以泛指寺院。

【品读】

金圣叹《贯华堂选批唐才子诗》：前解，题曰『晚归山居』者，言近来日日说归，究竟无有归理；今日日虽抵暮，我已发兴真归也。前解『初行郊野』妙，言日在城中，长衢夹巷，马粪车尘，何意忽然出城快睹霜高木落，于是故乡不用频忆，荒径连夕便行。盖不如是，将终不得而归也。后解，此承写上日暮也。言山影则已没，钟声则已微，然我亦一任其没，一任其微；而总之归兴既发，归志自决，一心只念故居竹扉，此时当有娟娟早月，西林先照也。

经麻姑[1]山

麻姑此地炼神丹[2]，寂寞烟霞古灶残。一自仙娥归碧落[3]，几年春雨洗红兰。帆飞震泽[4]秋江远，雨过陵阳[5]晚树寒。山岭白云千万片，时闻鸾鹤[6]下仙坛。

【注释】

①麻姑：神话中仙女名。②神丹：道教所炼的灵药。

谓服之能成仙。③碧落：道教语。天空，青天。④震泽：湖名。即今江苏太湖。⑤陵阳：山名。在今安徽石台北。一说在宣州城内。相传为陵阳子明得仙之地。⑥鸾鹤：鸾与鹤。相传为仙人所乘。

【品读】

金圣叹《贯华堂选批唐才子诗》：前解，凡读诗，切须辨其句法。如此起句七字，乃是言此地曾有麻姑炼丹，非言麻姑曾于此地炼丹也。只须起句读正，便以下三句皆正。如二之『残灶』，四之『红兰』，皆只是细看此地，并非寄怀麻姑也。后解，『震泽秋江远』『陵阳晚树寒』，更禁不得是『帆飞』『雨过』之一『飞』字『过』字。今忽写来与此地云鸾作一解者，彼彼皆不知其有何至急，而飞者过者瞬息骇疾至有如此。试复暂来此地稍看白云，便当悟仙坛鸾鹤，世皆真有，特非如《列仙传》之胡说也。

李群玉

李群玉（807—858），字文山，澧州（今湖南澧县）人。一度应进士举，不第，即弃去。大中八年（854）游长安，上表献诗三百篇。其时裴休为宰相，荐授宏文馆校书郎。不久，弃官回乡。

雨夜呈长官 一作《雨夜》

远客坐长夜，雨声孤寺秋。请量东海①水，看取浅深愁。愁穷重于山，终年压人头。朱颜与芳景，暗赴东波流。鳞翼②思风水，青云方阻修③。孤灯冷素艳④，虫响寒房幽。借问陶渊明，何物号忘忧⑤？无因一酩酊⑥，高枕万情休。

【注释】

①东海：唐人称今黄海、东海。②鳞翼：指代鱼、鸟。③阻修：阻隔遥远。④素艳：美好的月光。⑤忘忧：任昉《述异记》：『萱草，一名紫萱，又呼为忘忧草。』此处指酒。⑥酩酊：大醉貌。

【品读】

辛文房《唐才子传》：群玉继禀修能，翱翔大化，人不知而不恤，禄不及而不言。望涔阳之亡极，挹杜兰之绪馨，款君门以披怀，沾一命而潜退，风景满目，宁无愧于古人。故其格调清越，而多登山临水、怀人送归之制。如『远客坐长夜，雨声孤寺秋。请量东海水，看取浅深愁』等句，已曲尽羁旅坎壈之情。壮心千里，于方寸不扰，亦大难矣。

失鹤

瑶台①烟雾外，一去不回心。清海蓬壶②远，秋风碧落③深。堕翎④留片雪，雅操⑤入孤琴。岂是笼中物？云萝莫更寻。

【注释】

①瑶台：传说中的神仙居处。②蓬壶：传说中的海上仙山。③碧落：碧空。④堕翎：落下的鸟羽。⑤雅操：乐府歌曲《别鹤操》，用以伤别。

【品读】

陈郁《藏一话腴》：李文山群玉《吟鹧鸪》诗，世唯以『屈曲崎岖』『钩辀格磔』一联称，不知文山用工正在第五、六句，云：『曾泊桂江深岸雨，亦于梅岭阻归程。』但咏其鸣之时与地，鹧鸪明矣。其《失鹤》诗亦然，『海清蓬壶远，秋风碧落深』，隐然失鹤之意。所谓『吟诗必此诗，定知非诗人』是也。近徐山民《猿》诗、赵山中《角》诗，皆得文山之髓。

金塘路中

山连楚越①复吴秦②，蓬梗③何年是住身。黄叶黄花古城路，秋风秋雨别家人。冰霜想度商于④冻，桂玉⑤愁居帝里贫。十口系心抛不得，每回回首即长颦。

【注释】

①楚越：指古代楚地和越地。今长江中下游地区。②吴秦：指古代吴地和秦地。今江浙和陕西地区。③蓬梗：蓬草之梗。④商于：古地区名。今丹江中下游地区。⑤桂玉：炊桂食玉，喻指豪奢的饮食。《战国策·楚策》：苏秦对楚王曰：『楚国之食贵于玉，薪贵于桂，谒者难得见如鬼，王难得见如天帝。今令臣食玉炊桂，因鬼见帝。』

【品读】

金圣叹《贯华堂选批唐才子诗》：前解，一解诗，只起一句已尽。言今日金塘路中，去楚亦可，去越亦可，去吴去秦皆可。然则今日还是何处去之为是，而又不能一处亦皆不去。然则我此一身，为飘蓬断梗，真不知得往之在何年也。『黄叶黄花』是写路，『秋风秋雨』是写人。路即楚、越、吴、秦之路，人即飘蓬断梗之人。亦三承一，四承二法也。后解，此五六最为愤激，言丈夫生于世间，何至头颅如许，尚然百无一就。然则走胡走粤，正自有何不可，而更求柴求米，终然被缚牖下乎？七八，急承只为『十口系心』。嗟乎！古来无限大才，大抵皆坐此矣。

秣陵怀古

野花黄叶旧吴宫[1]，六代豪华烛散风。龙虎势衰佳气歇，凤凰名在故台空。市朝[2]迁变秋芜绿，坟冢高低落照红。霸业鼎图[3]人去尽，独来惆怅水云中。

【注释】

①吴宫：指春秋吴王的宫殿。②市朝：市场和朝廷。③鼎图：《战国策·秦策》：『据九鼎，按图籍，挟天子以令天下。』后遂指国家的重要器物。

【品读】

金圣叹《贯华堂选批唐才子诗》：前解，现见眼前实境，止是野花黄叶，又能指其何处为书本上『六代豪华』乎？三四『龙虎』『凤凰』，即承『六代豪华』。其『衰』字、『歇』字、『在』字、『空』字，则承『野花黄叶』也。后解，因思市朝未迁变，即坟冢未高低。一时人人碧眼，辈辈姚须，辘辘朱轩，骎骎白马，此时置我其间，方不知列在何等也。何期日月不停，兴亡交臂，一朝瓦散，万古灰灭，今日独来，但见水云。呜呼！人生真有何据，而必争霸业鼎图耶？

钓鱼

七尺青竿一丈丝，菰蒲[1]叶里逐风吹。几回举手抛芳饵，惊起沙滩水鸭儿。

【注释】

①菰蒲：菰和蒲，均为浅水植物。

【品读】

杨慎《升庵诗话》：古诗有用近俗字而不俗者，如李群玉《钓鱼》诗：『七尺青竿一丈丝，菰蒲叶里逐风吹。几回举手抛芳饵，惊起沙滩水鸭儿。』

刘驾

刘驾，生卒年不详。字司南，江东（今浙江北部）人。初举进士不第，寓居长安。宣宗大中六年（852），登进士第。后官终国子博士。

反贾客乐

乐府有《贾客乐》，今反之。

无言贾客乐，贾客多无墓。行舟触风浪，尽入鱼腹去。农夫更苦辛，所以羡尔身①。

【注释】

①羡尔身：羡慕你们贾客的身份。

【品读】

辛文房《唐才子传》：驾诗多比兴含蓄，体无定规，意尽即止，为时所宗。

沈德潜《唐诗别裁》：以古诗鸣于时。

邻女

君嫌邻女丑，取妇他乡县。料嫁与君人，亦为邻所贱。菖蒲花①可贵，只为人难见。

【注释】

①菖蒲花：多年生水生草本植物，有香味，初夏开花，色黄。

【品读】

刘克庄《后村诗话》：唐人为乐府者多，如刘驾《祝河水篇》云：『河水清澌澌，照见远树枝。征夫不饮马，再拜祝冯夷。从今亿万岁，不见河浊时。』语简味长，欲逼王建。

效古

融融①芳景和，杳杳②春日斜。娇娆不自持，清唱嚬双蛾③。终曲翻④成泣，新人下香车。新人且莫喜，故人曾如此。燕赵⑤犹生女，郎岂有终始？

【注释】

①融融：和乐的样子。形容十分欢乐、和睦。②杳杳：深暗幽远貌。③嚬双蛾：双眉紧蹙。嚬，同『颦』。双蛾，双眉。④翻：翻然，形容转变得很快。⑤燕赵：相传古代燕、赵两国多美女。

【品读】

刘克庄《后村诗话》：刘驾《古意》云：『新人莫欢喜，故人曾如此。燕赵犹生女，郎岂有终始？』比之香山『更有新人胜于汝』之句稍含蓄。

方干

方干（809-888），字雄飞，号玄英，睦州青溪（今浙江淳安）人。唐宝历中，参加科举考试不第。大中年间，流寓会稽鉴湖，布衣终生。

送从兄郜 一作《送从兄韦郜》，一作《途中别孙璐》

道路本无限，又应何处逢？流年莫虚掷，华发不相容。野渡波摇月，空城雨翳[1]钟。此心随去马，迢递过千峰。

【注释】

①翳：障碍。

【品读】

葛立方《韵语阳秋》：方干诗，清润小巧，盖未升曹刘之堂，或者取之太过，余未晓也。王赞尝称之曰：「锓肌涤骨，冰莹霞绚，嘉肴自将，不吮馀隽。丽不芬葩，苦不癯棘，当其得志，倏与神会。」孙郃尝称之曰：「其秀也，仙蕊于常花；其鸣也，灵鼍于众响。」其所作《登灵隐峰》诗云「山叠云霞际，川倾世界东」……至于「野渡波摇月，空城雨翳钟」，「白猿垂树窗边月，红鲤惊钩竹外溪」，「义行相识处，贫过少年时」等句，诚无愧于孙、王所赏。

旅次洋州[1]寓居郝氏林亭

举目纵然非我有，思量似在故山时。鹤盘远势投孤屿，蝉曳残声过别枝。沈德潜：形与声俱出。凉月照窗敧枕倦，澄泉绕石泛觞[2]迟。青云[3]未得平行去，梦到江南身旅羁[4]。

【注释】

①洋州：今陕西省洋县，在汉水北岸。②泛觞：一种游戏。古时园林中常引水流入石砌的曲沟中。宴会时，把酒杯放在水面上，任其漂浮；漂到谁的面前停止了，就该谁饮酒。迟，形容酒杯在水中慢慢流动。③青云：喻高官显爵。④身旅羁：身在异地作客。

【品读】

尤袤《全唐诗话》：干诗如「鹤盘远势投孤屿，蝉曳残声过别枝」，齐梁以来，未有之句也。

王寿昌《小清华园诗谈》：唐人佳句有可以照耀古今，脍炙人口者，如……方干：「鹤盘远势投孤屿，蝉曳残声过别枝。」

山中言事

日与村家事渐同，烧松啜茗[1]学邻翁。池塘月撼芙蕖浪，窗户凉生薜荔[2]风。书幌[3]昼昏岚气[4]里，巢枝夜折雪声中。山阴钓叟无知己，窥镜挦多[5]鬓欲空。

【注释】

①啜茗：喝茶。②薜荔：一种常绿木本植物。③书幌：书房的帷幔。④岚气：是我国古老的食物原料之一。

山林中的雾气。⑤捋多：拔掉多余的鬓发。

【品读】

葛立方《韵语阳秋》：方干隐居鉴湖，任情于渔钓，似无心于仕宦者。观《山中言事》诗云『山阴钓叟无知己，窥镜捋多鬓欲空』，《别胡中丞》云『吹嘘若自毫端出，羽翼应从肉上生』等语，岂全能忘情者邪？罗隐题其诗云『九霄无鹤版，双鬓老渔樵』，盖亦惜其隐遁之言尔。

题乌龙山禅居

曙后月华犹冷湿，始知坐卧逼天宫①。晨鸡未暇②鸣山底，早日先来照屋东。人世驱驰方丈内，海波摇动一杯中。伴师长住自难住，下去仍须入俗笼③。

【注释】

①天宫：指天帝、神仙居住的宫殿。②未暇：谓没有时间顾及。③俗笼：指尘世。言尘世人为俗事所束缚，如处笼中。

【品读】

金圣叹《贯华堂选批唐才子诗》：前解，看他一二怪月，三四怪日。言果曙后耶，鸡胡不鸣？果鸡未鸣耶，胡又曙后？若指屋东者，日早已在此；则亦指冷湿者，月尚还在此也。一解四句，拉拉杂杂，亦非写月，亦非写日，总只写此山之高，妙，妙。后解，前解写乌龙之高，后解写俯瞰之大，然而实实至言妙道也。五言众生尽智竭力，何曾跳出禅榻；六言业相翻天倒地，何曾少异禅心。然则佛门广大如此，我今又当何去？而又终不得不且去者，福浅、罪深、痴多、慧少，固不能以自力也。先生不唯精诗，乃又精佛。人不甚说，此是何故？

法华寺上方

砌下松巅有鹤栖，孤猿亦在鹤边啼。卧闻雷雨归岩早，坐见星辰去①地低。一迳②穿缘应就郭，千花掩映似无溪。此行怜我必多事，此日承师一破迷。

【注释】

①去：离。②一迳：同『一径』。一条小路。

【品读】

金圣叹《贯华堂选批唐才子诗》：前解，四句皆赋『上方』之高，此何待说，比则云何？一二，言静者在此，僧。劳者亦复在此，方。此比如鹤边之有猿也；乃静者方自静，劳者终自劳，此又比如鹤自栖，猿只啼也。三，言功成身退，终须到此，此比如雷雨归岩，看他下『早』字妙。四，言满朝诸公，俱不及此，此比如星辰去地，看他下『低』字妙。此皆出上方老僧之所指示可知。『砌下松巅有鹤楼』，真是好画；若『孤猿亦在鹤边啼』，便画亦画不出矣。后解，五句，指点世间路如梦相似，六，指点出世间路亦如梦相似。不离世间，已是出世间，此是佛世尊千言道不尽语，此只以十四字写来如画。唐人中除王维妙手外，已更无第二人能有此作。异哉！异哉！七结五，八结六，妙绝。

赠式上人

纵居鼙角[①]喧阗[②]处，亦共云溪邃僻[③]同。万虑全离方寸内，一生多在五言[④]中。芰荷叶上难停雨，松桧枝间又有风。莫笑旅人终日醉，吾将大醉与禅[⑤]通。

【注释】

①鼙角：鼙鼓和号角。亦指击鼓和吹号的声音。②喧阗：喧哗，热闹。③邃僻：幽深僻静。④五言：五德之言。⑤禅：佛教语，指静思。

【品读】

金圣叹《贯华堂选批唐才子诗》：前解，一二只是极写万虑全离方寸，我因而思世间又有必欲避鼙角、入云溪人，此其方寸中万虑如织，真有不可说也。今上人止是一生五言，此所谓太虚中微云一点也。后解，五六荷雨不停，松风时至，此真是大好醉眠时候也。末忽自许大醉与禅通者，不是先生顺口冒滥，正复微讽上人，用力五言，恐未必与禅通也。看四之『一生多在』字，并『中』字，明知此上人乃是刻苦作诗人。先生将欲抑之，且更扬之，故因有一二三之三句也。

于濆

于濆，生卒年不详。字子漪，京兆长安（今陕西西安）人。唐懿宗咸通二年（861）进士。曾任泗州（今江苏盱眙）判官。

塞下曲

紫塞[①]晓屯兵，黄沙披甲卧。战鼓声未齐，乌鸢[②]已相贺。燕然山[③]上云，半是离乡魂。卫霍[④]徒富贵，岂能清乾坤？

【注释】

①紫塞：长城。因土呈紫色，故云。②乌鸢：乌，乌鸦。鸢，鹰科猛禽。③燕然山：即今蒙古境内杭爱山。④卫霍：指汉武帝时将军卫青、霍去病，曾与匈奴数次大战，以功封侯。

【品读】

谢榛《四溟诗话》：作诗亦有权宜，或先句法而后体制。譬匠氏选材，虽有巨细长短，而各致其用，可堂则堂，不可则亭矣。于濆《塞下曲》，先得『乌鸢已相贺』之句，出自《淮南子》『大厦成而燕雀相贺』，此『贺』字尤有味，如赋一绝则不孤此句，流于敷衍，格斯下矣。

苦辛吟

垅上扶犁儿，手种腹长饥。窗下抛梭女，手织身无衣。

我愿燕赵妹，北为嫫母[1]恣。一笑不值钱，自然家国肥。

【注释】

①嫫母：传说中黄帝之妃，貌丑人贤。

【品读】

谢榛《四溟诗话》：「垅上扶犁儿，手种腹长饥。窗前掷梭女，手织身无衣。」此作有关风化，但失之粗直。李绅《悯农》诗：「四海无闲田，农夫犹饿死。」无名氏《蚕妇》诗：「遍身绮罗者，不是养蚕人。」二作气平意婉，可置前列，但互相祖袭尔。《盐铁论》曰：「欧治能因国君铜铁作金钟大镛，而不能自作一鼎盘。」此论高古，乃三诗之源，然气象不同。

古宴曲

雉扇[1]合蓬莱[2]，朝车[3]回紫陌。重门集嘶马，言宴金张宅。燕娥奉卮酒，低鬟若无力。十户手胼胝[4]，凤凰钗一只。高楼齐下视，日照罗衣色。笑指负薪人，不信生中国。

【注释】

①雉扇：野鸡毛制成之宫扇，朝见时举列御座两旁。

②蓬莱：高宗时宫殿名，即原大明宫正殿。③朝车：官员上朝所乘之车。④胼胝：手上厚茧。

【品读】

贺裳《载酒园诗话》：当备朦瞍之采。

周朴

周朴（?-878），字见素，一作太朴，吴兴（今浙江湖州市）人。工于诗，隐居嵩山。后避地福州，寄食乌石山僧寺。黄巢陷闽，欲用之。朴不从，遂为巢所杀。

桐柏观

东南一境清心目，有此千峰插翠微。人在下方冲月上，鹤从高处破烟飞。岩深水落寒侵骨，门静花开色照衣。欲识蓬莱[1]今便是，更于何处学忘机[2]？

【注释】

①蓬莱：传说中的海上仙山。②忘机：喻思想纯朴，与人交往没有机心。《列子·黄帝》：「海上之人有好沤鸟者，每旦之海上从沤鸟游，沤鸟之至者百往而不止。其父曰：『吾闻沤鸟皆从汝游，汝取来，吾玩之。』明日之海上，沤鸟舞而不下也。」

【品读】

金圣叹《贯华堂选批唐才子诗》：前解，写上山，用「冲月」字，便另是清景；再用惊鹤字，一发幽回灵异。此时身已直上桐柏矣，却又倒追至日间未到以前发笔，言我顷间遥望东南，有千朵翠微，不觉心目快然者，便是此山也。岂不绝妙章法！后解，五，不留色相；六，不坏色相。不留色相，而非空谛；不坏色相，而非俗谛，此便是一切真灵境界，极大总持，不图唐人写入诗来！前一『此』字，后一『今』字。『此』字是的确证入，『今』字是迅疾奉行，学道人千万另自详读之。

登福州南涧寺

万里重山绕福州，南横一道见溪流。天边飞鸟东西没，尘里行人早晚休。晓日春山当大海，连云古堑[1]对高楼。那堪望断他乡外？只此萧条已白头[2]。

【注释】①堑：防御用的壕沟、护城河。②白头：指年老。

【品读】金圣叹《贯华堂选批唐才子诗》：前解，远望将以当归，乃见山绕万重，此时心尽气绝，更无诉说之处，除非回头南看，反有溪流一道，然此则与北望人其奚涉哉。十四字真是极真极平情事，极奇极妙笔墨。不是唐人，实写不出来也。三四天边鸟，东飞东没，西飞西没；尘里人，早行早休，晚行晚休，俱得任心自在。极写重山绕住人无此乐也。后解，前解写他乡望断，那不头白也。此六七又换笔再写南涧寺景，言何必更说望断，只此晓日大海，古堑高楼，已足断送性命矣。此公手下，最有悲凉之状。连前篇，俱细细学之。

汪遵

汪遵，生卒年不详，宣州泾县（今属安徽）人。初为小吏。咸通七年（866）擢进士第。

题李太尉[1]平泉庄[2]

平泉花木好高眠，嵩少纵横满目前。惆怅人间不平事，今朝身在海南[3]边。

【注释】①李太尉：李德裕。历仕宪、穆、敬、文、武诸朝。武宗时，自淮南节度使入相，进太尉，封卫国公。宣宗即位后，遭牛党打击，贬潮州司马，再贬崖州司户，卒于贬所。②平泉庄：在洛中。③海南：李德裕被贬海南崖州。

【品读】辛文房《唐才子传》：洛中有李相德裕平泉庄，佳景殊胜。李未几坐事贬朱崖。遵过题诗曰：『平泉花木好高眠，嵩少纵横满目前。惆怅人间不平事，今朝身在海南边。』又《过杨相宅》诗云：『倚伏从来事不遥，无何平地起青霄。才到青霄却平地，门对古槐空寂寥。』俱为时人称赏。

过杨相宅

倚伏[1]从来事不遥，无何[2]平地起青霄[3]。才到青霄却平地，门对古槐空寂寥④。

【注释】

①倚伏：指事物相互依存，相互影响，互相转化。②无何：不久。③青霄：青云。喻官高显爵。④寂寥：《老子》：『寂兮寥兮。』晋王弼注：『寂寥，无形体也。』

【品读】

辛文房《唐才子传》：洛中有李相德裕平泉庄，佳景殊胜。李末几坐事贬朱崖。遵过题诗曰：『平泉花木好高眠，嵩少纵横满目前。惆怅人间不平事，今朝身在海南边。』又《过杨相宅》诗云：『倚伏从来事不遥，无何平地起青霄。才到青霄却平地，门对古槐空寂寥。』俱为时人称赏。

释贯休

释贯休（832-912），本姓姜，字德隐，婺州兰溪（今属浙江）人。七岁出家，工诗善画。唐天复三年，入蜀依王建，王建遇之甚厚。卒于蜀。

善哉行 伤古曲无知音

《全唐诗》：丝竹更相和，执节者歌。本一部，魏明帝分为二。晋谓之清商三调。

有一美人兮婉如清扬①，识曲别音兮令姿②煌煌。绣袂捧琴兮登君子堂，如彼萱草③兮使我忧忘。欲赠之以紫玉尺，白银珰，久不见之兮湘水茫茫。

【注释】

①婉如清扬：《诗经·郑风·野有蔓草》：『有美一人，清扬婉兮。』《毛传》：『清，视清明也；扬，广扬而颜角丰满。』②令姿：美善的姿容。③萱草：同『谖草』。古人认为可以使人忘忧的一种草。

【品读】

郑方坤《五代诗话补》：沈约《宋书》曰：『王者不藏金玉，则紫玉见于深山。』贯休诗『欲赠之紫玉尺，白银珰』，盖用此也。

杞梁妻

秦之无道兮四海枯，筑长城兮遮北胡①。筑人筑土一万里，杞梁贞妇啼呜呜。上无父兮中无夫，下无子兮孤复孤。一号城崩塞色苦，再号杞梁骨出土。疲魂饥魄相逐归，陌上少年莫相非。

【注释】

①北胡：指北方匈奴。

【品读】

郑方坤《五代诗话补》：何燕泉谓杞殖字梁，春秋齐人，距赵及秦筑长城时，不啻数百年。而《列女传》及《乐府》注所谓城崩，乃杞都城，非长城也。秦赵所筑，去杞不啻数千里。唐僧贯休赋《杞梁妻》云：『秦之无道兮四海枯，筑长城兮遮北胡。筑人筑土一万里，杞梁贞妇啼呜呜。』二事打成合调，不知何据。余按，贯休赋《杞梁妻》事，正无据而误，亦有因。秦筑长城以拒胡，齐亦尝筑长城以备楚，《括地志》云：齐长城，西北起济州平阴县，缘河，历太山北冈上，经济州、淄州，即西南经兖州博城县北，东至密州琅琊台入海。而齐记以为齐宣王筑，《竹书纪年》曰齐闵王，未知的自何时。但既曰备楚，则楚之抗衡中国宜莫盛于春秋，盖春秋齐既有之，其杞梁妻哭而崩者，即齐之长城。澒洞相传，世遂以为秦之长城，而诗家不考所出，又未审杞梁何时何地人，死于何事，遽以梁为死于秦筑长城之役耳。

公子行

《全唐诗》：诗之流有八名：曰行、曰引、曰歌、曰谣、曰吟、曰咏、曰怨、曰叹，皆六义之余也。至其协声律、播金石，总谓之曲。唐刘希夷、陈羽、顾况等人皆有《公子行》《少年行》《少年子》之作，多写王孙公子乘肥马，衣轻裘，驰逐寻欢。

锦衣鲜华①手擎鹘②，闲行气貌多轻忽。稼穑③艰难总不知，五帝④三皇⑤是何物？

【注释】

①鲜华：锦衣色彩斑斓。②鹘：鹰，用以助猎。③稼穑：指农事。播种为稼，收获为穑。④五帝：相传古有五帝，《易·系辞下》谓伏羲（太皞）、神农（炎帝）、黄帝、尧、舜；《史记·五帝纪》谓黄帝、颛顼、帝喾、尧、舜；《帝王世纪》则谓少昊、颛顼、高辛、尧、舜。⑤三皇：《帝王世纪》谓伏羲、神农、黄帝；《史记·秦始皇本纪》谓天皇、地皇、泰皇；《白虎通》谓伏羲、神农、女娲；《艺文类聚》谓天皇、地皇、人皇。

【品读】

计有功《唐诗纪事》：蜀主王建遇之甚厚。建二年，召令诵近诗。时贵戚皆坐，休欲讽之，乃称《公子行》云：『锦衣鲜华手擎鹘，闲行气貌多轻忽。稼穑艰难总不知，五帝三皇是何物？』建称善，贵戚皆怨之。

砚 瓦

浅薄虽顽朴，其如近笔端。低心蒙润久，入匣更身安。应念研磨苦，无为瓦砾看。倘然仁不弃，还可比琅玕①。

【注释】

①琅玕：美石。《尚书·禹贡》：『厥贡惟球、琳、琅玕。』孔传：『琅玕，石而似玉。』

【品读】

郑方坤《五代诗话补》：感时政作《酷吏词》，复被疏远，郁悒中题《砚瓦》诗。曰『入匣更身安』，或以为匣者蜀也，相劝来蜀，遂至成都。

怀武昌栖一①

清风江上月，霜洒月中砧。得句先呈佛，无人知此心。注：师得句，云只堪供养佛。寂寥从鬼出，苍翠到门深，惟有双峰寺，时时独去寻。

【注释】

①栖一：是贯休同时代的诗僧。

【品读】

计有功《唐诗纪事》：休每得句云：只堪供养佛，故《怀赠武昌栖一》云：『清风江上月，霜洒月中砧。得句先呈佛，无人知此心。』

途中逢周朴

东西南北路，相遇共兴衰。世浊无知己，子从何处来？菊衰芳草在，程远①宿烟开。倘遇中兴主，还应不用媒。

【注释】

①程远：前程广远。

【品读】

王士禛《五代诗话》：包何云：『一官何幸得同时，十载无媒独见遗。』贯休逢周朴云：『倘遇中兴主，还应不用媒。』夫自登第而居官，未有不用媒者，世事可知矣。又不得用于当时之君，而反思乎中兴之主，不亦可悲之甚乎？

秋寄李频使君

务简趣难陪，清吟共绿苔。叶和秋蚁落，僧带野香来。留客朝尝酒，忧民夜画灰。终期冒风雪，江上见宗雷。

【品读】

郑方坤《五代诗话补》：道价甚高，年寿亦高，早与李频交，而老依钱谬，不肯改『一剑霜寒十四州』，遂入蜀。《秋寄李频使君诗》云：『务简趣难陪，清吟共绿苔。叶和秋蚁落，僧带野香来。留客朝尝酒，忧民夜画灰。终期冒风雪，江上见宗雷。』第四、第六句好。

言 诗 一作《诗》

经天纬地①物，动必是仙才。几处觅不得，有时还

罗隐

罗隐（833-909），字昭谏，新城（今浙江富阳市新登镇）人。十考进士不第。黄巢起义后，避乱隐居九华山。光启三年（887）归乡依吴越王钱镠，历任钱塘令、司勋郎中、给事中等职。

曲江春感

江头日暖花又开，江东行客心悠哉。高阳酒徒①半凋落，终南山色空崔嵬②。圣代③也知无弃物，侯门未必用非才。一船明月一竿竹，家住五湖④归去来⑤。

【注释】

①高阳酒徒：作者自喻，言其好酒而狂放不羁。

②崔嵬：形容山石高大。③圣代：政治清明的时代。

④五湖：用范蠡功成后泛舟五湖典。指江湖隐居之地。

⑤归去来：用陶渊明《归去来兮辞》意。喻归隐之愿。

【品读】

何光远《鉴诫录》：罗隐以讽刺之深文而不第，刘赞赠之诗曰：『人皆言子屈，我独以为非。明主既难遇，青山何不归？年虚侵白鬓，尘在污麻衣。自古逃名者，至今名岂微？』隐见之，遂起归欤之兴。作《五湖》诗曰：『江东日暖花又开，江东行客思悠哉。高阳酒徒半凋落，终南山色空崔嵬。圣代也知无弃物，侯门未必用

自来。真风含素发，秋色入灵台②。吟向霜蟾③下，终须神鬼哀。

【注释】

①经天纬地：谓以天为经，以地为纬。喻功能之卓越，作用之巨大。经，织物的直线；纬，织物的横线。

②灵台：即灵府，指心。成玄英：『灵台者，心也。』

③霜蟾：秋天之月夜。传说月中有蟾蜍，故常以蟾代月。

【品读】

王士禛《五代诗话》：为诗有极奇处，亦有太粗处。『尽日觅不得，有时还自来。』为人嘲作《失猫诗》，此类是也。然道价甚高，年寿亦高。又：或问：『诗如何则高？』曰必如贯休曰『真风含素发，秋色入灵台』，方可言诗。

非才。一船明月一竿竹，家在五湖归去来。』

金圣叹《贯华堂选批唐才子诗》：前解，日暖花开四字，岂非曲江胜景。中间无限伤心，只为一『又』字也。此时江东行客，自己心尽气绝，而反自谓心悠哉者，所谓哭不得反笑也。三、四，不说别样懊恼，只说酒徒凋落，不骂要人窃位，只骂南山崔嵬，皆甚愤之辞，反如不愤者也。后解，五，照出圣代，六，自引非才，妙，妙！七、八，亦是一例归家钓鱼，却是写得异样峭拔。

牡丹花

似共东风别有因，绛罗[1]高卷不胜春。若教解语应倾国，任是无情亦动人。芍药与君为近侍，芙蓉何处避芳尘？可怜韩令[2]功成后，辜负秾华[3]过此身。

【注释】

①绛罗：红色的纱罗。此处形容牡丹花片。②韩令：指韩弘。唐宪宗元和时曾拜宣武节度使，平吴元济有功加兼侍中，封许国公。③秾华：指牡丹花。

【品读】

严有翼《艺苑雌黄》：罗隐《牡丹》诗云：『自从韩令功成后，辜负秾华过一春。』余考之唐元和中，韩弘罢宣武节制，始至长安私第，有花命劚去，曰：『吾岂效儿女辈耶？』当时为牡丹包羞之不暇，故隐有『辜负秾华』之语。

始皇陵[1]

荒堆无草树无枝，懒向行人问昔时。六国英雄漫[2]多事，到头徐福[3]是男儿。

【注释】

①始皇陵：在陕西临潼县东。②漫：枉然。③徐福：秦方士，齐人，上书秦始皇，言海中有三神山，曰蓬莱、方丈、瀛洲，仙人居之。于是始皇派遣徐福，带领童男女数千，入海求仙，一去不返。

【品读】

胡仔《苕溪渔隐丛话》：余读五代旧史，隐，钱塘人，工诗，尤长于咏史。唐宰相郑畋深器之，郑有女美而才，尝得隐诗，讽诵至于忘食，郑怜其意，欲以妻隐。一旦隐至私第，具食，俾女于壁间窥之。女见隐貌极陋，遂焚其诗，不复诵焉，婚亦竟不成。

铜雀台[1]

强歌强舞[2]竟难胜，花落花开泪满膺[3]。只合当年伴君死，免交[4]憔悴望西陵[5]。

【注释】

①铜雀台：乐府曲名，一作《铜雀妓》。②强歌强舞：勉强歌舞。③膺：胸。④交：通教，使。⑤西陵：魏武帝曹操之陵墓。

【品读】

葛立方《韵语阳秋》：铜雀伎，古人赋咏多矣。郑愔云：『舞余依帐泣，歌罢向陵看。』张正见云：『云惨当歌日，松吟欲舞风。』贾至云：『灵几临朝奠，空床卷夜衣。』王勃云：『妾本深宫伎，曾城闭九重。君王欢爱尽，歌舞为谁容。』沈佺期云：『昔年分鼎地，今日望陵台。一旦雄图尽，千秋遗令开。』皆佳句也。罗隐云：『强歌强舞竟难胜，花落花开泪满缯。只合当年伴君死，免教憔悴望西陵。』似比诸人差有意也。魏武阴贼险狠，盗有神器，实窃英雄之名，而临死之日，乃遗令诸子，不忘于葬骨之地，又使伎人著铜雀台上以歌舞其魂，亦可谓愚矣。

泪

逼脸横颐①咽复匀，也曾谗毁也伤神。自从鲁国潸然②后，不是奸人即妇人。

【注释】

①颐：下颌。②潸然：流泪貌。

【品读】

严有翼《艺苑雌黄》：《江东集》中有《泪诗》云：『自从鲁国潸然后，不是奸人即妇人。』未详其所出。及观《孔丛子》言，子高游赵，平原君客有邹文、李节者，与子高相友善，临别，文、节流涕交颐。子高徒抗手而已。其徒疑之。子高曰：『始吾谓二子丈夫，乃今知其妇人也。』曰：『二子之泣非邪？』曰：『二子良人也，有不忍之心，其于敢断，必不足矣。』曰：『凡泣者一无取乎？』子高曰：『有二焉，大奸之人，以泣自信；妇人懦夫，以泣著爱。』观此始解其说。

省试秋风生桂枝

凉吹从何起，中宵景象清。漫随云叶动，高傍桂枝生。漠漠看无际，萧萧①别有声。远吹斜汉转②，低拂白榆轻。寥泬③工夫大，乾坤岁序更。因悲远归客，长望一枝荣。

【注释】

①萧萧：风声。②斜汉转：意为天河斜转，时间推移。汉，天河。③寥泬：即泬寥，空旷清朗貌。

【品读】

葛立方《韵语阳秋》：连绵字不可挑转用，诗人间有挑转用者，非为平侧所牵，则为韵所牵也。罗昭谏以『泬寥』为『寥泬』，是为平侧所牵，《秋风生桂枝》诗所谓『寥泬工夫大』是也。又以『汍澜』为『澜汍』，是为韵所牵。《哭孙员外》诗所谓『故侯何在泪澜汍』是也。

寄陆龟蒙李相公在淮南征陆龟蒙诗

龙楼①李丞相②，昔岁仰③高文。黄阁④寻无主，青山竟未焚。夜船乘海月，秋寺伴江云。却恐尘埃里⑤，浮名点污君。

【注释】

①龙楼：帝王宫阙。②李丞相：指李蔚。字茂休，陇西人。开成末进士擢第。咸通六年(865)，拜礼部侍郎，转尚书右丞。③仰：仰慕。④黄阁：指李蔚。汉代丞相听事阁曰黄阁，以其门涂黄色，故名。⑤尘埃里：犹尘世。

【品读】

阮阅《诗话总龟》：《寄赠门》引《南部新书》：『吴郡陆龟蒙字鲁望，父宾虞进士甲科，浙东从事，家于苏台，与颜荛、皮日休、罗隐、吴融为益友。性高洁，家贫，思养亲之禄，与张抟为庐江灵兴二郡倅，丞相李蔚重之』。罗隐《寄陆龟蒙》诗云云。

沈德潜《唐诗别裁》：时李相公蔚尝征其诗，而未能用。故寄此诗。

使者

使者衔中旨①，崎岖万里行。人心犹未革②，天意似难明。四海霍光③第，六宫张奉④营。陪臣⑤无以报，西望不胜情。

【注释】

①衔中旨：携带帝王的意旨。②人心句：反用《汉书·严助传》：『愿革心易行，身从使者入谢。』③霍光：汉武帝时奉车都尉。昭帝八岁即位，光以大司马大将军受遗诏辅政。封博陆侯。政事一决于光。昭帝崩，立宣帝。光秉政二十年族党满朝，权倾内外。④张奉：后汉人。⑤陪臣：诸侯之大夫，对天子自称陪臣。

【品读】

刘克庄《后村诗话》：当时惟罗隐有诗声，屡摈于名场，然逢世乱离，依钱氏以庇身，未尝失节。五言云：『四海霍光第，六龙张奉营。』此必是诸镇皆封王赐功臣号及岐汴劫质天子之时。

陇头①水

借问陇头水，年年恨何事？全疑呜咽声，中有征人泪。自古无长策，况我非深智？何计谢潺湲②？一宵空不寐。

【注释】

①陇头：陇山。在今陕西省陇县西北。②潺湲：河水缓慢流动状。

【品读】

范晞文《对床夜话》：罗隐《陇头水》云：『借问陇头水，年年恨何事？全疑呜咽声，中有征人泪。』于云：『借问陇头水，终年恨何事？深疑呜咽声，中有征人泪。』所赋同，造语同，未有议其非者，今人则岂无剽窃之疑？

魏城[①]逢故人 一作《绵谷回寄蔡氏昆仲》

一年两度锦城游，前值东风后值秋。芳草有情皆碍马，好云无处不遮楼。山牵别恨和肠断，水带离声入梦流。今日因君试回首，淡烟乔木隔绵州。

【注释】

①魏城：唐县名，属剑南道绵州。今四川省绵阳市和梓潼县之间。

【品读】

廖文炳《唐诗鼓吹注解》：首言前春后秋一年之间，两度游于锦城。

屈复《唐诗成法》：锦江佳景，春秋为最。一年两度，正值二时。

赵臣瑗《山满楼笺注唐诗七言律》：前半追叙旧游，后半感伤远别。大开大合，真七字中之正体也。

黄叔灿《唐诗笺注》：上四句言自己在蜀乐事。『山将』一联言去蜀以后常不能忘，末句因故人去彼，犹回想依依也。

中秋夜不见月

阴云薄暮上空虚，此夕清光已破除。只恐异时开霁后，玉轮[①]依旧养蟾蜍[②]。

【注释】

①玉轮：指明月。②蟾蜍：俗称蛤蟆。传说月中有蟾蜍。

【品读】

刘克庄《后村诗话》：罗隐《中秋不见月》诗：『只恐异时开霁后，玉轮依旧养蟾蜍』本于卢仝《月蚀》诗，然尤简明。

经故友所居

槐花漠漠向人黄，此地追游迹已荒。清论不知庄叟[①]达，死交空叹赵岐[②]亡。病来未忍言闲事，老去唯知觅醉乡。日暮街东策羸马，一声横笛似山阳[③]。

【注释】

①庄叟：指庄周，战国时的思想家，主张清静无为。②赵岐：东汉时人，少明经史，工书法，有才艺。曾与中常侍唐衡不洽，避祸北海。唐衡死乃出，征拜议郎、太傅。③山阳：嵇康的故居。嵇康有奇才，精通音乐，愤世嫉俗，被司马昭所杀。后来向秀经过嵇康旧居，听到邻人有吹笛者，有感写了一篇《思旧赋》。此用其事。

【品读】

方回《瀛奎律髓》：五、六浅而有味。

查慎行《查初白十二种诗评》：五、六近套。

纪昀《瀛奎律髓刊误》：平调不出色，五句曲而不醒豁，六句平淡无味，结太落窠臼。

罗邺

罗邺（831—896）生卒年不详。余杭（今浙江杭州）人。咸通中，屡试不第，遂漂泊四方。后入幕于池州、江西、东川等州郡。后为督邮，郁郁不得志，晚年归吴县闲居。光化中，以韦庄奏，追赐进士及第，赠官补阙。

牡丹

落尽春红始著花①，花时比屋②事豪奢。买栽池馆恐无地，看到子孙能几家。门倚长衢③攒绣毂④，幄笼轻日护香霞。歌钟⑤满座争欢赏，肯信流年鬓有华。

【注释】

①始著花：花刚吐蕾。著，附着上。②比屋：一家挨一家。③长衢：大路。指牡丹园门前的大街。④绣毂：华丽的马车。⑤歌钟：古代打击乐器。

【品读】

胡震亨《唐音癸签》：罗邺名场无成，无一题不以寄怨。『买栽池馆恐无地，看到子孙能几家。』人以为牡丹警句也，那知从忮求本怀中发出来！

沈德潜《唐诗别裁》：唐人牡丹诗，每失之浮腻浅薄，然如罗邺『看到子孙能几家』，又索然兴尽矣。

萤

空庭夜未央，点点度西墙。抱影何微细，乘时忽发扬。不思因腐草①，便拟倚孤光。若道能通照，车公②业肯长。

【注释】

①因腐草：崔豹《古今注》：『萤火，腐草为之。』

②车公：即晋代车胤，幼时勤学，家贫，夏月则囊萤照读。

【品读】

葛立方《韵语阳秋》：老杜咏《萤火诗》云：『幸因腐草出，敢近太阳飞。未足临书卷，时能点客衣。』似讥当时阉人用事于人君之前，不能主张文儒，而乃如青蝇之点素也。说者乃谓喻小人有才而侵侮大德，岂不误哉。罗隐窃取其意，乃曰：『不思因腐草，便拟倚孤光。若道通文翰，车公照肯长。』其视前作愧矣。

征人

青楼一别戍金微①，力尽秋来破虏围。锦字②莫辞连夜织，塞鸿长是到春归。正怜汉月当空照，不奈胡沙满眼飞。惟有梦魂南去日，故乡山水路依稀。

【注释】

①金微：今阿尔泰山，在新疆北部。②锦字：用苏蕙织锦回文之典。

【品读】

金圣叹《贯华堂选批唐才子诗》：前解，是代征人寄内之言，非咏征人也。一句忆别，二句诉苦，三句望信，四句克期。易明。后解，前解犹是南望，后解并不得南望，此为至苦也。此诗本不足存，念其犹知分解，遂不复去，以留其名也。

送张逸人

自说归山人事赊①，素琴丹灶②是生涯。床头残药鼠偷尽，溪上破门风摆斜。石井晴垂青葛叶，竹篱荒映白茅③花。遥知此去应稀出，独卧晴窗梦晓霞。

【注释】

①人事赊：人事渺茫。②丹灶：道士炼丹所用之灶。③白茅：草名，多年生草本植物，初夏时开白花，俗称丝菜。

【品读】

方回《瀛奎律髓》：中四句俱新异。

纪昀《瀛奎律髓刊误》：三、四句鄙俚之甚。

下第①

谩把青春酒一杯，愁襟未信酒能开。江边依旧空归去，帝里还如不到来。门掩残阳鸣鸟雀，花飞何处好池台？此时惆怅便堪老，何用人间岁月催？

【注释】

①下第：科举考试不中，也称落第。

【品读】

方回《瀛奎律髓》：唐人下第情怀，有如此者。一名一第，役天下士，亦可怜矣。

纪昀《瀛奎律髓刊误》：不免太尽，而尚不露尤人之意。

早发

一点残灯鲁酒①醒，已携孤剑事离程。愁看飞雪闻鸡唱，独向长空背雁行。白草近关微有露，浊河连底冻无声。此中来往本迢递，况是躯羸客塞城！

【注释】

①鲁酒：味薄之酒。《庄子·胠箧》：『鲁酒薄而邯郸围。』许慎注：『楚令诸侯，鲁赵俱献酒于楚王，鲁酒薄而赵酒厚。楚之主酒吏求酒于赵，赵不与，

吏怒，乃以赵厚酒易鲁薄酒奏之。楚王以赵酒薄围邯郸也。」

【品读】

方回《瀛奎律髓》：第六句好。第五句『露』，疑当作『路』，先已言雪故也。

皮日休

皮日休（834-883），字逸少，后改袭美。自号鹿门子，又号闲气布衣、醉吟先生。湖北襄阳（今湖北襄樊）人。懿宗咸通八年（867）登进士第。咸通十年（869）为苏州刺史从事。其后又入京为太常博士，出为毗陵副使。后加入黄巢军，任翰林学士。

房杜二相国　玄龄①、如晦②

吾爱房与杜，贫贱共联步。脱身抛乱世，策杖归真主。《旧唐书·房玄龄传》：会义旗入关，太宗徇地渭北，玄龄策杖谒于军门。纵横③幄中算，左右天下务。肮脏④无敌才，磊落不世遇。美矣名公卿，魁然真宰辅。黄阁⑤三十年，清风一万古。巨业照国史，大勋镇王府。遂使后世民，至今受陶铸⑥。粤吾少有志，敢蹑前贤路。苟得同其时，愿为执鞭竖⑦。

【注释】

①玄龄：唐齐州临淄人，随太宗征伐十余年。太宗称帝，为中书令，任宰相。②杜如晦：唐京兆杜陵人，为秦王府兵曹参军。太宗即位，官至尚书仆射。③纵横：合纵连横，指经营天下。④肮脏：刚直倔强貌。⑤黄阁：汉代丞相听事阁及汉以后三公官署厅门皆涂黄色，故称。⑥陶铸：本指烧制陶器、铸造金属器物，此指培育。

⑦执鞭竖：执鞭驾车的童仆。

【品读】

范仲淹《对床夜语》：左太冲咏史云：『吾希段干木，偃息藩魏君。吾慕鲁仲连，谈笑却秦君。』皮日休《七爱》云：『吾爱房与杜，贫贱共联步。』又云：『吾爱李太尉，崛起定中原。』仿前诗也。

王若虚《滹南诗话》：皮日休咏房杜诗云：『黄阁三十年，清风一万古。』凡言千古万古者，皆是无穷之意。今下一字，便有所止矣。

西塞山①泊渔家

白纶巾②下发如丝，静倚枫根坐钓矶。中妇桑村挑叶去，小儿沙市买蓑归。雨来莼菜③流船滑，春后鲈鱼坠钓肥。西塞山前终日客，隔波相羡尽依依。

【注释】

①西塞山：指湖北大冶县的西塞山。②白纶巾：白丝编织的纶巾式头巾。纶巾，用丝带编的头巾。③莼菜：一名水葵，多生湖泊河流之中，可做羹。

【品读】

金圣叹《贯华堂选批唐才子诗》：前解，写此渔人白发如丝，则是静坐钓矶，殆已终身也，特未悉其生计如何耳。乃闻挑叶桑村，中宵机抒，买蓑沙市，暑雨力田，则是男耕女织，又堪终岁也。人生但得如斯，便是羲皇以上，我殊不解长安道上策蹇疾驱者，彼方何为也。注眼须看『白纶』七字。后解，若更就其终日论之，则又有雨余莼菜，春后鲈鱼，一日既然，无日不尔。山前过客，隔波劳羡，于是终日依依，欲托暂宿，不知今日虽终，明日仍别，虽复依依，竟成何益哉？

潺湲洞

阴宫①何处渊②？到此洞潺湲。敲碎一轮月，熔销半边天。响高吹谷动，势急喷云旋。料得深秋夜，临流尽古仙。

【注释】

①阴宫：阴暗的宫室，指潺湲洞。②渊：渊源。

【品读】

王楙《野客丛书》：《西清诗话》：『许昌西湖展江亭就，宋元宪留题，有「凿开鱼鸟忘情地，展尽江湖极目天」之句，皆旷古未有。然本于五代马殷据潭州时建明月圃。徐仲雅诗：「凿开青帝春风圃，移下姮娥夜月楼。」』仆谓又不止此。观唐沈彬《望庐山》诗：『压低吴楚縠涵水，约破云霞独倚天。』前此盖有是意。皮日休《潺湲洞》诗曰：『敲碎一轮月，熔销半边天。』

馆娃宫①怀古

艳骨已成兰麝土，宫墙依旧压层崖。弩台②雨坏逢金镞，香径③泥销露玉钗。砚沼④只留溪鸟浴，屧廊⑤空信野花埋。姑苏麋鹿《史记·淮南王传》：伍被曰：『臣闻子胥谏吴王不用，乃曰：「臣今见麋鹿游姑苏之台也。」』真闲事，须为当时一怆怀。

【注释】

①馆娃宫：春秋时吴王夫差为西施所建的宫殿。在今苏州市西南灵岩山上。②弩台：发射台，馆娃宫遗址之一。③香径：即采香径。④砚沼：馆娃宫遗址之一。⑤屧廊：响屧廊。宋范成大《吴郡志》：『响屧廊在灵岩山寺，相传吴王令西施辈步屧，廊虚而响，故名。』屧，木板拖鞋。

【品读】

谢榛《四溟诗话》：九佳韵窄而险，虽五言造句亦难，况七言近体。押韵稳，措辞工，而不易得。自唐以来罕赋者。皮日休、陆龟蒙《馆娃宫》之作，虽吊古得体，而无浑然气格，窘于难韵故尔。

和鲁望风人①诗

刻石书离恨，因成别后悲②。莫言春茧薄，犹有万重思③。

【注释】

①风人：杂体诗的一种。②悲：和『碑』谐音。③思：和『丝』谐音。

【品读】

葛立方《韵语阳秋》：《古辞》云：『藁砧今何在，山上复有山。何当大刀头，破镜飞上天。』藁砧，砆也，谓夫也。山上有山，出也。大刀头，刀上镮也。破镜，言半月当还也。此诗格非当时有释之者，后人岂能晓哉？《古辞》又云：『围棋烧败袄，著子故衣然。』陆龟蒙、皮日休间尝拟之。陆云：『旦日思双履，明时愿早谐。』皮云：『莫言春茧薄，犹有万重思。』是皆以下句释上句，与藁砧异矣。《乐府解题》以此格为『风人诗』，取陈诗以观民风，示不显言之意。

酒病偶作

郁林步障①昼遮明，一炷浓香养病酲②。何事晚来还欲饮？隔墙闻卖蛤蜊③声。

【注释】

①步障：遮蔽风尘或视线的屏幕。②酲：病酒。③蛤蜊：有介壳的软体动物，俗称海蚌。

【品读】

俞陛云《诗境浅说》：既已掩帷病酒，闻街头唤卖蛤蜊声，又动杯中之兴。一醉则万虑皆忘，昔人所谓那知许事，且食蛤蜊也。陆放翁止酒后，复有『杯，汝前来』之句，黄山谷有『醉乡有路频到，此外不堪行』之词。诗人嗜酒，先后有同情也。

奉和鲁望叠韵①吴宫词

枍指②替制曳，康庄③伤荒凉。主虏④部伍苦，嫱⑤亡房廊香。

【注释】

①叠韵：两字韵母相同。②枍指：汉建章宫中有枍指宫，因美木茂盛得名。③康庄：四通八达的大道。④主虏：主帅被虏。⑤嫱：古代宫廷内的女官。

【品读】

葛立方《韵语阳秋》：皮日休所谓『康庄伤荒凉，主虏部伍苦』，皆效叠韵而为之者也。南北朝人士多喜作双声叠韵，如谢庄、羊戎、魏收、崔岩辈，戏谑谈谐之语，往往载在史册，可得而考焉。

陆龟蒙

陆龟蒙（？-881），字鲁望，别号天随子、江湖散人、甫里先生，江苏吴江（今江苏苏州）人。曾任湖州、苏州刺史幕僚，后隐居松江甫里。

鸡鹊①

词赋曾夸鹦鸡②流，果为名误别沧洲。虽蒙静置疏笼晚，不似闲栖折苇秋。自昔稻粱高鸟畏，至今珪组③野人仇。防微避缴④无穷事，好与裁书⑤谢白鸥。

【注释】

①鸡鹊：水鸟名，又名池鹭。②鹦鸡：水鸟名，长颈赤目，紫绀色。③珪组：指官宦。珪，玉石；组，冠带。④缴：射鸟时系在箭上的生丝绳。⑤裁书：写书信。

【品读】

金圣叹《贯华堂选批唐才子诗》：前解，左太冲《吴都赋》以鸡鹊书于鹍鸡、鹦鸡之下，故曰：『词赋曾夸』也。言何意沧洲之别，政复坐累，于此下一『果』字，妙！人人相传，名能误人，今日乃知真有其事也。『晚』，既在笼中之晚也。『秋』，未至笼中之秋也。『疏』之为言宽织也，『静』之为言好放也；皆极写其矜爱也。苇不必折，而曰『折苇』者，犹如泽雉未必五步始得啄，十步始得饮，而必故甚其辞也。『虽蒙』『不似』，与之细商之辞，如祝宗人之玄端而说彘也。后解，因言世之求名之人，此岂非饥欲稻粱，饱恋珪组故耶？然而自昔至今，祸害甚著，讵犹不语，而坐至于此？『防微』者，防其内召，即人之好名之心，『避缴』者，避其外招，即世之操名之人也。『谢』，惭谢也。

中秋待月

转缺[1]霜轮[2]上转迟[3]，好风偏似送佳期。帘斜树隔情无限，烛暗香残坐不辞。最爱笙调闻北里[4]，渐看星淡失南箕[5]。何人为校[6]清凉力，欲减[7]初圆[8]及午时[9]？

【注释】

①转缺：月亮亏时。②霜轮：月轮。③转迟：指月亮渐渐由亏而变圆。④北里：《史记·殷本纪》：『于是使师涓作新淫声，北里之舞，靡靡之乐。』⑤南箕：星名，即箕宿。共四星，二星为踵，二星为舌，踵窄舌宽。⑥校：较量。⑦欲减：月亮由圆而亏的初变，此指农历每月十六日。⑧初圆：农历每月十四日。⑨午时：十五日时。

【品读】

金圣叹《贯华堂选批唐才子诗》：前解，『转缺』是意思已坏，『转迟』是意思初好。人生年过五十，偏是意思已坏，偏是意思初好。便果然有如此痴事也。好风送佳期，又妙！风之与月，曾有何与？乃为待月不到，且借风来自解。人生在不得意中，便又真有之也。『帘斜树隔』，妙，妙！不是月来被遮，乃是月未来时先自为之清宫除道。『烛暗香残』，妙，妙！不是真到黑暗，乃是未曾暗前先自发愿终身勿谖也。真是世间异样笔墨！后解，五、六，又妙！又妙！言极意待月却不到，才分念月却已来也。七、八忽作微言，言今夜是十六，前夜是十四，昨夜是十五。十六是欲减，十四是初圆，十五是及午。此三夜相去至微，粗心人万乃不觉。然而但差一分气候，必差一分斤两，由辨之不早，辨此，胡可以不校耶？五、六，真出神入化妙笔，七、八，真茧丝牛毛妙理，并非笔墨之家之恒睹也。日以一日经天，故日中为午。月以一月经天，故月半为午。

别墅怀归

水国初冬和暖天，南荣[1]方好背阳眠。题诗朝忆复暮忆，见月上弦[2]还下弦[3]。遥为晚花吟白菊，近炊香稻识红莲[4]。何人授我黄金百，买取苏君[5]负郭田[6]？

【注释】

①南荣：指南面的屋檐。荣，屋檐两端上翘的部分。②上弦：农历初七、八日半圆月。③下弦：农历二十二、二十三日的半圆月。④红莲：红莲稻。⑤苏君：指战国时苏秦。⑥负郭田：《史记·苏秦传》：『且使我有洛阳负郭田二顷，吾岂能佩六国相印乎？』

【品读】

金圣叹《贯华堂选批唐才子诗》：前解，『泽国』，言三吴笠泽之国也。『初冬』，言十月日行南陆也。笠泽之国，地气暄妻，故曰『和』也。日行南陆，景在檐下，故曰『暖』也。一、二言五十始衰，身中洒洒忽思南檐正宜曝背。三言刻刻在意，四言迟迟未归也。后解，『遥』之为言多时，『近』之为言即日，言多时篱菊在怀，即日稻香扑鼻，此又加染南荣之下也。然而百金何来？负郭谁致？开眼做梦，终成浪说也。

小雪[1]后书事

时候频过[2]小雪天，江南寒色未多偏。枫汀尚忆逢人别，麦陇惟应欠雉眠。更拟结茅临水次，偶因行药[3]到村前。邻翁意绪相安慰，多说明年是稔年[4]。

【注释】

①小雪：农历二十四节气之一。②频过：屡次经过，此指年年一样。③行药：古人服药后漫步以散发药性，称行药，又称行散。④稔年：丰收之年。稔，庄稼成熟。

【品读】

金圣叹《贯华堂选批唐才子诗》：前解，一，多一『频』字，二，多一『偏』字。『频』者，年年一样之谓。『偏』者，独有这里之谓。不争此二字，便是不复成诗也。三、四，极写之。三，言江南小雪后，分明还是深秋，试看枫汀犹似有人握别也。四，言江南小雪后，分明直是初夏，试看麦陇，无非只少雉眠也。后解，五、六为邂逅邻翁之因由也，然亦皆写寒色未多也。『意绪』，字法，犹言不啻若自其口出。

褚家林亭

一阵西风起浪花，绕阑干下散瑶华[1]。高窗曲槛仙侯府，卧苇荒芹白鸟[2]家。孤岛待寒迎片月，远山终日送余霞。若知方外[3]还如此，不要乘秋上海槎[4]。

【注释】

①瑶华：亦作『瑶花』。玉白色的花。有时借指仙花。②白鸟：白羽的鸟。鹤、鹭之类。③方外：世俗之外，旧时指神仙居住的地方。④海槎：同『海查』，用竹木编制的渡海的筏。

【品读】

金圣叹《贯华堂选批唐才子诗》：前解，相其意思，乃如不要作诗也者，闲闲然，只就此林亭中，纵心定欲搜捕奇景。而一时忽然注眼，亲见此境大奇，于是大叫笔来，卷袖舒手，疾忙书之。到得书成放笔，已连自家亦不道适来有如此之事也。『一阵西风』，言直从太湖卷水来也。『起浪花』，言风卷水至亭根，澎湃而上也。『绕阑』『散华』，言溅水小大，如琖如钱，如豆如珠，飞落于阑干两面也。『仙侯府』，言观其亭上，则一何朱碧窈窕也。『白鸟家』，言望其亭下，是又何萧骚空旷也。后解，『孤岛』『片月』，写出不是人间清凉。『远山』『余霞』，写出不是人间绮丽。因言方外清凉绮丽，若复不过如此，则又何用舍此他去也。

白莲

素蘤[1]多蒙[2]别艳欺，此花真合在瑶池[3]。还应有恨无人觉，月晓风清欲堕时。

【注释】

①素蘤：白花。②多蒙：多被。③瑶池：神话中神仙居处。《穆天子传》：乙丑天子觞西王母于瑶池之上，西王母为天子谣，天子答之。

【品读】

杨慎《升庵诗活》：陈鲁望《白莲》诗：『素花多蒙别艳欺，此花端合在瑶池。无情有恨何人见，月晓风清欲堕时。』观东坡与子帖，则此诗之妙可见。然陆此诗祖李长吉，长吉《咏竹》诗云：『斫取青光写楚辞，腻香春粉黑离离。无情有恨何人见，露压烟笼千万枝。』或疑无情有恨不可咏竹，非也。竹也自妩媚。孟东野诗云：『竹婵娟，笼晓烟。』

张乔

张乔，生卒年不详，池州（今安徽贵池）人，懿宗咸通十二年（871）进士，与许棠、郑谷等东南才子称『咸通十哲』。因避黄巢之乱，曾在九华山隐居。

书边事

调角[1]断清秋，征人[2]倚戍楼[3]。春风对青冢[4]，白日落梁州[5]。大漠无兵阻，穷边有客游。蕃情[6]似此水，长愿向南流。

【注释】

①调角：即吹角。②征人：戍卒。③戍楼：戍边士卒用来瞭望的岗楼。④青冢：汉王昭君墓，在今内蒙古呼和浩特市南。⑤梁州：凉州，地处今甘肃境内。⑥蕃情：吐蕃人民的心情。

【品读】

俞陛云《诗境浅说》：此诗高视阔步而出，一气直书，而仍顿挫，亦高格之一也。

河湟旧卒[1]

少年随将讨河湟，《玉海》：长庆二年，刘元鼎使吐蕃，逾湟水至龙泉谷西三百里曰紫山，东距长安五千里，河源其间，故世谓西戎之地曰河湟。头白时清[2]返故乡。十万汉军[3]零落尽，独吹边曲向残阳。

【注释】

①旧卒：旧时部卒。②时清：时代清明。③汉军：指代唐军。

【品读】

沈涛《匏庐诗话》：张乔《宴边将》云云，《河湟旧卒》云云，试掩其名，读者鲜不以为右丞、龙标。然则初盛中晚之分，其亦可以已乎？

范晞文《对床夜话》：张乔多有好绝句，《河湟旧卒》亦籍、牧之亚。

题河中①鹳雀楼②

高楼怀古动悲歌，鹳雀③今无野雀过。树隔五陵④秋色早，水连三晋⑤夕阳多。渔人遗火成寒烧，牧笛吹风起夜波。十载重来值摇落，天涯归计欲如何？

【注释】

①河中：地名，治所在今山西永济县。②鹳雀楼：在唐时河中西南，为当时游览胜地。鹳，鹤类水鸟。③雀：一作『燕』。④五陵：汉代五个皇陵：高帝长陵、惠帝安陵、景帝阳陵、武帝茂陵、昭帝平陵。⑤三晋：战国初年，韩、赵、魏三家分晋，故称韩、赵、魏为三晋。

【品读】

金圣叹《贯华堂选批唐才子诗》：前解，相传旧是鹳雀，今来乃见野燕，因而不觉悲从中动，歌达于外也。细思当时初建此楼，取名鹳雀，人物何等人物，意思何等意思。追于今日，飞飞野燕，前人亦不知后，后人亦不知前，抑岂唯一楼而已。虽北望五陵，西望三晋，秋色亦既如此，夕阳又能几何！真是古古今今，大抵如斯，不哭不能，欲哭无谓也。后解，此后解妙于『十载重来』四字写感，『欲如何』三字写悟。如此，方是真正感，方是真正悟，不是他时他人传闻异辞之感，付之无奈之悟而已也。言在十载以前，此地此楼，是身亲见，繁华生聚，岂可悉数。曾几何时，而肘腋之侧失在不意，堤穿河溃，木蠹厦倾，遂一至此。此譬如渔人牧子，遗火吹风，人何足防，事何足说？然而燎原烘天，浪高过阁，其伏至微，其发至钜，然则人生世间，转眼不测，成家立业，果欲几年也。

曹唐

曹唐，生卒年不详。字尧宾。桂州（今广西桂林）人。初为道士，后举进士不第。咸通中，为使府从事。

送羽人王锡归罗浮

风前整顿紫荷巾，归向罗浮[1]学养神。石磴倚天行带月，铁桥通海入无尘[2]。龙蛇出洞闲行雨，犀象眠花不避人。正是葛洪[3]寻药处，露苗烟蕊[4]满山春。

【注释】

①罗浮：山名。在广东省东江北岸。②无尘：不着尘埃。常表示超尘脱俗。③葛洪：东晋道家、医学家、炼丹术家。字稚川，自号抱朴子，丹阳句容（今属江苏）人。自幼好神仙导养之法。先后从郑隐、鲍玄学炼丹术和道术。后闻交趾出丹砂，求为勾漏令。携子侄至广州，止于罗浮山炼丹。④烟蕊：水汽蒸润的花蕊。

【品读】

金圣叹《贯华堂选批唐才子诗》：前解，前解写羽人归，后解写罗浮。一写其忽然欲归，二写其自说欲归之故，三写其一路归，四写其竟归矣。凡律诗三四，决无无故平书二语之理，纵复有时甚似平书，然细察其间，必有欹侧。如此三四，一是下一『行』字，『行』之为言一路正归；一是下一『入』字，『入』之为言归已到家是也。三言『石磴倚天』，虽复高高行履，然还有脚迹可指。四言『铁桥通海』，便是低低藏躲，已并无脚迹可指也。此是其作游仙诗一段本领。后解，五六写罗浮实景，然亦绝与羽人相衬。七言如此龙蛇犀象中间，正是抱朴先生行乐之处，今日抱朴虽往，而药草固在，羽人正应早归续寻也。

送刘尊师祇诏阙庭

仙老闲眠碧草堂，帝书[1]征出白云乡。龟台[2]欲署长生籍，鸾殿[3]须论不死方[4]。茎露晓倾延命酒，素烟夜爇[5]降真香。五千言外无文字，更有何书赠武皇[6]？

【注释】

①帝书：道教传说中指天书之类。②龟台：位于河北武安市东万年村南。③鸾殿：禁内的宫殿。④不死方：传说中一种能使人长生不死的药方。⑤爇：烧。⑥武皇：指汉武帝。

【品读】

金圣叹《贯华堂选批唐才子诗》：前解写诏征。此诗通首俱讥阙庭，言仙老只知闲眠，何长生之可署，而帝书忽来，鸾殿久伫，曰欲求不死方也。夫不死诚复有方，则羲农至今在御，此座安得至陛下哉！

神仙尽是妖妄汉武，真至论也。后解写陛见。酒能延命，香能降真，设有其理，五千何不言之？曰：五千虽未及言，又有他书言之也。则吾熟睹汝家池书之文不成文，字不成字也。道藏至今不烧，可见世无识文字人。

张蠙

张蠙，生卒年不详。字象文，清河（今属北京）人。生而颖秀，幼能为诗。乾宁二年（895）登进士第。与许棠、张乔等齐名，称『十哲』。授校书郎，调栎阳尉，迁犀浦令。王建建蜀国，拜膳部员外郎。后为金堂令。

登单于台[1]

边兵春尽回，独上单于台。白日地中出，黄河天外来。沙翻痕似浪，风急响疑雷。欲向阴关度，阴关晓不开。

【注释】

①单于台：在今内蒙古自治区呼和浩特市西。

【品读】

郑方坤《五代诗话补》：童年有『白日地中出，黄河天外来』之句，盛为当世所称。

宿山寺

中峰半夜起，忽觉在青冥。下界[1]自生雨，上方[2]犹有星。楼高钟独远，殿古像多灵。好是潺湲[3]水，房房伴诵经。

【注释】

①下界：指山下或低处。②上方：上天。③潺湲：流水缓慢貌。

【品读】

方回《瀛奎律髓》：三、四已佳，五、六尤佳，第六句无人会道。末句亦可佳也。

边情

穷荒始得净天骄①，又说天兵拟渡辽。圣主尚嫌蕃界②近，将军莫恨汉庭遥。草枯朔野春难发，冰结河源夏未销。惆怅临戎皆许国，无人不是霍嫖姚③。

【注释】

①天骄：北方匈奴自称为天之骄子。泛称强盛的少数民族。②蕃界：谓边界。③霍嫖姚：指汉大将军霍去病。

【品读】

金圣叹《贯华堂选批唐才子诗》：前解，一，『始得』二字，已不知费却何限人死战。二，『又说』二字，又不知将费何限人死战也。三、四，以调笑承之，『尚嫌』，妙！『莫恨』，妙！真写尽穷兵黩武之可恨也。前解只是直书其事，至后解始论之。后解，此解乃极论前解之得失，言塞外春不草发，夏不冰销，得其地不足耕，得其人不足治。然则圣主之必欲渡辽扩之，此是何故？因言此非圣主之意，皆彼临戎诸臣之罪也。看他七、八，乃用如此十二字成壮语，上却轻轻加以『惆怅』二字，妙！并无讥讪之嫌，而闻者乃更不得不心动矣！

崔橹

崔橹，生卒年不详。荆南（今湖北江陵）人。大中时举进士（一作广明中进士），仕为棣州司马。

过蛮溪渡

绿杨如发雨如烟，立马危桥①独唤船。山口②断云③迷旧路，渡头④芳草忆前年。身随远道徒悲梗⑤，诗在明时不值钱。归去楚台⑥还有计，钓矶坐倦日高眠⑦。

【注释】

①危桥：高耸之桥。②山口：山与山交会的隘口。③断云：片云。④渡头：渡口。⑤悲梗：同『悲哽』，悲伤哽咽。⑥楚台：指楚王梦遇神女之阳台。后多指男女欢会之处。⑦高眠：高枕安眠。

【品读】

金圣叹《贯华堂选批唐才子诗》：前解，此过蛮溪渡，是昔年从此渡过去，今日又从此渡过来。其日正值春雨，又无一人同行，于是寻旧路，认前年，仔细自思渡来渡去，依旧只是一人一马，真可为之一笑堕泪也。后解，五言『随远』，固非计也；六言卖诗，又非计也。通盘思，彻底算，毕竟三十六计，归还是计也。

春晚岳阳①言怀

烟花零落过清明，异国光阴老客情。云梦②夕阳愁里色，洞庭春浪坐来声。天边一与旧山别，江上几看芳草生。独凭阑干意难写，暮笳呜咽③起孤城④。

【注释】

①岳阳：古称巴陵，又名岳州，位于湖南省东北部。②云梦：即云梦泽。古代大泽名，在古荆州。③呜咽：形容低沉凄切的声音。④孤城：指岳阳。

【品读】

金圣叹《贯华堂选批唐才子诗》：前解，「烟花」自来必要「零落」，「清明」自来必要「过」。今忽谓之为「异国光阴」，又谓之为「老客情」者，则我不知定是异国之光阴，故老客不禁，抑定是老客之情，故光阴亦异也。三，「云梦夕阳」言今日又过，四，「洞庭春浪」言何时得去。「坐来声」者，言可惜如许好浪，却只兀坐于此也。后解，五，「旧山别」加「天边一与」四字，便写尽懊悔。六，「芳草生」加「江上几看」四字，便写尽沉屈。七，「意难写」，正即此一段意，「写」之为言泻也，「难写」之为言不可摆布也。八，言正当此时而城笳又起，于是收心卷意，黯然遂止也。

韦庄

韦庄（约836-910），字端已，京兆杜陵（今陕西西安）人。乾宁元年（894）登进士第，授校书郎。乾宁四年（897），被宣谕和协使李洵聘为书记，后改任左补阙。天复元年（901）应王建之聘入川为掌书记。王建为前蜀皇帝后，任为宰相，后终身仕蜀，官至吏部侍郎兼平章事。

章台①夜思

清瑟②怨遥夜，绕弦风雨哀。孤灯闻楚角③，残川下章台。芳草已云暮，故人殊④未来。乡书不可见，秋雁又南回。

【注释】

①章台：汉章台宫中有章台，台厂有章台街。②清瑟：指清幽之瑟音。瑟，弦乐器。③楚角：以角吹奏之楚音。④殊：绝。

【品读】

章燮注《唐诗三百首》：盖言时已暮矣，友已疏矣，归又无期，何时解闷？只得冀通音问以寄离情。无奈乡书不可达，何也？寄乡书者秋雁，今而秋雁又且南回，则乡书终不可寄耳。一段无可如何之恨，全含四十字中。

俞陛云《诗境浅说》：五律中有高唱入云，风华掩映，而见意不多者，韦诗其上选也。前半首借清瑟以写怀。泠泠二十五弦，每一发声，若凄风苦雨，绕弦杂而来。况残月孤灯，益以角声悲奏。楚江行客，其何以堪胜胜？诵此四句，如闻雍门之琴，桓伊之笛也。下半首言草木变衰，所思不见，雁行空过，天远书沉。与李白之『鸿雁几时到，江湖秋水多』相似。皆一片空灵，含情无际。初学宜知此诗之佳处，前半在神韵悠长，后半在笔势老健。如笔力尚弱而强学之，则宽廓无当矣。

延兴门①外作

芳草五陵②道，美人金犊车③。绿奔穿内水，红落过墙花。马足倦游客，鸟声欢酒家。王孙归去晚，宫树欲栖鸦。

【注释】

①延兴门：唐代长安城门。②五陵：汉代五个皇帝的陵墓，皆在长安之北。③金犊车：车厢有金饰之牛车。

【品读】

王尧衢《古唐诗合解》：前解是春色，后解是春游。起以美人，合以王孙，则游人中之最出色者也。

古离别 一作《多情》

晴烟漠漠①柳毵毵②，不那离情酒半酣。更把玉鞭云外指，断肠春色在江南。

【注释】

①漠漠：密分布或大面积分布貌。②毵毵：细长貌。

【品读】

杨慎《升庵诗话》：韦端己送别诗多佳。

宋顾乐《唐人万首绝句选》：觉字字有情有味，得盛唐余韵。

柳谷①道中作却寄

马前红叶正纷纷，马上离情断杀魂②。晓发独辞残月店，暮程遥宿隔云村。心如岳色③留秦地，梦逐河声出禹门④。莫怪苦吟鞭拂地，有谁倾盖⑤待王孙？

【注释】

①柳谷：地名，在山西夏县中条山中。②断杀魂：即断魂，极度悲伤意。③岳色：山色。④禹门：即龙门，在今山西河津县西北，传为大禹开凿。⑤倾盖：指二人车行相遇，停车交谈，车盖相接，喻初交即知心之友朋。盖，车盖。

【品读】

金圣叹《贯华堂选批唐才子诗》：前解，写着『青袍』、冲『红叶』，穷日之力，望望而去。去则意欲至何处乎？可悲也。后解，写心虽欲去，身自不能不去，然身虽已去，心则何恃而敢去乎？愈可悲也。

灞陵①道中作

春桥②南望水溶溶，一桁③晴山倒碧峰。秦苑落花零露湿，灞陵新酒拨醅④浓。青龙夭矫盘双阙，丹凤褵褷⑤隔九重。万古行人离别地，不堪吟罢夕阳钟。

【注释】

①灞陵：西汉文帝陵，位于长安城东七十里。②春桥：指灞桥，王仁裕《开元天宝遗事》：『长安东灞陵有桥，来迎去送皆至此桥，为离别之地，故人呼之销魂桥也。』③桁：屋顶横木。此指山势横斜。④拨醅：未经过滤之再酿酒。⑤褵褷：禽类毛羽初生貌。

【品读】

钱牧斋、何义门《唐诗鼓吹评注》：首言灞水溶溶，晴山倒映。而秦苑落花，因零露而湿；灞陵新酒，以拨醅而浓，皆道中所见之景也。若回首长安，夭矫青龙，盘旋于双阙之内；褵褷丹凤，遥隔于九重之中。是灞陵乃万古送行之处，当晚钟初动，斜日将倾，犹复对此长吟也。悠悠道路，其将何以堪此哉。

金圣叹《贯华堂选批唐才子诗》：前解，写灞桥上人望灞桥下水，窥风晴山倒映，其影如衣一桁。时又正值春花烂发，地又饶有客舍醅新。斯诚上国之壮观，豪人之快嘱也。后解，然此地所以自来招致普天下人，俱来集会，因而无端生出无数离别者，只为双阙盘龙，九重隔风，尊荣豪富，尽出于斯。于是奔走贤愚，颠倒老少，如我今日即为不免之人，固不可以一一致诘也。

秋日早行

上马萧萧襟袖凉，路穿禾黍绕宫墙。半山残月露华冷，一岸野风莲萼香。烟外驿楼红隐隐，渚边云树暗苍苍①。行人自是心如火，兔走乌飞②不觉长。

【注释】

①苍苍：茂盛貌。②兔走乌飞：喻时光流逝。传说月中有玉兔，日中有金乌。

【品读】

钱牧斋、何义门《唐诗鼓吹评注》：此言秋时马上，襟袖生凉，路穿禾黍之中，绕于宫墙而去。其时尚早，故见半山残月而露华清冷，一岸野风而莲萼飘香也。若夫驿楼隐隐，倚于云烟之外；宫树苍苍，暗于洲渚之间，此皆早行所见者。要之，景色虽佳，而我归心甚迫，是以光阴易迈，自不觉其悠长耳，此形汲汲遑征意。

赠边将

昔因征远向金微①，马出榆关②一鸟飞。万里只携孤剑去，十年空逐塞鸿归。手招都护③新降虏，身着文皇④旧赐衣⑤。只待烟尘报天子，满头霜雪为兵机⑥。

【注释】

①金微：山名，在今蒙古国喀尔喀部境内。②榆

关：即山海关。③都护：官名，汉宣帝置西域都护，后晋、唐皆置之。④文皇：指唐太宗李世民，此泛指唐皇。⑤赐衣：皇帝所赐之衣。⑥兵机：用兵谋略。

【品读】

沈德潜《唐诗别裁》：只待二字语病。

春日

忽觉东风景[1]渐迟，野梅山杏暗芳菲。落星楼[2]上吹残角，偃月营[3]中挂夕晖。旅梦乱随蝴蝶[4]散，离魂渐逐杜鹃飞。红尘遮断长安陌，芳草王孙暮不归[5]。

【注释】

①景：即影，日影。②落星楼：《金陵地记》：『吴嘉禾元年（232），于桂林苑落星山起三重楼，名曰落星楼』。③偃月营：吴国孙权曾筑营于濡须坞以拒曹操，状如偃月，号偃月营。④蝴蝶：《庄子》：『昔者庄周梦为蝴蝶，栩栩然蝴蝶也；自喻适志与，不知周也。俄然觉，则蘧蘧然周也。』⑤芳草句：《楚辞·招隐士》：『王孙游兮不归，春草生兮萋萋。』

【品读】

钱牧斋、何义门《唐诗鼓吹评注》：此春日在吴触物怀乡而作也。首言吾于客中忽觉春色之迟迟，野梅山杏亦芳菲菲其蔽目焉。时则残角吹于落星之楼上，夕阳坠于偃月之营中，此皆有以动吾思归之念者也。所以羁旅之梦，每随蝴蝶而散；别离之魂，又逐杜鹃而飞，宜乎其早赋归欤矣。今者回首长安，但见红尘满陌；而芳草青青，王孙未返，此情当何似耶？

立春

青帝[1]东来日驭[2]迟，暖烟轻逐晓风吹。罽袍[3]公子樽前觉，锦帐佳人梦里知。雪圃[4]乍开红菜甲[5]，彩幡《岁时风土记》：立春之日，士大夫之家剪彩为小幡，谓之春幡，或悬于家人之头，或缀于花枝之下。新翦绿杨丝。殷勤为作宜春曲[6]，题向花笺帖绣楣[7]。

【注释】

①青帝：传说中司春之神。代指春季。②日驭：传说中太阳神羲和。③罽袍：毛织之袍。罽，毛织物。④雪圃：残雪未尽的菜圃。⑤红菜甲：指初生的红菜芽。甲，草木初生。⑥宜春曲：古代于立春日贴『宜春』二字以迎新春。⑦绣楣：彩绘的门上横梁。

【品读】

沈德潜《唐诗别裁》：（罽袍公子樽前觉）以气相感也。

台城[1]

江雨霏霏江草齐，六朝[2]如梦鸟空啼。无情最是台城柳，依旧烟笼十里堤。

【注释】

①台城：一名苑城，东晋建康宫遗址，在今南京玄武湖畔。②六朝：在南京定都之吴、东晋、宋、齐、梁、陈六王朝。

【品读】

宋顾乐《唐人万首绝句选》：咏柳从无人说无情者，一翻用觉感慨不尽。

马时芳《挑灯诗话》：韦端己《台城》，赋凄凉之景，想昔日盛时，无限感慨都在言外，使人思而得之。

过扬州

当年人未识兵戈，处处青楼[1]夜夜歌。花发洞中春日永，月明衣上好风多。淮王去后无鸡犬[2]，炀帝归来葬绮罗[3]。二十四桥空寂寂，绿杨摧折旧官河[4]。

【注释】

①青楼：歌馆妓楼。②淮王句：用汉淮南王刘安得道后，举家并鸡犬皆升天事。③炀帝句：隋炀帝杨广于隋大业十四年（618），被宇文化及缢杀于江都行宫。④官河：隋文帝开皇七年（587），于扬州开山阳渎，以通漕运。《资治通鉴》：炀帝大业元年（605）『又发淮南民十余万开邗沟，自山阳至扬子入江。渠广四十步，渠旁皆筑御道，树以柳』。

【品读】

姚鼐《今体诗钞》：高骈、吕用之妄事神仙，故借称淮南，而实叹兵火之后，鸡犬皆尽。『归来』字，用《招魂》，然『葬』字不稳贴，疑本是『丧』字。

江上题所居

故人相别尽朝天[1]，苦竹江头独闭关。落日乱蝉萧帝寺[2]，碧云归鸟谢家山[3]。青州从事《世说新语·术解》：桓公有主簿，善别酒，有酒辄令先尝，好者谓『青州从事』，恶者谓『平原督邮』。来偏熟，泉布先生[4]老渐悭。不是对花长酩酊，永嘉[5]时代不如闲。

【注释】

①朝天：朝见天子。②萧帝寺：南朝梁武帝萧衍佞佛。喜造佛寺，寺成书萧字，后世遂称佛寺为萧寺或萧帝寺。③谢家山：晋谢安少有重名，徵辟不就，尝隐居会稽之东山。④泉布先生：指钱币。⑤永嘉：为西晋怀帝司马炽年号（307–313），时天下混乱；此借指唐末时期。

【品读】

金圣叹《贯华堂选批唐才子诗》：前解，故人朝天，本是恒事，故人因朝天而别，亦本是恒事。今是故人一时尽别，问之却是一时尽去朝天，何故为是纷纷者乎？『江头独闭关』，因特加『苦竹』二字，写尽孤寒自守。

三承一，画出故人好笑。四承二，画出自家闲畅也。后解，又说明所以江头闭关之故，言如此时代无手可措，不如醉酒且尽一生也。

夜雪泛舟游南溪

大江西面小溪斜，入竹穿松似若耶①。两岸严风吹玉树②，一滩明月晒银砂③。因寻野渡逢渔舍，更泊前湾上酒家。去去不知归路远，棹声烟里独呕哑④。

【注释】

①若耶：溪名，传说西施曾浣纱于此，因又名浣纱溪，在今浙江绍兴若耶山下。②玉树：白雪覆盖之树。③银砂：白雪覆盖之沙滩。④呕哑：船摇橹声。

【品读】

金圣叹《贯华堂选批唐才子诗》：前解，写南溪雪夜。看他出手摇笔，居然写出『大江西面』四字，我骤读之，将谓下文何等风景，却不图其轻轻一落，便只接得『似若耶』三字。因思文章虽复小道，必有方法可观如此。一、二下文若不为其『似若耶』，即上文便不必写大江作起；今既下文欲道『似若耶』，便上文不写大江作起，又不好也。词家好手，只争衬字换字，此又衬又换法也。三、四，极写『似若耶』也。后解，写泛舟夜游。『寻野渡』『泊前湾』，便是『去去』也。『不知归路』，正是泛雪胜情。且从来事，无大无细，皆以一『归』字乱其心曲，此亦不可不戒也。『棹声呕哑』之为言犹『去去』也。

谒巫山庙①

《高唐②赋》：昔者先王尝游高唐，怠而昼寝，梦见一妇人，曰：『妾，巫山之女也，为高唐之客，闻君游高唐，愿荐枕席。』王因幸之。去而辞曰：『妾在巫山之阳，高丘之阻，旦为朝云，暮为行雨。朝朝暮暮，阳台之下。』旦朝视之如言。故为立庙，号曰『朝云』。

乱猿啼处访高唐，路入烟霞草木香。山色未能忘宋玉③，水声犹似哭襄王④。朝朝暮暮阳台下，为雨为云楚国亡⑤。惆怅庙前无限柳，春来空斗画眉长。

【注释】

①巫山庙：即巫山神女庙。②高唐：高唐观。宋玉《高唐赋》：『昔者楚襄王与宋玉游于云梦之台，望高唐之观。』③宋玉：战国时楚国文学家。④襄王：战国时楚国顷襄王。⑤为雨句：唐刘希夷《公子行》：『倾国倾城汉武帝，为云为雨楚襄王』。

【品读】

钱牧斋、何义门《唐诗鼓吹评注》：首言未至庙时，从猿啼之处望高唐，而往路入于烟霞之内，而草木皆香也。自其路中之景言之：崔嵬山色未能忘宋玉之情多，呜咽水声犹似哭襄王之梦断，至今清泉翠岫亦转寂寂无谬矣。若当时神女朝暮在阳台之下为雨为云，而楚国已亡。盖见庙则朝暮犹在，云雨为一时之事，楚国不能久存若似乎？艳冶之足以亡国，而楚襄之为荒唐悠谬亦甚无裨于国也。至于神女既去，庙前之柳春日争妍，空似与画眉斗长者。

鹧鸪

南禽①无侣似相依，锦翅双双傍马飞。孤竹②庙前啼暮雨，汨罗祠③畔吊残晖。秦人只解歌为曲④，越女空能画作衣。懊恼泽家非有恨，年年长忆凤城归。

【注释】

①南禽：指鹧鸪，崔豹《古今注》：「鹧鸪出南方，鸣常自呼，向日而飞。」②孤竹：殷代诸侯国，著名隐士伯夷、叔齐是孤竹君之二子。③汨罗祠：即屈原祠。④歌为曲：古代有《山鹧鸪》《鹧鸪词》等曲。

【品读】

金圣叹《贯华堂选批唐才子诗》：前解，此为写鹧鸪，为写自己。为写鹧鸪无依故来傍马，为写自己无依故欲鹧鸪来傍。三、四「暮雨」「残晖」，已极幽怨，又着「孤竹庙」「汨罗祠」，便一解纯是鬼诗，不可不辨也。后解，「懊恼自家」，鹧鸪鸣声也。五、六言秦人越女，不解我心。七、八我于世更有何恨，只无故国得归耳。临了衬一「凤」字，颇为鹧鸪增色。

南昌晚眺

南昌城郭枕江烟，章水悠悠浪拍天。芳草绿遮仙尉宅①，落霞红衬贾人②船。霏霏阁上千山雨，嘒嘒③云中万树蝉。怪得地多章句客④，庚家楼⑤在斗牛边⑥。

【注释】

①仙尉宅：汉南昌尉梅福之宅。《水经注》：「赣水又北经南昌左尉廨西，汉成帝时，九江梅福为南昌尉居此。后福一旦舍妻子，去九江，传云得仙。」②贾人：商人。③嘒嘒：蝉鸣声。④章句客：文人骚客。⑤庚家楼：晋庚亮镇江州时所建之楼。⑥斗牛边：古人以星宿与地域相对应，称为分野，南昌属斗、牛二星之分野。

【品读】

钱牧斋、何义门《唐诗鼓吹评注》：此言南昌城郭枕于江烟之处，而章水悠悠，其浪又接天而来也。中四句皆言所见所闻之景。末言地多吟咏之客，楼傍斗牛则又有吟咏之处，总以形人地之胜耳。

鄠杜①旧居

却到山阳②事事非，谷云溪鸟尚相依。阮咸贫去田园尽，《晋书·阮咸传》：咸与籍居道南，诸阮居道北，北阮富而南阮贫。向秀归来父老稀③。秋雨几家红稻熟，野塘何处锦鳞肥。年年为献东堂策，长是芦花别钓矶④。

【注释】①鄠杜：地名，即今陕西鄠县杜陵，为韦庄故里。②山阳：地名。晋置，即今江苏淮安县。晋向秀与嵇康、吕安居址。嵇、吕被杀，向秀经其旧庐，闻邻人吹笛，感音而叹，作《思旧赋》。③向秀句：指向秀经山阳旧居，作《思旧赋》事。④钓矶：东汉严光，字子陵，不受光武帝刘秀所授谏议大夫，隐居富春山，新安江口有其垂钓之石，即“钓矶”。

【品读】金圣叹《贯华堂选批唐才子诗》：前解，“事事非”，不止诉田园，兼诉父老，便是名士风流，不尔，岂非乞儿叫街耶？然又妙于二句之“惟余溪鸟”七字，无此便不成诗。后解，“谁家”，以反写自家；“何处”，以反写此处也。“年年”二字，是深悔之词，便知其今年更不然也。

绥州[1]作

雕阴[2]无树水难流，雉堞连云古帝州[3]。带雨晚驼鸣远戍，望乡孤客倚高楼。明妃[4]去日花应笑，蔡琰[5]归时鬓已秋。一曲单于[6]暮烽起，扶苏城[7]上月如钩。

【注释】①绥州：西魏置，治所在今陕西绥德。②雕阴：隋大业初，改绥州为雕阴郡。③古帝州：因黄帝冢在城南桥山，故云。④明妃：汉元帝宫人王昭君，晋人避晋文帝司马昭讳，改称明君，又称明妃。⑤蔡琰：东汉蔡邕之女，没于匈奴十二年，为曹操赎归。⑥单于：曲调名，有《大单于》《小单于》等曲。⑦扶苏城：绥州于天宝元年(742)改为上郡。秦始皇太子扶苏监兵上郡，即此处。

【品读】钱牧斋、何义门《唐诗鼓吹评注》：首言雕阴无树，河水南流，而雉堞与云相接，乃古帝王之州也。当晚雨之时，驼常鸣于戍垒之外；秋风之际，客频倚于高楼之中，来游之景况如此已。若昭君远嫁单于过此地，而花应相笑；蔡琰来归汉国由此路，而鬓已成秋，此固夷夏相通之界也。余也倚楼长望，悲风忽动，画角长鸣，明月如钩，边城迥绝，客情至此，其复何如耶。

与东吴生相遇及第后出关作

十年身事各如萍[1]，白首相逢泪满缨。老去不知花有态，乱来唯觉酒多情。贫疑陋巷[2]春偏少，贵想豪家月最明。且对一尊开口笑，未衰应见泰阶平[3]。

【注释】①萍：浮萍，指人行踪不定。②陋巷：贫者所居之小巷。③泰阶平：谓天下太平。

【品读】钱牧斋、何义门《唐诗鼓吹评注》：首言萍踪漂泊，尔我相同，别已十年，今幸相逢，而鬓丝初见，所以洒泪沾巾也。若花果有态，酒非有情，春无偏少，月非倍明，而老去乱来，则不知有态，而唯觉多情矣。有贫有贵，则陋巷生疑而豪家积想矣。次联道其身世之故，三联写其牢骚之情，文情似婉而意甚切至。末承上来，谓志虽未得，然且对一樽而开笑口。因其未甚衰惫，太平则犹可待也。此见友朋相慰，兼有不能忘世意。

司空图

司空图（837–908），字表圣，自号知非子、耐辱居士，河中虞乡（今山西永济）人。唐懿宗咸通十年（869）进士。不久，王凝因事被贬为商州刺史，司空图感于知遇之恩，主动表请随行。乾符六年（879），官礼部员外郎，寻迁郎中。广明元年（880），黄巢攻入长安。司空图归隐故乡河中。僖宗至凤翔，诏为知制诰，中书舍人。后僖宗逃到成都，他又回故乡隐居。

塞上

万里隋城①在，三边②虏气衰。沙填孤障③角，烧断故关碑。马色经寒惨，雕声带晚悲。将军正闲暇，留客换歌辞。

【注释】

①隋城：隋朝所建的长城。②三边：汉代的幽州、并州、凉州。因其地在边疆，故称。③障：边境上险要之处用以戍守的堡寨。

【品读】

潘德舆《养一斋诗话》：司空表圣《诗品》，首列『雄浑』一门，然其五言如『草嫩侵沙长，冰轻着雨消』『坡暖冬抽笋，松凉夏健人』『夜短猿悲减，风和鹊喜灵』『马色经寒惨，雕声带晚悲』……佳句累累，终无可当『雄浑』之目者。

丁未①岁归王官谷②

家山牢落③战尘西，匹马偷归路已迷。冢上卷旗人簇立，花边移寨鸟惊啼。本来薄俗④轻文字，却致中原动鼓鼙。将取一壶闲日月，长歌深入武陵溪。

【注释】

①丁未：僖宗光启三年（887）。②王官谷：在中条山，司空图曾先后隐居于此。③牢落：寥落。汉司马相如《上林赋》：『牢落陆离，烂漫远迁。』文选注：『牢落，犹辽落也。』④薄俗：浮薄的风俗。

【品读】

余成教《石园诗话》：愚谓表圣七言中如『久无书去干新贵，时有僧来自故乡』『本来薄俗轻文字，却致中原动鼓鼙』，『乱来已失耕桑计，病后休论济活心』『名应不朽轻仙骨，理到忘机近佛心』。合于计敏夫所谓清音泠然，变而不失其正者也。

退栖

宦游①萧索为无能，移住中条最上层。得剑乍如添健仆，亡书久似失良朋。燕昭不是空怜马②，支遁何妨亦爱鹰③？自此致身绳检④外，肯教世路日兢兢⑤。

【注释】

①宦游：离家在外求官或做官。②燕昭句：《战国策》载，燕昭王大力招揽人才，臣子郭隗讲了一个『千金市马』的故事。死马尚且市之以千金，更何况千里马？于是杰出人才纷纷而至。怜，爱。③支遁句：支遁，本姓关，名遁，字道林。隐居余杭山，二十五岁出家。支遁平日喜爱喂养骏马，却又不用来乘骑、驾车、畋猎等，别人询问原因，回答说：『贫道重其神骏。』④绳检：约束。⑤兢兢：小心谨慎。

【品读】

贺贻孙《诗筏》：余于图所自摘警句之中，独赏其五言春诗『人家寒食月，花影午时天』，又『雨微吟思足，花落梦无聊』，山中诗『川明虹照雨，树密鸟冲人』，丧乱诗『骅骝思故主，鹦鹉失佳人』，美人诗『晚妆留拜月，春睡更生香』；七言则『得剑乍如添健仆，亡书久似忆良朋』，又『逃难人多分隙地，放生鹿大出寒林』，数联而已。绝句如『故国春归未有涯，小栏高槛别人家。五更惆怅回孤枕，犹自残灯照落花』，亦自有致，然终非盛唐气象也。子瞻独称其诗文高雅，有盛唐遗风。盖亦因人以重其诗耳。当时伪梁所用，如敬翔、李振诸人，皆唐朝旧臣，一旦委质，甚且赞成弑逆。独图避世中条山，终身不肯仕梁，岂非豪杰！

聂夷中

聂夷中，生卒年不详，字坦之，河东（今山西永济）人。咸通十二年（871）登进士第，官华阴尉。

咏田家①一作《伤田家》

二月卖新丝，五月粜②新谷。医得眼前疮，剜却心头肉。我愿君王心，化作光明烛。不照绮罗筵，只照逃亡屋③。

【注释】

①咏田家：《唐诗别裁》将『父耕原上田，子斸山下荒。六月禾未秀，官家已修仓』四句加在本诗前，合为一首。②粜：卖出。③逃亡屋：农民逃亡后留下的空屋。

【品读】

司马光《资治通鉴》：臣记进士聂夷中诗云：『二月卖新丝，五月粜新谷。医得眼前疮，剜却心头肉。我愿君王心，化作光明烛。不照绮罗筵，只照逃亡屋。』语虽鄙俚，曲尽田家之情状。农于四人之中最为勤苦，人主不可不知也。上悦，命左右录其诗，常讽诵之。

杨慎《升庵诗话》：李约《观祈雨》：『桑条无叶土生烟，箫管迎龙水庙前。朱门几处耽歌舞，犹恨春阴咽管弦。』与聂夷中二丝五谷之诗并观，有《三百篇》意。

沈德潜《唐诗别裁》：唐时尚有采诗之役，故诗家每陈下民之苦情。如柳州《捕蛇者说》亦其一也。此诗言简意足，可匹柳文。

田家

父耕原上田，子斸①山下荒。六月禾未秀②，官家已修仓。

【注释】

①斸：大锄。此指掘地。②秀：禾类植物抽穗开花。

【品读】

孙光宪《北梦琐言》：最奇者有聂夷中，河南中都人，少贫苦，精于古体，有《公子家》诗云：『种花于西园，花发青楼道。花下一禾生，去之为恶草。』又《咏田家》诗云：『父耕原上田，子斲山下荒。六月禾未秀，官家已修仓。』又云：『锄禾日当午，汗滴禾下土。谁念盘中餐，粒粒皆辛苦。』又云：『二月卖新丝，五月粜新谷。医得眼前疮，剜却心头肉。我愿君王心，化为光明烛。不照绮罗筵，只照逃亡屋。』所谓言近意远，合三百篇之旨也。

唐彦谦

唐彦谦，生卒年不详。字茂业，号鹿门先生，并州晋阳（今山西太原）人。咸通二年（861）进士。中和中王重荣辟为从事，官至兴元（今陕西汉中）节度副使、阆州（今四川阆中）、壁州（今四川通江）刺史。

蒲津河亭

宿雨清秋霁景澄，广亭高树向晨兴。烟横博望①乘槎②水，日上文王避雨陵③。孤棹夷犹④期独往，曲阑愁绝每长凭。思乡怀古多伤别，况此哀吟意不胜。

【注释】

①博望：古县名。治所在今河南方城西南。②乘槎：神话谓乘木筏上天。《博物志》：『天河与海通，近世有人居海渚者，年年八月有浮槎去来不失期，人有奇志，立飞阁于槎上，多赍粮，乘槎而去。』③避雨陵：崤之北陵。《左传·僖公三十二年》：『崤有二陵焉，其南陵，夏后皋之墓也；其北陵，文王之所避风雨也。』④夷犹：从容不迫。

【品读】

金圣叹《贯华堂选批唐才子诗》：前解，通解只写得『向晨兴』三字，不知夜来思念何事，其早更不能寐，因而披衣下床，开户直视，见雨又收，天又霁，庭又广，榭又高，如此好时好日，我当如何若何？三四『烟横』『日上』正是写起得过早也。其『博望乘槎』『文王避雨』字，皆只文章点染，可知。后解，五孤舟独往，言思乡，一宜往也，怀古，二宜往也，伤别，三又宜往也。若得趁此清秋，果然遂往。此真夷犹之至也。六『曲栏长凭』，言思乡于此凭也，怀古于此凭也，伤别又于此凭也。可惜如许清秋，每日长凭，岂非愁绝之至也。末又加『况此哀吟』，此便是思乡、怀古、伤别外，自寻出第四件苦事矣。

长陵①

长安高阙此安刘，祔②葬累累尽列侯。丰③上旧居无故里，沛中原庙④对荒丘。耳闻明主提三尺⑤，眼看愚民盗一抔⑥。严有翼：或谓《唐韵》《集韵》上平声，并出一『抔』字，铺枚切，手掬也。意与步侯切者颇同。惠洪虽诞妄，必不读『抔』，为杯勺之『杯』。但其诗泛使『土一杯』，不正用《汉书》长陵事，故作铺枚切读耳。未知其果然否？千载竖儒骑瘦马，渭城斜日重回头。

【注释】

①长陵：西汉五陵之一，汉高祖之陵。②祔：新死者附祭。③丰：指刘邦故乡沛县丰邑。④原庙：正庙以外另立的宗庙。《史记·高祖本纪》：『及孝惠五年，

思高祖之悲乐沛，以沛宫为高祖原庙。』⑤三尺：指剑。《汉书·高祖本纪》：『吾以布衣提三尺，取天下，此非命乎？⑥一抔：一抔土，即一捧土。《汉书·张释之传》：『假如愚民取长陵一抔土，陛下何以加其法乎？』颜师古注：『抔，音步侯反，谓以手掬之也。其字从手。不忍言毁彻，故止云取土耳。今学者读为杯勺之杯，非也。』

【品读】

金圣叹《贯华堂选批唐才子诗》：前解，高阙，陵上阙也。前解冷眼觑一『此』字，热话驳一『安』字，言昔者高帝，封诸列侯，岂有他哉，只为『安刘』计也。以我论之，必到此陵此阙，则刘始得安矣。岂惟刘安，彼列侯亦得尽安矣。何则？庄子云『造化劳我以生，逸我以死』是也，设不然而必欲安者丰沛，则丰上旧居已无故里，沛中原庙只对荒丘，当时榻前顾命，竟复奚施哉。后解，忽写腐儒，遂不复写长陵也。『闻』，腐儒闻也，『见』，腐儒见也，特为其腹实实记得千载旧事之故，于是亦遂据实谥之曰：『千载腐儒』。『骑瘦马』，妙，妙。瘦马背上是腐儒，腐儒腹中是千载，不知是千载后来只合骑瘦马，不知是瘦马背上却称驮腐儒。然我则见腐儒腹储千载，脚跨瘦马，既已自古至今矣。『重回头』『重』字去声，写腐儒吃惊不小也。腐儒意中，只道三尺至今犹自提，一抔至今不可盗。

叶梦得《石林诗话》：杨大年、刘子仪皆喜唐彦谦诗，以其用事精巧，对偶亲切。黄鲁直诗体虽不类，然亦不以杨刘为过。如彦谦题《汉高庙》云：『耳闻明主提三尺，眼见愚民盗一抔。』虽是著题，然语皆歇后。一抔事无两出，或可略土字；如三尺，则三尺律、三尺喙皆可，何独剑乎？『耳闻明主』『眼见愚民』，尤不成语。余数见交游道鲁直语，意不可解。东坡有『买牛但自捐三尺，射鼠何劳挽六钧』，亦同此病。六钧可去弓字，三尺不可去剑字，此理甚易知也。

小院

小院无人夜，烟斜月转明。清宵易惆怅，不必有离情。

【品读】

俞陛云《诗境浅说》：人之闲恨闲愁，其来无自。场临广武，则凭吊英雄。宫过咸阳，则追怀故国。访贞娘之墓，叹息婵娟。经宋玉之居，兴嗟词客。其实皆悠悠陈迹，而言愁欲愁。亦如此诗之小院月明，无端惆怅，非必有离情暗恨也。近人《听雨》诗：『明知关我心何事，只是撩人梦不成。』颇与此诗同意。

垂柳

绊惹①春风别有情，世间谁敢斗轻盈？楚王江畔无端种，饿损蛮腰②学不成。

【注释】

①绊惹：绊，羁绊。惹，招引。②蛮腰：细腰。用楚灵王好细腰典。

【品读】

杨慎《升庵诗话》：『绊惹东风别有情，世间谁敢斗轻盈。楚王宫里三千女，饥损蛮腰学不成。』蛮腰或作纤腰，非。咏柳而贬美人，咏美人而贬柳，唐人所谓尊题格也，诗家常例。

章碣

章碣（836-905），字丽山，桐庐（今属浙江）人。唐乾符三年（876）进士。唐亡后流落而不知所终。

焚书坑①

《史记·秦始皇本纪》：史官非秦记皆烧之；非博士官所职，天下敢有藏《诗》《书》百家语者，悉诣守尉杂烧之；有敢偶语《诗》《书》者，弃市；以古非今者，族；吏见知不举者，与同罪；令下三十日不烧，黥为城旦。所不去者，医药卜筮种树之书。

竹帛②烟销③帝业虚，关河④空锁祖龙⑤居。坑灰未冷山东⑥乱，刘项⑦原来不读书。

【注释】

①焚书坑：在今陕西临潼县东南的骊山上。②竹帛：指被焚烧的书籍。竹，竹简。帛，丝织品的总称。③销：通『消』，消失。④关河：指函谷关和黄河。⑤祖龙：指秦始皇。苏林：『祖，始也；龙，人君象。谓始皇也。』⑥山东：崤山以东，战国时秦以外六国的地盘。⑦刘项：指刘邦、项羽。

【品读】

胡应麟《诗薮》：『坑灰未冷山东乱，刘项原来不读书。』仅去张打油一间，而当时以为工，后世亦函称之，此诗所以难言。

沈德潜《说诗晬语》：章碣之「刘项原来不读书」此粗派也。

桃源

绝壁相欹是洞门，昔人从此入仙源①。数株花下逢珠翠，半曲歌中老子孙。别后自疑园吏②梦，归来谁信钓翁言？山前空有无情水，犹绕当时碧树村。

【注释】

①仙源：指风景胜地或安谧的僻境。②园吏：指庄子。因其曾为漆园吏，故以园吏称之。

【品读】

金圣叹《贯华堂选批唐才子诗》：前解，此诗咏桃源，前只是『绝壁相欹』四字，后只是流水绕村四字，并不说定有桃源，亦并不说定无桃源，便如太史公叙许由数行，只道得个『此何以称焉』，又道得个『其上有许由冢』云，遂为空行无着之作也。『绝壁相欹』四字，妙，妙。人人相传桃源有洞口，据我看之，只是『绝壁相欹』而已。三四二句，又不甚似引陶元亮记，存以俟之。『老子孙』，言洞中半曲，洞外人已老也。后解，五六措语甚好，言此等境界，自尚欲疑，人如何信。七八措语又好，言所可据者的的有山，的的有水，的的有林，的的有树而已。

李山甫

李山甫，生卒籍贯不详。咸通中，累举不第。后流寓河朔间，为魏博幕府从事。又事乐彦桢，因怨朝中大臣，尝导彦桢子从训伏兵杀王铎，劫其家。后更事罗弘信父子。后不知所终。

读汉史

四百年间①反复寻，汉家兴替好沾襟。每逢奸诈须挼②手，真遇英雄始醒心。王莽③弄来曾半破，曹公④将去便平沉⑤。当时虚受君恩者，谩向青编⑥作鬼林⑦。

【注释】

①四百年间：泛指从刘邦建汉到曹丕废汉立魏这一段时间。②挼：揉搓。③王莽：西汉末年曾篡位称帝，改国号为新。④曹公：曹操。⑤平沉：指汉朝被夷平。⑥青编：古代纪事之书。⑦鬼林：即史家为前代历史人物作的传记。

【品读】

尤袤《全唐诗话》：国初高秀英者，与赞宁为诗友，辩捷滑稽，尝讥古人诗病云：『山甫《览汉史》「王莽弄来曾半破，曹公将去便平沉」，是破船诗。李群玉《咏鹧鸪》：「方穿诘曲崎岖路，又听钩辀格磔声。」是梵语诗。罗隐曰：「云中鸡犬刘安过，月里笙歌炀帝归。」

是见鬼诗。杜荀鹤：「今日偶题题似著，不知题后更谁题。」此卫子诗也，不然安有四蹄？」

贫 女

平生不识绣衣裳，闲把荆钗①亦自伤。镜里只应谙素貌，人间多自重红妆。当年未嫁还忧老，终日求媒即道狂。两意定知无说处，暗垂珠泪湿蚕筐。

【注释】

①荆钗：以荆枝当髻钗，为贫女装束。

【品读】

余成教《石园诗话》：李山甫《柳》诗，善于自况。其『有时三点两点雨，到处十枝五枝花』，『新成剑戟皆农器，旧着衣裳尽血痕』，『谁陈帝子和番策？我是男儿为国羞』，『镜里只应谙素貌，人间多自重红妆』，皆自然流丽。司空表圣誉以诗曰：『谁似天才李山甫，牡丹属思亦纵横。』然《牡丹》诗非其上乘也。

高 蟾

高蟾，生卒年不详。河朔间（今黄河北）人。家贫，气势雄伟，性倜傥，尚气节。乾符三年（876）以马侍郎之力荐，始登进士。乾宁中官至御史中丞。

金陵晚望

曾伴浮云①归晚翠②，犹陪落日泛秋声。世间无限丹青手③，一片伤心画不成。

【注释】

①浮云：指日暮天边之云。②晚翠：暮色中之苍山。③丹青手：指画家。

【品读】

黄叔灿《唐诗笺注》：『浮云』『落日』，喻盛衰不常；『曾伴』『犹陪』，感佳丽之凄寂，正所谓『伤心』也。然『晚翠』，『秋声』，丹青能画，而望中心事，妙手难描。『画不成』三字，是『伤心』二字之神。

俞陛云《诗境浅说》：画实境易，画虚境难。昔人有咏《行色》诗云：『赖是丹青无画处，画成应遣一生愁。』与此诗后二句相似。行色固难着笔，伤心亦未易传神。金陵为帝王所都，佳丽所萃，追昔抚今，百端交集，伤心人别有怀抱，纵有丹青妙手，安能曲绘其心耶？此诗佳处在后二句，迴胜前二句也。

春

其一

天柱几条①撑②白日，天门几扇锁明时。阳春③发处无根蒂④，凭仗东风⑤分外吹。

【注释】

①天柱几条：一作『月桂数条』。②撑：支撑。③阳春：喻中第者。④无根蒂：无根据，指无真才实学。⑤东风：春风，喻权贵。

【品读】

蔡启《蔡宽夫诗话》：高蟾累举不第，有诗云：『月桂数条撑白日，天门几扇锁明时。阳春发处无根蒂，凭仗东风分外吹。』怨而切。

其二

明月断魂清霭霭①，平芜②归思绿迢迢。人生莫遣头如雪，纵得春风亦不消。

【注释】

①霭霭：云盛貌。②平芜：杂草繁茂的原野。

【品读】

范晞文《对床夜话》：唐人绝句有意相袭者，有句相袭者。王昌龄《长信宫》云：『玉颜不及寒鸦色，犹带昭阳日影来。』……又杜牧《送隐者》云：『公道世间唯白发，贵人头上不曾饶。』……高蟾《春》诗云：『人生莫遣头如雪，纵得春风亦不消。』……此皆袭其句而意别者。若定优劣，品高下，则亦昭然矣。

鱼玄机

鱼玄机（844–871），长安（今陕西西安）人，初名鱼幼微，字蕙兰。咸通初(860)嫁于李亿为妾，旋被弃。咸通七年（866）进咸宜观出家，改名鱼玄机。

赋得江边柳 一作《临江树》

翠色连荒岸，烟姿入远楼。影铺秋水面，花落钓人头。根老藏鱼窟，枝低系客舟。潇潇风雨夜，惊梦复添愁。

【品读】

钟惺《名媛诗归》：『影铺』两句，俱妙在神气静，语气朗。

黄周星《唐诗快》：『翠色』两句，情景俱绝。

赠邻女 一作《寄李亿员外》

羞日遮罗袖，愁春懒起妆。易求无价宝，难得有心郎。枕上潜垂泪，花间暗断肠。自能窥宋玉，《登徒子好色赋》：玉曰：『天下之佳人，莫若楚国；楚国之丽者，莫若臣里；臣里之美者，莫若臣东家之子。东家之子，增之一分则太长，减之一分则太短；着粉则太白，施朱则太赤；眉如翠羽，肌如白雪，腰如束素，齿如含贝。然一笑，惑阳城，迷下蔡。然此女登墙窥臣三年，至今未许也。』何必恨王昌①？

【注释】

①王昌：《襄阳耆旧传》：『王昌，字公伯，为散骑常侍，妇任城王曹子文女。昌姿仪俊美，为时所共赏。』

【品读】

钟惺《名媛诗归》：娇在无端生想便有，痴在全由慧性使成，非有才有色人，不能容易到也。

黄周星《唐诗快》：鱼老师可谓教猱升木，诱人犯法矣。罪过！罪过！

寄国香①

旦夕醉吟身，相思又此春。雨中寄书使，窗下断肠人。山卷珠帘看，愁随芳草新。别来清宴上，几度落梁尘②？

【注释】

①国香：人名。②落梁尘：李贤：『汉兴，鲁人虞公善雅歌，发声，尽动梁上尘。』

【品读】

钟惺《名媛诗归》：『雨中』『窗下』，只平常衬贴字耳，一经聪明人用来，不知如许婉转骀宕。

寄刘尚书

八座①镇雄军，歌谣满路新。汾川三月雨，晋水百花春②。囹圄③长空锁，干戈④久覆尘。儒僧观子夜，《宋书·乐志》：子夜歌者，晋曲也。晋有女子名子夜，造此声，声过哀苦。羁客醉红茵⑤。笔砚行随手，诗书坐绕身。小才多顾盼，得作食鱼人⑥？

【注释】

①八座：指刘尚书。《通典·职官典》：「隋以六尚书、左右仆射及令为八座。大唐与隋同。」②汾川晋水：指山西省中部和南部地区。③囹圄：监狱。④干戈：武器。干，盾；戈，横刃长柄的进攻型兵器。⑤红茵：华丽的坐褥或帷帐。⑥食鱼人：用孟尝君门客冯谖事。

【品读】

钟惺《名媛诗归》：说得举动风雅，非好事人勋名隆重，不能为此。刘尚书何人？令人千载而后想望之也。

情书寄李子安①

饮冰食蘖②志无功，晋水壶关③在梦中。秦镜欲分愁堕鹊，《神异经》：昔有夫妇，将别，破镜，人执半以为信。其妻忽与人通，镜化鹊飞至夫前，其夫乃知之。舜琴④将弄怨飞鸿。井边桐叶鸣秋雨，窗下银灯暗晓风。书信茫茫何处问？持竿⑤尽日碧江空。

【注释】

①李子安：名亿，曾任补阙之职。玄机曾为其妾。

②饮冰食蘖：喝冷水，吃苦味之物。③晋水壶关：泛指山西一带。壶关，山名。④舜琴：《礼乐记》：「昔者舜作五弦之琴以歌南风。」⑤持竿：古人有鱼雁传书之说，持竿钓鱼，是为得到书信。

【品读】

钟惺《名媛诗归》：缘情绮靡，使事偏能艳动。此李义山能为之，而玄机可与之匹。

春情寄子安

山路敧斜石磴①危，不愁行苦苦相思。冰销远涧怜清韵，雪远寒峰想玉姿。莫听凡歌②春病酒，休招闲客夜贪棋。如松匪石③盟长在，比翼④连襟⑤会肯迟。虽恨独行冬尽日，终期相见月圆时。别君何物堪持赠？泪落晴光一首诗。

【注释】

①石磴：山路的石级。②凡歌：民间流行的庸俗情歌。③匪石：不像石头可以移动。匪，通「非」。④比翼：喻夫妻或恋人形影不离。⑤连襟：喻心心相连。襟，指胸怀。

【品读】

钟惺《名媛诗归》：如此持赠，恐不堪人领取也！

暮春有感寄友人

莺语惊残梦，轻妆改泪容。竹阴初月薄，江静晚烟浓。湿嘴衔泥燕，香须采蕊蜂。独怜无限思，吟罢亚枝松。

【品读】

钟惺《名媛诗归》：全首稳丽，不须裁赘，即刘文房、卢允言辈亦未易臻也。

冬夜寄温飞卿[1]

苦思搜诗灯下吟，不眠长夜怕寒衾。满庭木叶愁风起，透幌纱窗惜月沉。疏散未闲[2]终遂愿，盛衰空见本来心。幽栖莫定梧桐处，《诗经·大雅》：凤凰鸣矣，于彼高岗；梧桐生矣，于彼朝阳。朱熹注：凤凰之性，非梧桐不栖，非竹实不食。暮雀啾啾[3]空绕林。

【注释】

①温飞卿：即唐诗人温庭筠。原名岐，后名庭筠，字飞卿。②未闲：未被阻隔。闲，阻隔。③啾啾：雀叫声。

【品读】

钟惺《名媛诗归》：如此反非怨恨之情矣，幽意自闲，深情既冷，可使欢怨两忘。

韩偓

韩偓（842-923），字致尧，一作致光，小名冬郎，号玉山樵人。京兆万年（今陕西西安附近）人。龙纪元年（889）进士，出佐河中节度使幕府，回朝后拜左拾遗，迁左谏议大夫。后因忤触权臣朱温，贬濮州司马，于是弃官南下。

宫柳

莫道秋来芳意违，宫娃犹似妒蛾眉。幸当玉辇经过处，不怕金风浩荡时。草色长承垂地叶，日华[1]先动映楼枝。涧松[2]亦有凌云分，争似移根太液池[3]？

【注释】

①日华：日光，喻帝王的恩宠。②涧松：喻才能出众而出身低下的士人。③太液池：池名。唐太液池在长安大明宫含凉殿后，代指宫禁。

【品读】

陈沆《诗比兴笺》：此诗以宫柳自比，而忧全忠之见妒，末则言草野尚有贤者，恨不能荐之于朝，以为己助也。

冬至[1]夜作

天复二年壬戌，随驾在凤翔府

中宵忽见动葭灰[2]，料得南枝有早梅。四野便应枯草绿，九重[3]先觉冻云开。阴冰莫向河源塞，阳气[4]

今从地底回。不道惨舒《西京赋》：夫人在阳时则舒，在阴时则惨，此牵乎天者也。无定分，却忧蚊响⑤又成雷。

【注释】

①冬至：在阳历十二月二十二日或二十三日。天复二年（902）冬至，昭宗被宦官韩全诲等劫持在凤翔，韩偓随驾任兵部侍郎、翰林学士承旨。②葭灰：芦膜之灰。古人烧芦膜成灰，置于十二律管之中，放密室内，以占气候。某一节候至，相应某律管中葭灰即飞出。③九重：指宫禁。④阳气：暖气。时朱全忠以救驾为名围凤翔，劫持昭宗的韩全诲等势穷力蹙。⑤蚊响：喻朱全忠。

【品读】

王士禛《五代诗话》：《瀛奎律髓》：韩致尧天复二年（902）随驾凤翔，《冬至夜作》：『不道惨舒无定分，却忧蚊响又成雷』是时朱全忠围岐甚急，李茂贞有连和之意，偓之孤忠处此，殆知其必一反一覆，终无定在欤。此关时事，不但咏至节也。

玩水禽 在湖南醴陵县作

两两珍禽渺渺溪，翠衿①红掌净无泥。向阳眠处莎成毯，蹋②水飞时浪作梯。依倚雕梁轻社燕③，抑扬金距④笑晨鸡。劝君细认渔翁意，莫遣絙罗误稳栖。

【注释】

①翠衿：绿衣，指水禽之毛羽。衿，即『襟』。②蹋：踩、踢。③社燕：即燕。燕春社来，秋社去，故称。社，古代祀社神之地。④金距：斗鸡时于鸡爪上所置金属芒刺。

【品读】

钱牧斋、何义门《唐诗鼓吹评注》：此以水禽比高尚清幽之士，末则致其谆嘱之词。

醉著

万里清江万里天，一村桑柘一村烟。渔翁醉①著无人唤，过午醒来雪满船。

【注释】

①醉著：因酒醉而睡着。著，通『着』。

【品读】

胡仔《苕溪渔隐丛话》：致尧《醉著》绝句云：『万里清江万里天，一村桑柘一村烟，渔翁醉著无人唤，过午醒来雪满船。』杜荀鹤亦有《溪兴绝句》云：『山雨溪风卷钓丝，瓦瓯蓬底独斟时。醉来睡着无人唤，流下前溪也不知。』语句俱弱，亦不若致尧之雅健也。

故都

故都遥想草萋萋①，上帝深疑亦自迷②。塞雁已侵池御宿，宫鸦犹恋女墙啼。天涯烈士空垂泪，地下强魂③必噬脐④。掩鼻计成终不觉，《韩非子·内储说》：魏王遗荆王美人，荆王甚悦之，夫人郑袖谓新人曰：『王甚悦爱子，然恶子之鼻，子见王常掩鼻，则王长幸子矣。』新人从之。王谓夫人曰：『新人见寡人常掩鼻，何也？』对曰：『顷常言恶闻王臭。』王怒劓之。冯驩⑤无路敩⑥鸣鸡。《史记·孟尝君传》：秦昭王释孟尝君，得出，驰去，夜半至函谷关。关法：鸡鸣而出客。孟尝君恐追至，客之居于下座者，有能为鸡鸣，而鸡尽鸣，遂发传出。

【注释】

①萋萋：草盛貌。②上帝句：谓朱温篡唐奸谋得逞，上帝亦感疑惑，不解自己何以容许此等事发生。③地下强魂：《新唐书》：天祐元年（904）正月己酉，朱全忠杀太子少傅崔胤及京兆尹郑元规、威远军使陈班。二年二月，杀德王裕等七王；六月，又杀裴枢及静海军节度使独孤损、左仆射崔远、司空裴贽等人。④噬脐：喻追悔莫及。《左传》：『若不早图，后君噬脐。』杜预注：『若啮腹脐，喻不可及。』⑤冯驩：孟尝君门客，孟尝君被废，冯驩为之谋划，终于得复其位。⑥敩：效法。

【品读】

高步瀛《唐宋诗举要》：吴汝纶：『提笔挺起作大顿挫，凡小家作感愤诗，后半每不能撑起，大家气魄所争在此。』又：『此国亡后作忼慨欲报之意，情见乎词，至意旨之悲哀抑郁，与《离骚》《招魂》异曲同工矣。』

秋郊闲望有感

枫叶微红近有霜，碧云秋色满吴乡①。鱼冲骇浪雪鳞健，鸦闪夕阳金背②光。心为感恩长惨戚，鬓缘经乱早苍浪③。可怜广武山④前语，裴松之：（阮籍）尝登广武，观楚汉战处，乃叹曰：『时无英才，遂使竖子成名乎！』楚汉宁教作战场！

【注释】

①吴乡：泛指江南。②金背：谓夕阳照射下的乌鸦之背。③苍浪：斑白。④广武山：孟康：『于荥阳筑两城相对，为广武，在敖昌西三皇山上。』

【品读】

钱牧斋、何义门《唐诗鼓吹评注》：据阮籍广武山前之语，楚汉两无英雄，虚教争战，偓盖薄视当日英雄也。

深院

鹅儿唼喋①栀黄②嘴，凤子③轻盈腻粉腰。深院下帘人昼寝，红蔷薇映碧芭蕉。

【注释】

①唼喋：即唼喋，水鸟或鱼类聚食貌。②栀黄：栀子果实色黄，可做染料，故名。③凤子：晋崔豹《古今注》：『蛱蝶……其大如蝙蝠者，或黑色，或青斑，名为凤子，一名凤车。』

【品读】

俞陛云《诗境浅说》：写深闺昼寝，而以妍丽之风景映之，静境中有华贵气。

安贫

王定保：韩偓天复初入翰林，其年冬车驾出幸凤翔府，偓有扈从之功，返正初，上面许偓为相。奏云：『陛下运契中兴，当复用重德镇风俗，臣座主右仆射赵崇可以副陛下是选，乞回臣之命授崇，天下幸甚。』上嘉叹。翌日制用崇及兵部侍郎王赞为相。时梁太祖驰入请见于上前，具言二公长短。上曰：『赵崇是偓荐。』时偓在侧，梁王叱之，偓奏曰：『臣不敢与大臣争。』上曰：『韩偓出。』寻谪官入闽。故偓有诗曰：手风慵展八行书云云。据此，则是诗为入闽后作，捋虎须指以荐赵崇、王赞撄朱全忠之怒也。

手风①**慵展八行书**②**，眼暗休寻九局图**③**。窗里日光飞野马，**《庄子·逍遥游》：野马也，尘埃也，生物之以息相吹也。注：野马者，游气也。成玄英疏：青春之时，阳气发动，遥望薮泽之中，犹如奔马，故谓之野马。**案头筠管**④**长蒲卢。**《尔雅·释虫》：果蠃，蒲卢。郭璞注：即细腰蜂也。陆机疏：螟蛉者，桑上小青虫也。似步屈，其色青而细小，或在草叶上。蜾蠃，土蜂也，似蜂而小腰，取桑虫负之于木空中，七门而化为其子。**谋身拙为安蛇足，**《战国策·齐策》：楚有祠者，赐其舍人卮酒。舍人相谓曰：『数人饮之不足，一人饮之有余，请画地为蛇，先成者饮酒。』一人蛇先成，引酒且饮之，乃左手持卮，右手画蛇，曰：『吾能为之足。』未成，一人之蛇成，夺其卮曰：『蛇固无足，子安能为之足？』遂饮其酒，为蛇足者终亡其酒。**报国危曾捋**⑤**虎须。**《庄子·盗跖》：孔子曰：『丘所谓无病而自灸也？料虎头，编虎须，几不免于虎口哉！』**举世**⑥**可能无默识，未知谁拟试齐竽。**《韩非子·内储说》：齐宣王使人吹竽，必三百人。南郭处士请为王吹竽，宣王说之，廪食以数百人。宣王死，湣王立，好一一听之，处士逃。

【注释】

①手风：手患风疾。②八行书：每页八行的信纸，指代书信。③九局图：有九局棋的棋谱。④筠管：竹管，指笔管。⑤捋：以手抚摩或揪下。⑥举世：一作『满世』。

【品读】

魏庆之《诗人玉屑》：《潘子真诗话》：山谷尝谓余言：『老杜虽在流落颠沛中，其心未尝一日不在本朝，故善陈时事，句律精深，超古作者，忠义之气激发而然。韩偓贬逐后，依王审知，其集中所载：「手风慵展八行书，眼暗休寻九局图。窗里日光飞野马，案头筠管长蒲卢。谋身拙为安蛇足，报国危曾捋虎须。举世可能无默识，未知谁拟试齐竽。」其词凄楚，切而不迫，亦不忘其君也。」

俞陛云《诗境浅说》：此诗与白乐天之『曾犯龙鳞容不死，欲骑鹤背觅长生』句用意及对句之工均极相似，均以汲黯之敢言，学留侯之遁世，合则留，不合则去，得用行舍藏之义也。

惜花

绉白[1]离情高处切，腻红[2]愁态静中深。眼随片片沿流去，恨满枝枝被雨淋。总得苔遮犹慰意，若教泥污更伤心。临轩一盏[3]悲春酒，明日池塘是绿荫。

【注释】

①绉白：已经绉缩行将凋落的白花。②腻红：花瓣润泽正在盛开的红花。③盏：酒器，指酒杯。《说文解字》：『盏，爵也。』

【品读】

范晞文《对床夜语》：韩偓《落花》诗『总得苔遮犹慰意，若教泥污更伤心』，弱甚。老杜有『纵教醉里风吹尽，可待醒时雨打稀』，去偓辈远矣。王建亦有『且愿风流著，唯恐日炙销』，正堪与偓诗相上下。

陈沆《诗比兴笺》：此伤朱温将篡唐而作。次联言君民之东迁，诸王之见害也。三联望李克用之勤王，痛韩建之逆主也。结末沉痛，意更显然。

禁中[1]作

银台直北金銮[2]外，暑雨初晴凉月中。惟对松篁[3]听刻漏，更无尘土翳[4]虚空。绿香熨齿[5]金盘果，清冷侵衣水殿风。坐久始闻铃索动，玉堂西畔响丁东。

【注释】

①禁中：指帝王所居宫内。②金銮：帝王车马的装饰物。此处指代帝王车驾。③松篁：松与竹。④翳：遮蔽。⑤熨齿：使牙齿感到凉爽或寒冷。

【品读】

金圣叹《贯华堂选批唐才子诗》：前解，此诗乃致尧正为学士时所作。一言银台门北，金銮殿外，此是学士上直之处也。二言时雨洗暑，凉月在空，此是学士下直之时也。三言更无闲事，承一也。四言更无余署，承二也。后解，五言金盘何器，而果熨臣齿。六言水殿何处，而风侵臣衣。一时反复寻求，久之不能自得，而忽闻悬铃声动，始悟微臣仅仅只以三寸柔翰，辱此九重厚恩也。翰林故事：有悬铃引索，以代传呼。每有紧急文字，即内臣立于门外，铃声动，本院小判官出受讫，呈院使，院使授学士。

草书屏风 一作《题怀素草书》

何处一屏风？分明怀素[1]踪。虽多尘色染，犹见墨痕浓。怪石[2]奔秋涧，寒藤挂古松[3]。若教临水畔，字字恐成龙④。

【注释】①怀素：唐代僧人，以善狂草著称于世。②怪石：喻笔力遒健奇拔。③寒藤古松：喻书法之古朴苍劲。④龙：喻书法之飘逸灵活。

【品读】王士禛《五代诗话》引《宣和书谱》：行书亦可喜，《题怀素草书》诗云：『何处一屏风？分明怀素踪。虽多尘色染，犹见墨痕浓。怪石奔秋涧，寒藤挂古松。若教临水畔，字字恐成龙。』非潜心字学，作语不能逮此。

已凉

碧阑干外绣帘垂，猩色①屏风画折枝②。八尺龙须③方锦褥，已凉天气未寒时。

【注释】①猩色：深红色。②折枝：花卉画法之一，画花枝而不带根者。一作『柘枝』。③龙须：草名，茎细长而圆，可织席。此指龙须草席。

【品读】袁枚《随园诗话》：人问诗要耐想，如何而耐人想？余应之曰：『「八尺龙须方锦褥，已凉天气未寒时」，「狎客沧亡丽华死，他年江令独来时」，皆耐想也。』

哭花

曾愁香结①破颜②迟，今见妖红委地③时。若是有情争不哭，夜来风雨葬西施④。

【注释】①香结：谓花苞。②破颜：指花开。③委地：坠落于地上。④西施：春秋时越国美女、吴王夫差宠妃。此以喻花。

【品读】贺裳《载酒园诗话》：韩偓《哭花》：『若是有情争不哭，夜来风雨葬西施。』韦庄《残花》：『十日笙歌一宵梦，苎萝烟雨失西施。』两君同时，当非相袭，而韩语自胜。

吴乔《围炉诗话》：开成以后，诗非一种，不当概以晚唐视之。如落花之『高阁客竟去，小园花乱飞』，『夜来风雨葬西施』，皆是初唐人未想到者，故能发读者之心光，岂可轻视。

黄叔灿《唐诗笺注》：首句谓其开迟，次句言其即落，第三句『若是有情争不哭』，致尧悲感身世，牢落结塞之怀，俱于此句中一恸矣。『夜来』句是比。

夜深 一作《寒食夜》

测测①轻寒翦翦②风，小梅飘雪杏花红。夜深斜搭秋千索，楼阁朦胧烟雨中。

杜荀鹤

杜荀鹤（846-904），字彦之，号九华山人，池州石埭（今安徽石台）人。大顺二年（891）进士。天复三年（903），田颙起兵叛杨行密，派他到大梁与朱温联络。田颙败死，朱温表荐他，授翰林学士、主客员外郎。

春宫怨

早被婵娟误，欲妆临镜慵。承恩①不在貌，教妾若为容②。风暖鸟声碎③，日高花影重。年年越溪④女，相忆采芙蓉。

【注释】

①承恩：蒙受君王的宠幸。②若为容：如何打扮。③碎：喻鸟声叽喳，繁乱嘈杂。④越溪：指若耶溪，相传西施浣纱处。

【品读】

纪昀《再评瀛奎律髓》：前四句微觉太露，然晚唐诗又别作一格论。结句妙，于对面落笔便有多少微婉。

送人游吴

君到姑苏①见，人家尽枕②河。古宫闲地少，水港小桥多。夜市卖菱藕，春船载绮罗。遥知未眠月，乡思在渔歌。

【注释】

①测测：锋利貌。②翦翦：风尖利貌。

【品读】

蔡正孙《诗林广记》：《遯斋闲览》云：『韩致尧诗，词致婉丽，如此绝是也。』

俞陛云《诗境浅说》：春日多雨，唐人诗如『春在濛濛细雨中』『多少楼台烟雨中』，昔人诗中屡见之。此则写庭院之景，楼阁宵寒，秋千罢戏，其中有剪灯听雨人在也。

【注释】

①姑苏：今苏州市。②枕：靠近。

【品读】

俞陛云《诗境浅说》：『古宫闲地少，水港小桥多。』户藏烟浦，家具画船，江南之擅胜也。诗言其烟户之盛，桥港之多。余生长吴越，诵之如身在鹂坊鹤市间，忆近人句云：『屐齿声喧沽酒市，波光红映过桥灯。』写江乡景物如绘，作旅行诗者，能掩卷若身临其地，便是佳句。

山中寡妇 一作《时世行》

夫因兵死守蓬茅，麻苎①衣衫鬓发焦②。桑柘废来犹纳税，田园荒后尚征苗③。时挑野菜和根煮，旋斫生柴带叶烧。任是深山更深处，也应无计避征徭④。

【注释】

①苎：粗麻布。②焦：枯黄。③征苗：征青苗钱。④征徭：征指各种赋税，徭，指力役。

【品读】

方回《瀛奎律髓》：荀鹤诗至此俗甚，而三、四格卑语率，最是『废来』『荒后』。似此者不一，学晚唐者以为式，予心盖不然。尾句语俗似谑，却切。

来鹄

来鹄，一作来鹏，生卒年不详，豫章（今江西南昌市）人。家贫，工诗，曾自称『乡校小臣』，隐居山泽。举进士，屡试落第。黄巢起义军攻克长安后，避游荆襄。

寒食山馆书情

独把一杯山馆中，每经时节恨飘蓬①。侵阶②草色连朝雨，满地梨花昨夜风。蜀魄③啼来春寂寞，楚魂吟后月朦胧。《三体诗增注》：楚魂，鸟名，一曰亡魂，出《古今注》。或云楚怀王与秦昭王会武关，为秦所囚，不得归，卒于秦。后于寒食月夜，入月楚吟诗，云：『流水涓涓芹发芽，织鸟双飞客逐家。荒村无人作寒食，滨宫空对棠梨花。』分明记得还家梦，徐孺④宅前湖水东。

【注释】

①飘蓬：喻漂泊不定的生活。②侵阶：漫上台阶。③蜀魄：指杜鹃鸟。相传此鸟系古蜀帝杜宇的魂魄所化，故称。④徐孺：后汉豫章南昌人，字孺子。家贫，德行为人所景仰。

【品读】

金圣叹《贯华堂选批唐才子诗》：前解，为经时节，故把一杯；为飘蓬，故独在山馆中。然则起句中，已尽有次句，而今又必重作一句者，只为欲加『每』字、『恨』

字。犹言年年凡遇寒食，则无以自遣，必把一杯；年年凡把一杯，则无有好怀，必在逆旅，盖言不独今日之把一杯在此山馆中也。三、四，画时节亦尽此十四字，画飘蓬亦尽此十四字，更不须别动笔也。后解，此五、六，正先与七句写梦回之时也。末句句法，言『徐孺宅前湖水』六字，是将到家下，路之所经，只得『东』一字，是其家下也。看唐人五六，其轻如此。

鄂渚①除夜②书怀

鹦鹉洲③头夜泊船，此时形影④共凄然。难归故国干戈⑤后，欲告何人雨雪天？箸拨冷灰⑥书闷字，枕陪寒席带愁眠。自嗟⑦落魄无成事，明日春风又一年。

【注释】

①鄂渚：在今湖北武汉市区江中。渚，水中小块陆地。②除夜：除夕，腊月三十之夜。③鹦鹉洲：在今湖北武汉市西南长江中。④形影：形与影。指只身一人。⑤干戈：武器，指代战争。干，盾。戈，平头戟。⑥冷灰：无火之灰。⑦自嗟：自我感叹。

【品读】

金圣叹《贯华堂选批唐才子诗》：前解，除夕诗，窘中已苦，又在客中；客中已苦，又在船中。看他已是凄然，却偏欲写『对』字，试问与谁为对？情知只有一灯，意犹以为未尽，又再加一『昏』字。干戈难归，就是通写一年，其苦犹缓；雨雪无告，乃是独写此文，其苦大剧。又况起年，因在鄂渚，便决不肯放过『鹦鹉洲边』四字。读之真欲损人年寿也。后解，拨灰书闷，苦在『冷』字。摊席孤眠，苦在『手』字。『冷』字知其除夜船中并无一点炭火，『手』字知其并无一介僮仆也。七、八，今年无成，妙在『又是』字；明日春风，妙在『更』字。『又』字知其前已不止今年，『更』字知其后亦未必明年也。

金钱花①

也无棱郭也无神，露洗②还同铸出新。青帝③若教花里用，牡丹应是得钱人。

【注释】

①金钱花：即旋覆花。②露洗：用露水浇洗。③青帝：传说中五帝之一，指东方之神，东方为春，又称为春神。

【品读】

辛文房《唐才子传》：鹏工诗，蓄锐既久，自伤年长，家贫不达，颇亦忿忿。故多寓意讥讪。当路虽赏清丽，不免忤情，每为所忌。如《金钱花》云：『青帝若教花里用，牡丹应是得钱人。』

郑谷

郑谷（848-909），字守愚。袁州宜春（今江西宜春）人。光启三年（887）进士。授京兆鄠县尉，迁右拾遗补阙。乾宁四年（897）为都官郎中，因称郑都官。又尝赋鹧鸪诗，流传人口，因号郑鹧鸪。

感兴

禾黍不阳艳，竞栽桃李春。翻令力耕者，半作卖花人。

【品读】

蔡正孙《诗林广记》：『地湿莎青雨后天，桃花红近竹林边。行人本是农桑客，记得春深欲种田。』愚谓郑谷《感兴》一绝，亦是此意，但翻一转语反说耳。今附于左：『禾黍不阳艳，竞栽桃李春。翻令力耕者，半作卖花人。』愚谓：前诗乃因世之趋末，而思反其本。此诗乃谓务本者相尚趋末，以从世俗之好。然其崇本抑末之心，则亦隐然在其中矣。

别同志

所立①共寒苦，平生同与游。相看临远水，独自上孤舟。天澹沧浪晚，风悲兰杜②秋。前程吟此景，为子上高楼。

【注释】

①所立：指立身处世。②兰杜：兰花、杜若，皆香草名。

【品读】

景淳《诗评》：一曰诗人之体为上，二曰骚人之体为中，三曰事流之体为下。诗之言为意之壳，如人间果实，厥状未坏者，外壳而内肉也；如铅中金，石中玉，水中盐，色中胶，皆不可见，意在其中。使天下人不知诗者，视为灰劫，但见其言，不见其意，斯为妙也。诗有动静，情动意也，情虽含蓄，览之可见。诗曰：『相看如远水，独自上孤舟。』又诗：『一年将尽夜，万里未归人。』

文彧《文彧诗格》：亦云断句，亦云落句，须含蓄旨趣。《登山》诗：『更登奇尽处，天际一仙家。』此句意俱未尽也。《别同志》：『前程吟此景，为子上高楼。』此乃句尽意未尽也。

送进士卢棨东归

灞①岸草萋萋，离觞②我独携。流年俱老大，失意又东西。晓楚③山云满，春吴④水树低。到家梅雨歇，犹有子规啼。

【注释】

①灞：灞水，源出蓝田县，北入渭河。②离觞：指饯别酒。③晓楚：言早晨经楚地。④春吴：言春日抵吴。

【品读】

徐衍《风骚要式》：夫用文字要清浊相半，言虽容易，理必求险，句忌凡俗，意便质厚。如郑谷送友人诗『流年俱老大，失意自东西』，此君子离位也。郑谷《沙苑》诗『日暮前心速，愁闻孤雁声』，此贤人他适也。齐己《落照》诗『夕照背高台，残钟残角催』，此君昏而德音薄矣。郑谷《冬日书情》『云横汉水乡魂断，雪满长安酒价高』，此佞臣横行也。郑谷《春晓书情》『莺春雁夜长如此，赖有幽居近酒家』，此失志而自销愁也。齐己《静院》诗『浮生已问空王了，箭急光阴一任催』，此句凡君子思退也。郑谷《杭州城楼》诗『岁穷归未得，心逐片帆还』，此比君子舍此适彼。李建勋《留别钟山》『偏寻云壑重题石，欲下山门更倚松』，此忧国之情未废也。虚中《寄司空图》『岂思为邻者，西南太岳青』，今之词人，循依此格，则自然无古无今矣。

寄棋客

松窗楸局①稳，相顾思皆凝。几局赌山果，一先饶海僧。覆图闻夜雨，下子对秋灯。何日无羁束，期君向杜陵②。

【注释】

①楸局：即棋盘。古人棋盘多以楸木为之，故称。

②杜陵：地名。在今西安市东南。

【品读】

葛立方《韵语阳秋》：古今人赋棋诗多矣。『几局赌山果，一先饶海僧』者，郑谷之诗也。『雁行布阵众未晓，虎穴得子人皆惊』者，刘梦得之诗也。『古人重到今人爱，万局都无一局同』者，欧阳炯之诗也。观诸人语意，皆无足取。独爱荆公《赠叶致远》之作，其略云：『或撞关以攻，或觑眼而擪，或羸形伺击，或猛出追蹑。垂成忽破坏，中断俄连接。或外示闲暇，或事先和燮。或冒突超越，鼓行令震叠；或粗见形势，驱除令远蹀；或开拓疆境，欲并包总摄；或惭如告亡，或喜如献捷。讳输宁断头，悔误乃披颊。』可谓曲尽围棋之态。非笔力可以回万钧，岂易至此。

杏花

不学梅欺雪①，轻红照碧池。小桃新谢后，双燕却来时。香属登龙②客，烟笼宿蝶枝。临轩须貌③取，风雨易离披④。

【注释】

①欺雪：颜色胜过雪。②登龙：指登科。③貌：指摹绘。④离披：散乱貌。

【品读】

魏庆之《诗人玉屑》：唐人句法清新：『小桃初谢后，双燕恰来时。』

十日菊 一作《十月菊》

节去蜂愁蝶不知，晓庭还绕折残枝。自缘今日人心别，未必秋香一夜衰。

【品读】

蔡正孙《诗林广记》：休斋云：『唐人尝咏《十日菊》云：「自缘今日人心别，未必秋香一夜衰。」世以为工，盖其意不随物而尽。如「酒盏此时须在手，菊花明日便愁人」，自觉气不长耳。东坡亦云：「休休，明日黄花蝶也愁。」然虽变其语，终有此失。岂坡老在谪所遇时感慨，不觉发是语乎？』山谷云：『文章以气为主，郑谷此诗意甚佳，而病在气不长。西汉文字所以雄深雅健者，其气长故也。』曾子固云：『诗当使人一览语尽而意有余，乃古人用心处，如此诗是也。王荆公亦有《菊诗》云：「千花万卉凋零尽，始见闲人把一枝。」其病亦在于气不长耳。』

柳

半烟半雨江桥畔，映杏映桃山路中。会得离人无限意，千丝万絮惹春风。

【品读】

惠洪《天厨禁脔》：《落叶》：『返蚁难寻穴，归禽易见窠。满廊僧不厌，一个俗嫌多。』《柳》：『半烟半雨村桥畔，间杏间桃山路中。会得离人无限意，千丝万絮惹春风。』前诗刘义作，后诗郑谷作。赋落叶而未尝及凋零飘坠之意，题柳而未尝及袅袅弄日垂风之意，然自然知是落叶，知是柳也。

蔡正孙《诗林广记》：《胡苕溪丛话》云：『郑谷《柳》诗，或戏谓此乃柳谜子，戏者试一思方知之。可见其为善谑也。』

闲题

举世何人肯自知？须逢精鉴定妍媸①。若教嫫母②临明镜，也道不劳红粉施。

【注释】

①妍媸：美和丑。②嫫母：又名丑女，面貌丑陋，但品德贤淑，性情温柔，史传为黄帝的次妃。

【品读】

胡震亨《唐音癸签》：郑谷云：『举世何人肯自知，须逢精鉴定妍媸。若教嫫母临明镜，也道不劳红粉施。』吾谓凡今作诗者宜读此。

曲江春草

花落江堤蔟①暖烟，雨余草色远相连。香轮②莫辗青青破，留与愁人一醉眠。

【注释】

①蔟：聚。②香轮：指华贵的车。

【品读】

杨慎《升庵诗话》：『王母妆成镜未收，倚阑人在水精楼。笙歌莫占清光尽，留与溪翁下钓舟。』此厌繁华而乐清静之意。郑谷《春草》诗『香轮莫辗青青破，留与游人一醉眠』，亦此意也。

雪中偶题

乱飘僧舍茶烟①湿，密洒歌楼②酒力微。江上晚来堪画处，渔人披得一蓑③归。

【注释】

①茶烟：煮茶的炉烟。②歌楼：一作『高楼』。③一蓑：满蓑。

【品读】

叶梦得《石林诗话》：诗禁体物语，此学诗者类能言之也。欧阳文忠公守汝阴，尝与客赋雪于聚星堂，举此令，往往皆阁笔不能下。然此亦定法，若能者，则出入纵横何可拘碍。郑谷『乱飘僧舍茶烟湿，密洒歌楼酒力微』，非不去体物语，而气格如此其卑。

沈德潜《说诗晬语》：古人咏雪，多偶然及之，汉人『前日风雪中，故人从此去』，谢康乐『明月照积雪』，王龙标『空山多雨雪，独立君始悟』，何天真绝俗也！郑都官『乱飘僧舍茶烟湿，密洒歌楼酒力微』，已落坑堑矣。

鹧鸪

《全唐诗》：谷以此诗得名，时号为郑鹧鸪。

暖戏烟芜锦翼齐，品流①应得近山鸡②。雨昏青草湖③边过，花落黄陵庙④里啼。游子乍闻征袖湿，佳人才唱⑤翠眉低。相呼相应葛立方：及观李白诗云：『客有桂阳至，能吟山鹧鸪。清风动窗竹，越鸟起相呼。』郑谷亦有『佳人才唱翠眉低』之句，而继之以『相呼相应湘江阔』，则知《鹧鸪曲》效鹧鸪之声，故能使鸟相呼矣。湘江阔，苦竹丛深春日西。

【注释】

①品流：等级。②山鸡：鸟名，羽毛美丽。③青草湖：亦名巴丘湖，在今湖南境内。④黄陵庙：在今湖南湘阴县。传舜妃溺于湘水，修祠祀之，称黄陵庙。⑤唱：指《鹧鸪曲》。

【品读】

沈德潜《说诗晬语》：咏物，小小体也。而老杜咏房兵曹胡马，则云：『所向无空阔，真堪托死生。』德性之调良，俱为传出。郑都官咏鹧鸪则云：『雨昏青草湖边过，花落黄陵庙里啼。』此又以神韵胜也。

金圣叹《贯华堂选批唐才子诗》：前解，咏物诗纯用兴最好，纯用比亦最好，独有纯用赋却不好。何则？诗之为言思也。其出也，必于人之思；其入也，必于人之思。以其出入于人之思，夫是故谓之诗焉。若使不比不兴而徒赋一物，则是画工金碧屏幛，人其何故睹之而忽悲忽喜？夫特地作诗，而人不悲不喜，然则不如无作。

此皆不比不兴，纯用赋体之过也。相传郑都官当时，实以此诗得名，岂非以其『雨昏』『花落』之两句？然此犹是赋也。我则独爱其『苦竹丛深春日西』之七字，深得比兴之遗也。后解，前解写鹧鸪，后解写闻鹧鸪者。若不分解，岂非庙里啼江岸又啼耶？故知花落黄陵，只是闲写鹧鸪，此七与八，乃是另写一人，闻之而登时身心茫然。然后悟咏物诗中多半是咏人之句，如之何后贤乃更纯作赋体？

俞陛云《诗境浅说》：崔珏以鸳鸯诗得名，称崔鸳鸯。郑谷以鹧鸪诗得名，称郑鹧鸪。故二诗连缀写之，崔写其情致，郑写其神韵，各臻妙境。惟崔诗通体完密，郑都官虽名出崔上，此诗后四句，似近率易，逊于崔诗。若李群玉之赋鹧鸪，亦专咏其声，又逊于郑作也。

燕

年去年来来去忙，春寒烟暝渡潇湘。低飞绿岸和①梅雨②，乱入红楼拣杏梁③。闲几④砚中窥水浅，落花径里得泥香。千言万语无人会，又逐流莺过短墙。

【注释】

①和：带，冒。②梅雨：梅子黄时连阴细雨。③杏梁：指华丽的屋宇。④闲几：闲静的桌案。

【品读】

文彧《文彧诗格》：冥搜意句，全在一字包括大意。贾岛诗：『秋江待明月，夜语恨无僧。』此『僧』字有得也。郑谷《咏燕》诗：『闲几砚中窥水浅，落花径里得泥香。』此『香』字有得也。

雁

八月悲风九月霜，蓼花红淡苇条黄。石头城①下波摇影，星子湾②西云间行。惊散渔家吹短笛，失群征戍锁残阳。故乡闻尔亦惆怅，何况扁舟非故乡！

【注释】

①石头城：古城名。故址在今南京市西。②星子湾：今江西省鄱阳湖西岸。

【品读】

文彧《文彧诗格》：诗有五种破题：一曰就题，二曰直致，三曰离题，四曰粘题，五曰入玄……五曰入玄，取其意句绵密，只可以意会，不可以言宣也。贾岛《送人》：『半夜长安雨，灯前越客心。』此乃上下句，不言送人而意在送人。郑谷《题雁》：『八月悲风九月霜，蓼花红淡苇条黄。』此乃上下句，不言雁而意就雁也。

海棠

春风用意①匀颜色，销得②携觞与赋诗。秾丽最宜新著雨，娇娆全在欲开时。莫愁③粉黛临窗懒，梁广④丹青点笔迟⑤。朝醉暮吟看不足，羡他蝴蝶宿深枝。

【注释】①用意：精心。②销得：一作「消得」。值得。③莫愁：古女子名。④梁广：人名。唐朝人。《唐朝名画录》：「未详爵里，工花鸟，善赋彩，笔迹不及边鸾，然为一时名手。」⑤点笔迟：言海棠十分艳丽，画家必须慎重精心描绘。点笔，谓下笔。迟，谓凝重谨慎。

【品读】吴曾《能改斋漫录》：郑谷《蜀中海棠》诗二首，前一云：「秾艳最宜新着雨，娇娆全在欲开时。」一云：「浣花溪上堪惆怅，子美无情为发扬。」故钱希白《海棠》诗云：「子美无情甚，都官着意频。」欧公以郑诗为格卑。近世陈去非尝用郑意赋海棠云：「海棠默默要诗催，日暮紫绵无数开。欲识此花奇绝处，明朝有雨试重来。」虽本郑意，便觉才力相去不侔矣。山谷亦有「紫绵揉色海棠开」之句。

江际

杳杳渔舟破暝烟，疏疏芦苇旧江天。那堪流落逢摇落[1]？可得潸然[2]是偶然？万顷白波迷宿鹭，一林黄叶送残蝉。兵车未息年华促，早晚闲吟向浐[3]川。

【注释】①摇落：指秋天。②潸然：流泪貌。③浐：即浐水，源出陕西蓝田西南秦岭山中。

【品读】葛立方《韵语阳秋》：杜荀鹤、郑谷诗，皆一句内好用二字相叠，然荀鹤多用于前后散句，而郑谷用于中间对联。荀鹤诗云：「文星渐见射台星」「非谒朱门谒孔门」「常仰门风维国风」「忽地晴天作雨天」「犹把中才谒上才」，皆用于散联。郑谷「那堪流落逢摇落，可得潸然是偶然」「身为醉客思吟客，官自中丞拜右丞」，「初尘芸阁辞禅阁，却访支郎是老郎」，「谁知野性非天性，不扣权门扣道门」，皆用于对联也。

多情

赋分[1]多情却自嗟，萧衰[2]未必为年华。睡轻可忍风敲竹，饮散那堪月在花？薄宦[3]因循抛岘首[4]，故人流落向天涯。莺春雁夜长如此，赖是幽居近酒家。

【注释】①赋分：天赋资质。②萧衰：指心境孤寂，衰颓。③薄宦：小官。④岘首：即岘山。在湖北襄阳县南。

【品读】葛立方《韵语阳秋》：陈去非尝为余言：「唐人皆苦思作诗，所谓『吟安一个字，捻断数茎须』『句向夜深得，心从天外归』『吟成五字句，用破一生心』『蟾蜍影里清吟苦，舴艋舟中白发生』之类是也。故造语皆工，得句皆奇，但韵格不高，故不能参少陵逸步。后之学诗者，倘或能取唐人语而掇入少陵绳墨步骤中，此连胸之术也。』余尝以此语似叶少蕴，少蕴云：『李益诗云「开门风动竹，疑是故人来」，沈亚之诗云「徘徊花上月，虚度可怜宵」，皆佳句也。郑谷掇取而用之，乃云：「睡轻可忍风敲竹，饮散那堪月在花。」真可与李沈作仆奴。』由是论之，作诗者兴致先自高远，则去非之言可用；倘不然，便与郑都官无异。

自贻

饮筵博席①与心违，野眺春吟更是谁？琴有涧风声转澹，诗无僧字格还卑。恨抛水国荷蓑②雨，贫过长安樱笋③时。头角④俊髦⑤应指笑，权门踪迹独差池。

【注释】

①饮筵博席：指世俗应酬。博，谓博戏。②荷蓑：即荷衣。屈原《离骚》：『制芰荷以为衣兮，集芙蓉以为裳。』③樱笋：指春夏之交。樱桃、春笋上市在春夏之交。④头角：喻少年才华。⑤俊髦：才能出众的人。髦，毛中的长毫。

【品读】

胡震亨《唐音癸签》：谷有『诗无僧字格还卑』之句，故其诗入僧字者甚多，昔人常以为讥。然大历以后，诸公借阿师作吟料久矣。

中年

漠漠秦云淡淡天，新年景象入中年。情多最恨花无语，愁破方知酒有权①。苔色满墙寻故第，雨声一夜忆春田。衰迟自喜添诗学，更把前题改数联。

【注释】

①酒有权：酒有破愁之力。

【品读】

朱弁《风月堂诗话》：郑谷都官，在唐号耽句者。尝有诗云：『衰迟自喜添诗学，时取前题改数联』是也。然气格不高，初以《鹧鸪》诗得名，人谓之郑鹧鸪。近世士人赠一贵官诗云：『赋令处士惭鹦鹉，诗遣都官让鹧鸪。』世亦多诵之，而莫有能道其姓名者。

刘克庄《后村诗话》：郑谷《送人下第》云：『吾子虽云命，乡人懒读书。』七言云：『愁破方知酒有权。』皆有新意。

溪陂①

昔事东流共不回，春深独向漠陂来。山前别业依稀在，雨里梨花寂寞开。却展钓丝无野艇，旧题诗句在苍苔。潸然回顾难消遣，只有佯狂泥酒杯②。

【注释】

①溪陂：古湖名。在陕西户县西。②泥酒杯：泥饮，久饮。

【品读】

金圣叹《贯华堂选批唐才子诗》：前解，昔事，即渼陂之昔事也；别业，此别业也；梨花，此梨花也。俯首思之，曾几何时，而风流云散，遂至今日。陪一『东流』，妙，妙！便写尽昔年如同电拂，永无还理；一任刻苦思量，究竟无法可处也。『依稀在』，要知其不是写别业；『寂寞开』，要知其不是写梨花，此是极写春深独来之一『独』字也。后解，『展钓丝』，是余兴尚在；『看苍苔』，是陈迹尽非，只有佯狂饮酒。我读此言，而不觉深悲国破家亡又未得死之人，真不知其何以为活也！

代秋扇词

露入庭芜恨已深，热时天下是知音。汗流浃背曾施力，气爽中宵便负心。一片山溪从蠹损①，数行文字任尘侵。绿槐阴合清和②后，不会何颜又见寻。

【注释】

①蠹损：被蛀虫所损坏。②清和：农历四月的别称。亦指天气温和。

【品读】

文彧《文彧诗格》：亦名束题，束尽一篇之意。其意有四到：一曰句到意不到，二曰意到句不到，三曰意句俱到，四曰意句俱不到。《中秋月》诗：『此夜一轮满，清光何处无。』是句到意不到也。《咏扇》诗：『汗流浃背曾施力，气爽中秋便负心』是意到句不到也。

省中偶作

三转郎曹自勉旃①，莎阶吟步想前贤。未如何逊②无佳句，若比冯唐③是壮年。捧制④名题黄纸⑤尾，约僧心在白云边。乳毛⑥松雪春来好，直夜清闲且学禅。

【注释】

①旃：同『之焉』。②何逊：南朝梁诗人。③冯唐：西汉文帝时人，喜荐举别人，但自己却年老而不得重用。④捧制：奉皇帝诏命。⑤黄纸：即黄麻纸。唐时天子诏书用纸。⑥乳毛：松树别称。

【品读】

葛立方《韵语阳秋》：郑谷自好称老郎，赠《秀上人诗》云：『惟恐兴来飞锡去，老郎无路更追攀。』《访策禅者诗》云：『初尘芸阁辞禅阁，却访支郎是老郎。』《春阴》诗云：『舞燕歌莺莫相认，老郎心是老僧心。』是也。至于《转正郎》则云：『止陪鸳鹭居清秩，滥应星辰浼上天。』《省中作》则云：『未如何逊无佳句，若比冯唐是壮年。』是亦未免于衒诧者。

崔涂

崔涂，生卒年不详。字礼山，今浙江富春江一带人。僖宗光启四年（888）进士。终生漂泊，曾长期羁旅于四川和陕西一带。

孤雁

几行归塞尽，念尔独何之①。暮雨相呼失②，寒塘③独下迟。渚云④低暗度，关月冷相随。未必逢缯缴⑤，孤飞自可疑。

【注释】

①何之：到何处去。②失：失群。③寒塘：秋天的水塘。④渚云：水面腾起的烟雾云气。⑤缯缴：射杀捕捉鸟的工具。缯，短箭。缴，系箭丝绳。

【品读】

方回《瀛奎律髓》：老杜云：『谁怜一片影？相失万重云。』此云『暮雨相呼失，寒塘独下迟』亦有味，而不及老杜万钧力也。为江湖孤客者，当以此尾句观之。

纪昀《瀛奎律髓刊误》：『相呼』则不孤矣，三句有病。『寒塘』句不言孤而是孤，不言雁而是雁，此为句外传神。『渚云』二句反衬出『孤』字，结处展过一步，曲折深至，语切境真，寓情无限。

春夕一本下有『旅怀』二字

水流花谢两无情，送尽东风过楚城。蝴蝶梦①中家万里，杜鹃枝上月三更。故园书动②经年绝，华发春唯满镜生。自是不归归便得，五湖③烟景有谁争？

【注释】

①蝴蝶梦：《庄子·齐物论》：『昔者庄周梦为蝴蝶，栩栩然蝴蝶也。自喻适志与！不知周也。俄然觉，则蘧蘧然周也。不知周之梦为蝴蝶与？蝴蝶之梦为周与？周与蝴蝶，则必有分矣，此之谓物化。』②动：每每。③五湖：春秋时越国大夫范蠡泛舟五湖事。

【品读】

金圣叹《贯华堂选批唐才子诗》：前解，水流是水无情。何谓无情？明见客不得归，而尽送春不少住，是以曰无情也。何人胸中无春怨，如此却是怨得太无赖矣。三，是家，却不是家，却是梦；却又不是梦，却是床上客。四，是月，却不是月，却是鹃；却又不是鹃，却是一夜泪。自来写旅怀，更无有苦于此者矣。后解，五、六，一『动』字，一『唯』字，直是路绝心穷，更无法处。七、八，却于更无法处之中，忽然易穷则变，变出如此十四字来，真令人一时读之，忽地通身跳脱也。

俞陛云《诗境浅说》：如庄周之以身化蝶，故入情入理，犹咏鸳鸯之『暂分烟岛犹回首，只渡寒塘亦并飞』，替鸳鸯着想，皆妙入毫颠也。

吴融

吴融，生卒年不详。字子华，越州山阴（今浙江绍兴）人。昭宗龙纪元年（889）进士。曾随韦昭度出讨西川，任掌书记，累迁侍御史。一度去官，流落荆南，后召为左补阙，拜翰林学士，中书舍人。天复元年（901）进户部侍郎。昭宗劫迁凤翔，吴融扈从不及，客居阌乡。后召还为翰林学士承旨。

闲望

三点五点映山雨，一枝两枝临水花。蛱蝶①狂飞掠芳草，鸳鸯稳睡翘暖沙。阙下②新居成别业，江南旧隐是谁家？东迁西去俱无计，却羡暝归③林上鸦。

【注释】

①蛱蝶：蝴蝶一种。晋崔豹《古今注·鱼虫》：『蛱蝶一名野蛾，一名风蝶，江东呼为挞末，色白背青者是也。』②阙下：宫阙之下，指帝京长安。③暝归：黄昏中归巢。

【品读】

贺裳《载酒园诗话》：作诗最不宜强所不能。如吴子华近体诗，虽品格不高，思路颇细，兼有情致。

凉思

松间小槛①接波平，月澹②烟沉暑气清。半夜水禽栖不定，绿荷风动露珠倾。

【注释】

①槛：槛泉，即滥泉，谓喷涌而出的泉水。②月澹：淡淡的月光。澹，淡薄。

【品读】

贺裳《载酒园诗话》：吴子华近体诗，虽品格不高，思路颇细，兼有情致。

情

依依脉脉①两如何？细似轻丝渺似波。月不长圆花易落，一生惆怅为伊多。

【注释】

①依依脉脉：依依不舍、脉脉含情。

【品读】

吴乔《围炉诗话》：吴融近体亦有情致。

废宅①

风飘碧瓦雨摧垣②，却有邻人与锁门。几树好花闲白昼，满庭荒草易黄昏。放鱼池涸蛙争聚③，栖燕梁空雀自喧。不独凄凉眼前事，咸阳④一火便成原。

【注释】

①废宅：宅院废墟。②垣：墙。③聚：一作『闹』。④咸阳一火：《史记·项羽本纪》：『项羽引兵西屠咸阳，杀秦降王子婴，烧秦宫室，火三月不灭，收其宝货妇女而东。』

【品读】

金圣叹《贯华堂选批唐才子诗》：前解，飘瓦摧垣不苦，有人锁门真苦。盖一片荒芜败落，反是眼前恒睹，却因邻人一锁，陡地念着此门当时车马阗隘，呵殿出入，彼锁门人何处有其立地？不图今日管钥独把，开闭从心，真是一场痛哭也。三、四『好花』『芳草』即此邻人之所锁也。『闲白昼』易解，『易黄昏』难解。亦是一时眼头心底亲见有如此也。后解，蛙聚、雀喧，只是极写凄凉，何足又道！特地写者，『放鱼池』『栖燕梁』，有此六字，便直想到春日濠梁，客皆庄惠；郁金堂里，人是莫愁；何意今日一至于此！更妙于末句并及咸阳，所谓劫火终讫，乾坤洞然，虽复以四大海水为眼泪，已不能尽哭，于废宅乎又何言哉？

纪昀《瀛奎律髓刊误》：第三句不似废宅，第四句好，五、六句弱，结推到大处，不落套。

金桥①感事

太行和雪叠晴空，二月春郊②尚朔风③。饮马④早闻临渭北，射雕今欲过山东⑤。百年徒有伊川叹，《左传》：辛有适伊川见披发而祭于野，曰：『不及百年，此其戎乎！』五利宁无魏绛功⑥？日暮长亭正愁绝，哀笳⑦一曲戍烟中。

【注释】

①金桥：洛阳桥名。唐昭宗大顺元年（890），藩镇李克用进据邢、洺、磁三州。昭宗采纳张浚的主张草率出兵，结果三战三败。孙揆在潞州被李克用所杀。昭宗被迫为李克用加官晋爵。②春郊：一作「青郊」。③朔风：北风。④饮马：喻征服、占领。⑤山东：太行山以东的地区。⑥五利句：魏绛，春秋时晋悼公大夫。魏绛认为「和戎」有「五利」，被晋悼公首肯。施行后晋国出现了民族和睦的太平局面。⑦笳：胡笳，汉时流行于西域一带少数民族间。

【品读】

许学夷《诗源辨体》：吴融七言律「太行和雪」一篇，气格在初、盛唐之间。

余成教《石园诗话》：吴子华融七律中，唯《富春》《废宅》《金桥感事》《彭门用兵后经汴路》诸作雄杰，余多失之浮滑。

金圣叹《贯华堂选批唐才子诗》：前解，一、二虽是据景实写，然言外便有拔剑斫案，威毛毕树，麾开妻子，蹶步出门，何雪何风，吾其行矣之意。三「早闻」，妙！四「今欲」，妙！大声呼他普天下忠孝男子，是谁容渠如此？真见一日坏过一日也。后解，五言岂有一人不切悲愤？六言何无一人实能破贼？七、八言人正感奋，笳又催逼，忽然忘生，真在此时也。

子规①

举国繁华委逝川②，羽毛飘荡一年年。他山叫处花成血③，旧苑春来草似烟。雨暗不离浓绿树，月斜长吊欲明天。湘江日暮声凄切，愁杀行人归去船。

【注释】

①子规：即杜鹃。传说蜀国国王名杜宇，号望帝，后失国身死，魂魄化为杜鹃，日夜悲啼。②逝川：流水。③花成血：传说子规鸟叫时，嘴上会流出血来。

【品读】

管世铭《读雪山房唐诗抄》：唐末七律，韩致尧为第一，次即吴子华，亦推高唱。

富春①

水送山迎入富春，一川如画晚晴新。云低远渡帆来重，潮落寒沙鸟下频。未必柳间无谢客②，也应花里有秦人③。严光④万古清风在，不敢停桡更问津。

【注释】

①富春：水名。即富春江，是著名的风景区。②谢客：指南朝宋谢灵运，小字客儿。③秦人：东晋陶渊明所描写的桃花源里避秦乱的人。此指隐者。④严光：字子陵，会稽余姚人。少曾与汉光武帝同游学，有高名。刘秀称帝，严光更名换姓隐遁。刘

秀派人觅访，征召到京，授谏议大夫，不受，退隐耕于富春山。

【品读】

金圣叹《贯华堂选批唐才子诗》：前解，「入富春」上先写「水送山迎」，此非为连日纪程，正是衬出他一川如画。言前此水无此水，山无此山，况值晚晴，真为畅怀悦目也。三、四承写「一川如画」，又用「云低」字再写晴，「潮落」字再写晓也。妙绝。后解，此写富春人物，特伸仰止。看他向柳间、花里安个谢客、秦人，已是胜怀莫敌；却又用「未必无」「也应有」字，别更推尊子陵，乃至不敢停桡问津。呜呼！其胸中岂以利禄为事者哉？

赵臣瑗《山满楼笺注唐诗七言律》：其笔墨十分蕴藉，全在「未必无」「也应有」六字，真是秀媚天成，着不得一些脂粉。清风万古，至于不敢问津，即其推重子陵如此，先生殆有超然物外之思乎？

纪昀《瀛奎律髓刊误》：一涉隐士即谓之「高」，殊是习气。况富春诗归到子陵，尤是习径，无所谓高。

浙东筵上有寄

襄王①席上一神仙，眼色相当语不传。见了又休真是梦，坐来虽近远于天。陇禽②有意犹能说，江月无心也解圆。独被春风助惆怅，前庭花里蝶翩翩③。

【注释】

①襄王：指战国楚襄王。②陇禽：即陇鸟。③翩翩：飞行轻快貌。

【品读】

金圣叹《贯华堂选批唐才子诗》：前解写彼人目成。三即「眼色相当」，四即「语不传」也。后解写自家心断。「说」之为言先通其意，「圆」之为言终成其事也。末句借比花蝶翩翩，言不唯不望其圆，乃至不能得说，通篇皆写「语不传」三字也。

书怀

傍岩依树结檐楹①，景物萧疏夏更清。滩响忽惊何处雨，松阴自转一峰晴。见多邻犬遥相认，来惯幽禽更不惊。争敢便夸饶胜事？九衢②尘里免劳生③。

【注释】

①檐楹：屋檐下厅堂前部的梁柱。②九衢：纵横交叉的大道，繁华的街市。③劳生：《庄子·大宗师》：「夫大块载我以形，劳我以生，佚我以老，息我以死。」后以指辛苦劳累的生活。

【品读】

金圣叹《贯华堂选批唐才子诗》：前解，须知此为九衢尘里，受劳不过，酒醒梦觉，无端设想。言如幸得有庐如此，真是快活无量也。看他满心满意，先写出「夏更清』三字，且不论人间何处有此快境，只据其才动笔便早说至此，便知亦是世上第一怕夏人。嗟乎！安有怕夏人而又能奔走九衢尘里者哉。三四忽雨忽晴，撰景灵幻，桑经郦注，必真有之。人言唐诗难看，只是自己忘却其题是『书怀』也。后解，五六正写是山中忘机，反写是九衢多惧也。七八又自随笔迅扫，言何敢便说真有此处，但得免在此间已足。言外可见九衢之犬吠禽惊，殆有不可胜道者也。

送知古上人

昔年离别浙河东，多难相逢旧楚宫。振锡①才闻三迳②草，登船又挂一帆风。几程村饭添盂白，何处山花照衲③红？不似投荒④憔悴客，沧波无际问渔翁。

【注释】

①振锡：谓僧人持锡出行。锡，锡杖，杖头饰环，拄杖行则振动有声。②三迳：同『三径』，指归隐者的家园。③衲：僧衣。④投荒：贬谪、流放至荒远之地。

【品读】

金圣叹《贯华堂选批唐才子诗》：前解，久别不得逢，至难中忽逢，此已是异样苦事，如何又欲挂帆即别？于是将胸中无限愁苦，向口中一气话出。本极曲折淋漓，而反见径直畅遂，此真非无故弄笔人所得有也。后解，后又忽借送师，说出自己无食无衣。读之只道为师欣慰，却已为自呜咽，妙，妙！

和陆拾遗咏谏院松

落落孤松何处寻？月华西畔结根深。晓含仙掌①三清露，晚上宫墙百雉②阴。野鹤不归应有怨，白云高去太无心。碧岩秋涧休相望，捧日③元须在禁林④。

【注释】

①仙掌：汉武帝为求仙，在建章宫神明台上造铜仙人，舒掌捧铜盘玉杯，以承接天上的仙露，后称承露金人为仙掌。②百雉：指城墙的长度达三百丈。雉，古代计算城墙面积的单位，长三丈高一丈为一雉。③捧日：喻忠心辅佐帝王。④禁林：翰林院的别称。

【品读】

金圣叹《贯华堂选批唐才子诗》：前解，既是谏院松，又问『何处寻』，此如何文理？故知此诗乃是借『落落孤松』咏落落自己。言如山中故人，欲问我今何在，则我实且结根王家，朝朝暮暮，不离君侧。是答『晓』字、『晚』字句法也。后解，『碧岩秋涧』比故山，『野鹤』『白云』比故人。言故山故人见我在此，或怨或去，各致相望。然殊不知尧舜君民，欲身亲见，将为其事，必居其地，固无可嫌之法也。

王驾

王驾，生卒年不详。字大用，自号守素先生，河中（今山西永济）人。大顺元年（890）登进士第，仕至礼部员外郎。后弃官隐遁。

古意

夫戍萧关①妾在吴，西风吹妾妾忧夫。一行书信千行泪，寒到君边衣到无？

【注释】

①萧关：古关名，在今宁夏固原东南。

【品读】

蔡正孙《诗林广纪》：谢叠山云：『此诗「西风吹妾妾忧夫」与「寒到君边衣到无」两句，见夫妇之至情。』

社日①

鹅湖山②下稻粱肥，豚栅③鸡栖④半掩扉。桑柘影斜春社散，家家扶得醉人归。

【注释】

①社日：农家祭祀土神之日。《荆楚岁时记》：『社日，四邻并结综会社牲醪，为屋于树下，先祭神，然后飨其胙。』②鹅湖山：在今江西省铅山县北。旧名荷湖山，晋末有姓袭者在此养鹅，改名鹅湖山。③豚栅：猪圈在猪圈里。④鸡栖：鸡栖在鸡窠中。

【品读】

沈德潜《唐诗别裁》：极村朴中传出太平风景。

周容《春酒堂诗话》：『鹅湖山下稻粱肥，豚栅鸡栖半掩扉。桑柘影斜春社散，家家扶得醉人归。』友人指为绝唱。予曰：『自是绝句佳景。然「肥」字落韵，终非盛唐本色，此又不特绝句然也。』

雨晴 一作《晴景》

雨前初见花间蕊，雨后全无叶里花。蛱蝶飞来过墙去，却疑①春色在邻家。

【注释】

①却疑：一作『应疑』。

【品读】

贺裳《载酒园诗话》：王荆公好改古人诗，如王驾《晴景》曰：『雨前初见花间蕊，雨后兼无叶底花。蛱蝶飞来过墙去，应疑春色在邻家。』介甫改为：『雨前不见花间蕊，雨后全无叶底花。蛱蝶纷纷过墙去，却疑春色在邻家。』前诗载《百家选》，后诗刻已集中。按介甫所云『疑』，乃因蜂蝶过墙而人疑之也，着力在『纷纷』二字；驾所云『疑』，乃蜂蝶疑而飞去，人疑其疑也，着眼在『飞来』二字，两意俱佳。但『却疑』意只一层，『应疑』意有两层。

崔道融

崔道融，生卒年不详。自号东瓯散人。荆州江陵（今湖北江陵）人。乾宁二年（895）前后，任永嘉县令，后入朝为右补阙，不久因避战乱入闽。

班婕妤①

宠极辞同辇②，恩深弃后宫。自题秋扇③后，不敢怨春风。

【注释】

①班婕妤：西汉女文学家。少有才学，成帝时被选入宫，立为婕妤。②宠极句：班婕妤入宫后，因成帝又爱上了赵飞燕、合德两姊妹而失宠。③题秋扇：班婕妤失宠后自题一首《怨歌行》，亦称《团扇歌》。

【品读】

郎瑛《七修类稿》：崔道融《班婕妤》婉转含蕴，着题说到不怨处。

长门怨①

长门花泣一枝春，争奈君恩别处新。错把黄金买词赋②，相如③自是薄情人④。

【注释】

①长门怨：乐府旧题，又名《阿娇怨》。相传汉武帝陈皇后失宠后退居长门宫，请司马相如作《长门赋》，以解悲愁。②词赋：即《长门赋》。③相如：即司马相如。④薄情人：司马相如与卓文君私奔结合后，又拟聘茂陵女为妾。卓文君作《白头吟》表示决绝，相如遂打消此念。

【品读】

周珽《唐诗选脉会通》：『错把』二字应『争奈』二字，转出无穷幽怨。后二句前人所未道。

黄滔

黄滔（?–911），字文江，莆田（今福建莆田）人。昭宗乾宁二年（895）进士。光化中期，任四门博士，天复元年（901），接受王审知聘用，官至监察御史里行，充威武军节度推官。

雁

楚岸[1]花晴[2]塞[3]柳衰，年年南北去来期。江城日暮见飞处，旅馆月明闻过时。万里风霜休更恨，满川烟草且须疑。洞庭云水潇湘雨，好把寒更[4]一一知。

【注释】

①楚岸：泛指南方。②花晴：鲜花烂漫。③塞：塞北，指长城以北的地区。④寒更：寒冷的夜晚。

【品读】

金圣叹《贯华堂选批唐才子诗》：前解，『楚岸花晴』是年年北去期，『塞柳衰』是年年南来期。此句法，固是前人所遗也。三、四，止是『飞』字、『过』字写雁；其『江城』『旅馆』『日暮』『明月』『见处』『闻时』，凡十二字，皆非写雁，真为幽怨之作也。后解，此必暗遭人中，故特托雁自鸣，易知。

寄怀南北故人

秋风昨夜落芙蕖[1]，一片离心[2]到外区。南海浪高书堕水，北州[3]城破客降胡。玉窗桃凤佳人老，绮陌[4]啼莺碧树枯。岭上青岚[5]陇头[6]月，暂通魂梦出来无？

【注释】

①芙蕖：即荷花。②离心：离开中心。③北州：犹塞北。指我国长城以北地区。④绮陌：繁华的街道。⑤青岚：竹林间的雾气。⑥陇头：陇山。借指边塞。

【品读】

金圣叹《贯华堂选批唐才子诗》：前解，诉此处离心，则写彼中堕水降胡。后解，问彼中魂梦，则写此处佳人、碧树。『岭上青岚』是南，『陇头月』是北。

释齐己

释齐己（864–937），本姓胡，名得生，自号衡岳沙门，益阳（今属湖南）人。七岁，居大沩山寺，诗句多出人意表，众僧奇之，劝令落发为僧。久之，居长沙道林寺。后梁龙德元年（923），为江陵龙兴寺僧正。

夏日草堂作

沙泉①带草堂，纸帐②卷空床。静是真消息，吟非俗肺肠。园林坐清影，梅杏嚼③红香。谁住原西寺？钟声送夕阳。

【注释】

①沙泉：自沙下涌出之泉。②纸帐：纸做的帐子。③嚼：吐。

【品读】

郑方坤《五代诗话补》：《瀛奎律髓》："此齐己自赋草堂中事也。洪觉范取此八句赋为八诗，以其句句有味故耶。此诗为僧徒所重，其来久矣，实亦清丽。"

李庆甲《瀛奎律髓汇评》引纪昀：未见清丽。

新秋雨后

夜雨洗河汉①，诗怀觉有灵。篱声新蟋蟀，草影老蜻蜓。静引闲机发，凉吹远思醒。逍遥②向谁说？时注漆园经③。

【注释】

①河汉：即银河，俗称天河。②逍遥：安闲自得貌。③漆园经：即《庄子》。庄周曾为漆园吏。

【品读】

方回《瀛奎律髓》：此诗起句自然，第六句尤好。

纪昀《瀛奎律髓刊误》：唐诗僧以齐己第一，杼山实不及，阅全集自见。三、四新脆，"觉有灵"三字不佳。

过陈陶①处士②旧居

一室贮琴尊③，诗皆大雅言④。夜过秋竹寺，醉打老僧门。远烧⑤来篱下，寒蔬⑥簇石根。闲庭除鹤迹，半是杖头痕。

【注释】

①陈陶：字嵩伯，晚唐诗人。②处士：未仕或不仕之士大夫。③贮琴尊：存放着琴和酒樽。④大雅言：《大雅》一样的言辞。《诗序》："雅者，正也。言王政之所由兴废也。政有大小，故有小雅焉，有大雅焉。"⑤烧：放火烧野草。⑥蔬：蔬菜。《尔雅·释草》郭璞注："凡草菜可食者通名为蔬。"

【品读】

方回《五代诗话》：齐己潭州人，与贯休并有声……

二僧诗唐之尤晚者。己诗如：『夜过秋竹寺，醉打老僧门。』最佳。

书古寺僧房

绿树深深处，长明焰焰[1]灯。春时游寺客，花落闭门僧。万法心中寂，孤泉石上澄。劳生莫相问，喧默[2]不相应。

【注释】

①焰焰：火燃起貌。②喧默：喧闹与寂静。指世俗和修道。

【品读】

郑方坤《五代诗话补》：《西清诗话》：『东坡言，僧诗要无蔬笋气，固诗人龟鉴，便作世网中语。殊不知本分家风，水边林下气象，盖不可无。若洗去清拔之韵，便与俗同科，又何足尚。齐己云「春深游寺客，花落闭门僧」，惠崇云「晓风飘磬远，暮雪入廊深」之句，华实相副，顾非佳句耶？』

早梅

万木冻欲折，孤根暖独回。前村深雪里，昨夜一枝开。风递幽香出，禽窥素艳[1]来。明年如应律[2]，先发映春台。

【注释】

①素艳：素雅明艳。②应律：古代用来正乐音和候气的一种竹管。古人以十二律和十二月相配。用葭莩的灰塞在律管里，某个月份到了，和它相应的律管里的葭灰就会飞动起来，谓之『律应』或『应律』。

【品读】

魏庆之《诗人玉屑》：陶岳《五代史补》：『郑谷在袁州，齐己携诗诣之。有《早梅》诗云：「前村深雪里，昨夜数枝开。」谷曰：「数枝」非早也，未若「一枝」。齐己不觉下拜。自是士林以谷为「一字师」。』

纪昀《瀛奎律髓刊误》：起四句极有神力，五、六亦可，七、八则辞意并竭矣。

听泉

落石几万仞[1]，冷声[2]飘远空。高秋初雨后，半夜乱山中。只有照壁月，更无吹叶风。几曾庐岳[3]听，到晓与僧同。

【注释】

①仞：古时八尺或七尺为一仞。②冷声：水声。③庐岳：庐山。

【品读】

范晞文《对床夜话》：唐僧诗，除皎然、灵彻三两辈外，余者率皆衰败不可救，盖气宇不宏而见闻不广也。今择其稍胜者数联于后。清塞云『从桑山店迥，孤烛海船深』『寒扉关雨气，风叶隐钟音』『饥鼠缘危壁，寒狸出坏坟』。齐己云『只有照壁月，更无吹叶风』『湘水泻秋碧，古风吹太清』。贯休云『好山行恐尽，流水语相随』『壑风吹磬断，杉露滴花开』。子兰云『疏钟摇雨脚，积水浸云容』。怀浦云『月没栖禽动，霜晴冻叶飞』。亦足以见其清苦之致。

沈　彬

沈彬，生卒年不详。字子文，筠州高安（今属江西）人。应举不第。乾符中，南游湖、湘，隐云阳山数年。后仕吴，授秘书郎。保大中，以吏部侍郎致仕。

入　塞

苦战沙门[①]卧箭痕，戍楼闲上望星文[②]。生希沙漠擒骄虏[③]，死夺河源[④]答圣君。鸢[⑤]觑败兵埋白草，马惊边鬼哭阴云。功多地远无人纪[⑥]，汉阁[⑦]笙歌日又曛[⑧]。

【注释】

①沙门：泛指西北边塞。②望星文：仰望夜空中之星斗图像。③骄虏：骄横的敌人。④河源：黄河发源地，为唐与吐蕃长期争战之地。⑤鸢：老鹰。⑥纪：同『记』，记功。⑦汉阁：指唐朝廷。⑧曛：日落。

【品读】

金圣叹《贯华堂选批唐才子诗》：前解，此前解，乃是先有后解，因而愤极追述之词。若竟随口一顺读之，便是前解出塞，后解入塞，不复一解总名『入塞』矣。此前解，是愤语，非快语也。年少非开五石弓、夺名王马、鼻尖出火、耳后生风之谓，乃是遥遥倒追四五十年之前之时，因而自忆此时正当年少，初并不似今日据鞍难上，一饭三遗，至于如此者也。犹记此时，辞乡从戎之故，则因仰看将星，烨然有芒，欲应其象，舍我而谁？故遂慷慨长行，生死向前，不斩楼兰，誓不生入耳。三四皆其看星文后，事冠军初，心头一段大誓，并非实事。后解，此后解方写入塞也。五六非写伤心惨目，正是描画功多。『汉阁笙歌』不足恨，恨却在『日又曛』字。入塞正复无期，其又奈之何哉！

塞　下

塞叶①声悲秋欲霜，寒山数点下牛羊②。映霞旅雁随疏雨，向碛③行人带夕阳。边骑不来沙路失，国恩深后海城荒。胡儿④向化新成长，犹自千回问汉王⑤。

【注释】

①塞叶：边塞的草木之叶。②下牛羊：指牧归牛羊下山。③碛：沙漠。④胡儿：对边疆少数民族的称谓。⑤汉王：指唐王。

【品读】

沈德潜《唐诗别裁》：塞下诗防其粗豪，此首最见品格。下半说武备废弛，胡人窥视，而措语婉曲，于唐末得之，尤为仅见。

花蕊夫人

花蕊夫人，后蜀主孟昶的费贵妃，生卒年不详。青城（今都江堰市东南）人。幼能文，尤长于宫词。得幸蜀主孟昶，赐号花蕊夫人。

宫　词

龙池①九曲②远相通，杨柳丝牵两岸风。长似③江南好风景，画船来去碧波中。

【注释】

①龙池：宫中供皇帝、后妃游玩之池。②九曲：曲折多转。③长似：极似。

【品读】

刘攽《中山诗话》：孟蜀时，花蕊夫人虽能诗，而世不传。王平父因治馆中废书，得一轴八九十首，而存者才三十余篇，大约似王建句。

魏仲恭《断肠诗集序》：尝闻摛辞丽句，固非女子之事，闻有天资秀发，性灵钟慧，出言吐句，有奇男子之所不如，虽欲掩其名，不可得耳。如蜀之花蕊夫人，近时之李易安，尤显著名者，各有《宫词》、乐府行乎世。

述国亡诗

《全唐诗》：一作《蜀臣王承旨诗》，前二句云：『蜀朝昏主出降时，衔璧牵羊倒系旗。』

君王[1]城上竖降旗，妾在深宫那得知？十四万人齐解甲，陈师道：盖蜀兵十四万，而王师数万尔。宁无[2]一个是男儿！

【注释】

①君王：指五代后蜀主孟昶。宋乾德三年（965），宋兵攻入成都，孟昶降宋。②宁无：竟无。

【品读】

吴幵《优古堂诗话》：前蜀王衍降后，唐王承旨作诗云：『蜀朝昏主出降时，衔璧牵羊倒系旗。二十万人齐拱手，更无一个是男儿。』其后花蕊夫人记孟昶之亡，作诗云：『君王城上竖降旗，妾在深宫那得知？十四万人齐解甲，宁无一个是男儿。』陈无己《诗话》载之，乃知沿袭前作。

徐仲雅

徐仲雅，生卒年不详。字东野，长沙人。

咏棕树[1]

叶似新蒲[2]绿，身如乱锦[3]缠。任君千度[4]剥[5]，意气[6]自冲天。

【注释】

①棕树：即棕榈树，常绿乔木。②蒲：即香蒲。草本植物，叶子狭长。③锦：有彩色花纹的丝织品。④千度：一千次。度，次。⑤剥：去掉皮或壳。⑥意气：意志和气概。

【品读】

吴任臣《十国春秋》：仲雅结庐山寺，暇日睹群僧剥棕树，吟以见志曰：『叶似新蒲绿，身如乱锦缠。任君千度剥，意气自冲天。』其负气不屈，皆此类也。

宫词

内人[1]晓起怯春寒，轻揭珠帘[2]看牡丹。一把柳丝收不得，和风[3]搭在玉栏杆。

【注释】

①内人：宫中女伎艺人。唐崔令钦《教坊记》：『伎女入宜春院，谓之内人，亦曰前头人，常在上前头也。』

②珠帘：用珠子穿成或用珠子装饰的帘子。③和风：随着风。

【品读】

潘若同《郡阁雅谈》：徐休雅，长沙人，因马骕范夜宴迎四仪夫人，赋诗云：「云路半开千里月，洞门斜掩一天春。」又作《宫词》云：「内人晓起怯春寒，轻揭珠帘看牡丹。一把柳丝收不得，和风搭在玉栏杆。」曾献《家宴堂十首》，时称冠绝。

谭用之

谭用之，生卒籍贯不详。字藏用。善为诗，而官不达。

秋宿湘江①遇雨

江上阴云锁梦魂，江边深夜舞刘琨②。秋风万里芙蓉国③，暮雨千家薜荔④村。乡思不堪悲橘柚⑤，旅游谁肯重王孙⑥？渔人相见不相问，

《楚辞·渔父》：屈原既放，游于江潭，行吟泽畔，颜色憔悴，形容枯槁。渔父见而问之曰：『子非三闾大夫欤？何故至于斯？』屈原曰：『举世皆浊我独清，众人皆醉我独醒，是以见放。』

长笛一声归岛门⑦。

【注释】

①湘江：水名，在今湖南境内。②刘琨：西晋将领，字越石。少与祖逖为友，均有大志。曾有二人同寝，夜半『闻鸡起舞』的故事。③芙蓉国：指湖南地区。芙蓉，即荷花。④薜荔：植物名，为蔓生常绿灌木，古时农村常栽种薜荔作为篱笆。⑤橘柚：果树名，湖南多产。⑥王孙：指离乡在外的游者。⑦岛门：岛上渔民进出之门。

【品读】

吴昌祺《删订唐诗解》：当此「芙蓉」「薜荔」之

区，想故乡而尚遥，为旅人而莫恤，渔笛自去，孤舟谁依乎？中三用草木，亦一病。

金圣叹《贯华堂选批唐才子诗》：前解，只一句七字写遇雨，其余却是写自己胸前一段意思。言以夜犹起舞之人，而今滞于芙蓉国下，薜荔村中，敬问苍天，是何道理乎。若说只是雨景，便不是律诗。后解，又透过《离骚》《渔父》篇一层。五六言寻常不相惜何足怪，七八言乃至渔父亦不与语。此其颜色憔悴，形容枯槁，真可为之痛哭也。

秋夜同友人话旧

露①下银河②雁度频③，囊中炉火几时真？数茎白发生浮世④，一盏寒灯共故人。云外簟凉吟峤⑤月，岛边花暖钓江春。何当归去重携手，依旧红霞作近邻？

【注释】

①露：指秋天的白露。②银河：天河。③频：频繁。④浮世：人世。⑤峤：山尖而高。

【品读】

金圣叹《贯华堂选批唐才子诗》：前解，此诗我每嫌其大有鬼气，然而洵是佳作也。一句写是夜夜坐，转坐转深。二句写故人相对，一无所有。夫深夜久坐，最苦是一无所有；一无所有，最苦是深夜久坐。乃今相对是故人，既不得不久坐，而坐来是穷主，双终竟无所有。以此思不乐，诚乃不乐不啻也。三四又承二，极写一无所有之实况也。『浮世』之为言亦不久生也。而今扰生于此，是岂多有受用？不过数茎白发，犹戴髑髅耳。『故人』之为言并非他人也。而今以何相共，我安所得他物？只有一盏寒灯，静照双影耳。读此等诗，不唯今夜遍身不快，多恐明日尚逢不祥，用是凡几番欲删去之。后解，特地转笔作好语，然凉峤暖江，终然鬼气。我几番欲删，而犹故存之，亦为其分解明白矣。

无名氏

杨柳枝

万里长江一带开①，岸边杨柳几千栽。锦帆②未落西风起，惆怅③龙舟④去不回。

【注释】

①一带开：长江如一条衣带似的向前展开。②锦帆：用彩色丝织品做的船帆。③惆怅：因失意而伤感。④龙舟：指隋炀帝沿运河南巡时所乘之船。

【品读】

杨慎《升庵诗话》：『万里长江一带开，岸边杨柳几千栽。锦帆未落西风起，惆怅龙舟去不回。』此吊炀帝也。俯仰感慨，盖初唐之诗，后世柳枝词皆祖之。

水调歌

《全唐诗》：水调，商调曲也。唐曲凡十一叠，前五叠为歌，后六叠为入破。

平沙落日大荒西①，陇上明星高复低。孤山几处看烽火，壮士连营候鼓鼙②。

【注释】

①大荒西：泛指荒僻的边远地区。②候鼓鼙：古时军中闻鼓声则进。此言烽火报警，连营军士在极短时间内准备好一切，单等军令下达。

【品读】

胡应麟《诗薮》：乐府《水调歌头》五叠，《伊州歌》三叠，皆韵格高远，是盛唐诸公得意作，惜名姓不可深考。